Hans Adam

# Löwenmacht

Gemini
Hercules et Apollo
Cancer
Hermanubis
17
18
19
20
21
22
23

RUDOLF SLAWITSCHEK

# HANS ADAM LÖWENMACHT

ROMAN

Weitbrecht

# PROLOG

Das Leben der meisten Menschen spielt sich klar und nüchtern ab; ob ihnen nun Glück oder Unglück widerfährt, immer liegen die Gründe und Ursachen leicht erkennbar zutage. Dagegen gibt es einige wenige, bei denen das ganz anders ist. Alles, was sie erleben, scheint aus einer anderen, rätselvollen Welt zu kommen, ihnen ist darum das Leben nicht etwas, das man sich im Vorhinein zusammendenken oder errechnen kann; fast scheint es manchmal, als ob sie auf das Wunderbare eine Art Anziehungskraft ausüben, als ob sie nicht dem Alltag, der uns äußerlich alle umgibt, gehören würden, sondern einer anderen Welt, die auf einer ganz anderen Grundlage, auf ganz anderen Naturgesetzen aufgebaut ist.

Solche Menschen werden selten alt. Der Gegensatz zweier Welten, der in ihrem Wesen wie in ihrem Erleben liegt, bringt so viele Gefahren mit sich, dass man schon unerhörtes Glück haben muss, wenn man ihnen entrinnen soll. Wem dies wirklich gelingt, dem scheint, wenn er auf seine alten Tage auf all das Erlebte zurückschaut und es mit dem vergleicht, was Hinz und Kunz, die lieben Freunde und Verwandten in der gleichen Zeit hinter sich gebracht haben, die eigene Geschichte wohl wert genug, dass man sie denen erzählt, deren Erdendasein nüchtern und ruhig dahingeflossen ist. Doch da macht man gar bald eine unangenehme Erfahrung: Diese Alltagsmenschen vermögen mit ihrer beschränkten Auffassungsgabe der Erzählung nicht zu folgen, alles erscheint ihnen unwahrscheinlich, ja unmöglich und es dauert gar nicht lange, so steht man bei ihnen in dem Ruf eines unverbesserlichen Lügenbeutels und Aufschneiders. Solche Erfahrungen haben mich sehr bald bewogen in Gesellschaft über mein eigenes Leben zu schweigen und mir den trockenen Kram anzuhören, den die anderen aus ihrem Dasein zu berichten haben. Aber die Erinnerungen lassen mir keine Ruhe, sie wollen lebendig bleiben, sie wollen aus mir heraus in die Gedankenwelt anderer Menschen treten. Und so habe ich denn eine Erzählung meines Lebens niedergeschrieben. Als ich damit zu Ende war, habe ich erst dem Ganzen einen Titel vorgesetzt, der da lautete: »Wahrhaftige Lebensgeschichte des Hans Adam von Löwenmacht«. Als ich dann am nächsten Tag das Büchlein wieder zur Hand nahm, da war zu meinem maßlosen Erstaunen das Wörtchen »wahrhaftig« säuberlich ausgestrichen und darüber »wunderbar« geschrieben. Und von wessen Hand! Von der meiner eigenen Frau, von ihr, die doch das meiste, was in diesem Büchlein stand, miterlebt hatte, von ihr, die doch das Wunderbarste und Rätselvollste in eigener Person ist.

Schon wollte ich mit wuchtigen Strichen die Änderung beseitigen, da war es mir, als ob eine unsichtbare und doch sehr kräftige Hand mich zurückhielt. Und eine innere Stimme sagte mir: Meinst du wirklich, dass das Wörtchen »wahrhaftig« deine Lebensgeschichte den nüchternen Alltagsmenschen glaubhafter machen wird? Dass sie nun gar nicht daran zweifeln werden, dass du in einer anderen Welt gewesen bist, in einer Welt, von der weder die Priester noch die Philosophen etwas ahnen, in einer Welt voll unbegreiflicher, fürchterlicher Wesen, zwischen denen doch so viel Lieblichkeit gedeiht, dass ich es selbst heute nicht für möglich halten würde, wenn ich sie nicht in dem Antlitz, in den Augen meiner lieben Frau noch vor mir sehen würde, in den Augen jener Frau, die nun meine Lebensgeschichte nicht wahrhaftig, sondern wunderbar genannt sehen will? Und hat sie nicht Recht? Als ob das Wunderbare nicht auch wahrhaftig sein könnte! Doch nun genug von solchen Erwägungen! Blättere um, mein günstiger Leser, und beginne!

# Vater und Freunde

## 1

Mein Vater war der hochgeborene und gestrenge Ritter Matthias Macht von Löwenmacht, Kanzler der alten Stadt und später Primator von ganz Prag, auch Obristwachtmeister der bürgerlichen Kompanie. Er war von guter deutscher Nation, ward zur Zeit, da der große Krieg seinem Ende entgegenging, vom Rhein her nach Prag verschlagen, leistete bei der schwedischen Belagerung Kriegsdienste in der Studentenkompanie und wurde bald nach dem Friedensschluss allda zum Doktor sämtlicher Rechte promoviert. Er hat es mir niemals gesagt, aber ich meine mich nicht zu irren, wenn ich glaube, dass er in seiner Jugend Anhänger der protestantischen Lehre gewesen und erst später unter dem schweren Druck der Verhältnisse katholisch geworden war. Jedenfalls hat er sich nach außen hin stets als getreuer Sohn der Kirche gezeigt und besonderen Wert darauf gelegt, mit den in Prag allmächtigen Patres Jesuiten auf bestem Fuß zu stehen, doch konnte ich, der ihn von klein auf mit aufmerksamster Liebe beobachtete, aus manchem kurzen Wort oder auch nur einem Blick entnehmen, dass er die Patres im Grunde genommen hasste und sich nur einer Gewalt fügte, gegen die gerade in Prag anzukämpfen sinnlos gewesen wäre. Auch war er außerordentlich ehrgeizig und war sich vollkommen darüber im Klaren, wie er sich in religiösen Sachen verhalten müsse, wenn er sich durchsetzen wollte. Der Erfolg blieb ja auch nicht aus und erfüllte ihn mit einem gewaltigen Selbstbewusstsein. Ich sehe den untersetzten, reichlich wohlbeleibten Herrn noch heute vor mir, wie er zu irgendeinem hochadeligen Hünen von unten herauf mit Donnerstimme hinaufruft:

»Herr, wissen Sie auch, mit wem Sie reden? Ich bin der Macht! Macht! Löwenmacht!«

Im Übrigen war er ein umgänglicher Mann, der aus seiner rheinischen Heimat die Liebe zu einem guten Schoppen Wein mitgebracht hatte; der Weingarten, den er sich im Süden der Stadt auf dem Pfauenberg angelegt hatte und wo ein sauberes, behaglich eingerichtetes Gartenhaus den Aufenthalt zu jeder Jahreszeit möglich machte, war ihm besonders ans Herz gewachsen und vielleicht noch lieber als seine ansehnliche Bibliothek, aus der er freilich manchen Band in das besagte Gartenhaus trug. Er liebte die Dichter der Alten, vor allem war er aber der Kunst Astrologiae geneigt, von der gar viele Bücher aus seinem Besitz handelten.

Bei dieser Vorliebe war es nur natürlich, dass er mir gleich nach der Geburt von einem der besten Meister dieses Faches ein Horoskop stellen ließ. Dies fiel recht sonderbar aus und manch andere hätten an meines Vaters Stelle es für baren Unsinn gehalten. Doch mein Vater glaubte fest daran, dass ein allgemeines Gesetz ausgespannt sei durch den weithin herrschenden Äther und den unermesslichen Himmelsraum. Er befahl mir daher mit einer ihm sonst mir gegenüber gar nicht üblichen Strenge, mein Horoskop fleißig zu studieren und mir Wort für Wort seinen Inhalt einzuprägen, damit ich mich in allen Lebenslagen ohne langes Überlegen rasch danach richten könnte. Ich habe das getreulich befolgt und wenn mir auch die zugrunde liegenden Junktionen, die darin zitierten Dekane und Domizilien entfallen sind, so weiß ich doch noch heute genau alles das aus seinem Inhalt, was sich auf meinen Charakter und mein Lebensschicksal bezog. Und weil sich vieles daraus wirklich an mir erfüllt hat, so sei es hier als eine günstige Einleitung zu meinem Lebensbericht angeführt:

»Er wird ein *Sanquineus* sein, warm und lüftig wie der Lenz, er wird viel zu wissen begehren, sehr lehrhaftig sein in vielen Künsten, er wird die Gerechtigkeit lieben und die rechtschaffenen Leute, besonders wenn sie unter einem anderen Himmelszeichen als er selbst geboren sind. Dem Äußeren nach hat er gar schöne Augen, starke Augenbrauen, breite Schultern und lange Gliedmaßen. Ihm kommen viel schwere wunderliche Dinge vor, von denen er später nicht wissen wird, ob er sie nicht vielleicht nur geträumt habe, da er auch sonst leicht über wunderbarlichen Gedanken einschläft und sie im Traum weiterspinnt. Er ist eines dummen Mutes und niemandem schädlicher als sich selbst. Der Saturn ist ihm besonders gefährlich; in ihm wird er durch eine gläserne Wand gehen und dabei an seinem Leib Schaden nehmen, auch späterhin Gefahr laufen ein Vogel oder gar ein Baum werden zu müssen. Er soll sich auch vor Katzen hüten und allen Tieren, die bei Nacht herumwandeln; von Pflanzen kann ihm Farnkraut und Engelsüß, auch der Holunder gefährlich werden; von Zauberei und Teufelsgespenst hat er Todesgefahr zu befürchten. Es werden ihm auch zwei Frauen angezeigt, von denen er niemals wissen wird, ob sie nicht eigentlich eine Person sind. Jedenfalls soll er sich hüten im Löwen zu heiraten, im Stier wird es glücklich gehen; in den Zwillingen hat er Angst und Not, im Wassermann Glück und Gunst; wenn er das 27. Jahr, wo er zu schwerem Unfall kommt, überlebt, so kommt er zwar noch in mancherlei Gefahren, aber schließlich doch zu guter Ruh und lebt bis zu 80 Jahren.«

Diesen ganzen langen Spruch und noch mehr hatte ich folgsam auswendig gelernt und ungezählte Male meinem Vater hersagen müssen. Gedacht hatte ich mir nie viel dabei und nur an einem Punkt des Horoskops blieb meine kindliche Phantasie hängen: Ich sollte Aussicht haben, einmal ein Vogel oder ein Baum zu werden. Zwar wurde das als eine Gefahr bezeichnet, aber in meinen Augen war das vielmehr eine köstliche Verheißung. Ich malte mir gern aus, wie ich, die Flügel breitend, über Länder und Meere in märchenhafte Fernen fliegen würde, um dann eines Tages wieder auf dem Dach des väterlichen Hauses zu landen und, wie wenn nichts geschehen wäre, wieder in Menschengestalt die Stiege herunterkommen würde. Dann sah ich mich als mächtigen Baum im tiefen Wald stehen und auf Hirsch und Fuchs, auf Jäger und Wanderer hinunterschauen. Das war alles wunderschön und die Freude an solchen Träumen wurde mir nur zuweilen durch die Sorge gestört, wie denn eine solche Verwandlung möglich sei.

Gern hätte ich mir darüber Auskunft geholt, aber bei wem? An meinen Vater wagte ich mich nicht heran, denn so lieb und freundlich er zu mir war, so blieb er doch dabei der gestrenge Hausvater, an den man nicht so ohne weiteres mit einer Frage herantreten konnte. Meine Mutter war eine schlichte Frau, die nur für ihren Haushalt lebte, in allem anderen aber unerfahren war, die konnte mir gewiss nicht helfen. Blieben also die Herren Patres Jesuiten, zu denen ich in die Schule geschickt wurde. Aber auch da war das Fragen nicht leicht, denn der Unterricht bestand darin, dass man uns Dinge erzählte, die wir dann wieder wortwörtlich hersagen mussten. Aber bei einem geistlichen Exerzitium, da wagte ich es doch.

Ich war eine Weile allein mit dem Pater Matthias Schuffenhauer, der mir stets als der gütigste von meinen Lehrern erschienen war. Auch wussten sogar wir Scholaren, dass er nicht nur lateinische, sondern auch deutsche Gedichte geschrieben hatte, und das schien mir eine günstige Voraussetzung für die Beantwortung meiner Frage, die so gar nicht mit der Bibel zusammenhing, jener Bibel, aus der unsere geistlichen Väter alle ihre Weisheit schöpften. Trotz dieser Vorsicht kam ich mit meiner Frage gar schlecht an. Der sonst so Gütige wurde rot vor Zorn, ließ sich die ganze Sache mit dem Horoskop erzählen und sagte dann erregt:

»Mein Sohn, du hast auf unserer Schule nicht nur die christlichen Glaubenslehren zu hören bekommen, sondern man hat dir auch einiges von den alten Heidengöttern erzählt. Aber das geht nicht an, dass die Gesetze Christi eine Ergänzung erfahren durch die Lehre des Hermes Trismegistos und dass die Religion des Zeus sich breit mache neben dem Glauben an die heilige Jungfrau. Denn nur aus diesen Quellen konnten die Wünsche und Gedanken so heidnischer Art kommen! Ich werde gleich morgen darüber mit deinem Vater, dem Herrn Stadtkanzellarius, reden!«

Diese Unterredung scheint aber nicht so ausgefallen zu sein, wie es Pater Matthias erwartet hatte. Er selbst kam nicht mehr darauf zurück, wohl aber erzählte mein Vater einige Tage später ganz wie von ungefähr meiner Mutter bei Tisch, dass ihm gegenüber von geistlicher Seite Bedenken gegen die Kunst Astrologiae geäußert worden seien, als ob dies eine heidnische Sache wäre. Er aber habe nur kurz darauf verwiesen, dass selbst seine Heiligkeit der Papst seinen eigenen Hofastrologen habe, ebenso wie schon viele seiner Vorgänger dieser Wissenschaft hold gewesen seien, wie man auch von seiner kaiserlichen

Majestät das Gleiche wisse. Diese Worte waren zu meiner Mutter gesprochen, aber ich merkte wohl, dass sie eigentlich für mich bestimmt waren.

## 2

Unter der strengen Aufsicht meines Vaters und der noch strengeren der Patres blieb mir wohl nicht viel anderes übrig, als ein braver fleißiger Student zu sein. Daran änderte sich auch nicht viel, als ich von der Lateinschule auf die Universität meiner Vaterstadt kam, sodass ich gar bald, das ist Anno 1673, zum Magister der Philosophie promoviert wurde. Erst jetzt ließ mir der Vater etwas mehr Freiheit, ließ mich fechten und reiten lernen, Künste, an denen ich gar viel Gefallen fand und in denen ich es auch zu einiger Fertigkeit brachte.

Die Gründe für die veränderte Haltung meines Vaters in Sachen meiner Erziehung leuchteten mir von selbst ein, obgleich sie mir niemand sagte: Mein Vater war von Haus aus kein reicher Mann und auch die Mutter hatte ihm nicht viel zugebracht. So war er denn darauf bedacht, seine Kinder möglichst bald ins Brot zu bringen und sie zu einem bescheidenen Leben anzuhalten. Doch später schien das nicht mehr notwendig; Geld und Gut strömten ins väterliche Haus, die Stellung meines Vaters wurde immer angesehener und fester, der Oberstburggraf selbst wie die anderen hohen Landesoffiziere würdigten ihn ihres Vertrauens und schätzten auch privat seine Gesellschaft, sodass er annehmen konnte, dass seinen Kindern die besten Häuser der Stadt offen stehen würden. Dem musste aber auch in der Erziehung Rechnung getragen werden und so wurden denn ich und mein älterer Bruder Hans Maximilian, der ein Jahr vor mir die Reifeprüfung bestanden hatte, nicht nur in die Reit- und Fechtschule, sondern auch zu einem französischen Tanzmeister geschickt, ja wir wurden sogar auf eine fast zweijährige Tour in die großen Städte und auf berühmte Universitäten gesendet. Was ich dort alles gesehen und gehört hatte, schien mir damals ganz außerordentlich, doch gegenüber der Ungeheuerlichkeit dessen, was ich später erleben sollte, scheint es mir heute so klein und nichtig, dass ich nicht wüsste, was ich davon in meine Lebensbeschreibung aufnehmen sollte.

Nach unserer Rückkehr fanden wir das Vaterhaus noch prächtiger, als wir es verlassen hatten, den Vater noch stolzer und selbstbewusster. Er schien wohl zu wissen, dass mit dem Kanzleramt seine Laufbahn nicht abgeschlossen sei, doch war es noch nicht klar, wohin ihn der Aufstieg führen würde. Im Herbst 1677 starb dann der Herr Primator Schuster von Goldburg und binnen kurzem ernannte die kaiserliche Majestät meinen Vater zu seinem Nachfolger.

Was hat es jetzt für ein Festen und Feiern in unserem Hause gegeben! Denn der Installierung des neuen Primators folgten bald die Renovation des Stadtrates und andere festliche Anlässe, die meinem Vater einen angenehmen Grund gaben, die Herren zur Traktation zu bitten. Dann standen die Gänge und das Stiegenhaus bis zur Einfahrt hinunter voll der Stadttrompeter und Heerpauker, die jeden neuen Gast von Rang mit einem donnernden Tusch begrüßten. Im großen Saal des Hauses saß dann der Vater an einer abgesonderten Tafel mit den obersten Landesoffizieren und dem Kaiserrichter, während ihnen gegenüber auf einer anderen Tafel der ganze Magistrat ansehnlich traktiert wurde.

Es war kaum ein Jahr vergangen und die Stellung meines Vaters war so, als ob er schon immer Primator gewesen wäre. Seine kraftvolle Art sein Amt zu führen machte ihn nicht weniger beliebt als seine gesellschaftlichen Talente. Bei keinem der vielen Gelage, die damals in den neu erstehenden Adelspalästen Prags gehalten wurden, durfte der Primator fehlen. Wie oft er bei solchen Festivitäten in später Nachtstunde bei auftauchenden Meinungsverschiedenheiten sein »Macht! Macht! Löwenmacht!« hören ließ! Wie ein rechter brüllender Löwe schrie er das den Leuten ins Gesicht, wenn's Not tat auch den höchsten Würdenträgern des Landes. Es hat ihm aber niemand übel genommen, höchstens dass bei irgendeinem Fest sein Eintreten einigen jüngeren Herren Anlass zu der Bemerkung gab:

»Seht, da kommt der Macht, Macht, Löwenmacht!«

Was mich selbst anlangt, so kam ich bei allem nicht zu kurz. Ich führte das Leben eines jungen Herrn von Adel und konnte mich frei allen Vergnügungen widmen, mit der einzigen kleinen Einschränkung, dass ich dem Wunsch meines Vaters entsprechend nochmals die Universität besuchte, und zwar diesmal die Juristenfakultät. Ansonsten trug ich mich ganz à la Mode, lernte auch schön konversieren und artig die Worte zu setzen, ja ich habe heimlich wohl auch ein Verslein gemacht, das zwar nicht so schön ausfiel wie die Gedichte des Paters Schuffenhauer, dafür aber von lieblicheren Dingen handelte.

Pater Matthias war inzwischen ein guter Freund unseres Hauses geworden. Die leidige Astrologie war keine trennende Scheidewand mehr, denn auch im Jesuitenkolleg fand sich mehr als ein Professor, der für diese Kunst Verständnis zeigte. War also hier kein Gegensatz mehr, so gab es zwischen ihm und meinem Vater in anderer Hinsicht restlose Übereinstimmung. Das war vor allem die Liebe zu dem aus einem Trümmerhaufen zu ungeahnter Herrlichkeit neu erstandenen Prag, welche den gebürtigen Rheinländer und den Kaadner Bürgersohn in gemeinsamer Begeisterung verband. Der Pater wusste diese Gefühle in artige Verse zu bringen, welche die restlose Bewunderung meines Vaters fanden und die auch mir gar wohl gefallen haben. Und wenn er dieses Prag rühmte,

»Das seine Mauern mit drei ganzen Städten füllet,
Wo mit gelehrtem Mund
Der zweibeschweifte Löw in hohen Schulen brüllet,
Da mancher Kaiser stund,
Von wann nitlängst der Sieg Gradivus heißen weichen
Zuruck gen Mitternacht;
Darin Studenten sich und Bürger wohl vergleichen,
Wann Mars al' arma macht ...«

so lächelte mein Vater beim Zuhören besonders wohlgefällig und dachte mit Behagen an die Zeit zurück, wo er als blutjunger Student bei dem Kreuz auf der Prager Karlsbrücke die schwere Hakenbüchse auf die Schweden anlegte, während dicht neben ihm ein riesiger Fleischermeister seine Hacke an der Mauerbrüstung für den Nahkampf zurechtschliff.

Noch lieber war ihm aber der Pater, wenn er in seinen Versen auch nationale Töne anschlug, wenn er das deutsche Reich rühmte, dem keines an Mannheit gleichkomme, und die deutsche Völkerschaft, die da

»in allen Enden
recht sich zu wenden«

wisse. Solche Worte ließen den Vater ganz vergessen, dass der Pater doch Jesuit war.

Ein anderer ständiger Besucher meines Vaterhauses war Herr Rochus Redlich. Aus Iglau gebürtig, hatte er so nach und nach alle vier Fakultäten durchstudiert und sich schließlich als Arzt in der Neuen Stadt niedergelassen, auch bei der Gelegenheit ein Weib genommen, eine brave züchtige Hausfrau, um derentwillen er freilich nicht viel an seinem reichlich unsteten Leben änderte. Auch er war ein Poet, aber von wesentlich anderer Art als Pater Matthias. Es waren ja lateinische Verse, mit denen er zunächst vor die Öffentlichkeit getreten war, aber es war so viel lebendiges Empfinden, so viel deutscheste Eigenart darin, dass man die gelehrte Form seines *»Cygnus suaviter cantitando emoriens«* leicht vergaß. Sein letztes Büchlein hatte er aber in deutscher Sprache geschrieben und diese »Kurze Betrachtung der großen und kleinen Welt durch nachsinnige Gedanken das Gemüt zu der ewigen Wahrheit zu schwingen« hatte ihm die Gunst meines Vaters eingebracht. Das wollte nicht wenig sagen, denn in unserem Haus verkehrten sonst nur die höchsten Würdenträger des Landes, jedenfalls lauter gesetzte, wohlangesehene Persönlichkeiten, zu denen ein Unruhegeist wie Redlich nicht recht passen wollte. Doch es ergab sich von selbst, dass er mit diesen selten bei uns zusammenkam, und wenn es doch durch Zufall geschah, dann hatte er gewiss eine gute Ausrede bei der Hand, um rasch wieder zu verschwinden. Am liebsten suchte er den Vater auf dem Pfauenberg im Weingarten auf und dort sind bei einem Krug Wein manche tiefsinnigen Gespräche geführt worden, an denen ich nur allzu gern teilnahm.

## 3

Sein Weingarten war mehr denn je des Vaters Leidenschaft. Der Baumeister des Erzbischofs, Jean Baptiste Matey, hatte ihm eine *Sala térrena* für diesen Garten entworfen, die natürlich lange nicht so großartig war wie die im Garten des Grafen Waldstein, die sich aber doch mit ihrem figuralen Schmuck sehr stattlich ausnahm. Sie stand auf der halben Höhe des Weinberges mit der Front gegen Süden. Eine kurze, mit Amorettenfiguren geschmückte Doppeltreppe führte zu einem höhlenartig in den Berg eingebauten Saal, dessen breiten Eingang das wundervolle Bilderwerk einer nackten Griechengöttin überkrönte. Wie auf schwellenden Polstern lag sie hingestreckt, den Blick verträumt hinaus in die weite Landschaft gerichtet, während ein kleiner Amor eine schwere Blumengirlande mit sichtbarer Mühe zu ihrem Schmuck herbeischleppte.

An warmen Sommertagen liebte es mein Vater, in dieser offenen Halle mit einer kleinen Gesellschaft zu sitzen und die kühle Abendluft, den jungen Wein des letzten Herbstes sowie manch kluges Gespräch zu genießen. Von solchen Abenden ist mir vor allem einer im Gedächtnis geblieben und ich meine, ich könnte noch heute jedes Wort wiederholen, das damals gesprochen wurde.

Es war ein schöner heißer Julitag, da mich mein Vater zur Fahrt auf den Weinberg aufforderte. Im Wagen saß schon Pater Matthias, der zwar oft genug versichert hatte, dass er nie und nimmer hinausfahren werde, da doch das nackte Weib aus Stein ihm den Aufenthalt dort unmöglich mache, doch er ließ sich immer wieder bereden, ja er teilte uns diesmal gleich beim Einsteigen mit, dass er vom Ordensoberen für heute die Vergünstigung erwirkt habe die Nacht draußen verbringen zu dürfen – was ja auch von uns geplant und leicht möglich war, denn mein Vater hatte das Haus des Winzers um ein Stockwerk erhöhen und so einige einfache Schlafzimmer einrichten lassen.

Wir waren kaum zum Stadttor hinaus, als uns ein Reiter einholte – ein weiterer für heute geladener Gast, Graf Christof Wilhelm von Harant, Seiner kaiserlichen Majestät General und im Übrigen ein gewaltiger Raufbold, der ihm den Spitznamen

»Duellator« eingetragen hatte. Nach seiner eigenen Meinung war er der friedlichste Mensch von Gottes Erden, der nur durch die Bosheit der Mitmenschen sehr gegen seinen Willen genötigt wurde den Degen zu ziehen. Sein Onkel war jener Christof Harant gewesen, der seine Reise ins heilige Land und nach Ägypten in einem sauberen Büchlein geschildert hatte, dann im böhmischen Aufstand eine große Rolle spielte, um nach der Meißenberger Schlacht durch das Schwert des Henkers zu enden. Sein Neffe war ein guter Katholik, zeigte aber doch Pietät genug, um die fast verschollene Reiseschilderung seines Onkels in Nürnberg neu drucken zu lassen. Meinem Vater gefiel so ziemlich alles an ihm, vor allem aber die sonderbare Mischung aus Draufgängertum und tiefgründiger Nachdenklichkeit.

Ein Weilchen später holte uns noch ein anderer Reiter ein, der dem gleichen Ziel zustrebte – Herr Jean Mathey, der selten in der Runde am Pfauenberg fehlte. Er hatte auch ein Anrecht darauf, denn er hatte für seinen Bauentwurf nichts angenommen und sich nur das eine ausbedungen, dass er sich dort jederzeit selbst zu Gast bitten dürfe.

In der Halle fanden wir schon den Tisch gedeckt, die Weinhumpen aus blinkendem Zinn zwischen gewaltigen Schüsseln mit kalter Zukost. Als sich dann der Abend niedersenkte und die Windlichter angezündet wurden, kam noch Redlich, müde und verstaubt, daher. Er war beim Förster Auerhahn im Sterntiergarten gewesen und nun zu Fuß quer über das Koschirscher Tal hierher gekommen. Solche Spaziergänge machte er des Öfteren, denn der Patienten waren nicht viele und zu Hause störte ihn das Kindergeschrei beim Spintisieren; zum Förster im Sternwald zog es ihn besonders hin, denn beide verband die gleiche Vorliebe für das indianische Kraut, den Tabak. Jetzt machte sich Redlich mit gewaltigem Appetit über Schinken, Käse und Butter her und ließ sich auch den Wein munden. Doch auch die anderen leerten fleißig die zinnernen Becher, die vor uns standen. Nur der Vater und der Graf tranken aus Gläsern, hohen schlanken Gefäßen, von denen das eine mit den weltlichen, das andere mit den geistlichen Kurfürsten bemalt war, ein Geschenk von Ihro Exzellenz dem Herrn Oberstlehensrichter Grafen Slawata, das mein Vater sehr schätzte.

Es wollte aber heute keine rechte Stimmung aufkommen,

obgleich mein Vater nun schon zum zweiten Mal seinen geliebten Horaz zitiert hatte: *»Nunc est bibendum, nunc pede libero pulsando tellus!«*

Ich saß knapp an der Brüstung der Loggia und suchte als Ersatz für die fehlende Unterhaltung durch ein anregendes Tischgespräch aus der Stille der Nacht etwas zu erlauschen. Doch draußen herrschte eine wundervoll feierliche Ruhe, die kein Laut unterbrach. Zum Greifen nahe schienen die Sterne zu sein.

»Was für ein unendlicher Frieden über der Welt liegt«, begann ich, »man möchte gar nicht glauben, dass es nicht viel mehr als dreißig Jahre her ist, dass die Kriegsfurie gewütet hatte! Am selben Platz, wo wir jetzt sitzen, haben damals die schwedischen Kanonen gestanden, die den Wyssehrad in Trümmer schießen sollten!«

»Es ist recht, mein Sohn«, sagte Pater Matthias, »dass dir beim Anblick des gestirnten Himmels solche Gedanken kommen! Denn der ist der *realis concionator omnium populorum*, ein solcher tätlicher und fürtrefflicher Lehrer, der allen Völkern auf der ganzen Welt jede Nacht vorpredigt, es müsse wahrhaftig ein Gott sein, der den Himmel und alle Kreaturen geschaffen habe! Und der stille Friede einer solchen Nacht ist wohl auch eine rechte Mahnung an alle Völker und Potentaten, auf dass auch sie Frieden halten!«

»Ei, ei, das klingt ja fast wie wenn der hochwürdige Herr nun auch auf die Kunst Astrologia schwören wollte!«, scherzte Graf Harant. »Und was die Potentaten anlangt, so wäre es nach dem Gesagten gewiss sehr gut, wenn der Franzosenkönig öfter als bisher den Himmel betrachten wollte!«

»Ich bin kein solcher Gegner der Astrologie mehr, wie ich es einstens war«, gab der Pater zurück, »aber für meine Person habe ich meine eigene Sternkunde: Die Sonne ist mir der liebe Herr Jesus, der Mond die heilige Jungfrau und die Planeten sind mir die Herren Apostel, deren Schnur ausgegangen ist in alle Lande und deren Rede bis an der Welt Ende. Was aber den König von Frankreich anlangt, so wird er das Beschauen des Himmels wohl nicht gar so nötig haben, da er doch erst im Februar dieses Jahres sich mit unserer kaiserlichen Majestät gänzlich verglichen hat!«

»Hat sich was mit dem Vergleichen«, brummte der Graf, »die Tinte von dem Friedensvertrag war noch nicht trocken und er hat schon wieder mit neuem Unfrieden begonnen. Wenn ich mich nicht allzu sehr täusche, so werden wir seine Friedensliebe selbst hier in Böhmen zu spüren bekommen, denn man sieht gar viel merkwürdige Fremdlinge im Land, die den Beutel voll Louisdore haben und überall dort zu finden sind, wo sie Unzufriedene vermuten! Doch genug davon hier, ich will unseren geschätzten Tischgenossen Monsieur Mathey nicht durch Invektionen gegen seinen Souverän kränken!«

»Legen Sie sich um meinetwillen keinen Zwang auf, Herr Graf«, beeilte sich der Baumeister in einem etwas schwerfälligen Deutsch zu sagen, »ich bin nicht Franzose, sondern Burgunder, daran ändert auch der Friedensvertrag nichts, von dem die Herren soeben sprachen. Ich hoffe, dass der neue Herr in der Franche-Comté niemals vergessen wird, dass wir ein selbständiges Reich sind!«

»Wenn Eure Paläste auf keinem festeren Grund gebaut sind als diese Hoffnungen«, gab Harant zurück, »so werden sie nur kurzen Bestand haben! In Frankreich hat man große Rosinen im Kopf und wird sich um eure Rechte und Privilegien wenig kümmern. Ja mehr als das, man wird nicht bei euch stehen bleiben, man wird noch mehr Fetzen aus dem armen deutschen Reich herausschneiden wollen!«

»Es ist keine Wolke in der ganzen Luft«, fiel salbungsvoll der Pater ein, »die über den Himmel steigen könnte, sondern sie müssen alle weit unter ihm her streichen und mit der Zeit ein Ende nehmen. Und was den Franzosenkönig anlangt, der uns nicht zur Ruhe kommen lassen will, so wird vielleicht auch für ihn das Wort gelten, das ein heiliger Kirchenvater von dem Kaiser Juliano gesagt hat: *Nubecula est cito transitura*, es ist mit ihm anders nicht beschaffen, als eine Wetterwolke rauschet.«

»Mag sein«, erwiderte der Graf, »aber ich für meinen Teil möchte doch lieber ein wenig den Wolkenschieber machen, als geduldig zusehen, bis die Wolke von selbst verschwindet. Doch da wir vorhin von der Astronomia gesprochen haben, so wird uns vielleicht unser freundlicher Gastgeber, der sich auf diese Kunst wohl versteht, einige Auskunft geben, was die

Sterne zum Nymwegener Frieden sagen, ob sie Ruhe im Land oder neuen Krieg verkünden!«

Mein Vater tat einen bedächtig langen Zug aus seinem Stutzenglas, dann sagte er:

»Ist eigentlich nicht ganz richtig, was Exzellenz sagen, ich bin kein Astrolog vom Fach und würde mich wohl vergebens mühen ein Horoskop zu stellen. Wohl bin ich aber ein warmer Verehrer dieser Kunst und glaube an sie. Es geht ein Sprichwort unter den Gelehrten um, dass ein weiser Mann das Gestirn überwindet. Fragt sich nur, wer so ein weiser Mann ist. Ich, der gar viele astrologische Kalender und sonstige Prognostika gelesen habe, weiß gar wohl, wie viel Lüge und Betrug darin sein mag. Das ändert aber nichts an dem Wert der wahren Astrologie. Unser Wissen ist ja nichts ohne das Gestirn, dergestalt, dass alles Menschenwissen fermentiert wird durch den Himmel, woraus dann wieder folgt, dass aus vielerlei Fermenten vielerlei Sinn und Gedanken kommen, also dass auch dort, wo kein beabsichtigter Betrug vorliegt, doch noch viel Menschenirrtum und Unklarheit möglich ist. Nun sind schon etliche Jahre hingegangen mit Vorzeichen, ohne dass sie erfüllt wurden …«

»Es war eben noch nicht die Zeit gekommen, da sich das vollbringen wird, was sie bedeutet haben«, warf Redlich dazwischen, »aber dass es sich einmal erfüllen wird, daran zweifle ich nicht. Solche Zeichen sind nichts anderes als die Anzeige, dass etwas brechen will: Denn ein jeglich Ding, das Gott missfällt, das zerbricht, nicht aber durch Menschenhand, sondern Gott muss brechen!«

Zwei große dunkle Nachtfalter surrten um die Windlichter.

»Das ist gewiss wahr«, fuhr mein Vater fort, »Gott lässt jedes Ding auf seine Zeit kommen, bis es reif zur Ernte ist, dann lässt er durch seinen Saturnum oder seinen Martem es abschneiden. Was nun das Prognostikon über das heurige und das nächste Jahr anlangt, so gibt uns derzeit der Himmel dreierlei Herren und ist auch noch ein vierter in der Konstellation. Nach ihrer Austeilung und Operation hat Germanien und auch Böheim Jupiter und Venus beschieden, die andere Austeilung gegen den Westen zu ist Mars, die dritte Austeilung geht aber fast ganz Europa an und heißt Saturnus. Mag uns also Fortuna *major* und *minor* zugleich scheinen, so schaden doch Mars und Saturn den beiden günstigen Sternen ...«

»Mars im Westen«, fiel Harant fast fröhlich ein, »ich sage es ja, der Friede wird nicht lange währen, wir bekommen wieder Krieg!«

»Und Saturnus über ganz Europa«, gab Redlich nachdenklich zu, »das hat einen noch viel tieferen Sinn; stimmt auch damit überein, dass in der Natur eine gewaltige Unruhe ist. Ihr Städter merkt ja nicht allzu viel davon, aber mein Freund, der Förster Auerhahn, erzählt mir jedes Mal davon, wenn ich zu ihm in den Sternenwald komme. Heuer sind gleich im ersten Frühjahr an den Stämmen der Eichen bis in die Gipfel hinauf eine Unmenge Schwämme gewachsen, die waren voll herber Feuchtigkeit, jetzt aber ist Leben in ihnen, eine unendliche Menge von Maden kriecht aus ihnen heraus. Der Erdboden selbst gibt, wo immer man ihn aufgräbt, einen widerlichen Geruch von sich, den auch die Tiere wohl wittern und es darum vermeiden Erde aufzuscharren. Ja die Ameisen, die sonst bei schlechtem Wetter sich tiefer in ihren Haufen flüchten, halten jetzt lieber dem Regen stand oder suchen unter Baumrinde der Stämme Zuflucht. Mancher Pflanze scheint diese sonderbare Veränderung in der Erde sehr zu bekommen, so sind alle Wiesen wie von weißem Schaum bedeckt von der Unmenge blühenden Pimpernells.«

»Das Pestkraut«, sagte einer dazwischen.

Eine Weile herrschte Schweigen, dann meinte Harant ziemlich gleichgültig: »Wenn das ein Vorzeichen sein soll, dann trifft es zu, die Pest ist schon in Ungarn.«

Und wieder ein Weilchen Stille, die dann unvermittelt eine harte, fremd klingende Stimme unterbricht:

»Sie ist schon in Wien!«

Wer hatte das gesagt? Der Baumeister Mathey. Und da nun alles auf ihn mit Fragen einstürmte, woher er das wisse, und auch wohl einige Zweifel geäußert wurden an der Richtigkeit der Nachricht, fuhr er fort:

»Ich komme seit langem mit meinen Leuten nicht aus, es wird ja an allen Ecken von Prag gebaut. So habe ich mir denn aus Como, wo man die besten Bauhandwerker der Welt findet, den Signor Passerini mit seinen Leuten verschrieben. Sie sind vor zwei Wochen durch Wien gekommen und haben mit eigenen Augen mitten auf der Gasse Leute tot zusammenbrechen sehen.«

Da rief ich ganz erschreckt aus: »Um Christi willen, das ist ja schrecklich! Wie leicht können diese Bauleute uns die Seuche hergeschleppt haben!«

Der Baumeister lächelte beruhigend: »Darüber ist keine Sorge nötig! Die Leute von Como sind durchweg weit gereiste, erfahrene Menschen, die für ihre Gesundheit vorzusorgen wissen. Da sie schon lange vor Betreten der Wiener Stadt allerlei erschreckende Gerüchte gehört hatten, waren sie auf der Hut, hatten sich gleich mit Meisterwurz und Myrrhen versorgt und solche beim Passieren von Wien stets im Mund behalten. Soll ein unübertreffliches Mittel gegen die Ansteckung sein. Zum Überfluss habe ich sie mit all ihren Fahrnissen mit angeflammtem Wacholder so gründlich ausräuchern lassen, dass mir zwei davon beinahe erstickt wären. Genügt das nicht, Herr Medikus?«

Der angesprochene Redlich nickte bedächtig. »Hat sich in Fällen leichter Ansteckungsgefahr, also bei einem vorübergehenden Aufenthalt in einem verseuchten Ort, bisher überall vortrefflich bewährt. Glaube nicht, dass Anlass zu Sorgen ist!«

»Sorgen und Ängstlichkeit«, begann nun mein Vater, »sind, wie ich mir von berufener Seite sagen ließ, im Übrigen besonders geeignet, die Inklination zur Ansteckung zu schaffen! Auf dass wir uns also solche schädlichen, ja lebensgefährlichen Eigenschaften, die, wie ich nicht zweifle, keiner von uns besitzt, nicht etwa einreden und zur Gewohnheit machen, möchte ich die liebwerten Herren an die Worte des Horaz mahnen: *Nunc est bibendum!*«

Und schon klangen die Becher fröhlich aneinander, schon war man mit heiteren Spottreden dabei, dem lieben Freund und Nächsten etwas anzudrehen. Als Anknüpfungspunkt diente noch immer das Prognostikon, das mein Vater vorgebracht hatte. Der Herr von Harant begann damit, wahrscheinlich aus Sorge, die niedergedrückte Stimmung, die vor einem Augenblick noch die Runde beherrscht hatte, könnte wieder Oberhand gewinnen:

»Ich habe mir von einem erfahrenen Astrologen sagen lassen,

dass es Berufe gibt, die saturnisch sind, und zwar seien das die Mönche, Schuster und Schneider, aber auch alle, die so mit dem Bauhandwerk zu tun haben ohne jeglichen Unterschied, ob sie fürtreffliche Baumeister oder nur schlichte Zimmerleute sind. Da drängt mich die Sorge um unseren Freund Mathey zu der Frage, ob ihm Saturni Herrschaft nicht besonders schädlich sein wird.«

»Braucht Euch darüber keine grauen Haare wachsen zu lassen«, lachte mein Vater. »Saturn sorgt für seine Kinder während seiner Herrschaft nicht schlecht und lässt sie reichlich zu Gut und Geld kommen! Wird also Herr Mathey in der nächsten Zeit gar fleißig zu bauen und dabei reichlich Verdienst haben.«

»Um das zu wissen«, meinte Pater Matthias, »braucht man kein Astrologus zu sein! Sieht man doch mit eigenen Augen, wo Gottes Segen ist. Die Residenz seiner Eminenz ist noch nicht fertig und schon drängt der Herr Erzbischof mit dem Bau der Kirche unter der Brucken, schon heißt es für den Herrn Grafen Sternberg sein Luftschloss an der Moldau zu bauen. Doch wenn es den Saturnischen so gut gehen soll, wird es bei besagter Konstellation auch den Martialischen zum Besten ausschlagen. Wird also auch der Herr Graf Harant zufrieden sein!«

»Das will ich hoffen«, gab der zurück, »wird aber der Herr Pater auch nicht zu kurz kommen, denn wie ich vorhin sagte, gehören ja auch die Mönche zu den Saturnischen und wird es also auch ihnen unter besagter Konstellation nicht schlecht gehen!«

So ging das Gespräch in heiterer Wechselrede weiter und niemand dachte mehr an Pest und Pestgefahr.

## 4

Einige Tage später brachte der Vater aus dem Oberstburggrafenamt die Nachricht heim, es sei ein kaiserlicher Eilbote angekommen mit der allerhöchsten Anfrage, ob die Prager Städte verseucht seien. Der Oberstburggraf habe daraufhin gleich eine Konferenz der angesehensten Ärzte zusammenberufen und diese hätten erklärt, dass schon lange nicht so wenig Kranke wie jetzt in Prag gewesen seien und dass die Luft nicht nur in der Stadt, sondern im ganzen Königreich die allerbeste sei. Mit diesem Gutachten reiste der kaiserliche Bote noch am gleichen Tag zurück.

Mein Vater rieb sich ob solcher Nachrichten vergnügt die Hände. Nicht nur, dass wir von aller Pestilenzgefahr gar wohl gesichert schienen, so versprach jene kaiserliche Anfrage nichts mehr und nichts weniger als eine zeitweise Übersiedlung des Hofes nach Prag. Das eröffnete mancherlei Aussichten und der Vater, der von allen Familienmitgliedern am ehesten mich ins Vertrauen zog, erzählte mir mancherlei von seinen Erwartungen. Ein Punkt betraf schließlich auch mich selbst und meinen älteren Bruder. Wenn wirklich der ganze Hof kam, dann würde es sicherlich auch nicht an Edeldamen fehlen, glänzenden Partien mit großem Vermögen und wertvollen Verbindungen. Ich war bis dahin Frauen gegenüber recht scheu und tölpisch gewesen; in strenger Zucht erzogen und gewohnt die Worte meines Vaters als unweigerliche Regel anzusehen, genügte mir dieser Wink, um mir einen ganz anderen Geist einzuflößen. Meine Phantasie malte mir traumhaft schöne Frauengestalten, vor denen ich das Knie beugte, die sich huldvoll zu mir neigten.

Es dauerte nicht lange und der erwartete hohe Besuch wurde zur Gewissheit. Es sollten das Kaiserpaar mit dem dreijährigen Kronprinzen, die Kaiserinmutter und der ganze Hofstaat kommen. Schon waren in der Hradschiner Burg alle Fenster offen und ungezählte Hände waren am Werke, dort alles instand zu setzen. Aber auch alle Minister und hohen Staatswürdenträger, ja selbst die Gesandten der fremden Staaten sollten mitkommen; für sie schaffte der Oberstquartiermeister Wohnungen in der Nähe der Hofburg.

Auch in der Stadt war alles voll Tätigkeit, von der auch ich mich nicht ausschließen konnte. Sollten doch die städtischen Junker als berittene Bürgerkompanie den Kaiser vor dem Stadttor erwarten und die Ehreneskorte bei seinem Einzug bilden. Gar prächtige Uniformen wurden für uns eigens zu diesem Zweck ausgedacht und hergestellt. Ein langer roter Rock mit hohen Spitzen, die zu den Ärmeln heraushingen und den

Hals umschlossen, ein weites Beinkleid mit Spitzencanons, schwere, etwas unförmige Reiterstiefel, ein dreifach aufgeklappter Hut mit Federn in den Stadtfarben Gelb und Rot, das alles gehörte dazu. Viel Zeit verging mit dem Anprobieren, noch mehr mit dem Exerzieren zu Pferde, denn wir wollten den Vergleich mit der kaiserlichen Kavallerie gut bestehen.

Am Nachmittag des 23. September 1679 kam es dann endlich zu dem lang erwarteten Einzug. Schon seit Mittag stand die städtische Reitereskadron vor dem Brandeiser Tor und wir waren alle müde vom Warten. Neben mir hielt der junge Dirix von Rottenberg, dessen Vater als ältester Ratsverwandter sich große Hoffnungen auf die Primatorstelle gemacht hatte, aber gegen meinen Vater unterlegen war. Wie sich denken lässt, war das Verhältnis zwischen den beiden Familien darum nicht das beste, aber das endlose Warten ließ solche Gegensätze bald vergessen und wir kamen in ein Gespräch, das immer lebhafter wurde. Mit herzgewinnender Offenheit erzählte er mir von seinen kleinen Freuden und Leiden und zögerte auch nicht einen Augenblick zu bekennen, dass er sich aus dem nahenden Hofstaat ein Bräutchen herausfischen wolle und dass sie nicht nur hübsch, sondern auch reich und von angesehener Familie sein müsse. Wir lachten herzlich, als ich meinerseits eingestand, dass ich genau die gleichen Pläne verfolgte.

Darüber war uns schließlich die Zeit so rasch vergangen, dass wir überrascht aufblickten, als Böllerschüsse von den nächsten Anhöhen das Nahen des Kaisers verkündigten. Es dauerte dann noch immer eine geraume Weile, ehe er wirklich kam, aber die Zeit war reichlich mit den letzten Vorbereitungen ausgefüllt.

Vom Kaiser selbst sahen wir nur eine ungeheure Perücke, die ein Weilchen aus dem Fenster der goldenen Staatskarosse herauslehnte, und auch die endlose Reihe der folgenden Wagen kam uns nicht so nahe, als dass wir die Insassen hätten genau ausnehmen können. Immerhin konnten wir so viel feststellen, dass es an holden Frauen und Mädchen im kaiserlichen Gefolge wahrhaftig nicht fehlte. Als nun der Letzte der vielen Wagen ins Stadttor eingefahren war und wir städtischen Junker uns auch in Bewegung setzten, um den Kaiser als Abschluss des Zuges bis in die Hofburg hinaufzubegleiten, da waren wir beide eigentlich etwas enttäuscht. In unserer Naivität hatten wir uns die Sache beiläufig so gedacht, dass sich jedes der adeligen Mägdelein im Zuge des Kaisers den Herren Stadtjunkern am Wagenfenster recht deutlich mit holdseligem Lächeln zeigen würde, bis dass einmal ich und einmal der Dirix in den Ruf ausbrechen würden: Das ist die meine, die und keine andere werde ich freien! So war es also auch nicht im Entferntesten gekommen und wir ließen beim Ritt durch die Stadt zunächst einmal wacker die Köpfe hängen. Erst der Gedanke, dass an den Gassenfenstern ja auch so manches schöne Kind lehnte, das den kaiserlichen Einzug und schließlich auch die städtische Eskadron in ihren neuen goldstrotzenden Uniformen sehen wollte, erst dieser Gedanke ließ uns die Köpfe heben und in leidlicher Haltung den Ritt vollenden.

Die nächsten Tage brachten Feste über Feste. Der Adel, die Bürger, vor allem aber die Patres Jesuiten begrüßten den Kaiser mit prunkvollen Feierlichkeiten. Aus ganz Böhmen, ja aus Schlesien und Sachsen waren Leute zusammengeströmt, um mit eigenen Augen des Kaisers Majestät zu schauen, um die Pracht des Empfanges zu bewundern. Zum Brechen voll waren alle Gastwirtschaften, doch auch die Paläste, die Bürgerhäuser waren überfüllt von Gästen, die teils mit dem kaiserlichen Zug, teils als Neugierige gekommen waren.

Auch in unserem Haus ging es lebhaft zu. Der Gesandte der Republik Venedig hatte in der Nähe der Hofburg kein standesgemäßes Unterkommen finden können, so hatte ihn denn mein Vater eingeladen, mit unserem auf der Altstadt gelegenen Haus vorlieb zu nehmen. Er nahm an und zog mit großem Gefolge ein, sodass wir ihm eine ganze Flucht von Zimmern einräumen und uns selbst in den Hintertrakt des Hauses zurückziehen mussten. Das war ja unangenehm, wenigstens klagte die Mutter sehr darüber, aber der Vater und ich wussten die Auszeichnung, einen solchen hohen Gast beherbergen zu dürfen, wohl zu schätzen. Ja, ich empfand es gar nicht als eine so große Unannehmlichkeit, wenn ich mir vor unserem Haustor erst mühsam den Weg durch die Menge von Gaffern bahnen musste, die den stolzen Venezianer, seine goldstrotzende Sänfte und vor allem seine beiden Kammermohren sehen wollten.

Dass zu solchen Zeiten der Primator eine sehr beschäftigte

Persönlichkeit war, braucht nicht erst gesagt zu werden, jedenfalls hätte unser Vater seinen früher geäußerten Plänen zum Trotz keine Zeit gehabt, für uns auf Brautschau zu gehen, und schien es darum uns zu überlassen, uns nach eigenem Gutdünken umzusehen. Doch wurde er bald von dritter Seite an diese Angelegenheit gemahnt. Besuchte ihn ein Sekretär des Grafen Khevenhüller, der mit seinem Herrn nach Prag gekommen war, in verschiedenen Geschäften auf dem Rathaus und meinte zum Schluss, er wolle mit Erlaubnis des Primators noch eine delikate Privatsache vorbringen. Seien in Begleitung seiner gnädigen Herrin einige jüngere Damen, darunter ein Fräulein von Fels, deren Vater habe ihn, den Sekretarius, ersucht ein wenig Umschau nach einer passenden Partie zu halten. Das Fräulein sei zwar nicht sonderst schön, aber auch nicht schandlich, besitze im Steirischen eine schöne Herrschaft als mütterliches Erbe, das sie aber laut Testament erst an ihrem Hochzeitstag in Besitz nehmen dürfe. Würde also Seine Gnaden der Herr Primator von selbst als hochvernünftig judizieren, dass sich der Vater des Fräuleins nach einem geeigneten Bräutigam umsehe.

Mein Vater antwortete, dass er nicht abgeneigt wäre, diesem Plan für einen seiner Söhne näher zu treten, dass aber vor allem darauf gesehen werden müsse, ob die jungen Leute *vice versa* Gefallen aneinander finden würden und ob deren Humores sympathisieren möchten. Seine gnädigste Herrin, fuhr der Sekretär fort, wisse von der Sache und würde eine Verbindung des Fräuleins mit einem Prager Edelmann sehr begrüßen, selbst wenn es sich um einen erst vor kurzem erworbenen Adel handeln möchte; hauptsächlich müsse er ein guter Katholik sein und gerade in diesem Punkt hätte man von den Pragern und insbesondere von ihrem Primator die allerbeste Meinung. Mein Vater versicherte darauf, wie glücklich er sich schätze, des Hauses Khevenhüller gehorsamer Diener zu sein, und er bitte um die Erlaubnis, der Frau Gräfin selbst seine Aufwartung machen zu dürfen

Einige Tage später wurden mein Bruder und ich zur Gräfin beschieden, auf dass wir einigen jungen Damen ihrer Verwandtschaft und ihres Gefolges die Kirchen zeigten.

## 5

Als wir diesem Auftrag nachkamen, fanden wir eine ganze Schar junger Damen vor; waren fast alle vom Hochadel bis auf das Fräulein Fels und eine Dame aus Wien. War auch der junge Graf Slawata hier, der anscheinend aus einer ähnlichen Veranlassung wie wir gekommen war und sich ganz in den Dienst der Tochter des Hauses gestellt hatte.

Sobald wir uns auf den Weg gemacht hatten, attachierte ich mich dem Fräulein von Fels, die mir gar wohl gefiel, denn es fehlte ihr nicht an Verstand und auch ihr Äußeres war so uneben nicht.

Nachdem wir die Kirchen der Kleinseite besucht hatten, gingen wir über die Karlsbrücke in das große Jesuitenstift, genannt Klementinum, mit dessen innerer Einrichtung ich durch Pater Schuffenhauer wohl bekannt war. So konnte ich denn nicht nur die Kirchen und Kapellen zeigen, welche dieses weitläufige Gebäude enthält, sondern auch den Theatersaal, in dem gerade alles für eine Festvorstellung vor dem Kaiser hergerichtet wurde, ja ich vermochte auch ein Plätzchen in einem schmalen Gang hinter der Bühne zu weisen und das schwarze Kreuz, das dort an die Wand gemalt war. Die rare Historia über diesen Ort habe ich auch gleich auf der Stelle folgendermaßen erzählt:

Vor etlichen Jahren hatten die Patres in diesem Theater eine Komödie vorgehabt, in der Luther, Melanchthon und Hus zum Feuertod verdammt und verbrannt werden sollten. Zu solchem Zweck hatten sich drei Studenten in Teufelsgestalt verkleidet, um die Ketzer in die Flammen zu werfen. Als sie einst die Komedia probierten, kam als Vierter zu den dreien der rechte höllische Teufel dazu, trat unter sie und lief mit ihnen herum. Darüber erschraken zwei von ihnen so, dass sie tot hinfielen. Mussten die beiden wohl sehr große Sünder oder gar selbst heimliche Ketzer gewesen sein, dass sie der Böse auf solch absonderliche Weise holte.

Als ich mit dieser Erzählung fertig war, sah ich zwei große blaue Augen erschreckt, aber voll großer Spannung auf mich gerichtet. So auf die Dame aufmerksam gemacht, merkte ich erst, wie wunderschön sie war. War eine Komtesse Lodron, eine Nichte des hochseligen Erzbischofs Paris Lodron von Salzburg. Hieß mit Vornamen Marianne.

Weil danach die Damen müde schienen, haben wir sie zurückgeleitet, nicht ohne dass der Tag für einen weiteren Rundgang durch die Stadt festgesetzt worden wäre.

Wie ich zur bestimmten Zeit wiederkam, sprach mich gleich die Komtesse Lodron an und bat mich, diesmal doch ja das Haus des viel beschrienen Zauberers Faust zu zeigen. Ich kam dadurch in nicht geringe Verlegenheit, denn solches war mir nicht bekannt und musste ich mich mit dem Versprechen genügen, dass ich danach Umfrage halten wolle; merkte aber gleich, dass die Dame gern von unheimlichen Dingen hörte.

Ganz sonderbar traf es sich, dass genau die gleiche Frage noch am selben Tag von einer ganz anderen Seite an mich gestellt wurde, nämlich von dem Leibarzt des venezianischen Gesandten. Derselbe nannte sich Hieronymo Cardano; er sei Großneffe jenes hochberühmten Mannes gleichen Namens, der Professor der Mathematik zu Mailand und der größte Astrologe seiner Zeit gewesen war. Von diesem großen Gelehrten hatte ich schon oft gehört, auch einiges aus seinen Schriften gelesen; seines Bruders Enkel machte jedoch keinen freundlichen Eindruck auf mich, besonders sein bohrender Blick tat mir förmlich weh. Doch verlangten es die Höflichkeit und Gastfreundschaft, dass ich ihm das Gleiche wie der schönen Komtesse Lodron versprach.

Dem Zufall der übereinstimmenden beiden Fragen folgte am nächsten Tag ein noch größerer, der auf mich den Eindruck machte, als ob hier ein magisches Geschehen im Werden sei: Der erste Mensch, den ich um Auskunft über das Faust-Haus bat, wusste darüber nicht nur Bescheid, sondern war wie sonst keiner geeignet mir den Zutritt dorthin zu verschaffen. Dieser Mann war Freund Dirix. Er erzählte mir bereitwillig, dass sein Vater vor etlichen Jahren aus der Hinterlassenschaft des Niklas Grulois ein Haus mit Weingarten in der Nähe des Klosters Emaus erworben habe; dieses Haus habe vordem den Herzögen von Ratibor gehört, welche es dem Doktor Faustus während seines Prager Aufenthaltes als Wohnung überlassen hätten. Es seien damals wohl viele schreckliche Dinge in diesem Haus geschehen und es sei dort bis heute nicht recht geheuer.

Umso besser, dachte ich sündhafterweise bei mir, da wird die schöne Dame eine rechte Angst haben und mich wieder mit ihren verschreckten Augen so köstlich anblicken.

Die Besichtigung, zu der wir wohl oder übel auch den Signor Cardano mitnehmen mussten, war aber eine große Enttäuschung: ein altes Haus mit wenigem dürftigen Mobiliar, mit leeren Wänden. Auf ein Loch in der Wand, groß genug, um einen Mann durchzulassen, machte uns Dirix besonders aufmerksam:

»Durch dieses Loch«, sagte er flüsternd, »ist der Leibhaftige in diesem Haus ein und aus gegangen. Mein Vater wollte es schon einige Male vermauern, aber es hält kein Mörtel an dieser Stelle, Steine und Ziegel fallen wieder heraus!«

Ich wollte auf meine Rechnung kommen und suchte bei diesen Worten die Augen der schönen Dame, sah aber dabei, dass noch ein anderer den Blick auf sie geheftet hatte, und das war der Doktor Cardano. Als er sich beobachtet sah, blickte er nach einer leeren Zimmerwand hinüber, ging auf sie zu, schien etwas daran zu untersuchen und sagte dann in einem Ton, als ob er weiß der Himmel was für eine Entdeckung gemacht hätte, und so laut, dass es ja alle hören mussten: »An dieser Stelle muss ein Spiegel gehangen haben!«

Der junge Graf von Slawata, der auch mit von der Partie war, konnte sich nicht enthalten zu fragen, was denn an dieser Tatsache so sonderbar sei, wenn es überhaupt eine Tatsache wäre. Die Frage war in einem leicht spöttischen Ton gestellt, der jedoch nicht verletzend war; die Antwort darauf klang hochfahrend: Dass es verschiedene Arten von Spiegeln gebe, von denen die meisten Menschen sich nichts träumen ließen, ebenso wie nur ganz wenige beurteilen könnten, ob das, was er gesagt habe, auf Tatsachen beruhe, von den Anwesenden verstehe das jedenfalls niemand.

Bei der Fülle der festlichen Veranstaltungen, die sich in diesen Tagen zusammendrängten und die alle dem Kaiser den Prager Aufenthalt recht angenehm erscheinen lassen sollten, nicht weniger aber auch infolge der fast täglichen Besuche im Khevenhüllerschen Quartier hätte ich diesen Vorfall bald vergessen, wenn mich nicht Freund Dirix mit folgender Erzählung daran erinnert hätte: Der Doktor Cardano habe bei seinem

Vater einen Besuch gemacht, um den Schlüssel des Faust-Hauses gebeten und auch um die Erlaubnis, dort einen Spiegel seiner Erfindung anbringen zu dürfen. Es handle sich um ein wissenschaftliches Experiment, für dessen Gelingen die Lage des Hauses die allerbesten Voraussetzungen biete. Nun war Herr Johann Severin Dirix von Bruck und Rottenberg, ehe er Ratsherr geworden war und durch des Kaisers Gnade den Adel erlangt hatte, bürgerlicher Apotheker in der Altstadt gewesen, hielt sich für einen großen Gelehrten auf allen Gebieten der Naturwissenschaften und daher für verpflichtet gelehrte Experimente zu fördern. Die Erlaubnis wurde also erteilt.

Ich hörte mir das alles wohl an, aber meine Gedanken waren weit weg; die gehörten ganz der Komtesse Lodron. Ich war fast jeden Tag in ihrer Gesellschaft und konnte bald mit Freuden bemerken, dass sie mit mir am allerliebsten sprach. Sie erzählte mir gar ausführlich von ihrer Kärntner Heimat, von dem mächtigen Schloss ihrer Väter, von dem kleinen Städtchen Gmünd, das sich an seinem Fuße zusammenducke. Auch von Jagden im Hochgebirge, von langen Fahrten über den märchenschönen Wörthersee, von Reisen nach Salzburg und Wien wusste sie viel zu berichten. So waren wir denn oft und viel beisammen, ohne dass die Gräfin Khevenhüller, vor deren Augen das geschah, etwas dagegen einzuwenden schien, obgleich es nicht der Sitte entsprach, dass ein Fräulein des Hochadels ihren Kavalier aus den Kreisen des neuen Stadtadels wählte. Auch mein Vater gemahnte mich nicht weiter an das Fräulein von Fels, die ich seit jener ersten Begegnung sträflich vernachlässigt hatte, während mein Bruder, der sich bereitwillig an meiner Stelle ihren Diensten widmete, keine sonderlich ermutigende Aufnahme bei ihr fand, sodass auch er sich bald zurückzog.

## 6

Meine Seele war durch die – ja, warum soll ich es nicht beim wahren Namen nennen – durch die Liebe zu Marianne Lodron in eine traumhaft schöne Welt entrückt. Doch auch das Leben um mich herum war nicht der vordem gewöhnte Alltag, sondern eine einzige ununterbrochene Folge von rauschenden Festen und Vergnügungen und die einzige Frage, die man sich jeden Tag zu stellen hatte, war die: Was wird morgen für ein neues Vergnügen sein? Was werden wir morgen für eine Überraschung erleben? Doch was sage ich eine Überraschung, wo ich von Wundern reden sollte! Denn unerhörte, nie gesehene Wunder waren es, die man zu sehen bekam! Bei den verschiedenen Festvorstellungen sah man Gottheiten in den Wolken erscheinen, Adler in den Himmel fliegen, Geister aus der Erde auftauchen! Und als einmal der griechische Sänger Orpheus auf der Bühne der Patres Jesuiten sein Lied zur Leier sang, da begannen sich Tiere, Felsen und Säulen auf der Bühne zu bewegen und ihm alle zu folgen!

Es gab freilich auch mancherlei Hemmungen in der Festfreude, so die Tatsache, dass Seine kaiserliche Majestät ein großer Musikus war, der fleißig selbst komponierte. Bei all den Festen trachteten die Veranstalter etwas aus seinen zahlreichen Werken zu Gehör zu bringen. Diesen Zeilen kann ich es anvertrauen, dass es ein ödes und endlos langweiliges Geklingel war, das man da zu hören bekam, doch der Beifall wollte jedes Mal nicht enden.

In der ersten Zeit gab es freilich noch etwas anderes, das auf den Gemütern lastete und bedeutend mehr wog als die kaiserliche Musik – das war der Gedanke an die Pest, die Furcht, dass der schwarze Tod sich hinten auf die Reisewagen aufgehockt habe, dass die Wiener Gäste der Seuche nicht entronnen seien, sondern sie nur nach Prag verschleppt hätten. Doch als Woche um Woche verging, ohne dass sich ein einziger Fall gezeigt hätte, ja, als sogar die Nachrichten aus Wien immer günstiger lauteten, als man aus ganz einwandfreien Quellen hören konnte, dass mit dem Eintritt der kühleren Jahreszeit die Seuche dort rasch zurückgehe, da war man von einer schweren Last befreit. Blieb freilich noch die kaiserliche Musik, aber das war jedenfalls das geringere Übel.

Am 5. Dezember hat Seine kaiserliche Majestät in eigener Person den böhmischen Landtag eröffnet. Waren alle Stände ungewöhnlich zahlreich erschienen. Ich war in Begleitung der Komtesse bei dem feierlichen Hochamt im Veitsdom, das mit großer Pracht vor der Eröffnung zelebriert wurde, sah auch den Zug der Mitglieder des Landtages, die sich in den Wladislawsaal der Burg begaben.

Da nun schon das liebe Weihnachtsfest nahe war, so überlegte ich oft, wie ich der lieben Marianne Lodron auch meinerseits eine kleine Festfreude machen könne, ohne allzu sehr aufzufallen und aufdringlich zu wirken. Auch hätte ich es gern gehabt, wenn ihr mein Geschenk erzählt hätte, wie über alles teuer mir ihr Antlitz sei, was der Blick ihrer Augen mir bedeute. Das würde, so dachte ich, am besten ein Spieglein ausdrücken. Es sollte aber etwas besonders Feines sein und auch der Rahmen edle Arbeit zeigen. Am besten war wohl venezianisches Erzeugnis zu wählen, das doch in aller Welt gerade auf diesem Gebiet gerühmt war. Wenn auch ungern, so entschloss ich mich schließlich doch den Cardano deshalb zu Rate zu ziehen. War aber der Mann nirgends aufzufinden, bis ich durch Dirix erfuhr, dass er die ganzen Tage im Faust-Haus verbringe.

Wir entschlossen uns rasch ihn dort aufzusuchen, teils um den gesuchten Rat einzuholen, teils um zu sehen, was er dort eigentlich treibe. Wir fanden ihn eifrig beschäftigt, eine ganze Menge von kleinen Spiegeln, alle etwa von der Größe einer Spielkarte, an jener Wand anzubringen, von der er einst so nachdrücklich hervorgehoben hatte, dass dort einmal ein Spiegel gewesen sei. Er ließ sich durch unsere Anwesenheit nicht viel stören und fuhr eifrig fort, die einzelnen Spiegelstücke auf der Rückseite mit einer dicken Schicht einer klebrigen Masse von bläulicher Farbe zu überziehen und sie dann an die Wand zu drücken. Der Klebstoff tat unglaublich rasch seine Schuldigkeit und so fügte sich schnell Glas an Glas, Spiegel an Spiegel. Besonders wunderlich schien es mir, dass er überall, wo zwei Spiegel zusammenstießen, einen dicken Streifen einer zähen grauschwarzen Masse auftrug, welche nicht nur die schmale Lücke zwischen den einzelnen Scheiben verdeckte, sondern auch ein Stück in die Spiegelscheiben selbst hinein reichte. Er arbeitete dabei mit einer unglaublichen Genauigkeit, die Scheiben selbst waren genau in Reihen über- und nebeneinander, der dunkle Streifen überall von der gleichen Breite. Wenn man das Ganze, so wie wir beim Eintreten, von einiger Entfernung betrachtete, so meinte man, einen einzigen großen Spiegel vor sich zu haben, über den ein Eisengitter gehängt war.

Mit einer beispiellosen Mitteilsamkeit antwortete er auf unsere Fragen, was denn das ganze Experimentum für einen Zweck habe, aber es war ohne weiteres klar, dass seine umständliche Erzählung nur den Zweck hatte, von dem eigentlichen Thema abzulenken. So erzählte er uns, dass man beim Beginn einer solchen Arbeit genau wissen müsse, in welchem Teil des Himmels zur selben Stunde jeder Planet, ebenso in welchem Zeichen und Gradus die Sonne und der Mond sei! Der Ort Aequinoctii müsse genommen werden in der Ecliptica des achten Himmels. Nun, nachdem man sich alles dessen versichert, nehme man sieben Metalle, als da sind Gold, Silber, Kupfer, Zinn, Blei, Eisen und Quecksilber, und reinige jedes Metall sorgfältig in der Stunde jenes Planeten, dem es zugeeignet ist. Um nun das Spiegelmetall herzustellen, müsse man wohl beachten, welcher Planet Herr der Geburt dessen sei, der den Spiegel herstelle, wann dieser Planet in seinem eigenen Haus sei, das sei dann die rechte Zeit dies Werk zu vollführen. Und wenn man dabei die Metalle in einen Tiegel zusammenschütte, so müsse man dabei die richtige Reihenfolge beachten und auch mit jenem Metall beginnen, das dem Herrn der Geburt gehöre.

So plätscherte mit südlicher Lebhaftigkeit seine Rede dahin. Wir hatten es bald aufgegeben eine Antwort auf unsere Frage zu erwarten, doch wagte der Dirix schließlich eine andere Erkundigung, nämlich nach dem Sinn jenes sonderbaren gitterartigen Gebildes.

»Meine *gratulationes*«, antwortete Cardano mit einem sonderbaren Lächeln, »zu dem Scharfsinn, den Signor entwickelt! Ich mache ja kein Geheimnis aus meinem kleinen Experimentum hier, höchstens dass ich mich über seinen Endzweck erst etwas später äußern möchte, und so habe ich bereits verschiedenen Herren die erbetene Erlaubnis zum Zuschauen bei meiner Arbeit nicht versagt. Sind durchwegs kluge Herren gewesen von großer Erudition, hat aber keiner von ihnen herausgebracht, dass das eigentlich ein Gitter ist. Und sein Zweck? Nun, *naturalmente*, dass mir niemand ohne mein Wissen und Willen in den Spiegel hineingeht!«

Er brach in ein wieherndes Gelächter aus, als wäre ihm ein besonders guter Scherz gelungen. Wir dagegen empfanden diese Art zu antworten als nicht sehr höflich und verabschiedeten uns darum ziemlich kühl. Die beabsichtigte Auskunft hatte ich nicht eingeholt, das Weihnachtsgeschenk für meine Marianne sollte nicht durch Vermittlung dieses unfreundlichen Gesellen erworben werden. Ich habe dann von einem Nürnberger Kaufmann eine feine, schöne Arbeit gekauft, die der Empfängerin gar wohl gefallen hat.

Doch damit waren meine Vorbereitungen für Weihnachten noch nicht beendet. In der Sporengasse auf der Kleinseite gab es zur Mitternachtsmette einen besonderen Weihnachtsbrauch: Wenn es von allen Türmen der Stadt Mitternacht schlug, so kam der Nachtwächter mit Spieß und Horn und Laterne in diese Kirche geschritten, ging ohne nach links und rechts zu sehen bis zum Hochaltar, wendete sich dort zur Gemeinde und hob sein Horn, um die Mitternachtsstunde zu künden. Und kaum dass der letzte Ton davon verklungen war, setzte vom Kirchentor ein jubelnder Schwall von Vogelstimmen ein, Stare und Meisen, Amseln und Finken und der Kuckuck rief dazwischen, was er nur konnte. Die Patres, die diese Kirche betreuten, hielten lange vor dem Fest mit einer Horde von Buben, die im Nachahmen von Vogelstimmen als besonders tüchtig galten, langwierige Proben ab, das Ergebnis war aber auch der Mühe wert. Der Frau Khevenhüller erzählte ich davon, bat sie aber den jungen Damen nichts zu verraten. So war denn die Überraschung voll gelungen und ein dankbarer Blick aus zwei lieben Blauaugen sagte mir, dass weibliche Spitzfindigkeit doch den Veranstalter herausgebracht hatte.

Ganz im allerletzten Augenblick fand sich noch Anlass zu einer dritten Überraschung, die ganz besonderer Art war. In den Kreisen des kaiserlichen Hofstaates war das Programm, welches Seine kaiserliche Majestät während der Festtage einzuhalten gedachte, nicht unbekannt und so wusste man auch, dass der Kaiser am Tage des heiligen Evangelisten Johannes im Veitsdom aus den Händen des Domdechanten den Wein der Johannisminne gereicht haben wollte. Bei diesem Akt werde jener aus einem einzigen Onyxstein geschnittene Kelch verwendet werden, den einst Kaiser Karl IV. dem Domkapitel geschenkt hatte. Dieser Brauch war bei uns sehr selten und so musste ich mich erst von Pater Schuffenhauer belehren lassen, dass man durch diesen Genuss der ganzen Gottes- und Menschenliebe des Evangelisten teilhaftig werden solle. Auch sei, in Erinnerung daran, dass der Heilige einst einen Becher Gift ohne Schaden ausgetrunken, der Genießende vor jedem Gift, also auch dem der Pestilenz, besonders behütet. Diese lange Erklärung sagte mir aber gar nicht zu, mir klang vor allem das Wörtchen »Minne« im Ohr und ich blieb innerlich fest überzeugt, dass dieser Brauch, möge er ansonsten welche Bedeutung auch immer haben, für Liebende einen besonderen Sinn haben müsse. Ich hütete mich wohl, dieser Meinung Ausdruck zu geben, als ich gleich anschließend den Pater recht demütig bat, ob ich nicht auch den Johanniswein im Dom gereicht bekommen könne. Ich und eine Dame, die zum Hofstaat gehöre.

Der Pater Matthias war fraglos die geeignetste Persönlichkeit, an die man sich mit einer solchen Bitte wenden konnte, war er doch der beste Freund des Domdechanten. Aber meine Bitte schien ihm gar zu kühn. Er hatte schon glatt abgelehnt, als er noch nach dem Namen der Dame fragte. Was, Komtesse Lodron? Eine Verwandte also des Erzbischofs von Salzburg, der zwar schon vor Jahren im Herrn entschlafen sei, dessen Andenken aber noch immer unverändert weiterlebe. Eine Nichte also, die Tochter des jüngsten Bruders Seiner Eminenz! Nun, daraufhin lasse sich über die Sache reden; der Herr Domdechant sei ein besonderer Verehrer des hochseligen Herrn Erzbischofs und werde einer Dame aus der nächsten Verwandtschaft desselben gewiss gern gefällig sein, vorausgesetzt, dass die Erfüllung überhaupt im Bereich seiner Macht liege. Vorläufig möge ich über die Angelegenheit jedenfalls mit niemand sprechen. Die Dame habe wohl ganz besonders Angst, dass die Pest doch noch um sich greifen könnte, eine ganz überflüssige Sorge nebenbei gesagt, denn durch Gottes Gnade sei diese Geißel endgültig von uns abgewendet. Aber wenn es zur Beruhigung des Fräuleins diene, so werde man ihr vielleicht den Gefallen erweisen können! Und darum werde er trachten, dass auch ich, sein ehemaliger Schüler und Sohn seines hoch geschätzten Freundes, dessen teilhaftig werde.

*In die sancti Iohannis Evangelistae* begab sich am Vormittag der Kaiser Leopoldus in feierlichem Zuge in die Wenzelskapelle des Domes und genoss dort den heiligen Wein, den ihm der Domdechant aus dem Onyxbecher reichte.

Am späten Nachmittag, als sich der Domplatz schon in tiefe Schatten hüllte, stand dort ein junger Mann und spähte eifrig nach einer kleinen Seitenpforte der Hofburg. Die Kaiserin Eleonore hatte für den Nachmittag einige junge Damen des Hochadels zu sich befohlen. Marianne Lodron war dieser Einladung nur sehr ungern gefolgt, doch fernzubleiben war unmöglich. Wohl aber hoffte sie, zur verabredeten Stunde auf ein Weilchen entschlüpfen zu können. Und wirklich! Die große Domuhr hatte noch nicht den letzten Schlag der sechsten Stunde getan, da sah ich einen schlanken Schatten von der Burg her über den Platz gleiten, gerade auf die Domsakristei zu.

Als ich eintrat, kniete sie bereits an den Stufen des kleinen Altars, der sich dort befand. Nur zwei Kerzen brannten, in deren unsicherem Licht die Gestalt des hageren Domdechanten, der mit zitternden Greisenhänden einem eisernen Schrein den Onyxbecher entnahm, unnatürlich groß schien. Unheimlich war die Stille der Stunde. Geräuschlos schritt der alte Priester die Stufen zum Altar empor, geräuschlos entnahm er dem Tabernakel das Kännchen mit dem geweihten Wein. Umso lauter vernahm man durch die feierliche Ruhe, wie der Wein plätschernd in den Becher floß.

Nachdem Marianne andachtsvoll den gebotenen Trunk genossen hatte, erhob sie sich eilig, um mir Platz zu machen, doch verharrte sie betend auf einem Schemel im Hintergrund. In dem Augenblick, als ich den Wein die Kehle heruntergleiten fühlte, erschreckte mich plötzlich ein Gedanke: Die Johannisminne hat ja noch einen anderen Sinn als den, welchen mir Pater Matthias erklärt hatte! Jetzt erst fiel es mir ein, dass ich es schon öfter gehört hatte – man trank ihn beim Abschiednehmen!

Als wir ein Weilchen später über den stockdunklen Domplatz der Burg zu schritten, quälte mich fortwährend dieser Gedanke. Meine Begleiterin gab keine Antwort, als ich nicht länger an mich halten und von diesem Sinn der heiligen Handlung sprechen musste. Erst als sie an der kleinen Burgpforte angelangt war, als sie schon den großen Schlüssel im Schloss umgedreht hatte, sodass sich knarrend die Tür öffnete, erst da wandte sie sich zu mir und sagte:

»In meiner Heimat wissen wir nichts davon, dass dieser Trunk dem Scheiden gilt. Bei uns reicht ihn der Priester nach der Trauung dem Brautpaar, auf dass er Stärke und sie Schönheit daraus trinke, und wir nennen das Johannisliebe!«

Sie reichte mir rasch die Hand und ehe ich etwas sagen konnte, war die schwere Eichentür hinter ihr ins Schloss gefallen.

## 7

Der ganze Christmond war recht warm und lau gewesen, in den Weihnachtstagen war es fast schwül. Nachdem der Himmel längere Zeit bewölkt geblieben war, schob sich am Abend des Tages der unschuldigen Kindlein die Wolkenwand, wie wenn eine unsichtbare Hand sie wegrücken würde, unvermittelt beiseite; da sah man auf dem klaren Himmel einen riesenhaften Kometen stehen. Sein Kopf stand über dem Hradschin, sein mächtiger Schweif bedeckte einen Himmelsstreifen, der gut ein Viertel des ganzen Horizonts einnahm.

Schrecken fasste Groß und Klein, Arm und Reich. Auf der Karlsbrücke standen sie jeden Abend dicht gedrängt, um das fürchterliche Wunder zu schauen.

Auch bei uns zu Hause gab es große Aufregung und es war nicht der Komet allein, der uns beunruhigte. Der Vater brachte vom Rathaus die Nachricht heim, dass der Oberstburggraf den Juden bei Todesstrafe verboten habe über die Karlsbrücke hinüber auf die Kleinseite zu kommen. Was bedeutete das? Sicherlich wollte man mit dieser Maßnahme weniger die Kleinseite als den hinter ihr liegenden Hradschin, die Hofburg, schützen. Aber vor was? Das konnte nur eines sein: die Pest! Man hatte also dort oben zuverlässige Kunde, dass in der Judenstadt Pestfälle vorgekommen waren.

Die Freunde des Hauses kamen gleichfalls mit beunruhigenden Nachrichten. Vor allem Freund Redlich kam wiederholt aufgeregt dahergeschossen, erzählte etwas, machte dazu gewaltige Gesten mit beiden Händen und verschwand wieder. Einmal berichtete er, dass im Sterntiergarten schon der Seidelbast blühe, jetzt zu Neujahr, ein gar schlimmes Vorzeichen für jeden Kenner der Natur, das andere Mal erzählte er, dass seine Frau wieder in der Hoffnung sei, und er habe untrügliche Anzeichen dafür, dass es wieder Drillinge sein würden wie das erste Mal. Eine solche zweimalige Dreiheit konstelliere sich aber auf den Mars und Saturn, was nichts Gutes zu bedeuten habe. Doch Graf Harant, der gerade anwesend war, meinte lachend, das Prognostikon sei erst zu stellen, wenn zum dritten Mal Drillinge kämen; erst dann solle er in der Kabbala nachsehen, was drei mal drei zu bedeuten habe.

Das nächste Mal kam der Medikus mit Bücherweisheit beladen, zitierte den Junctinus und Cardanus (also den Großonkel unseres venezianischen Gastes) und kam auf Grund dieser Autoren zu dem Schluss, dass Kometen nicht nur ein Unglück, sondern auch Glück bedeuten können, denn wie es im »*Liber de septem stellis erraticis*« heiße: *Calamitas unius est fortuna alteri!* Auch über die Entstehung der Kometen wusste er uns genau zu belehren, obgleich da seine Mitteilungen sich vielfach recht widersprachen. Einmal zitierte er den Longomontanus, der die Kometen als Hexenwerk erklärte. So ein Hexer vermöge nämlich aus den Planeten Samen auf den Stern Venus herabträufeln zu lassen, der davon schwanger werde und den Kometen gebäre. Das andere Mal hielt er mit Paracelsus dafür, dass die Kometen aus dem Wunsch der Geister entstehen, die unseres Glücks und Unglücks Zukunft kennen und uns rechtzeitig vor drohendem Unheil warnen wollen. Zu diesem Zweck nähmen sie aus dem Himmel einen Stern, machten aus ihm eine Gestalt, die seltsam fremd sei, und führten ihn durch die Lüfte in das Gesichtsfeld der Menschen.

Die Komtesse Lodron habe ich in dieser Zeit wenig gesehen, und wenn, dann immer nur in großer Gesellschaft. Schien fast, als ob es sie reuen würde, dass sie mir in der Nacht der Johannisminne gesagt hatte, was dieser Brauch in ihrer Heimat zu bedeuten habe. Und doch hatte sie zuweilen, wenn sie sich unbeobachtet glaubte, einen so seltsam innigen Blick für mich, der das Gegenteil sagte.

In *politicis* gingen in dieser Zeit recht merkwürdige Dinge vor. Kamen von allen Seiten Bauerndeputationen daher, alte, wetterharte Männer in seltsamen Trachten, wollten alle den Kaiser sprechen. Aber die hohen Herren vom Adel wollten das nicht. So wurden denn in ihrem Auftrag solche Leute gleich beim Stadttor oder, wenn sie sich dort glücklich durchgemogelt hatten, beim Eingang in die Burg abgepasst und ohne viel Reden ins Gefängnis gesteckt. Aber es sprach sich doch Verschiedenes beim Hof wie in der Stadt herum und man machte sich Gedanken darüber, was diese Leute denn eigentlich wollten. Die einen sagten, dass die Grundherrschaften die Bauern ganz ungeheuerlich unterdrückten, sie bis auf den letzten Groschen ausgesaugt hätten. Und wenn kein Geld mehr herauszupressen war, so nahm man eben anderes, was sich zu Geld machen ließ. Der Graf Bredau ließ den Frauen und Töchtern seiner Untertanen die Haare bis zum Kopf abschneiden und verkaufte sie Perückenmachern. Die anderen meinten, das sei alles nicht wahr und nur eine französische Hetze. Der Graf von Vigny, der als Gesandter Frankreichs mit dem Hof nach Prag gekommen war, bekomme ständig große Geldsendungen aus seiner Heimat und schicke jeden Tag geheimnisvolle Boten in alle Teile des Landes. Die Dritten aber wussten eine ganz merkwürdige Geschichte: Die böhmischen Bauern hätten seit jeher einen heimlichen, aus ihrer Mitte gewählten König, den sie mit einer eisernen Krone krönten und in allen Verrichtungen als ihr Haupt ansähen. Dieser König wolle nun ein Ende machen mit der Unterdrückung und die Bauern von allen Abgaben an die Grundherrschaft befreien. Was daraus werden würde, das könne man im Augenblick nicht wissen, aber der große Stern am Himmel sage es deutlich, dass daraus viel Jammer erwachsen werde.

Dieser fürchterliche Komet ängstigte alle gar sehr, aber den himmlischen Mächten schien er noch nicht genug des Unheils zu verkünden, denn es erschien bald noch ein zweites himmlisches Ungetüm und kreuzte seinen Schweif mit dem ersten.

Von Schrecken gelähmt starrte alles zum Himmel empor, der Kaiser wie der Bettler. Überall las man ein Flugblatt, das, genau vor hundert Jahren geschrieben, so recht auf die Gegenwart zu passen schien, dass man es vom neuen im Druck herausgab. Dort hieß es:

»Achterlei Unglück ein Komet
Bedeut, wenn er am Himmel steht:
Groß Wind, Gewässer, Unfruchtbarkeit,
Pestilenzische Seuch und großen Neid,
Erdbeben und eines Fürsten End
Dazu Änderung im Regiment.«

Um das Übel abzuwenden, gab es nur ein Mittel: betend auf die Knie zu fallen und den Herrn der Heerscharen um Gnade anzuflehen, dass er die Geißel gnädig von uns wende; um die Angst zu ertragen und nicht darüber den Verstand zu verlieren, ein anderes: das Leben, das man heute noch besaß, in vollen Zügen zu genießen, zu schlemmen und Feste zu feiern. Der Hof mit dem Kaiser an der Spitze tat beides so gründlich wie möglich. Gebet und Festjubel, Gottesdienst und Theater, Wallfahrt und Ballvergnügen wechselten in ununterbrochener Reihe.

Für mich fand sich oft Gelegenheit die Dame meines Herzens wieder zu sehen. Trotzdem kam es auch weiterhin zu keinem längeren Alleinsein, aber mir war nun aus Verschiedenem klar, dass dabei nicht ihr Wille, sondern der einer anderen Person, dem sie sich fügen musste, im Spiele war. Die Gräfin Khevenhüller hatte offenbar eine solche Weisung an ihre Umgebung ergehen lassen. Dafür prägte sich im Wesen der Komtesse immer deutlicher etwas aus, das mir ohne große Worte viel Liebes sagte.

Sie sah mir in dieser Zeit selten voll in die Augen, sie wartete damit immer auf einen Moment, wo sie sich unbeobachtet fühlte, wenn es aber geschah, dann stand klar in ihren Augen geschrieben: Ich vergesse es nicht, nicht ein kurzes Weilchen! Wir gehören zusammen, denn wir haben die Johannisliebe zusammen getrunken!

Solch ein Blick gab mir dann die Kraft, die Zurückhaltung, die sie äußerlich mir gegenüber zeigte, zu ertragen, ja mehr als das, er war mir ein Talisman gegen all die zitternde Angst, die mich umgab. Was waren mir die Kometen, was die Gerüchte von Pest und Aufstand gegenüber dem Wonnegefühl meiner Liebe! Was konnte für ein Schrecken, was für ein Unglück hereinbrechen, das mir dieses Himmelsglück hätte nehmen können! Keines, wirklich keines? Gewiss, ich bangte nicht wie die anderen alle um das eigene Leben, aber musste ich nicht um ein Leben besorgt sein, das mir teurer als das meinige war? Ach ja, die fürchterlichen Sterngesichte am nächtlichen Himmel hatten auch für mich ihren Schrecken. Wie, wenn ich sie in der nahenden Katastrophe verlieren, wenn das bevorstehende allgemeine Unglück uns für immer auseinander reißen würde? Eiskalt lief es mir über den Rücken, wenn mir dieser Sinn einfiel, den die himmlischen Anzeichen für mich haben könnten. Und dann kam stets der Gedanke dazu, dass der Johanniswein der Trunk des Abschieds sei.

Zuweilen freilich schlug sich der Jugendübermut durch all diese Anfechtungen, siegreich durch und ließ mir die Sachlage zwar für die Allgemeinheit als sehr bedenklich, für mich aber als geradezu rosig erscheinen. Dieser holde Kobold redete mir ein: Deine Aussichten, die Hand der Komtesse zu gewinnen, sind bei normalen Verhältnissen lächerlich gering! Kennst du einen Fall, wo eine Dame aus hochgräflichem Hause, dazu schön wie ein Engel und maßlos reich, einem Stadtjunker von niederem, ganz jungem Adel die Hand gereicht hat? Nun also, da siehst du, wie es mit deinen Aussichten bestellt ist! Wenn sie dich auch liebt, gegen den Willen ihrer ganzen Familie wird sie sich nicht durchsetzen können. So liegen also die Dinge, wenn in der Welt alles seinen ruhigen Verlauf nimmt. Wenn sich dagegen darin das Unterste zuoberst kehrt, wenn meinetwegen Sterne vom Himmel fallen werden, so dicht wie bei einem Gewitterregen die Wassertropfen, dann eröffnen sich ungeahnte Möglichkeiten ... Solche Gedanken waren wohl ein Balsam für meine Seele, aber ihre Wirkung hielt nicht lange vor, bald fasste mich wieder die namenlose Angst um das Leben meiner Liebsten.

Einen Menschen suchte ich in diesen Tagen, der mich darüber beruhigen könnte, der mir die Sorge um mein Teuerstes endgültig bannen würde. Auf dieser Suche war ich gewiss nicht allein. Sie alle, die um ihr eigenes Leben, um das ihrer Kinder und Angehörigen bangten, sie alle suchten einen solchen Tröster und vielfach fanden sie ihn auch. Die einen bei einem redegewandten Priester, die anderen bei einer der vielen fragwürdigen Erscheinungen, die jetzt überall auftauchten und mit geheimnisvollen Andeutungen eine Hilfe im Augenblick der höchsten Not in Aussicht stellten.

Auch ich habe einen solchen Helfer gesucht und glaubte ihn schließlich in der Person des Doktor Cardano gefunden zu haben. Unter den verängstigten Gesichtern, die man überall sah, war mir schon seit langem seine ruhige Miene aufgefallen. Die anderen hatten die vordem so deutlich zur Schau getragene Selbstsicherheit verloren. Mein Vater ging nicht mehr den stolzen aufrechten Gang wie vorher, der Pater Matthias kam aus dem Seufzen gar nicht recht heraus, Graf Harant fluchte zwar noch mehr als früher, aber man merkte deutlich, dass es ihm keine Freude mehr machte, ja selbst des Kaisers Majestät war schwer bedrückt. Bei seinen alltäglichen Gängen in die verschiedenen Kirchen konnte man ihn leicht aus der Nähe sehen und beobachten, wie seine auffallend dicke, immer etwas herunterhängende Unterlippe ständig zitterte.

Nur einer war sich gleich geblieben – Cardano. Nicht das geringste Zeichen der Erregung oder Angst konnte man an ihm bemerken, ja manchmal schien es fast, als ob ihn eine seinem Wesen gar nicht eigene Fröhlichkeit erfülle, als ob er das nahende Unglück gar nicht mehr erwarten könne. Der Mann musste etwas wissen, das ihm die Dinge von einem ganz anderen, uns übrigen vollkommen unbekannten Gesichtspunkt erscheinen ließ, er musste einen Ausweg aus dem drohenden Elend kennen.

Ich suchte also nach einer Gelegenheit, mit ihm ins Gespräch zu kommen, doch fand ich bei ihm kein rechtes Entgegenkommen; es schien fast so, als wäre er ob des Abschlusses unseres letzten Gespräches im Faust-Haus verletzt, wo doch viel eher Dirix und ich dazu Grund gehabt hätten. Doch ich brauchte den Mann und so blieb mir nichts übrig, als selbst den ersten Schritt zur Versöhnung zu machen. Ich glaubte dies am besten dadurch zu bewerkstelligen, dass ich mich bei der nächsten Begegnung höflich nach eben jenem Spiegel erkundigte, der den Anlass zu der beiderseitigen Verstimmung gebildet hatte.

»Ach, der Signor hat die Güte«, so lautete die mit seinem üblichen sonderbaren Lächeln gebotene Antwort, »sich noch meines kleinen Experimentes zu erinnern! Ich hoffe, dass es gelungen ist. Um das mit Bestimmtheit sagen zu können, muss man freilich noch etwas warten und dem Spiegel Zeit lassen, in die Tiefe zu wachsen. Aber der Signor kann beruhigt sein, im Augenblick, wo es nötig sein wird, wird er gewiss so weit sein!«

Sprach's, zog höflich den Hut und verschwand im Vorzimmer des venezianischen Gesandten, vor dessen Tür ich ihn gestellt hatte.

So hatte ich also die erhoffte Beruhigung an dieser Stelle nicht gefunden, doch erwies es sich bald als überflüssig, sie erst mühsam zu suchen, sie trat ganz von selbst ein, nicht nur bei mir, sondern bei Hoch und Nieder, beim Kaiser wie bei den Schuhmachern im Schustergässchen hinter meines Vaters Haus. Der Grund hierfür war sehr einfach: Als sich der Himmel nach einigen wolkenverhangenen Nächten wieder klärte, da waren die beiden Kometen verschwunden, kaum dass man von dem einen ein Schwanzende am Horizont sehen konnte. So unversehens wie sie gekommen, so plötzlich waren sie auch gegangen. Die ganze Stadt atmete auf, wie wenn mit dem drohenden Anzeichen auch das Übel selbst gebannt wäre. Ich selbst war nicht klüger als die anderen, auch von mir wich der Druck, auch ich fühlte mich wie neugeboren und aller Sorgen ledig.

## 8

Nur einer schien von dem Verschwinden der Kometen nicht erleichtert zu sein, nur einer sah weiter mit sorgenvoller Miene der Zukunft entgegen, und das war mein Vater. Er räsonierte sehr respektlos über die Unfähigkeit des kaiserlichen Pestkommissarius, des Grafen Sternberg, und war im eigenen Wirkungskreis sehr bemüht die Gefahr zu bannen; er befahl, dass in allen Häusern der Stadt tagtäglich mit Wacholder ausgeräuchert werden müsse, er gab den Stadttorwächtern strengen Auftrag, niemanden aus Wien oder Südböhmen, das auch schon als verdächtig galt, in die Stadt zu lassen, er ließ die Gassen der Stadt von jedem Unrat reinigen, ja er setzte es durch, dass jede der drei Prager Städte weit vor den Stadttoren ein Grundstück für einen Pestfriedhof erwarb, eine Maßnahme, die bei all der sonst vom Herrn Primator verlangten Vorsicht als reichlich überflüssig empfunden wurde.

Das Gefühl, von einem überängstlichen Stadtvater behütet zu sein, gab jedenfalls den Pragern und ihren hohen und höchsten Gästen ein solches Gefühl der Sicherheit, dass sie einen so tollen Fasching feierten, wie sich keiner eines ähnlichen erinnerte. Das Schönste war wohl der Maskenball in der Hofburg, der eine Bauernhochzeit darstellen sollte. Es war nur der hohe Adel geladen, uns Stadtjunkern war nur das Zuschauen gestattet. Von der Pracht der Kostüme, die man da zu sehen bekam, könnte man lange erzählen. Mein Lieb war auch dabei, trug sich als oberösterreichische Bäuerin, hatte eine sehr schöne spitze Haube aus Golddraht auf, ein himmelblaues Kleid an mit rosa Schürze, sah darin entzückend aus. Mir drückte es das Herz ab, dass ich sie nur von fern sehen durfte, aber es stärkte mich sehr, als ich sah, wie sie ihrem Kavalier nur kurze Antworten gab und immer wieder die Blicke über die Zuschauer schweifen ließ.

Am nächsten Tag war auf den Jubel wieder viel Unruhe gefolgt, denn den halben Tag stand ein Regenbogen am Himmel, wie denn überhaupt in diesem Jahr schon im Jänner und Feber wiederholt Regenbogen zu sehen waren. Ein Regenbogen gilt zwar allgemein als ein gutes Omen, wenn er sich aber zu dieser ungewöhnlichen Jahreszeit so oft und so lange zeigt, so ist das doch wohl ein Vorzeichen, dass man sich auf ganz absonderliche Dinge gefasst machen müsse. Auch haben die Regenbogen in diesem Jahr nicht alle die sonst üblichen Farben gezeigt, sondern waren fast ganz gelb und rot; Redlich hatte darüber bei Paracelsus nachgelesen und gefunden, dass solch ein Bogen eitel Sulphur, Sal und Mercurius sei und nicht den gewöhnlichen zuzuzählen, so mit dem Regen zusammenhängen.

Mir schienen diese neuerlichen Himmelszeichen zunächst nur eine große Freude bringen zu wollen: Was ich bei der Hofmaskerade versäumt hatte, durfte ich bei einem kaiserlichen Ausflug in den Sterntiergarten nachholen. Bei diesem warmen Winter war es kein Wunder gewesen, dass Ende März schon alles so grün wie sonst im Maien war. Beschloss darum Seine kaiserliche Majestät eine Fahrt in den Tiergarten.

Es war ein prächtiger Zug, der sich zum Reichstor hinausbewegte: Voran führten Edelknaben mehr denn vierzig Pferde aus dem kaiserlichen Marstall, dann folgte in endloser Wagenreihe der Hof. Der Kaiser trug ein grünes Jägerkleid mit einer großen gelben Straußenfeder auf dem Hut, in der Hand hielt er einen Veilchenstrauß; er fuhr in einem sechsspännigen Wagen, mit zwei Kutschern in gelben Sammeträcken auf dem Bock; neben dem Kaiser saß die Kaiserin, die kaum den Blick von ihrem Schoßhündchen hob. Ich konnte das alles sehr gut sehen, denn diesmal durften wir Stadtjunker den Zug als Garde zu Pferd begleiten. Meine Augen mussten nicht lange suchen, um Komtesse Lodron in einem der Wagen zu entdecken.

Am Eingang zum Tiergarten erstattete der Förster Auerhahn, angetan mit einer prächtigen grasgrünen Uniform, dem Kaiser die Meldung, wie viele Füchse, Wölfe und Dachse von den übrigen kaiserlichen Herrschaftsgütern für diese Jagd hierher gebracht worden seien, zum Schluss wünschte er Seiner Majestät und allen edlen Herren Weidmannsheil und St. Huberti und St. Ägidii Segen.

Nun bestieg die Jagdgesellschaft die Pferde, die Hörner erklangen und in lang gestreckter Reihe zogen die Jäger in den Wald. Von den Damen hatten nur wenige das Beispiel der Kaiserin befolgt, welche die Jagd mitritt, die Mehrzahl ließ sich von uns Stadtjunkern zum Jagdschloss führen. Das ist ein sonderbares Gebäude, zeigt genau die Form eines Sterns und ist doch innen gar wohnlich eingerichtet, wenn auch die Zimmer nicht groß sind. Wir gingen freilich nicht ins Innere, sondern nahmen an der langen Tafel Platz, die auf der großen Wiese vor dem Schloss errichtet war. Eine feine Kapelle spielte auf, von der Ferne hörte man Hussarufe und Hörnerklang der Jäger, war ein sehr schönes Weilen dort in so lieber Gesellschaft.

Dauerte freilich nur kurz, denn wir Junker hatten eigentlich die Damen nur zum Schloss zu führen, uns dort sogleich zu verabschieden, um die äußere Mauer des Tiergartens zu umreiten, auf dass sich kein Unberufener nahe. In Wirklichkeit war niemand da, der uns weggeschickt hätte, eine Gefahr für den Kaiser konnte es kaum bedeuten, wenn wir ein wenig später abritten, und so ließen wir uns gern ein Glas Wein aufnötigen und gaben bereitwillig jede Auskunft, die man von uns über das Schloss und seine Umgebung forderte. So dauerte unser Ritt um den Wald nicht viel länger, als die kaiserlichen Majestäten selbst an einer unmittelbar vor dem Schlosseingang gerichteten Tafel speisten. Dann ging der Zug zurück, doch nicht mehr mit der gleichen gemessenen Feierlichkeit wie bei der Hinfahrt, die Jagd und der Wein hatten die Etikette gelockert. Und so durfte ich neben dem Wagen reiten, in dem die Liebste neben einer alten Gräfin Kobentzl saß. Die Frau Khevenhüller hätte mir das gewiss nicht gestattet, doch lag sie mit einem Magenfieber darnieder. Die von Kobentzl war recht schwerhörig und lugte nur immer nach vorne aus, ob sie etwas von der Kutsche der kaiserlichen Majestäten erspähen könnte. Da haben wir beiden viel vom luftigen grünenden Frühling geplaudert, fleißig gelacht und manchen tiefen Blick gewechselt. War klar zu merken, dass Mariannes Zurückhaltung nur anbefohlen war.

# Die Pest

## 1

Ich war so glücklich in diesen Tagen, zuerst in Erwartung der Fahrt, dann in ihrem Nachgenuss, dass ich wenig darauf achtete, was sonst in der Stadt vorging. Und es war doch mancherlei. Ein Jesuitenpater hatte aus Polen ein wundertätiges Madonnenbild mitgebracht, von dem man erzählte, dass es jeden Ort, wo es öffentlich ausgestellt und verehrt worden sei, binnen drei Tagen von der Pest erlöst habe. Dieses Bild hatten die Patres Jesuiten auf einen Wagen gestellt und in feierlichem Umzug durch die Stadt geführt. Alle Weltpriester und Klosterleute, die kirchlichen Bruderschaften, die Universität, die Bürgerschaft und die Kinder aus allen Schulen waren mit im Zuge. Der führte zum Veitsdom hinauf, wo das Bild auf den Hochaltar gebracht und achtzig Kerzen herum entzündet wurden. Bis Mitternacht währte die Feier.

Eine Woche später hörte man an allen Ecken, dass die Pest in der Judenstadt schon viele Opfer gefordert habe, nur dass die Juden es verheimlichten, damit man sie nicht in ihren Geschäften störe. Auf dass man nichts von Begräbnissen merke, würden die Leichen in die Moldau geworfen. Die Stadt war in förmlichem Aufruhr über solche Nachrichten und beruhigte sich erst, nachdem man alle Tore der Judenstadt mit Brettern verschlagen hatte.

In dieser Fastenzeit mochte niemand Fische essen, wegen der Judenleichen, die man in die Moldau geworfen hatte. Auch sonst sorgte man vor und räucherte vor allem mit doppeltem Eifer mit Wacholder, aber es half alles nichts mehr. Das Sterben hatte auch schon in der alten wie in der neuen Stadt begonnen. Während man auf dem Hradschin noch mit großer Feierlichkeit das Osterfest beging, während der Kaiser sich in die Domkirche begab, um die kostbaren Reliquien zu küssen, die das Kapitel besaß – es war dies ein Stück des Tischtuches, auf dem das letzte Abendmahl gehalten, sowie ein Stück des Tisches selbst –, währenddessen gingen am anderen Ufer schon die Leichenwagen ihren Weg nach den neu angelegten Pestfriedhöfen.

Mir stieg bei solchen Nachrichten nicht die Angst um mich selbst auf, sondern nur die Sorge um mein Lieb und die Befürchtung, dass die Ereignisse unsere baldige Trennung zur Folge haben würden. Um ihrer Gesundheit willen musste ich wünschen, dass sie bald und so weit als möglich abreise, und doch mochte ich sie nicht einen Augenblick missen. Eine Frage an sie oder jemanden aus ihrem Haus, die mich über die Möglichkeit einer baldigen Abreise hätte aufklären können, war unmöglich, denn die Gräfin Khevenhüller hatte auf die ersten Nachrichten von Pestfällen in der Altstadt unterschiedslos jeden Verkehr mit den Bewohnern des anderen Moldauufers untersagt und ließ niemanden, der von drüben kam, über ihre Schwelle. Das war schlimm für mich, noch schlimmer aber die Sorge, ob nicht das Magenfieber, das die Gräfin an der Fahrt in den Tiergarten gehindert hatte, im Grunde ein Pestfall sei.

Inzwischen setzte die allgemeine Flucht aus der Stadt ein. Reisewagen um Reisewagen fuhren eiligst zu den Stadttoren hinaus. Wer Geld hatte und auch unabhängig genug war, um hingehen zu können, wo es ihm beliebte, der wandte der Stadt den Rücken. Das konnte freilich nicht jedermann, der es gern getan hätte, da der Kaiser in Prag blieb. Er tat dies gewiss weniger aus Mut als aus Angst vor dem, was ihn vor den Toren der Stadt erwartete. Wie sagten doch jene prophetischen Verse von der Kometen Bedeutung? Nicht nur die Pestilenz sollten sie ankündigen, sondern auch »Änderung im Regiment«! Und draußen auf dem Land tobte der Bauernaufstand! Welchen Weg sollte die kaiserliche Flucht nehmen, wenn sie nicht diesen plündernden, mordenden Horden in die Hände fallen sollte?

Am zweiten Maientag entschloss man sich schließlich dennoch zur Abreise. Die Vorbereitungen wurden ganz im Geheimen getroffen, das Volk sollte nichts davon wissen. Durch meinen Vater, der aber doch darüber unterrichtet sein musste, erfuhr auch ich davon.

Mein erster Gedanke war, ob dies auch die Abfahrt der Komtesse bedeuten würde, und so eilte ich rasch auf das andere Ufer der Moldau. Das Haus, wo die Liebste wohnte, war fest verschlossen, keine Spur von einem Reisewagen. Ich ging bis in die Burg hinauf, dort war der Schlosshof wohl voll von Wagen und Pferden, aber auf den ersten Blick sah ich, dass man abschirrte, die Abreise war offenbar im letzten Augenblick wieder abgesagt worden. Wie ich später erfuhr, hatte unser Freund, Graf Harant, der Ostböhmen von den aufständischen Bauern säubern sollte, vor einer Reise dringend gewarnt.

Ich ging auf dem Rückweg wieder an dem Haus vorüber, das meine Herzensdame barg, und es wollte mir diesmal scheinen, dass sich hinter dem einen Fenster etwas bewege; ich wartete eine geraume Zeit, aber es rührte und zeigte sich nichts mehr.

So zog ich denn mit gesenktem Kopf und trüben Gedanken ab. Als ich aber auf der Karlsbrücke war, da überholte mich jemand mit raschen Schritten, schien mir ein Khevenhüller'scher Bediensteter zu sein. Er legte einen Zettel auf die steinerne Brüstung der Brücke, grüßte höflich und lief davon, zurück auf die Kleinseite. Offenbar hatte er eine große Angst vor der Ansteckung und traute niemandem, der am rechten Moldauufer wohnte.

Doch was kümmerte mich das! Ich griff rasch nach dem Zettel und las die kurze Botschaft Mariannes, die darauf in Eile hingekritzelt war. Ihrer strengen Beschützerin gehe es noch immer nicht besser. Es sei zwar ziemlich gewiss nicht die Pest, aber sie sei zu schwach zum Reisen, wenigstens auf eine so weite Strecke wie nach Wien oder gar Kärnten. Da sie aber trotzdem fortwolle, sei man schließlich auf den Ausweg verfallen die Einladung einer Dame anzunehmen, die südlich von Prag ein Schloss besaß. Sie werde wohl auch von dort Gelegenheit zu einer Nachricht finden, wisse aber nicht, wie sie selbst solche empfangen könnte. Um einen unvorsichtigen Versuch dieser Art, der ihr viel Unannehmlichkeiten machen würde, zu verhindern, gebe sie vorläufig weder den Ort noch den Namen der Dame bekannt.

Zunächst spürte ich nur die Freude eine Nachricht von ihr

erhalten zu haben, das Glück, einige Zeilen von ihrer Hand zu besitzen. Und auch was den Inhalt anlangte, kam ich schließlich zur Überzeugung, dass ich mit ihm reichlich zufrieden sein könne; Marianne verließ die Stadt, wo die Pestgefahr immer größer wurde, sie blieb aber in der Nähe von Prag, verschwand mir also nicht in schwer erreichbare Ferne. Was sie mir heute nicht sagen wollte, würde sie mir, einmal an dem neuen Aufenthaltsort angelangt, mitteilen und wahrscheinlich gleichzeitig einen Weg, wie ich ihr schreiben, ja vielleicht gar sie sehen könnte.

Den Tag ihrer Abreise erfuhr ich nicht, aber als ich einige Tage später die Fenster des bewussten Hauses alle geöffnet sah und bis auf die Gasse den Lärm des Reinemachens hörte, wusste ich, dass sie nicht mehr in Prag war.

Bei Hofe war es nun etwas stiller mit den vielen Festen geworden, da doch so viele, die bisher mitgefeiert hatten, geflohen waren. Der Kaiser blieb jetzt noch länger als vordem in den Kirchen, ließ sich aber selbst dorthin alle über den Aufstand eintreffenden Nachrichten bringen. Sie waren offenbar nicht sehr günstig, denn von einer Abreise wurde nicht mehr gesprochen.

Bis eines Tages der kaiserliche Leibkutscher scheinbar ganz gesund über den Kleinseitner Marktplatz schritt, bei den Fleischbänken aber plötzlich wankte und zusammenbrach. Ein Weilchen später war er tot und die schwarzblauen Flecken auf seinem Gesicht ließen keinen Zweifel hinsichtlich der Todesursache übrig.

Mit Windeseile flog diese Nachricht zur Kaiserburg hinauf, auf dem Fuß von einer zweiten Hiobspost gefolgt: Auf der Schlossstiege waren einige Personen rasch hintereinander des gleichen Todes gestorben.

Nun gab es kein Halten mehr und da fast gleichzeitig Kuriere einlangten, welche die Niederwerfung der Bauernrevolte meldeten, so wurde keinen Augenblick länger mit der Abreise gezögert.

Auf allerhöchsten Wunsch wurde aber trotz der Eile alles recht prachtvoll hergerichtet, auf dass die Bevölkerung über den pomphaften Anblick noch eine Weile wenigstens die Gefahr vergesse, in der man sie zurückließ.

So wurde denn der Zug von berittenen Herolden eröffnet, die mit mächtigen Trompetenstößen das Nahen des Kaisers kündeten, dann folgten die Hofkavaliere und die Minister, alle zu Pferde, dann kam der kaiserliche Wagen, ein Wunderwerk in Grün und Gold, durch dessen venezianische Scheibengläser man das kaiserliche Paar genau sehen konnte; gleich hinter dem Wagen ritt das Pagenkorps, dem sich die kaiserliche Leibwache anschloss. Damit war der Zug noch lange nicht zu Ende, denn jetzt kamen erst die zahllosen Wagen des Gefolges. Diese ganze Pracht war aber umsonst aufgeboten, denn kaum dass der Kaiser eingestiegen war, erhob sich ein fürchterlicher Gewittersturm mit einem solchen Regenguss, dass alle Gaffer in die Häuser flüchten mussten.

Was bis jetzt noch um des Kaisers willen in Prag geblieben war, befolgte nun rasch das gegebene Beispiel: Der Erzbischof und das Domkapitel, die obersten Landesoffiziere wie die Mitglieder des Landtages, alle waren auf eilige Flucht bedacht. Dass die fremden Gesandten umgehend dem Kaiser nachreisten, war nur selbstverständlich und so verließ denn auch der venezianische Gast mit seinem Gefolge mein Vaterhaus.

## 2

Zu meiner nicht geringen Überraschung hielt es Doktor Cardano für nötig, mir einen besonderen Abschiedsbesuch zu machen.

»Es tut mir herzlich Leid«, sagte er dabei, »dass ich Prag gerade in diesem Augenblick verlassen muss. Ich habe meinen Herrn aufs flehentlichste gebeten zurückbleiben zu dürfen, doch seine Exzellenz glaubt meine Dienste auch nicht einen Tag entbehren zu können. Das ist sehr schmeichelhaft für mich, aber auch sehr unangenehm, denn ich lasse hier Kostbares zurück!«

»Sie meinen wohl den Spiegel im Faust-Haus?«, fragte ich.

»Ganz recht, Signor«, gab er zur Antwort. »Ich lese in Ihren Augen die Frage, ob denn der Wert dieser Sache wirklich so ungeheuer ist, dass ich mich um seinetwillen der Gefahr der Pest aussetzen möchte? Mit voller Überzeugung antworte ich darauf: Ja! Es liegt darin nicht einmal so viel Wagemut, als Sie glauben mögen, denn dieser Spiegel bedeutet den Weg in ein Land, wo es keine Pest gibt, ist also tausendmal mehr wert als euer ganzes Wacholderräuchern und all die anderen Mittelchen, die man hier anwendet. Doch das ist in meinen Augen nur ein nebensächlicher Vorteil, mir bedeutet es unendlich mehr, dass ich durch ihn in eine Welt gehen könnte, von der die weisesten Menschen kaum eine Ahnung haben. Woher ich davon weiß und wieso ich vor allem den Weg dahin kenne? Das ist eine sonderbare Geschichte, die vielen unglaublich erscheinen mag:

Mein Großonkel hatte viel Kenntnis davon, die ihm wieder von seinem Vater überliefert war. Der hatte einst in seinem Studierzimmer sieben an Farbe verschiedene Unbekannte vorgefunden, die ihm sonderbare Dinge von ihrer Natur und Bestimmung erzählten. Aus dieser Quelle habe ich geschöpft, als ich daranging, jenen Spiegel zu bauen. Nun kann ich den Weg, den ich mir gebahnt habe, zumindest vorläufig nicht gehen. Vielleicht ist es ganz gut so, denn die Sterne sagen mir, dass der Augenblick für mich zu solchem Unternehmen nicht günstig ist, wie ich überhaupt dazu zwar nicht vollkommen untauglich, aber doch auch nicht so hervorragend prädestiniert bin wie jemand anderer! Sehen Sie mich nicht so erstaunt an, Signor, gewiss, ich meine Sie, niemand anderen als Sie! Woher ich das weiß? Aus Ihrem Horoskop, das ich mir selbst zusammengestellt habe. Doch nun genug davon, die Zeit drängt und ich habe Ihnen noch so viel Wichtiges zu sagen.

Zunächst, dass ich einen Landsmann, der hier als Mechanicus lebt, ins Vertrauen gezogen und ihm gesagt habe, wie der Spiegel zu behandeln sei, denn er bedarf seiner täglichen Pflege, wenn er seine Wirkung nicht verlieren soll. Derartige Verrichtungen kann man einem Verliebten schwer anvertrauen, denn solche Leute sind sehr vergesslich! Brausen Sie nicht auf, Signor, es hilft Ihnen doch nichts, ich weiß, was ich weiß, und wenn Sie es mir zehnmal ableugnen! Also um diese Dinge brauchen Sie sich nicht zu kümmern, dagegen müssen Sie mir fest versprechen, dass Sie mir genau berichten, was Sie alles in der Welt hinter dem Spiegel erlebt haben!«

»Das ist alles recht schön«, fiel ich ihm ins Wort, »aber ich denke gar nicht daran, in Ihren Spiegel hineinzugehen, ganz abgesehen davon, dass ich von all dem, was Sie da erzählen, kein Wort glaube. Das ist doch alles Unsinn und Phantasterei. Ein Spiegel ist kein Durchhaus, sondern eine harte Wand, die man bei einem Versuch in sie einzudringen, einfach zerbrechen würde. Und dahinter fände man die Mauer, an der der Spiegel hängt, und an dieser würde man sich eine Beule in den Kopf schlagen. Im Übrigen verstehe ich nicht, warum Sie sich nicht an den erwähnten Landsmann wenden und ihm nicht nur die Pflege, sondern auch den Gang in den Spiegel anvertrauen!«

Cardano sah mich mit einem milden, fast gütigen Blick an, der wenig zu seinem ständigen Gesichtsausdruck passte. Dann sagte er mir im Ton leisen Vorwurfs:

»Der Signor kann ruhig das, was ich gesagt habe, als Unsinn bezeichnen und braucht auch von dem Spiegel nichts zu halten. Sein Horoskop wird sich trotzdem erfüllen, daran kann kein Zweifel sein. Und das ist auch der Grund, warum ich mich nicht an meinen Landsmann wende: Der Mann kann felsenfest alles das glauben, was ich da gesagt habe, er kann mit allen Fasern seines Herzens den Gang in den Spiegel gehen wollen, es wird ihm doch nichts helfen, denn es ist ihm vom Schicksal nicht bestimmt! Das wäre also klargestellt, nicht wahr? Es bleibt nur noch eines zu sagen: Jene Welt, von der ich hier rede, ist nicht über uns oder unter uns, sie ist in uns und um uns, sie durchdringt und durchwächst die unsrige genau so, wie sie selbst wieder von der Welt unseres Alltags durchdrungen und durchwachsen ist. Der Eintritt in sie ist ohne Schwierigkeiten zu bewerkstelligen, wenn man eine so wohl präparierte Eingangspforte zur Verfügung hat wie meinen Spiegel. Schwieriger, ja geradezu lebensgefährlich ist der Austritt, die Rückkehr in das frühere Dasein. Doch lässt sich auch das ohne Schaden überwinden, wenn man nur gewisse Vorsicht übt und einige Winke befolgt, die ich gleich geben werde. Ich möchte nur noch vorher bemerken, dass in jener Welt für alles, was in diese Welt gehört, ein Analogon vorhanden ist, ja, dass jeder Mensch in den Wesen, die dort wohnen und deren Namen ich jetzt noch nicht aussprechen möchte, sein Gegenstück oder, besser gesagt, sein Spiegelbild hat. Mit einiger Geschicklichkeit kann man sogar das Spiegelbild der eigenen Person oder, wenn man das nicht will, eines anderen beliebigen Menschen so heranlocken, dass es einem bei dem Überschreiten der gläsernen Schwelle entgegenkommt. Man braucht dazu nichts als ein Zettelchen, auf das die betreffende Person einige Wörtchen geschrieben hat. Da wird es Euch recht zupass kommen, dass vor kurzem die schöne Komtesse Lodron ein kleines Briefchen geschickt hat …«

»Verfluchter Spion«, schrie ich wütend, »hast du auch das herausgebracht? Nein, kein Wort mehr, ich will nichts von diesem verfluchten Spiegel hören; selbstverständlich fällt es mir nicht ein, diesen unsinnigen Gang hinein zu versuchen, und wenn es zehnmal in den Sternen geschrieben sein sollte! Mit solchen lächerlichen Dingen will ich nicht einen Augenblick verlieren! Mir geht es jetzt um etwas anderes: Ihr habt den Namen einer Dame genannt, die ich – das sei gern zugestanden – über alles hoch verehre. Darum dulde ich auch nicht, dass irgendjemand ihren Namen leichtfertig in den Mund nimmt …«

»Dulden kann nur der«, so wurde ich unterbrochen, »der ein Recht darauf hat, und nicht dulden, verbieten, erst recht! Ich glaube nicht, dass des Fräuleins Vater, der Exzellenzgraf Sebastian Lodron, dieses Recht gerade dem jungen Herrn von Macht übertragen hat. Im Gegenteil, ich vermute, dass er sehr ungehalten sein wird, wenn man ihm erzählt, in wessen Gesellschaft seine Tochter in Prag so viel Zeit verbracht hat!«

Das war natürlich zu viel! Ich riss den Degen aus der Scheide, der andere wandte sich zur Flucht, ich mit der blanken Waffe hinter ihm und wer weiß, was geschehen wäre, wenn ich nicht draußen am Viehmarkt dem Grafen Harant in die Hände gelaufen wäre. Der nahm mir den Degen sachte aus der Hand, schob ihn in die Scheide und sagte:

»*Attention*, mein junger Hitzkopf! Erledigt man auf solche Art seine Ehrenangelegenheiten? Ein wahres Glück, dass ich auf zwei Tage von meiner Truppe nach Prag kommen musste, das langt gerade, um ein kleines nettes Duellchen zu arrangieren!«

Und wirklich stand ich am nächsten Tag in nebliger Frühe dem Signor Cardano im Hirschgraben des Schlosses mit der blanken Waffe gegenüber. Der Kampf war kurz. Er erhielt eine

Fleischwunde am rechten Oberarm, die zwar ganz leicht war, ihn aber doch zur Fortsetzung des Kampfes unfähig machte. Er konnte die Stadt schon am nächsten Morgen verlassen.

Das Bewusstsein, mich für meine Herzensdame geschlagen zu haben, gab mir ein köstliches Selbstbewusstsein, wie ich es bei meinem anerzogenen Gehorsam gegenüber meinem Vater bisher nicht gekannt hatte. An der Seite meines Sekundanten, des Grafen Harant, verließ ich hochgemut den Kampfplatz, um mit ihm alsbald im Gasthaus »Zum Eichhorn« gegenüber der Malteserkirche zu einem stärkenden Trunk einzukehren. Wir nahmen zunächst jeder eine Kanne Warmbier ein, weil das gut gegen die Pest sein sollte, dann tranken wir einigen Melniker Roten.

## 3

Als wir uns endlich trennten, da war mein stolzes Selbstgefühl womöglich noch gesteigert. Leider sollte dieser Zustand nicht von langer Dauer sein.

Auf der Karlsbrücke ging vor mir ein Mann, seiner Kleidung nach ein besserer Handwerksmeister. Ich beachtete ihn zunächst wenig, doch plötzlich sah ich ihn einige taumelnde Schritte über die ganze Breite der Brücke machen. Dann drehte er sich um seine eigene Achse, griff mit beiden Händen in die Luft und stürzte nach rückwärts, sodass er mit dem Hinterkopf gerade zu meinen Füßen auf das Pflaster schlug.

Ich blickte in ein fürchterliches Antlitz: Von einer käseweißen Haut hoben sich mit schrecklicher Deutlichkeit eine Menge blauschwarzer Flecken ab; was man vom Hals sah, war kohlschwarz, die blauen Lippen zu einer grotesken Größe aufgeschwollen, auf der Stirn eine riesige Beule, aus der ein gelbes Eiterbächlein zu den weit aufgerissenen verglasten Augen hinunter sickerte.

Einen Augenblick nur schaute ich in dieses grässliche Gesicht, dann rannte ich davon, ohne Ziel, ohne einen vernünftigen Gedanken. Erst als ich das mit Brettern vernagelte Tor der Judenstadt vor mir sah, erkannte ich, dass mich meine sinnlose Flucht nur einem neuen Gefahrenherd entgegentrieb und ich eilte über den Altstädter Ring dem Vaterhaus zu. Bis zum Hals hinauf schlug mir das Herz, als ich dort anlangte.

Doch als ich vor dem Haustor stand, zögerte ich einzutreten. Wer weiß, ob ich nicht schon infiziert war, ob ich nicht die Seuche ins Haus bringen würde? Und so zog ich es nach kurzer Überlegung vor, zum offenen Küchenfenster hineinzurufen, dass ich dringender Geschäfte wegen heute nicht nach Hause kommen würde.

Durch das Schustergässlein gelangte ich zur Pforte bei der Martinskirche und von da in die Neustadt. Ich wollte den Doktor Redlich besuchen und mich von ihm belehren lassen, was ich tun solle. Zwar hatte ich auch da Bedenken, denn der Mann hatte kleine Kinder zu Hause, aber ich tröstete mich damit, dass ein Arzt sicher selbst schon Vorsorge tragen würde, um seine Familie vor der durch Krankenbesuch drohenden Ansteckung zu schützen.

Ich traf ihn auch wirklich an und erfuhr erst jetzt, dass das kein geringer Glücksfall war, denn er habe schon seit Wochen die Leitung des für die Kleinseite in Koschirsch errichteten Pestspitals übernommen; bis jetzt habe es freilich genügt, wenn er zuweilen auf ein Stündchen hinübergeritten sei, doch jetzt, wo es sich dort bedenklich zu füllen beginne, werde er wohl oder übel ganz dorthin übersiedeln müssen. Als Vorbereitung koche er sich die notwendige Menge Medikamente selbst zusammen, denn auf die Apotheker sei in dieser Zeit kein Verlass, sie seien von allen Seiten überlaufen, wüssten nicht, was sie für ihre Ware verlangen sollten, und ließen die armen Leute ruhig verkommen. Damit zog er mich in sein Laboratorium, zeigte mir, wie er gerade Diachylon und Opodeldoch zum Auflegen auf die Pestkarbunkeln koche, und stellte mich, ohne viel zu fragen, als Helfer bei der Arbeit an.

In meiner augenblicklichen Stimmung griff ich gern zu und fand es nicht unter meiner Würde die Sorge für die Unterhaltung des Feuers unter den beiden Kesseln zu übernehmen. Dabei konnte ich so ganz von ungefähr von meinem Schrecken erzählen und fragen, was ich denn tun solle.

»Habt keine Sorge, Junker«, sagte der Arzt, »Ihr seid, ebenso wie ich, nicht sehr für die Pest prädestiniert. Wir gehören doch beide zur dünnen Gilde, und die sind zu solchen Zeiten weit weniger gefährdet als die Dicken. Ich weiß darüber ein hübsches Liedchen, das ich Euch gern zur Beruhigung Eures verschreckten Gemütes vorsingen will!«

Und er begann mit einer etwas rauen, doch sonst nicht unangenehmen Stimme:

»Helft singen, ihr verbeinte Leut,
All, die zum dürren Orden
Geschworen in der Fastenzeit,
Da ihr aufg'nommen worden!
Halt an der Stell! O weh der Seel,
die in dem Fleisch vergraben!
Viel hundertmal, viel tausendmal
Wir dieses besser haben!
Von Beinern will ich singen
Ein nagelneues Lied:
Die werden wacker springen,
Was feist muss über Klingen,
Die Dürren Gott behüt!
Lass dich hören Saitenspiel:
Von den Feisten schweige still,
Lob was dürr!«

Während des Singens hatte er schon wieder eine andere Arbeit begonnen, suchte aus seinen gewaltigen Kräutervorräten die Säcke mit Sauerampfer und Schafgarbe heraus und prüfte, ob nichts davon verdorben sei. Mir hatte er einen großen Holzmörser bereitgestellt und daneben getrocknete Wacholderbeeren getan, die sollte ich zu einem Pülverlein verarbeiten.

Ich tat alles willig und empfand dabei eine starke Beruhigung meiner früheren Angst. In dem Duft der vielen Kräuter und Salben kam ich mir gegen jede Ansteckung gesichert vor. Aber das Lied meines Freundes hatte nicht so ganz die gleiche Wirkung. Wohl war ich ein schlanker Jüngling, dem man die Aufnahme in den »mageren Orden« nicht wohl versagen konnte, aber mein guter Vater war, wenn das alles zutraf, nur allzu sehr gefährdet infiziert zu werden. Ich klagte dem Doktor diese Befürchtung, aber er wusste auch dafür ein Sprüchlein:

»Der Herr Primator«, meinte er, »hat wieder ein anderes

Schutzmittel, das sich bei allen Seuchen vorzüglich bewährt hat! Er ist heiterer Gemütsart und fürchtet sich nicht. Das sind goldene Tugenden in der Pestzeit! Ich habe mir, wie das so meine Gewohnheit bei langweiligen Arbeiten ist, gerade ehe Ihr kamt ein Verslein erdacht über dieses Thema, das sollt Ihr gleich hören:

Wer weiß, wer morgen lebt? Drum lasst uns fröhlich sein,
Aber in Gottesfurcht wie die Waldvögelein!
Wir sind in lauter Gift, soll'n wir noch traurig sein?
Das komme nimmermehr in unser Herz hinein!«

Wir arbeiteten zusammen bis in den späten Abend und als ich dann endlich zum Umfallen müde Abschied nahm, ließ mich der Doktor ein Stück Brot in eine aus Ringelblumen erzeugte Essenz tauchen und auf der Stelle verzehren; das sei ein vortreffliches Mittel gegen jede Ansteckungsgefahr.

Ich half auch an den folgenden Tagen wacker mit, bis der Doktor ganz ins Spital im Koschirscher Tal übersiedelte. Ich suchte nun die soeben erworbenen Kenntnisse zu verwerten und eine kleine Hausapotheke anzulegen. Doch war mir mit Redlichs Abreise der Mut wieder gar sehr gesunken; auch wartete ich mit steigender Unruhe auf eine Nachricht von der Komtesse. Bedeutete ihr langes Schweigen nicht gar, dass sie selbst der Seuche verfallen war?

Eine glühend heiße Sommerschwüle brütete in diesem Frühling über Prag. Kein Lüftchen rührte sich, ein übel riechender Dunst lag in den Gassen, man hätte glauben mögen, die ganze Stadt sei ein ungeheurer Kessel, in dem die Pest in eigener Person neue Krankheiten koche. Noch immer dauerte die Flucht aus ihm an, aber sie ließ schon stark nach, denn wer es vermochte, war schon lange weg. Mein Vater hatte die Mutter mit meinem älteren Bruder Max und dem jüngeren Matthias gleichfalls weggeschickt, er selbst wollte von seinem Posten nicht weichen und konnte sehr böse werden, wenn man ihm das Beispiel so vieler anderer Würdenträger vorhielt, die sich rechtzeitig in Sicherheit gebracht hatten. Mochten sie tun, was sie für gut fanden, er würde so handeln, wie es ihm sein Gewissen gebot! So blieb er denn und ich mit ihm, teils weil ich ihn nicht allein lassen wollte, teils aber auch darum, weil ich fürchtete eine Nachricht der Geliebten zu versäumen.

Es war eine fürchterliche Zeit. Jeden Tag glaubte man, nun ist es schon so arg mit uns, dass es gar nicht schrecklicher werden kann, aber schon der nächste gab die Belehrung, dass man noch immer nicht den Höhepunkt des Unglücks erreicht hätte. Die ganze Nacht knarrten die Leichenkarren durch die Straßen und wer zum Fenster hinausblickte, der sah vermummte Gestalten beim Fackelschein aus den Häusern Menschenkörper tragen und achtlos zu den übrigen auf den Karren werfen. Die nächtliche Überführung der Leichen geschah auf Befehl des Vaters, der verhindern wollte, dass sich die Angst der Bevölkerung noch weiter steigerte. Aber bald erwies sich die Nacht als zu kurz für diese traurige Arbeit, ja es schienen auch die Tage nicht mehr zu genügen, denn überall sah man Leichen auf der Straße liegen oder zum offenen Fenster heraushängen. Die Sinne wurden schließlich gegen all das Grässliche so abgestumpft, dass es schon ganz besonderer Eindrücke bedurfte, um in den Menschen noch einmal etwas von jenem Schrecken hervorzurufen, den sie zur Zeit der ersten Pestfälle empfunden hatten.

Ein solches Herausgerissenwerden aus der stumpfsinnigen Gleichgültigkeit erlebte ich, als mir zum ersten Mal zwei »Kindersammler« begegneten. Es waren starke, große Männer mit den das Gesicht verdeckenden Kapuzen der Pestleichenträger. Auf dem Rücken trug jeder einen Buckelkorb, zusammen schleppten sie eine übervolle Schwinge, die war ebenso wie die Körbe voll von kleinen nackten Leichen, Säuglingen, die man bei den toten Müttern aufgelesen hatte und die von den Leichenkarrenführern nicht gern auf ihre Fuhren geladen wurden, weil der kleine Kram während der Fahrt leicht herunterfiel und mit dem Auflesen lästiger Aufenthalt hervorgerufen wurde. Ja, es war eine fürchterliche Zeit! Was für wunderschöne junge Frauenbilder, welche gesegneten Leibesfrüchte hat damals die Sichel des Todes weggegrast! Was für blühende Jugend, feine Knäblein und zarte Jungfräulein hat dieser Wirbelwind aus der Erde gerissen! Was für baumstarke Riesenmenschen hat dies Gewitter zu Boden gestürzt! Dieses donnerte, hagelte alles unablässig nieder, Junge und Alte, Reiche und Arme, Geistliche und Weltliche! Weder Wissenschaft noch Kunst, noch Adel oder Reichtum wurde verschont. Mit einem Wort: Es war weder Weisheit noch Fürsicht, weder Rat noch Hilfe zu finden wider den Herrn, der seinen Zorn über uns ergossen hatte. Und wenn es doch einigen Menschen vergönnt war etwas zu helfen und wenigen Rettung zu bringen, so war dies nicht das Verdienst ihrer Klugheit und Erfahrung, sondern allein Gottes Gnade, die in ihnen wirksam war.

Wenn ich beim Anblick von all dem Jammer nicht ganz den Kopf verlor, so nur darum, weil ich mir einen kleinen Pflichtenkreis geschaffen hatte, der mir das tröstliche Bewusstsein gab, dass ich für meinen Teil das Möglichste tat, um das Übel zu bekämpfen. Ich nutzte nämlich die wenigen in Redlichs Gesellschaft erworbenen Kenntnisse, um in seinem nunmehr verlassenen Laboratorium weiter Medicamenta zu kochen, die ihm dann ins Spital nachgesendet wurden. Ich hielt mich dabei an die von ihm übernommenen Recepta, so weit ich das nötige Material dazu auftreiben konnte, was nicht immer leicht war. Insbesondere eine Art von Kügelchen, die, täglich eingenommen, ganz gewiss durch 24 Stunden von allem Pestgift praeservieren sollten, machte mir große Schwierigkeiten. Es gehörten aber auch vielerlei Ingredienzen dazu, nämlich rohes Wagenpech, darein Zittwer, Nelken, Muskatnuss, weißer Dictam, Lorbeeren, gedörrtes Eichenlaub, Terra sigilata und etwas von eines Menschen Hirnschale mussten eingerührt werden.

So hatte ich denn mancherlei Gänge zu den Apothekarii, die aber nichts von ihren Vorräten hergeben wollten, oder zu den Dürrkräutlern, die auch nicht viel besser waren, auch zu den Totengräbern der Stadtfriedhöfe, auf denen jetzt nicht mehr begraben werden durfte, weil sie innerhalb der Stadtmauern lagen. Von dieser Seite konnte ich ein Stück der für mein Rezept nötigen Hirnschale erwerben.

## 4

Ich besorgte alle diese Gänge stets in der ersten Morgenfrühe, wenn die Luft noch rein und kühl war. Es schritt sich dabei ganz gut aus und ich verschaffte mir so auch ein wenig Bewegung, was mir Redlich als besonders gut gegen die Ansteckung geraten hatte.

Aber eines Morgens fühlte ich gleich beim Ausgehen eine ganz ungewohnte Schwäche in den Beinen, die mich zu einem langsamen Gang zwang. Ich führte das auf die schlechte Nacht zurück, die hinter mir lag. Ich hatte ganz entsetzliche Träume gehabt. Immer wieder sah ich die Liebste in höchster Gefahr und war doch festgebannt, ohne mich rühren zu können. Bald verfolgten sie große greifenähnliche Vögel, bald wieder einbeinige Riesen, die sich mit gewaltigen Sprüngen vorwärts bewegten. Da war es wohl nur natürlich, wenn ich mit einem schweren Herzklopfen aufwachte. Das würde sich, wie ich meinte, in der frischen Luft rasch beruhigen; aber es legte sich nicht, vielmehr kam ein Sausen und Zischen in den Ohren dazu, eine Beschwerde beim Atemholen, eine innere Hitze, die mir die Eingeweide zu verbrennen drohte.

Nur wenige Straßen war ich weitergekommen, da musste ich mich schon an eine Hauswand lehnen, so schwer waren mir die Glieder geworden. Merkwürdigerweise kam mir nicht einen Augenblick die nächstliegende Deutung dieses Zustandes in den Sinn, sondern ich sah in dem allen nur die Folgen des im Traum um meine Liebste ausgestandenen Schreckens.

So zwang ich mich denn unter Aufwendung aller Willenskraft zum Weitergehen und redete mir immer ein, dass sich das alles bald legen werde. Erst als ich beim Überschreiten des Viehmarktes vor dem Eingang zur Fronleichnamskirche die Leiche einer jungen Frau mit den gefürchteten schwarzen Flecken im Antlitz sah, erst da wurde ich stutzig. So viel wusste in der Stadt jedermann von der Kontagion, um sich darüber klar zu sein, dass die Krankheit mit unerhörter Plötzlichkeit losbrach und dass insbesondere die verhängnisvollen Flecken und Beulen sich unheimlich rasch einstellten. Ob ich nicht auch schon diese Schreckenszeichen im Gesicht trug? Ich fuhr mir mit der Hand über die Stirn und Wangen; zwar spürte ich die Hitze des Fiebers, aber nichts von einer Beule. Das war aber noch keine Sicherheit, ob ich nicht schon die schwarzen Flecken trug.

Wenn ich einen lebenden Menschen in der Nähe gehabt hätte, so würde ich ihn befragt haben! Freilich, auch das hätte nichts geholfen, er wäre auf alle Fälle vor mir geflohen, denn Gespräche auf der Gasse wurden allgemein vermieden und nur aus der größeren oder geringeren Eile seiner Flucht hätte ich schließen können, was er aus meinem Antlitz herausgelesen hatte.

Doch da fiel mir etwas anderes, ein viel einfacheres und sichereres Mittel ein: Dort drüben, auf der anderen Seite des Viehmarktes, stand ja das Faust-Haus und in dem Haus hing ein Spiegel, da konnte ich mich mit eigenen Augen überzeugen, wie es um mich eigentlich bestellt war.

Dieser Gedanke gab mir neue Kraft und ich schritt mit verhältnismäßig geringer Mühe auf das Haus zu. Den Kunstgriff, wie man seine schwere Eichentür auch ohne Schlüssel öffnen konnte, hatte ich nicht vergessen und so stieg ich bald darauf die wenigen Stufen hinauf, die zum Spiegelzimmer führten. Als ich aber eingetreten war, zauderte ich doch einen Augenblick ehe ich hineinsah, eine Angst vor der vielleicht so fürchterlichen Wahrheit ließ mich zögern. Dann wagte ich es aber doch, in eines der Scheibchen zu blicken, die zwischen dem Gitter hervorblinkten, und sah – ein stark gerötetes, aber vollkommen fleckenfreies Angesicht.

Der Herzschlag stand mir einen Augenblick vor Freude still und ein heißes Dankgebet stieg zum Himmel empor. Im nächsten Augenblick aber besann ich mich: Ich trug auf meinen Wangen kein Zeichen der Pest – noch nicht! Aber konnte sich das nicht im nächsten Augenblick einstellen? War mein ganzer sonderbarer Zustand nicht doch mehr als die Folge einer schlecht verbrachten Nacht, waren es nicht die sicheren Anzeichen, dass mich die Seuche bereits ergriffen hatte?

Bis jetzt hatte ich in dem Spiegel vor mir nichts anderes als eben ein Mittel gesehen, um mein Angesicht zu betrachten; all das, was ich Sonderbares von ihm gehört und gesehen hatte, hatte ich in der Sorge um meinen Zustand ganz vergessen. Jetzt aber fielen mir die Worte des Cardano ein: Dieser Spiegel bedeutet den Weg in ein Land, wo es keine Pest gibt!

Gott, wenn das wahr wäre! Dann müsste ich nicht mehr ängstlich meinen Körper befühlen, ob nirgends eine Beule sich hebe, dann müsste ich nicht mehr mit Sorgen mein Herzklopfen, die Gluthitze in den Eingeweiden beobachten! Ach, nur da hineinkönnen! Und da war ja noch etwas! Hatte der Mann nicht gesagt, dass man dort jenseits des Spiegels allem begegnen könne, was auf dieser Erde weile, ja, dass man sogar den Menschen bestellen könne, der einem beim Überschreiten der gläsernen Schwelle entgegenkommen solle?

Das war natürlich alles Unsinn und lächerliche Scharlatanerie! Aber was tat es schon, wenn man einen Versuch wagte? Das Leben würde es nicht gleich kosten und wenn, nun, war es denn so sicher, dass ich bei meinem Zustand den morgigen Tag überhaupt erleben würde? Aber es war ja gar keine Gefahr dabei, konnte keine sein! Eben darum, weil es eitel Schwindel und Betrug war, würde eben gar nichts geschehen, wenn ich den Versuch machen würde in den Spiegel hineinzugehen. Und überdies war ja auch dieses rätselhafte Gitter da, es war ja ganz unmöglich hineinzukommen! Auch hatte ich ihn gar nicht gefragt, wie man das eigentlich anzustellen hatte. Doch das war ja auch gar nicht nötig, hatte er mir doch ganz unaufgefordert gesagt, dass der Eintritt ohne Schwierigkeiten zu bewerkstelligen sei. Freilich hatte er hinzugefügt, dass der Austritt dafür umso gefährlicher wäre, aber das war jetzt meine geringste Sorge. Der Pest entrinnen und zugleich die Liebste wiedersehen oder zumindest ihr Spiegelbild, was konnte ich mir im Augenblick mehr wünschen?

Die Liebste wiederzusehen – doch dazu bedurfte es nach seinen Worten einiger Zeilen von ihrer Hand … wenn es nichts anderes war! Die besaß ich ja, die trug ich immer bei mir. Blieb nur die Frage, was man mit diesem Zettel machen musste, zu dieser Mitteilung war es ja nicht gekommen. Aber das kostete mich gar kein Nachdenken: Eine magische Kraft zwang mich, den Zettel zusammenzuballen und gegen den Spiegel zu werfen.

Klirr! Das gab einen scharfen, schrillen Klang, als hätte ich nicht ein Stückchen Papier, sondern einen großen metallenen

Gegenstand gegen das Glas geschleudert. Der Ton zitterte nach, weckte das frühere Rauschen und Brausen in meinen Ohren und zwar diesmal so stark, dass mir die Tränen davon in die Augen traten und meinen Blick verschleierten.

Es dauerte eine geraume Weile, ehe dieses Sausen in meinem Kopf in ein gelindes Summen abebbte. Ich wischte mir die Augen rein und als ich nun wieder in den Spiegel blickte, da war eine kleine Veränderung mit ihm vorgegangen. Oder zumindest schien es mir so. Ich hätte schwören mögen, dass sich vordem das Gitter viel deutlicher, dunkler vom Glas abgehoben hatte, während es jetzt langsam in ihm zu versinken schien.

Und noch etwas anderes ging darin vor: Gewiss, man sah noch immer das Bild des Zimmers, in dem ich stand, den alten wuckligen Tisch, auf dem Cardano einige Werkzeuge und Flaschen zurückgelassen hatte, die beiden Sessel mit dem abgeschabten, mottenzernagten Lederbezug, die kahlen, schmutzig weißen Zimmerwände. Aber dazwischen schienen sich feine blaue Äderchen zu recken, die immer dichter wurden, sich zu Geflechten, zu Gebilden vereinigten. Ich folgte in atemloser Spannung all diesen Veränderungen, ich sah, wie sich diese blauen Linien langsam zu Gebüschen und Bäumen formten, die aber das Spiegelbild des Zimmers keineswegs verschwinden ließen, sondern es durchwuchsen und durchdrangen.

Vor lauter Staunen über diesen Anblick hatte ich ein geraumes Weilchen das Gitter ganz vergessen; als ich mich jetzt wieder danach umsah, war keine Spur mehr davon da.

Zitternde Aufregung durchbebte mich vom Kopf bis zu den Sohlen. Was erlebte ich da, was geschah mit mir, was würde der nächste Augenblick bringen? Gewiss wieder etwas Neues, Unerhörtes – da war es schon!

Während meine Augen das Gitter gesucht und darum die blaue Landschaft weniger beachtet hatten, war in diese etwas Neues getreten. Wie aus weiter Ferne flimmerte ein Licht darin auf von einem wechselnden Schein, der zwischen dem schönsten Smaragdgrün und strahlendem Saphirblau wechselte. In seiner Mitte war etwas, das nicht leuchtete, eine Art Gestalt, aber es fehlten ihr die festen Umrisse; das Schimmern und Leuchten, das sie umgab oder gar von ihr ausging, ließ keine rechte Vorstellung von ihr aufkommen. Nur eines wurde immer deutlicher: Durch all das grünblaue Flimmern schob sich zuweilen aus dem oberen Ende jener Gestalt etwas Rosiges hervor, das wie ein Menschenantlitz wirkte. Zuerst nur ganz kurze Augenblicke, dann immer klarer und deutlicher zeigte sich dieses Gesicht, jetzt konnte man genau die Augen, den Mund, die Nase unterscheiden und jetzt, jetzt waren die Züge dieses Antlitzes so deutlich, dass es keinen Zweifel mehr gab, wem sie angehörten.

»Marianne!«, rief ich und streckte die Hand nach dem geliebten Angesicht aus. Die Hand stieß gegen den Spiegel, aber nicht wie gegen eine harte Wand, sondern wie gegen eine zähe Masse, die zwar etwas widerwillig, aber doch nachgab und die Hand durchließ.

Mir kam das Ungeheuerliche dieser Tatsache gar nicht recht zu Bewusstsein; das Wunderbare war für mich nur, dass ich Marianne wiedersah, Marianne, die Verschollene, von der ich zweifeln musste, ob sie noch unter den Lebenden weilte. Und nun sah ich in diese lieben lachenden Augen, die so fröhlich in die Welt schauten, als gäbe es weder Tod noch Pest. Das war ein Wunder, ein herrliches, köstliches Wunder, demgegenüber der Umstand, dass meine Hand in den Spiegel hineingegriffen hatte, so wenig überraschend und sonderbar erschien, als wie wenn man eine Tür, die man für wohl abgesperrt hielt, nur mit der Klinke verschlossen findet.

Nur einen Gedanken kannte ich jetzt: der Geliebten entgegenzueilen, ihr so nahe als möglich zu sein, sie zu umarmen, an mich zu drücken. Und wer sollte mich daran hindern? Diese elende Spiegelwand vielleicht, die dem Druck meiner Finger kaum einen Widerstand geleistet hatte?

Und so ließ ich der Hand den Arm und diesem den ganzen Körper folgen. Die zähe Masse, in die ich eingedrungen war, schloss sich hinter mir; ich war jenseits des Spiegels.

Zuerst war mir, als müsste ich ersticken, als würden mir Nase und Mund fest verklebt, als wäre keine Luft zum Atmen da. Ich machte einen verzweifelt tiefen Atemzug, da gab etwas von der Schicht, die meine Nasenlöcher schloss, plötzlich nach und ich fühlte so etwas wie Luft in meine Lungen strömen. Es schmerzte im ersten Augenblick, es war gewiss nicht das, was ich zu atmen gewohnt war, ja, ich möchte fast sagen, dass es überhaupt keine Luft, sondern etwas ganz anderes, mir völlig Unbekanntes war, denn es brannte in der Nase und im Rachen bis in die Lunge hinein, als ob ich brennende Flammen in mich eingesogen hätte. Doch das gab sich nach einer Weile, es blieb nur ein scharfer Geruch übrig, für den ich keinen Vergleich habe, an den ich mich aber schließlich so gewöhnte, dass er mir fast angenehm erschien.

Sobald ich wieder atmen konnte, hatte ich auch die Fähigkeit mich etwas umzusehen, ja, mir eine gewisse, wenn auch sehr sonderbare Vorstellung davon zu machen, wo ich mich eigentlich befand. Es war klar, ich stand in dem Spiegelbild des Zimmers, das ich verlassen hatte und das ich nun durch die gläserne Mauer, die ich durchschritten, genau so sah, als wäre es selbst ein Spiegelbild.

Hier, wo ich stand, befand sich alles, was drüben vorhanden war: der Tisch mit seinen Geräten, die Sessel, die Wände, nur hatte es dort drüben alles eine klarer umrissene Form, eine deutlichere Farbe. Hier schien alles durchsichtig. Und dazwischen und durch diese Dinge leuchtete das azurblaue Strauchwerk, das ich schon von drüben her gesehen hatte, nur war es jetzt deutlicher, greifbarer, sodass das Spiegelbild des Zimmers, in dem ich mich doch befand, dagegen als etwas Unnatürliches, Unwahres, nicht hierher Gehöriges erschien.

Noch immer leuchtete mir aus einem Schimmer von Blau und Grün Mariannes Antlitz entgegen, aber es war – wie ich erst jetzt sehen konnte – nicht in dem Spiegelbild des Zimmers, sondern jenseits seiner Wände, die freilich wie alles andere in diesem Raum durchsichtig waren.

Hatte ich den Spiegel selbst durchschreiten können, so würde mir diese durchsichtige Wand erst recht kein Hindernis sein! Und so war es auch. Ich passierte sie, ohne überhaupt etwas von ihr zu verspüren, und war im Freien.

Es war eine unerhört merkwürdige Landschaft, in der ich mich befand. Eine Natur, die für ihre Pflanzen und Steine keine andere Farbe als Blau kannte, darüber ein giftgrüner Himmel, von dem eine rötliche Sonne herunterstrahlte. Aber ihr Licht war viel schwächer als das unseres Tagesgestirns, es konnte sich darum gegen das alles beherrschende Blau nicht durchsetzen und gab den Dingen nur einen schwach violetten, metallischen Schimmer.

In dieser fremden Farbenwelt hatte nur Mariannes Gesicht die gewohnten Lebensfarben, doch ihr Körper schien wie ein Schemen, wie ein flimmernder Schatten ohne feste Umrisse. Oder barg er sich nur hinter dieser traumhaften Hülle, war dies das Gewand, das man in dieser sonderbaren Welt trug?

Rasch wollte ich auf sie zueilen, doch der erste Schritt außerhalb des Spiegelzimmers brachte ungeahnte Schwierigkeiten. Der Boden, auf den ich treten wollte, gab nach, ich versank bis über die Knie in etwas, das sich wie ein sehr hohes, aus lauter feinen Fäden und schmalen langen Blättchen zusammengesetztes Moos ausnahm. Als ich mich aus diesem Gewirr befreien wollte, verlor ich gar das Gleichgewicht und sank nun auch mit dem Oberkörper hinein. Das war aber gar nicht so sonderlich unangenehm, es war alles so weich wie Daunenfedern und dem Moos entströmte ein Duft, der gar lieblich war.

Doch ich hatte nicht die Zeit zu solchen Genüssen, ich musste zu Marianne und darum nahm ich alle Kraft und Geschicklichkeit zusammen, um wieder in die Höhe zu kommen. Es gelang schließlich und ich nutzte nun meine gemachten Erfahrungen zum besseren Vorwärtskommen aus. Ich setzte den Fuß nur vorsichtig nieder und versank darum nicht mehr so tief in den Grund wie vordem. Es hätte aber doch endlos lange gedauert, ehe ich die Geliebte erreicht hätte, wenn sie mir nicht selbst entgegengegangen, nein, -geschwebt wäre.

Bei diesem Anblick stiegen mir ernste Zweifel auf. War ich denn schon im Jenseits, wo die selig gewordenen Menschen wie die Engel fliegen? Waren wir vielleicht schon beide gestorben? War das, was ich für das Durchschreiten der Spiegelscheibe gehalten hatte, nicht der Tod gewesen?

Eine Antwort auf diese Fragen wusste ich mir nicht, aber wenn dem so war, dann musste es der Himmel sein, in dem wir weilten, das spürte ich im nächsten Augenblick.

Es hatte mich nämlich etwas berührt, das mich von allen Wonnen durchschauern ließ. Es musste Mariannes Hand sein, aber ich sah nichts davon, nur einen blauen Nebel, der sich aus dem gestaltähnlichen Umriss unter ihrem Antlitz mir entgegenstreckte und sich über meine Finger legte. Aber wenn ich auch nichts sah, so fühlte ich doch Unerhörtes.

Ich hatte Mariannes Hand mehr als einmal in der meinen gehalten, es hatte mich dabei immer gar köstlich durchschauert, aber von dem, was ich jetzt empfand, war das kaum eine Vorahnung. Das, das war die Vollendung der höchsten Liebe, das war das Durchdringen ihres Wesens durch meinen ganzen Körper, das war ein Mitschwingen und Mitzittern aller Nerven und Adern mit ihr und in ihr, das war das Aufgehen meines Ichs in dem ihren.

Wir sprachen nichts, ja mir war, als könne es in dieser Welt keine Rede, keine Worte geben. Aber dessen bedurfte es auch nicht, denn durch unsere Hände strömte Frage und Antwort, Rede und Gegenrede hinüber und herüber. Ich fühlte ihr Fragen zu mir herüberpulsen, erwiderte auf dem gleichen Wege und fragte meinerseits. Und immer wieder durchdrang Frage wie Antwort das eine: Ich liebe dich, liebe dich mit ganzer Seele!

Wie lange wir so Zwiesprache gehalten haben, ich weiß es nicht. Manchmal schienen es mir Jahre zu sein, dann wieder ein kurzer Augenblick.

Ich wollte von ihr wissen, wo wir seien, ob wir noch lebende Menschen seien. Aber ihre Antworten übersprudelten sich, waren allzu sehr überpulst von jubelndem Liebesbekennen, als dass sie mir eine wirkliche Auskunft gegeben hätten.

Der Himmel konnte es aber doch nicht sein, wo wir weilten, denn es gab hier auch böse Wesen, es gab hier Gefahren, vor denen mich die Liebste sogleich eindringlich warnte. Zwei Arten von Geschöpfen mussten nach ihrer Erzählung in dieser Welt weilen, die einen gut und freundlich und man erkannte sie von weitem an dem blau und grün schillernden Glanz und andere, bei denen der blaue Schein mehr ins Rote hinüberschimmerte. Gerade so wie die bloße Berührung der einen lieblich und angenehm war, so war sie von den anderen fürchterlich und schmerzhaft, ja bei längerer Dauer tödlich. Und sie flehte mich an, diese Geschöpfe nur gleich zu fliehen, wenn ich sie von weitem erblicken würde. Am besten wäre es, meinte sie, wenn ich in einem solchen Fall durch die kleine Pforte, welche mich hierher eingelassen, in die frühere Welt zurückgehen würde.

An das, was ich dort drüben verlassen hatte, erinnerte ich mich nur wie an einen dunklen Traum. Ich musste mich langsam und angestrengt besinnen, ehe mir einfiel, dass dort ja die Pest war. Aber das sollte mich nicht hindern hinzugehen, wenn sie mich dahin schickte. Nur eine Frage bedrückte mich: ob und wann ich sie wiedersehen würde, ob in dieser grünblauen Welt oder drüben im alten Sonnenschein?

»Du kennst ja nun den Weg in dieses Land«, gab sie auf meine Frage zurück, »und du wirst mich immer antreffen, so oft du mich auf die gleiche Weise rufst wie heute. Aber es gibt für uns auch ein Wiedersehen dort drüben, wo die liebe goldene Sonne, wo Mond und Sterne scheinen. Ein kluger Mann, ein alter Freund meines Vaters, hat mich in dieses Land durch seine geheime Kunst gebracht, um mich vor der Pestilenz zu schützen. Wenn die Gefahr vorüber ist, dann wird er mich zurückrufen. Und dann – um Himmels willen, siehst du denn nicht den roten Schein dort auf der Höhe? Flieh, flieh und habe keine Sorge um mich, mir können sie nichts antun, ich stehe unter besonderem Schutz!«

Sie zog mich dorthin zurück, woher ich gekommen war, und mit ihrer Hilfe kam ich rasch über den moosigen Grund vorwärts. Nun stand eine Art Häuschen vor uns, doch waren seine Mauern blau wie alles hier, Fenster oder Türen zeigte es nicht. Doch dessen bedurfte es auch nicht, wir gingen schnurstracks auf die Mauer zu und durch sie hindurch und schon befand ich mich wieder im Spiegelbild des Zimmers aus dem Faust-Haus.

Ich spürte ein unendlich liebliches Streicheln über meine Wange gleiten, dann gab mir dieselbe Hand, die mich so köstlich liebkost hatte, einen Stoß, wie wenn sie sich von mir scheiden wolle. Ich blickte mich um und sah mich allein. Nur dort, jenseits der durchsichtigen Mauer, die ich gerade mit ihr durchschritten hatte, entschwebte eine flimmernde schimmernde Gestalt. In derselben Richtung erblickte ich aber noch etwas anderes: Jener rote Schimmer, den sie mir vorhin gewiesen hatte, war unheimlich rasch näher gekommen, er hatte festere Umrisse, es blitzten da und dort etwas wie Gesichter, wie Teufelsfratzen aus ihm auf.

Ich bin kein Feigling, aber dieses Unbekannte, das sich mir da erschreckend näherte, diese Gefahr, gegen die ich keine

Waffe kannte, das ließ eine Angst in mir aufsteigen, wie ich sie noch nie empfunden hatte.

Es gab nur einen Ausweg: die Flucht, und nur eine Richtung dafür: den Spiegel! Dort, jenseits der gläsernen Wand, sah ich die Stühle, den Tisch, die Wände, ja die Spiegelbilder dieser Dinge standen schon jetzt um mich herum, wenn sie auch durchsichtig den Blick in die blaue Welt freiließen. In die blaue Welt und auf die roten Schreckgestalten, die immer näher kamen! Hätte ich mir doch von Cardano, statt mit ihm Streit zu beginnen, lieber sagen lassen, wie man die Rückkehr anzustellen habe! So wusste ich nur, dass diese lebensgefährlich war! Aber das Zimmer drüben lockte mich mit seiner Sicherheit, die Spiegelwand selbst schien so harmlos, von dem trennenden Gitter war keine Spur. Wie, wenn ich es zunächst mit einem Finger versuchen würde? Vielleicht hatte Cardano mit Absicht die Dinge ärger geschildert, als sie waren, vielleicht erwartete mich beim Durchschreiten der Wand nur ein kleiner Schmerz, der wohl zu ertragen sein würde.

Und so streckte ich denn mutig den Finger vor, und sieh da, er glitt ohne viel Widerstand zu finden in die Glaswand hinein, ja ich konnte ihn auch zurückziehen, ohne etwas dabei zu spüren! Also hatte mich der Venezianer nur einschüchtern wollen! Es war gar keine Gefahr, ja nicht einmal irgendeine Unannehmlichkeit dabei!

Dieser kleine Versuch hatte meine Aufmerksamkeit für ein Weilchen von den Dingen abgelenkt, die hinter mir geschahen. Aber diese kurze Zeit hatte genügt, um die unbekannte Gefahr über mich hereinbrechen zu lassen. Ich sah einen roten Streifen über meine Schulter herüberwachsen und schon verspürte ich auf der Wange einen fürchterlichen Schmerz, wie wenn drei glühende Finger sich in mein Fleisch bohren würden.

Mit dem Mut der Verzweiflung riss ich mich los, wobei ich freilich selbst den roten Dämon mit anderen Stellen meines Körpers berührte; meine Kleider boten keinen Schutz gegen dieses schreckliche Wesen – wo ich ihm zu nahe gekommen war, brannte mein Fleisch auf.

Doch das war alles nur die Sache eines Augenblickes, ich riss mich los, warf mich in den Spiegel und fühlte meinen Körper ohne Schwierigkeit hindurchgleiten – ich war gerettet!

Oder vielmehr, ich glaubte es zu sein.

Schon stand ich mit einem Fuß auf dem breiten Wandsims, der sich unter dem Spiegel hinzog, schon atmete ich wieder die Luft der alten Erde, nur den zweiten Fuß hatte ich noch nachzuziehen, als mein halb zurückgewandter, die überwundene Gefahr beobachtender Blick eine neue Schrecklichkeit sah: Das verschwunden gewesene Gitter war wieder da, es wuchs mit rasender Schnelligkeit vom Rand des Spiegels gegen die Mitte zu, wie Speere schossen die Gitterstangen vorwärts und ehe ich noch den anderen Fuß nachziehen konnte, bohrten sie sich in ihn hinein, schnitten Sehnen und Fleisch durch, sägten am Schenkelknochen.

Von dem Schmerz, den das verursachte, kann ich auch nicht annähernd eine Schilderung geben. Ich weiß nur, dass ich aufgeheult habe, dass ich bald spürte, wie die Gitterstäbe ihr Werk vollendeten und meinen Fuß gänzlich vom Leib trennten, wie dieser vorwärts in das so teuer erkaufte Asyl hineinstürzte, dann wurde es Nacht um mich.

## 5

Mein erstes Gefühl beim Wiedererwachen meiner Sinne war, dass ein feuchtes Tuch um meine Stirn gelegt wurde. Das tat so unendlich wohl, das gab mir ein Weilchen später die Fähigkeit meine Augen zu öffnen.

Ich befand mich noch in dem gleichen Gemach, aber man hatte mir einige Decken als Lager unter den Leib geschoben. Ein buckliger Mann stand vor mir und beobachtete mich aufmerksam. Als er wieder Leben in meinem Antlitz sah, schien er hocherfreut.

»Die Madonna sei gelobt!«, rief er aus. »Ich hatte schon gefürchtet, dass meine Hilfe zu spät gekommen sei. Der Doktor Cardano hatte mir eingeschärft, ich möchte oft nachsehen, damit kein Unglück passiere, aber ich konnte nicht den ganzen Tag hier sitzen, ja, in den gegenwärtigen Pestilenzzeiten hätte es leicht geschehen können, dass sie mich ins Lazarett oder ins Probierhaus gesteckt oder gar in eine Grube geworfen hätten, dann hätte ich natürlich nicht kommen können!«

Solche Möglichkeiten schienen ihm keineswegs sonderlich schrecklich, denn er grinste dazu von einem Ohr bis zum anderen. Dann rieb er sich behaglich die Hände und meinte:

»Es ist ein wahres Glück für Euch, dass Ihr in Eurem jetzigen Zustand nicht einem Arzt, sondern einem Mechanicus wie mir in die Hände gefallen seid! Wisst Ihr, was der Arzt mit Euch täte? Der würde aus den drei dunklen Flecken auf Eurer Wange schließen, dass Ihr die Pest im höchsten Grade habt, und Euch schleunigst ins Spital stecken, wo Ihr sie dann wirklich bekommen könntet. Dagegen ich – ich sehe auf den ersten Blick, dass Euch nichts anderes fehlt als ein Fuß!«

»Was, ein Fuß?«, rief ich entsetzt aus, denn ich hatte in meiner Ohnmacht alles vergessen, was gerade hinter mir lag. Nun richtete ich mich halb auf und tastete nach meinen mit einer Decke verhüllten Beinen. Ich fand nur das eine, von dem anderen war nur ein Stumpf da, der kaum bis zum Knie reichte.

Mit einem schweren Seufzer fiel ich zurück. Das war schlimmer als der Tod; ich war zum Krüppel geworden, ich, der ich um die schöne Komtesse Marianne freien wollte!

»Regt Euch doch«, begann der Bucklige wieder, »nicht wegen so einer Kleinigkeit auf! Ein Bein mehr oder weniger, als ob das für die Rede stünde! Ja, wenn Ihr beide verloren hättet, ich stehe nicht an zu sagen, dass das recht peinlich wäre, aber wegen einem Bein so viel Gejammer, wo Ihr doch noch das andere habt! Ich finde das, verzeiht, wenn ich mir einem Edelmann gegenüber so einen Ausdruck herausnehme, ich finde das recht kindisch von Euch! Wenn ich mir die Dinge zuweilen so recht überlege, so will es mir fast scheinen, als ob es ein rechter Unfug wäre, dass der Mensch mit zwei Beinen auf die Welt gekommen ist, wo er doch bei entsprechender Schulung ganz gut mit einem auskommen könnte! Heilige Madonna, was hat mein vorlauter Mund da wieder Gotteslästerliches gesagt? Unfug, Unfug habe ich zu sagen gewagt und damit bei meinem dummen Menschenverstand ein Werk des himmlischen Vaters, einen Teil der göttlichen Schöpfung gemeint. Wahrhaftig, ich würde es für das allein verdienen, im tiefsten Grunde der Hölle zu braten! Doch auch ich armer sündiger Wurm darf auf Gottes Barmherzigkeit und den Segen des heiligen Sakramentes der Beichte vertrauen, das mich von dieser wie von der Last meiner übrigen Sünden befreien wird …

Ja, also was habe ich gesagt? Unfug! Das war natürlich nur ein falscher Ausdruck, ich wollte Luxus, Überfluss sagen, den ein gütiger Himmelsvater auf uns verschwendet hat, nicht ganz, aber doch beinahe so wie beim Tausendfuß. Aber ich sehe schon, Euer Gnaden meinen mit einem Fuß unmöglich auskommen zu können und ich will gern zugeben, wenn man einmal durch viele Jahre gewohnt war, vierspännig auszufahren, so kann man sich an eine zweispännige Equipage nicht gewöhnen. Es ist ganz genau dieselbe Geschichte, ob mit Wagenpferden oder mit den eigenen Gliedmaßen! Nun denn, weil Ihr von der Euch einmal lieb gewordenen Gewohnheit des Auf-zwei-Füßen-Gehens nicht ablassen wollt, so wird sich auch das richten, wozu bin ich denn Mechanicus? Ich sage Euch, edler Herr, ich will Euch einen Stelzfuß bauen, so täuschend einem echten Fuß ähnlich, dass kein Mensch einen Unterschied an Euch merken wird, und gehen wird es sich damit, dass ihr mit Schrecken an jene traurigen Zeiten zurückdenken werdet, wo Ihr Euch mit Euren zwei natürlichen Beinen behelfen musstet! Lasst mich nur rasch Maß dazu nehmen, dann gehe ich gleich an die Arbeit! Ich werde deshalb einige Zeit nicht aus meiner Werkstatt herauskommen können, aber das macht ja nichts! Auf dem Heimweg halte ich mich im Haus des Herrn Primators auf, auf dass man Euch gleich mit einer Sänfte abhole und in die rechte Pflege bringe …«

»Nein, nur das nicht!«, fiel ich ihm ins Wort. »Ich will den Meinen nicht den Schreck bereiten, dass sie mich in diesem Zustand sehen. Da warte ich hier lieber ab, bis Euer Werk getan ist und ich dann nach Eurer Versicherung auf zwei Füßen nach Hause gehen kann, als ob nichts geschehen wäre. In der Zwischenzeit sendet mir jemanden für die nötigsten Handreichungen oder seht selbst ein wenig nach mir. Im Haus meines Vaters könnt Ihr Euch wohl aufhalten, doch nur um zu bestellen, dass ich zwar wohl und gesund, aber in dringenden Geschäften verhindert sei, einige Tage nach Hause zu kommen. Was die Entlohnung Eurer Mühe anlangt, so seid ohne Sorge …«

Der Mann winkte mit der Hand ab, als ob er sagen wollte, dass er darüber vollkommen beruhigt sei. Doch als er mit dem

Maßnahmen fertig war, begann er doch wieder damit, dass es besser wäre, wenn ich mich in häuslicher Pflege befinden würde, als wie der arme Lazarus hier zu liegen. Es sei ja richtig, ärztliche Hilfe sei in meinem Fall, so unglaublich das klinge, nicht vonnöten …

Nicht? Wie denn? Hatte mich ein Arzt, der inzwischen weggegangen war, während meiner Ohnmacht verbunden? Und dass ich von dem ungeheuren Blutverlust, den eine so schreckliche Wunde mit sich bringen musste, nicht mehr geschwächt war! Dass – ich blickte zu dem Spiegel hinüber – man nirgends Spuren von dem vielen vergossenen Blut sah? Der Mechanicus schien zu verstehen, was ich mir nicht erklären konnte. Er nickte, wie um mir seinen Beifall dafür auszusprechen, dass ich endlich doch von selbst auf diese Merkwürdigkeit gekommen war, grinste und begann:

»Ja, das ist eine ganz sonderbare Sache mit Euch und wenn ich nicht selbst so fest im Glauben wäre und nicht wüsste, wie treu das ganze edle Haus derer von Löwenmacht am christkatholischen Glauben festhält, so wäre ich beinahe versucht an Hexerei zu denken. Und auch mit dem Spiegel muss alles in Ordnung sein, denn der Herr Doktor Cardano, der ihn gemacht hat, steht bei den hochwürdigen Patres Jesuiten in hohem Ansehen. Doch es wird wohl am besten sein, wenn ich Euch ordnungsgemäß erzähle, wie ich Euch gefunden habe. Also ich habe dem Herrn Cardano versprochen, täglich zumindest zweimal einen Blick hereinzutun, habe auch bisher stets alles in Ordnung gefunden. Wie ich aber heute hierher komme, sehe ich Euch mit dem Gesicht zur Erde mit vorgestreckten Armen am Boden liegen. Ich beuge mich über Euch und sehe zu meinem Schrecken, dass ein Bein glatt weggeschnitten ist, wie mit einem ungewöhnlich scharfen Instrument auf einen Hieb weggehackt. Auch die Hose war genau in der Höhe der Wunde abgetrennt, auch an ihr konnte man die Schärfe des Hiebes bemerken, denn nicht ein Fädchen des Stoffes war dabei ausgefranst worden. Das Sonderbarste war aber doch, dass aus der Wunde nicht ein Tropfen Blut floss, ja, dass eine dünne Haut die ganze Schnittstelle zu überdecken schien, als wäre das Schreckliche nicht vor einer Weile, sondern vor etlicher Zeit geschehen und die Wunde auf Grund sorgfältiger

Pflege auf dem besten Wege der Heilung. Ich habe Euch dann in eine bequemere Lage gebracht, auch für Kühlung des Hauptes gesorgt, um Euch wieder zu Bewusstsein zu bringen, dann habe ich mich nach dem abgeschnittenen Fuß umgesehen, der doch auch irgendwo sein musste. Aber so gründlich ich auch Umschau hielt, es war nichts zu finden. Dagegen habe ich dort auf dem Spiegel etwas Sonderbares entdeckt. Zwischen den Gitterstäben sieht man deutlich einen rosaroten Fleck, ungefähr von der Größe Eurer Wunde. Nun habe ich doch jeden Tag den Spiegel, der meiner Obhut anvertraut ist, genau besichtigt und ich kann einen schweren Eid darauf leisten, dass dieser Fleck nicht darauf war. Man möchte fast meinen, dass Ihr jenseits dieses Gitters gewesen seid und dass Euer Fuß dort drüben geblieben sei! Gewiss eine sonderbare und unwahrscheinliche Geschichte, ob der sich mancher gar sehr verwundern würde. Das ist aber nicht meine Art. Es geschieht des Unglaublichen und Staunenswerten für den, der Augen dafür hat, alle Tage genug und ein Menschenverstand langt nicht aus, um die Wahrheit, um Grund und Ursache von all dem fein säuberlich herauszugrübeln. So halte ich mich denn an das Nächstliegende: Ich habe es übernommen auf den Spiegel zu achten, und dem ist nichts geschehen bis auf den rosa Fleck, der sich wohl auch wegputzen lassen wird; ich sollte weiter darauf achten, dass kein Unglück geschehe: In diesem Punkt bin ich wohl zu spät gekommen, aber ich will zumindest sehen, wie man die Folgen davon nach Kräften bessern könnte. Einen Kunstfuß werde ich Euch bauen, einen Kunstfuß, wie er noch nicht da gewesen war!

Ihr habt gewiss, wenn Ihr wirklich dort drüben wart, recht Sonderbares erlebt und wenn Ihr den Fuß auf andere Weise verloren habt, so muss es dabei auch ganz merkwürdig zugegangen sein, aber wenn Ihr später einmal, vielleicht als alter Mann, an alles das zurückdenken werdet, dann wird Euch nicht das als das Wunderbarste an diesem Tage erscheinen, nein, das Wunderbarste wird mein Kunstfuß sein! Ich sage Euch, edler Herr, das Ding wird von selber laufen, es wird unermüdlich sein, es wird ... doch was erzähle ich erst lange und vertrödle die kostbare Zeit, ich will mich lieber gleich ans Werk machen, um Euch nicht allzu lange warten zu lassen! Im

Übrigen wird alles nach Eurem Wunsch geschehen und damit Gott befohlen!«

Er zog höflich seine Mütze und enteilte.

Ich hatte nun Muße genug, meine Erlebnisse zu überdenken, doch wollten meine Gedanken nicht dabei bleiben. Es machte so unendliche Mühe sich all das zu vergegenwärtigen, was mir die letzten Stunden gebracht hatten, dass ich bei jedem neuerlichen Versuch Kopfschmerzen bekam, die mir jede Fähigkeit nahmen mich in dem Erlebten zurechtzufinden.

Ich schlief leicht und oft ein und dann war mein armer Kopf ein wahrer Tummelplatz verwirrter Erinnerungen. Wenn ich dann von solchem wenig erquickenden Schlummer erwachte, so zwang mich ein gewisser Selbsterhaltungstrieb, das mehr geahnte als bewusste Gefühl, dass mich solche Vorstellungen an den Rand des Irrsinns bringen würden, zu einer Einstellung aller Gedanken in anderer Richtung. Was war da naheliegender, als über meine Zukunft nachzudenken? Aber auch da gab es nichts, was mir die so dringend nötige Seelenruhe hätte geben können.

Bei nüchterner Überlegung war den großsprecherischen Reden des buckligen Mechanicus wenig zu trauen, ich musste mich also darauf gefasst machen, auf eine Krücke gestützt durch mein weiteres Leben humpeln zu müssen. Würde Mariannes Liebe auch diese Kraftprobe bestehen? War es nicht genug und übergenug, wenn sie entschlossen war dem unausbleiblichen Widerstand ihres Vaters und der ganzen gräflichen Sippe zu trotzen, konnte ich ihr zumuten diesen schweren Kampf um eines Krüppels willen zu wagen? Durfte ich von diesem blühenden, lebensstrotzenden Ding verlangen, dass sie ihr Dasein an das eines zum Zimmerhocken verurteilten Menschen knüpfe? Nein, das soll nicht sein, ich wäre ihrer Liebe unwürdig, wenn ich ihr ein solches Opfer zumuten würde! Und doch war es so schwer, so fürchterlich, so unvorstellbar, verzichten zu müssen!

War da kein Ausweg, keine dritte Möglichkeit? Doch! Wenn der kleine Bucklige am Ende vielleicht doch die Wahrheit gesprochen hätte, wenn er kein Aufschneider wäre! Es war ja heller Unsinn, was er da gesagt hat, dass man mit dem von ihm gebauten Kunstfuß besser gehen könnte als mit dem natürlichen Bein, aber das, was man sich wünscht, das glaubt man gern, umso mehr, wenn es einen Ausweg aus einer verzweifelten Lage bietet. Und so hatte ich im nächsten Augenblick alle Zweifel und Bedenken verbannt, ich malte mir mit innigem Behagen aus, wie der Mechanicus eines Tages mit einem geheimnisvollen, in Tuch eingeschlagenen Ding hier in dieses Zimmer treten würde; dann käme das Auspacken, das Begucken, das Anprobieren, die ersten Gehversuche; nun, die würden nicht lange dauern und dann marschierte ich ebenso leicht und aufrecht heraus, wie ich ins Faust-Haus gekommen war! Doch Halt! Wie bin ich denn hereingekommen? Bin ich nicht hineingeschwankt, von fiebriger Hitze und Herzschmerzen geplagt, hatte mich nicht die Pest ergriffen?

Aber auch über diese Sorge setzte sich mein neu erwachter Lebensmut leicht hinweg. Ja, vielleicht hatte ich sie gehabt, aber der Gang in die Spiegelwelt hatte mich eben kuriert! Und wenn das nicht genügt hätte, so hat ihr sicherlich diese Fußamputation den Rest gegeben! Hatte mir nicht Redlich einmal erzählt, dass die Pest zu allen anderen körperlichen Leiden in einem sonderbaren Gegensatz stehe, sodass sie beispielsweise die Gicht vertreibe? Da war es doch ohne weiteres möglich, dass sie umgekehrt einem so gewaltigen Eingriff in den inneren Organismus, wie ich ihn erfahren hatte, nicht standhielt, sondern die Flucht ergriff.

Diese Gedanken wiederholte ich mir in unaufhörlichem Kreislauf, Bedenken ließ ich gar nicht aufkommen. Eine alte Aufwärterin, die der Bucklige geschickt hatte, sorgte für meine Bedürfnisse und so vergingen einige Tage in einer zwar reichlich langweiligen, aber im Grund doch sehr wohltätigen Ruhe. Die Unruhe, die in der Stadt herrschte, das Knarren der nächtlichen Totenkarren, das Fluchen und Schreien der Pestknechte hatten mir lange genug keinen ordentlichen Schlaf gestattet, nun holte ich das ausgiebig nach und verschlief nicht nur die ganze Nacht, sondern auch den halben Tag.

## 6

Eines Morgens gab es aus dem üblichen tiefen Schlummer ein unerwartetes Erwachen. Es war zunächst ein sonderbarer Geruch, der mir in die Nase stieg: Er gemahnte mich an die Düfte in Redlichs Laboratorium, doch war auch Wacholderrauch und die Ausdünstung von vielen Menschenleibern darin.

Dann wurde mein Ohr wach und vernahm ein eintöniges Murmeln; wie Sterbegebete hörte es sich an.

Bis ich schließlich unmutig die Augen aufriß: Ich lag auf einem Strohlager in einem ziemlich großen scheunenartigen Raum. Um mich in langer, dicht gedrängter Reihe auf ähnlichen Lagerstätten alte und junge Menschen; sie waren alle recht still, kaum dass man hier und da einen Seufzer hörte; nur dieses Gebetmurmeln dauerte an. Es kam aus seiner Ecke des Raumes, wo neben einer solchen Lagerstatt zwei Gestalten kauerten. Nicht weit davon stand auf einem Tisch ein Kruzifix mit brennenden Kerzen. Ich sah mir jetzt einen meiner Nachbarn etwas näher an; er war bis zur Brust entblößt und von seiner Schulter starrte mich eine große, schwarz unterlaufene Beule an – nun war es mir mit einem Schlag gewiss, wo ich mich befand: Ich lag in einem Pestspital!

Aber wie war ich hierher gekommen? Man musste mich während meines tiefen Schlafes hergebracht haben, das war klar, aber hatte ich denn wirklich die Pest? Ein gewaltiger Schrecken fuhr mir bei diesem Gedanken durch die Glieder, doch im nächsten Augenblick besann ich mich. Von einer so fürchterlichen Krankheit musste man doch etwas spüren und ich fühlte mich eigentlich frisch und gesund, ganz anders als an jenem Morgen, wo ich in das Faust-Haus gewankt war. Wie konnte man mich also herbringen? Die Erklärung hierfür fiel mir bald ein. Hatte nicht der Bucklige von den Flecken in meinem Gesicht gesprochen, die er sich zwar nicht zu deuten wusste, trotzdem aber nicht für ein Zeichen vollzogener Ansteckung halten mochte? Nun war gewiss in der Nacht einer der Pestoffiziere, die alle Häuser nach infizierten Personen abzusuchen hatten, zu mir eingedrungen, hatte beim Schein einer Fackel oder Laterne die dunklen Stellen auf meiner Wange erblickt und meine sofortige Überführung hierher angeordnet.

Was war da zu machen? Wenn ich noch meine beiden Beine gehabt hätte, so wäre ich einfach aufgesprungen und man hätte schon an meinem Gang und sonstigen Wesen gemerkt, dass ich nicht hierher gehörte, und mich im schlimmsten Fall in ein Probierhaus abgegeben. So aber war meine Lage schwieriger. Ich musste warten, bis ein Arzt, ein Wärter zu mir kam, und ihm dann meinen Fall erklären. Aber auch dann würde es fraglich sein, ob man mich so ohne weiteres loslassen würde. Meine Erzählung von der Welt hinter dem Spiegel, aus der ich diese brandwundenartigen Spuren einer unheimlichen Begegnung mitgebracht hatte, würde bei meinen Zuhörern nur die Überzeugung wecken, dass das Fieber in meinem Kopf fürchterlich wüte.

So blieb mir denn nichts übrig, als ruhig abzuwarten und inzwischen meine Umgebung zu beobachten. Das Murmeln in der Ecke hatte aufgehört, die beiden knienden Gestalten hatten sich erhoben, ich sah den einen das Zeichen des Kreuzes in der Richtung gegen die Lagerstätte in der Ecke schlagen und hörte ihn halblaut ein »*Requiescat in Pace!*« sagen, dann gingen sie fort. Ein Weilchen später kamen zwei Pestknechte, schoben den aus der Ecke in einen Sack und trugen ihn hinaus.

Ich hätte gern mit jemandem gesprochen, aber ich traute mich nicht den Mund zu öffnen, damit nicht die Pest in mich Eingang fände. Auch waren die Menschen um mich herum von einer Gleichgültigkeit gegen alles, sodass man fast den Eindruck hatte, als wünschten sie sich nichts anderes, als rasch zu sterben.

So war ich denn ganz auf mich selbst angewiesen und überdachte weiter meine Lage. Dabei fiel mir ein, dass ja Freund Redlich hier wohl die maßgebende Person sein konnte; das ließ mich hoffen, doch sollte sich diese Erwartung bald als trügerisch erweisen.

Es kamen zwei Wärterinnen oder Pestweiber, wie man sie gewöhnlich nannte, herein. Wenn meine Lage nicht so traurig gewesen wäre, so hätte ich bei ihrem Anblick auflachen müssen. Im schwarzen Mantel mit Kapuze hatte jede eine lange gelbe Wurzel im Munde, die wie ein Schnabel hervorstand, sodass die beiden wie zwei riesige Amseln aussahen. Es waren dies Wurzeln von Heilkräutern, welche die Pflegerinnen während ihrer Arbeit saugend im Mund halten sollten, um sich vor Ansteckung zu bewahren. Das Sprechen war dadurch natürlich sehr erschwert, diesen beiden gelang es aber doch ganz gut, wenn auch ihre Rede infolgedessen etwas undeutlich klang. Es dauerte eine geraume Weile, ehe ich etwas von ihren Worten verstand, und nicht lange darauf wäre es mir lieber gewesen, ich hätte überhaupt nichts davon gehört, denn es waren böse Dinge, die mir da zu Ohren kamen.

»Nun hat es den guten Herrn Redlich auch erwischt«, begann die eine, »ich habe es mit eigenen Augen gesehen, wie er ganz plötzlich zur Erde stürzte.«

»Wenn ihn nur der Himmel am Leben bewahren wollte!«, sagte die andere. »So ein guter Mann kommt nicht wieder! Hast du schon den Neuen gesehen?«

»Den Herrn Gottfried Möbius? Natürlich! Ein spaßiger Herr! Er hat gleich von den umliegenden Weinpressen ohne lange zu fragen allen Wein herschaffen lassen. Ist lauter Medizin!, sagt er und nimmt sie auch selbst fleißig ein. Da wird großer Andrang im Pestspital sein, wird sich jeder gern so kurieren lassen und lieber ein Krüglein Wein schlucken als Sauerampfer und Pimpernell!«

»Wenn's nur auch hilft! Wäre ein großes Geschenk des Himmels und aller Heiligen! Hat aber sicher schon jetzt etwas Gutes, denn da werden auch wir armen Pestweiber etwas davon abbekommen!«

»Ich meine nicht, dass es viel nützt, denn sonst müssten die reichen und hochmögenden Leute, die sich so etwas seit jeher reichlich gönnen konnten, vor der Ansteckung sicher sein! Und sind doch ihrer so viele schon gestorben, gestern erst der Herr Primator von Löwenmacht, der doch gewiss oft genug in den Becher geguckt hat!«

»Ja, ich weiß, sie haben ihn gleich zu St. Rochus hinausgebracht, auf den neuen Friedhof, den er selbst hatte errichten lassen. Haben auch keine großen Geschichten mit der Leiche gemacht wie sonst bei einem Primator! Du lieber Gott, die Pest macht alle Menschen gleich! Was ist denn mit dem Hans

Adam, dem Sohn? Der soll einen Menschen im Zweikampf erstochen haben!«

»Ich habe auch schon so etwas gehört, aber ich kann's nicht glauben! Ich war vor Jahren Küchenmagd bei den Machtens, da war er noch ein kleiner Junge und immer so fein und lieb, hätte kaum einer Fliege etwas zuleide getan, geschweige denn einem Menschen!«

»Ja, die Leute ändern sich mit der Zeit und die Männer ganz besonders! Ich weiß es ganz gewiss, dass er einen erschlagen hat! Im Hirschgraben unter der Burg ist's geschehen und der andere war ein Italiener. Er hat zwar noch fortgehen können, ist aber bald darauf an der Wunde gestorben. Solange die Pest dauert, kümmert man sich ja wenig um solche Schandtaten, aber wenn sie einmal – der Himmel gebe es bald – vorüber ist, dann wird es dem jungen Herrchen an den Kragen geh'n! Solange sein Vater gelebt hat, hätten sie ihm wohl nicht viel getan, da hätte sich schon eine Ausrede gefunden, jetzt aber, wo der Alte in der Grube liegt, wird man schon fest zugreifen. Der Galgen ist nur für uns gewöhnliche Leute und für die Herren vom Adel ist das Richtschwert, ist noch keine zwei Monate her, wo sie hier in der Prager Stadt oben am Hradschin im weißen Turm den Grafen Zrinyi um einen Kopf kürzer gemacht haben. War freilich ein Verräter am Kaiser, wird aber einem Mörder auch nicht besser geh'n!«

Bei der Nachricht von meines Vaters Hinscheiden hatte sich mein Herz zusammengekrampft, bis mir dunkel vor Augen wurde.

So hat also dieser treue, gütige Mensch sein Ausharren auf dem Posten mitten in der Flucht der anderen Amtspersonen und Würdenträger mit dem Leben büßen müssen! Die Stadt würde nicht leicht einen finden, der ihn ersetzen könnte! Wer aber noch viel mehr verloren hatte, das war ich selbst! Jetzt fühlte ich es erst klar, dass mein treuester und bester Freund von mir gegangen war.

Ich konnte nicht länger an mich halten, ich weinte wie ein Kind. In Gedanken sah ich ihn tausendfach wieder, sah ihn stolz und selbstbewusst zur Ratssitzung gehen, sah ihn in froher Runde einen fröhlichen Gastgeber sein, sah ihn auf seinem geliebten Weinberg – und mitten dazwischen klang mir leibhaftig seine Stimme ins Ohr: Herr, wissen Sie, wer ich bin? Macht! Macht! Löwenmacht! Da musste ich unter Tränen lächeln und mein Schmerz verlor darüber seine Bitterkeit.

Dazwischen fiel mir wohl auch ein, was ich über mich selbst gehört hatte, aber ich nahm es nicht schwer. Ich hätte nur gern wissen mögen, wer so ein unsinniges, boshaftes Gerede aufgebracht haben mochte. Der Doktor Cardano war leicht genug davongekommen, die kleine Fleischwunde musste längst geheilt sein!

Durch einen Aufschrei wurde ich aus meinen Gedanken geweckt. Einer der Kranken hatte sich erhoben, war auf das Kruzifix zugewankt, vor ihm hingesunken und betete nun, bald murmelnd, bald schreiend. Schrill klang es gerade zu mir herüber:

»Dein Zorn, o Herr, geht über uns wie eine verheerende Wasserflut, dein Grimm dringet durch wie ein verzehrendes Feuer. Wir beten und du erhörst uns nicht, wir rufen um Hilfe und da ist kein Erbarmer! Wir haben die Zeit deiner Gnade versäumt, darum achtest du uns ihrer unwürdig! Nimm uns darum hinweg, nimm uns und vernichte uns, denn wir haben es nicht anders verdient! Doch warum gießest du deinen Zorn über die Unschuldigen und Säuglinge aus, warum nimmst du die Kleinen und Unmündigen in so großer Menge hinweg, da du doch die gottlose Stadt Ninive um der jungen und unverständigen Kinder willen verschont hast? Nimmst du sie vielleicht als besondere Gnade zu dir, ehe denn ein noch größeres Unglück herbeikommt? Willst du die Erde etwa noch strafen mit einem feurigen Regen von Schwefel und Pech wie Sodom oder willst du uns insgesamt von der Erde verschlucken lassen wie Abiram? Solches hätten wir ja verdient, du aber gedenke, dass du Gott bist und wir nur ein Lüftchen, das von deinen Gnaden dahinstreicht und nicht wiederkommt! Züchtige uns also nicht bis zu unserem völligen Untergang, sondern erbarme dich endlich unser! Hilf uns, sonst müssen wir verderben! Hör auf, damit ein Samen übrig bleibe, welcher deinen Namen ausbreite unter den Heidenvölkern und verkündige, dass du ein barmherziger Gott bist! Und darum hör auf, o Herr, hör auf, ehe wir alle zugrunde gehen!«

Die Stimme des Betenden verklang in einem dumpfen Murmeln, plötzlich schnellte sie zu einem grellen, verzückten Schrei auf:

»Halleluja! Freuet euch mit mir, jubelt und verlacht euer Elend, denn es wird verschwunden sein, ehe denn ein Stündchen vergeht! Seht doch, wie der Himmel sich über uns öffnet, wie die heilige Jungfrau und all die lieben Heiligen zu uns niedersteigen! Uns ist Gnade geworden, alle werden wir gesund werden, weder Pest noch Krieg wird es auf der Welt geben! Alles Übel wird aus der Welt verschwinden vor diesen himmlischen Heerscharen, alle Krankheit und alle Not! Die Blinden werden sehend werden, die Lahmen werden gehen, die Stummen sprechen und wer eine Hand oder einen Fuß verloren hat, dem wird das Verlorene in wundersamer Weise wieder anwachsen!«

Und wieder versickerten seine Worte in ein unverständliches Murmeln, dann sah ich ihn wild die Arme gegen Himmel recken und umsinken. Lautlose Ruhe dehnte sich durch den Raum. Die Pestkranken sind ein stilles Volk, das selbst zum Seufzen und Jammern zu schwach ist.

Endlos wurden die Stunden. Von einem Famulus begleitet, kam der neue Arzt herein, blieb aber nur in der Nähe der Tür stehen und ging rasch wieder fort. Ich rief vergebens nach ihm, er hatte den Kopf so wohl verwahrt, dass ihm meine Stimme gar nicht bis zum Ohr gedrungen sein mochte. Später kamen Wärter mit der Abendsuppe. Ich hatte gar nicht bemerkt, dass neben meinem Strohlager ein kleiner irdener Napf stand. Wahrscheinlich hatte ihn schon mein Vorgänger benutzt, der an dieser Stelle weggestorben war, um mir Platz zu machen. Die Wärter hatten Schöpflöffel mit sehr langen Stielen, damit konnten sie die Schalen füllen, ohne den Kranken nahe zu kommen.

Zwar plagte mich der Hunger genug, aber der Ekel vor der Schale hinderte mich daran, die Suppe zu essen. Doch auch von den anderen sah ich kaum einen die Hand nach dem Napf ausstrecken – die Pest hatte sie so schwach und müde gemacht, dass sie nicht einmal mehr die Kraft zum Essen aufbrachten.

Langsam fiel die Dämmerung ein, es wurde Nacht. Schlaflos

starrte ich in die Finsternis hinein. Durch die Tür, die der Auslüftung wegen offen bleiben sollte, leuchteten ein paar tröstende Sterne.

Plötzlich sah ich etwas hereinhuschen, einen Augenblick später leuchtete ein Laternchen auf, sein Schein genügte, um mir die Gestalt ihres Trägers im schwachen Umriss zu zeigen. Es war ein Buckliger.

Sollte das mein Mechanicus sein? Sollte so viel Nächstenliebe in seiner Brust wohnen, dass er um meinetwillen den Gang in diese Pesthölle wagte? Das mochte der Himmel wissen, jedenfalls war er es wirklich. Ich machte mich ihm bemerkbar und er kam herbei. Erst jetzt nahm ich wahr, dass er einen länglichen, in Tuch eingeschlagenen Gegenstand mit sich schleppte. Er hockte sich neben mich nieder und begann sogleich zu berichten, wie viel Mühe es ihn gekostet habe mich aufzufinden. Der Kunstfuß sei fertig, er habe ihn gleich mitgebracht.

»Anfangs«, meinte er, »wird Euch das Gehen damit nicht leicht fallen, aber das gibt sich bald, schließlich wird das Ding besser laufen, als Euch vielleicht lieb sein wird. Doch jetzt wollen wir es vor allem einmal anprobieren! Wir brauchen uns dabei keinen Zwang aufzuerlegen, diese Halbtoten rings um uns herum werden uns gewiss nicht stören und von den Wärtern zeigt sich hier in der Nacht gewiss keiner. Also frisch auf!«

Bei dem schwachen Schein seines Laternchens begann er mit seiner Arbeit, für die alles vorbereitet war. Da ich mit dem Fuß auch die halbe Hose und einen Stiefel verloren hatte, so war auch dafür Ersatz geschaffen. Flink befreite er mich von den Resten meines alten Beinkleides, schob das obere Ende des Kunstfußes wie ein Futteral über den verbliebenen Stumpf, knüpfte und knöpfte mir Riemen um den Leib, die meinen Körper mit seinem mechanischen Werk fest verbanden, zog mir dann die mitgebrachte Hose und die Stiefel an und hieß mich aufstehen.

Auf seinen gekrümmten Rücken gestützt, humpelte ich ins Freie. War das ein köstlicher Trunk, dieser erste Atemzug in frischer Luft! Gerne wäre ich eine Weile stehen geblieben, doch mein Begleiter drängte. Mir freilich bedeutete jeder Schritt mit dem ungewohnten Gehwerkzeug eine gewaltige Anstrengung.

Auf dem schmalen Pfad, der zwischen den Baracken hindurch führte, wäre ich mehr als einmal gestürzt, wenn er mich nicht gehalten hätte.

Mit vieler Mühe kamen wir endlich zum Ausgang des Lagers und mussten nun durch die Pforte, welche eine Wache von Stadtsoldaten zu hüten hatte. Vor dem Torhaus saßen ihrer zwei beim trüben Schein einer Laterne. Sie nahmen gerade im Sinne des Doktor Moebius »Medizin« ein, denn zwei mächtige Zinnhumpen blinkten herüber.

»Hoh, hoh«, grölte der eine, »hat der bucklige Kerl, der vorhin hereingeschlichen ist, wahrhaftig einen Pestkranken gestohlen! Ein sonderbares Vergnügen und außerdem streng verboten! Wir wollen aber ein Auge zudrücken, wenn uns der verdammte Schuft verspricht, dass er ihn nicht in die Stadt hineinbringt, sondern über Land spazieren führt, und wenn er uns außerdem ein gutes Stück Geldes da in diesen tönernen Topf wirft! Es ist Wasser mit Essig darin, das tötet die Pestilenzkeime, sodass man nach einem Stündlein das Geld ungefährdet herausnehmen kann!«

Diesem Wunsch wurde entsprochen und so konnten wir ungehindert die Pforte passieren. Nun ging es mühsam bergab, doch als wir die ersten Häuser des nahe liegenden Dörfchens erreicht hatten, da waren meine Kräfte zu Ende.

Mein fürsorglicher Begleiter schien mit dieser Möglichkeit gerechnet zu haben und hatte sich für diesen Fall eine Zuflucht gesichert. Sowie ich ihn um eine ausgiebigere Rast bat, ging er auf eine Haustür zu, die sich als unverschlossen erwies, führte mich in eine kleine Stube und ließ mich niedersetzen. Ein Krug mit Wein, ein Stück geräuchertes Fleisch, ein Brot gaben willkommene Labung. Dabei erkundigte sich der Bucklige ängstlich, ob mich der künstliche Fuß nirgends drücke. Meine Versicherung, dass dies nicht der Fall sei, schien ihn sehr zu befriedigen.

»Das ist gut!«, sagte er. »Das ist sehr gut! Ihr müsst heute noch einen weiten Weg machen, das ist nur möglich, wenn das Ding, das ich Euch da gemacht habe, wie angegossen sitzt! Was, Ihr seid zu müde, um weit zu gehen? Wird sich geben, wird sich alles geben! In einem Stündchen lauft Ihr wie ein Wiesel! Esst und trinkt nur ordentlich, damit Ihr bei Kräften seid. Es ist nämlich besser, wenn Ihr auf einige Zeit aus Prag verschwindet. Man erzählt sich dort allgemein, dass Ihr den Doktor Cardano im Duell erstochen habt. Jetzt, wo die Leute nur an die Pest denken, hat es mit einem solchen Gerede keine Gefahr, aber sobald es wieder besser geht, wird man hinter Euch her sein. Da ist es schon günstiger, wenn man Euch einige Zeit nicht sieht und so die Meinung entsteht, dass Ihr auch an der Pest gestorben seid. Du lieber Himmel! Einer mehr unter so vielen Tausenden, das macht schon nichts aus. Inzwischen könnt Ihr den Herrn Cardano aufsuchen, könnt Euch Brief und Siegel darauf geben lassen, dass er lebt, und dann ungehindert wieder heimkehren. Mein mechanischer Fuß wird Euch bei den dazu notwendigen Gängen gute Dienste leisten! Vier Dukaten bekomme ich dafür, bleiben Euch also immerhin noch acht, denn ich weiß, dass Ihr zwölf im Rocksaum eingenäht habt. Hätte sie mir alle nehmen können und Euch verkommen lassen, als ich Euch ohnmächtig vor dem Spiegel liegen fand. Aber ich bin ein ehrlicher Mann, so habe ich mich nur erst überzeugt, ob und wie viel Ihr mir zahlen könnt, und Euch dann Hilfe angedeihen lassen!«

Ich sah den Mann erstaunt an, dann versuchte ich das gewünschte Geld herauszunesteln. Ein Tausendsassa, wie er das herausgebracht hatte, dass ich diesen verhältnismäßig hohen Betrag stets bei mir führte. Es geschah auf Wunsch meines guten Vaters, der gemeint hatte, dass man in Zeitläuften wie den gegenwärtigen nie wissen könnte, in welche Lage man urplötzlich komme und ob man nicht unversehens ein gutes Stück Geld brauche.

Der Bucklige strich die Dukaten ein, als wären es Kupferstücke, und mahnte mich nur immer zum Essen und Trinken. Als ich vollkommen gesättigt war, zog er aus der Rocktasche ein Fläschchen, öffnete es mit Bedacht und reichte es mir:

»Zum Abschluss nehmt einen ordentlichen Schluck von diesem Gebräu, das ich besonders empfehlen kann! Ist ein Elixier aus ganz seltenen Kräutern und gibt erstaunliche Kräfte. Versucht es nur und wohl bekomm's!«

Ein scharfer und doch köstlicher Geruch entströmte der Flasche, sodass ich begierig nach ihr griff. Ich fühlte einen Trank von wundersamem Wohlgeschmack die Kehle heruntergleiten, ich spürte ein ganz unbekanntes Wohlgefühl vom Magen her den ganzen Körper durchdringen, ich empfand deutlich, wie ein Strom von unbändiger Kraft mir durch alle Glieder bis in die Fingerspitzen floss. Das Merkwürdigste aber war, dass dieses Gefühl sich nicht auf den Stumpf beschränkte, der mir von meinem linken Fuß geblieben war, sondern dass es weiter vorwärts drang in eine Wade, einen Knöchel, in Fußzehen, die von mir getrennt in einer fernen Spiegelwelt lagen. Oder war der mechanische Fuß, den mir der Bucklige angeschnallt hatte, so fest mit meinem Körper vereint, dass ich ihn als ein Stück des eigenen fühlte? Ich hatte keine Lust darüber nachzudenken, denn der Trank hatte in meine Seele einen Drang nach vorwärts, eine Wandersehnsucht gegossen, gegen die es keinen Widerstand gab. Mir war, als müsste ich nun rasch jeden Schritt nachholen, den ich in diesen letzten Tagen unterlassen musste, als wären mir alle Fernen mit einem Mal in erreichbare Nähe gerückt, als läge es nur an mir, das Schönste und Beste, was das Leben geben konnte, zu erwandern.

Das Schönste und Beste – was konnte das anderes als Marianne sein, sie, die ja irgendwo im Süden von Prag weilen musste? Das war freilich ein reichlich allgemeiner Begriff, aber in diesem Augenblick machte mir das gar nichts aus. Der Trank hatte mir ein grenzenloses Selbstvertrauen eingeflößt, ich zweifelte nicht im Geringsten daran, dass mir ein inneres Gefühl schon den richtigen Weg weisen würde. Wenn Freund Dirix zur Stelle gewesen wäre, ich hätte mit ihm um drei Dukaten gewettet, dass ich noch heute Abend vor dem Schlosstor stehen würde, hinter dem die Liebste weilte. Mein geistiges Auge zeigte mir genau die Gegend, ich sah mich selbst, wie ich dem Platz näher kam: Die Landstraße ging über einen Bergsattel; von seiner Höhe blickte man in ein weites Waldtal, rechts von ihr senkte sich der Hang ganz sanft in die Tiefe, eine blumige Wiese durchschnitt hier ein von alten Pappeln umsäumter Weg. Wer den zu Tale schritt, sah bald ein hohes Steildach von zwei mächtigen Türmen flankiert; wenn man dann näher kam, hatte man zunächst einen mit Linden bepflanzten Wall zu passieren, dann stand man vor der Zugbrücke. Eine breite Einfahrt führte in einen mit Efeu überwucherten Arkadenhof, eine Freitreppe mit zwei stattlichen Wappenlöwen auf beiden Seiten ins obere Stockwerk. Und wer stand auf dieser Stieg, wer winkte mit dem weißen Spitzentüchlein? –

Ich Träumer hatte über solchen Gedanken wahrhaftig vergessen, wo ich war und vor allem, in welchem Zustand ich mich befand! Erst jetzt besann ich mich, dachte daran, dass ich erst vor einer Weile mühsam humpelnd und jederzeit in Gefahr zu stürzen hierher gekommen war, wie mich der kurze Weg schon zum Umfallen müde gemacht hatte. Zum nüchternen Alltag erwacht, ließ ich den Kopf hängen.

»Noch ein Schlückchen aus meiner Flasche gefällig? Wird Euch gewiss gut tun, denn ich sehe Euch an, Ihr scheint noch nicht in der richtigen Reisestimmung zu sein!«

Ich griff hastig nach der Flasche und trank sie mit raschem Zug fast leer. Meine Sorgen waren mit einem Schlag verschwunden, ich dachte nicht mehr an den mühsamen Weg hierher, ich blickte nur ungeduldig nach dem Fenster, durch das der Morgen hereindämmerte.

Als der Bucklige aus einer Zimmerecke einen Wanderstab hervorholte und mir als Stütze auf meiner Wanderung aufdrängte, schien mir das reichlich überflüssig. Doch ich nahm ihn, ließ mich auf die Straße hinausgeleiten und fand es ganz in der Ordnung, dass mir das Gehen jetzt fast gar keine Beschwerden machte. Gewiss, ich spürte genau, dass mein linkes Bein nicht von Fleisch und Blut war, aber das Ding, das mir es ersetzte, war so leicht, so anschmiegsam, dass es mir ein voller Ersatz schien.

Rasch verabschiedete ich mich von meinem Mechanicus. Es schien mir ein Unrecht zu sein, dass ich dabei keine herzlicheren Worte des Dankes für ihn fand, der mir doch viel mehr Gutes getan hatte, als man mit vier Dukaten bezahlen konnte, aber so sehr ich mich auch mühte, es wollte mir kein freundliches Wort über die Lippen kommen. Auch störte mich der spitzbübische Blick, mit dem er mir gute Reise wünschte.

# MENSCH, VOGEL ODER BAUM?

## 1

Erleichtert atmete ich auf, als ich nun allein meines Weges zog.

Die Sonne war aufgegangen, doch erreichte ihr Schein noch nicht die Tiefe des Moldautales, durch das ich gegen Süden wanderte. Ein felsiger Abhang verengte zunächst die Straße, dann kam weites, mit Obstbäumen durchsetztes Wiesenland. Das Gras hätte schon längst geschnitten, die Kirschen geerntet werden sollen; überreif fielen sie auf den Weg und verfaulten. Das erinnerte mich erst wieder daran, dass die Pest im Land war, dass die Bauern gestorben oder aus der Stadtnähe geflüchtet waren.

Nicht weit von Königssaal sah ich in der Ferne das roh gezimmerte Kreuz einer großen Pestgrube. Da ging ich lieber nicht erst über die Brücke hinüber, sondern die Beraun aufwärts in Richtung Karlstein.

Wie ein Wunderwerk aus alten Zeiten trat plötzlich diese herrliche Königsburg zwischen den zurückweichenden Felsenwänden vor die Augen des Wanderers. Gern hätte ich in dem Burgdorf an ihrem Fuße gerastet und meinen neu erwachten Hunger gestillt, aber mit meinen Beinen ging's ganz merkwürdig zu: Während mein rechter, gesunder Fuß ganz gern ein wenig ausgeruht hätte, war mein linker gar frisch und munter, ja, es schien mir fast, als würde mein Kunstbein mich vorwärts treiben, als könnte ich es gar nicht im Gehen einhalten.

Mit Hunger und Müdigkeit war es noch nicht so arg und so entschied ich mich wirklich, vorerst noch weiter zu ziehen. Aber im Vorwärtsschreiten begann ich darüber nachzugrübeln, ob dieser Entschluss wirklich so ganz meinem freien Willen entsprang oder ob ich mich nicht eigentlich in ein Müssen gefügt hatte. Hellauf musste ich lachen, als mir der Gedanke kam, dass etwa mein Kunstfuß ein Zauberding sei, dessen Willen stärker wäre als der meinige. Ich lachte so herzlich darüber, dass ich stehen bleiben musste – oder vielmehr wollte, denn bei dem Versuch merkte ich zu meinem nicht geringen Schrecken, dass dieses mechanische Ding tatsächlich weiterlief, auch wenn ich Halt machen wollte.

Ich versuchte nun mit aller Kraft stehen zu bleiben, aber ich erreichte damit nichts, als dass sich mein Schritt um etwas verlangsamte. Ich merkte bald, dass alle solche Versuche nur eine unnütze Anstrengung bedeuteten, und ergab mich schließlich darein, da mir ja nicht viel anderes übrig blieb. Ein Ausweg war ja freilich da: die Riemen und Bänder zu lösen, die das verdammte Ding an meinen Körper knüpften, und aus dem Futteral für den Fußstumpf herauszuschlüpfen. Aber dann säße ich als hilfloser Krüppel am Wege und liefe Gefahr zu verhungern, denn zu diesen Pestzeiten waren Fuhrwerke wie Wanderer eine seltene Erscheinung. Da war es schon besser sich vorwärts treiben zu lassen. Vielleicht kam ich so in eine Gegend, wohin die Pest nicht gekommen war, wo darum die Menschen am Schicksal ihres Nächsten noch eher Anteil nahmen und wo ich also hoffen konnte, dass man mich mit den Heilmitteln unserer christlichen Religion von diesem Hexenwerk befreien würde. Inzwischen versuchte ich selbst, ob ich nicht durch das Zeichen des Kreuzes etwas gegen das Teufelsding ausrichten könnte, aber es war alles vergeblich. So gab ich denn auch diesen letzten Versuch eines Widerstandes auf und suchte mir nur auszudenken, wohin mich wohl mein Weg führen würde.

Die Hoffnung, heute Abend noch die Liebste wiederzusehen, war mir gründlich verflogen. Denn wenn nicht mein Herz, sondern ein fremder Zauber die Richtung meiner Wanderschaft bestimmte, so war wenig Aussicht, dass er den heißesten Wunsch meiner Seele erfüllen würde. Oder vielleicht doch? Ich hatte manche unheimliche Geschichte gehört, wie der Böse es sich vielfach angelegen sein ließ, den Menschen zum Schein etwas recht Gutes zu tun, um sie dann umso sicherer zu umstricken. Wenn das nun auch mit mir so wäre!

Ich muss gestehen, dass ich über den Gedanken gar nicht sonderlich erschrak. Ob mit oder ohne Teufel, wenn ich nur meine Marianne wiederfand! Das war sicher sehr gottlos gedacht, aber ich konnte mir nicht anders helfen, die Sehnsucht nach der Liebsten war stärker als die Furcht vor dem Satan. Und wenn ich sie einmal gefunden hätte, so versuchte ich mein Gewissen zu beruhigen, so würde ich, wenn es wirklich mit des Teufels Hilfe geschehen wäre und der Böse dann seine Rechnung präsentieren würde, schon irgendeinen Ausweg finden, um seinen Krallen zu entrinnen.

Auf solche Art halbwegs beruhigt, marschierte ich weiter und dachte auch gar nicht mehr an Müdigkeit und Hunger, wenn mich auch zuweilen mein knurrender Magen an die Notwendigkeit einer Einkehr gemahnte. Doch die wenigen Dörfer, die ich durchschritt, schienen wie ausgestorben, die Häuser waren alle wohl verschlossen, sodass der Hunger auch dann nicht zu stillen gewesen wäre, wenn mein Kunstbein eine Rast erlaubt hätte.

So war ich denn den ganzen Tag gewandert und die Sonne neigte sich schon stark gegen Westen. Da erschien mir auf einmal, als wäre die Landschaft, die ich durchschritt, mir nicht mehr fremd. Diesen Bergsattel, über den nun die Straße führte, musste ich vor gar nicht langer Zeit schon einmal gesehen haben und gar das liebliche Waldtal, das ich, auf der Höhe angekommen, auf der anderen Seite des Sattels sehen konnte, war mir wohl vertraut. Als ich dann aber rechts von der Straße eine weite Wiese und eine Pappelallee sah, da wurde mir blitzartig klar, dass ich das alles niemals mit meinem leiblichen Auge geschaut hatte, dass es aber mit rätselhafter Klarheit heute früh vor meinem Auszug vor mir erschienen war. Hatte sich aber, so fiel mir ein, das Spiegelbild dieses Bergsattels, der Wiese, der Pappelallee erfüllt, dann war nicht zu zweifeln, dass auch alles andere, was ich da früh zu schauen meinte, das Schloss, die Zugbrücke, der Arkadenhof, und – und Marianne auf der Freitreppe mir entgegenwinkend, dass auch das alles köstliche, greifbare Wahrheit werden würde.

Wenn die Zauberkraft in meinem Kunstbein ihm und damit auch mir die Landstraße und nicht die Pappelallee als weiteren Weg vorgezeichnet hätte, ich glaube, diesmal wäre mein Wille der stärkere gewesen und ich wäre doch nach rechts abgebogen.

Aber zu dieser Meinungsverschiedenheit kam es gar nicht, wir schlugen einträchtig den Pappelpfad ein. Es überraschte mich nicht weiter, als ich bald zwischen den Bäumen die Umrisse eines hohen Steildaches und zweier Rundtürme sah, den mit stattlichen Linden bepflanzten Wall grüßte ich wie einen alten Bekannten. Und wie schlug erst mein Herz, als mein Schritt über die Eichenbohlen der Zugbrücke hallte, als ich durch das wappengezierte Tor in die kühle Einfahrt trat!

Nirgends ein Mensch, der mir entgegenkam, nach meinem Begehren fragte, ein richtiges Märchenschloss war es, in das ich einzog! Und ein Märchenschloss musste es ja auch sein, wo ich die Prinzessin meiner Träume finden würde. Jetzt in den efeudunklen Arkadenhof hineingetreten, jetzt zu der Freistiege hinaufgeblickt, wo sie stehen musste! Wenn dieses vorahnende Gesicht, das ich heute früh gehabt hatte, sich so in jeder Einzelheit in Wahrheit verwandelte, dann konnte dieser letzte, beste Teil nicht trügen!

»Tjugutukuck!«, rief mir eine krächzende Stimme von der Stiege entgegen. »Das ist recht, dass Euer Gnaden so pünktlich sind! Der Herr Baron wird leicht ungeduldig, wenn er auf einen so herzlich ersehnten Gast zu lange warten muss! Tjugutukuck, das Nachtmahl wird gleich serviert werden!«

Wie aus den Wolken gefallen stand ich da.

Statt der himmlischen, süßen Märchenfee, die mir mein Sehnsuchtstraum trügerisch vorgegaukelt, kam mir ein sonderbarer Kauz die Treppe entgegen, den seine bunte, reich gallonierte Tracht als Lakai qualifizierte. Und was für eine Visage der Kerl hatte! Glotzige runde Vogelaugen und eine lange spitze Nase, die einem Spechtschnabel zum Verwechseln ähnlich sah!

Nur ein kurzes Weilchen hatte mein Erstaunen über diesen Anblick, noch mehr aber meine bodenlose Enttäuschung mir die Kraft gegeben, den zauberhaften Mechanismus meines Kunstbeines zu hemmen, dann schob es mich wieder vorwärts, die Freitreppe empor. Unter Vorantritt des Buntspechts ging es ein Stückchen die Arkaden des ersten Stocks entlang und schließlich durch eine mächtige, mit viel vergoldeten Schnitzereien geschmückte Tür in einen wundervollen Saal. Zwischen Säulen aus rotem Marmor leuchteten weiße Götterstatuen, die ganze Decke war ein einziges farbenbuntes Gemälde voll mythologischer Figuren.

Ich hatte nicht viel Zeit, das alles zu betrachten, denn mein Fuß schob mich eilends gegen eine Tafel in der Mitte des Saales. Sie war herrlich gedeckt, mit Silber- und Blumengeschirr überladen. Von vierarmigen Leuchtern strahlte heller Kerzenschein. Ihr Licht beschien das scharf geschnittene Antlitz eines Mannes, der wie in Erwartung an der Tischkante lehnte. Bei meinem Anblick richtete er sich rasch auf und schritt mir entgegen.

»*Bon soir, monsieur*«, sagte er, »und willkommen in meinem Hause! Ich hoffe zuversichtlich, dass es Ihnen hier gefallen wird und Sie gern länger hier verweilen! Was meine Tochter und ich dazu beitragen können, um Ihren Aufenthalt hier angenehm zu machen, wird gewiss geschehen! Jetzt aber gestatten Sie, dass ich Ihnen die Möglichkeit verschaffe, sich endlich einmal in Ruhe niederzusetzen.«

Mit diesen Worten beugte er sich zu meinem Kunstbein herunter, drückte an zwei oder drei verschiedenen Stellen und siehe da, die Unrast des Mechanismus kam mit einem Schlag zur Ruhe.

Mit einem Seufzer der Erleichterung ließ ich mich auf dem Stuhl nieder, den der Diener mir herangeschoben hatte.

Erst jetzt konnte ich meinen Gastgeber etwas näher betrachten. Er war ein ungewöhnlich großer, hagerer Mensch. Wenn das Gesicht seines Kammerdieners an einen Specht gemahnte, so musste man bei dem seinigen an einen Lämmergeier denken, nur dass der Hals, der lang aus dem feinen Spitzenkragen hervorstand, mit einem mächtigen Adamsapfel ausgestattet war.

Sein Benehmen war von ausgesuchter Höflichkeit.

»Wir sind es hier auf dem Lande gewöhnt«, sagte er wie entschuldigend, »verhältnismäßig bald zur Nacht zu speisen und sozusagen mit den Hühnern schlafen zu gehen. Ich hoffe, dass Ihnen das nicht ungelegen sein wird, und tröste mich mit dem Gedanken, dass die lange Fußreise hierher Hunger genug gemacht hat, um meine verfrühte Tischzeit weniger unangenehm erscheinen zu lassen. Florian!«, wandte er sich an den Diener. »Sage der Baronesse, dass wir sie erwarten!«

Mochte es die Erschöpfung machen oder dies eine andere Ursache haben, jedenfalls antwortete ich auf die Worte des Barons stets nur sehr einsilbig, begnügte mich mit wenigen, nicht sonderlich geschickten Worten des Dankes für die angebotene Gastfreundschaft und ließ im Übrigen meine Blicke neugierig umherschweifen. Der Buntspecht war währenddessen bemüht den Staub der Reise von meinen Kleidern und Schuhen zu bürsten, fuhr mir auch mit einem feuchten Tuch voll angenehmen Wohlgeruchs über Gesicht und Hände.

Er war kaum mit seiner Arbeit zu Ende, als die Tür aufsprang und zwei Leuchter tragende Diener eintraten; sie nahmen zu beiden Seiten des Eingangs Aufstellung, während der Buntspecht, rasch die Bürste im Rockschoß verschwinden lassend, zwischen sie trat und mit feierlichem Krächzen verkündigte:

»Das gnädige Fräulein Pharaildis!«

Mit einer tiefen Verbeugung trat er zurück und gab den Blick in den Rahmen der Tür frei. Einen ganz kurzen Augenblick blieb diese leer, dann stand dort eine hohe, schlanke Mädchengestalt von seltsam fremder Schönheit. Die Fülle ihres dunklen Haares, ihre schwarzen Augen gemahnten an den Süden, das leuchtende Alabasterweiß ihrer Haut ließ sie als etwas Überirdisches erscheinen. Der ungewöhnlich lange Hals wirkte merkwürdigerweise gar nicht unschön, sondern schien eigens dazu geschaffen, die anmutig stolze Haltung ihres Kopfes zur höchsten Wirkung zu steigern. Eng umschloss ihre Gestalt ein Schleppenkleid, das aus lauter Pfauenfedern zusammengesetzt schien.

Bei ihrem Anblick durchzuckte mich zuerst der Gedanke, dass ich ein ganz anderes Frauenbild hier zu sehen gehofft hatte; unwillkürlich verglich ich die beiden und fühlte, wie Mariannes Bild vor dem, was meine Augen jetzt erblicken durften, verblasste. Ich empfand darüber Reue und Zerknirschung, schalt mich selbst einen untreuen, wetterwendischen Menschen, aber ich konnte nichts dagegen ausrichten, es war stärker als ich.

Sie begrüßte den Vater mit einigen italienischen Worten, die ich aber nicht verstand, und nahm dann meine Vorstellung mit einem gemessenen Lächeln und einer leichten Neigung des schönen Hauptes zur Kenntnis.

Hinter den Sesseln stehend, sprachen wir dem Baron ein kurzes lateinisches Tischgebet nach, dann nahmen wir an der Tafel Platz. Das Mahl bestand aus einer Reihe von Gängen, denen ich reichlich Ehre antat. Viel gesprochen wurde während des Essens nicht, nur dass mir der Baron gerade mitteilte, dass sein Schloss noch einen anderen Gast beherberge, einen früheren Rittmeister, der bei der Affäre von Neuhäusel einen Fuß eingebüßt hätte. Er sei darüber einigermaßen trübsinnig geworden und speise darum am liebsten allein. Aus welchem Grunde er hier auf dem Schloss weile, wurde mir nicht gesagt und ich fragte auch nicht danach.

Als zum Schluss des Mahles auch Nüsse und Mandeln aufgetragen wurden, ließ sich die Baronesse ihren Papagei bringen, mit dem sie sich nun ausschließlich beschäftigte.

Dem Baron gab die Anwesenheit des Tieres Anlass zu einer weitläufigen frommen Betrachtung. Wie es doch bewunderungswürdig sei, was Gott für mancherlei Wesen geschaffen und was für sonderliche Bewegungen er in sie gelegt habe. Ganz besonders tue sich das an den Vögeln kund, welche sich mit ihren Flügeln in die Luft erheben und durch sie gleich wie mit Segeln streichen. Und weil somit der Vogel kein gemeines Animal sei, so sei auch die Vogeljagd nach den heutigen Staatsverfassungen in den meisten europäischen Ländern so eingeschränkt, dass sich des Vogelfangs niemand unterziehen dürfe, wenn er nicht das Recht zum Jagen habe oder von seinem Oberherrn damit beliehen worden sei.

Dies schien ihn an etwas Wichtiges zu erinnern, er befahl dem Diener, auf der Stelle den Förster heraufzuschicken, der sicherlich schon zur Erstattung des Tagesrapports unten warte.

Der Förster kam und blieb respektvoll bei der Tür stehen, bis ihm der Baron das Nähertreten gestattete. Er war ein hoch gewachsener, prachtvoller Mensch, dessen blonder Vollbart ihm zwar ein etwas wildes Aussehen gab, doch flößte der Blick seiner blauen Augen sogleich Vertrauen ein. Sein Bericht war kurz: Im Revier sei nichts Neues vorgefallen.

Wütend fuhr der Baron auf:

»Nichts Neues? Und dass der Reitjäger heute in der Früh einen Bussard geschossen hat, das ist wohl nichts Neues? Wer hat das dem Kerl erlaubt? Und wenn es schon geschehen ist, warum wird mir das verheimlicht? Hat dabei gar keinen Zweck, die Dinge vor mir verstecken zu wollen, wo ich es ja doch erfahre, wie, das ist meine Sache! Und wie oft habe ich meinen Leuten eingebläut, dass sie mir nur ja keinen Vogel anrühren! Aber natürlich, ein Bussard, das ist für sie Raubzeug und darum frei zum Abschuss! Was Raubzeug ist, das habe ich allein zu bestimmen und niemand anderer! Na, ich werde euch noch allen zusammen beibringen, was ein Vogel wert ist! Vor jedem Spatzen werde ich euch den Hut ziehen lassen, damit das dumme Volk endlich einmal einsieht, wie viel mehr ein Vogel ist als ein Mensch!«

Der Förster hörte sich diese Strafpredigt an, ohne mit dem Gesicht zu zucken. Als er verabschiedet war, wendete sich der Baron noch immer sehr erregt an mich, entschuldigte seine Aufwallung, hielt aber gleich eine sehr aufgeregte Rede über die Tugenden der Vogelwelt und wusste viel überirdische Mären von ihr zu berichten. Zwar schien mir das alles närrisches Zeug zu sein, was er da erzählte, doch verlangte die Höflichkeit von mir eine wenn nicht zustimmende, so doch verständnisvolle Antwort. Und eine solche fiel mir nicht schwer, hatte ich doch vor nicht zu langer Zeit von Freund Redlich ein Traktätlein des Meisters Paracelsus »vom Fundament und Ursprung der Weisheit« geliehen erhalten und da standen recht sonderbare Sachen darin, die aber gar sehr geeignet schienen, dem Baron eine Freude zu machen.

Und so kramte ich denn gewaltig aus, wie der Mensch ein Mikrokosmos, eine Welt im Kleinen, sei und darum nicht nur alles Himmlische und Engelhafte, sondern auch alles Tierische enthalte, nur dass es nicht immer offenbar und daher nicht gemerkt und erkannt würde. So liege gewiss im Menschen auch aller Vogelsang, oder besser gesagt, alle Vogelsprache …

»*Optime*!«, fiel mir der Baron ins Wort. »Und natürlich ebenso der Vogelflug!«

Ich stutzte einen Augenblick, etwas Derartiges hatte ich in meinem Paracelsus nicht gelesen, auch schien mir der Schluss allzu gewagt. Aber der logische Aufbau der Lehre, die ich vertrat, duldete keine Ausnahme. So gab ich denn zögernd zu: »Auch der Vogelflug«, und fuhr möglichst rasch in der erborgten Weisheit meines Meisters fort, ohne in meiner Einfalt zu bedenken, dass der aufmerksame Lauscher die soeben gegebene Zustimmung mit dem unmittelbar folgenden Satz meiner Rede in Zusammenhang bringen musste: »Weil nun aber im Menschen aller Tiere Art enthalten ist, dass sie alle kaum in ihm Platz haben und eines das andere unterdrückt, so muss das aus dem einzelnen Menschen im gegebenen Fall herausgelockt werden, mit anderen Worten, er bedarf eines Lehrmeisters, der die tierischen Fähigkeiten seines Schülers klug untersucht, die schlechten unterdrückt, die besten aber fördert und zur Äußerung heraustreibt!«

Der Baron war aufgesprungen und starrte mich verzückt an; auch Pharaildis schien für einen Augenblick ihren Papagei zu vergessen und blickte aufmerksam zu mir herüber. Ihr Vater aber konnte nicht mehr an sich halten; er fiel mir um den Hals, streichelte meinen Arm, stieß immer wieder mit mir an und sprudelte dabei aufgeregt heraus:

»Das sind goldene Worte! Man sieht gleich, dass man einen hochgebildeten Mann vor sich hat! Ich hatte ja eigentlich nur jemanden erwartet, der geeignet wäre, dass ich ihn in die Arbeit nehme, ob nun mit oder ohne seinen Willen, aber jedenfalls nicht aus Begeisterung für die Sache, aus klarer Erkenntnis des hohen Zieles! Und nun hat mir der wackere Mechanicus jemanden ausfindig gemacht, der mit meinen Gedanken nicht nur voll übereinstimmt, sondern sie sogar klarer und besser auszuprägen weiß, als es mir jemals gelungen ist. *Carissimo signore*, ich will nicht leugnen, dass das Werk, das ich mit Ihnen vorhabe, mancherlei kleine Unannehmlichkeiten für Sie bedeutet, aber bei einem so großartigen Verständnis, wie es eben aus Ihren Worten herausklang, wird das gewiss keine Rolle spielen. Dieser Rittmeister, von dem ich vorhin sprach, schien am Anfang sehr brauchbar zu sein, aber das hat sich leider sehr geändert. Was ich von ihm verlange, tut er nur mit äußerstem Widerwillen, ich glaube, er hasst mich, ja, manchmal kommt es mir so vor, wie wenn er mich für einen Narren hielte, hahaha!«

Der Freiherr musste so herzlich über diesen Gedanken lachen, dass er seinen Redestrom für einen Augenblick unterbrach. Mir war damit ein Weilchen Zeit zur Besinnung gegeben. Was hatte ich da gerade für sonderbare Dinge hören müssen? Das eine war klar, dass meine höfliche Zustimmung zu der reichlich eigenartigen Ideenwelt des Barons ihn dazu veranlasst hatte, mir Dinge zu verraten, die ich sonst gewiss nicht aus seinem Munde erfahren hätte. Doch was man eigentlich hier mit mir vorhatte, das war doch noch nicht deutlich herausgesagt, nur von kleinen Unannehmlichkeiten hatte er gesprochen – ich zweifelte nicht daran, dass sie in Wirklichkeit recht groß sein würden.

»Ich weiß sehr wohl, was mir abgeht«, begann nach einer Weile der Baron von neuem, »das ist die wissenschaftliche Schulung, die positiven Kenntnisse! Doch habe ich viel römische und auch griechische Klassiker gelesen, Dichter von einer Größe und Erhabenheit, wie es Ähnliches längst nicht mehr gibt, zumindest nicht hier im Norden. Auch ist durch den christlichen Glauben, ich kann mit Ihnen gewiss offen sprechen, Sie sind kein Jesuit, viel verwischt und vergessen worden. Wissen Sie also, woran ich glaube?«

Er beugte sich weit über den Tisch zu mir und sah mir mit flackerndem Blick tief in die Augen. »Ich weiß nicht, ob die Menschenseele wirklich unsterblich ist, aber die Vögel, die Vogelseelen, die sind es ganz gewiss, das können Sie mir glauben! Sie, die nie alternd in Lüften und Winden schweben, dem Himmel näher als wir, frei von der *dira necessitas*, der traurigen Notwendigkeit, auf dem Erdboden eine Stütze suchen zu müssen, um nicht ins Nichts zu versinken, sie sind, sie müssen etwas Höheres als die Menschen sein!«

Er blickte Zustimmung heischend um sich, doch ich hütete mich, nach den gemachten Erfahrungen, etwas Derartiges zu sagen, auch war mir recht unheimlich zumute. Pharaildis hatte sich wieder ganz ihrem Papagei zugewandt. Da begann der Freiherr von neuem:

»Bei einem Griechendichter habe ich einst das herrliche Wort gelesen: Flügel zu rühren macht das Leben freier! In diesem Satz steckt alle Weisheit oder, besser gesagt, er ist ihr tiefster Urgrund, aus dem sich alles Weitere ergibt! Ist dem nämlich so, dann gibt es für den Menschen kein höheres Glück, als so vogelähnlich wie nur möglich zu werden, wenn ihm schon das höchste Glück, selbst ein Vogel zu sein, vom Schicksal versagt ist. Aber wenn, wie der Signore so richtig gesagt hat, wirklich von allem Tierischen und somit auch von aller Vogelart etwas im Menschen steckt, so muss es einmal gelingen, dieses Vogelartige in uns so weit zu wecken, dass wir fliegen können. Das ist meine felsenfeste Überzeugung, auf der sich alle meine Bestrebungen aufbauen!

Es geht freilich nicht an Tagen, wo mich die böse Melancholie packt, wo mir alle Hoffnung schwindet, dass der Mensch so viel Vogelart jemals werde entwickeln können, um auch nur den Flug einer Henne zu wagen. Wenn dem aber wirklich so wäre, dann ist es für den Menschen besser, wenn er sich dem anderen Glückspol zuwendet, wenn ihm schon der Flug gegen den Himmel versagt ist. Können wir nicht empor, ist es uns wirklich unmöglich uns von der Erdgebundenheit zu befreien, dann müssen wir uns an das andere Glück halten, an das, welches der Erde entströmt! Aber nur nicht zwischen Himmel und Erde hin und her pendeln, halb oben und halb unten sein, denn so lernen wir nur das Böse, das Drückende kennen, das jedes Bestreben mit sich bringt, ohne uns jemals zu der reinen Wonne durchzuringen, die nur derjenige verspürt, der etwas ganz ist! So wie wir jetzt leben, das, was wir jetzt Menschendasein nennen, das schließt ein doppeltes Weh in sich, das Leid des Himmels- wie des Erdenweges, und ist darum fast nicht zu ertragen. Deshalb heißt es, sich für das eine oder das andere zu entscheiden, wenn der Flug nach oben unmöglich ist, sich in die Erde einwurzeln mit allen Fasern, Pflanze werden! Gehen nicht bei vielen Völkern alte Sagen um, dass das Menschengeschlecht von einem Gott in den gepflügten Boden gesät worden ist und dann aufwuchs wie das Korn? Wissen nicht andere davon zu erzählen, dass die ersten Menschen Bäume gewesen sind? Wer länger über diese Dinge nachdenkt, der kommt zur Überzeugung, dass das alles mehr ist als eine bloße Sage, dass dahinter eine große, Ehrfurcht heischende Wahrheit steckt. Und war das wirklich alles einmal, dann ist es nicht unmöglich, dass man den Weg wieder zurückgehe, dass man wieder das werde, was man einmal war. Die Devise muss also sein: Wenn schon nicht Vogel, dann Baum, aber nur nicht Mensch bleiben, nur kein Mensch!«

Mir wurde bald heiß, bald kalt vom Zuhören, verlegen blickte ich zur Decke empor, wo Jupiter im Kreis der Olympier saß. Doch ich senkte rasch den erschrockenen Blick. Hatte ich doch ganz deutlich gesehen, wie der Adler des Göttervaters die Flügel spreizte.

Es war spät geworden. Die Baronesse erhob sich und wünschte mit kurzen Worten eine gute Nacht. Ehe sie aber das Zimmer verließ, sah sie mir in die Augen. Es war ein ganz flüchtiger Blick, der über das ganze Zimmer hinwegstreifte, um nur ein ganz kurzes Weilchen auf mir haften zu bleiben. Und doch genügte er, um eine wilde Flamme in mein Innerstes zu werfen, die alles ausbrannte, was an Erinnerung darin war.

Der Baron und ich blieben noch einige Zeit sitzen, bis mir vor Müdigkeit die Augen zufielen. Sobald mein Gastgeber meine Erschöpfung bemerkte, entschuldigte er sich lebhaft, dass er mich mit seinen Reden bis in die tiefe Nacht aufgehalten habe, rief den Diener und beauftragte ihn, mich auf das für mich gerüstete Zimmer zu führen und wohl darauf zu achten, dass ich alles recht bequem hätte.

Ich folgte dem Mann, aber schon nach wenigen Schritten musste ich mich auf seinen Arm stützen, das Kunstbein hing so bleischwer an meinem müden Körper, dass ich es kaum mitschleppen konnte. So brachte mich denn der Diener mit einiger Mühe auf mein Zimmer, half mir dort beim Auskleiden und ließ mich dann allein. Ich hörte nur noch die Tür ins Schloss fallen und war schon eingeschlafen.

## 2

Als ich am nächsten Morgen erwachte, flutete schon der helle Sonnenschein ins Zimmer. Ich fühlte mich erfrischt und gekräftigt, die Erinnerung an das Gestern lag wie ein wüster Traum hinter mir; nur das Bild der Baronesse stand deutlich vor mir und weckte das ungestüme Verlangen sie so rasch als möglich wiederzusehen. Meinem Wunsch schien baldige Erfüllung beschieden, denn schon kam der Diener mit meinen gereinigten Kleidern herein und der Nachricht, dass mich die Baronesse im Garten erwarte. Ich ließ als Antwort meinen Respekt und die Versicherung vermelden, dass ich im nächsten Augenblick zur Stelle sein werde.

Er eilte mit dieser Botschaft fort und ich wollte mich nun schnell ankleiden, als ich zu meinem Schrecken bemerkte, dass mein Kunstbein verschwunden war. Ich rief und läutete mit der kleinen Silberglocke auf meinem Nachttisch, doch alles vergeblich. Es blieb mir nichts übrig, als bis zur Tür zu hüpfen und von dort aus mein Rufen zu erneuern; doch auch das war verlorene Mühe. Das Schloss schien wie ausgestorben, kein Mensch zu sehen oder zu hören.

Ich ging mit mir zu Rate, was ich tun solle, und kam zu dem Beschluss, dass ich auf die gleiche Art, wie ich mich bis zur Tür fortgebracht, den Weg über Gang und Stiege fortsetzen müsse, bis ich auf ein hilfsbereites Wesen stoßen würde. Die andere Möglichkeit wäre gewesen, auf meinem Zimmer zu warten, bis der Diener zurückkäme, aber meine Sehnsucht nach dem Anblick der Baronesse war zu groß, um die nötige Geduld hierfür aufzubringen. Bei meiner Hüpferei war freilich die Gefahr, dass mich Pharaildis in diesem Zustand erblicken und ich mich in ihren Augen lächerlich machen würde. Doch ich tröstete mich mit dem Gedanken, dass sie ja im Garten sei und daher eine Begegnung so gut wie ausgeschlossen wäre.

Auf dem ersten Stiegenabsatz gelang es mir endlich den Diener zu Gesicht zu bekommen. Er war sichtlich erschrocken über diese Begegnung, sah sich ängstlich um und versicherte mir immer wieder, dass er keine Ahnung habe, wo mein Kunstbein hingeraten sein mochte. Ich dagegen drängte und bat ihn in allen Tonarten und versprach ihm reichlich Lohn für seine Hilfe. Unsere Auseinandersetzung war so lebhaft, dass wir das Herankommen des Barons gar nicht bemerkt hatten. Mit einer Handbewegung winkte er den Diener fort, dann reichte er mir die Rechte, erkundigte sich angelegentlich nach meiner Nachtruhe und fuhr fort:

»Wie ich höre, suchen Sie Ihr Kunstbein. Das ist vergebliche Mühe, ich habe es wegnehmen und verbrennen lassen! Es hat gar keinen Zweck mehr, seine Aufgabe war, Sie hierher zu bringen und damit genug! Sie werden es auch bald gar nicht entbehren, seien Sie überzeugt davon! Ich habe Sie schon ein Weilchen beobachtet und kann Ihnen nur gratulieren zu der Grazie, mit der Sie hüpfen. Das ist doch etwas viel Eleganteres, Schöneres als die plumpe, hässliche Fortbewegung des Gehens!

Meine Tochter, die uns sicher bereits im Garten erwartet, hat einen besonders guten Blick und ein feines Verständnis für solche Dinge. Was hat sie sich nicht mit dem Rittmeister für Mühe gegeben, um ihn zur Vervollkommnung zu ermuntern. Aber bei dem Mann ist Hopfen und Malz verloren, das ist ja gerade der Grund, warum ich mich nach einem Ersatz umsehen musste, den ich in Ihrer geschätzten Person auch gefunden haben dürfte. Wie schon gesagt, Ihre Art zu hüpfen zeugt von großer Begabung. Ich möchte sie geradezu mit der genialen Erfassung des mich interessierenden Problems vergleichen, die ich gestern Ihren Worten entnehmen konnte. Natürlich sind das aber erst Anfänge und darum ist ein wenig Anleitung wohl am Platze. Gestatten Sie also, dass ich Ihnen einen Rat gebe. Sie müssen bei dem Hüpfen Bewegungen mit den Armen machen, als wenn es nicht Arme, sondern Flügel wären, dann werden Sie sich leichter im Gleichgewicht halten und auch rascher vorwärts kommen. Doch mit solchen Versuchen muss man auf ebenem Boden beginnen, gestatten Sie also, dass ich Ihnen zunächst die Stiege herunterhelfe.«

Damit reichte er mir seinen Arm, auf den ich mich stützte, während ich auf der anderen Seite den Halt am Stiegengeländer fand. Während wir schweigend die Treppe herunterstiegen, tobte es gewaltig in meinem Kopf. Was hatte ich nicht alles hier zu hören bekommen! Ich war also nichts als eine Ware, die der schuftige Mechanicus, den ich noch dazu für meinen Wohltäter gehalten hatte, hierher zur Ablieferung brachte. Und dieses Kunstbein musste ein richtiges Teufelswerk gewesen sein, dass es den Auftrag so pünktlich erfüllen konnte. Ich hatte ja nicht gewusst, dass der Kunstfuß mit höllischen Kräften begabt war, und so konnte mich weder ein weltliches noch ein geistliches Gericht wegen Zauberei verfolgen. Und was die Sünde anlangt, die ich durch seine Benutzung vielleicht doch auf mich geladen hatte, so würde ich schon im Beichtstuhl davon befreit werden. Es konnte übrigens mit dem Teufelswerk nicht so arg sein, da ich doch mehrmals das heilige Kreuzeszeichen darüber gemacht hatte, ohne dass es sogleich verschwunden wäre oder zumindest seinen Lauf gehemmt hätte. Jedenfalls lag das alles hinter mir und war vorbei. Aber was mir noch bevorstand, das musste mir mehr Sorgen machen. Dieser fürchterliche Baron, der mich gerade so fürsorglich die Treppe hinuntergeleitete, gab ganz ruhig zu, dass er mich zu einem bestimmten Zweck hierher bestellt hatte. Er pries mein Talent im Hüpfen, meine Rede von gestern – blitzartig ging mir der Zusammenhang auf, gewiss, so war es, ich sollte mit den Armen wie mit Flügeln schlagen, das Hüpfen war also nur eine Vorstufe zum Flattern, Fliegen – der schreckliche Mensch wollte aus mir eine Art Vogel machen.

Ein Zorn sondergleichen erfasste mich. Nein, dazu würde ich mich nimmer hergeben. Mochte er seine Experimente mit seinem Kammerdiener, dem Buntspecht, machen, der sah sowieso schon halb wie ein Vogel aus. Der arme Rittmeister, nun verstand ich erst, warum er hier war und was mit ihm vorging. Was war das übrigens – auch er hatte nach des Barons Erzählung nur einen Fuß –, das musste einen tieferen Sinn haben, dass gerade nur Einbeinige das Opfer dieser Experimente waren – vielleicht, weil sie weniger leicht entfliehen konnten. Dieser Gedanke ließ mich innerlich erbeben und brachte mir meine Lage erst richtig zu Bewusstsein – ich war ja der Gefangene des Barons, war ihm auf Gnade und Ungnade ausgeliefert. Sehr niedergedrückt kroch ich die Treppe hinunter, war aber doch entschlossen die angepriesenen Armbewegungen auch nach energischer Aufforderung meines Tyrannen nicht zu machen.

Er sagte übrigens, als wir wieder auf ebenem Grund standen, kein Wort davon, sondern ließ nur meinen Arm los und überließ mich meiner eigenen Geschicklichkeit. Ich versuchte dem langsam Voranschreitenden nachzuhüpfen, was unschwer gelang, doch kam ich bald dahinter, dass tatsächlich eine Erleichterung zu erzielen war, indem man die Arme etwas vom Körper weghielt und sie so als eine Art Balancierstange verwendete. Ganz gegen meinen Willen kamen sie bei jedem Sprung meines Fußes in schwingende Bewegung, was der Baron mit einem befriedigten Grinsen zur Kenntnis nahm.

Quer über den Schlosshof gelangten wir durch eine kleine Pforte in den Garten.

Ein weinüberwucherter Bogengang nahm uns auf, er schien in endloses Grün zu führen, doch öffnete er sich überraschend nach links, da lag ein herrliches, von hohen Heckenwänden umschlossenes Rondell vor uns; in grellen Farben leuchteten die zierlich abgeteilten Beete. In der Mitte thronte auf zackigem Felsen Neptunus und spritzte aus seiner dreispitzigen Gabel drei glitzernde Silberfäden in das kristallene Wasser eines Bassins. Auf der marmornen Einfassung des Beckens saß Pharaildis. Sie hatte dasselbe Kleid wie gestern an, aber hier im leuchtenden Sonnenschein schien es wie aus lauter Edelsteinen zusammengesetzt. Auch hatte sie die lange Schleppe um sich über den Kiesweg ausgebreitet, sodass die gestickten Pfauenaugen von allen Seiten zu ihm emporschauten.

Als wir in das Rondell traten, war sie so angelegentlich beschäftigt, dass sie uns zunächst gar nicht bemerkte. Sie klatschte im Takt in die Hände, zählte dazu »Eins, zwei, eins, zwei!« und flocht zuweilen einen tadelnden Zwischenruf ein. Das alles galt einem einbeinigen Mann, der den Kreisweg entlang der Heckenwand hüpfend durchmaß und dabei so schön mit den Armen ausschlug, dass es wahrhaftig wie das Flügelschlagen eines großen Vogels aussah.

Sobald sie uns bemerkte, hielt sie inne, winkte uns mit beiden Händen entgegen und grüßte mich mit einem so entzückenden Lächeln, dass ich darüber alles, auch meine Sorge lächerlich zu erscheinen, vergaß. Dann lud sie mit gnädiger Handbewegung den Hüpfenden zum Näherkommen ein, stellte ihn als einen Rittmeister Feistmantel vor und war die holdseligste Liebenswürdigkeit selbst, von der freilich der Rittmeister am wenigsten abbekam. Ich dagegen, den sie doch den ganzen gestrigen Abend über kaum beachtet hatte, schien ihr heute die Hauptperson zu sein. Immer wieder richtete sie das Wort an mich, immer wieder blickten mich diese abgrundtiefen Augen mit einer ungeahnten Wärme, ja fast mit Innigkeit an und ein wundervolles Lächeln umspielte dabei ihre Lippen.

Diener kamen herbei, brachten Sessel und einen Tisch mit Erfrischungen, ein herrlicher Südwein leuchtete aus spitzigen Gläsern, die Gartenhecke, die Blumenbeete, vor allem aber ihr Kleid prunkten in strahlenden Farben und mir war ob all dem so köstlich zumute, dass ich am liebsten aufgejubelt hätte. Alles Unangenehme, Traurige war vergessen, ich sah nur wonnigste Schönheit um mich und sie, die alles überstrahlte, sie, die Königin all der Herrlichkeit, sie lächelte mir zu, sie ließ keinen

Zweifel daran, dass sie an meiner Gesellschaft Wohlgefallen fand.

Nur eines störte mich einigermaßen in diesen Glücksgefühl: nämlich der finstere Blick, mit dem der Rittmeister dreinschaute. Das war wie ein hässlicher Fleck an einem prächtigen Gewand, wie eine Brandstätte in einer anmutigen Landschaft. Das Unangenehmste dabei war, dass er diesen Blick mit Vorliebe auf mich heftete; ich konnte nicht recht darin lesen, bald schien er mir zu drohen, bald glaubte ich etwas wie eine Warnung herauszufühlen.

Allmählich legte ich mir aber eine Deutung zurecht, die mich beruhigte: Der Mann war zunächst einmal eifersüchtig, das war klar. Neben einer Schönheit wie Pharaildis konnte ein Mann nicht eine Stunde leben, ohne sein Herz zu verlieren. Und dass sie mich ganz auffällig bevorzugte, das konnte niemandem entgehen. Sodann fühlte er sich aber wohl überhaupt vernachlässigt und in seinem Selbstgefühl gekränkt, denn das Gespräch wurde fast gänzlich mit Ausschluss seiner Person geführt. Daran war er freilich zum guten Teil selbst schuld, denn jede an ihn gerichtete Frage wurde so kurz als nur denkbar beantwortet.

Diese Erklärung befriedigte mich so vollkommen, dass von nun an der finstere Blick des Rittmeisters jede Wirkung auf mich verlor. Ich schaute an ihm vorbei in die sonnendurchflutete Pracht des Gartens, in die silbernen Kristallfäden, die aus dem Dreizack spritzten, vor allem tranken aber meine Blicke in unstillbarer Glut die Schönheit dieses Weibes ein, das wie ein Wundergebilde der Griechensage in einem Kleid neben mir saß, das die Feen meiner Kindermärchen gewoben haben mussten.

Nach einem Stündchen erhob sich der Baron und entschuldigte sich mit dringenden Geschäften. Pharaildis nahm nach seinem Weggang nicht wieder Platz, sondern meinte, jetzt könne man die Kurzweil fortsetzen, die sie vorhin hier getrieben. Es sei ihre eigene Erfindung und heiße Planetenspiel. Sie sei Frau Sonne und stehe in der Mitte, sei aber nicht so unbescheiden wie ihre leuchtende Schwester am Himmel, die noch sechs andere Planeten brauche, sie lasse sich mit einem oder zweien genügen. Nun sei zu dem Planeten Mars, der heute früh allein die Sonne umkreisen musste, noch einer gekommen, der Merkurius heißen solle, da er doch in einem blauen Kleid dahergekommen sei, also in der dem Merkur geweihten Farbe.

Wer konnte diesem eindringlich vorgebrachten Wunsch, dem freundlichen Lächeln, dem bittenden Blick dieser herrlichen Augen widerstehen? Ich nicht und auch der Rittmeister schaute nicht mehr so finster drein und fügte sich, ohne zu murren.

Nun waren in dem Rondell zwei Kreiswege, der eine schloss sich unmittelbar an die Hecke an und bildete so den äußeren Kreis, ein zweiter teilte die Blumenbeete auf halbem Weg zum Neptunbrunnen in einen engeren und einen weiteren Teil. Pharaildis erwies sich als gut bewandert in der Kunst Astronomiae, denn sie meinte, der Planet Mars gehöre auf den äußeren, der Merkurius auf den inneren Weg, entsprechend den Entfernungen von der Sonne. Mir schwoll das Herz voll Stolz, denn ich war fest überzeugt, dass sie die Verteilung der Planetenrollen mit Absicht so getroffen hatte, um mich näher bei sich zu haben. Diese Freude sollte freilich bald etwas Abbruch erfahren, denn kaum hatten wir mit dem Spiel begonnen, so tönte es glockenklar, aber doch sehr nachdrücklich zu mir herüber:

»Der Herr Merkurius soll nicht vergessen, dass er in allen Sagenbüchern als besonders geschickt im Fliegen geschildert wird! Darum mag er schön die Arme rühren, dass er fliegend erscheine! Sieht auch viel besser und graziöser aus und es sei ihm doch vielleicht nicht gleichgültig, ob er auch der Frau Sonne gefalle!«

Diese Worte verfehlten nicht ihre Wirkung auf mich, sonderbarerweise aber hatten sie auch beim Rittmeister, an den sie doch gar nicht gerichtet waren, den gleichen Effekt. Um die Wette schlugen wir die Luft mit den Armen, spreizten auch, ohne erst aufgefordert zu werden, schön die Finger auseinander, dass sie wie gesträubte Federn aussahen, und hüpften unermüdlich unsere Kreiswege entlang. Zuweilen schienen wohl unsere Kräfte zu erlahmen, wir hüpften nicht mehr so gleichmäßig, unsere Armbewegungen wurden schwächer und kürzer, aber dann bedurfte es nur eines ermunternden Zurufs von ihrer Seite und schon spannten wir wieder alle Kräfte an, um nur ja die schwarzlockige Sonnendame zufrieden zu stellen.

Schließlich gingen aber unsere Kräfte dann doch zu Ende. Ich fühlte, dass ich im nächsten Augenblick niederstürzen müsse, und nur der Gedanke hielt mich aufrecht, dass ja der Rittmeister, der den äußeren Kreis und damit den längeren Weg hatte, doch auch schon am Zusammenbrechen sein müsse. In meinem Kopf malte sich das Ganze wie ein Turnier: Derjenige, der länger aushält, ist der Sieger und wird von der Königin gekrönt oder vielleicht gar geküsst. – Ich sah mich nach dem Rittmeister um und merkte deutlich, dass er in der gleichen Verfassung wie ich war, ja ich glaubte ihm bis auf den Grund der Seele zu schauen und dort zu lesen, dass ihn auch die gleichen Vorstellungen und Hoffnungen beherrschten wie mich.

So keuchten wir denn unseren Weg vorwärts; immer öfter schien es zu Ende mit unseren Kräften, immer häufiger und nachdrücklicher musste uns Pharaildis zur Ausdauer mahnen. Schließlich war ich so weit, dass ich an meinen letzten Herzschlag glaubte, dass ich meinte, meine Lunge wäre in Fetzen gerissen, an meinen Schläfen die Adern geplatzt, die Knochen meines Fußes zerbrochen und zermalmt: In diesem Zustand stürzte ich zur Erde. Ich empfand es als Balsam, dass ich im gleichen Augenblick den Rittmeister zusammenbrechen hörte. Er tat es mit einem wilden Schrei, als stoße er sich die Seele aus dem Leib.

Eine Weile herrschte Ruhe, nur von Vogelrufen und Bienensummen unterbrochen. Dann rauschte ein seidenes Frauenkleid näher, eine feine weiche Hand glitt über meine Stirn, dann verlor sich das Rauschen in der Ferne und ich versank in Schlaf oder Bewusstlosigkeit, ohne dass ich mich hätte vergewissern können, ob auch dem anderen die gleiche Wohltat zuteil geworden war.

Als ich erwachte, lag ich in meinem Bett und bald steckte der Buntspecht den Kopf ins Zimmer und fragte an, ob er mir das Mittagessen bringen dürfe. Die gnädigen Herrschaften seien der Meinung, ich wäre wohl zu müde, um in den Speisesaal zu kommen, und hätten daher verfügt, es möge mir auf mein Zimmer serviert werden. Ich zögerte einen Augenblick mit der

Antwort, weil ich mich erst ein wenig zurechtfinden musste. Der Buntspecht nutzte diese Pause zu der Mitteilung, dass auch der Herr Rittmeister auf seinem Zimmer speise. Und als ich nun rasch antwortete, dass ich das Gleiche tun würde, da grinste der Kerl von einem Ohr zum anderen.

Mochte er! Ich genoss vor allem das Glück der Ruhe, genoss das Behagen, meine Glieder in einem weichen Bett ausstrecken zu können, und hatte im Übrigen einen gewaltigen Hunger. Das Mahl, das mir bald darauf serviert wurde und das ich heißhungrig verschlang, bestand in der Hauptsache aus einer warmen Fleischpastete und einem Brei, die beide vorzüglich schmeckten, ohne dass ich auch nur annähernd hätte bestimmen können, was es eigentlich war. Ein Krüglein guten Weins ergänzte das Mahl sehr vorteilhaft und hatte die Wirkung, dass ich bald nach dem Essen wieder einschlief.

Ich erwachte erst am späten Nachmittag und fühlte mich gestärkt und munter. Später kam der Diener, half mir beim Ankleiden und führte mich gegen Abend in den Speisesaal zum Nachtmahl hinunter, an dem diesmal auch der Rittmeister teilnahm.

Pharaildis schien ihre Munterkeit und damit auch ihr Interesse an meiner Person verloren zu haben, denn sie beschäftigte sich wie am Abend vorher fast ausschließlich mit ihrem Papagei. Und ebenso wie tags zuvor führte auch heute der Hausherr das große Wort und wenn sich auch seine Reden zunächst in einer anderen Richtung als gestern bewegten, so liefen sie schließlich doch auf das Vogelthema hinaus.

Zunächst erzählte er freilich, dass heute der Pfarrer aus dem nächsten Dorf mit der Klage bei ihm gewesen sei, dass ein unbekannter Missetäter ihm ein so langes Stück des Glockenseiles abgeschnitten und weggetragen hätte, dass der Messner es nunmehr kaum erhaschen könne.

»Ich meinte«, fuhr der Baron fort, »dass dies sicher das Werk von heimlichen Ketzern sei, doch dieser Ansicht will der Pfarrer keineswegs beipflichten. Vielmehr ist der sonst sehr vernünftige Mann der unglaublichen Meinung, dass dies eine Hexe getan habe. Er versicherte mir allen Ernstes, dass man mit Hilfe eines solchen Seiles alle Kühe nicht nur im Dorf selbst, sondern in allen Anwesen melken könne, bis wohin noch der

Schall der Glocke vernehmbar sei. Die Manipulation sei dabei ganz einfach, man brauche nur das Seil in der Mitte eines Zimmers aufzuhängen und an den am herabhängenden Ende sich aufdrehenden Seilstricken wie an Zitzen zu ziehen, schon ströme die Milch heraus, als ob man im Stall selbst säße. Ich konnte mir nicht helfen, ich musste laut auflachen und sagte: Hochwürden dürfen von mir als einem gebildeten Mann nicht verlangen, dass ich solch lächerlichen Aberglauben für wahr halte! Ich bleibe dabei, den Strick hat ein Ketzer gestohlen, um seinen Hass gegen die allein selig machende Kirche zu zeigen. Doch da wurde der Pfarrer ganz wild ob solcher Zumutung; gewiss, er habe der heimlichen Ketzer genug in seiner Gemeinde und er kenne sie alle gar wohl! Aber das seien durchweg ehrenhafte und hochanständige Menschen, die so etwas nie und nimmer tun würden; und was den Aberglauben betreffe, so wolle er den gnädigen Herrn nur erinnern, wie schwer der Dorfmüller bestraft worden sei, weil seine Kinder ein Rotkehlchennest ausgehoben hätten. Habe der Herr Baron gemeint, dass nun die Kühe infolge dieser Missetat rote Milch geben würden. Ist aber nichts dergleichen geschehen und wird also auch nur ein Aberglauben sein! Nun, darauf bin ich auch in die Rage gekommen und habe dem Pfaffen gezeigt und erklärt, welchen Respekt der Parochus seinem Patronatsherrn schuldig sei. Hat aber der Pfarrer wieder dagegen gesprochen und sind wir in rechtem Unfrieden auseinander gegangen. Das tut mir Leid, umso mehr, als er sonst ein ganz umgänglicher Mann ist, aber ich kann einmal solch abergläubischen Unsinn nicht leiden!

Es haben sich beispielsweise Leute gefunden, die von meinem Interesse für den Vogelflug gewusst und die mir angeblich unfehlbare Mittel verraten haben, um sogleich wie ein Adler zu fliegen. Man brauche nur neun noch zuckende Herzen ungeborener Kinder, die aus dem Mutterleib geschnitten wurden, zu verschlingen oder sich von Kopf bis Fuß mit einer Salbe einzureiben, die aus dem Fett von Fledermäusen, den gepulverten Knochen eines Gehängten und zu Brei gekochten Kindergliedern bereitet sei. Nie habe ich auch nur einen Augenblick daran gedacht, solch unchristliches Hexenwerk zu versuchen!«

Er kam dabei in einen rechten Glaubenseifer hinein und ließ

sich recht weitläufig darüber aus, was die Pflichten eines guten Katholiken seien, wusste dazu mancherlei aus der Bibel zu zitieren, kam schließlich auf Abrahams Opfer zu sprechen und verweilte gar lange bei dem Umstand, dass der Opfernde wohl die Kuh, die Ziege und den Widder, aber nicht die Vögel zerteilte. Die Tatsache, dass das Buch Genesis dies ausdrücklich erwähnte, gab ihm Anlass zu mancherlei Schlüssen, die auf einen neuerlichen Beweis für die Vorzugsstellung der Vögel vor allen anderen Lebewesen hinausliefen. Darin lag aber wieder die Rechtfertigung der sonderbaren Versuche, die seine Tochter und er ganz offenbar mit uns trieben, und so konnte er uns mit verblüffender Aufrichtigkeit mitteilen, warum er gerade Einbeinige für seine Experimente bevorzugte.

»Ich hatte schon«, so wandte er sich dabei an mich, »heute in der Frühe den Vorzug, Ihnen das Armeschwingen beim Hüpfen anzuempfehlen, wobei ich gleich dazu bemerkte, wie Sie so besser das Gleichgewicht halten werden. Wer aber auf zwei Beinen geht, der hat dies nicht nötig, der wird also die Armbewegungen nicht aus einer inneren Notwendigkeit, also nicht mit dem nötigen Schwung machen und kann sich also niemals die Grundelemente der Flugbewegung aneignen! Darum ist, meine Herren, Ihre Einbeinigkeit ein besonderes Talent, eine Gabe, für die Sie dem Himmel nicht genug danken können, da Sie dadurch zu Dingen befähigt werden, die uns bedauernswerten Zweibeinigen dauernd versagt sind. Darum erwäge ich auch ernstlich, mir von einem geschickten Chirurgen ein Bein abnehmen zu lassen und auf diese Art gleichfalls jenes Vorzuges teilhaftig zu werden. Wenn ich es noch nicht getan habe, so hat das nur darin seine Ursache, dass ich mich noch nicht entscheiden konnte, ob es besser für meine Zwecke sei, den rechten oder den linken Fuß zu behalten. Doch auch diese Frage hoffe ich mit Ihrer Hilfe zu klären, denn da der eine von Ihnen links-, der andere rechtsfüßig ist, so werde ich ja bald beobachten können, auf welcher Seite der größere Vorteil liegt!«

Der Rittmeister und ich hörten uns derartige Ausführungen stillschweigend an – was hätten wir auch viel dazu sagen können? Mit Vernunftgründen war bei dem Baron offenbar nichts auszurichten und nach einer Zustimmung zu seinen verschrobenen Reden war uns nicht zumute. So schwiegen wir denn und da Pharaildis nur für ihren Papagei Worte hatte, war die Unterhaltung reichlich einseitig.

Der Abend endete genauso wie der vorhergehende, ich erntete den gleichen Abschiedsblick und wie am Tage vorher setzte er von neuem mein Herz in Brand. Den Späheraugen des Rittmeisters entging weder jener Blick noch seine Wirkung, das merkte ich wohl. Er nickte traurig vor sich hin, als wäre er Zeuge eines Unglücks, das er wohl erwartet, aber doch gern verhindert hätte.

## 3

In der folgenden Nacht erwachte ich von einem Geräusch an meiner Tür, doch war ich zu schlaftrunken, um mich gleich zurechtzufinden. Dann hörte ich etwas von der Tür her auf dem Fußboden bis zu meinem Bett rutschen und erkannte den Rittmeister.

»Gott zum Gruß!«, begann er. »Kriegskameraden und Galeerensklaven sagen ohne lange Faxen du zueinander! Wir beide sind zusammen auf derselben Galeere angeschmiedet und wir führen Krieg gegen einen gemeinsamen Feind, freilich vorläufig jeder auf seine eigene Faust. Das aber muss eben anders werden, wenn wir nicht elend unterliegen sollen. Das Wichtigste ist natürlich den Feind genau zu kennen und das ist hier nicht allzu schwer. Dass der alte Baron ein Narr ist, das wirst du bald gemerkt haben. Er ist nicht bösartig, aber jeder Narr kann gefährlich werden. Wer das aber schon jetzt ist, das ist die Hexe, sein sauberes Töchterlein. Schau mich nicht so wütend an, ich weiß, wie sie alles daransetzt, um dich sinnlos verliebt zu machen. Sie hat es bei meiner Ankunft hier nicht anders getrieben und ich kann's nicht leugnen, dass der Erfolg der gleiche wie bei dir war. Am Anfang zumindest. Jetzt bin ich vorsichtiger geworden und blicke lieber weg, wenn sie mich mit ihren Hexenaugen anschaut!«

In mir stieg der Zorn auf, doch wandelte er sich rasch in Mitleid. So weit kann einen also das Laster der Eifersucht bringen, dass man schließlich das geliebte Wesen bei dem glücklicheren

Nebenbuhler zu verleumden sucht, dass man sich nicht scheut die Holde eine Hexe zu nennen.

Der Mann, der da im hellen Mondschein auf der Erde hockte, hob sich jetzt ein wenig vom Boden und betrachtete angelegentlich die wenigen Dinge, die auf dem Tischchen neben meinem Bett lagen. Ich folgte seinem Blick und sah eine Büchse, die ich dort früher nicht gesehen hatte.

»Aha«, begann der Rittmeister wieder, »jetzt kommst du also auch dran. Ich habe ein solches Ding schon länger als eine Woche auf meinem Zimmer stehen und werde jeden Morgen von unserem Diener vom Kopf bis zu den Füßen gesalbt. Es wurde mir angelegentlich anempfohlen, auch sonst zumindest die Arme damit einzureiben. Soll gut für die Muskeln sein und den Menschen frisch und munter erhalten. Ich weiß aber ganz gut, dass es zu etwas ganz anderem bestimmt ist. Weißt du, was dieses Zeug bewirken soll?« Seine Stimme senkte sich zu geheimnisvollem Flüstern. »Federn sollen uns davon am ganzen Körper wachsen. Federn und es ist nur die Frage, ob es Adler- oder Kuckucks-, ja vielleicht gar Gänsefedern werden.«

Jetzt wurde mir das Geschwätz zu bunt. »Ach was«, gab ich unwillig zurück, »das ist doch lächerlich und gar nicht gut denkbar. Einem Menschen können doch nie und nimmer Federn wachsen. Man darf doch nicht hinter allem etwas wittern. Die Salbe ist sicher gut für die Muskeln oder vielleicht für die Haut oder weiß der Teufel für was und ich werde mich ruhig damit einschmieren lassen. Wenn sie auch nicht gerade nützen wird, so wird sie doch auch nicht schädlich sein.«

Der Rittmeister wiegte bedenklich das Haupt. »Du bist noch jung, hast im Leben nichts erfahren und hältst infolgedessen alles für unmöglich, was nicht jeden Tag am Altstädter Rathausplatz passieren kann. Unsereiner aber, der sich durch die halbe Welt geschlagen hat, der mit Spaniern und Schweden, mit Türken und Zigeunern zu tun gehabt hat, der weiß, dass auf dieser Welt alles möglich ist. Ich habe in Siebenbürgen einen Menschen gesehen, dessen Haut war von oben bis unten ein einziges Bärenfell. Und die schönen Tatzen, die er hatte, und die prächtigen Krallen hättest du sehen sollen. Im Übrigen war er ein ganz umgänglicher Mensch, der bei einem Krug Sylvaner die sonderbarsten Jagdgeschichten zu erzählen wusste.

Was übrigens die Salbe anbelangt, so ist das kein leeres Gerede von mir, sondern ich weiß es von dem, der sie zubereiten musste. Das war der Förster, dem man freilich nicht gesagt hat, dass damit Menschen eingerieben werden sollen. Er hat gemeint, damit solle der alte Papagei der Baronesse – ich möchte sie lieber anders nennen, aber mir scheint, dass du das nicht gern hörst –, also er hat gemeint, dass ihr Papagei damit die Mauser besser überstehen soll, und hat sich nur gewundert, was für eine große Menge davon verlangt wurde.

Ich lasse mich übrigens ganz gern damit einreiben und würde es nur sehr lustig finden, wenn mir wirklich davon Federn wachsen würden. Ich wäre dann nicht mehr ein armer Krüppel, sondern ein gemachter Mann, den man sicherlich gleich an den kaiserlichen Hof berufen würde, um ihn den Gästen zu zeigen. Ich weiß aber noch gar nicht, ob ich solch eine Einladung wirklich annehmen würde. Der türkische Großsultan oder der König von Frankreich zahlen wahrscheinlich für solche Raritäten noch besser. Doch das hat noch genügend Zeit, wer weiß, was bis dahin alles geschieht, vielleicht wächst mir inzwischen auch ein regelrechter Schnabel und ich lerne die Sprache der Vögel, denn zu so etwas muss doch die Kost gut sein, die wir bekommen.«

»Unsere Kost?«, musste ich erstaunt fragen.

»Hast du dir«, antwortete der Rittmeister, »noch keine Gedanken darüber gemacht, warum es für mich wie für dich stets extra ein feines Ragout und einen guten Brei gibt, von denen die anderen nicht einmal kosten? Sie sind beide gar so köstlich gewürzt, dass man gar nicht auf den Gedanken kommt, dass das eine aus Ratten- und Mäusefleisch, das andere aus Hanfsamen und anderem Vogelfutter gemacht ist. Ich weiß das von der Maranka, der jungen Küchenmagd, die mir gar sehr gewogen war und am Anfang jede Nacht in mein Zimmer geschlichen kam. Sie hat mir auch sonst viel Sonderbares erzählt, speziell über das von dir so innig verehrte Schlossfräulein, was ich lieber für mich behalten will, denn du würdest es ja doch nicht glauben. Leider kommt sie nicht mehr und ich hatte dich schon stark im Verdacht, dass nun du ihr Herz gewonnen hast, was mich bitter gekränkt hätte. Du siehst, ich war also wirklich auf dich eifersüchtig – schweig still, in deinen

Augen kann man ja alles lesen und so habe ich unschwer auch das aus deinen Blicken herausgebracht, was du dir von mir dachtest –, nur war der Gegenstand meiner Eifersucht ein anderer, als du geglaubt hast. Ja, also die Küchenmagd kommt nicht mehr und da du nicht die Ursache bist, so fürchte ich fast, dass ihr etwas Ernstes zugestoßen ist. Wer weiß, ob nicht nächtlicherweile jemand an meiner Tür gehorcht und dann für das Vernommene fürchterlich Rache genommen hat. Was schaust du mich an?«

»Von wem hast du den blutigen Kratzer auf der Wange? Ist nicht vielleicht deine Maranka auch ihrerseits eifersüchtig und hat dir im Schlaf einen kleinen Denkzettel gegeben?«

»Nein, das hat einen anderen Grund! Als ich zu meiner Tür herauswollte, sprang mich ganz unerwartet eine Katze an. Na, ich habe ihr geholfen, sie blitzschnell beim Genick gepackt und in weitem Schwung in den Schlosshof geworfen. Dabei mag ich wohl den kleinen Kratzer davongetragen haben. Doch genug für heute, jetzt wollen wir noch eins schlafen, morgen komme ich wieder, so etwa um die gleiche Zeit, falls du mir nicht vielleicht mit deinem Besuch zuvorkommst, was mich selbstredend sehr freuen würde. Also auf Wiedersehen!« Und damit schob er sich gegen die Tür zu und auf den Gang hinaus.

## 4

Am nächsten Morgen war der Himmel trübe und bald setzte ein stetiger Regen ein. Mit dem Hüpfen im Garten war also heute wohl nichts, doch war ich immerhin darauf gefasst, dass ich dies zweifelhafte Vergnügen in den Arkadengängen des Schlosshofes würde auskosten müssen. Doch es wurde auch daraus nichts, denn die Komtesse fühlte sich nicht recht wohl und hütete das Bett. Das berichtete mir gleich in der Frühe der Diener, der mir eine Einladung des Barons brachte, ihn nur möglichst bald in der Bibliothek zu besuchen.

Ich fand ihn dort in großer Aufregung den Tisch umkreisen, auf dem einige Folianten aufgeschlagen lagen. Es waren lauter Bibeln und Bibelexegesen.

»Gut, dass Sie endlich kommen«, rief er mir gleich beim Eintritt zu, »ich habe da in der Offenbarung Johannis eine Stelle gefunden, die zu denken gibt. Sicher enthält sie eine ganz tiefe Erkenntnis, doch habe ich ihren Sinn nicht ganz herausbringen können! Hören Sie, was da im neunzehnten Kapitel zu lesen ist! Es heißt da wörtlich: ›Ich sah einen Engel in der Sonne stehen, der rief mit lauter Stimme und sprach zu allen Vögeln, welche mitten durch den Himmel flogen: Kommet und versammelt euch zu dem großen Abendmahl Gottes, auf dass ihr das Fleisch der Könige esset und das Fleisch der Hauptleute und das Fleisch der Starken und das Fleisch aller Freien und Knechte, der Kleinen wie der Großen!‹ Ich gestehe, dass mir der Sinn dieser Worte etwas dunkel ist, doch ist ohne weiteres klar, dass darin ein unerhörter Vorzug für alles, was Vogel heißt, gegenüber allen anderen Lebewesen ausgesprochen wird. Das Fleisch der Könige ist gerade gut genug, um sie zu sättigen! Das Fleisch der Könige!«

Der Einwand, dass ich kein studierter Theologe sei und daher nicht geeignet, um schwierige Bibelstellen zu erläutern, half mir nichts, ihm genügte die Tatsache, dass ich auf der hohen Schule gewesen war, um in mir den richtigen Helfer zu erblicken. Wie beneidete ich den Rittmeister, den der Baron als einen tölpischen Landsknecht abtat, um sein mangelndes Wissen, das ihm diese gelehrten und dabei doch so sinnlosen Erörterungen ersparte, die den ganzen Tag über, ja bis in die Nacht dauerten.

Dass sie, wie vorauszusehen, ergebnislos verliefen, machte dem Schlossherrn nichts aus; sie waren ihm Grundlage genug, um daraus eine Menge von krausen, verschrobenen Folgerungen zu ziehen, die er sich alle fein säuberlich aufschrieb. Ich atmete erleichtert auf, als am nächsten Tag von der Offenbarung Johannis keine Rede mehr war, aber ich hatte zu früh gejubelt; ein Stündchen später wurde ich wieder geholt: In der Weisheit Salomonis hatte er eine Stelle gefunden, wo von einem neuen Geschlecht von Vögeln die Rede war, und deutete sich das als eine Vorhersage seiner eigenen Versuche.

In der folgenden Nacht erhielt ich wieder den Besuch des Rittmeisters. Er war ein wenig ungehalten, dass ich nicht zu ihm gekommen war, doch musste das vor dem eigentlichen Zweck seines Besuches zurücktreten.

»Was sagst du«, rief er und sah mich dabei triumphierend an, »was sagst du zu der Krankheit der Baronesse? Geht da nicht selbst so einem Zweifler wie dir ein Lichtlein auf?«

Ich bekannte, dass ich beim besten Willen nicht wisse, was er damit meine. Er schüttelte nur unwillig den Kopf über so viel Begriffsstutzigkeit.

»Habe ich dir denn nicht«, begann er zu erklären, »vorgestern die Begegnung mit der Katze erzählt und wie ich sie hinunter in den Schlosshof geworfen habe? Wenn auch Katzen immer auf die Beine fallen und auf diese Art nicht umzubringen sind, besonders wenn es keine wirklichen Katzen, sondern Hexen in Katzengestalt sind, so scheint sich das liebliche Fräulein Pharaildis bei diesem Sturz doch einigermaßen wehgetan zu haben. Ich kann nicht leugnen, dass mich das mit ehrlicher Freude erfüllt. Der Herr Amante der holden Dame zieht zwar die Stirn kraus, aber ich sage es trotzdem laut heraus: Das Weib ist eine regelrechte Hexe, vor der man sich nicht genug hüten kann! Die arme Maranka hat es wohl mit dem Leben bezahlen müssen, dass sie mehr davon gesehen hat, als gut für sie war, und noch dazu mir davon erzählt hat!

Was sie gesehen hat? Nun, du wirst es natürlich nicht glauben, aber du sollst, du musst es hören, wenn du dann noch immer nicht gewarnt bist, so ist es jedenfalls nicht meine Schuld! Die Maranka also, die wahrhaftig eine gute fromme Christin war und sich gewiss niemals einen Meineid aufs Gewissen geladen hätte, hat mir bei ihrer Seele Seligkeit geschworen, dass sie Folgendes erlebt habe: Sie habe einmal vergessen der gnädigen Baronesse das silberne Waschbecken mit Wasser zu füllen. Das sei ihr in der Nacht eingefallen, sie sei darum hinaufgeschlichen und habe ganz leise die Tür aufgemacht, um die Schlafende ja nicht zu wecken. Doch die habe putzmunter beim Schein von drei Kerzen mitten im Zimmer gesessen, plötzlich mit beiden Händen nach ihrem Kopf gegriffen und ihn so säuberlich und ohne Schwierigkeiten heruntergenommen und sich in den Schoß gelegt, wie dies andere Mädchen mit ihrer Haube tun. Dann hat sie mit derselben Leichtigkeit ein Auge aus dem Kopf genommen und sich in den Busenausschnitt gesetzt, wo es ganz sonderbar und erschrecklich herausschaute. Die Pharaildis hat dann wieder nach ihrem Kopf gegriffen und ihn so weit gehoben, bis sich die beiden Augen gegenüber standen, und es war entsetzlich anzuschauen, wie sich nun diese gegenseitig anstarrten. Der Maranka hat das Herz bis in den Hals hinauf geklopft und sie ist zähneklappernd davongeschlichen.

Ich weiß nicht viel von Zauber- und Hexenwesen, aber ich kann mir wohl denken, dass die magische Kraft, die in ihren Blicken liegt und die einen so ganz den Kopf verlieren lässt, auf diese ungeheuerliche Art erzeugt wurde. – Du schüttelst zwar noch mit dem Kopf, aber du widersprichst mir nicht mehr, du fängst also doch an zu begreifen, dass ich Recht habe! Sollte dir aber doch noch der Gedanke kommen, dass das dumme Bauernmädel das alles geträumt hätte, dann lass dir noch erzählen, was ich selbst erlebt habe.

Das war etwa einen Tag vor deiner Ankunft. Ich war mit der Hexe im Garten, in dem dir wohl bekannten Rondell und sie hatte mich mit ihrem Teufelsspiel richtig so lange in der Runde herumgehetzt, bis ich wie ohnmächtig zusammenbrach. Sie blickte eine Weile nach mir und da ich nur ganz wenig unter den Lidern hervorblinzelte, so meinte sie, ich wäre wirklich ohne Bewusstsein und würde wohl ein Weilchen brauchen, ehe ich wieder zu mir käme. Da griff sie in ihre Schleppe hinein und hob eins, zwei, drei ein ganzes Büschel Pfauenfedern, mit denen ihr Kleid bestickt ist, so leicht und natürlich heraus, als ob es wirkliche Federn und über das Gewand verstreut gewesen wären. Sie band sie dann zu einem artigen Fächer zusammen, fächelte sich ein geraumes Weilchen damit und legte dann jede einzeln auf ihre Plätzchen zurück, dass alles wie früher war. Nun sage selbst, geht das mit rechten Dingen zu? Wenn das Weib aber wirklich eine Hexe ist, dann weißt du auch, wie gefährlich ihr Blick werden kann! Hüte dich also, ehe es zu spät ist!

Übrigens könntest du auch zu Ehren meines Besuches aufstehen! Zeig einmal, wie groß du bist, und stelle dich neben mich! Hat mich also mein Augenmaß nicht betrogen, wir sind wirklich fast aufs Haar gleich groß! Im Becken bist du ein wenig schmaler als ich, auch der Brustkorb hat nicht meine Breite, nun, das macht nichts, vielleicht ist es sogar ganz gut so! Was ich damit will? Ach, nichts von Bedeutung, ich dachte nur so! Gehab dich wohl für heute und auf Wiedersehen!«

## 5

Das Wetter der nächsten Tage war trüb und regnerisch. Die Baronesse ließ sich nicht blicken und der Schlossherr versenkte sich ganz in seine Bibelstudien. Ich wurde dazu nicht mehr beigezogen, was ich keineswegs als Zurücksetzung empfand. Man kümmerte sich überhaupt wenig um mich und meinen Leidensgenossen, niemand hatte etwas dagegen, wenn wir einander tagsüber gegenseitige Besuche abstatteten und den lieben langen Tag verplauderten.

Erst jetzt lernte ich den Rittmeister näher kennen, der lange Kriegsdienst hatte seinem Wesen eine raue Schale gegeben, aber auch eine Entschlossenheit, einen Lebensmut, der in keiner Lage versagte. Im Übrigen war er ein Ehrenmann durch und durch, dem man unbedingt vertrauen konnte.

Eines Tages kam ein alter Wurzelkrämer ins Schloss; er hatte einen gar schönen Alraun in seinem Sack, der hatte ein rotes Jäckchen und blaue Höschen an. Er verlangte ein schweres Geld dafür und wusste viel Wunderbares zu erzählen, was man alles mit Hilfe so einer echten Mandragora erreichen könne: Liebe und Geld, Gesundheit und Macht. Auch brauche man es nur jeden Morgen bei Sonnenaufgang aufmerksam zu beobachten und werde erfahren, ob jemandem aus der Familie an diesem Tag vielleicht ein Unglück zustoßen würde. Sei es zum Beispiel bestimmt, dass an diesem Tag jemand aus dem Haus einen Arm brechen solle, so würde das Püppchen früh mit einem gebrochenen Glied daliegen.

Der Freiherr befühlte das Ding sehr sorgfältig, brauste auf einmal gewaltig auf, nannte den Krämer einen Schwindler und Betrüger und hieß ihn zum Hof hinausjagen. Das sei keine echte Alraunwurz, sondern ein geschnitztes, gemachtes Ding aus Bryonienholz, in warmem Sand gedörrt. Und überhaupt sei alles, was man von Kraft und Wirkung der Mandragora erzählte, wahrscheinlich Fabelwerk.

In den folgenden Tagen verweilte er zwar nicht weniger in der Bibliothek als vordem, scheinbar war es aber jetzt nicht mehr die Bibel, die ihn vor allem beschäftigte, denn er brachte von dort immer neue Kenntnisse über das merkwürdige Pflänzlein, die Alraune, mit, worüber er sich dann bei Tisch gar ausführlich ausließ. Er erzählte, wie Josephus Flavius in seiner »Jüdischen Historie« berichte, dass dieses Kraut des Abends rote Strahlen aussende, und dass Dioscorides zwei Geschlechter dieser Pflanze melde: Das Männlein habe breite, bleiche Blätter, die des Weibleins seien den Lattichblättern gleich. Zu diesem Gegenstand wusste auch ich einiges anzumerken und erzählte, wie Kaiser Rudolf der Andere ein großer Verehrer dieses Krautes gewesen sei. Er hat auf dem Prager Schloss eine ganze Reihe solcher Püppchen gehabt, die er um ungeheure Summen in Welschland erworben hatte. Sie mussten jeden Samstag in Wein gebadet werden und wenn dies einmal vergessen wurde, dann sollen sie laut geschluchzt haben, dass alles herbeilief.

Der Rittmeister schien von meinem Bericht wenig erbaut zu sein, denn er sah mich einige Male zornig an, der Baron lauschte dagegen sehr aufmerksam und wollte noch mehr wissen, doch waren meine Kenntnisse darüber zu Ende. So versank er denn eine Weile in tiefes Nachdenken und begann dann nach seiner Art aus dem Gehörten allerlei krause Schlussfolgerungen zu ziehen. Wenn die Pflanze Mandragora schluchzen könne, dann sei es fast gewiss, dass sie gegebenenfalls auch sprechen werde, und zwar vernünftig sprechen, nicht etwa wie ein Papagei. Sei dem aber so, dann stünden manche im Boden wurzelnden Gewächse dem Menschen in ihrer Wesenseigenart näher als die Tiere, die Entfernung zwischen ihnen und uns sei geringer, also leichter zu überwinden …

In diesem Augenblick konnte der Rittmeister seinen mir unverhüllten gewaltigen Zorn nicht länger bändigen. Er hieb mit der Faust auf den Tisch, dass alles klirrte, und brüllte mich an: »Da hast du's nun, du Tölpel! Jetzt hast du ihm wieder eine neue Narretei beigebracht mit deinem dummen Gerede!«

Er erhob sich mühsam und hüpfte ohne Gruß zur Tür hinaus. Den Diener, der ihn stützen wollte, wies er mit unwirscher Handbewegung von sich.

Der Baron schien den Inhalt seiner Worte nicht gehört oder nicht verstanden zu haben. Denn er bat mich nur sehr höflich, das rüpelhafte Benehmen des Rittmeisters entschuldigen zu wollen, und sprach dann von etwas anderem.

Auch mich hatte der von schlechten Sitten und wenig Selbstbeherrschung zeugende Jähzorn des Rittmeisters sehr unangenehm berührt und ich nahm mir vor, mich einigermaßen von ihm zurückzuziehen.

Wenn er übrigens mit seinen Worten gemeint hatte, der Freiherr werde nunmehr sein Interesse auf die Alraune werfen und dass für uns daraus eine neue Quälerei erwachsen würde, so schien das ein Irrtum. Gewiss war ein vollständiger Wechsel in dem eingetreten, was ihn beschäftigte, kein Wort hörte man mehr über die vordem so über alles geschätzten Vögel, stattdessen war es nun die Baumzucht und insbesondere die Okulierung, die ihn ganz in Anspruch nahm, wobei es bei seinem Charakter nicht ausbleiben konnte, dass er auch diesem Gegenstand die sonderbarsten Seiten abgewann. So hatte er beispielsweise irgendwo gehört oder gelesen, dass man bei der Verimpfung der Bäume das aufgepfropfte Zweiglein in Hechtsblut tauchen müsse, dann werde der Baum rote Früchte tragen, oder dass man einen Nussbaum durch öfteres Begießen mit Geißmilch in einen Pfirsichbaum wandeln könne.

Ich glaubte weder das eine noch das andere, war aber froh, dass mein Gastgeber jetzt eine harmlosere Richtung für seine Versuche gefunden hatte. Wenn dieser Zustand andauerte, so konnte man wohl mit der Zeit sogar daran denken, ihn ganz offen um Urlaub und um eine Gelegenheit zu bitten das Schloss zu verlassen. Ja, ich meinte bereits erwägen zu dürfen, ob eine Rückkehr nach Prag trotz Pest und drohender Haft angebracht wäre oder ob ich mich anderswohin wenden solle.

Und wie ein holder Traum tauchte bei solchen Erwägungen die Erinnerung an Marianne auf, immer klarer sah ich ihre Gestalt, ihr liebes Antlitz vor mir und schwer lastete auf meinem Gewissen der Vorwurf, dass ich sie so ganz hatte vergessen können. Gewiss war das nur durch Zauberei möglich, das wurde schon daraus deutlich, dass ich mich gleich wieder auf meine alte Liebe besann, wenn ich nicht unter dem magischen Einfluss der Hexenaugen stand. Aber ich fühlte mich trotzdem schuldbewusst, denn meine Liebe hätte sich stärker zeigen müssen als alle Zauberkünste der Welt. Jedenfalls nahm ich mir fest vor, dem Beispiel des Rittmeisters zu folgen und den gefährlichen Blick dieses bösen Weibes zu meiden. Was ich jetzt durchzumachen hatte, das wollte ich als gerechte Strafe des Himmels dafür tragen, dass ich nicht stark genug gewesen war der höllischen Versuchung zu widerstehen. Und wenn diese Buße mit Gottes Hilfe glücklich überstanden war, dann würde der Himmel wohl Gnade an mir üben und mir den Anblick der Liebsten vergönnen.

Freilich, sollte ich als Krüppel vor sie hintreten? Nein, nur das nicht, da war es doch das Beste, zunächst nach Prag zurückzukehren, den buckligen Mechanicus aufzusuchen und sich ein neues Kunstbein herstellen zu lassen. Wenn ich noch einmal so viel Dukaten als letzthin daran wenden würde, so würde er diesmal wohl ehrliche Arbeit machen und mir einen Fuß schaffen, mit dem ich hingehen konnte, wohin ich wollte, nicht, wohin ich gesendet werden sollte. Ja, flüsterte mir eine Stimme zu, vielleicht ließe sich die heimliche Kunst, die der Bucklige übt, diesmal zu meinen Gunsten verwenden? Ich weiß doch nicht, wo Marianne weilt. Vielleicht ist es ihm möglich dem Fuß diesmal die Kraft zu geben, dass er mich wirklich zur Liebsten führt, statt jener Gaukelei, mit der das letzte Mal nur die Hoffnung darauf in mir rege gemacht wurde. So baute ich denn vergnügt meine Luftschlösser, ohne auch nur zu ahnen, was mir die nächsten Tage bringen sollten.

Als ich wieder einmal mit dem Baron allein bei Tisch saß – Pharaildis war noch immer krank und der Rittmeister hatte seinen melancholischen Tag und verschmähte darum nicht nur jede Gesellschaft, sondern auch Speise und Trank –, brachte der Schlossherr die Rede auf Kunst und Künstler. Auf diesem Gebiet besaß ich durch den Freund des väterlichen Hauses, Jean Matey, einiges Wissen und kramte es eifrig aus. Aber der Baron hörte mir nur mit halbem Ohr zu, seine Frage war offenbar nur als Einleitung zu etwas anderem gedacht. Er griff wiederholt nach einer Papierrolle, die auf dem Sessel neben ihm lag, schien sie öffnen zu wollen und legte sie dann doch wieder auf ihren Platz zurück.

Erst als ich in meinem Redefluss eine Pause machte, nahm er sie wieder zur Hand, um sie diesmal zu entrollen. Er breitete sie sorgfältig auf dem Tisch aus, beschwerte die Ecken mit Salzfass, Trinkbecher und Tellern und lud mich dann mit einer Handbewegung zur näheren Betrachtung ein.

Es war ein Kupferstich, eine mythologische Darstellung; unten stand ein lateinischer Vers, aus dem durch größere Buchstaben der Name Daphne hervortrat. Das Bild stellte die Geschichte der Tochter des Flussgottes Peneus dar, die von ihrem Vater auf ihr eigenes Verlangen in einen Lorbeerbaum verwandelt worden, um des Apollo Buhlschaft zu entgehen. Der Künstler hatte die Nymphe in dem Augenblick dargestellt, wo sie der liebestolle Gott auf ihrer Flucht einholt; schon umschlingt sein Arm ihren Leib, da sprießen aus ihren zum Himmel gereckten Armen die Zweige, da werden die Zehen ihrer Füße zu Wurzeln, die sich in die Erde senken.

Mit lauerndem Blick fragte mich der Baron, was das Bild wohl bedeuten möge. Ich war über diese Frage nicht wenig erstaunt, denn der Freiherr war in der alten Sagengeschichte sicher nicht schlechter erfahren als ich und auch die Verszeilen waren für jeden Gebildeten verständlich. So antwortete ich denn etwas widerwillig, dass es die Geschichte der Daphne sei.

Der Baron winkte meine Worte mit einer zornigen Handbewegung weg. »Ja«, sagte er, »das ist das alte Ammenmärchen, das die schlauen Griechen erfunden hatten, um den eigentlichen Sinn zu verschleiern! Sie mögen damit die klügsten und feinsten Köpfe, sie mögen Generationen von Gelehrten so hinters Licht geführt haben, mich täuscht man auf eine so plumpe Art nicht! Auf den ersten Blick habe ich gewusst, was das Bild unter seiner mythologischen Verkappung darstellen soll – denn auch der Künstler, der es gemalt hat, war klug genug das Geheimnis zu erraten, doch war er zu vorsichtig, um den Schleier der Wahrheit gänzlich fallen zu lassen, und hat darum so augenfällig wie möglich den Namen Daphne darunter gesetzt. Wer aber sein Werk mit Verständnis betrachtet, der sieht aus den Zweiglein, die aus jedem Finger sprießen, aus den zarten Mädchenbeinen, die sozusagen vor unseren Augen zu knorrigen Wurzeln werden, dass hier in Wirklichkeit etwas ganz anderes gezeigt wird: die Erfindung des Menschenbaumes oder vielleicht richtiger gesagt des Baummenschen!«

Ein triumphierender Blick heischte Bewunderung ob dieser Entdeckung. In meinen Augen war wohl eher der Schrecken über diese neue Verrücktheit und die Sorge vor ihren Folgen zu lesen. Doch das schien er nicht zu bemerken, denn er fuhr unbeirrt fort:

»Natürlich ist dadurch, dass ich den richtigen Sinn des Bildes verstehe, für die Praxis nicht allzu viel erreicht. Das eine ist wohl ohne weiteres klar, dass auf die Finger artige kleine Pfropfzweiglein aufgesetzt werden müssen, damit sie ins Fleisch wachsen, aber wie man das machen soll, dass sich die Zehen an den Füßen in Wurzeln verwandeln, dafür fehlt mir jeder Anhaltspunkt! Nun, ich werde gewiss nicht den Mut verlieren und bei eifriger Forschung kann mir die Lösung dieses Rätsels auf Dauer nicht versagt bleiben.«

In der folgenden Nacht machte ich dem Rittmeister meinen Besuch. Ich war auf einen nicht allzu freundlichen Empfang gefasst und auch auf etliche Vorwürfe, die ich widerspruchslos zur Kenntnis nehmen wollte. Denn schließlich war ich wirklich derjenige, welcher mit dem Bericht über die Alraunen Kaiser Rudolfs den Baron auf diese neue Fährte gewiesen hatte.

Aber nichts dergleichen geschah. Der Rittmeister ließ sich die Geschichte mit dem Bild erzählen und sagte dann nach einigem Nachdenken:

»Es ist wohl sicher, dass der alte Narr bei solchen theoretischen Erwägungen nicht stehen bleiben wird, und ebenso ist nicht zu zweifeln, dass die Opfer seiner praktischen Versuche wir zwei sein werden. Aber ich bin überzeugt, dass er damit nicht früher beginnen wird, als bis seine Tochter wieder gesund ist. Denn er selbst hat wohl den Willen, aber doch nicht die innere Kraft, um seine Verrücktheiten in die Tat umzusetzen. Umso mehr besitzt davon diese Hexenmaid, die ganz genau weiß, dass es Wahnsinn ist, was der Alte spinnt, der es aber ein köstliches Vergnügen bedeutet, Menschen zu quälen, und darum gibt sie sich gern zu seiner Verwirklichung her. Und im gegebenen Fall muss ihr das eine besondere Freude sein, kann sie sich doch bei dieser Gelegenheit an mir für den Wurf in die Tiefe des Schlosshofes rächen und dich zu misshandeln, das wird ihr ein gar wollüstiger Genuss sein, denn wenn ich es mir recht überlege, so glaube ich selbst, dass dich das Weib liebt, aber eben nach ihrer Art, die wahrhaftig nicht die deine ist! Da gibt es kein sehnsüchtiges Schmachten, kein zartes Verlangen, dem ein leiser Kuss schon himmlische Erfüllung bedeutet, nein, so eine Hexenliebe, die will im warmen Fleisch des Amante wühlen, sein Blut aus den geöffneten Adern schlürfen, sein zuckendes Herz aus dem lebenden Leib reißen und es vor seinen brechenden Augen mit gierigen Küssen bedecken. Wenn dich ein solches Schicksal lockt, dann brauchst du nur ruhig auszuharren, es wird sich dann schon von selbst erfüllen, ich für meinen Teil habe es hier satt, ich gehe!«

Ich musste an mich halten, um ihm nicht ins Gesicht zu lachen. Gehen! Als ob wir armen Krüppel ohne fremde Hilfe von hier fortkönnten! Er schien meine Gedanken erraten zu haben, denn er setzte hinzu:

»Die Sache ist nicht so unmöglich, wie du glaubst. Auf der Wiese hinter dem Schlossgarten rastet seit gestern ein fahrender Gaukler mit seinem Karren. Morgen will er weiterziehen, wie er mir bei einem kleinen Gespräch über die Gartenmauer erzählt hat. Er wird mich – und wenn du willst, auch dich – für ein Scherflein Reisegeld mitnehmen. Bleibt freilich noch die Schwierigkeit, unbeobachtet bis zu ihm zu kommen. So günstig wie da letzthin, wo ich mit ihm sprach, trifft es sich nicht leicht, auch wäre es besser für uns, wenn er die erste Wegstrecke bei Nacht zurücklegen würde. Nach dem Abendessen aber ist das Passieren des Schlosshofes schwer zu bewerkstelligen, denn der Kerl, den du den Buntspecht nennst, haust dort unten und fährt bei dem leisesten Geräusch gleich heraus. Hab's schon probiert! Freilich, wenn du mitmachst, so wäre auch das keine Schwierigkeit, denn wenn er den Mann mit zwei Köpfen sieht, so verkriecht er sich schleunigst unter der Bettdecke, dessen kannst du gewiss sein!«

»Den Mann mit zwei Köpfen?«, fragte ich erstaunt. »Wer soll denn das sein?«

»Wir beiden! Wer denn sonst?« So lautete die Antwort. »Hast du dir gar keine Gedanken darüber gemacht, warum ich vor einigen Tagen so angelegentlich unsere Größe verglichen haben? Die Sache ist doch ganz einfach! Du stellst dich, weil du in den Hüften schmaler bist als ich, vor mich hin, dann legen wir einen festen Riemen unter unsere Achseln, ein Riemenpaar quer über unsere Schultern, du biegst den Kopf etwas nach links, ich nach rechts, du schlüpfst in das eine Bein unserer gemeinsamen Hose, ich in das andere und der Mensch mit den zwei Köpfen ist fertig! Mein ursprünglicher Plan war, dass wir auf diese Art zum Schloss hinaus und in die weite Welt wandern, bin aber dann doch zur Erkenntnis gekommen, dass man das kaum lange aushalten und auch nur recht langsam vorwärts kommen würde, sodass die Knechte unseres freundlichen Gastgebers uns bald eingeholt hätten. Doch zu einem Gang über den Schlosshof und zum Verscheuchen des ängstlichen Buntspechts mag es wohl ausreichen!«

Das wäre also die lang ersehnte Möglichkeit zum Verlassen des Schlosses! Etwas abenteuerlich war ja der Plan, aber was riskierte man schon dabei? So erklärte ich mich denn unter der Bedingung einverstanden, dass der Rittmeister den Fahrenden zu einer Verzögerung der Abreise bis zur folgenden Mitternacht vermöchte. Dazu war er bereit, die Gelegenheit zu einem kurzen Gespräch mit dem Mann würde sich am besten während des Mittagessens finden, an dem er selten genug teilnahm, sodass seine Abwesenheit nicht auffallen würde. Wir probierten nun gleich die Riemenarmatur aus, die unsere Körper zu einem einzigen verbinden sollte, stellten fest, dass meine Hose, die nach der neuesten Mode recht breit und bauschig war, für unsere Zwecke wie geschaffen schien und nur im Gurt durch einen Schnitt etwas gelockert werden musste, machten auch einige Probeschritte in unserer Eigenschaft als zweiköpfiger Mensch und waren mit dem Ergebnis nicht unzufrieden.

Der Baron war am nächsten Tag voll von neuen Einzelheiten, die ihm die Nacht über eingefallen waren. Da war zunächst die Frage, wie man die Umbildung der menschlichen Haut in eine richtige Baumrinde tunlichst beschleunigen könnte. Und da sei ihm heute früh ein herrlicher Gedanke gekommen.

Er hatte eine alte Schlossruine, die zu der Herrschaft gehörte, mit einer Mauer umgeben, einen Wärter dort bestellt und den Bauern aufgetragen, alle Schnecken von ihren Feldern und Wiesen zu sammeln und dort abzuliefern. Diese Schneckenzucht trug ihm ein Erkleckliches ein, denn die Feinschmecker in Prag waren gute Abnehmer für solche Ware. Freilich jetzt in der bösen Pestzeit hatten sie in der Angst um das liebe Leben solche Näschereien ganz vergessen und so hatte die Nachfrage aufgehört. Der Bestand nahm daher nicht ab und da die Bauern in ihren Ablieferungen nicht stillhielten, so waren bald nicht nur die Mauern der Ruine, sondern auch der Boden im weiten Kreis dicht mit Schnecken bedeckt. Hierher müsste man, so meinte der Baron mit vergnügtem Schmunzeln, die künftigen Baummenschen zu längerem Aufenthalt bringen. Ganz nackt sollten sie dort leben, damit die Tierlein fleißig auf ihnen herumkriechen und sie dabei ganz mit ihrem Schleim bedecken könnten. Davon würde dann die Haut schön rau und rissig werden, aller Schmutz würde gut daran kleben bleiben. So würde es gar nicht lange dauern und die Haut das Aussehen einer richtigen Baumrinde haben. Vergnügt rieb sich der Baron die Hände.

Auf mich machte dieses Gerede nicht viel Eindruck. Heute Nacht wollte ich diesem Narren entfliehen, mochte er sich jemand anderen als Opfer für seine Experimente aussuchen!

Diese feste Entschlossenheit zur Flucht wurde freilich drei Stunden später wankend: Pharaildis erschien zu Mittag bei Tisch. Ihr Antlitz war alabasterbleich und ließ die geheimnisvolle Schönheit ihrer großen schwarzen Augen noch mehr zur Geltung kommen. Die blickten mit melancholischem Ausdruck zu mir herüber, als ob sie ahnen mochte, dass wir uns heute zum letzten Mal sehen würden. Sie musste wirklich von etwas Derartigem Kunde haben und den Drang fühlen, von mir Abschied zu nehmen, das fühlte ich aus ihrem Verhalten den ganzen Tag über. Woher sie freilich etwas von unserer geplanten Flucht erfahren haben konnte, das blieb mir rätselhaft, das konnte wirklich nicht mit rechten Dingen zugehen. Noch unverständlicher schien es mir, dass sie offenbar ihre Kenntnis von unseren Absichten nicht dazu nutzen wollte, um sie zu durchkreuzen, sondern mit der hilf- und ratlosen Trauer eines verliebten Mädchens nur ihre Blicke sprechen ließ.

Abends, als sie nach dem Nachtessen den Speisesaal verlassen wollte, reichte sie mir zum Abschied die Hand. Das war während meines ganzen Aufenthaltes auf dem Schloss nicht geschehen, das war so unerhört, dass selbst der Freiherr erstaunt aufblickte.

Es war eine ungewöhnlich schmale lilienweiße Hand, die ich mit zager Ehrfurcht küsste.

Eiskalt spürten meine Lippen die Berührung. Man hätte meinen können, dass diese Hand tot sei und das einzig Lebendige an ihr der große Rubin am Ring des Mittelfingers. Der blitzte und leuchtete, als wäre heißes, glühendes Leben in ihm.

## 6

Mit wirrem Kopf erreichte ich mein Zimmer. Mir war, als dürfe ich Pharaildis nicht verlassen. Sie war gewiss eine Hexe, daran zweifelte ich keinen Augenblick mehr, aber ebenso fest überzeugt war ich von ihrer innigen Liebe zu mir, einer Liebe, die stark genug war, sie auf all ihre Zauberkünste verzichten zu lassen. War nicht die schlichte Art rührend, mit der sie, die einst so Stolze, heute ihre Liebe offenbart hatte? Was musste die Arme in den letzten Tagen für innere Kämpfe um meinetwillen ausgestanden haben, welche Kraft hatte es sie wohl gekostet den bösen Hexengeist in sich zu überwinden, auf alle die unheimlichen Künste zu verzichten und alles ihrer Liebe zu opfern! Das sollte sie wahrhaftig nicht unbedankt getan haben! So wie sie mir rückhaltlos ihre Liebe schenkte, so wollte auch ich – ich konnte den Satz nicht einmal in Gedanken vollenden, eine gewaltige Hemmung stand dagegen. Umso klarer drängte sich aber ein Entschluss zutage, der aus der gleichen Wurzel entsprungen war:

Mit der Flucht war es nichts, ich musste bleiben! Der Rittmeister würde zwar ein gewaltiges Gefluche loslassen, denn damit war auch sein Entweichen in Frage gestellt, aber ich konnte ihm nicht helfen! Er würde heute Nacht mächtig auf mich einreden, mir alle Gefahren des Weiterbleibens in schrecklichen Farben schildern, gar viel von der goldenen Freiheit erzählen, die draußen winkte – an meinem festen Entschluss, an dem Bewusstsein, dass ich das Herz der herrlichen

Pharaildis gewonnen hatte, würde alles das abprallen. Einen schwereren Stand hätte ich mit ihm gehabt, wenn ich ihm jemals den Namen Mariannes genannt hätte, ein Angriff von dieser Seite hätte mich vielleicht schwach gefunden, ja es bedurfte nicht einmal dessen, die bloße Tatsache, dass diese Erinnerung in mir aufgewacht war, ließ meine Entschlossenheit schwächer werden.

Ich schämte mich dessen fast, suchte nach Gründen, die mein jetziges Verhalten rechtfertigen sollten, und fand wirklich gleich eine ganze Menge, einen zwingender und überzeugender als den anderen: Wie lange hatte ich von Marianne nichts gehört, was ließ mich denn annehmen, dass sie noch an mich dachte! Vielleicht hatte ihr die hochgräfliche Sippe inzwischen doch die Überzeugung beigebracht, dass eine Verbindung mit einem Mann von so jungem Adel wie dem meinen für eine Komtesse Lodron einfach nicht denkbar sei! Und was ließ mich überhaupt annehmen, dass sie mich liebe? Hatte sie mir jemals etwas Derartiges gesagt? Mit Worten gewiss nicht, nur damals im Spiegel die Sprache ihrer Hände.

Doch dieses ganze Erlebnis jenseits der gläsernen Mauer schien mir auf einmal so unmöglich, dass ich es für einen Fiebertraum erklärt hätte, wenn nicht der Stumpf meines Fußes Zeugenschaft für die Wahrheit jenes Geschehens abgelegt hätte. Wie aber in meinem Kopf alles, was mir einfiel, gleich Beziehung zu dem gewann, was in mir in diesem Augenblick zur Entscheidung drängte, so war es auch mit der Tatsache meiner Einbeinigkeit: Marianne wusste noch nichts davon, vielleicht, nein, gewiss würde sie vor dem Krüppel erschrecken, es als eine unerhörte Keckheit empfinden, wenn ihr der von Liebe sprechen wollte – während Pharaildis mein Elend kannte und mir trotzdem ihre Liebe geschenkt hatte!

Das musste entscheiden, das musste meinem Verhalten Richtung geben! Aber es ist ganz merkwürdig mit dem Menschen – gerade in dem Augenblick, wo er einen festen Entschluss gefasst zu haben glaubt, schlägt ihm ein einziger, im ersten Moment ganz nebensächlich scheinender Gedanke alles ins Gegenteil um: Mir mussten jetzt das letzte Weihnachtsfest und die Johannisminne einfallen, die wir zusammen getrunken hatten. Und sogleich wusste ich mit unerschütterlicher Gewissheit, dass wir beiden, Marianne und ich, zusammengehörten und dass es eine schwere Sünde an unserer Liebe war, wenn ich an einem anderen Weib auch nur einen Augenblick Gefallen gefunden hatte. Wie sie den Krüppel aufnehmen würde, das konnte keine Frage für mich sein, die mir das Recht zur Untreue gab. Würde sie sich wirklich deshalb von mir abwenden, dann hätte damit sie den heiligen Bann der Johannisminne gebrochen, aber diese Möglichkeit nutzen, um die eigene Untreue zu entschuldigen, das war über die Maßen hässlich und darum gab es für mich keinen anderen Weg als die schleunige Flucht von hier, eine Flucht, die mich schließlich zu Marianne führen musste. Wie sie mich aufnehmen würde, das durfte wahre Liebe nicht fragen, die musste alles wagen, um vielleicht doch noch alles zu gewinnen.

So war denn mein Entschluss gefasst; als eine Stunde später der Rittmeister bei mir erschien, fand er mich vorbereitet.

Die Nacht unserer Flucht war kühl und sternenklar; der Mond war zwar schon im Abnehmen, aber sein Schein doch noch stark genug, um unsere Wege zu beleuchten. Mit großer Sorgfalt schnürten wir uns zusammen und wiederholten zunächst einmal unsere gestrigen gemeinsamen Gehversuche. Merkwürdigerweise gingen sie diesmal schlechter vonstatten als das erste Mal. Doch dann nahmen wir unsere Degen, die man uns glücklicherweise gelassen hatte, wie Stöcke zur Hand, gewannen damit auf jeder Seite eine Stütze für die unbeholfene Körpermasse und nun ging es ganz vortrefflich. Freilich, als der Mann mit den zwei Köpfen die Stiege hinunterzusteigen begann, da gab es neue Schwierigkeiten, doch auch sie wurden überwunden.

Wie wir aber auf die Freitreppe kamen, glitt mein Fuß auf dem glatten Marmorstein aus, die Degenspitzen fanden auch keinen rechten Halt auf diesem Grund und so rutschten wir mit großem Gepolter in den Schlosshof hinunter.

Wir hatten uns kaum aufgerafft, da stand auch schon in weißem Nachtgewand mit langer Zipfelmütze der Buntspecht vor uns. Doch der Rittmeister hatte recht vermutet: Der Mann machte keinen Versuch, uns in den Weg zu treten oder Lärm zu schlagen, er gab nur einen gurgelnden Laut von sich und rannte spornstreichs zurück in seine Kammer. Dort hat er gewiss das Federbett über den Kopf gezogen und in Angstschweiß gebadet den Morgen erwartet.

Unbehindert gewannen wir den Garten, durchschritten den Laubengang und überquerten dann eine Parkwiese. Schon sahen wir die Umfassungsmauer nahe vor uns, als uns ganz unversehens von hinten etwas mit solcher Wucht ansprang, dass wir ganz sicher gestürzt wären, wenn nicht die stützenden Degen in dem weichen Gartenboden sicheren Halt gefunden hätte.

Es war eine mächtige schwarze Katze, die nun wie toll zu kratzen und zu beißen begann.

Doch der Mann mit den zwei Köpfen hatte vier Hände und wenn zwei davon die Degen zu halten hatten, so genügten doch die beiden anderen, um das rasende Tier von uns zu reißen und auf den Boden zu werfen. Schon duckte es sich zu neuem Ansprung, da hieb ihm des Rittmeisters Klinge eine Vorderpfote ab.

Ein grässlicher Schrei gellte durch die Luft; er klang ganz wild bestialisch und hatte doch etwas von einer Menschen-, einer Frauenstimme an sich.

Das verletzte Tier humpelte ins nächste Gebüsch. Nur eine kleine schwarze Katzenpfote blieb auf dem Kampfplatz. Als ich aber genauer danach hinblickte, da begann es mir vor den Augen zu flimmern, und als ich den Blick wieder freibekam, da lag an derselben Stelle statt der schwarzen Tierpfote eine schmale, alabasterweiße Frauenhand.

Ganz deutlich sah man die Schnittfläche, wo sie vom Körper abgetrennt worden war. Man sah das rote Fleisch, die runde Scheibe des Knochens in der Mitte, aber sonderbar! – es floss kein Tropfen Blut heraus. Dafür leuchtete der Rubinring, den die Hand am Mittelfinger trug, im Mondlicht so merkwürdig zu uns herüber, als müsste sich jeden Augenblick ein Strom von Blut aus ihm ergießen.

Wie gebannt starrte ich auf den Stein: Es wallte und wogte darin, wie Spieße und Lanzen blitzten rote Strahlen nach uns. Ich wusste genau: Wenn ich mich nicht bald davon losreißen würde, dann käme ich nicht mehr von der Stelle. Aber ich war trotzdem keiner Bewegung fähig.

Der Rittmeister drängte: »Komm rasch! Denke ja nicht, dass

sich die Hexe schon geschlagen gibt! Wenn wir nicht bald aus ihrem Bereich kommen, so wird uns gewiss im nächsten Augenblick etwas Entsetzliches widerfahren! Komm rasch, die Gartenpforte ist offen, der Wagen wartet draußen, ich habe zu Mittag alles wohl vorbereitet!«

Seine Worte prallten machtlos an mir ab. Ich sah nur den Rubinstein, sah, wie er immer größer und größer wurde, wie ein rosiger Schein immer stärker und weiter aus ihm strahlte.

Ich fühlte mit einer seltsamen Mischung von Angst und Wunsch genau voraus, was jetzt kommen würde. Wie ein Springbrunnen muss auf einmal das süße heiße Hexenblut aus dem Rubin herausschießen, unsere Hände, unsere Gesichter bespritzen und was sie einmal mit ihrem Blut bedeckt hat, das gehört unweigerlich ihr, der bösen, herrlichen Zauberin! Nein, ich würde mich nicht vom Fleck rühren …

Doch ich vergaß vollkommen, dass von dem Doppelwesen, das da auf der Parkwiese stand, ich nur eine Hälfte und noch dazu gegenüber den Bärenkräften des Rittmeisters die schwächere war.

Mit einem gewaltigen Ruck überwand er ohne viel weitere Worte meinen Widerstand. Die ersten Schritte vorwärts gingen sehr langsam, denn der Mann mit den zwei Köpfen hatte einen schweren inneren Kampf zu bestehen. Wenn der eine Fuß zu einem Schritt gegen die Gartenpforte ausholte, so vergrub sich der andere in den Wiesengrund, um an der Stelle zu beharren. Doch, wie gesagt, der Rittmeister war der Stärkere, und sobald die ersten Schritte getan waren, begann auch mein inneres Widerstreben merkwürdig rasch abzunehmen, als ob ich aus einem Bannkreis gelöst wäre, der meinem Willen vorübergehend einen Zwang auferlegt hatte, gegen den es keinen Widerspruch gegeben hatte.

Keuchend erreichten wir schließlich den Wagen. Die Pferde waren eingespannt, doch war kein Kutscher zu erblicken. Das Gefährt war eine richtige Komödiantenfuhre mit kleinen Fensterchen und einer Tür hinten. Die stand weit offen und eine Stiege war von ihr herabgelassen.

Wir sahen uns nicht lange um, sondern stiegen so rasch ein, wie dies bei der Unbeholfenheit unseres Doppelkörpers möglich war. Kaum war es uns gelungen, da schoben auch schon unsichtbare Hände die Treppe herauf, schlossen die Tür und schon setzte sich der Wagen in Bewegung.

Der Raum, der uns aufgenommen hatte, war von einem Öllämpchen mäßig erhellt. Bei seinem schwachen Schein konnten wir zwei Strohlager erkennen, die wohl für uns bestimmt waren. Wir lösten nun rasch die Riemen, die uns zu einem Wesen verbunden hatten: Sie hatten ihre Aufgabe getreulich erfüllt, freilich nicht ohne gewaltig in die Haut zu schneiden, sodass uns Schultern und Seiten wehtaten.

Nun waren wir wieder zwei selbständige Menschen und diese beiden hätten sich eigentlich mancherlei zu sagen gehabt.

Anscheinend waren wir einer großen Gefahr glücklich entronnen, aber es war gar nicht so gewiss, ob wir uns nicht freiwillig in eine andere begeben hatten. Diese Art, wie sich der Wagen gleich hinter uns geschlossen hatte, schien mir recht unheimlich. Vielleicht bewegten den Rittmeister ähnliche Gedanken, aber er sprach sie nicht aus; vielleicht grollte er mir auch noch, weil ich der Versuchung durch die schöne Teufelin doch wieder unterlegen war. Mich hinderte wieder eine Art Schamgefühl für meine Schwäche am Reden. Ich überhäufte mich selbst mit Vorwürfen, ich entsetzte mich ehrlich darüber, dass meine Liebe zu Marianne mich nicht widerstandsfähiger machte, ich gab mir selbst manchen schimpflichen Namen, gelobte mit schweren Eiden mich fortan besser im Zaum zu halten und wusste bei dem allen doch ganz genau, wie ein einziger Blick der bösen Pharaildis alle diese schönen Grundsätze ins Wanken bringen würde.

Vorläufig dachte ich freilich nur mit unendlichem Mitleid an sie zurück. Nur der Gedanke tröstete mich, dass ihre Hexenkünste stark genug sein würden, um die verlorene Hand wiederzugewinnen. Dieses Bewusstsein ließ auch schließlich meine Selbstvorwürfe zur Ruhe kommen, ließ mich erkennen, dass meine Schwäche nur eine scheinbare war, dass es nur ihre Zauberkräfte waren, die mich so widerstandslos machten.

Ich wollte das auch dem Rittmeister sagen, aber ein kräftiges Schnarchen verriet mir, dass ich nicht viel Gehör finden würde.

Er hatte sich ohne langes Gutenachtsagen auf dem einen der beiden Strohlager hingestreckt und war wohl sogleich eingeschlafen. Ich folgte seinem Beispiel. Das Rattern und Stoßen des Wagens konnte unserem gesunden Schlummer nichts anhaben.

# Der Prinz von Leandrien

## 1

Als ich erwachte, hielt unser Gefährt still, die Tür stand weit offen und die liebe Sonne schien herein.

Der Schatten einer Gestalt, welche die herabgelassene Stiege erklomm, fiel in unseren Raum. Nach ihrem seltsamen Umriss zu schließen, musste es ein Verwachsener sein. Er ließ sich viel Zeit zum Ersteigen der wenigen Stufen, sodass ich das gut studieren konnte. Doch auf einmal besann er sich anders und stand mit einem raschen Satz im Zimmer. Ich traute meinen Augen nicht, denn vor mir stand der Mechanicus.

Mit einem hurtigen Blick seiner etwas schiefen Äuglein hatte er alles erfasst: den noch immer schnarchenden Rittmeister, das spärliche Mobiliar und mich, der sich noch etwas schlaftrunken auf dem Ellenbogen aufzurichten begann. Mit einem meckernden Lachen begrüßte er mich.

»Willkommen, Freundchen!«, sagte er dazu mit einem gönnerhaft herablassenden Tonfall. »Willkommen! Das hast du dir nicht gedacht, dass wir einander so bald wiedersehen würden? Ich ja, ich habe dich dem verrückten Baron doch nur geborgt und habe dich eben, wenn die Zeit um war, wiedergeholt! Dein kluger Freund da, der so prächtig schnarchen kann, hat mir das mit seinem gescheiten Fluchtplan noch um einiges erleichtert! Ist überhaupt ein schlauer Junge, das muss man ihm lassen. Ich hatte eigentlich etwas anderes mit dir vor, aber der Gedanke, aus euch zwei Einbeinigen einen Mann mit zwei Köpfen zu machen, ist so superb, dass es eine Sünde wäre, ihn nicht zu nutzen! In der Aufmachung muss freilich die Sache ganz anders angepackt werden, aber die Idee an und für sich ist einfach brillant! Was schaust du mich übrigens so an, als ob dir etwas nicht recht wäre? Ja so, weil ich dich duze! Ich, der gemeine Handwerker, den wohledlen Junker Hans Adam von Löwenmacht! Mein Junge, solche Mucken musst du dir abgewöhnen, je eher umso besser! Du bist keine Macht mehr, sondern bist in meiner Macht, bist ein Mensch wie jeder andere, doch nein, nicht einmal das, bist nur ein halber Mensch, der erst mit diesem schnarchenden Kerl da zusammen einen ganzen ergibt. Dann aber freilich gleich einen mit zwei Köpfen, *à la bonne heure*!«

Er lachte vergnügt vor sich hin, rieb sich behaglich die Hände und verließ mich. Ich hörte ihn draußen ein Liedchen summen.

Nun hob auch der Rittmeister den Kopf. Er hatte schon eine geraume Weile nicht geschlafen und nur künstliche Schnarchlaute von sich gegeben, um ungestört zuhören zu können. Zu meiner maßlosen Verwunderung war er über das Vernommene keineswegs entsetzt.

»Was willst du denn eigentlich mehr?«, meinte er fast vergnügt. »Die Hauptsache ist, dass wir nun weder Vögel noch Bäume werden müssen. Dass unser braver Retter die einzigartige Gelegenheit nicht verpassen will, auf den Märkten einen Mann mit zwei Köpfen zeigen zu können, das kann man ihm gar nicht übel nehmen. Wir werden den Spaß ein Weilchen mitmachen und wenn er uns lästig wird, so machen wir uns selbständig. Die Hauptsache ist, dass wir es mit einem Christenmenschen zu tun haben und mit keinem Hexenmeister wie …«

»Halt!«, fiel ich ihm ins Wort. »Das ist es eben!« Und ich erzählte ihm, dass unser Retter niemand anderer sei als jener Mechanicus, der mir ein so kunstvolles Bein gebaut hatte, dass ich nicht nur damit gehen konnte wie ein Gesunder, sondern sogar gehen musste, und zwar dorthin, wohin er wünschte.

»Verflucht!«, sagte der Rittmeister und kraulte sich die Haare. »Da wären wir also ganz richtig aus dem Regen in die Traufe gekommen! Aber es will mir doch scheinen, als ob sich unsere Lage trotz allem etwas verbessert hätte. Der Bucklige mag vielleicht mit dem Gottseibeiuns gut Freund sein, so ist er doch noch lange nicht so ein bösartiges Teufelsding wie diese Pharaildis! Auch scheint er mir einigen Humor zu besitzen, und mit solchen Leuten ist noch immer ein Auskommen zu finden!«

Nun, wir hatten zunächst wirklich keine Ursache zur Klage. Es fehlte uns nicht an Speise und Trank, in müßiger Fahrt zogen wir durchs Land. Und wenn wir auch nicht mit jenem Respekt behandelt wurden, der unserem Stand gebührt hätte, so begegnete man uns doch mit einer Freundlichkeit, die sich fast wie eine vom Herzen kommende Gutmütigkeit ausnahm. Zuweilen fand der Mechanicus mir gegenüber sogar den alten Ton der Ergebenheit wieder, besonders wenn er etwas von mir wollte. So begann er sich eines Tages gar angelegentlich nach meinen Studien auf der hohen Schule zu erkundigen, lobte meine Bildung über den grünen Klee und meinte am Ende mit schlauem Augenzwinkern:

»Junker, wenn Ihr so viele Bücher der alten Dichter und Schriftsteller gelesen habt, da müsst Ihr ja selbst ein tüchtiger Poeta sein! Wird Euch also gewiss nicht schwer fallen, eine artige Geschichte auszudenken, die recht abenteuerlich und dabei nicht ganz unglaubwürdig klingt.«

Und als ich die Frage etwas rascher bejahte, als notwendig gewesen wäre, da meinte er gar freundlich, aber auch sehr nachdrücklich: »Nun, da wird es Euch also gewiss gelingen, von dem Mann mit zwei Köpfen ein kleines Histörchen zu erdenken. Sein Vater muss unbedingt ein König sein, aber natürlich in einem ganz fernen Land, bei seiner Geburt müssen sehr merkwürdige Dinge passiert sein und dass seine weiteren Schicksale nicht alltäglich gewesen sein können, das versteht sich bei einem solchen Monstrum von selbst! Zum Schluss könnt Ihr sehr wohl auch mich hineinbringen und berichten, wie ich den zweiköpfigen Prinzen aus großer Gefahr gerettet und in meinem Reisewagen beherbergt habe. Als Zeichen seines Dankes nehme seine prinzliche Hoheit keinen Anstand daran, dass ich ihn gegen ein kleines Entgelt dem verehrten Publico zeige! Wenn Ihr Eure Sache gut macht, so bin ich übrigens nicht abgeneigt, das Geschichtchen drucken und von einem wackeren Künstler mit einem in Kupfer gestochenen Konterfei zieren zu lassen!«

Ich dachte an die noch gar nicht sehr weit zurückliegende Zeit, wo ich nach Pater Schuffenhauers Muster gar viele Gedichte geschrieben hatte, und fand den Vorschlag so übel nicht. Fortan saß ich so manche Stunde unserer Wanderfahrt neben dem kutschierenden Mechanicus, starrte in die blaue Weite und dachte angestrengt nach, doch wollte mir nichts Rechtes einfallen. Der Bucklige drängte mich auch nicht weiter, doch streifte mich zuweilen ein Blick, in dem es wie von Spott blitzte.

Unsere Fahrt hatte lange durch weites Ackerland geführt und ging nun schon seit zwei Tagen durch tiefen Wald. Meine neugierige Frage nach dem nächsten Ziel unserer Reise erhielt die kurze Antwort:

»Wir fahren zum Schneiderwirt!«

Am selben Abend wurde der Bucklige etwas mitteilsamer und erzählte ungefragt einiges mehr. Der Schneiderwirt sei der Sohn eines protestantischen Pastors aus dem Fränkischen, habe auch selbst Theologia studiert und sodann im Steirischen als Praedicant gewirkt. Aber die Jesuiten hätten ihm bald das Leben sauer gemacht und ihn zur Flucht gezwungen. Lange habe er sich vor ihren Nachstellungen nicht anders verborgen halten können, als dass er sich bei einem Schneider verdingte. Dort habe er die Kunst mit Nadel und Schere zu hantieren gar wohl erlernt, aber keine rechte Freude an ihr gewonnen. Denn als ihm endlich die Luft so weit rein schien, um sich weiter auf den Weg zu machen, und als er auf solcher Wanderschaft eine verwitwete Gastwirtin kennen lernte, da habe er sich nicht lange besonnen und sie zu seiner Frau gemacht. Hat aber nicht lange gedauert, das Eheglück; die Frau ist bald gestorben und boshaft, wie die Menschen einmal sind, haben die Nachbarn über ihren Tod allerlei gemunkelt, bis er es satt bekam, die Gastwirtschaft verkaufte und für den Erlös einen Gasthof erwarb, der zwar tief in der Waldeinsamkeit, dafür aber an einer Wegkreuzung lag, wo wichtige Straßen zusammenliefen; wer von Bayern nach Böhmen wollte, musste hier vorbei, nicht minder, wer von Eger nach Budweis reiste. Und so gab es mancherlei Einkehrgäste, die nach der Versicherung des Mechanicus zuweilen Kleider aus kostbaren Stoffen mitzunehmen vergaßen, und daraus wusste der Schneiderwirt für Komödianten und sonstiges fahrende Volk gar herrliche Kostüme zurechtzuschneidern. Deshalb allein würde man natürlich die weite Reise zu ihm nicht machen, da sei noch ein gewichtigerer Grund. Die besten Meister der Zunft von der Nadel wüssten zwar die Woll- und Seidenzeuge mit Vorteil zuzuschneiden, ein richtiges Maß zu nehmen und das Gewand schließlich anzupassen, aber doch nur dann, wenn die Leibesbeschaffenheit des zu Bekleidenden nicht allzu unterschiedlich von dem Durchschnitt sei.

»Weil ich nun selbst«, fuhr der Bucklige mit einiger Verlegenheit fort, »von der Normalgestalt der meisten Menschen einigermaßen abweiche, indem ich einen etwas gebogenen Rücken habe, so hatte ich mit den Bekleidungskünstlern stets meine Not. Zwar rühmen sie sich, dass ihr Handwerk das älteste auf der Welt sei, weil es aus dem Paradies herkommt, aber einen ordentlichen Rock hat mir noch keiner gemacht, dazu musste ich erst durch einen Zufall mit dem Schneiderwirt bekannt werden. Der wird auch euch beiden ein Röcklein anmessen, dass kein Mensch unter euren zwei Köpfen mehr als einen einzigen Leib vermuten wird! Das ist übrigens die einzige Arbeit nicht, die ich für ihn habe, es wird noch jemand kommen, für den sich der Schneiderwirt als Meister betätigen muss. Ist mir ein ganz seltenes Stück avisiert, eine Dame ohne Unterleib, wird in sicherer Begleitung von Prag express hierher reisen! Ein gar schönes Fräulein, nebenbei gesagt, werdet Augen machen ihr zwei, besonders der Junker von Löwenmacht!«

Dabei sah er mich mit so stechenden, boshaften Augen an, dass ich einen rechten Hass empfand.

## 2

Die Reise ging auch noch am folgenden Tag durch tiefen Wald; doch als sich die Sonne zu neigen begann, lichteten sich die Bäume. Merkwürdig war, dass überall, wo sie weit genug auseinander traten, um einem Wiesengrund Raum zu geben, dieser viel herrliche Blumen in den schönsten Farben zeigte. Waren viele Pflanzen darunter, wie ich sie noch nie gesehen hatte. Ehe ich noch fragen konnte, sagte der Mechanicus:

»Ist ein Tausendsassa, der Schneiderwirt! Zu seinen vielen Künsten gehört, dass er auch ein vortrefflicher Gärtner ist! Weiß allerhand wohlgestaltete und wohlriechende Blumen zu pflegen, verwendet auch großen Fleiß und nicht geringe Kosten darauf. Dafür ist auch mancher vorüberreisende Kavalier und manche feine Dame in seiner Herberge eingekehrt, die sonst achtlos vorbeigefahren wären!«

Bald sah man nicht nur köstliche Blumenanlagen, sondern da glitzerte der Silberstrahl einer Fontäne zwischen den Bäumen, dort rauschte aus einem künstlichen Grottenbau eine Kaskade, ein bunt bemaltes Lusthaus stand auf einem Inselchen eines von Wasserrosen überwucherten Teiches.

Solch prächtige Anlagen ließen als Mittelpunkt ein großes Schloss erwarten und so war ich nicht wenig enttäuscht, als unser Gefährt bald vor einem einfachen Bauernhaus hielt, das zwar sehr geräumig und wohl gehalten schien, aber mit seinen kleinen Fensterchen, seinem Holzfachwerk und dem moosüberwucherten Strohdach bloß ein schlichtes Unterkommen versprach. Nur der uralte Efeu, der die ganze Front des Hauses bedeckte, klang harmonisch mit der soeben genossenen Blumenpracht zusammen, gab aber auch dem Gebäude einen düsteren, fast unheimlichen Eindruck.

Ein Knechtlein hinkte herbei, übernahm ohne viel Worte Wagen und Pferde, während der Bucklige rasch die Eingangstür aufstieß und uns nur durch einen Wink mit der Hand bekannt gab, dass wir ihm folgen könnten. Wir taten das, so gut es eben ohne die uns zu einem zweibeinigen Wesen vereinigenden Riemen ging, in der Art, dass wir, die Arme gegenseitig um den Hals gelegt, unsere Degen als Stütze nutzten.

Der Raum, den wir betraten, war eine sonderbare Mischung aus Gaststube und Schneiderwerkstätte.

Auf dem Tisch in der Mitte der Stube saß mit unterschlagenen Beinen ein Mann und nähte eifrig. Er schien unseren Eintritt gar nicht zu bemerken, sondern stichelte fleißig weiter und pfiff dazu eine einförmige Melodie; es mochte ein Kirchenlied sein. Der Bucklige machte auch weiter keine Anstalten sich bemerkbar zu machen, sondern ließ sich an einem anderen Tisch nieder; wir taten das Gleiche.

Nach einer geraumen Weile unterbrach der Mann seine Arbeit und sein Lied, um nach einem neben ihm stehenden Zinnhumpen zu greifen. Nun merkte er erst, dass er nicht allein war. Er stieg sehr umständlich von seinem Tisch herunter und setzte sich mit einem leichten Kopfnicken, das wohl einen

Gruß vorstellen sollte, zu uns. Er war ein langer hagerer Mann mit einer unglaublich spitzen Nase und kleinen, tief liegenden Augen. Die ließ er im Kreis umhergehen und betrachtete uns angelegentlich. Kein Wort wurde dabei gesprochen.

Dann erhob er sich, ging auf eine Sanduhr zu, die auf dem Mitteltisch stand, wartete aufmerksam, bis das letzte Sandkörnlein heruntergefallen war, dann drehte er sie um und machte mit Kreide einen Strich auf die Tischplatte, besah uns dann noch einmal, nickte wieder und verließ wortlos das Zimmer.

»Ein sonderbarer Kauz, nicht wahr?«, meinte der Bucklige behaglich. »Das ist einmal seine Art, gute Bekannte, wie ich einer bin, zu begrüßen. Er hat uns natürlich schon beim Aussteigen gesehen und mich auch gleich erkannt. Wären wir Fremde gewesen, so wäre er herausgeeilt, hätte uns mit vielen Komplimenten begrüßt und zum Einkehren eingeladen. Einen alten Freund dagegen auf diese Art zu begrüßen wäre nach seiner Meinung eine Beleidigung, eine Aufkündigung der guten Beziehungen, ja, ich würde gewaltig auf der Hut sein und vor dem Schlafengehen mancherlei Vorsichtsmaßnahmen treffen, wenn er mich einmal so begrüßen wollte. Doch damit hat es keine Gefahr! Der Schneiderwirt und ich werden wohl immer gute Kameraden bleiben. Mit dem vielen Schweigen wird es jetzt übrigens rasch ein Ende bei ihm haben. Nach einer Weile wird er mit einem großen Weinkrug und etlichen Bechern hereinkommen, wird einschenken, schweigend mit jedem anstoßen und dann mit einem raschen Zug seinen Becher leeren. Er wird ihn noch nicht recht auf den Tisch gesetzt haben und wird schon mit einer Redeflut, mit einer Menge von Fragen und nicht zuletzt mit so viel Prahlereien einsetzen, dass euch Hören und Sehen vergehen wird!«

Und wirklich, es geschah so. Mit einem Schlag war das Wesen wie das Gesicht des Mannes von Grund auf verändert. Mit einer unglaublichen Lebhaftigkeit der Miene sprach er auf den Buckligen ein, überschüttete ihn mit einem Schwall von Freundschaftsbezeugungen und Scherzen, erkundigte sich nach dem Zweck seines Kommens und versicherte ohne die Antwort abzuwarten, dass selbstverständlich jeder Wunsch im Voraus gewährt sei.

Es dauerte lange, ehe der Mechanicus zu Wort kam, doch dann blieb er auch für einige Zeit dabei. Er stellte uns förmlich dem Schneiderwirt vor, erzählte mit einiger Breite die Geschichte unserer Flucht aus dem Schloss, bat uns dann recht höflich die Riemen anzulegen und den Mann mit den zwei Köpfen vorzuführen. Wir taten ihm den Gefallen und hatten einen durchschlagenden Erfolg. Der Schneiderwirt konnte sich vor Begeisterung nicht fassen, lobte in allen Tonarten unsere geniale Idee und schlug sich vor Entzücken auf die Knie, dass es nur so knallte. Und als nun gar der Bucklige mit der Bitte herausrückte, er möge uns ein geschickt gebautes Kleid herstellen, das die beiden Körper ganz als einen Leib erscheinen ließe, da fiel er ihm kurzerhand um den Hals, gab ihm zwei schmatzende Küsse auf die Wangen und sagte:

»Bruderherz, das ist doch keine Bitte, das ist eine große Gefälligkeit, die du mir erweist, eine ungeahnte Freude, die du mir bereitest! Endlich wieder einmal eine Arbeit, die meines Talentes wert ist, eine Arbeit, die ihresgleichen nicht hat in der Geschichte! Junge, denke dir das doch aus: Ich soll zwei Seelen in einen Leib einnähen, ist das nicht wie das Stück einer neuen Schöpfung, auf das weder Gott noch der Teufel verfallen sind! Nun, aber dafür sollst du auch sehen, dass du dich an den richtigen Mann gewendet hast. Lass mich nur einmal zunächst ein bisschen das Augenmaß nehmen – so! Nun, die beiden sind für den Zweck sehr gut gewachsen, nur sind da zwei Arme für unsere Absicht zu viel, die sollte man zunächst einmal wegschneiden, ich verstehe mich auch ein wenig auf Chirurgie, habe es auf dem Umweg über das Fleischerhandwerk, das ja ein richtiger Wirt so ziemlich kennen muss, ganz gut erlernt und des Öfteren auch schon ausgeübt. Ich mache so etwas rasch, ohne viel Schmerzen und fast ohne Blutverlust …«

Ich brauche wohl nicht zu sagen, dass wir uns beide wie ein Mann, den wir ja sowieso in Bälde darstellen sollten, gegen solch ein Ansinnen wehrten. Aber auch der Mechanicus war zu unserem freudigen Erstaunen gar nicht einverstanden. Freilich war es nicht menschliches Mitgefühl, das ihn dazu veranlasste, sondern ein anderer Grund: Er meinte, eine solche Operation verzögere die Sache auf ein halbes Jahr, wenn nicht auf länger, und so lange wolle er auf keinen Fall warten. Der Schneiderwirt fügte sich brummend drein:

»Wenn's nicht anders geht, so kann man schließlich auch jedem einen Arm mit Riemen an den Leib binden, was aber gar lästig sein wird, weil es das Blut zum Stocken bringt! Da wäre das Armabschneiden viel angenehmer! Ist mit einem Mal abgetan und darum gewiss das Bessere! Auch wird es schwer sein, bei den angebundenen Armen einen schlanken Seitenschnitt herauszubekommen und so eine elegante Taille zu erzielen. Aber wie die Herren wollen!«

Er murmelte noch mancherlei vor sich hin, griff uns Rücken und Schultern gründlich ab, dann trat er wieder zum Tisch, leerte rasch einen Becher und meinte, wir könnten jetzt einmal ins Magazin hinübergehen und passende Stoffe aussuchen.

Doch der Bucklige war inzwischen dem Wein auf den Geschmack gekommen, der Wirt schien niemals abgeneigt, in guter Gesellschaft einen Schoppen zu trinken, und wir beiden bedurften nach dem Schrecken mit dem drohenden Armabschneiden dringend der Stärkung: So saßen wir denn binnen kurzem friedlich beisammen und taten dem guten Tropfen alle Ehre an.

Das große Wort führte der Schneiderwirt; da die Besichtigung des Magazins auf morgen verschoben war, ließ er es sich nicht nehmen uns vorläufig eine Beschreibung der Reichhaltigkeit seines Lagers zu geben. Er begann dies freilich etwas umschweifend mit einem Hinweis auf den Sündenfall, von dem der Ursprung aller Kleider komme, sodass uns unsere Gewänder ein ständiges Denkmal unseres Elends und unserer Schande seien. Durch sträflichen Überfluss aber würden sie zu einem Panier der Hoffart und einer Hecke der Wollust, werde dadurch auch alle Ehrbarkeit aufgehoben, die Mittel verschwendet und viel Schulden gemacht. Nachdem so der ehemalige Pastor zu Wort gekommen, durfte nun auch der jetzige Schneider reden und der wusste gar vieles über die Menge und Güte von Tuch- und Seidenzeug zu sagen, das er besaß.

Pastor wie Schneider sprachen dabei mit unheimlichem Eifer dem Wein zu, sodass bald ein neuer Krug vonnöten war, den eine hübsche, leicht geschürzte Maid hereinbrachte. Je mehr der Becher der Schneiderwirt heruntergoss, umso großartiger wurden seine Schilderungen: Seine Vorräte wuchsen ins Ungemessene, sein Lagerraum musste größer sein als der des reichsten Nürnberger Kaufmanns.

»Ich habe aber«, so setzte er nach einem tiefen Schluck fort, »auch viele fertige Gewänder von seltener Kostbarkeit in meinem Magazin liegen. Mönchskutten und Soldatenuniformen sind da, Bauernkittel und schöne Damenkleider! Das sind aber alles Kleinigkeiten gegenüber den Raritäten, die ich besitze! Wenn Ihr wollt, könnte ich beispielsweise den Mantel für den zweiköpfigen Prinzen aus einem Kardinalstalar zuschneiden! Ja, da schaut Ihr und sperrt die Augen auf! Ich besitze dieses Prachtstück übrigens noch gar nicht lange und möchte mich auch offen gesagt nicht gern davon trennen. Das war, wie die große Flucht vor der Pest von Prag weg begann, da kam auch ein feister Erzbischof im roten Kardinalskleid mit seinem Hauskaplan und einem Kammerdiener hier durch; hatte sicher einen größeren Hofstaat mitgehabt, hat aber die Übrigen ruhig in dem Pestnest sitzen lassen. Meine schönen Blümlein, die sonst so manchen zum Rasten verlockten, haben auf ihn keinen Eindruck gemacht, wohl aber meine Nichte, die gerade vor der Tür stand. Ihr habt sie ja gesehen – sie hat vor einem Weilchen den Krug mit Wein hereingebracht –, ein hübscher Racker, nicht wahr? Und dazu hat sie eine Art, sich nur halb anzuziehen und dabei ein Gesicht zu machen, als würde sie sich noch der wenigen Fetzlein, die sie anhat, schämen, kurzum er ist so rasch aus seiner Kalesche gestiegen, als ihm nur sein dicker Bauch erlaubte; das süße Luderchen hat ihn dann gleich ohne viel Gschamigtun in die Arbeit genommen, bis er seinen Schlaganfall weghatte, ich musste nur ein ganz klein wenig nachhelfen, um ihn hinüberzubefördern. Mit dem Hauskaplan und dem Kammerdiener hat man dann natürlich nicht viel Geschichten gemacht, die wurden leicht erledigt.

Oder sind euch die Kleider eines Kurfürsten lieber?«, fuhr er hitzig fort. »Kann auch damit aufwarten! Saß hier einer in der Gaststube mit seinem Hermelinmantel und dem roten Hut mit den perlenbesetzten Bügeln auf dem Kopf. In die Ecke beim Ofen musste ich ihm den Großvaterstuhl hinrücken und dort saß er und trank meinen feurigen Ungarwein, als wäre es ein Wässerlein! Wie er wieder einmal den großen Tummler bis auf den Grund leerte und so verlockend die Kehle bot, da konnte ich nicht anders und habe ihn mit einem einzigen Meisterschnitt erledigt. War ein feiner Anblick, wie aus der langen Wunde das hellrote Blut und der rotdunkle Wein seines letzten Schlucks sich allmählich mischend herausflossen. Leider habe ich mir das ein Weilchen zu lange betrachtet, ist der Hermelin davon stark blutfleckig geworden und muss ich ihn darum etwas billiger lassen.«

»Bist doch ein Lügenbeutel ohnegleichen!«, fiel ihm der Bucklige ins Wort, dem der gute Wein merklich zu Kopf stieg. »Ein Kurfürst wird sich gerade in vollem Staat in deine schmutzige Gaststube setzen! Ich möchte wetten, dein Hermelinmantel ist mit einem schlechten Katzenfell besetzt und du hast ihn von einem fahrenden Komödianten oder Handelsjuden! Und der Kardinal wird in Wirklichkeit ein Pfarrer oder im besten Fall ein Domherr gewesen sein!«

»Meinst du, du buckliger Heuschreck, du?«, gab der Schneiderwirt wütend zurück. »Es fehlt nur noch, dass du behauptest, ich hätte nie in meinem Leben einen Menschen umgebracht! Wärst imstande, aus lauter Angst vor Galgen und Rad, weil du doch auch hier so manches Mal …«

Erregt sprang der Bucklige auf und griff nach einem Messer, besann sich aber rasch, nahm wieder seinen Platz ein und sagte zu uns gewendet:

»Lasst euch von dem versoffenen Kerl nicht zum Narren halten! Hat ein paar Dutzend Kaufleute umgebracht, das ist alles, und wenn's hochgeht, gelegentlich einmal einen Baron oder Grafen! Das ist ihm dann zu Kopf gestiegen und er wird demnächst erzählen, dass er dem König von Spanien oder England das Lebenslicht ausgeblasen hat! Bis auf das bisschen Aufschneiderei ist er aber ein wackerer Geselle, der nicht gleich Gewissensängste bekommt, wenn er jemandem das kalte Messer ins warme Herzfleisch drückt!«

Halb versöhnt ob solcher Worte der Anerkennung, stieß der Schneiderwirt mit dem Mechanicus an und erzählte dann von der guten alten Zeit, als die Straßen hier noch ganz anders belebt waren als heute. Die Flucht vor der Pest habe noch einen großen Fischzug gebracht, seitdem sei es aber wie abgeschnitten. Man sprach auch von des Schneiderwirts Schwägerin, die ihm lange die Wirtschaft geführt und ihm im Sterben das hübsche Dirnlein, das gerade wieder einen Krug Wein brachte, als Erbe hinterlassen hatte. Sie musste eine gute Köchin gewesen sein nach den Reden der beiden. Ganz begeistert erzählte der Bucklige:

»Wenn damals so ein großer Reisewagen das Glück hatte, bei dir einzukehren, da gab es immer bald danach die feinen Fleischklöße! Die Selige – Gott schenke ihr das ewige Leben – wusste sie so köstlich zuzubereiten; das Rezept dazu hat sie mir oft genug gesagt: Halb Menschen- und halb Pferdefleisch, mit ein wenig Kalbshirn vermischt ...«

Solche Erinnerungen schienen aber dem Schneiderwirt gar nicht recht zu sein, er rutschte verlegen auf seinem Platz herum, blickte verstohlen nach dem Rittmeister und mir hinüber und fiel schließlich dem Mechanicus ins Wort:

»Jetzt ist es aber genug mit deiner Lügnerei! Vorhin, wie ich von dem Kurfürsten erzählt habe – nun gut, ich will zugeben, er ist hier in der Gaststube nicht in dem Hermelinmantel gesessen, den habe ich erst nachträglich in seinem Gepäck gefunden, aber sonst, der Teufel soll mich auf der Stelle in Stücke reißen, wenn nicht alles andere Wort für Wort wahr ist –, da hast du mich gleich zurechtgewiesen und von Aufschneiderei gesprochen! Und nun lügst du selbst das Blaue vom Himmel herunter! Knödel aus Menschen- und Pferdefleisch! Der Magen dreht sich mir um, wenn ich nur daran denken, dass ich so etwas essen müsste! Und was müssen die zwei feinen Herren, die du mitgebracht hast, von uns denken, die müssen uns ja für leibhaftige Menschenfresser halten!«

»Waren wir auch, Brüderchen«, wieherte der Bucklige los, »waren wir auch und wären es noch heute, wenn wir den richtigen Braten und die geschickte Köchin dazu hätten! Deine Schwägerin selig hätte ihr Töchterlein dazu anlernen sollen! Aber die liebt das Menschenfleisch lebendig und nicht gekocht! Und was du von den zwei feinen Herren faselst, auf die du keinen schlechten Eindruck machen möchtest, so ist das ein großer Unsinn! Kindskopf, der du bist, das sind doch keine Menschen, geschweige denn Herren, das sind meine Puppen, aus denen ich mit deiner Hilfe ein prächtiges Monstrum zusammensetzen will! Jedenfalls sind die Kerle es nicht wert, dass wir uns ihretwegen streiten. Ich brauche dich und du brauchst mich und damit basta!«

Es wurde noch viel und lange getrunken und man sorgte auch dafür, dass unsere Becher nicht leer wurden. So weiß ich denn gar nicht mehr, wie dieser Abend endete.

## 3

Am nächsten Morgen erwachte ich in einem freundlichen Zimmer, das ich mit dem Rittmeister teilte. Es wurde nun fleißig angemessen und geprobt. Der Wirt erwies sich wirklich als ein genialer Schneider. Wie er durch geschickte Auspolsterungen unsere beiden Körper zu einem verband, das war einfach meisterhaft. Mir hing bei dem vielen Zusammensein mit ihm immerfort die Erinnerung an all das Grausige an, das ich an jenem ersten Abend hatte hören müssen, und jede Berührung seiner Hände ließ einen kalten Schauer über meinen Rücken laufen. Aber der Mann war so mit Leib und Seele bei der Arbeit, war so ganz Schneider und nichts anderes, dass ich manchmal glaubte, ich hätte das alles nur geträumt. Und doch sah ich die Szene so klar vor mir, konnte mich auf jedes Wort besinnen, dass eigentlich gar kein Zweifel an der Richtigkeit meiner Erinnerungen sein konnte. Trotzdem wollte ich sie mit denen des Rittmeisters vergleichen, aber mit dem war nicht zu reden, er hatte nur das hübsche Dirnlein im Kopf und trug schwer daran, dass sie ihn gar nicht beachten wollte.

In den Vorratskammern des Schneiderwirts fand sich alles Mögliche – auch ein Krückenpaar, das ihm ein wandernder Bettler hatte zurücklassen müssen. Davon bekamen wir jeder ein Stück und konnten uns nun leichter und selbständiger bewegen.

Der Rittmeister nutzte dies eifrig zu Schleichgängen hinter der Rosl, der schönen Dirne, hatte aber wenig Glück dabei. Sie lachte und spottete ihn aus und nannte ihn einen elenden Krüppel. Als sie ihn einmal mit den Worten abwies, dass ihr Schatz ganz anders aussehen müsse als so ein humpelndes Einbein, da gab er höhnisch zurück, der glückliche Liebhaber müsse wohl mindestens ein Erzbischof sein. Wie eine Wildkatze sprang sie ihn an und fuhr ihm mit allen zehn Fingern in die Augen. Er aber ließ rasch seine Krücke fallen, fesselte das rasende Weib mit seinen eisernen Armen und bedeckte ihr Gesicht mit wilden Küssen. Zum Unglück kam gerade der Schneiderwirt daher und trennte sie rasch.

Seitdem schien er aber bei der Rosl das Spiel gewonnen zu haben, sie lachte ihn von weitem an und blieb gern zu einer kleinen Zwiesprache mit ihm stehen, ja sie schien des Nachts ihre Kammer für ihn offen zu halten, denn er schlich sich oft bald nach dem Schlafengehen aus unserem gemeinsamen Zimmer fort und kehrte erst mit dem dämmernden Morgen wieder.

Solche abendlichen Gänge meines Kameraden störten mich nur wenig; ich schlief zumeist schon, wenn er aufbrach, hörte nur im Halbschlaf sein Gehen und Kommen.

Einmal aber war ich sonderbar wach und konnte auch nach seinem Weggang nicht einschlafen. Ich hörte einen Wagen näher kommen und vor dem Haus halten, vernahm die Stimmen von Menschen, darunter die des Buckligen und des Schneiderwirts. Wohl eine Reisegesellschaft, dachte ich, die hier Herberge gesucht hat. Der Himmel sei den Ahnungslosen gnädig und lasse sie morgen lebendig dieses Haus verlassen! Ich hörte dann noch Schritte auf den Stiegen und in den Gängen, dann wurde es ruhig und ich war gerade im Einschlafen, als die Tür aufging und der Rittmeister hereinkam.

Der helle Mond schien in unser Zimmer und so sah ich ihn auf sein Bett zugehen und sich dort niedersetzen. Achtlos ließ er die Krücke zur Erde fallen. Wenn ich nicht schon wach gewesen wäre, so hätte mich dieses Poltern geweckt. Und nun hörte ich ihn schwer aufseufzen und dann klang es wie verhaltenes Schluchzen. Das war mehr, als ich bei diesem harten Mann für möglich hielt.

»Was ist geschehen?«, fragte ich.

Die Antwort ließ eine Weile auf sich warten, dann kam es stoßweise heraus: »Ich habe sie gesehen – die Dame ohne Unterleib! Sie muss mit der nächtlichen Kutsche angekommen sein – ich wollte gerade zur Rosl und musste mich in den Winkel oberhalb der Stiege drücken, um nicht gesehen zu werden. Da kamen sie herauf; der Bucklige trug sie wie ein Kind auf seinen Armen und der Wirt leuchtete voran. Einen Augenblick konnte ich ihr deutlich ins Gesicht sehen, ja, ich meine fast, dass sie den Mann in der dunklen Ecke gesehen und ängstlich angeschaut hat – ich sage dir, ich habe viel Frauen in meinem Leben gesehen, aber keine, die ihr nur im Entferntesten an Schönheit gleichgekommen wäre! Und diese Augen, diese großen blauen Augen, die wie aus einer anderen Welt waren, und doch stand wieder so viel von ganz irdischem Schmerz, von Leid und Sorge darin, dass ich roher Kerl am liebsten gleich losgeheult hätte. Und als gar mein Blick von diesem Engelsantlitz tiefer glitt, als er wohl einen Leib mit zwei schlanken Armen, aber keine Beine, keine Füße sah, da war's ganz um mich geschehen. Die drei waren schon längst an mir vorüber, aber ich konnte mich vor Aufregung nicht rühren, spürte nur, wie mir die hellen Tränen die Wangen herunterliefen.«

»Und die Rosl?«, fragte ich spöttisch dazwischen. »Warum bist du dann nicht zur Rosl gegangen? Die hätte sicher ein Mittel gewusst, um dich zu beruhigen!«

»Nenne nicht den Namen dieses elenden Geschöpfs«, gab er empört zurück, »wo ich dir gerade von einer Heiligen gesprochen habe! Von einer Heiligen und einer Märtyrerin! Oh, wenn du in diese himmlischen Augen geschaut hättest, dir wäre sicher nicht anders zumute als mir!«

Er hörte nicht auf von dem holden Antlitz zu schwärmen und unterbrach dies nur, um immer wieder eine genaue Schilderung des elenden Anblicks zu geben, den der Körper des schönen Weibes bot: wie ein eng anliegender Samtrock, der sie bekleidete, unten zusammengenäht war, sodass das Fehlen der Beine gleich in die Augen fiel. Wie eine Statuenbüste habe sie der Bucklige getragen, mit einem Arm ihren Nacken umfassend, mit dem anderen ihren Leib von unten stützend.

Ich fand die Arme wohl bemitleidenswert, aber ich konnte mir doch nicht die Bemerkung versagen, dass ja auch unser Zustand nicht viel besser sei, Krüppel seien wir eben alle drei!

Doch da kam ich bei meinem Freund schlecht an. Was wäre denn schon dabei, ob so ein alter Krauter wie er oder ein nichtsnutziger Knabe wie ich ein oder zwei Beine hätten, ja ob wir überhaupt auf der Welt wären! Aber so ein engelschönes Ding, wie geschaffen zur Anbetung, dem hätte ein solches Unglück nicht widerfahren dürfen!

Ich hörte ihn noch eine Weile den Himmel anklagen, dass er so etwas Schreckliches hatte zulassen können, dann war ich wieder eingeschlafen.

Am nächsten Tag hätte ich diese nächtliche Szene vollkommen vergessen gehabt, wenn mich nicht die Leichenbittermiene des Rittmeisters daran gemahnt hätte. Im Übrigen war ich nicht allzu neugierig auf die schöne Dame ohne Unterleib oder doch zumindest ohne Beine, denn ich war anderweitig beschäftigt. Sollte ich doch die Geschichte von dem zweiköpfigen Prinzen schreiben und mir wollte gar nichts einfallen, und das bedrückte mich sehr. Ich wollte es erzwingen und suchte darum die Einsamkeit, um ungestörter meinen Gedanken nachhängen zu können.

## 4

Wenn mich der Schneider nicht gerade zum Anprobieren brauchte, humpelte ich, auf meine Krücke gestützt, zu irgendeinem stillen Plätzchen und erwartete dort ungeduldig die Eingebung des Musengottes, auf dass mir eine zierliche und sinnreiche Geschichte gelänge.

Bei einer solchen Gelegenheit vernahm ich einmal mitten im tiefen Wald ein sonderbares Geräusch, als ob jemand mit Hammer und Meißel einen Stein bearbeiten würde.

Ich ging dem Klang nach und fand auf einer kleinen Lichtung einen Mann, der in einen Stein ein Kreuz meißelte. Er erschrak sichtlich über meinen Anblick, suchte sein Werkzeug zu verbergen und seine Arbeit mit einem schmächtigen Wanderränzlein zu verdecken. Doch besann er sich plötzlich anders, ließ den Ranzen auf die Erde fallen, warf sein Werkzeug darauf und rief mich mit vor Erregung gellender Stimme an:

»Hat mich also doch einer von euch schleichenden Schelmen zur Strecke gebracht! Und noch dazu ein Einbeiniger, der sich mühsam an seiner Krücke daherschleppt! Was dir an den Füßen fehlt, das hast du wohl im Kopf und hast mich durch fleißiges Herumfragen bei den Leuten ausgekundschaftet, nicht wahr? Nun, sei dem so oder so, du hast mich bei der Arbeit ertappt, hast mein Werkzeug gesehen und das Kreuzlein, das ich gerade mit solcher Mühe vollendet, nun hast du nichts anderes zu tun, als mich den Patres Jesuiten anzuzeigen, die werden eine helle Freude über den Fang haben und dich nicht schlecht belohnen! Freilich könnte ich dich, der du dich nur mit Mühe aufrecht hältst, ohne viel Anstrengung umwerfen und die Flucht ergreifen. Wäre aber solch ein Tun kaum viel nütze, denn du hast deine Helfer sicher in der Nähe. Auch widerspricht es meinem Glauben, Gewalt anzuwenden, und ich halte mich an das Beispiel unseres Herrn Jesus, der sich willig den Häschern überliefern ließ!«

Seine Stimme überschlug sich, er konnte nicht weiter und starrte mich nur mit seinen weit aufgerissenen blassblauen Augen an; eine seltsame Mischung aus Angst und Bekennermut stand in diesem Blick. Ich suchte ihn zu beruhigen und versicherte ihm, dass ich nichts Böses im Schilde führte, aber er schüttelte misstrauisch den Kopf, sodass die rotblonden Haarlocken, die ihm wirr ins Gesicht hingen, einen sonderbaren Tanz um sein Haupt aufführten.

»Das mag ein anderer glauben, ich nicht! Es kommt nicht so leicht ein einsamer Fußgänger so weit abseits von der Straße in den Wald, es müsste denn ein Schwämme suchender Bauernjunge sein! Du hast eben etwas anderes gesucht als Pilze und nun, da du es gefunden, treibst du noch deine Späße mit mir wie die Katze mit dem Mäuslein!«

Doch ich ließ nicht nach mit meinen Versicherungen und schließlich schien er mir doch Glauben zu schenken. Freilich prüften mich vorher lange seine Blicke und gaben mir so Muße, auch meinerseits den Mann einer genaueren Besichtigung zu unterziehen.

Er hatte etwas von einem Apostel, einem Märtyrer in seinem Wesen und doch war wieder so mancherlei an ihm, das unwillkürlich zum Lachen reizte. Schon seine ungewöhnlich große hakenförmig gebogene Nase, noch mehr aber sein Mund, der fast von einem Ohr bis zum anderen reichte, störten den feierlichen Ernst dieser Züge. Die tiefen Furchen dieses Antlitzes verstärkten diesen Gegensatz: Die faltenreiche Stirn schien einem tiefen Denker, einem wilden Fanatiker anzugehören, aber die Furche, die sich von der Nase bis zu dem so weit entfernten Mundwinkel zog, gab dem Gesicht den Ausdruck eines ständigen Grinsens. Ja, selbst die Kleidung dieses Mannes war widerspruchsvoll: Seinen Leib hüllte ein schwarzes Gewand ein, das zwar abgeschunden und schmutzig war, aber doch wie das schlichte Kleid eines Landgeistlichen wirkte, auf seinem Kopf aber saß ein Mützchen, das wohl einst ein Schalksnarr von einem Fürstenhof getragen haben mochte: Es war aus einigen bunten Lappen zusammengesetzt, die freilich in Sturm und Regen längst die Frische der Farbe eingebüßt hatten.

Die Betrachtung meiner Person schien inzwischen zufriedenstellend verlaufen zu sein, denn er sagte:

»Nein, du bist kein Verräter und ich bitte dich reuig um Verzeihung, dass ich so vorschnell über dich geurteilt habe. Aber wer wie ich einem gehetzten Wild gleich in steter Verfolgung lebt, der sieht selbst dort Gefahren und Feinde, wo keine sind. Als Buße für meine Voreiligkeit will ich mich dir vertrauensvoll ausliefern und gestehen, was ich hier treibe: Sind hier in früheren Jahren viel Evangelische eines elenden Todes verstorben und wie Vieh verscharrt worden. Die Übrigen, die entfliehen konnten, vermochten nur mit einem geheimen Zeichen den Ort zu merken, wo solch eine Grube war. Einer von ihnen hat mir auf seinem Totenbett dieses Signum erklärt und um Gottes willen gebeten dafür zu sorgen, dass den Armen ein christlicher Grabstein werde. Da bin ich zu einem Steinmetz in die Lehre gegangen und als ich gar hörte, dass hier im Land die Pest los sei, da meinte ich, es wäre die Zeit gekommen, um mein Werk zu vollbringen, wo doch die Menschen allhier sich mehr um das eigene Leben sorgen werden als darum, was mit einem verschollenen Grab geschieht.«

So viel Offenherzigkeit heischte auch meinerseits einen kurzen Bericht über meine Person, doch erzählte ich nichts von dem Wunderbaren, das mir widerfahren war, sondern nur flüchtig von meinem Vater, von dem großen Sterben in Prag und wie ich dort durch einen unglücklichen Zufall einen Fuß eingebüßt hätte.

Auf einmal stand wie aus dem Boden gewachsen der Mechanicus vor uns. Er brummte etwas, dass ich mich nicht so weit vom Hause entfernen solle und dass ich mich leicht in den Wäldern verirren könnte, warf einen misstrauischen Blick auf meinen neuen Bekannten, um ihn aber sogleich mit freundlichen Worten zu begrüßen und zur Einkehr in der Herberge des Schneiderwirts einzuladen. Wollte er diesem ein neues Opfer zuführen? Ich fürchtete dies fast, doch beruhigte mich der Gedanke, dass das Äußere dieses Mannes auf keine Reichtümer schließen ließ.

Als in der Wirtsstube für den neuen Gast gleich Braten und Wein aufgetischt wurden, regte sich meine Besorgnis von neuem. Ich saß mit bei Tisch und beobachtete alles, sah, wie der Fremdling von dem Fleisch nur einen kleinen Bissen nahm und seinen gewaltigen Hunger mit Brot stillte, hörte ihn um einen Trunk Wasser bitten, da er das Weintrinken nicht gewohnt sei, merkte, wie der Bucklige das Angesicht des Mannes gründlich studierte, dabei aber auch mir zuweilen einen forschenden Blick zuwarf.

Ich konnte mir auf das alles keinen Reim machen und wusste nicht, was der Mechanicus eigentlich vorhatte: Bald meinte ich, dass meine Befürchtungen eitle Hirngespinste wären, bald schienen sie mir nur allzu sehr begründet. Die Aufklärung gab er mir unaufgefordert selbst, sobald sich der sonderbare Gast zur Ruhe begeben hatte.

»Wir werden nun«, meinte er, »mit unseren Vorbereitungen bald fertig sein und können dann unsere Fahrt in die Welt antreten, um zunächst versuchsweise auf etlichen Jahrmärkten, dann aber auch in den großen Städten dem verehrlichen Publico die Dame ohne Unterleib und den Mann mit den zwei Köpfen vorzuführen, sind nur noch einige kleine Ergänzungen im Personal erforderlich. Vor allem ist eine lustige Person, ein Spaßmacher, notwendig, welcher die Pausen in der Vorstellung mit seinen Scherzen ausfüllt. Auf den ersten Blick habe ich gesehen, dass dieser Mann da wie kein zweiter dazu geeignet ist, und je länger ich ihn betrachte, umso mehr bin ich davon überzeugt. Gewiss, er hat keine Ahnung von den Talenten, die in ihm stecken, ihm ist die Melancholie viel näher als das Lachen. Macht nichts, gerade aus solchen Leuten lässt sich etwas Besonderes machen, wenn sie in die rechte Hand kommen, und ich meine, dass ich es schon verstehen werde, ihn zu etwas Ordentlichem heranzubilden. Es ist nur notwendig, dass er auch den Willen dazu hat, vor allem aber, dass er sich freiwillig entschließt mit uns zu reisen. Und da er allem Anschein nach gleich Vertrauen zu Euch gefasst hat, so seid Ihr der richtige Mann, um ihm das beizubringen!«

Diese Mission fiel mir nicht leicht und ich dachte lange darüber nach, wie ich das am geschicktesten anpacken könnte. Schließlich habe ich ganz undiplomatisch alles so erzählt, wie es mir der Bucklige gesagt hatte. Der Fremdling schwieg eine geraume Weile und blickte wie traumverloren in die Ferne.

»Im Lande Phrygia«, begann er schließlich, »sollen zwei Brunnen sein; wer aus dem einen trinkt, muss lachen, wer seinen Durst bei dem anderen stillt, muss weinen. So wenigstens schreibt der gelehrte Politianus in seinem Büchlein ›De risu‹. Ich bin niemals in Phrygien gewesen, aber mich will zuweilen dünken, als ob ich aus dem Brunnen des Weinens getrunken hätte. Und darum werde ich mich wohl nimmer zum Spaßmacher eignen. Wenn sich aber die Kunst des Lachenmachens lernen ließe, wie man etwa Mathematik oder *Prudentia Juris* erlernt, so will ich mich gern darin unterweisen lassen. Wenn ich dann einiges davon profitiert habe und man mich brauchen kann, so bin ich bereit die Fahrt mit Euch zu wagen, freilich unter der Bedingung, dass mir ihre Richtung zusagt.«

Ich ging mit dieser Antwort zu dem Mechanicus und der sagte mir nach einigem Besinnen, dass die Reise zunächst nach Budweis, dann über Mähren ins Österreichische gehen würde. Mit dieser Botschaft kehrte ich zurück.

»Es ist gut so«, nickte der Fremdling, »ich hätte allein keinen anderen Weg eingeschlagen, denn auch von dort ward mir Kunde über namenlose Gräber, die einer Freundeshand harren. Die himmlische Vorsehung will, dass ich meine Aufgabe erfülle, und hat mich dir begegnen lassen, auf dass ich den Weg leichter zurücklege. Und soll ich ihn auch im Kleid des Schalksnarren wandern müssen, so will ich das gern und ohne Murren tun. Du aber, der du mir diesen Weg gewiesen, nenne mich Bruder Paulus, so wie ich dich meinen lieben Bruder Adam heißen will!«

Es war ein sonderbarer Mensch, mein neuer Freund. Er musste viel kluge Bücher gelesen, ja vielleicht auf hohen Schulen studiert haben, gab sich aber gern so, als ob er ein schlichter, unwissender Mensch wäre, und nur wenn er in einen

Zustand nachdenklichen Träumens verfiel, der ihn zuweilen diese Rolle vergessen ließ, nur dann begann er allerlei gelehrte Schriften zu zitieren und darüber klug zu disputieren.

Vorläufig lernte er freilich bei dem Buckligen eifrig die Kunst der Narrheit. Sein Lehrer ging dabei gar systematisch vor und hielt ihn zunächst an, komische Gesichter zu schneiden. Das musste unschwer gelingen, war doch allein der Mund des Bruders Paulus ein Schaustück für sich und es bedurfte nur einer mäßigen Verzerrung, um die an sich schon gegebene komische Wirkung dieses Antlitzes ins Drastische zu steigern. Die nächste Stufe waren dann allerlei sonderbare Gangarten und Sprünge, die schon weniger leicht zu erlernen waren, doch der bienenhafte Fleiß, mit dem der Schüler jede ihm gewiesene Bewegung einübte, ließ auch das überwinden. Sein Lehrmeister wusste bald, dass er sich auf seinen Pflichteifer verlassen könne, und ließ ihn auf der Wiese hinter dem Haus allein seine Sprünge machen. Das war dem Buckligen sehr recht, denn er hatte nach anderer Richtung alle Hände voll zu tun. So baute er ein sonderbares, glockenähnliches Gestell aus Weidenruten. Es war fast so hoch wie er selbst und ließ sich auf kleinen Rädern fortbewegen. Dann wurde unter seiner Anleitung ein großes Zelt gebaut und innen gar prächtig ausgestattet.

Übrigens gab es auch für mich und den Rittmeister nicht viel müßige Stunden. Der Schneiderwirt hatte einen vorüberwandernden Italiener, der sich stolz als der Konzertmeister Karlo Borboni vorstellte, festzuhalten und für die Zwecke seines Freundes zu gewinnen gewusst. Der Bucklige hatte nämlich den grandiosen Einfall, dass es ganz prächtig wirken müsse, wenn der zweiköpfige Prinz ein Duett singen würde. Zu diesem Zweck wurden wir dem Signor Borboni in die Schule gegeben, der einige italienische Liedlein wusste, welche die virtuose Kunst des vielgerühmten Francesco Corbetta gar artig vertont hatte. Meine Stimme war nicht ungeübt, hatte ich doch seit meiner Kindheit Gesangsunterricht genossen, aber mit dem rauen Organ des Rittmeisters, der weder Gehör noch guten Willen zeigte, hatte der Herr Konzertmeister seine liebe Not.

Schließlich waren auch diese Schwierigkeiten überwunden und nun sollten wir – während bisher jeder für sich geübt hatte – in unserer Rolle als zweiköpfiges Wesen die Hauptprobe halten. Zugleich sollte der doppelköpfige Prinz zum ersten Mal sein glücklich vollendetes Prachtgewand tragen. Das Publikum, aus dem Buckligen und dem Schneiderwirt bestehend, war entzückt, und das mit vollem Recht. Der Konzertmeister hatte uns nicht nur Text und Melodie, sondern auch das entsprechende Mienenspiel und die nötigen Gesten beigebracht.

Es musste wahrhaftig ein köstlicher Anblick sein, wie der Prinz mit dem einen Kopf das Duett begann, während er den anderen seitlich gesenkt hielt, als ob er mit diesem zuhöre, wie dann der Wechselgesang begann und stets die Hand an der Seite des gerade singenden Kopfes den Text mit weit ausholender Gebärde unterstrich, wie mit der steigenden Lebhaftigkeit des Liedes die beiden Köpfe im gleichen Kontrapunkt gegeneinander sangen und beide Hände so mächtig gestikulierten, das muss sich prächtig ausgenommen haben.

Der Konzertmeister begleitete unser Lied auf der Laute und ließ unserem Gesang ein kurzes Nachspiel folgen, das in feierlichen Akkorden verklang. Als es zu Ende war, musste ich mich erst mühsam auf die Wirklichkeit besinnen. Ich hatte mich wahrhaftig als der zweiköpfige Prinz gefühlt und seine ganze Lebensgeschichte, die ich mit all meinem Grübeln mir nicht hatte zusammendenken können, lag auf einmal klar und deutlich vor mir. Doch als des Liedes letzter Ton verklungen war, als sich meine Gedanken wieder zurechtgefunden hatten in die nüchterne Gegenwart, da war mit dem Glauben an meine Zweiköpfigkeit auch die Erinnerung an die zugehörige Lebensgeschichte verschwunden und ich suchte mich vergeblich auf sie zu besinnen.

Als dann einige Tage später auch das große Zelt fertig und im Hof aufgestellt war, da sollte zu seiner Einweihung eine andere Probe stattfinden und diesmal sollten auch wir zum Publikum gehören: Auf seiner kleinen Bühne würde sich die Dame ohne Unterleib zeigen. Ich war nicht sehr auf ihren Anblick begierig, umso mehr war es der Rittmeister, der in der Zwischenzeit vergeblich bemüht gewesen war, sie wieder zu Gesicht zu bekommen.

Das Innere des Zeltes bildete einen geräumigen Saal; nur die

Bühne war von blauen und roten Laternen magisch beleuchtet, während der übrige Raum in tiefem Dunkel lag. Wir tasteten uns mühsam nach einem Sitz durch und warteten. Auf einmal begann irgendwo ein Lautenlied, das wohl der Konzertmeister spielte. Es war eine ganz fremde, sehnsuchtsvolle Melodie, welche gar seltsam ans Herz griff.

Wir lauschten ihr noch mit viel Hingebung, da rauschte hinter der Bühne ein Vorhang beiseite und ließ eine Dame erblicken, die, ohne dass man die leiseste Bewegung eines Schrittes merkte, langsam nach vorn zu schweben schien. Die Dame ohne Unterleib konnte das wohl nicht sein, denn man sah ihre ganze Gestalt, deren untere Hälfte freilich durch eine pompöse Robe verdeckt war. Die Brust war in ein steifes Mieder aus Goldbrokat eingeschnürt, der tiefe Ausschnitt reichlich mit Spitzen garniert, welche auch von den ganz kurzen Ärmeln bis zu den Ellbogen herabfielen; eine aus Spitzen und Atlasbändern gebaute Fontange überhöhte den Kopf um mehr als seine eigene Länge, sodass dadurch die ganze Gestalt etwas Riesenhaftes gewann. Ob die Dame schön oder hässlich war, konnte man nicht sagen, denn eine spitzenbehängte Halbmaske verdeckte ihr Gesicht.

Der Rittmeister konnte sich nicht anders helfen, er musste seiner Enttäuschung, dass die ersehnte Dame ohne Unterleib sich zumindest vorläufig nicht zeigen wollte, irgendeinen Ausdruck geben: Er räusperte sich heftig, wofür ihm aus dem Dunkeln von unsichtbarer Hand ein Kopfstück zuteil wurde. Wahrscheinlich saß dort der Mechanicus mit dem Wirt.

Nun begann wieder die Laute, diesmal mit einer schlichten Tanzweise.

Die Dame auf der Bühne hob die Hände und bewegte sie gar zierlich nach dem Takt der Melodie. Es war ein ganz sonderbarer Anblick, man hätte wahrhaftig sagen können, dass diese beiden alabasterweißen Arme, diese schlanken Hände einen richtigen Tanz aufführten. Die Weise wurde lebhafter und nun drehte sich die Dame ein wenig mit ihrer ganzen Gestalt nach links und nach rechts, aber ohne ihren Platz zu verlassen und ohne eine wahrnehmbare Bewegung des Körpers, sodass es aussah, als wenn eine Figur auf ihrem Postament gedreht würde.

Auf einmal brach das Tanzlied mit einem schrillen Akkord ab und im gleichen Augenblick geschah etwas Schauerliches. Eine unsichtbare Hand schien die Dame auf der Bühne in zwei Hälften zu zerbrechen, die untere glitt nach rückwärts und verschwand hinter dem Vorhang, während die obere scheinbar ohne jeden Halt frei im Raum schweben blieb. Und wieder setzte die Tanzmelodie ein und wieder bewegte die Dame, als ob nichts geschehen wäre, ihre schwanenweißen Arme nach dem Takt des Tanzliedes.

Wir starrten erstaunt, entsetzt auf die Bühne.

Das Lautenspiel nahm überraschend eine groteske Marschmelodie auf und bei ihren Klängen betrat ein bunter Harlekin die Bühne. Sein Kleid bestand aus roten, grünen, blauen und gelben Lappen, alle dreieckig geschnitten, am herunterhängenden Ende mit einem Glöcklein versehen; ein hoher, spitziger Hut und eine hölzerne Pritsche vollendeten das Kostüm. Das Gesicht war ganz mit Mehl verkleistert, die Wangen grellrot, die Nase blau bemalt, aber ich erkannte doch Bruder Paulus auf den ersten Blick.

Mit gravitätischen, weit ausholenden Schritten umkreiste er einmal die Bühne, schien erst jetzt die Dame ohne Unterleib zu erblicken und gab seinem Entsetzen, Erstaunen, seiner Bewunderung, ja Anbetung durch allerlei Gesten Ausdruck. Schließlich sank er vor ihr in die Knie und hob bittend seine Arme zu ihr empor. Sie aber schien sein Vorhandensein gar nicht zu bemerken. Noch immer führten die schmalen weißen Hände allerlei Tanzbewegungen auf, noch immer hielt sie den Kopf halb in die Höhe gerichtet, als würde sie flehend zum Himmel emporschauen.

Und da nun Harlekin sieht, dass alle seine Bemühungen vergeblich sind, dass ihn die Dame so gar nicht beachten will, da springt er auf und ringt verzweifelt die Hände.

Plötzlich scheint ihm aber ein Einfall zu kommen: Sein Zeigefinger fährt an die Stirn, er nickt sich selbst Beifall, reibt sich vergnügt die Hände, wendet sich zum Gehen, macht aber ein Zeichen ins Publikum, dass er rasch zurück sein werde. Und wirklich erscheint er gleich wieder, doch nicht allein, sondern mit einem putzigen Äffchen auf dem Arm. Mit dem führt er nun allerlei vergnügten Unsinn auf, kann sich selbst vor

Lachen nicht fassen über des Tieres Kapriolen und sucht dazwischen immer mit den Blicken die Dame, ob sie nun endlich ihre Augen wohlgefällig auf ihn niedersenken möchte. Doch die neigt und hebt weiter ihre Alabasterarme in rhythmischen Bewegungen und blickt starr nach oben.

Da packt den armen Narren die Verzweiflung, er droht mit der Faust nach dem Weib, er nimmt sein Äfflein und setzt es mit höhnischem Grinsen auf ihre Schulter.

Dort sitzt das Tier ein Weilchen still und schaut auf seinen Meister, während die Dame unentwegt weiter ihre Armbewegungen vollführt. Da klatscht der Harlekin in die Hände, das Äfflein springt auf und reißt mit raschem Griff die Maske von ihrem Antlitz.

Ein Schrei durchgellte das Zelt, es war wohl ich selbst, der ihn ausgestoßen hatte, der Boden wankt unter mir, die Welt um mich versinkt, ich sehe nur eines: dieses Gesicht im Rahmen der blonden Locken – das Gesicht Mariannes. Noch höre ich den Buckligen hinter mir wiehernd auflachen, dann schwinden mir die Sinne.

## 5

Als ich wieder zu mir kam, lag ich im Bett und der Harlekin saß an meiner Seite. Sobald er mich die Augen öffnen sah, begann er:

»Ich komme von ihr! Sie lässt dich grüßen und ich soll ihr Nachricht von deinem Befinden bringen. Sie konnte dich ja in dem dunklen Zelt nicht sehen, aber deine Stimme hat sie gleich erkannt! Die Arme hing hilflos in der Maschinerie, die ihren Körper in der Schwebe hielt, und niemand war da, um sie zu dir zu bringen. Ich hätte das leicht vermocht, aber ich wusste da ja noch nichts von euch beiden, das hat sie mir erst jetzt gerade anvertraut. Du, der du sie länger und besser kennst als ich, du weißt ja, dass sie nicht wie andere Menschen mit dem Mund spricht, aber dass die Berührung ihrer Hand genügt, um sich ganz deutlich verständlich zu machen. Nur ihren Namen hat sie mir nicht gesagt oder ich habe ihn nicht verstanden, das weiß ich nicht recht. Sonst aber ist mir alles ganz leicht eingegangen, was sie sagen wollte. Ihr seid also Braut und Bräutigam, wer hätte das gedacht! Schließlich ist das aber noch lange nicht so verwunderlich, als dass jemand reden kann, ohne den Mund zu brauchen! Doch jetzt genug davon, jetzt muss ich zu ihr zurück! Ich kann ihr doch sagen, dass du wieder wohlauf bist, nicht wahr?«

Er eilte geschäftig davon und ließ mich in einem Zustand höchster innerer Verwirrung zurück. Meine Gedanken konnten die Eindrücke der letzten Stunde noch nicht ordnen, gerade so wie meine Gefühle in mancherlei Widerstreit waren. Da war zunächst das wonnige Empfinden, nach einer Ohnmacht, die so tief wie der Tod war, wieder zum Leben erwacht zu sein, da war die Freude, die Heißgeliebte nach so langer Trennung wieder von Angesicht zu Angesicht gesehen zu haben, da war aber auch der mich noch immer durchzitternde Schrecken über den elenden Anblick, den der Körper der Geliebten bot! Wie verstand ich jetzt erst den Rittmeister und seine jammernde Klage, die mich damals in meiner dummen Ahnungslosigkeit so kalt gelassen hatte!

Bruder Paulus kam bald zurück, strahlend vor Freude, dass er gute Nachrichten überbringen konnte. Sie hatte ihn gebeten, mir alles Liebe von ihr zu bestellen und zu sagen, dass ihr Verlangen nach einem Wiedersehen keine Grenzen und kein Hindernis kenne. Darum werde sie sich von unserem gemeinsamen Freund heute Nacht, wenn schon alles schlafe, zu mir herübertragen lassen.

Das sei ganz leicht möglich, fügte Paulus dieser Bestellung aus eigenem hinzu, denn die Aufwärterin, welche der Bucklige zu ihrer persönlichen Bedienung aufgenommen habe, schnarche die Nacht durch wie ein Ratz und sei, wenn man sie brauche, nicht zu erwecken und der männliche Schutz der Dame sei ausdrücklich ihm, dem Bruder Paulus, übertragen worden.

Als es dämmrig wurde, glaubte ich mich stark genug das Bett zu verlassen, und saß nun in zitternder Ungeduld bei dem wackligen Tisch, der in der Mitte meines Zimmers stand.

Einmal huschte Paulus herein und brachte einen Blumenstrauß, den er heimlich in Wald und Garten zusammengepflückt hatte, und stellte ihn in einem bunt bemalten Tonkrug auf den Tisch. Nach einer Weile brachte er ein Öllämpchen, das er mit viel Umständlichkeit entzündete. Bei seinem Schein saß ich nun einsam da und wartete, wie es mir schien, eine endlos dauernde Zeit. Seit langem zum ersten Mal schweiften meine Gedanken dabei zurück und ließen mein Leben an mir vorüberziehen: die Tage der Jugend, die mir nun wie ein ferner stiller Garten schienen, und dann unvermittelt plötzlich jene bunte Fülle von Ereignissen, die sich in mein Leben seit jenem Tag drängten, da Kaiser Leopoldus in seine getreue Stadt Prag eingezogen war. Und wie das bei solchen Gelegenheiten geht, fehlte es nicht an Luftschlössern und Träumen. Ich dachte, wie es gewesen wäre, wenn nicht die Pest ausgebrochen, wenn ich niemals in den Spiegel hineingegangen wäre. Gewiss hätte es ja mancherlei Hindernisse gegeben, aber schließlich wäre es dem Einfluss meines Vaters sicher gelungen, mir die Hand Mariannes ganz hochoffiziell zu sichern, wir wären also jetzt ein Brautpaar. Und ich sah unsere weitere Zukunft, sah mich Würden und Ehren erringen, sah mich nach Hause kommen zu meiner geliebten Frau, hörte Kinder jubeln …

Gott, wo war ich denn? Jäh besann ich mich auf die Wirklichkeit; es war ein hartes Erwachen, denn das, was der Traum mir vorgegaukelt, war für immer unmöglich. Wohl nannte uns Bruder Paulus Bräutigam und Braut, aber was waren wir für zwei elende Menschen, wie fern von jener noch gar nicht so weit zurückliegenden Zeit, wo wir in strahlender Gesundheit dastanden, wo das Leben, wo unsere Zukunft wie ein schönes Land vor uns ausgebreitet lag? Ich fühlte meine ganze Hilflosigkeit, mir war wie einem Kind, das sich verlaufen hat und nun nach Hause will. Nach Hause! Ach Gott, wie gern wäre ich nach Hause gegangen! Aber hatte ich nach dem Tod meines Vaters ein Zuhause? Dort regierte jetzt der älteste Bruder, in seiner Art gewiss ein guter Mensch, aber ich hätte ihm in meinem gegenwärtigen Zustand nicht vor die Augen kommen mögen. Ein Krüppel hatte für einen Mann von seiner brutalen Gesundheit keine Existenzberechtigung, das war einmal sicher. Und wenn der zu alledem noch wegen Mordverdacht behördlich verfolgt wurde, so konnte er erst recht nichts an brüderlicher Liebe erwarten. Geradezu lächerlich würde es sich überdies ausmachen, wenn er sich eine so furchtbar verstümmelte Braut mitbrächte! Ich hörte sie lachen und spotten, dieses gefühllose Volk der guten Freunde und Verwandten über das Brautpaar, das alles zusammen nur ein ganzes Bein besaß! Nein, an eine Rückkehr nach Hause war nicht zu denken, es blieb zumindest vorläufig nichts anderes übrig, als mit den fahrenden Leuten als einer von ihresgleichen von Jahrmarkt zu Jahrmarkt zu ziehen.

Leise öffnete sich die Tür, Paulus trat ein, in seinen Armen die Geliebte tragend. Wie ein Kind lag sie darin. Nun streckte sie mir die Arme entgegen, mir, der sich erhob, um ihr entgegenzueilen, und sich doch nur an die Tischkante lehnen konnte, um nicht umzufallen. Nach einem kurzen und mir doch endlos scheinenden Augenblick ratloser Verlegenheit fanden sich aber doch unsere Hände und schon fühlte ich ihre Sprache zu mir herüberpulsen.

Sie berichtete, wie sie nach meiner Flucht aus dem Spiegelland Sehnsucht und leise Hoffnung auf ein Wiedersehen dorthin zurückgetrieben, wo sie mit mir zusammengekommen war. War sie doch entschlossen mir nachzukommen und zu diesem Zweck die ganze menschliche Gestalt anzunehmen. (An dieser Stelle war ihre Rede, wie ich mich deutlich erinnere, etwas unklar. Da sie doch vordem, bevor sie in das Spiegelreich eingegangen war, ein Mensch wie jeder andere gewesen war, konnte es sich ja nur um eine Wiedererlangung der früheren Gestalt handeln. Ich verspürte jedoch ihre Worte so, als ob die menschliche Gestalt für sie etwas Neues, noch nicht Besessenes gewesen wäre. Habe diese Worte damals nicht recht verstanden.) Sie kannte dafür einen starken, aber sehr schmerzvollen Zauber und mit seiner Hilfe gelang auch die Verwandlung. Nun stand sie vor der gläsernen Wand, blickte durch sie in das jenseitige Zimmer, wusste sich aber keinen Rat, wie sie hineinkommen solle. Da stand plötzlich drüben der Bucklige, begrüßte sie gar ehrfürchtig und sagte, er sei von mir gesandt sie zu holen. Sie möge sich nur kühn gegen die Glaswand fallen lassen, die werde nachgeben und sie durchlassen, drüben aber werde er sie auffangen. So habe sie auch wirklich getan, aber in dem Augenblick, wo sie schon fast aus dem Spiegel draußen war, habe der Mann eine sonderbare Bewegung mit den Armen gemacht und dabei ein fremdartig klingendes Wort gerufen und schon seien wie haarscharfe Messer von allen Seiten Gitterstäbe auf sie eingedrungen, Fleisch und Knochen hätten sie unter fürchterlichen Schmerzen durchschnitten, die Beine vom Körper getrennt. – Ihr Leib fiel nach vorne in die Arme des Buckligen, der sie rasch auf ein Lager trug, mit Essenzen stärkte, noch mehr aber mit der Versicherung, dass er sie raschestens zu ihrem Liebsten bringen werde. Diese Hoffnung habe sie am Leben erhalten und so sei sie schließlich hergekommen.

»Nun habe ich dich wieder, Liebster, und nun wollen wir rasch heiraten!«

Mit diesem Satz schloss sie ihre Erzählung. Ich hätte alles eher als diesen Schluss erwartet und war nicht wenig verblüfft. Heiraten! Wer wünschte es sich mehr als ich, aber das war doch schon vordem für mich keine so einfache Sache, die Hand des Grafenkindes zu erlangen, jetzt aber schien es mir eine glatte Unmöglichkeit. Was war ich denn heute? Ein Krüppel, der mit fahrenden Leuten herumzog und sich dazu hergab, leichtgläubigen Menschen ein Wunderding vorzutäuschen! Es wäre einfach lächerlich gewesen, unter solchen Umständen an die Möglichkeit zu glauben, dass der hochgeborene Herr Graf Sebastian Lodron, kommandierender General in Seiner Majestät Armee, jemals seinen väterlichen Konsens geben würde! Doch da schoss mir ein anderer Gedanke durch den Kopf: War Marianne nicht eigentlich in mancher Hinsicht in einer ähnlichen Lage wie ich, hielt nicht auch sie die Scham ab, in einem so elenden Zustand zu den Ihren zurückzukehren? Wollte sie nicht lieber als an der Pest verstorben gelten, verschollen bleiben? Dann aber war sie ein namenloses Ding ohne Rang und Stand und konnte frei über ihr Herz verfügen. Ja, so war es und nun konnte ich verstehen, wie sie mir ohne alle Umstände selbst ihre Hand anbieten konnte.

Freilich würde das eine sonderbare Ehe werden, Elend mit Elend zusammengelegt, aber was verschlug das schon? Mein junges Leben hatte mir schon so viel des Wunderbaren gebracht, warum sollte es mich nicht auch auf irgendeine absonderliche Weise wieder emporheben? Mein Horoskop fiel mir ein und wie all die merkwürdigen Dinge darin in Erfüllung gegangen waren. War ich nicht wirklich in der Gefahr gewesen, ein Vogel oder ein Baum zu werden, war ich nicht tatsächlich durch eine gläserne Wand gegangen? Und habe ich nicht wirklich in meinem 27. Jahr den schweren Unfall erlitten, der mich einen Fuß kostete? Wenn aber das glücklich überstanden war, dann sollte ich nach der Meinung des Horoskops schließlich doch noch zu guter Ruhe kommen. Es war wohl ein schwaches Fundament für eine Ehe, dieses astrologische Prospekt einer guten Ruhe auf die alten Tage, aber es war doch eines und reichte aus, um mir Mut zu geben. Und so pulste denn meine Hand der Geliebten die Botschaft zurück:

»Gewiss, du holdes Lieb, wir wollen heiraten und das so rasch als möglich.«

Der Entschluss war also gefasst und es handelte sich nur noch um seine Durchführung. Was brauchten wir zur Trauung? Einen Priester und zwei Zeugen. Mit dem Priester wird es nicht leicht fallen, so dachte ich bei mir, es wird schwierig sein einen zu finden, wo es doch stillschweigend als ausgemacht galt, dass alles hinter dem Rücken des Buckligen und des Schneiderwirts geschehen müsse. Mit den Zeugen war es schon einfacher, da waren der Rittmeister, der Bruder Paulus und zur Not der Konzertmeister. Ich beschloss mir zunächst bei Paulus Rat zu holen, und das noch in derselben Nacht. Ich gab ihm ein Zeichen beim Abschied und er kam richtig ein Weilchen später allein zurück.

Unsere Heiratsabsichten erstaunten ihn nicht und auch die Durchführung schien ihm nicht schwer. Ich war nicht der Meinung und sagte ihm vor allem, dass es nicht leicht sein würde einen Priester zu finden.

Mit einigem Missvergnügen bemerkte ich, dass Paulus mit seinen Gedanken anscheinend ganz woanders war. Richtig begann er nach einer Weile:

»So ist doch wirklich das Herz des Menschen das erste Mobile, das alle *Sphaeras* der Seele bewegt! Und weil es zugleich die eigentliche Werkstätte des Geblütes ist, so bringt es auch an dem Menschen sichtbare Veränderungen hervor, wie ich sie genugsam an dir beobachten konnte, der du heute darob in Ohnmacht fielest, aber auch an der armen schönen Dame, die, seit sie von deiner Anwesenheit weiß, bald frisch und rot, bald welk und blass wird. Ich, der nur die Liebe Gottes und durch sie die Liebe zum Nächsten kennt, ich weiß nichts von der Frauenliebe, kann mir aber wohl denken, dass es mit ihr ähnlich geht wie mit dem Wein. Sind beide in des Menschen Gewalt, ehe sie eingelassen werden, sobald sie aber den Eingang gefunden, ist der Mensch in ihrer Gewalt. Ich habe über dieses Problem viel studiert und insonderlich aus dem Büchlein ›*De amore et pulchro*‹ des Augustin Niphus mancherlei gelernt, was mir dann gar wohl zunutze kam, wenn ich einem Pärlein die Brautlehre gab, ehe es durch meine Hand getraut wurde …«

»Paulus«, rief ich freudig erschrocken dazwischen, »du bist ein Priester? Dann wäre ich ja meine wichtigste Sorge los, dann kannst du uns trauen!«

»Weiß nicht«, gab er zurück, »ob ich in deinen Augen ein Priester bin! Du bist, wie ich aus mancherlei merken konnte, ein treuer Sohn der katholischen Kirche, während ich …«

»Du bist also ein Lutherischer, ein Ketzer?«, fragte ich aufgeregt.

Er schüttelte den Kopf: »Auch die Anhänger Luthers nennen mich einen Ketzer und verfolgen die Menschen meines Glaubens, wo immer sie können. Ich bin ein Schwenkfelder!«

Ich musste eingestehen, dass ich diesen Namen noch nie gehört hatte. Mit glücklichem Eifer erzählte mir Paulus von dem edlen und teuren Mann, Herrn Kaspar von Schwenkfeld, der um seiner Liebe willen viel Unglimpf in seinem Leben erfahren und sterbend seinen Freunden ein Buch hinterlassen hatte, das sich »Bekenntnis und Rechenschaft von den Hauptpunkten christlichen Glaubens« nannte. Wie ihm jedes Essen und Trinken Sinnbilder der Zuneigung des Geistes Christi und darum schon an sich die heilige Kommunion waren, wie er eine vollkommene Reinigung des Wandelns herstellen und darum nur ein Christentum des inneren Sinnes und der fortwährenden Eingebung hatte zulassen wollen.

Seine Worte klangen so mild und doch so fest, es sprach eine so unerschütterliche Überzeugung aus ihnen, dass sie nicht ohne eine tiefe Wirkung auf mich blieben. Ich war ja streng katholisch erzogen, aber ich wusste wohl, dass mein so innig geliebter Vater nur unter dem drückenden Zwang der Verhältnisse Katholik geworden war. Welchem Glauben er früher angehört hatte, das wusste ich nicht; vielleicht war er Lutheraner, vielleicht Calviner gewesen, ja wer konnte es wissen, ob er nicht Schwenkfelder gewesen war? Jedenfalls kam mir der Gedanke, die Trauung von Bruder Paulus vollziehen zu lassen, gar nicht so ungeheuerlich vor. Freilich hegte ich ernste Zweifel, ob Marianne der gleichen Meinung sein würde, und mit diesem Hinweis war unser Gespräch zu Ende.

In der nächsten Nacht brachte unser Freund die Liebste wieder auf ein Stündchen herüber. Zu meiner Überraschung war auch sie ohne weiteres einverstanden. Damit schien die Hauptschwierigkeit beseitigt, denn dass der Rittmeister und unser Musikant mir gern als Zeugen dienen würden, das schien ganz selbstverständlich. Darin hatte ich mich freilich gründlich getäuscht.

Mein bisheriger Zimmergenosse hatte mich zwei Nächte lang allein gelassen und sein Lager angeblich in einer Kammer aufgeschlagen, doch hatte ich ihn im Verdacht, dass er eher bei der Rosl ein Unterkommen gesucht hatte.

Ich fand sein Verhalten wenig freundschaftlich, denn die erlittene Ohnmacht hätte ja das Anzeichen einer hereinbrechenden Krankheit sein können und da wäre es doch gut gewesen, wenn ich nachts jemanden bei der Hand gehabt hätte. Andererseits war es mir nicht unwillkommen, dass meine beiden Zusammenkünfte mit Marianne ohne seine Gegenwart stattgefunden hatten, denn ich war mir doch nicht recht darüber im Klaren, wie weit seine Gefühle für sie gingen und ob ich also nicht doch einigen Grund zur Eifersucht hätte. Ich sah ihn jetzt, wo es weder Schneider- noch Gesangsproben gab, auch tagsüber sehr wenig. Er war fast immer mit dem Buckligen beisammen, der die letzten Vorbereitungen für unsere Ausfahrt traf und dabei sehr gut den Rat eines Mannes brauchen konnte, der sich auf Pferde verstand. Was der Wirt davon besaß, das wollte er nicht hergeben, und so fuhren die beiden in der Umgebung herum und suchten nach tüchtigen Zugpferden.

In der dritten Nacht kam er wieder in unser gemeinsames Zimmer, brummte etwas wie einen Gutenachtgruß und schickte sich zum Schlafen an.

Ich aber ergriff die Gelegenheit gleich beim Schopf, erzählte ihm kurz, dass ich die Dame schon seit langem kannte und verehrte, dass wir nun, da wir uns im Elend wieder gefunden hätten, heiraten wollten, und bat ihn schließlich mir die Ehre der Zeugenschaft zu erweisen.

Ich hörte ihn zwischen meiner Erzählung hindurch einige Male aufstöhnen. Als ich fertig war, erklärte er mir in einem hochmütigen, abweisenden Ton, wie ich ihn sonst nicht an ihm gewöhnt war:

»Ist ja alles nicht wahr, was du da erzählst! Du hast sie genau so wie ich erst hier im Schneiderwirtshaus zu Gesicht bekommen, aber ein Mädchenjäger, wie du einmal einer bist, dem ist nichts heilig! Geradeso wie du gleich an die böse Hexe Pharaildis dein Herz verloren hast, so ist es jetzt sofort für dieses arme Geschöpf entzündet, kaum dass du einen Augenblick lang ihr herrliches Antlitz gesehen hast! Was du mir da von einer früheren Bekanntschaft mit ihr am kaiserlichen Hof zu Prag erzählt hast, das ist ein nicht sehr geschickt erfundenes Märlein. Wenn sie damals mit dir tanzen und amouröse Gespräche führen konnte, so hat sie zu der Zeit noch ihre ganze Gestalt und auch die Fähigkeit der Sprache besessen; wieso sie beides verloren, davon weißt du nichts zu sagen, nicht wahr?«

Ich schwieg. Mit Absicht hatte ich das Erlebnis im Spiegelbild übergangen, weil ich nicht hoffen konnte damit Glauben zu finden, und es jetzt als Antwort auf seine höhnische Frage zu berichten, das hätte erst recht seine Wirkung verfehlt.

»Siehst du«, fuhr er triumphierend fort, »jetzt bist du still! Die Wahrheit kannst du nicht sagen, denn woher solltest du auch wissen, wo und wann das arme Wesen so schrecklichen Schaden an seinem herrlichen Körper erfahren hat? Ihr ist ja mit der Sprache auch die Möglichkeit genommen, ihr Leid jemandem zu klagen! Freilich bist du nach der Meinung des Buckligen ein Poeta und könntest dich also in jene himmlische Begeisterung bringen, welche die Fähigkeit zum kunstreichen Fabulieren gibt. Aber damit sieht es bei dir gar windig aus, denn sonst hättest du die Geschichte vom zweiköpfigen Prinzen schon längst fertig! Und so kannst du über jene traurige Tatsache nichts sagen, weder die Wahrheit noch eine geschickte Lüge! Das Dümmste, was du mir hast aufbinden wollen, das ist wohl die Mär, dass sie dich bei deinem Aufschrei an der Stimme erkannt haben soll. Ich weiß es von einem berühmten Medicus, dass fast alle Menschen, welche das Unglück haben stumm zu sein, gleichzeitig auch taub sind. Doch nein, das ist noch nicht das Dümmste an deiner Faselei! Noch viel dümmer ist es, wenn du zu sagen wagst, sie, die Allerholdeste, hätte dir zugesagt dein Weib zu werden! Hahaha, da kann man wirklich nur dazu lachen!«

Es schien ihm aber doch nicht sehr nach Lachen zumute zu sein, denn ich hörte ihn in dieser Nacht oft und tief seufzen, auch leise Selbstgespräche führen. Am nächsten Morgen sagte er beim Ankleiden:

»Es ist natürlich alles Unsinn, was du mir gestern erzählt hast, und ich glaube nicht eine Silbe davon! Aber es wäre doch vorsichtiger von mir gewesen, wenn ich dich an den beiden letzten Abenden nicht aus dem Auge gelassen hätte. Da habe ich stattdessen mit dem buckligen Kerl die halbe Nacht zusammen gesessen, bis ich in meinem Rausch nicht mehr den Weg hierher finden konnte und auf der Ofenbank in der Gaststube übernachten musste. Und warum habe ich das getan? Wahrhaftig nicht des Weines wegen, sondern weil ich aus dem alten Sünder die Wahrheit über die Unglückliche herauskriegen, weil ich erfahren wollte, wie man ihr etwa helfen könnte. Mein ganzes Spionieren und Ausfragen hat mir aber nichts geholfen, dagegen hat dieser nichtsnutzige Knabe hier meine Abwesenheit genutzt, um ungeniert auf Abenteuer auszugehen! Ich werde dir aber schon das Handwerk legen, mein Junge, darauf kannst du dich verlassen!«

Wie er das anfangen wollte, das sagte er nicht, und ich meine, dass er sich selbst darüber nicht im Klaren war. Immerhin bestand die Gefahr, dass er seine neue Freundschaft mit dem Mechanicus dazu nutzen würde, um uns Schwierigkeiten zu machen. Das musste verhindert werden. Wenn dies mit Überredungskünsten gelingen sollte, so vermochte das einzig und allein Bruder Paulus. So eilte ich denn, diesem meine Not zu klagen und seine Hilfe zu erbitten, die mir auch bereitwilligst zugesagt wurde.

# 6

Inzwischen waren alle Vorbereitungen zur Abreise beendet und an einem frostigen Herbstmorgen verließen wir das Schneiderwirtshaus. Der Abschied von unserem Wirt war ungeahnt herzlich, er wiederholte immer wieder, dass er uns ungern scheiden sehe und fest mit unserem baldigen Wiederkommen rechne. Ich und wohl auch der Rittmeister hörten nicht viel darauf, sondern musterten währenddessen einen eleganten Reisewagen, der mit herabgelassenen Gardinen zur Abfahrt bereitstand. Sicherlich befand sich darin Marianne mit ihrer Kammerjungfer. Hinter den Vorhängen rührte sich nichts und so mussten wir schließlich unverrichteter Dinge das zweite, wesentlich einfachere Gefährt besteigen, auf dessen Bock neben dem Buckligen schon Bruder Paulus saß.

Recht niedergeschlagen machte ich mich auf die Reise, denn meine Verbindung mit der Liebsten war unterbrochen und der Störenfried war mein bisheriger Zimmergenosse. Man musste um seinetwillen vorsichtig sein und die nächtlichen Besuche unterlassen. Dass ich ihn deshalb hasste, ist begreiflich, doch sagte ich mir, dass ich das nicht allzu sehr merken lassen dürfe. So war denn unserem Verhältnis äußerlich nicht viel Missstimmung anzumerken.

In flammendem Rot, in leuchtendem Gelb standen die Wälder, durch die unsere Reise ging. Dann kamen Wiesen, auf denen schon die Herbstzeitlose blühte, Stoppelfelder und Äcker, die der Pflug für die Wintersaat richtete. Ein Städtchen dazwischen, ein Dörflein am Wege, dann wieder Wälder und Felder. Unserem Meister schienen die Orte, die wir passierten, offenbar zu unbedeutend für eine Vorstellung. Erst in der Stadt Budweis machte er länger Halt.

Wir nahmen in einem vornehmen Gasthof unter der Sonnenlaube am Marktplatz Quartier; in dem Saal dieses Gasthauses sollten auch die Vorstellungen stattfinden.

Zunächst wurde Paulus als Herold prächtig angetan und ritt so durch die Stadt, um die staunenden Bürger zu der Besichtigung nie erschauter Wunder einzuladen: Mit eigenen Augen sollten sie Miracunda, die geheimnisvolle Dame ohne Unterleib, und den Prinzen Aquilius von Leandrien sehen, den die Natur mit zwei Köpfen begabt hatte.

Am Abend war wirklich der prächtig erleuchtete Saal voll von Gästen, selbst der Bürgermeister und viele Patrizier waren mit ihren Frauen und Kindern erschienen. Die Vorstellung verlief ungefähr so wie die Proben, nur eine Änderung war vorgenommen: Das Äfflein rührte nicht an der Maske der Dame Miracunda, sondern überreichte ihr einen Blumenstrauß; auch schwebte zum Schluss auf kunstreicher Maschinerie ein wächserner Genius hernieder, der einen güldenen Lorbeerkranz über ihr Haupt hielt. Das Publikum war über die Darbietungen maßlos erstaunt und begeistert. Unser Ruf drang rasch in die Umgebung und bald sah man die adeligen Herren, die auf den umliegenden Schlössern hausten, in unseren Vorstellungen erscheinen. Der Reichste und Mächtigste unter ihnen aber, der Fürst von Eggenberg, kam nicht selbst, sondern ließ uns nach seinem Schloss in Krummau laden.

Wir waren dort gar günstig im Gästehaus des Schlosses einquartiert und hatten jeder ein eigenes Zimmer für sich. So konnte Paulus in der Nacht ungestört zu mir gelangen und, nachdem er sich überzeugt hatte, dass keine Überraschung zu fürchten sei, auch Marianne mitbringen.

War das ein seliges Wiedersehen! Die Liebste bestand darauf, dass ich sie die ganze Zeit auf meinen Armen hielt, und ihre Pulse pochten mir ihre heiße Liebe und die Sehnsucht nach voller Vereinigung entgegen. Bruder Paulus saß dabei und blickte verträumt die mit Jagdgerät gezierten Zimmerwände entlang, stand auch wohl auf und sah eine geraume Weile zum Fenster auf den Gardeplatz hinunter, von wo das Rauschen des Brunnens und der einförmige Schritt des Postens vor der fürstlichen Schlosswache zu uns emportönten. Es war eine wundervolle Ruhe, die uns umgab, der leise Nachtwind, der durch das offene Fenster ins Zimmer strich, ließ alles ungestüme Verlangen in uns einschlafen und an ein wunschloses Glück ohne Ende glauben.

Ich musste mich mit Gewalt darauf besinnen, dass die raue Gegenwart ganz anders geartet war und dass wir in Wirklichkeit gar viel unerfüllte, ja unerfüllbare Wünsche hegten. Es ging nicht anders, die Zeit musste zu einer gründlichen Aussprache mit Paulus genutzt werden, wer wusste, wann sich wieder dazu Gelegenheit bieten würde. Und so erzählte ich ihm denn von meinen Sorgen, wie es nichts sei mit der Hochzeit, wo sich doch Schwierigkeiten von allen Seiten zeigten; da sei die Sache mit dem Rittmeister, der zu fürchten sei, dann fehle zumindest ein Zeuge und schließlich solle doch eine Trauung in der Kirche stattfinden und welcher Pfarrer würde …

»… einem solchen Erzketzer wie mir«, fiel Paulus in meine stockende Rede, »seine Kirche zur Vornahme der Trauung einräumen! Das wolltest du doch sagen, Bruder Adam, nicht wahr? Was seid ihr doch alle, die ihr nicht den beseligenden Glauben unseres Meisters habt, für unglückliche, geplagte Menschen! In euren Kirchen stehen vier stumme Götzen: Taufstein, Altar, Kanzel und Beichtstuhl, und wenn ihr die nicht habt, so meint ihr den Segen des Himmels für euer Tun nicht erlangen zu können! Oh, über euch Kleingläubige! Meinet ihr wirklich, dass der große allmächtige Gott euch hat anbinden wollen an diese steinernen Dinge, also dass er nur durch ihre Vermittlung zu euch spricht? Könnt ihr denn nicht einsehen, dass die Sakramente keine besonderen Gnadenmittel, sondern nur äußere Zeichen, Schalen und heitere Hülsen sind, so zur Seligkeit nicht erforderlich? Und was insonderlich die Trauung anlangt, so ist in der Schrift nirgends geschrieben, dass sie in der Kirche stattfinden müsse, und ist das nur ein Brauch, der sich mit der Zeit entwickelt hat! Was ist denn überhaupt eine Kirche? Ein geräumiges Gebäude, also eingerichtet, dass eine Gemeinde darin zusammenkommen und des Gottesdienstes pflegen kann. Ist aber darum der liebe Herrgott in der schlichtesten Hütte nicht minder gegenwärtig, wenn er nur gläubigen Herzens angerufen wird, da doch der wahre Glaube im Menschen Gott selbst ist!«

Paulus schwieg und sah mich erwartungsvoll an. Ich meine, er erwartete gar nichts anderes von mir als heftigen Widerspruch, wie es ja bei einem früheren Jesuitenzögling nicht anders sein konnte. Ich erschrak selbst über mich, aber es war nicht anders, ich war gar nicht empört über das, was ich da hörte, sondern es erschien mir vielmehr ganz einleuchtend. Vielleicht rührte sich in mir das Bluterbe der Ahnen, jedenfalls erinnerte ich mich in diesem Augenblick wieder der Tatsache, dass mein Vater nicht als Katholik geboren war.

Ich war also einverstanden, wie aber, so fragte ich mich selbst, wie wird wohl Marianne, die Nichte des großen Erzbischofs, die Tochter eines urkatholischen Geschlechtes, das aufgenommen haben? Ängstlich blickte ich nach ihr. Würden nicht schon ihre Augen den sprühenden Zorn eines in seinen heiligsten Gefühlen verletzten Herzens verraten? Doch ich sah nichts dergleichen, im Gegenteil, ihre Hand ergriff fest die meine und ich fühlte deutlich ihre Antwort:

»Er hat Recht, tausendmal Recht!«

Blieb also noch die Sorge mit dem Rittmeister. Doch auch die wusste Bruder Paulus rasch zu zerstreuen. Er sei inzwischen nicht müßig gewesen, sondern habe wiederholt eindringlich zu ihm gesprochen und seine Worte seien nicht ohne Wirkung geblieben. Schließlich habe der Rittmeister sein Soldatenwort gegeben, dass er nichts unternehmen werde, um diese Eheschließung zu verhindern. Freilich stellte er eine Bedingung, die aber nicht schwer zu erfüllen war: Verlangte er doch nur, bei der Hochzeit dabei sein zu dürfen, und zwar nicht als Einzelner, sondern mit mir zur Gestalt des Prinzen von Leandrien vereint. Mir ging dieser Wunsch eigentlich sehr gegen den Strich, aber Paulus wusste mich zu überzeugen, dass man ihm diesen kleinen Gefallen wohl erweisen könne.

Mit diesem Ergebnis schloss unsere Besprechung und nachdem unser Freund uns noch versichert hatte, er werde uns auf einer der nächsten Stationen unserer Reise gewiss einen zweiten Zeugen für die Trauung verschaffen, wandte er sich wieder dem Fenster zu und blickte hinaus in die Sternennacht, während wir beiden der süßen Minne pflegten.

Zwei Tage später zogen wir von Krummau fort und schlugen, ohne nach Budweis zurückzukehren, die Richtung nach Osten ein. Wir waren von dem Fürsten Eggenberg an den Grafen Bouquoi empfohlen worden und gaben also unsere nächste Vorstellung auf dessen Schloss Bratzen.

Auch hier wusste es der Bucklige so einzurichten, dass niemand von der Dienerschaft die uns zugedachten Zimmer betreten durfte. Wusste das gar wohl damit zu begründen, dass die beiden wundervollen Monstra, die er vorführen wolle, also sowohl die Donna Miracunda als der edle Prinz von Leandrien, von wegen ihrer Missgestalt gar große Scheu trügen, von jemand Unberufenem unbekleidet gesehen zu werden, was gar wohl geschehen könne, wenn der Eintritt in ihre Zimmer den Dienstleuten freistünde. Er habe ihnen unter schweren Eiden versprechen müssen das zu verhindern, sonst hätten sie nie und nimmer zugestimmt sich vor einem hohen Adel und verehrten Publico zu produzieren.

Auf dem Gang, der unsere Zimmer verband, hing eine Reihe schöner Gemälde, die ich gleich nach unserer Ankunft eifrig betrachtete. Wie fuhr ich fast erschrocken zusammen, als ich in einer Fensternische ein Porträt entdeckte, das niemand anderen als meine geliebte Marianne darstellen konnte! Jeder einzelne Gesichtszug stimmte genau, nur war die prächtige Tracht gar altmodisch. Nach einigem Besinnen kam ich auf die Lösung: Die Liebste hatte mir doch selbst einmal in Prag erzählt, dass eine ihrer Tanten den berühmten Feldherrn Bouquoi geheiratet, sich aber nach seinem Hinscheiden noch einmal vermählt habe. Das war also gewiss das Bild jener Tante, das Bild einer nahen Anverwandten, ja vielleicht der leiblichen Mutter des jetzigen Schlossherrn.

Diese Ähnlichkeit gab mir zu denken, mir war, als müsse sich ein Mittel finden, um dies zu unserem Vorteil zu nutzen. Wenn unser Gastgeber erfahren würde, wer die Donna Miracunda in Wirklichkeit sei, würde er sie nicht aus der Gefangenschaft des Buckligen befreien? Das würde er ohne Zweifel tun und bei dieser Gelegenheit würde wohl auch ich erlöst werden. Freilich war zu befürchten, dass bei einer Rückkehr der Liebsten in ihre Kreise die Aussicht auf eine Eheschließung mit mir im besten Fall in weite Ferne gerückt war. Aber das durfte mich nicht hindern, solche selbstsüchtige Gedanken waren jetzt nicht am Platz, nun bot sich eine Gelegenheit, die vielleicht nie wiederkehren würde, und die musste genutzt werden! Was dann weiter geschehen würde, wenn der Plan gelang, darüber konnte man später nachdenken. Wie aber die Sache richtig anpacken? Ich grübelte die halbe Nacht darüber und glaubte schließlich, das Richtige gefunden zu haben.

Mein Plan war ganz einfach: Wenn das Äffchen bei der Probe die Maske von Mariannes Antlitz heruntergerissen hatte, so konnte es dies gewiss auch bei der morgigen Vorstellung tun. Es war dies sicher ein einfacher Trick der Dressur, den Bruder Paulus kennen musste. Versagte aber dieses Mittel, dann musste Paulus eben selbst eingreifen, durch eine scheinbare Ungeschicklichkeit mit einem Schlag seiner Peitsche die Maske zum Fallen bringen oder sonst etwas Derartiges. Dann würde dem Schlossherrn die frappante Ähnlichkeit genauso auffallen, wie es bei mir der Fall war, er würde der Sache nachgehen, sich der merkwürdigen Dame nähern, sie würde rasch ihre Hand auf die seine legen und nun auf ihre Art ihm alles Nötige mitteilen.

Es war nicht schwer Freund Paulus für den Plan zu gewinnen, dagegen machte Marianne unerwartete Schwierigkeiten: Sie fürchtete eine Trennung von mir und ließ sich nur durch den gegenseitigen Schwur beruhigen, dass wir unter keinen Umständen voneinander lassen und in kein noch so kurzes Losreißen einwilligen würden.

Der entscheidende Abend kam.

Mit einigem Herzklopfen und etwas zitternder Stimme sang der eine Kopf des Prinzen von Leandrien seinen Teil am Duett, was dem stürmischen Beifall keinen Abbruch tat. Nach einer kleinen Pause wurde das Programm fortgesetzt. Diesmal befand ich mich nicht wie bei jener schicksalsvollen Probe im Zuschauerraum, doch war der Rittmeister, der natürlich von meinem Plan nichts wissen durfte, leicht zu bewegen, dass der zweiköpfige Prinz hinter einem Seitenvorhang der Szene verborgen sich den Anblick der armen schönen Dame vergönnen möge. Es ging alles wie verabredet, die Maske fiel und – ich blickte in ein fremdes Antlitz. Wachsbleich war es und die Augen waren fest geschlossen. Der Schlossherr sah keine Ähnlichkeit, konnte keine sehen. Er und seine Gäste fielen im nächsten Augenblick mit dem gleichen stürmischen Beifall ein, der vordem auch mir zuteil geworden war, und die Vorstellung war zu Ende.

In der folgenden Nacht erfuhr ich des Rätsels Lösung: Der Bucklige musste von meinem Plan irgendwie Wind bekommen haben; es fiel ihm aber nicht ein, dem Harlekin die beabsichtigte Extratour einfach zu verbieten, nein, er ließ uns in dem Glauben, dass niemand eine Ahnung von unseren Plänen hätte, dafür erschien er vor der Vorstellung bei Marianne, schminkte eigenhändig ihr Gesicht wachsgelb, gab ihm mit einigen geschickten Pinselstrichen einen anderen Ausdruck und schloss die schönen Augen, die am leichtesten die Verwandtschaft verraten hätten, mit einem Klebemittel, das die Arme erst nach langem Waschen wieder wegbekam.

Mein Plan war also misslungen und an eine Wiederholung nicht zu denken. Überdies zeigte uns aber dieser Fall, wie schwer es war diesen Menschen zu hintergehen und wie viel Vorsicht also vonnöten war, wenn die geplante Trauung nicht ebenso durch sein Eingreifen misslingen sollte wie der heutige Plan. Wir beschlossen also, auf unserer Hut zu sein.

## *7*

Von Bratzen ging unsere Reise zunächst gegen Osten, dann wieder gegen Norden, bis wir schließlich zum Kathreinermarkt in die schöne Stadt Iglau kamen.

So weit ich noch an etwas anderes denken konnte als an das traurige Geschick, das Marianne und mich gefangen hielt, war ich doch auf diese Stadt begierig, die Heimat meines alten Freundes Redlich, der mir von ihrer stattlichen Schönheit gar viel erzählt hatte. Ihr Anblick hat mich nicht enttäuscht. Von einem Kranz prächtiger Wälder umgeben, lagert sie auf stolzer weiter Höhe im Schmuck ihrer Türme und Zinnen. Kein Mensch würde glauben, dass sie in der Schwedenzeit ganz ausgebrannt und verarmt war, zieren doch jetzt den Marktplatz lauter gar vornehm gebaute Häuser.

Dieser Platz war nun die Stätte des weithin gerühmten Kathreinermarktes und dicht mit Buden besetzt. Was man da alles zu kaufen bekam! Tuche und Leinwand, Handwerkszeug und Hausrat, Pfefferkuchenherzen, Marzipanfiguren und dort wieder Würste oder saure Gurken! Was nur die Zuckerbäcker an süßen Sachen, an Kalmus- und Quittengebäck, an Anisbrot und Ingwerkringeln gebacken hatten! Und manches Fässchen Met hatten sie auch mitgebracht. Dazwischen wurden Andachtsbüchlein und fliegende Blätter, Puppen und sonstiger Kindertand, Pfeifen und Fiedeln, Gewürz, Wacholdergeist und

Pechöl verkauft. Natürlich fehlten auch die Wahrsager mit bunten Vögeln oder Äfflein nicht, welche aus den Zettelkästen die Planeten zu ziehen hatten. Gaukler und sonstige Himmelreicher wie Seiltänzer und Tierbändiger luden mit viel Geschrei zu ihren Vorstellungen, Theriakskrämer und wandernde Heilkünstler boten nicht minder laut Rosmarinbalsam und Quirinusöl, Skorpionenpflaster, Einhornpulver und Elefantenschmalz an, Blumensträuße und Schuhschwärze konnte man gleich daneben kaufen. Dazwischen sangen fahrende Schüler die neuesten Lieder von geschehenen Mordtaten, Leierkastenmänner, Dudelsackpfeifer und Hackbrettler ließen sich vernehmen, auch waren Riemenstecher, Glückshafener und Scholderer da. Meerkatzen und Murmeltiere, ja sogar ein Kamel konnte man sehen und was für wunderliche Künstler sich außerdem eingefunden hatten, das spottete jeder Beschreibung.

Legte sich da einer auf die Erde und ließ sich mit einem großen Schellhammer auf die Brust schlagen, als ob er ein Amboss wäre, dort hatte einer einen ausgekennelten Stock, auf dem ließ er Eier auf und ab laufen, ja wohl auch eines über das andere hüpfen. Hier stand einer, der fraß Werg, stopfte es bis in den Hals hinein und spie dann Feuer aus, ein anderer wusch sich Hände und Angesicht mit geschmolzenem Blei, daneben schneidet einer seinem Gesellen mit einem sonderlich geformten Messer ein Loch in die Nase, dass die Klinge weit hinaussteht, und tut ihm doch keinen Schaden, an einem anderen Ort zieht einer etliche Ellen Schnüre, ja selbst ein lebendes Karnickel aus dem Mund; dort hat einer etwas, wenn man das in einen Topf voll Erbsen und Bohnen wirft, so laufen sie alle heraus, während sein Nachbar immer währende Lampendochte und Brillen verkauft, mit denen man im Dunkeln sehen kann.

Gegen einen solchen Wettbewerb anzukommen war nicht leicht, aber unserem buckligen Meister war darum nicht bange. Er hatte sich auf dem Marktplatz ein gutes Plätzchen neben dem Brunnen gesichert und ließ dort das prächtige Zelt aufschlagen, das beim Schneiderwirt verfertigt worden war.

Ehe es aber noch zur ersten Vorstellung kam, geriet der Mechanicus in Streit mit einem Rattengifthändler, der seinen

Stand gerade vor dem Eingang zu unserem Zelt aufschlagen wollte. Sie wurden handgemein, die Stadtwache schritt ein und sperrte beide auf drei Tage in den Turm.

Für diese Zeit waren wir also frei und war nur die Frage, wie wir das nutzen sollten. Mein erster Gedanke war die Flucht, aber ich musste bald einsehen, dass wir aus einer so wohl behüteten Stadt wie Iglau schwer herauskommen würden; der Torwärtel ließ uns gewiss nicht passieren, er würde uns als verdächtiges Volk unter Bedeckung aufs Rathaus schicken und das Ende vom Liede wäre, dass man uns schließlich wieder unserem Meister ausliefern würde. Das ging also nicht, wohl aber ließ sich jetzt ungestört die Trauung bewerkstelligen. Ich sprach darüber mit Paulus, er nickte zustimmend und machte sich gleich auf, irgendwo unter dem Marktvolk einen zweiten Zeugen aufzutreiben, was ihm auch in kurzer Zeit gelang, sodass wir die Hochzeit auf den nächsten Tag anberaumen konnten.

Trauung wie Hochzeitsmahl fanden in dem prächtigen Schauzelt statt, das ja doch für die Dauer der gezwungenen Abwesenheit des Buckligen dem Publico verschlossen blieb. Auf der bühnenartigen Erhöhung stand ein Tisch, auf diesem ein Kruzifix und zwei Kerzen. Vor diesen schlichten Altar trat unserer Vereinbarung gemäß der Prinz von Leandrien. Seine beiden Köpfe schienen in sehr verschiedener Stimmung zu sein: Der meinige verhüllte wohl schlecht die innere Aufregung, die in mir herrschte, eine zitternde Freude und ein unklares Bangen vor den Folgen dieses Schrittes, der des Rittmeisters blickte finster, fast feindlich drein. Kein Wort wurde zwischen uns gesprochen.

Dann trat Bruder Paulus ins Zelt, Marianne auf den Armen. Die glückstrahlenden Augen der Liebsten suchten meinen Blick und senkten sich enttäuscht, als sie daraus keine ungemischte Freude herauslesen konnten. Nun folgte der Kapellmeister, der sich für die Feier gar zierlich herausgeputzt hatte und ein herablassend wohlwollendes Lächeln zur Schau trug, und schließlich trat auch der neu geworbene Zeuge ein. Man sah ihm wahrhaftig an, dass ihn Paulus irgendwo auf dem Marktplatz aufgelesen hatte. Sein blatternarbiges Gesicht war zwar mit einer großen Hornbrille geziert, die ihm offenbar etwas Respekt heischende Autorität geben sollte, doch sein sonstiges Aussehen, vor allem aber seine Bekleidung war nicht sonderlich geeignet einen solchen Eindruck zu erzielen. Besonders fiel sein hoher Spitzhut mit breiter Krempe auf, den er auch bei der Begrüßung aufbehielt, vielleicht aus Sorge, dass er bei stärkerer Berührung Schaden leiden könnte. Gewiss musste das Ding einmal schön gewesen sein, nun aber hatte der Hut oben ein großes Loch, von dem die spitzen Fetzen nach allen Seiten wie die Zacken einer seltsamen Krone abstanden. Nicht minder beachtenswert war der Degen, den er an der Seite trug: Ein gutes Drittel von ihm fehlte, von der Scheide, in der er stak, war aber gar nur die Hälfte vorhanden, sodass die abgebrochene Klinge noch um ein Beträchtliches herausstand. Der Mann, der also ausgestattet war, schien diese Mängel seines Äußeren als keinen Nachteil zu empfinden, zumindest begrüßte er uns mit viel Selbstbewusstsein, sodass selbst das gnädige Lächeln unseres Kapellmeisters dagegen nicht ankommen konnte.

So waren wir denn also versammelt und die heilige Handlung konnte beginnen.

Sorgsam setzte zunächst Paulus seine liebliche Last in den bereitstehenden Polstersessel, wandte sich dann dem Kreuz zu und sprach ein stilles Gebet. Ein wundersames Leuchten lag über seinem Antlitz, als er es uns wieder zuwandte. Eine geraume Weile blickte er bald Marianne, bald mir in die Augen, mit einem so sonderbaren weltfremden Ausdruck, als ob er sich erst besinnen müsse, warum wir hier versammelt seien und was man eigentlich von ihm erwarte. Dann schien er sich plötzlich zu fassen und begann wie von ungefähr von der ersten Hochzeit zu sprechen, so auf Erden stattgefunden hatte und die unser aller Stammvater mit der Allmutter Eva im Paradies gehalten.

»Nachdem der fürsichtige Gott«, so sprach er, »im Anfang die Erde erschaffen, alles geziert und gesegnet, hat er das Ganze dem Menschen in die Gewalt gegeben, ließ ihn aber bald darauf in einen tiefen Schlaf geraten und nach vollbrachtem Schlaf hat das Heiraten gleich seinen Anfang genommen, indem Gott aus Adams Rippe ein lieblich Weib gestaltet, welches alsobald dem erwachenden Adam vermählet worden. Glückselige Hochzeit, welche ihren Anfang gehabt von Gott an dem Ort aller irdischen Wonne! Glückseliger Hochzeiter und Hochzeiterin wegen der inneren Gnade ihrer Seelen, so ihnen bei dieser Vermählung zuteil geworden! Überglückseliges Ehepaar wegen des Überflusses an Glück und an unzählbaren Gütern, mit denen diese zwei von Gott überhäuft wurden! Freilich sollte dieses Glück nicht lange dauern. Es mag für unseren armseligen Menschenverstand unbegreiflich erscheinen, dass der allgütige Gott aus einer so geringfügig scheinenden Ursache jenes erste Ehepaar aus der Seligkeit des Paradieses vertrieben hat. Und ebenso unbegreiflich mag es scheinen, dass der Himmelsvater über die hier gegenwärtigen Brautleute so viel Leid und Unglück hat kommen lassen. Nicht umsonst führt der Hochzeiter als zweiten Vornamen den Namen Adam, denn wie der Stammvater der Menschheit ist auch er aus einer glückselig verbrachten Jugend in Not und Elend gestürzt worden. Und was soll ich erst von dem traurigen Geschick der Hochzeiterin sagen!

Nein, ich will die Erinnerung an Verlorenes nicht aufrühren, ich will lieber erzählen, wie unserem Ältervater in der Nacht nach der Vertreibung aus dem Paradies im Traum ein Engel erschienen ist und ihm von dort ein Vögelchen und eine Blume brachte, auf dass Adam und all seine Nachkommen doch etwas von der paradiesischen Schönheit besitzen und daran ihre Freude haben; auch brachte er ihnen die Botschaft, dass Gott der Herr sie niemals verlassen werde. Und da sah Adam im Traum sich selbst eine Hütte aus Zweigen bauen, sah, wie er mühsam die Erde bestellte, um sein Brot zu gewinnen, er sah aber auch Engel, welche die Furchen bewachten, die er gezogen, welche die Obstbäume hüteten, die er gepflanzt. Andere Englein saßen am Ufer eines Baches, spielten und sangen. Und von allen Seiten sah er Vöglein herbeifliegen, die sich auf den Bäumen zu Häupten der Englein niederließen und nun gar wohl Acht gaben, damit sie auch schön so singen lernten. Die Nachtigallen und Amseln, die hatten sich es am besten gemerkt, hatten ihre Hälschen am meisten gestreckt, damit ihnen ja nichts entgehe, und darum können sie heute noch so lieblich singen, andere dagegen, wie die Raben und Eulen, denen wurde das Aufpassen bald langweilig und sie flogen fort und haben darum nichts gelernt, sondern krächzen zum Erbarmen.

Adam aber sah, wie sich Gottes Verheißung an ihm und seinen Kindern erfüllen würde: Der gute Gott würde ihn und sein Geschlecht nicht verlassen, es werde durch alle Not und Mühsal doch immer noch ein Abglanz des Paradieses strahlen. Und hat sich das durch die Jahrhunderte von Geschlecht zu Geschlecht also bewährt, dass man das Sprichwort brauche: Wo die Not am größten, ist Gottes Hilfe am nächsten. Und wenn sich das so oft und oft schon bewahrheitet, sollte es nicht auch schöne Wirklichkeit bei dem gegenwärtigen Brautpaar werden? Gott wird euch nicht verlassen, des seid gewiss! Er wird seine Amseln und Nachtigallen senden, auf dass sie an eurem Lebenspfad singen, und die Raben und Eulen mögen ihm für immerdar fernbleiben! Der Allmächtige segne euch! Amen.«

Und nun ergriff er unsere Hände, legte sie ineinander, hielt sie eine Weile in den seinen fest, dann fragte er mit sanfter und doch so bestimmter Stimme:

»Wollt ihr einander für immer und ewig angehören, wollt ihr das Glück miteinander teilen, das Unglück gemeinsam tragen, wollt ihr Mann und Weib sein vor Gott und den Menschen?«

Die angstvolle Unruhe, die mich vorher bedrückt hatte, war von mir gefallen, mit lauter Stimme sagte ich »Ja!«, während Marianne durch wiederholtes Nicken ihr Einverständnis erklärte.

In diesem Augenblick geschah etwas Unerwartetes. Es schob sich noch eine Hand zwischen die unsrigen und noch eine Männerstimme sagte: »Ja!« Das war der Rittmeister!

Mit einem Male verstand ich den heimtückischen Sinn seiner Zustimmung und seiner Bedingungen. Wilde Empörung kochte in mir auf. Ich wäre ihm am liebsten gleich an die Gurgel gefahren, doch eine meiner Hände hatte ich ja als Teil des Prinzen von Leandrien mir anschnallen lassen müssen und die andere hielt Marianne mit innigem Druck fest. So zerrte ich denn nur an den Riemen, die mich an den Rittmeister banden, denn das Gefühl, mit ihm Leib an Leib sein zu müssen, war mir unerträglich geworden. Meine Anstrengungen waren natürlich vergeblich, aber auch mein Zorn schwand auf eine wunderbare

Art. Das machte der Blick, den die Liebste auf mich gerichtet hielt, das machten die Worte, die mir aus ihren Pulsen zum Herzen hinaufdrangen.

»Lass doch den armen Narren«, sagte sie, »lass ihn doch und bemitleide ihn höchstens. Dir gehört ja mein Herz vom ersten Augenblick an und nun gehöre ich dir ganz vor Gott und den Menschen, dir ganz allein! Wie kann das Glück dieser Stunde auch nur ein bisschen Raum für Zorn und Hass lassen!«

Die anderen schienen von dem närrischen Streich des Rittmeisters überhaupt nichts bemerkt zu haben, mit Ausnahme des Paulus, der rasch das seine dazugetan hatte, um den Zwischenfall zu beseitigen. Er hatte mit festem Griff die eingedrungene dritte Hand weggeschoben, was sich auch der Rittmeister ruhig gefallen ließ.

Die heilige Handlung war also zu Ende und wir konnten zum Hochzeitsmahl schreiten. Aus der nahen Gastwirtschaft wurde alles Nötige herbeigeschafft. Ich nutzte die dadurch entstandene Pause, um mich aus den Fesseln lösen zu lassen, in die mich die Gestalt des doppelköpfigen Prinzen gezwungen hatte, und humpelte nun, auf eine Krücke gestützt, zu dem Sitz neben meiner jungen Gattin.

## 8

Vom Rittmeister hatte ich bestimmt erwartet, dass er nach dem Vorgefallenen verschwinden würde, doch er nahm an der Tafel Platz, als ob nichts geschehen wäre. Immerhin störte er nicht weiter, sondern eröffnete ein angelegentliches Gespräch mit dem Mann, der die halbe Degenklinge an der Seite trug. Der begann gar lebhaft seine abenteuerliche Lebensgeschichte zu erzählen, aus der ich nur so viel behalten habe, dass er Student in Krakau gewesen sei, aus Gründen, die er etwas im Dunkeln ließ, von dort fliehen musste und seitdem sich auf mancherlei Art sein Brot verdiente.

Nun wurde das Essen aufgetragen. Ich hatte dazu meinen kleinen Dukatenschatz angegriffen und so war es gut und reichlich ausgefallen. Ein kälberner Nierenbraten war da und ein Bratfisch mit Kranbetbeeren gefüllt. Das Glanzstück war aber eine knusprige Gans, in deren Innerem ein gebratenes Huhn war und da drin steckte noch eine Bratwurst. Dazu wurden Iglauer Bier und ein leichter Wein aus der Nikolsburger Gegend getrunken und ließen gar bald die allgemeine Stimmung sehr vergnüglich werden.

Das große Wort führte der Pole, der in der Gesellschaft solcher Monstra, als wir darstellten, anscheinend beweisen wollte, dass er von uns weiter gar nicht überrascht sei. So erzählte er denn mit breitem Behagen, dass er in Konstantinopel einmal einen Menschen getroffen habe mit nur einem Auge, das sei ihm mitten auf der Stirn gestanden. Und als wir ihm offenbar nicht genug Verwunderung zeigten, da wusste er gar zu berichten, dass ihm auf der Fahrt ins Heilige Land Leute begegnet seien, die hatten überhaupt keinen Kopf, und stünden ihnen die Augen auf den Achseln und auf der Brust hätten sie den Mund, der sei krumm gebogen wie ein Rosseisen.

Ich horchte nicht allzu viel auf solches Reden, sondern hielt mein angetrautes Weib bei der Hand und lauschte in mich hinein auf all die lieben Worte, die ihr Herzschlag zu mir herüberpulste. Zuweilen sprach ich auch wohl einiges mit Bruder Paulus, dankte ihm vor allem für die schöne Brautrede und nannte ihn einen großen Poeta, weil er uns zuliebe ein gar so lieblich Bild von dem ersten Menschenpaar erdacht habe. Er aber winkte mit einer Handbewegung meinen Dank fort und meinte:

»Die Geschichte von den ersten Menschen, die ich da erzählt habe, ist nicht mein Werk, sondern ich habe sie selbst gehört. Eine alte Bauersfrau, die mit ihren zwei Enkelein zum Markt hierher gekommen, hat sie den Kleinen erzählt; ich habe nichts anderes getan, als mich unbemerkt in der Nähe aufzustellen und zu lauschen. Solch eine innige, zu Herzen gehende Erzählung von heiligen Sachen können wir studierten Leute mit all unserem Sinnieren nie und nimmer zustande bringen, die weiß nur das schlichte Volk und unsereins kann nur andächtig staunen, wie stark der Geist Gottes in den einfachen Leuten lebendig ist und wie die göttliche und menschliche Natur so ganz ineinander verschmolzen sind. Wenn ich mit einem Bauersmann über Religion spreche, da fühle ich erst so recht, wie tief der wahre Glaube in diesen Menschen steckt, wie er durch ihren täglichen Verkehr mit der Natur immer stärker und mächtiger wird und wie dieser wahre Glaube nichts anderes ist als Gott selbst. Und darum hat auch der Mensch um seiner Seligkeit willen nichts anderes zu tun als frei zu glauben, wohin ihn der Geist treibt. Dann wird er wissen, dass aller Glaube von Gott selbst kommt, dass durch seinen Geist wir alle unmittelbar und ohne allen Kirchendienst in der wahren Religion unterwiesen werden!«

Ich hörte ihm aufmerksam zu und fühlte gar wohl, wie er in vielem Recht hatte, konnte aber doch nicht umhin, auf ein Ding hinzuweisen, das mir in seinem eigenen Verhalten in Widerspruch zu seinen Worten stand. Warum suchte er die vergessenen Gräber der Evangelischen auf und trachtete sie mit einem Kreuzeszeichen zu schmücken, wenn es nur auf den inneren Glauben ankam und alles Äußere nur überflüssiges, ja irreführendes Beiwerk war? Er nickte mir zu und antwortete:

»Ich freue mich, mein Bruder, dass du den Sinn meiner Worte dir so gut zu Herzen genommen hast, dass du von selbst dort den Gegensatz findest, wo sich einer zeigt, doch hoffe ich dir beweisen zu können, dass dies nur scheinbar so ist. Du darfst nämlich nicht meinen, dass ich jenes Zeichen des Kreuzes etwa darum anbringe, weil ich glaube, dass dadurch der dort Begrabene leichter in die ewige Seligkeit eingeht, nein, ich tue es nur darum, dass jedermann, der da in Hinkunft vorübergeht, wisse, dass er am Grab eines Menschenbruders vorbeiwandelt, dass er darum Halt mache auf seinem Weg und dem, der da unten in der Erde ruht, den Brudergruß nicht versage.«

»Ist auch sonst nur vom Vorteil«, fiel der Krakauer ein, »wenn man stets weiß, wo eine Grabstätte ist. Kann sie dann besser derjenige meiden, der sich vor Totengespenstern fürchtet, kann sie leichter derjenige finden, der kräftige Mittel besitzt, um die Abgeschiedenen zu beschwören und von ihnen die Zukunft zu erfahren.«

»Wäre lästerlicher Glaube«, sagte der Kapellmeister in gebrochenem Deutsch, »wollte jemand meinen, dass er von den Toten etwas über die Zukunft erfahren könnte; wissen selbst nichts, waren ja Menschen wie wir. Ist übrigens auch gar nicht nötig zu solchen Mittel zu greifen, wer da wissen will, was uns bevorsteht, der braucht nur zur rechten Zeit zum

Himmel hinaufzublicken, steht alles dort klar geschrieben. Habe solche Zeichen von oben gar oft beobachtet, am schrecklichsten eines, das ich erst im heurigen Frühjahr mit Grauen und Zittern gesehen habe. Nach einem vorzeitigen Gewitter hat sich der Himmel gleichsam voneinander getan und sah man darauf ein mächtiges Kriegsheer von Osten kommen, dergestalt, dass man Fußvolk, Reiter und Artillerie gar wohl unterscheiden konnte. Dieses Kriegsvolk hat sich stracks gegen eine große Stadt gewendet, sie von allen Seiten umschlossen, mit ihren Kanonen beschossen und manchen Sturm dagegen unternommen und waren schon nahe daran, den Platz zu erobern, da ist ein anderes Kriegsheer der Stadt zu Hilfe gekommen und hat vor ihren Toren eine blutige Schlacht gehalten. Wer dabei Sieger geworden, das konnte ich nimmer sehen, denn auf einmal wuchs über die Kämpfenden eine feurige Säule, so viel Blitze und Donner von sich gegeben, worauf sich der Himmel wieder geschlossen hat.«

»Haben nicht allzu viel zu bedeuten, solche Visionen«, meinte missvergnügt der Krakauer, »Wolken nach einem Gewitter sehen gar leicht wie kämpfende Heere aus, ist das alles eine Eingebung der Phantasie. Wenn man aber, *per concessum*, auch in dem, was der Herr Kapellmeister gesehen haben will, wirklich eine Offenbarung annehmen würde, so wäre es nicht schwer sie zu deuten, ja ich möchte fast sagen, dass es gar keiner Vision bedarf, um solche Dinge vorauszusagen: Es wird nicht lange dauern und die Türken werden wieder mit großer Heeresmacht gegen Westen ziehen und werden erst vor den Mauern von Wien Halt machen; wird darüber großes Entsetzen sein in der Christenheit und werden sie alle zum Entsatz kommen, meine ritterlichen Landsleute voran ...«

»Ist doch alles Unsinn«, fuhr der Rittmeister auf, »unsere kaiserliche Majestät wird die Türken nie und nimmer bis vor die Mauern seiner Residenzstadt lassen. Sind übrigens wenig passende Gespräche für eine Hochzeitstafel, wäre besser und gescheiter, wenn einer der Herren in wohlgesetzter Rede auf das Wohl des jungen Paares getrunken hätte. Da dies aber anscheinend niemandem einfällt, so muss ich, so sonderbar das klingen mag, selbst an die Anwesenden die Bitte richten, sie mögen sich von ihren Sitzen erheben, zu den Bechern greifen und in den Trinkspruch einfallen: Hoch lebe die herrliche Dame Miracunda und ihr soeben angetrauter Gatte, der zweiköpfige Prinz Aquilius von Leandrien!«

Diesmal konnte mich Mariannes Hand nicht zurückhalten, ich sprang auf, vergaß in meiner Aufregung, dass ich nur einen Fuß hatte, taumelte darum mit aller Wucht gegen den Tisch, riss ihn um und stürzte selbst zwischen Schüsseln und Kannen zur Erde. Aber auch Paulus und den Kapellmeister hatte der umfallende Tisch von ihren Sesseln geworfen, sodass die Verwirrung groß war.

Ich suchte mich so rasch wie möglich aufzurichten und hatte auch allen Grund dazu, denn der Rittmeister war inzwischen vor Marianne auf sein Knie gesunken, erzählte von seiner Liebe auf den ersten Blick und versuchte sie in seine ausgebreiteten Arme zu schließen. Ich hatte mich glücklich erhoben, brachte mich mit einem Sprung in die Nähe und warf mich dann mit aller Wucht zwischen die beiden. Ich fühlte, wie mich die Arme der Liebsten umschlossen, ich hörte meinen Feind wütend aufbrüllen und rüstete mich seinem neuerlichen Ansturm standzuhalten. Aber es war nicht nötig, der Pole hatte ihn bereits zurückgerissen und nun hatten ihn die drei Männer in die Mitte genommen und schoben ihn in eine Ecke des Zeltes, so weit als möglich von uns entfernt. Das hinderte ihn freilich nicht, mit aller Kraft zu schreien:

»Lasst mich los, ihr Schurken, lasst mich zu meiner holden Gattin, sie gehört mir genauso wie dem jungen Laffen dort, sie ist mir ebenso wie ihm angetraut, sie ist die Ehefrau des Prinzen von Leandrien!«

Marianne hielt mich mit aller Kraft fest, ich fürchtete sie bei einer allzu heftigen Bewegung vom Sessel zu reißen, und so begnügte ich mich damit, meinerseits zurückzubrüllen und meinem Feind alle erdenklichen Schimpfnamen auf den Kopf zu werfen, die mir in meiner Raserei nur einfielen.

Da wurde der Vorhang des Zeltes aufgerissen, dass das helle Tageslicht in den nur spärlich erleuchteten Raum fiel.

Unwillkürlich schwieg der Lärm und alles blickte zum Eingang. Dort stand der Bucklige und überschaute, die Arme in die Hüften gestützt, die Szene.

»Na, ihr seid mir eine saubere Gesellschaft«, begann er endlich, »kaum dass man euch ein Weilchen allein lässt, gibt es Mord und Totschlag! Und ein festliches Mahl haben die Herrschaften eingenommen! Ei, ei! Da hat es wohl auch einen besonderen Anlass dazu gegeben! Fast sieht es ja aus, als hätte hier jemand Hochzeit gefeiert, es ist zu spaßig! Richtig, dort sitzt ja das süße Bräutchen mit Myrten im Haar, die weißen Brautschuhe kann sie sich sparen, das ist ein großer Vorteil! Und der Herr Hochzeiter, das ist ja der halbe Prinz und der ist sich mit seiner anderen Hälfte in die Haare gefahren! Nein, was für spaßige Leutchen ihr alle zusammen seid, man könnte sich über euch totlachen, wenn man nur dazu Zeit hätte! Doch daran mangelt's leider Gottes! Wenn schon ein hochweiser Magistrat das Einsehen gehabt hat, dass an der ganzen Balgerei einzig und allein der dumme Rattenfänger schuld war, so darf ich doch die wiedergewonnene Freiheit nicht damit vertrödeln, dass ich mir über euch den Buckel voll lache, sondern muss trachten, aus dem ersten Markttag noch herauszuschlagen, was sich herausschlagen lässt. Also auf, auf, ihr lieben närrischen Kinderchen, in längstens einer Stunde muss die erste Vorstellung beginnen!«

Während sich der Pole ohne langen Abschied zum Zelt hinausdrückte, begannen Paulus und der Kapellmeister rasch Ordnung zu machen und die Spuren des Festes zu beseitigen. Die langen Bankreihen wurden auf ihren Platz gerückt, die Bühne freigemacht, der Boden gefegt. Nur Marianne und ich saßen noch immer zusammengeduckt in einem Sessel und in einer Ecke des Raumes lehnte der Rittmeister und warf uns wütende Blicke zu.

Am schrecklichsten war wohl mir zumute, wusste ich doch, was mich erwartete: Man wird mich mit diesem Menschen, den ich nun wie den Tod hasse, in eine Kleiderhülle zusammenpressen, ich werde mit ihm auf einige Stunden ein Wesen sein müssen, werde mich nicht von ihm losreißen können, wenn mich auch das Übermaß von Ekel packt! Die Sprache versagte mir und nur mit stummen Blicken flehte ich den Mechanicus um Erbarmen an, doch der kannte keine Gnade. Mahnend und drohend, bittend und fluchend, mit freundlichen und bösen Worten war er hinter allem her und ruhte nicht eher, bis jede nötige Vorbereitung für die Vorstellung getroffen war.

Und nun musste Bruder Paulus im bunten, schellenbesetzten Narrenkleid vor das Zelt treten, um den Strom der Marktbesucher in unser Zelt zu lenken. Ich konnte es gar nicht recht glauben und doch war es so: Dieselbe Hand, die mich mit Marianne verbunden, die rührte jetzt donnernd die Pauke, derselbe Mund, der uns soeben noch diese rührend schöne Traurede gesprochen, der brüllte nun in das Lärmen und Lachen der drängenden Menge Worte toller Anpreisungen der Wunder, die hier im Zelte zu schauen waren! Und wer waren denn die Wundergeschöpfe, zu deren Besichtigung er so dringend einlud? Das war doch niemand anderes als das seltsame Brautpaar, das vor dem Altar gestanden war, den er errichtet hatte, und das seinen priesterlichen Segen zu ihrem Lebensbund von ihm empfangen hatte. Und nun stand derselbe Mann, der so abgründig schöne Worte für Gott und den Glauben gefunden hatte, dort draußen und schickte die gaffende Menge zu uns herein, hetzte sie förmlich auf uns, die wir soeben die heiligste Stunde unseres Lebens gefeiert hatten! Ich konnte solches Tun nicht verstehen und fühlte mich darum auch von dem verraten, der sich mir bisher als verlässlicher Freund bewährt hatte. So galt denn bald mein ohnmächtiger Zorn nicht nur dem Rittmeister allein, sondern der ganzen Umwelt.

Nur einen Halt schien mir das Leben gelassen zu haben, das war Marianne, die meine Arme noch immer zitternd umschlungen hielten. Aber auch da war eine Veränderung vorgegangen, die mir nicht gleich in ihrer ganzen Größe zu Bewusstsein kam: Ich konnte ihre Hände noch so fest drücken, es pulste kein Wort zu mir durch sie herüber. Was war das, was sollte das heißen? Wollte sie nicht mit mir sprechen, hatte sie in diesem Augenblick meiner schwersten Not mir nichts zu sagen? Das wäre das Ende, das wäre nicht zu ertragen gewesen! Doch nein, ihre Augen waren in unveränderter Liebe auf mich gerichtet, ihre Blicke erzählten mir etwas, das ich nicht verstehen konnte. Jedenfalls wusste, fühlte sie, dass die bisherige Art der Verständigung zwischen uns versagte, und suchte mir das mit ihren Blicken zu erklären – aber ich begriff nicht, hatte nur das Empfinden, dass sie mir die Schuld daran gab, und war mir doch keiner solchen bewusst. Bis mir der Gedanke kam, dass vielleicht das Übermaß meines Zorns die Ursache sein konnte, dass mein Blut dadurch in so starke Wallung gekommen war, dass es die zarten Schwingungen, die aus ihren Adern zu mir herüberpulsten, übertönte. Ich zwang mich zur Ruhe und wirklich fühlte ich bald die Wellen ihres Blutes sich wieder zu Worten formen. Sie sagten nur immer wieder: Ich liebe dich, ich liebe dich!

Das gab mir die Kraft zurück, die ich in diesem Augenblick ach so nötig hatte. Freilich das, was man von mir zunächst erwartete, das schien mir trotzdem noch immer unmöglich. Sollte ich doch wieder mein eigenes Ich aufgeben, jenes Ich, das gerade das hohe Fest seiner Liebe feiern wollte, sollte ich statt der Vereinigung mit dem liebsten Wesen mich gewaltsam zusammenschnüren lassen mit jenem Mann, den ich nun hasste wie nichts auf der Welt! Nein, um keinen Preis wollte ich mehr dieses köstliche Ich hergeben, um mich dafür zur Hälfte einer zweiköpfigen Puppe machen zu lassen! Lieber auf der Stelle sterben, als das über sich ergehen lassen müssen!

Schon sah ich den Buckligen, der sich in Vorahnung möglichen Widerstandes den Kapellmeister als Helfer genommen hatte, die prunkvollen Gewänder des Prinzen von Leandrien herbeischleppen, sah sein einladendes Grinsen, das mich zum Ankleiden auffordern sollte.

Ich sprang auf und vergaß – zum zweiten Mal an diesem Tag –, dass ich nur einen Fuß hatte, dass ich ein hilfloses Geschöpf war, dem man nur, wie jetzt, die Krücke wegnehmen musste, um seinem trotzigsten Widerstand die Spitze zu brechen. Da sank ich zurück zu Füßen des Sessels, in dem Marianne lag, und während mich der Mechanicus und sein Spießgeselle aufhoben, fühlte ich, wie in meinem Innern das Selbstbewusstsein zerschmolz, wie meine Kraft in einer stumpfsinnigen Gleichgültigkeit gegen alles verebbte. Das, was sich jetzt willenlos mit dem Rittmeister zusammenschnüren und einkleiden ließ, was ein Weilchen später auf die Bühne marschierte und seinen Teil am Duett mitsang, das war doch nicht mehr ich, das war ein Geschöpf des Buckligen, das war eben ein Teil jenes Prinzen von Leandrien, mit dem mein wahres Ich nichts gemeinsam hatte.

Als man uns dann spätabends nach der letzten Vorstellung aus den Banden des gemeinsamen Kostüms befreite, da war ich schon so weit, dass ich einen verstohlenen Seitenblick auf den Rittmeister werfen konnte.

Was wohl in ihm vorgehen mochte? Er hatte sich schändlich gegen mich benommen, gewiss, und ich dachte nicht daran, ihm zu verzeihen, aber der Grund seiner niederträchtigen Handlungsweise war doch untadelig, der Grund war Liebe. Sicher tobte auch in ihm wilder Zorn, der Hass gegen den glücklicheren Nebenbuhler; mit dem gleichen Widerstreben wie ich hatte er wohl dieses Zusammenkoppeln ertragen und empfand es gewiss wie ich als eine Erlösung, davon befreit zu werden. Er hatte die Augen gesenkt und merkte meinen Seitenblick gar nicht, sodass ich diesen einige Male wiederholen konnte. Ich sah ein todernstes, gramverzogenes Gesicht.

## 9

In den folgenden Tagen ging es in unserem Zelt sehr lebhaft zu, eine Vorstellung löste die andere ab, dicht gedrängt standen die Zuschauer und konnten sich an solch ungeahnten Wunderwesen nicht satt sehen. Der Mechanicus war angesichts der glänzenden Geschäfte stets in aufgeräumtester Stimmung.

Am Anfang störte ihn wohl einigermaßen die Sorge, ob sich die beiden Köpfe des leandrischen Prinzen nicht einmal ernstlich in die Haare fahren und so die Gesundheit, wenn nicht gar das Leben dieser für ihn so wichtigen Person gefährden würden. Wie ein Tierbändiger, der mit einem Löwen und einem Tiger Dressurstücke aufführt und stets in Sorge lebt, dass sich die Bestien nicht einmal gegenseitig auffressen, so war er auch außerhalb der Vorstellungen immer in unserer Nähe, ließ keine Bewegung von uns aus den Augen. Aber seine Befürchtungen erwiesen sich als unbegründet.

Nur einmal ging mir das Temperament beim Singen des Duetts durch und ich sang mein Lied, als wäre es ein Kampfruf und blickte dabei den anderen Kopf mit so glühendem Hass an, dass den Zuschauern ganz angst und bange wurde. Meine Wut brachte auch den Rittmeister ins Feuer, er antwortete in gleichem Ton, wir vergaßen Text und Melodie und brüllten uns gegenseitig die ärgsten Flüche und Beschimpfungen ins Gesicht und schon tastete seine Hand nach dem Degen, den der Prinz an der Seite trug, schon griff ich nach dem prächtigen Stilett, das seinen Gürtel zierte. Aber der Bucklige hatte solche Möglichkeiten bedacht und dafür gesorgt, dass weder die eine noch die andere Waffe aus der Scheide herauszubringen war. Wir begriffen dies im gleichen Augenblick, ließen die Griffe los und fuhren uns nun jeder mit seiner freien Hand ins Gesicht, dass die Haarbüschel flogen, dass das Blut von den Kratzwunden über die Wangen rann.

Das Publikum hatte seinen ersten Schreck rasch überwunden und tobte nun vor Begeisterung über diese unerwartete Zugabe zum Programm. Das war ja tausendmal schöner als die tollsten Tierhetzen, die man unten im Tal auf der Heuloswiese zum Besten gab! Unser Meister war einen Augenblick verzweifelt und fürchtete das Ärgste. Dann stürzte er davon und kam nach einer Weile mit dem Kapellmeister wieder, jeder mit einem Sack in der Hand. Die stülpten sie uns von hinten über die Köpfe, vergönnten den Zuschauern noch eine Weile den Anblick, wie wir diese Hüllen abzuschütteln suchten, wie nun die Hände zu Fäusten geballt blind darauf losschlugen, dann schleppten und stießen sie den rasend gewordenen Prinzen von der Bühne herunter hinter den Vorhang des Hintergrundes.

Wie ein Lauffeuer ging der Bericht von dieser Vorstellung durch die Stadt und nun wollte jeder den mit sich selbst raufenden Prinzen sehen. Bruder Paulus hatte es nicht mehr nötig die Werbetrommel zu rühren, die Leute strömten von selbst in Massen herbei, füllten in atemberaubendem Gedränge unser Zelt und warteten auf eine Wiederholung jenes Kampfes.

Was meine poetische Ader bei aller Anstrengung nicht zustande gebracht hatte, das gelang nun dem Volksmund mühelos und noch dazu gleich in einer Reihe von Varianten. Die Leutchen wussten mit einem Mal ganz absonderliche, ungeheure Geschichten von diesem zweiköpfigen Prinzen und der Ursache, warum der eine Kopf den anderen hasste, und stritten sich in allen Schänken der Stadt, welche von diesen Erzählungen die wahre sei.

Das Sonderbarste aber war, dass manche in ihren phantastischen Berichten beinahe das Richtige trafen. Wollten doch einige aus sicherster Quelle wissen, dass die beiden Köpfe des edlen Königssohnes sich vordem sehr gut vertragen hätten, bis der Prinz einmal einer wunderschönen Maid begegnet sei, an die er sogleich sein Herz verloren habe. Da er dieses Organ glücklicherweise nur in einem Exemplar hatte, so konnten in Fragen der Liebe keine Meinungsverschiedenheiten aufkommen und es sei umso mehr alles in Ordnung gegangen, als auch die schöne Dame den Prinzen gleich auf den ersten Blick lieb gewonnen habe. Aber leider hatte er eben zwei Köpfe und von denen wollte jeder allein mit der Schönen plaudern, allein ihren Mund küssen; auch wollte jeder von den beiden derjenige gewesen sein, der durch seine gewinnenden Züge das Herz der Dame erobert hätte. Und so seien die beiden Köpfe in einen so heftigen Zwist geraten, dass sie sich Tag und Nacht zankten. Das sei dem alten König schließlich zu arg geworden und er habe den Prinzen des Landes verwiesen. Die schöne Dame aber nahm sich das Schicksal ihres Geliebten gar sehr zu Herzen und weinte sich die Äuglein rot, machte sich auch Vorwürfe, dass sie, wenn auch sehr gegen ihren Willen, der Anlass zu seiner Verbannung gewesen sei. Schließlich suchte sie einen Hexenmeister auf und bestürmte ihn, den Aufenthaltsort des verschollenen Prinzen herauszubringen und sie selbst dann im Zauberflug zu dem Geliebten zu schaffen. Der Hexer sah einfach in seinen Erdspiegel, in dem er alles was er wollte leicht erblicken konnte, und wusste sogleich, wo der Prinz weilte, das war aber sehr, sehr weit; wenn die Dame dorthin nachkommen wolle, so gebe es nur ein Mittel, nämlich seine Zauberkiste. Die sei aber leider etwas klein, ein Mangel, dem freilich leicht abzuhelfen sei: Man müsse eben wegschneiden, was nicht hineingehe. In ihrer Verliebtheit erklärte sich die Dame gleich einverstanden, da hat sie der Zauberer gepackt, in die Kiste gesteckt und ihr die ganzen Beine dicht unter dem Leib abgehackt – die konnte er nämlich für eine andere Teufelei sehr gut gebrauchen. Die Kiste sei aber dem Prinzen wirklich nachgeflogen und die schöne Dame darin sei eben jene Donna Miracunda, die man tagtäglich gegen ein Weniges in dem Zelt des buckligen Landfahrers sehen könne, ebenso wie den Prinzen selbst, dessen beide Köpfe noch immer im Streit lägen.

Solche und hundert andere Geschichten wurden von uns in der Stadt berichtet und füllten, wie schon gesagt, unser Zelt vom frühen Morgen bis zum späten Abend. Unter solchen Umständen hätte es unser Meister gar nicht so ungern gesehen, wenn sich jener Aufsehen erregende Vorfall gelegentlich einmal wiederholt hätte und wir beide uns nochmals auf offener Szene in die Haare gefahren wären. Zu seinem Leidwesen und zur großen Enttäuschung des Publikums geschah aber nichts dergleichen. Wir schämten uns beide unseres Wutausbruches und waren fest entschlossen uns künftig besser im Zaum zu halten. Wir blieben Todfeinde, aber unsere Herzensangelegenheiten wollten wir nicht vor einer schaulustigen gefühllosen Menge austragen. Wir sprachen das nicht aus, denn wir wechselten nach wie vor kein Wort, doch merkte jeder aus dem Verhalten des anderen, dass der derselben Meinung war.

Da sich aber die lockenden Raufszenen nicht mehr wiederholten, vielmehr der Prinz ein ganz friedlicher Bursche schien, der seine beiden Köpfe in guter Zucht hielt, so ebbte langsam das Interesse des Publikums ab und die Zuschauer wurden immer spärlicher. Da zudem der Kathreinermarkt vorbei war und wir sowieso schon zu den Letzten gehörten, die noch ihre Buden stehen hatten, und die Marktbüttel deshalb dringlich wurden, so entschloss sich der Mechanicus endlich zum Aufbruch.

Zum Abbrechen des Zeltes bedurfte es der Hilfe aller Mitglieder unserer Truppe, die gesunde Glieder hatten, unser Meister fluchte daher gewaltig, weil der Kapellmeister nirgends zu finden war. Er stellte sich auch später nicht ein; offenbar hatte er eine vorteilhaftere Beschäftigung gefunden und sich durch langes Abschiednehmen nicht aufhalten lassen wollen.

## 10

So zogen wir denn um einen Mann weniger aus Iglau heraus. Die Landstraße war vom Regen durchweicht, nasskalter Nebel lag über dem Land; meine Stimmung war aufs äußerste niedergedrückt, denn der Bucklige hatte dafür Sorge getragen, dass ich nicht einen Augenblick mit meinem armen jungen Weib allein blieb. Zudem verschwand noch am Abend des ersten

Reisetages auch Bruder Paulus, mein einziger Freund, mit dem ich mich aussprechen konnte. Ich war ehrlich empört darüber, denn ich hätte nie und nimmer geglaubt, dass er mich so schnöde im Stich lassen würde. Und dabei hatte ich das Gefühl, dass ich in allernächster Zeit ganz besonders seinen Rat, vielleicht seine Hilfe brauchen würde. War es doch für mich vollständig außer jedem Zweifel, dass mein Verhältnis zum Rittmeister auf die Dauer nicht so bleiben könne, dass eine restlose Bereinigung dessen, was zwischen uns lag, nur aufgeschoben war. In welcher Art sich diese Klärung abspielen sollte, davon konnte ich mir freilich keine rechte Vorstellung machen, dazu war ich wohl zu jung und unerfahren und es schien mir eine Selbstverständlichkeit, dass ich das dem anderen, als dem bedeutend Älteren, überließ.

Ich sollte nicht lange darauf zu warten haben. Wir waren erst vier Tage auf der Reise gewesen und bei den schlechten Wegen nicht weit gekommen. Da erwachte ich eines Morgens von einem durchdringenden Schrei – kein Zweifel, das war die Stimme des Buckligen. Ich hörte noch einen schweren Fall, da kam auch schon der Rittmeister in den Verschlag gehüpft, der mir als Schlafstätte diente.

»Ich habe den buckligen Kerl erschlagen«, sagte er mit ruhiger Stimme, »dieser Ausbeuter unseres Elends hatte sich das schon längst verdient. Das wäre also in Ordnung und nun können wir zusammen ein Wörtchen reden. Es wird uns niemand stören; den guten Paulus habe ich rechtzeitig weggeschickt, es war nicht schwer ihn loszuwerden, ich habe ihm nur von den vielen vergessenen Gräbern erzählen müssen, die nordwärts von Iglau liegen, also in der entgegengesetzten Richtung, als unsere Fahrt geht. Die edle Dame Marianne hat gestern von ihrer Aufwärterin einen Schlaftrunk gereicht bekommen, der ihren Schlummer um einige Stunden verlängert, bei der Magd selbst war dies gar nicht notwendig, die schläft sowieso wie ein Ratz, für die nötige Ruhe ist also gesorgt. Und nun also zu unseren Geschäften!

Ich bekenne, wenn auch ohne Reue, dass alles das, was ich bei deiner Hochzeit aufgeführt habe, ein Unsinn war, aber ich habe mir eben nicht anders zu helfen gewusst. In meinem aufgeregten Hirn hatte sich wirklich die Idee festgesetzt, dass du und ich gar keine selbständigen Menschen mehr seien, sondern nur Teile dieses verfluchten Prinzen von Leandrien, aber schließlich hat doch bei mir die Vernunft Oberhand bekommen und ich bin mir nun vollkommen darüber im Klaren, dass ich durch jene Trauung keinen Anteil an der gewonnen habe, die mir viel zu hoch steht, als dass ich mir durch einen Betrug ein Recht auf sie erwerben möchte. Es ist mir aber noch eines deutlich zu Bewusstsein gekommen, dass mir nämlich mit einem Gelingen meines schnöden Planes gar nicht gedient wäre, denn damit wäre ja doch nur erreicht worden, dass wir beide die Gatten der Lieblichen wären, dass wir beide die gleichen Ansprüche an sie stellen könnten, und das würde ich nie und nimmer ertragen, denn ich will und muss sie allein besitzen oder ich gehe eben zugrunde. Für einen von uns beiden ist also kein Platz mehr auf der Erde und da das, was wir uns in den letzten Tagen alles gesagt und getan haben, sowieso nur mit Blut gesühnt werden kann, so mögen die Waffen zwischen uns entscheiden!«

Seine Rede überraschte mich nicht allzu sehr, auch ich hatte das Empfinden, dass die blanke Klinge das letzte Wort zu sprechen hätte, und so erhob ich mich rasch und griff nach meinen Kleidern. Der Rittmeister hatte sich auf einer Truhe niedergelassen und fuhr fort:

»Ich habe keinen Augenblick gezweifelt, dass du mir Recht geben und meinen Vorschlag annehmen wirst. Du wirst wohl auch einverstanden sein, wenn ich den Kampfplatz nicht ganz in der Nähe wählen möchte. Zwar ist das Schlafmittel sicher stark genug, um ein vorzeitiges Erwachen zu verhindern, aber die hohe Dame Marianne könnte doch das Klirren unserer Degen im Schlaf vernehmen und unruhige Träume davon bekommen.«

Wie unendlich zartfühlend doch dieser sonst so raue Soldat sein konnte! Ich hätte das nie von ihm für möglich gehalten und spürte, wie mir vor Rührung die Augen nass wurden. Ich blickte weg, damit er dieses Zeichen meiner Schwäche nicht bemerke. Er war aber viel zu sehr mit seinen eigenen Gedanken beschäftigt, um darauf zu achten.

»Wir werden also«, setzte er fort, »ein Stück Weges abseits gehen müssen. Das können wir mühelos tun, wenn wir uns dazu noch ein letztes Mal in das Kostüm des doppelköpfigen Prinzen einkleiden.«

So taten wir, schnallten uns auch links und rechts unsere Degen um und gingen dann so leise als möglich von den Wagen fort.

Ich wendete noch einmal den Kopf – dort schlief Marianne – ob ich sie noch einmal wieder sehen würde? Der Rittmeister blickte starr vor sich hin, er warf keinen Blick zurück.

An einem Kreuzweg hemmte er unseren Schritt und sah mich an. Ich nickte, mir war jeder Platz recht. Dann begann er die Riemen zu öffnen, die unsere Körper verbanden. Als er damit fertig war und wir von allen Banden frei einander gegenüberstanden, da blickte er mich einen Augenblick zögernd an, dann drückte er mir fest die Hand und sagte:

»Über ein Weilchen wird einer von uns beiden nicht mehr am Leben sein! Da möchte ich dir zum Abschied doch noch sagen: Du warst stets ein treuer, ehrlicher Kamerad und ich habe dich aufrichtig lieb gehabt! Dass uns das Schicksal schließlich gegeneinander gehetzt hat, sodass einer von uns zu viel ist auf der Welt, das ist nicht deine Schuld, aber auch ich habe mir diese Liebe nicht ausgesucht, sie kam über mich wie ein Unwetter und ich war wehrlos gegen sie. Wenn du das bedenkst, dann wirst du auch mir keine Schuld geben und wirst mir verzeihen, dass ich in der Leidenschaft meines Herzens alle Rücksicht vergaß! Du hast meine Hand angenommen und mir damit bestätigt, dass du mir verzeihst. Lass mich dich zum Abschied umarmen und gib mir den Bruderkuss auf beide Wangen, wir wollen als die Freunde voneinander scheiden, die wir waren!«

Ich fiel ihm um den Hals und küsste ihn; ich konnte die Tränen nicht mehr zurückhalten und schämte mich ihrer auch nicht länger. Er streichelte mir das nasse Gesicht, sprach mir Mut zu wie ein Vater seinem Jungen, hielt dann plötzlich inne und sagte hart:

»Jetzt ist's genug, lass uns Distanz nehmen. Einen Unparteiischen haben wir nicht zur Hand, so müssen wir selbst das Kommando übernehmen! Du zählst eins, ich sage darauf zwei und du gibst mit drei das Zeichen zum Beginn. Mit Gott also!«

Wir stellten uns in Positur und legten uns aus, so gut man das eben auf einem Beine stehend tun konnte. Einen Augenblick lagen die Klingen aneinander, als ob sie gebunden wären. Keiner von uns wollte den ersten Stoß führen, doch dann schlug er eine elegante Finte, machte aber den Stoß am Schluss so langsam, dass ich ihn mühelos parieren konnte.

Aber diese kleine Einleitung hatte genügt, uns ins Feuer zu bringen. Wer jemals auf dem Fechtboden gestanden hat, der wird das verstehen, anderen wird man es wohl kaum klarmachen können, wie einem da zumute ist. Und so begannen unsere Streiche und Stöße heftiger zu werden. Wir verstanden beide den Degen mit Kunst zu führen, das war gar bald offenbar. Wir wussten unsere Stiche und Hiebe gar hurtig anzubringen, aber stets vermochte sie der andere noch hurtiger zu parieren.

Freilich konnten wir unsere auf der Fechtschule gesammelten Erfahrungen nicht voll verwerten, daran hinderte uns unser verkrüppelter Zustand. So spielten sich denn Angriff und Gegenangriff, Vor- und Rückgehen in grotesken Sprüngen ab, die uns oft aus dem Gleichgewicht zu bringen drohten. Wie zwei gegeneinander hüpfende Riesenheuschrecken hätten wir einem Zuschauer erscheinen müssen, wie zwei närrisch gewordene Tänzer, die in ihrem Wahnsinn zu Schwertern gegriffen hatten. Dass dabei so mancher geschickt geführte Hieb, so mancher Meisterstoß der schwankenden Fechter ins Leere ging, kann man sich leicht denken. Das war wohl die Ursache, warum es recht lange auf keiner Seite eine Verletzung gab.

So wogte der Kampf unentschieden hin und her und es wäre keine Entscheidung abzusehen gewesen, wenn ich nicht schließlich gemerkt hätte, dass meine Hand müde zu werden begann, während mein Gegner so frisch wie am Anfang schien. Noch konnte ich mich gegen seine Angriffe decken, aber meine Paraden wären unschwer durchzuschlagen gewesen. Das tat der Rittmeister zwar nicht, seine Klinge glitt bei der Berührung mit der meinen mit leichter eleganter Bewegung zurück, aber selbst diese vielleicht ganz unbeabsichtigte Schonung konnte mir auf die Dauer nicht helfen, weil ich genau fühlte, wie meine Paraden nicht mehr rechtzeitig einsetzten. Und so kam es, wie es kommen musste: Eine steile Terz fiel rascher, als ich erwartet hatte, und schon schlitzte sie mir Hemd und Haut auf, dass das helle Blut in Strömen herausbrach. Ich taumelte ein wenig, führte mechanisch einen Gegenstoß und stürzte haltlos vorwärts. Und dabei geschah das, was ich weder gewollt noch erwartet hatte: Die Klinge meines Gegners war von ihrem siegreichen Angriff noch nicht in die Parade zurückgekehrt und so bohrte sich mein Degen in den ungeschützten Leib.

Eine weit ausholende Armbewegung noch, dann sank die Waffe zur Erde und im nächsten Augenblick folgte der ganze Körper nach. Ich humpelte an seine Seite, ich stützte seinen Kopf, aber ich sah auf den ersten Blick, dass ich einen Sterbenden vor mir hatte. Er hat in meinen Armen seinen letzten Atemzug getan und ich drückte ihm die Augen zu.

Es dauerte eine geraume Weile, ehe ich die Kraft aufbrachte mich zu erheben. Das Blut floss noch immer aus meiner Wunde, ich achtete dessen nicht. Aber bald merkte ich, dass ich durch den Blutverlust immer schwächer wurde und die Gefahr bestand, dass ich verblutete. So machte ich mir denn, so gut es gehen mochte, aus Fetzen meines Hemdes einen Notverband und dann suchte ich auf meinen Degen gestützt den Rückweg anzutreten.

Es ging zum Verzweifeln langsam und ich musste des Öfteren Rast machen. Schließlich kam ich aber doch ans Ziel. Dort bei den Pappeln mussten unsere Wagen stehen. Aber so sehr ich nach ihnen ausschaute, ich sah nichts dergleichen. Ich dachte schon, dass das Wundfieber mich narrte, aber schließlich stand ich in dem Geleise, das sich die Wagen beim Wegfahren in die regennasse Lehmerde gegraben hatten: Es war kein Zweifel möglich, sie waren fort. Aber wer konnte dies getan haben? Der Bucklige war nach des Rittmeisters Versicherung tot. Wer hatte also die Pferde eingespannt, wer den Kutscher gemacht? Vom Blutverlust geschwächt, war ich keines klaren Gedankens fähig. Ratlos sah ich mich um und fühlte meine Sinne schwinden.

# Unter Adamiten und Kurutzen

## 1

Als ich wieder zu mir kam, lag ich tief in einem Federbett vergraben. Es musste Nacht oder spät am Abend sein, denn die Stube erhellte ein Kienspan. Ich konnte deutlich, ohne mich aufzurichten, den eisernen Schleißenhalter sehen, worin er stak. Weiß getünchte Wände beleuchtete sein Licht und eine altersschwarze Balkendecke. Auch ein von scharfen Falten durchrunzeltes Bauerngesicht, das nach mir blickte.

Mühsam brachte ich die Frage heraus, wo ich denn sei. Ein stechender Schmerz in der Brust machte mir das Sprechen schwer.

»Beim Bruder Jesu Christi!«

So lautete die Antwort. Vergeblich suchte ich ihren Sinn zu erfassen.

Von den Anstrengungen des Denkens wurde mein Kopf rasch müde und ich schlief wieder ein. In wilden Traumgeschichten focht ich nun noch einmal den Kampf mit dem Rittmeister aus, aber der hatte das Gesicht des Buckligen und trug eine schreckliche Pestbeule auf der Stirn. Auf einmal jagte eine Herde Katzen mit grün leuchtenden Glotzaugen daher, sie schrien gewaltig und wurden immer größer. Dann waren sie mit einem Schlag verschwunden und vor mir stand eine Frau in prächtigem Samtgewand, sie war überlebensgroß, ihr Haupt von einer rosigen Wolke verdeckt. Doch die Wolke verzog sich allmählich und ich sah zu meinem Schrecken, dass sie zwei Köpfe hatte: Der eine hatte Mariannes lieb vertrautes Gesicht, der andere aber zeigte die Züge der Pharaildis. Vier Augen sahen mich durchdringend an, sie schienen etwas zu fragen und ich wusste keine Antwort darauf. Da streckte die Gestalt ihre Arme gegen mich, ihre Hände erreichten meine Stirn und legten sich eiskalt auf meine Schläfen – ich erwachte und spürte, dass es ein frischer Luftzug gewesen war, der meinen fieberheißen Kopf gekühlt hatte.

Der Kienspan war erloschen, durch das geöffnete Fenster fiel der volle Mondschein herein. In seinem Licht lehnte der alte Bauer und blickte zum Himmel empor. Dann begann er zu sprechen:

»Es ist gut, du lieber Mond, du, dass du gerade heute Nacht die Wolken verjagt hast und wieder am Himmel stehst! Ich habe Wichtiges mit dir zu sprechen. Den fremden Mann, der dort im Bett liegt, habe ich heute Abend am Rand meines Feldes gefunden, du kennst das Feld, ich hatte dort heuer Hafer gebaut und er ist bei deinem Schein gut gewachsen. Dank sei dir dafür, du Guter! Der Mann hatte eine Wunde auf der Brust, die schlecht verbunden war. Ich habe ihn auf den Rücken genommen und hierher gebracht. Er war nicht schwer zu tragen, ist ein junger Mensch, nur Haut und Knochen und ist überdies um ein Bein leichter als unsereiner, denn er hat nur einen Fuß. Ich habe doch recht getan, dass ich mich seiner annahm, nicht wahr? Ich wusste es, aber ich höre doch gern, dass du mir das sagst. Doch nun möchte ich wissen, ob ich ihn auch richtig behandle. Ich habe ihm ein Pflaster aus gestoßenem Wasserfenchel und Schweineschmalz gemacht, das reinigt und heilt alle Wunden, die von eisernen Waffen gehauen sind. Und eine solche muss es gewesen sein, die ihn niedergeworfen hat. Dann nahm ich getrocknete Edelgarbenblumen, Sinngrün, Ehrenpreis, Buchspick, Erdbeerkraut, etwas Angelikawurzel und vom Sternkraut mit den blauen Blumen, habe dies alles gut in Wasser gekocht und dann mit fürnem Wein vermischt, es gut abkühlen lassen und ihm dann einiges löffelweise eingeflößt. Will auch morgen spitzen Wegerich, Weberkartenblätter und wiederum Angelikawurzel in Honig anmachen und ihm eingeben, denn ich fürchte, dass der Stich durch die Lunge geht. Ist's recht so? Nein? Auch Schartenkraut und Rosshuf soll ich in den Honig mischen? Wie du meinst, du Kluger, so soll es genau geschehen. Und nun sei bedankt, ich weiß, dass du uns, die Leute des großen Herrn, stets wohl berätst! Gute Nacht und grüß mir die Sternlein alle am Himmel!«

Er machte eine tiefe Verbeugung gegen den Mond, dann

schloss er das Fenster. Ich war zu müde, um mich über das Gehörte zu verwundern und schlief wieder ein.

Mit meiner Genesung ging es nur langsam vorwärts und wenn ich überhaupt aufkam, so danke ich dies nur der sorgsamen Pflege, die ich fand. Immer war der Bauer in meiner Nähe und wenn er fortmusste, so setzte sich sein Weib neben das Bett. Auch eine Tochter, ein hübsches, rotbäckiges Ding, war im Haus, aber die bekam ich nur auf Augenblicke zu Gesicht.

Als es mit mir besser ging, suchte ich durch Fragen etwas über meinen gütigen Gastgeber zu erfahren. Aber aus seinen Antworten konnte man nicht klug werden. Als ich nach seinem Namen fragte, sagte er:

»Ich habe mir keinen gegeben!«

Auch hätte ich gern gewusst, ob er Katholik oder ein Evangelischer sei, doch auch das war nicht aus ihm herauszubekommen. Als ich an einem Sonntag früh die Frage stellte, wann er heute in die Kirche gehen werde, da gab er zurück:

»Ich bin von früh bis abends und von abends bis früh in der Kirche, ich gehe gar nicht aus ihr heraus, wie kann ich da hineingehen?«

So ausweichend diese Antworten waren, so wurden sie doch immer in einem freundlichen Ton gegeben, sodass sie keineswegs verletzend wirkten. Es lag aber auch so viel Selbstbewusstsein, ja eine Art Hoheit in diesen Worten des schlichten Bauern aus dem abgelegenen mährischen Dorf, die sich Respekt erzwang. Aber nicht nur Achtung empfand ich für den Mann, sondern es entwickelte sich auch ein solches Vertrauen in mir, dass ich ihm, der mir nicht einmal seinen Namen nennen wollte, meine ganze krause Lebensgeschichte erzählte und ihn um Rat fragte, was ich nun beginnen solle.

Als ich geendet hatte, blickte er lange nachdenklich vor sich hin, dann meinte er, dass ich unbedingt trachten müsse, in mein Vaterhaus zurückzukehren. Ob meine Bedenken dagegen begründet seien, das werde unschwer zu erfahren sein. Wie, das würde ich bald hören.

Einige Tage später fuhr ein schwerer Lastwagen in den Hof. Der Bauer blickte flüchtig zum Fenster hinaus, nickte und sprach zu mir:

»Das ist der Brünner Fuhrmann, der auf seiner Fahrt nach

Prag stets bei mir Rast macht, weil ich ihm immer etwas zum Besorgen aufgebe. Er wird uns gewiss die Nachrichten verschaffen, die wir brauchen.«

Damit ging er hinaus und kam nach einer Weile mit einem fremden Mann herein. Der hatte eine große Lammfellmütze auf, einen langen Pelz und sehr hohe Stiefeln an und hielt eine Fuhrmannspeitsche in der Hand, die er auch beim Niedersetzen nicht wegstellte.

Er ließ sich erzählen, was ich von ihm wolle, und meinte, da wäre der alte Ratsdiener Franz der richtige Mann. Mit dem treffe er sich ohnehin jedes Mal in der Trinkstube eines Bräuhauses am Rossmarkt, da werde er ihn fragen. Dann aß er ein ordentliches Stück geräucherten Speck und eine große Schnitte Schwarzbrot, trank auch einigen Kalmusschnaps dazu, grüßte mit Dank und ging. Bald hörte man draußen seine Peitsche knallen und die Wagenräder sich knarrend in Bewegung setzen.

Zwei Wochen später war er wieder da.

Er ließ sich zunächst umständlich hinter dem Tisch nieder, nahm einen tüchtigen Bissen und einen kräftigen Schluck zu sich, dann erzählte er: Also, Primator sei jetzt durch kaiserliche Gnade der alte Herr Dirix von Rottenberg, der Franz hat bei seiner feierlichen Installierung selbst als Servus fungiert und die Amtsleute und Ratsbediensteten zur Anhörung des kaiserlichen Bestellungsschreibens in die Ratsstube geleitet. Ist die Installation jedoch nicht so feierlich gewesen wie bei seinem Vorgänger und das wegen der Pest, die aber jetzt mit Einbruch des Winters, dem Himmel sei tausend Dank dafür, gänzlich verschwunden sei. Von den Söhnen des hochseligen Herrn Primators Löwenmacht ist der Älteste gleichfalls an der Pest gestorben, der zweite, Hans Adam mit Namen, hat die Ansteckung glücklich überlebt und nur ein steifes Bein, in das sich das Pestilenzgift zurückgezogen, als Andenken behalten. Ansonsten ist er wohlauf und arbeitet fleißig beim kaiserlichen Appellationsgericht. Der Jüngste, der Matthias, will Priester werden und hat schon die niederen Weihen empfangen. Frau Barbara, die Ehefrau des neuen Primators, möchte gern ihre Tochter, die Annesusanne, mit dem jungen Hans Adam Löwenmacht verheiraten, aber der hat sich nicht recht dazu, man sagt, er habe während des kaiserlichen Aufenthaltes in Prag sein Herz an eine gar schöne Gräfin verloren und habe auch heute noch nur die im Kopf. Über seine vormalige Duellaffäre rede kein Mensch mehr und gar jetzt, wo er beim kaiserlichen Gericht amtiere, sei das sicher verziehen und vergessen.

Ich hörte mir diesen Bericht an und wunderte mich einigermaßen, dass der Erzähler sich so gar nicht durch die Tatsache stören ließ, dass der besagte Hans Adam, von dem er so viel zu erzählen wusste, hier mit ihm bei Tisch saß. Nun, die Erklärung war ja gewiss sehr einfach: Er hatte sich meinen Vornamen nicht gemerkt. Im Übrigen lag offenbar eine Verwechslung vor, ich und nicht mein älterer Bruder Max galt als an der Pest gestorben und alles das, was er über Hans Adam zu berichten wusste, bezog sich gewiss auf Max; obgleich auch da eines nicht stimmen wollte: Er hatte doch niemals Jura studiert und konnte also nicht beim Gericht eine Anstellung finden. Auch war es sehr merkwürdig, dass man die Geschichte meiner Liebe zu Marianne so ohne weiteres auf ihn übertragen hatte.

Ich sann eine Weile darüber nach, was wohl die Wahrheit sein mochte, und dabei fiel mir zugleich mit der Erinnerung an die wunderschöne Zeit unseres ersten Beisammenseins der Gedanke aufs Herz, dass ich nun seit so langem keine Nachricht von der Liebsten hätte, denn was auch der Bauer auf meine Bitten hin nachgeforscht hatte, es war nichts über ihren Verbleib zu erfahren gewesen. War es nicht dazu doch das Beste, wenn ich möglichst rasch heimkehrte? Die Stellung meiner Familie und ihre Verbindungen mussten mir doch ganz andere Möglichkeiten zu Nachforschungen an die Hand geben, auch konnte ich mich dann doch durch einen geeigneten Mittelsmann mit Mariannes Vater ins Einvernehmen setzen. Vielleicht, ja wahrscheinlich wusste ich über ihr Geschick einiges mehr als selbst ihre nächsten Angehörigen; gewiss hatten sie keine Ahnung davon, dass die Arme einem fahrenden Gaukler in die Hände geraten war und als Dame Miracunda auf Jahrmärkten ihr Elend zur Schau stellen musste, ja möglicherweise wussten sie nicht einmal von ihrer schrecklichen Verstümmelung. War nur einmal das Einvernehmen mit ihrer Sippe hergestellt, so würden wir dann gemeinsam die Nachforschungen nach dem so rätselhaft verschwundenen Komödiantenwagen aufnehmen und wenn wir ihn und damit meine Liebste gefunden hätten, dann würde wohl die Freude darüber und das Mitleid mit unserem traurigen Geschick stärker sein als alle Bedenken wegen mangelnder Ebenbürtigkeit und so würde der väterliche Segen unserem Bund doch noch nachträglich zuteil werden.

So hing ich meinen Gedanken nach und hatte gar nicht bemerkt, dass der Bauer die Stube verlassen hatte, um irgendetwas zu holen, und dass ich mit dem Fuhrmann allein war. Der nutzte die Gelegenheit zu der Frage, ob ich denn auch wisse, bei wem ich wohne. Ich verneinte und bekam die Auskunft:

»Der Bauer heißt Jan Bavak, aber er nennt seinen Namen nie, den führt er nur vor den Ämtern. Er ist ein ehrenwerter Mann, aber er gehört zu einer unheimlichen Bruderschaft. Die Leute seines Glaubens nennen sich Söhne Gottes oder Kinder des großen Herrn; während sie von den anderen Adamiten genannt werden, weil sie ihre Andachten nackt verrichten.«

Da kam der Bauer wieder herein, der Fuhrmann wandte sich seinem Essen zu und als er damit fertig war, machte er sich weiter auf die Reise.

Aus meiner Absicht, so bald als möglich selbst nach Prag zu fahren, wurde zunächst nichts, denn meine Wunde brach nochmals auf, es stellte sich wieder heftiges Fieber ein und ich musste das Bett hüten.

Ich wurde so sorgsam wie vordem gepflegt, aber der Bauer musterte mich zuweilen mit einem sonderbaren Blick, der nur einen Sinn haben konnte: Er wusste genau, was mir der Fuhrmann über ihn gesagt hatte, und wollte nun erfahren, was ich darüber dachte. Er vermutete wohl, dass mich Entsetzen und Abscheu über das Vernommene erfüllen würden. Das war aber gewiss nicht der Fall, denn soweit mich das Fieber einen klaren Gedanken fassen ließ, dachte ich nur an Marianne, fasste und verwarf wieder Pläne zur Auskundschaftung ihres Schicksals und suchte dann wieder zu ergrübeln, wie die Dinge in Wirklichkeit in Prag liegen mochten.

Der Bauer las mir dabei nur das eine von den Augen, dass seine Befürchtungen unzutreffend gewesen waren. Er sprach nun selbst zuweilen von seinem Glauben. Es waren mancherlei Dinge darunter, die ich nicht recht verstand, so wenn er mir versicherte, dass sein Körper niemals sterben werde. Leichter begriff ich, wenn er von Gott als dem großen Licht sprach und versicherte, dass dieses Licht in Tier, Pflanze und Stein, vor allem aber im Menschen wohne. Das, was die Heilige Schrift genannt werde, das war nicht von Anbeginn des Lichtes da und werde wieder vergehen, das Licht aber bleibe ewiglich. Alles, was Licht in sich trage, sei wieder dem Licht freundlich, darum liebe der Mensch die Natur, darum seien ihm Sonne, Mond und Sterne wohlgesinnt.

## 2

Das Fieber war gegangen, die Wunde hatte sich geschlossen, aber ich kam nach diesem Rückfall nicht recht zu Kräften. Das stimmte mich traurig; meine Gedanken und Sorgen waren auch nicht dazu angetan, mich zu erheitern, ja selbst das liebe Weihnachtsfest, das vor der Tür stand, schien mir doch nur Erinnerungen an vergangenes Glück und damit noch mehr Wehmut bescheren zu wollen.

Es war am Vortag des Festes und ich blickte gerade so recht trübsinnig, an der Haustür lehnend, in den fallenden Schnee, als der Bauer zu mir trat, zunächst einiges über das Wetter sagte und dann nach einer Weile des Schweigens hinzufügte:

»Am morgigen Tag vermeinen die Leute, dass Jesus Christus geboren worden sei. Wir wissen mehr darüber als die anderen, denn er ist unser Bruder und so ist uns bekannt, dass er eigentlich am 11. Oktober auf die Welt kam. Dieses Fest ist nur wegen unseren Altvorderen in die Zeit der Wintersonnenwende verschoben worden, denn die feierten schon in grauer Vorzeit am heutigen und morgigen Tag ein großes Lichtfest. Und das begehen auch wir, aber in einer Art, die den Unverständigen leicht abschrecken mag. Wir zeigen uns an diesem Tag unserem Gotte so, wie er uns erschaffen hat. In seiner Allmacht wäre es ihm doch sicher ein Leichtes gewesen, die Menschen gleich in Kleidern zu schaffen, wenn er sie bekleidet gewollt hätte. Er aber schuf den Menschen nackt und darum soll man auch in diesem Zustand vor ihn zum Gebet treten.

Eigentlich sollte man darum den Gebrauch von Kleidungsstücken überhaupt meiden, doch sind sie unter unserem Himmelsstrich der Kälte wegen nicht zu entbehren. Aber diesen eigentlichen Zweck der Gewänder haben die Menschen beinahe vergessen, ihnen erscheint es das Wichtigste, dass man sich damit leicht vom Nächsten unterscheiden und überheben kann, dass derjenige, der sich Samt und Seide zu leisten vermag, damit Gelegenheit hat es den anderen so recht zu zeigen und ihren Neid zu erwecken. Wir aber wissen, dass wir vor Gott gleich sind, und darum legen wir, wenn wir vor ihn hintreten wollen, alles ab, was nicht von seiner Hand ist, alles, was geeignet wäre den einen vom anderen zu unterscheiden, alles, was daran erinnert, dass der oder jener einige Groschen mehr besitzt als sein Nachbar!«

Mir leuchtete das sehr wohl ein und ich sagte das auch.

Da nickte Bavak zufrieden und meinte, wenn ich wolle, so stehe es mir frei an dem heutigen Feste teilzunehmen.

Der Schnee flockte durch die stille Nacht, als wir uns auf den Weg machten, Bavak, seine Frau, seine Tochter und ein Knechtlein, das uns eine Laterne vorantrug. Bald da, bald dort leuchtete ein anderes Lichtlein auf, je näher wir unserem Ziel kamen, desto dichter wurden sie.

Eine geräumige Scheune nahm uns auf. Wer eintrat, suchte sich ein Plätzchen an der Wand für die Kleider, um sie dort auf ein Häuflein zu legen, dann trat er nackt dem großen Leuchter näher, der mehr als mannshoch in der Mitte des Raumes stand. Er trug eine starke Kerze und einen Kranz von zwölf kleineren. Auf der einen Seite standen die Männer, auf der anderen die Weiber, die älteren vorne, die jüngeren hinten. Kein Altar, kein Priester und doch war es deutlich, dass hier eine heilige Handlung vor sich gehen sollte. Von einer Leitung war nichts zu merken und dennoch ging alles wohl geordnet vor sich.

Als der Zuzug aufgehört hatte, tönte auf einmal eine tiefe Männerstimme durch den Raum: »Wo ist der Baclav Jina?«

Und eine jüngere Stimme gab Antwort: »Liegt im Bett und kann sich vor Schmerzen nicht rühren, schickt aber durch mich sein treues Gedenken der Gemeinde!«

Und wieder fragte die tiefe Stimme: »Wer ist der Fremde mit der Krücke?«

Da antwortete Bavak: »Kein Verräter, sondern ein Lichtsuchender!«

Und dann begannen sie ein Lied zu singen, dessen Worte ich nicht verstand, dessen Melodie unheimlich feierlich klang. Als der Gesang zu Ende war, ging von Mann zu Mann, von Frau zu Frau ein großes Trinkgefäß um, das auch mir gereicht wurde. Was ich da getrunken habe, weiß ich nicht, es schien ein Starkbier zu sein, dem noch irgendwelche Kräutersäfte zugesetzt waren.

Vielleicht war es dieser Trunk, der mich etwas schwindlig machte, vielleicht war es die von dem Dunst warmer Menschenleiber erfüllte Luft. Das Licht der Kerzen schien mir matter zu werden, dafür ging aber von den nackten Körpern ein sonderbarer Schein aus, der immer stärker wurde. Ich blickte an mir herunter und konnte auch da die gleiche Erscheinung betrachten, ja ich sah noch etwas, das ich zuerst meinen eigenen Augen nicht glauben wollte: Der Lichtschein, der mich selbst umgab, endete nicht mit dem Beinstumpf, der mir geblieben war, sondern setzte sich bis zur Erde fort und hatte deutlich die Umrisse des ganzen Fußes. Von da an achtete ich wenig auf das, was um mich geschah, ich war viel zu sehr mit mir selbst beschäftigt. Es war kein Zweifel mehr möglich, der Schein, den mein Körper ausstrahlte, wurde immer stärker und mit ihm wurde es auch dieser nicht aus Fleisch und Knochen, sondern aus durchsichtigem Licht bestehende Fuß. Bald konnte man an ihm genau die Zehen und schließlich gar die Nägel unterscheiden.

Ich starrte nur immer auf dieses Wunder, wenn ich aber doch für einen Augenblick meine Aufmerksamkeit auf die Menschen um mich richtete, so machte ich die Entdeckung, dass auch sie ihre Umgebung gar nicht beachteten, sondern in die Betrachtung ihres eigenen leuchtenden Körpers versunken schienen, wenn auch keiner von ihnen so viel Ursache dazu hatte wie ich.

Man reichte mir wiederum den schweren Trinkkrug und um ihn besser zu fassen, griff ich mit beiden Händen zu. Dabei rutschte mir die Krücke unter der Achsel aus und fiel lärmend zur Erde. Ein freudiger Schrecken ging mir durchs Herz, denn ich fühlte im gleichen Augenblick, dass ich ihrer gar nicht bedurfte, dass ich auf beiden Füßen stand! Ich musste es noch eine Weile ausprobieren, ehe ich es ganz glauben konnte, aber es war Wirklichkeit, der rechte wie der linke Fuß trugen gemeinsam das Gewicht meines Körpers!

Die Versammlung sang einen Choral um den anderen, doch ihre Lieder waren für mich nur ein Rauschen, das wie aus weiter Ferne an mein Ohr kam. Durchbebte mich doch das Bewusstsein, dass ein unerhörtes Wunder mit mir geschehen war, und neben diesem unbeschreiblichen Gefühl konnte kein anderer Eindruck aufkommen. Meine Hände glitten tastend die Schenkel herunter und sie bestätigten das Unglaubliche. Erst jetzt, nachdem meine greifenden Finger mir versichert hatten, dass es kein Traum sei, sondern lebendige Wirklichkeit, erst jetzt wagte mein Kopf das Glück auszudenken, das mir widerfahren war: Ich werde wieder gehen können wie andere Menschen, ohne Krücke und Stütze, ich werde laufen und springen – ja, springen voll von dem Übermaß der Freude und laufen, laufen in die Welt hinaus, bis ich irgendwo Marianne gefunden habe; ihren armen Leib werde ich dann zu tragen vermögen – doch da durchkreuzte ein anderer Gedanke mein Hirn: Wenn sie jetzt hier wäre, so würde sich an ihr gewiss das gleiche Wunder vollziehen und wir würden das schöne gesunde Menschenpaar sein, das wir in jenen seligen Prager Tagen gewesen waren! Wir würden zusammen tanzen und tollen, würden durch die weite Welt fahren, durch märchenschöne Gärten, durch herrliche Paläste spazieren gehen und in unserem Glück nur wie an einen bösen Traum an die Zeit zurückdenken, wo wir als Dame Miracunda und halber Prinz Aquilius auf den Jahrmärkten herumziehen mussten, um die trügerische Aufmachung unseres Elends dem neugierigen Pöbel als Schauspiel zu bieten.

Die Feier war zu Ende und jeder suchte nun wieder in seine Kleider zu kommen. Wohl bemerkte ich die Bewegung um mich, aber ich konnte mich von meinen Luftschlössern nicht losreißen und so verblieb ich in Gedanken versunken weiter auf meinem Platz. Als ich mich schließlich doch besann, stand ich allein in der Mitte des weiten Raumes, während die Wände entlang ein großes Gedränge war.

Aber gerade weil ich jetzt so losgelöst von der dichten Menge war, erschien es umso deutlicher, dass ich ohne fremde Hilfe nur allein auf meinen eigenen Füßen stand und der Krücke nicht bedurfte, die vor mir auf der Erde lag. Es mussten das doch alle sehen, aber niemand schien es zu beachten oder gar sich darüber zu verwundern. In mir aber schwoll gewaltig das so lange niedergedrückte Selbstgefühl, ich wusste, dass ich fest stand auf meinen Beinen, ja ich wusste noch mehr: Im nächsten Augenblick würde ich ohne jede Stütze einen, zwei, drei und noch mehr Schritte machen und ich war felsenfest überzeugt, dass mir dies mühelos gelingen, dass ich nicht zur Erde stürzen würde.

Ich zögerte nicht länger, ich ging auf meine Kleider los und erreichte sie, ohne auch nur zu schwanken. Als ich auf meinem Platz angelangt war, sah ich mich um: Dort lag, von niemandem beachtet, die Krücke, dieser traurige Zeuge meines Elends. Ich ließ sie liegen und bückte mich zu meinen Kleidern nieder. Es war natürlich nur das da, was ich am Herweg angehabt hatte, also nur ein Strumpf, nur ein Schuh, und ich hätte von beiden jetzt ein Paar gebraucht. Ich würde Bavak um Hilfe angehen, vielleicht konnte jemand, der in der Nähe wohnte, aushelfen und jeder würde es gewiss angesichts dieses Wunders, das mit mir geschehen war, gerne tun.

Ich blickte mich nach dem Bauern um, sah ihn nicht gleich, bemerkte aber dafür zu meinem Erstaunen, wie der Lichtschein, der von allen Menschenkörpern ausgegangen war, geringer wurde, sobald sie sich wieder bekleidet hatten. Zuerst meinte ich, dies sei sehr einfach damit zu erklären, dass sie so viel von der bloßen Haut bedeckten, aber bald sah ich, dass auch die Gesichter derer, die schon wieder ihr Gewand trugen, dunkler waren als die jener, die da noch nackt standen.

Von Bavak war keine Spur und so entschloss ich mich zunächst einmal das anzuziehen, was eben da war. Um dies leichter besorgen zu können, setzte ich mich auf den fest gestampften Tennenboden. Er fühlte sich wie Eis an und seine Kälte kroch mir durch alle Glieder, ich meinte, sie müsse mir das Mark in den Knochen zum Gefrieren bringen. Zähneklappernd spürte ich auch das frohe Selbstbewusstsein, das mich erst vor kurzem so köstlich durchdrungen, wieder in nichts schwinden. Und mit ihm wich der Glaube an eine schöne

Zukunft, die sichere Zuversicht, dass alles wieder gut würde, und es blieb nur ein schwaches, durchfrorenes Menschlein, das es sich gar nicht vorstellen konnte, dass das heiße Blut noch einmal seinen Körper durchwärmen und das Dasein begehrenswert machen würde, das nur von dem Elend wusste, das ihm seit dem Heraustreten aus dem Spiegel beschieden gewesen war, das an keine Wunder glaubte und darum die seligen Augenblicke, die es doch gerade greifbar lebendig durchlebt hatte, für einen äffenden Traum erklärte. Wohl wehrte sich etwas in meinem Innern dagegen, aber dieser Widerstand war nur allzu schwach und als ich mich nun erhob, als ich nach dem Lichtgebilde meines wieder erworbenen Fußes blickte, da war sein Schein so schwach, dass man von Zehen und Nägeln kaum eine Spur sah. Ich wusste genau, was mich erwartete, wenn ich noch einmal versuchen würde einen richtigen Schritt zu machen, aber ich wollte mein kurzes Glück mit eigenen Augen sterben sehen, und so tat ich ihn, um im nächsten Augenblick jämmerlich auf der Erde zu liegen.

Bavak half mir auf und reichte mir die Krücke. Vorwurfsvoll, ja fast verächtlich klangen seine Worte:

»Du wirst diese Stütze nie entbehren können, du bist im Glauben zu schwach!«

## 3

Wie niedergedrückt ich in den nächsten Tagen war, das lässt sich schwer schildern.

Damals, als ich im Pestspital erwacht war, hatte ich noch gar nicht so recht den Verstand, um zu wissen, was es hieß, einen Fuß zu verlieren, auch kam ja gleich der Bucklige mit dem Kunstbein und so merkte ich erst als unfreiwilliger Gast des Barons, welchen Verlust ich eigentlich erlitten hatte. Aber auch dann kam mir diese Tatsache nicht in ihrer ganzen Schwere zu Bewusstsein, denn zunächst hatte ich in der Person des Rittmeisters einen Leidensgenossen und dann waren meine Gedanken nur allzu sehr von der schönen Zauberin Pharaildis in Anspruch genommen, ja ich war wohl im wahrsten Sinne des Wortes von ihr behext, sodass ich alles vergaß, wenn ich nur in ihrer Nähe sein konnte. Später war es die Macht der himmlisch reinen Liebe, die mir durch Mariannes Gegenwart die körperliche Not des eigenen Leibes gering erscheinen ließ. Und darüber hatte ich schließlich ganz vergessen, wie es eigentlich einem Menschen zumute war, der tagaus, tagein auf seinen zwei Beinen dahergíng. Jetzt aber, nach diesem unfassbaren Erlebnis am Weihnachtsabend, jetzt stand das klar in meiner Erinnerung und ließ mich das Elend, in das ich zurückgesunken war, in seiner ganzen Schwere spüren.

Ich war nicht fähig meinen Jammer zu verbergen und musste wohl über die Maßen erbärmlich dreingesehen haben, denn selbst der Bauer, den der ewige Kampf mit der Natur um das bisschen Brot hart gemacht hatte, konnte sich des Mitleids nicht erwehren und suchte mich auf seine Art zu trösten. Das geschah freilich oft recht sonderbar und hatte darum nicht immer die beabsichtigte Wirkung. Merkwürdig war mir dabei nur, dass aus seinen Worten die feste Überzeugung herausklang, dass ich tatsächlich vorübergehend wieder in den Besitz meines zweiten Fußes gelangt sei und ihn nur durch das Nachlassen meines Glaubens an das Wunder wieder verloren hätte.

»Der Glaube«, pflegte er zu sagen, »ist die einzig wahre Allmacht und darum Gott selbst. Wer ihn besitzt, ist stärker als der Tod und kann darum nicht sterben. Aber dieser ganz große Glaube ist unendlich schwer und darum überaus selten. Selbst unser Bruder Jesus Christus hat ihn in dieser Größe nicht besessen, sonst hätte er nicht sterben können!«

Solche Worte schienen mir gar gotteslästerlich und ich wäre nicht verwundert gewesen, wenn sich der Boden vor mir aufgetan und Bavak verschlungen hätte. Aber nichts dergleichen geschah. Doch mir gingen sie gewaltig im Kopf herum und ich sah darin eine unerwartete Erklärung für das sonst nicht zu begreifende Erlebnis dieser Weihnacht: Wer einen solchen Gedanken über den Heiland zu fassen wagte, ja wer die wahnsinnige Kühnheit hatte ihn auszusprechen, der musste mit dem Bösen im Bunde sein und folglich war alles Teufelsspuk gewesen, was mir die Wiedergewinnung meines Fußes vorgetäuscht hatte. Da musste man sich hüten, wenn man nicht selbst Schaden an Leib und Seele nehmen wollte.

Ich wollte mir nichts davon merken lassen, aber Bavak hatte

ein gar gutes Auge, das einem bis auf den Grund sah. Wenn er jemanden so recht scharf anblickte, da spürte man förmlich, wie sich die heimlichsten Gedanken vor ihm entrollten. Und so wusste er auch sogleich, was ich mir gerade gedacht hatte, denn er sagte bald darauf:

»Vieles von meinen Worten mag dem, der uns fremd ist, gar sonderbar, ja wie eine Verhöhnung Gottes klingen. Das weiß ich wohl! Noch mehr aber mag dem, der so weit unser Vertrauen gewonnen hat, dass wir ihn zu einem unserer Feste zulassen, dabei gar leicht etwas widerfahren, das er in seinem Unverstand für Teufelswerk hält. Oh, über den Armen im Geiste! Als ob es einen richtigen Teufel geben würde, einen Teufel mit Hörnern und Klauen! Wohl gibt es so etwas wie eine Art Satan, aber der sieht nicht anders aus als wie unsergleichen, denn es sind nur die bösen Menschen, in denen das Teuflische haust und die sich darum selbst den Namen von Teufeln verdienen. Ob aber wir, die dich in deiner Not liebreich aufgenommen und gepflegt haben, als wenn du unser Sohn wärest, ob wir so böse sind, dass man in uns Teufel sehen könnte, das magst du selbst beurteilen.

Freilich gebe ich dir zu, dass es nicht leicht ist, das wahre Gute vom wahren Bösen zu unterscheiden, geradeso wie es gar schwer ist, das wirkliche Licht von der wirklichen Finsternis zu trennen. Ist doch alles Licht, das wir mit unseren blöden Augen zu erblicken glauben, von dieser Welt und darum muss es in Wahrheit dunkel sein. Der Geist des großen Himmelsherrn, der über uns waltet, ist nicht von dieser Welt und darum muss er uns dunkel scheinen, obgleich er das einzig wahre Licht ist. Aber es gibt gottgeschenkte Stunden, wo auch wir mit unseren stumpfen Sinnen sehen können, was wirklich Licht und was wirklich Schatten ist. Und wer den festen Glauben an das wahre Licht besitzt, der kann wohl sogar etwas, das ihm in solch einem Augenblick gegeben wurde, weiter fest halten, auch wenn die Stunde der Gnade vorüber ist. Und nun wirst du verstehen, was ich zu dir in jenem Augenblick sprach, als du hilflos zusammenbrechend wieder der Krücke bedurftest!«

Solche Worte zerstreuten nicht nur meine Befürchtungen, sondern sie gaben auch meinen Gedanken eine andere Richtung und meiner Seele eine Hoffnung für die Zukunft, wie ich sie bisher nicht gekannt hatte. Wenn der Glaube wirklich Wunder wirken konnte, war es da nicht in meiner Macht, an mir und Marianne zum Wundertäter zu werden?

## 4

So war es Silvesterabend geworden. Ich saß wie alle Tage mit der Familie Bavak beim Nachtmahl, das nicht reichlicher und nicht besser war als sonst. Nach dem letzten Bissen erhob sich der Bauer und sagte:

»Ich will nur nachsehen gehen, ob im kommenden Jahr nicht die Welt untergeht!«

Damit ging er hinaus und wir anderen blieben schweigend sitzen. Nach einer geraumen Weile kam er zurück, setzte sich wieder zu uns und sprach:

»Unseren Vätern ist einst die heilige Kunde geworden, dass ehe denn die Welt zerstört wird, die Sterne vom Himmel fallen werden. Als Zeichen, dass dieser Tag nicht mehr fern sei, werden in der vorhergehenden Neujahrsnacht die Sternlein alle hin und her schwanken, als hätten sie große Mühe sich auf ihren Plätzen zu erhalten. Meine Augen haben gesehen, dass die Stunde noch nicht gekommen ist!«

Frau und Tochter hatten noch mancherlei zu verrichten, dann gingen sie schlafen. Auch der Bauer erhob sich bald, doch als ich desgleichen tun wollte, drückte er mich auf den Stuhl zurück. Er ging hinaus und brachte zwei Kerzen, die in bunt bemalten Holzleuchtern steckten. Er zündete sie an dem Kienspan an, der in dem Schleißenhalter am Ofenstock brannte. Den Rest des Spans warf er in das untergestellte Wassergefäß, stellte die Kerzen auf den Tisch und auch ein Tonkrüglein mit zwei zinnernen Bechern. Ich dachte, er wolle vielleicht mit mir die erste Stunde des neuen Jahres erwarten, und war darum nicht wenig überrascht, als er mir eine gute Nacht wünschte und die Stube verließ.

Ich wusste nicht recht, wie mir geschah und was ich tun solle. Wohl eine Stunde saß ich so und hing meinen Gedanken nach. Dann meldete sich der Durst und ich schenkte mir aus dem

Krug ein. Es war ein sehr alter Wein von einer Güte, wie ich ihn in diesem schlichten Bauernhaus nie vermutet hätte. Dieser köstliche Schluck, der so angenehm die Kehle herunterfloss und im Magen eine wohlige Wärme weckte, ließ mich auf einen Gedanken kommen, der mir zwar selbst etwas sinnlos schien, den ich aber dennoch unter einem unverständlichen inneren Zwang zur Durchführung bringen musste: Ich schenkte auch den anderen Becher voll.

Noch hatte ich den Krug nicht niedergesetzt, als die Tür aufging und ein Mann in städtischer Tracht hereintrat. Er hielt den Kopf in seinen Mantelkragen vergraben, sodass ich sein Gesicht nicht sehen konnte. Aber wie er so auf den Tisch zuschritt, fiel mir unwillkürlich ein, dass dies ganz die Gangart meines Bruders Max war.

Er nahm wortlos Platz und ließ dann den Mantel fallen: Wahrhaftig, das war der Bakkalaureus Johannes Maximilian von Löwenmacht, wie er leibte und lebte! Lebte? Dieses wachsgelbe Gesicht, die fest geschlossenen Augen, die konnten keinem Lebendigen gehören! Und war es nicht der Duft der Verwesung, war es nicht Leichengeruch, der mir in die Nase stieg? Eine unsinnige Angst packte mich und dabei der Drang, durch irgendeine Tat das Schreckliche des Augenblicks zu bannen. Mit bebenden Fingern griff ich nach meinem Becher, ließ ihn an den anderen klirren und rief:

»*Prosit, frater optime*!«

Und siehe da, die Gestalt mir gegenüber streckte eine unheimlich weiße Hand über den Tisch, ergriff das Trinkgefäß, stieß mit mir an und antwortete, ohne die Augen zu öffnen:

»*Prosit, frater*!« Damit hob er den Becher zu den bläulich blassen Lippen und trank.

Wenn es etwas geben konnte, das meine wahnsinnige Aufregung noch zu steigern vermochte, so war es das, was ich gerade gesehen hatte. In meinem Kopf jagten sich die Gedanken, mein Hirn mühte sich vergeblich herauszufinden, was ich jetzt am besten tun oder sagen sollte.

In meiner bodenlosen Angst begann ich zu erzählen, was mir gerade einfiel: vom Bauern Bavak, vom Rittmeister, von meiner Liebe zu Marianne, von der Pest, von Pharaildis. Und dabei hatte ich die Blicke fortwährend auf dieses wächserne Antlitz gerichtet, das keine Miene verzog, kein Wort von sich gab. Wenn er doch wenigstens einmal zu meinen Reden genickt oder den Kopf geschüttelt hätte, dann wollte ich gerne glauben, dass ich einem lebendigen Menschen und nicht einem Leichnam gegenübersaß! Gewiss, er hatte aus dem Becher getrunken, er hatte sogar laut und vernehmlich zwei Worte zu mir gesagt, aber diese Beweise wollten mir nicht genügen, denn der Verwesungsgeruch wurde immer stärker.

Unruhig fuhren meine Hände durch die Luft, ich gestikulierte heftig, ohne dass es zu meinen Reden gepaßt hätte. Dann suchten sie an der Tischkante Halt, ergriffen den Krug, die Becher und schoben sie hin und her.

»Trink, Bruder, trink!«, sagte ich dabei, denn mir fiel nichts mehr ein, was ich noch hätte erzählen können. Da griff die leuchtend weiße Hand wieder über den Tisch nach einem Becher und der bläuliche Mund sagte sein »Prosit!« Ich packte den anderen Becher und leerte ihn mit hastigem Zug, fühlte an Lippe und Hand, wie entsetzlich eisig das Gefäß jetzt war, und wusste im selben Augenblick: Die Becher waren verwechselt, ich hatte aus dem seinigen getrunken. Dieser Gedanke raubte mir den Rest der Besinnung, es legte sich wie eine Wolke über meine Augen, ich musste meine letzte Willenskraft aufwenden, um nicht zu Boden zu sinken, um die Augen aufzureißen, um diesem Totengespenst noch einmal ins Antlitz zu sehen …

Das, was ich jetzt erblickte, ließ mir keinen Zweifel mehr: Ich war von dem ausgestandenen Schrecken irrsinnig geworden, denn dort mir gegenüber saß nicht mehr mein Bruder oder seine Leiche, nein, dort saß ich selbst und trank mit sichtlichem Behagen den Becher leer.

»Du bist ja ich, mein Bruder«, so stammelte ich, »wer bin dann jetzt ich selbst?«

Mein Gegenüber lachte mich herzlich an. »Diese Frage sieht dir ähnlich!«, sagte er und schenkte sich vom neuen ein. »Aber ich will dir gern Antwort darauf geben: Ein Träumer und ein Hasenfuß, ein Traumichnicht, ein Mensch ohne Willen und Kraft bist du!«

Er hielt inne und sah mich gründlich an, als ob er von mir eine Widerrede erwarten würde. Doch ich dachte nicht daran, ich musste mich vor allem zurechtfinden. Jedenfalls war dieses schreckliche Leichengesicht fort, ein tiefer Atemzug, in dem sich meine Erleichterung darüber ausdrückte, belehrte mich, dass auch der Verwesungsgeruch verschwunden war.

Mein Doppelgänger fuhr inzwischen fort:

»Man kann es dir an den Augen ablesen, dass du ob der Ehrentitel, die ich dir beigelegt habe, nicht einmal beleidigt bist! Na ja, das würde gar nicht zu deinem Temperament passen! Dieses aber passt wieder gar nicht zu dem Horoskop, das der selige Vater bei deiner oder, richtiger gesagt, bei meiner Geburt stellen ließ! Schon die einfache Pietät verlangt daher von dir eine gewisse Korrektur deines Charakters in diesem Punkt! Aber du hörst mir ja gar nicht recht zu! Du denkst nur fast hörbar über die Frage nach, wer ich eigentlich bin, nicht wahr? Wenn ich mich nicht täusche, so hältst du mich für eine Art Gespenst! Ein gar lustiger Einfall, auf den wir eins trinken wollen. Prosit! Und ein kräftiges *Bivat!* der schönen Komtesse Lodron! Jetzt reißt der Bengel wahrhaftig die Augen noch mehr auf! Vielleicht findet er es in seinem Unverstand sonderbar, dass ich etwas von der Existenz dieser lieblichen Dame weiß! Doch Halt, wir sind in Gefahr, vom Thema abzukommen, also nochmals: Du glaubst wohl, ich sei ein Gespenst, Brüderchen? Gib nur Acht, dass du nicht selbst ein Gespenst bist! Ich sehe schon, ich muss dir philosophisch kommen. Also sperr die Ohren auf und pass auf! Ich will dir einige unumstößliche Argumente über die Natur der Geister und Gespenster kommunizieren.«

Er legte sein Gesicht in ernste Falten und fuhr mit betontem Pathos fort:

»Zwar ist die Zahl der Leute sehr groß, so die Geister für leere Phantasmata und Einbildungen halten, indem sie einwenden, dass niemand von sich sagen könne, dass er jemals einen Geist gesehen. Ist schon eine Lüge, die sie da sagen, denn wenn die Herren nur gründlich umfragen wollten, so würden sie der glaubwürdigen Zeugen genug finden, die beschwören können, dass sie wirklich und wahrhaftig einen Geist gesehen haben. Übrigens, womit räsonieren denn jene Leute, wenn kein Geist in ihnen selbst wäre? Doch nicht mit ihrem Zerebrum? Wo kein Geist ist, da ist keine Bewegung, denn nichts kann sich selbst bewegen und ein Korpus hätte keine Gestalt, wenn sie ihm nicht der Geist gäbe, denn die Materie ist ein totes Ding, so keine Gestalt hat. Die meisten dieser Superklugen halten die Sache mit den Geistern für unmöglich, weil sie nicht begreifen können, wie sie zugehe. Also denken sie, da ihnen die Existenz der Gespenster unbegreiflich ist, sei es absurd, an solche zu glauben. Heißt nun das vernünftig philosophieren und nicht vielmehr seinen eigenen schwachen Verstand zum Abgott machen, wenn man von allem, was man nicht begreifen kann, einfach erklärt, es sei nicht?

Dagegen haben der tiefsinnige Henricus Morus von Cambridge und der gelehrte Casaubonus sattsam dargetan, dass die Seelen der lebenden wie der verstorbenen Menschen lüftige Wesen, in sehr subtilen Vehiculis eingesenkt, seien. Es steckt eben in der Natur eine sehr große *vis magnetica* oder Anziehungskraft und die Geister haben eine starke Gemeinschaft untereinander, die sich auch *per distanciam locorum* auf weite Entfernungen auswirkt, denn ein Geist ist an keinen Ort gebunden, weil er keinen Platz einnimmt wie ein Korpus. Darin mag er dem Licht und der Luft gleichen, es wäre aber ein gewaltiger *transitus in aliud genus*, wenn jemand meinen wollte, dass diese beiden darum auch das Wesen eines Geistes seien, denn ein Gespenst bedient sich ihrer nur als Vehicula, da ihm bald Wind, bald Feuerflammen zu einer sichtbaren Darstellung dienen. Wenn du nur ein wenig schlauer wärest, so könntest du anhand des Gesagten selbst einen schönen Beweis dafür konstruieren, dass ich kein Gespenst sein kann. Und da in der *respublica scientiarum* jedermann *libertatem philosophandi* hat, so müsste es dir unschwer gelingen daran den weiteren Beweis zu fügen, dass ich ebenso wenig du selbst sein kann! So, nun kennst du dich ja wohl hoffentlich aus! Oder nicht? Das wäre sehr bedauerlich, würde mich aber schließlich nicht allzu sehr wundern, denn das dumme Gesicht, das du machst, lässt nicht sehr auf wissenschaftliche Reife schließen.

Ja, ja«, so fuhr er nach einem Zug aus dem Becher wieder in der früheren ungekünstelten Tonart fort, »es ist eben doch schon einige Zeit her, dass der Herr Hans Adam von Löwenmacht aus den Brüsten der *alma mater Pragensis* die Fähigkeit gesogen, einerseits so grundgelehrt und anderseits so herzerfrischend grob daherzureden, wie ich es soeben getan habe. Damals hat der genannte Herr den Patres Jesuiten zum Trotz gar manche Tollheit aufgeführt, aber es hat damit leider nicht lange gedauert, dann hat er gute Sitten und höfische Umgangsformen angenommen und ist so schließlich langsam jener traurige Kerl geworden, der mir gegenübersitzt! Dieser armselige Schwächling hat aber doch so viel Kraft gehabt, um mich, den heldenhaften Prachtjungen, zu erschlagen. Ob du bei deinen wöchentlichen Beichtgängen zum Pater Schuffenhauer diesen Morgen gebeichtet haben magst? Wahrscheinlich nicht! Hättest es aber ruhig tun können, du hättest nicht nur die Absolution, sondern auch eine belobende Anerkennung erhalten! *Summa summarum*: Die Bacchantenaxt des Depositars hat dich umsonst behauen und es bleibt nur zu bewundern, wie sich an solch einem schäbigen Philister so ein Prachtmädel wie diese Marianne Lodron vergaffen konnte! Wie es nicht anders möglich war, hast du mit ihr nichts Rechtes anzufangen verstanden und sie ist durch deine Schuld ein noch ärgerer Krüppel geworden als du selbst! Ja, schau nicht so blöd drein: durch deine Schuld! Wer hat dich geheißen, in den vertrackten Spiegel hineinzugehen? Wärst du lieber dem Mädel nachgefahren und hättest das süße Komtesserl fest in die Arme genommen und abgeküsst, bis ihr der Atem vergangen wäre! Aber noch ist nicht alles verloren, noch kann ich sie retten und wenn sie mein ist, dann will ich sie sozusagen rekonstruieren, dass sie wieder herumläuft wie ein Wiesel!«

Er griff in die Tasche seines Rockes und holte ein kleines Ding heraus, das ich nicht gleich erkennen konnte.

»Schau her, mein Junge«, fuhr er fort, »kennst du das noch? Nein? Nun, das hätte ich mir denken können, dass du auch das vergessen hast. Also, dass du es weißt, das ist ein lederner Würfelbecher, so einer wie der, mit dem du in besseren Zeiten in der alten Trinkstube unter der Prager Schlossstiege so manche Kanne Weines ausgewürfelt hast. Wir wollen uns wieder einmal einen *ludus taxilorum* leisten, aber diesmal um einen besseren Preis. Komm, Brüderchen, es geht um die schöne Marianne, einen kräftigen Schluck zuvor auf ihr Wohl! Was, der Krug ist leer? Nun, unser knauseriger Gastgeber hat von der gleichen Sorte noch einen im Vorraum stehen, ich habe es gleich beim Hereinkommen bemerkt. Sei lieb und hol ihn herein! Schau, dass du schon wieder da bist! Ich will mir inzwischen die Zeit mit einem Liedlein vertreiben!«

Und schon stimmte er an:

»Ça lustig Courage getrunken,
Wir singen ein fröhlich Runda!
Lasst trauern die kühlen Halunken,
Wir sind ja deswegen nicht da!
Es ist bei den Burschen nicht Mode,
Dass man hinter Codices schwitzt
Und sich härmet krank zu Tode,
Was keinem Teufel doch nützt!«

Ich hatte keine Lust mir von dem Kerl etwas befehlen zu lassen, noch weniger aber, um den Besitz meiner Marianne zu würfeln, und so blieb ich trotzig sitzen. Aber das Liedchen, das er da sang, übte auf mich eine sonderbare Wirkung aus. Hatte ich es doch vordem so manches Mal im Chor mitgesungen und ich konnte auch heute nicht umhin, leise mit einzustimmen. Und als es zu Ende war, da empfand ich es als einen Mangel, dass ich mir den Becher nicht füllen konnte. So holte ich denn unter dem Tisch meine Krücke hervor und wollte mich erheben. Doch jetzt wehrte mein Doppelgänger mit den Worten ab:

»Halt, mein lieber Freund! Ich vergaß ja ganz, dass du mit deinem Bein noch schlechter daran bist als ich! Bleibe nur sitzen, ich gehe schon selbst!«

Er eilte hinaus und ich blickte ihm nach. Dabei bemerkte ich, dass er den einen Fuß nachzog, als ob er lahm wäre. Ich dachte bei mir, dass es dasselbe linke Bein sei, das ich im Spiegel verloren hatte; auch fiel mir die Erzählung des Fuhrmanns ein und sein Bericht, dass der Herr Adam die Pestilenz zwar überstanden, aber ein lahmes Bein davongetragen habe.

Diese Übereinstimmung machte mich bis ins Innerste erschauern. Das sah ja so aus, als ob es der wirkliche Hans Adam wäre, der da jetzt gerade hinausgegangen war. Wer aber war dann ich? War dann nicht ich das Gespenst, wie er mir vorhin zugerufen hatte? Ich hatte es für einen Scherz gehalten, aber jetzt schienen mir diese Worte einen unheimlich tiefen

Sinn zu haben. Konnte denn das, was mir seit dem Gang in den Spiegel alles widerfahren war, ein Mensch mit Fleisch und Blut überhaupt erleben? Unterschied sich das nicht alles von meinem Dasein vor diesem verhängnisvollen Ereignis durch die Tatsache, dass bis dahin alles natürlich zugegangen war, während seitdem jeder Augenblick die unwahrscheinlichsten Erlebnisse brachte? Zwischen dem einen und dem anderen Leben stand als haarscharfer Trennungsstrich der Gang in den Spiegel; er musste also an mir etwas Grundlegendes verändert, mich zu etwas ganz anderem gemacht haben, als ich vordem war. Kein Zweifel, ein richtiger Mensch wie vordem war ich nicht mehr, aber es sträubte sich in mir alles gegen den Gedanken mich selbst für ein Gespenst halten zu müssen. Heiß und kalt überlief es mich dabei, ich spüre meine Wunde wieder brennen und freute mich doch über diesen Schmerz. Schien er mir ja ein vollgültiger Beweis, dass ich doch noch ein Mensch aus Fleisch und Blut war.

Auch das Fieber meldete sich wieder und die Arme wurden mir davon so schwach, dass ich sie müde herunterhängen ließ. Ja, ich war ein Mensch mit all den Nachteilen, die das bedeutete: Schmerzen und Ängsten und dem Bewusstsein der Unzulänglichkeit der eigenen Kraft!

Dann war aber der andere kein Mensch, sondern etwas Unheimliches, vor dem man sich hüten musste. Und der wollte mit mir um Marianne würfeln! Es war ja sinnlos, sie gehörte doch mir, nur mir allein, aber wenn mein Doppelgänger wirklich ein übersinnliches Wesen war, dann hatte er auch mehr als menschliche Kräfte, dann würde er mich mit ihrer Hilfe zu dem frevlerischen Spiel zwingen und wie das ausfallen würde, daran war nicht zu zweifeln, denn konnte er wirklich meinen Willen trotz allem Sträuben dem seinen unterordnen, dann war es ihm doch sicher eine Kleinigkeit den Lauf der Würfel nach seinem Belieben zu bestimmen.

Der kalte Angstschweiß trat mir auf die Stirn. Jeden Augenblick konnte er in die Stube treten, ich wunderte mich, dass er so lange zögerte. Wie eine Gnadenfrist erschien mir das, die ich nutzen musste. Wenn mir bis zu seiner Rückkehr nichts einfiel, dann war ich verloren.

Und so zergrübelte ich meinen Kopf und suchte fieberhaft

nach dem rettenden Ausweg. Aber wo den finden? Wohl mochte es irgendeine mir unbekannte Naturkunst geben, irgendwelche *occulta naturae*, die in einem solchen Augenblick dienlich sein konnten, doch ich war so gänzlich unerfahren in solchen Künsten. In meiner Seelenangst fiel mir etwas ein: Es war doch schon ein anderer unheimlicher Gast in diesem Raum gewesen und war dann verschwunden – was hatte ihn gebannt? Richtig! Ich hatte ohne jede Absicht, nur aus gedankenloser Angst, die Becher verwechselt und da war er fort und an seiner Stelle saß mein Doppelgänger ... Was, wenn ich die Becher wieder umstellen würde? Nein, das um keinen Preis! Da würde mir wieder dieses Leichengesicht das Mark in den Knochen erfrieren lassen, da würde jener Verwesungsgeruch wiederkommen, der mir die letzte Fähigkeit zu denken nahm. Was aber dann tun, wenn ich dieses Mittel scheute? Krampfhaft klammerte ich mich an den Gedanken des Umstellens, der mir die einzig mögliche Rettung zu verheißen schien. Stand denn sonst nichts auf dem Tisch als die Becher? Ach ja, die Kerzen! Hastig griff ich nach ihnen, blitzschnell mussten sie ihren Platz wechseln.

Kaum dass es geschehen war, da trat auch mein Doppelgänger mit einem Krug in der Hand in die Stube, stellte ihn auf den Tisch und wollte sich mit allen Zeichen des Behagens wieder niederlassen.

Doch da stutzte er und seine eben noch so heitere Miene verfinsterte sich. Dann griff er nach den Leuchtern in der offenbaren Absicht, sie wieder so wie früher zu stellen. Aber in mir war eine eiserne Entschlossenheit gewachsen, die ich mir selbst gar nicht zugetraut hätte.

»Die Kerzen bleiben so, wie ich sie hingestellt habe, und damit basta!« Mit diesen Worten herrschte ich ihn an und hielt seinen Arm fest. Ich fühlte mich auf einmal so stark, dass ich keinen Widerstand fürchtete. Er lachte mich höhnisch an:

»Kindskopf du, was liegt denn schon daran, ob die Leuchter so oder so stehen? Das sieht dir wieder so ganz ähnlich! Bei solch einer Kleinigkeit spielst du dich als Mann mit dem unbeugsamen Willen auf, aber wenn es sich einmal wirklich um etwas Wichtiges handelt, da wirst du wie immer versagen!«

Doch ich ließ mich durch keinen Spott kleinkriegen und gab zurück: »Wenn es wirklich so eine Kleinigkeit ist, dann kann es ja auch dir gleich sein, auf welchem Platz die Kerzen stehen!«

Mit aller Kraft hielt ich die Leuchter fest, er suchte sie mir zu entreißen und gab dabei einen gurgelnden Schrei von sich, der mich ihm ins Antlitz blicken ließ – da war es das Gesicht des Doktor Cardano, in das ich schaute. Einen Augenblick lang war es, als ob mich das aus der Fassung bringen würde. Aber das war sogleich vorüber, ich warf mich mit aller Wucht auf mein Gegenüber, sodass ich ihn zu Boden riss.

»Also du bist es«, keuchte ich ihn auf seiner Brust liegend an, »du bist es, der mit mir um Marianne würfeln will! Mit des Satans Hilfe hast du dafür eine gar gute Maske gefunden, aber ich habe sie dir abgerissen und nun gnade dir Gott!«

Es war ein hartes Ringen und ich war felsenfest zum Äußersten entschlossen: Einer von uns beiden sollte diese Stunde nicht überleben! Ich war schon darum, weil ich oben lag, im Vorteil, aber ich spürte bald, dass ich auch sonst der Stärkere war. Es dauerte nicht lange, so hatte ich ihn an der Gurgel gefasst und drückte zu.

Doch da stieß sein Fuß mit aller Wucht gegen den Tisch, dass er stürzte. Verlöschend fielen die Kerzen zu Boden. Im gleichen Augenblick war der Mann unter mir verschwunden, ich lag mit dem Bauch auf der Erde und meine Hand, die gerade noch seine Kehle umfasst hielt, griff ins Leere.

## 5

»Brüderln, neu's Jahr!
's Christkindl hat a guldnes Haar –
Lang's Leben! Lang's Leben!
Und an Beutel voll Gold daneben!«

Wo war ich denn? Wo denn anders als zu Hause, in der Alten Stadt in Prag!

Gestern Abend die Silvesterfeier hatte sicher etwas lange gedauert, man hatte wohl einige Becher Würzwein mehr getrunken als sonst und nun musste man sich erst besinnen, wo man eigentlich war – aber draußen im Hof sang der Ohjajoh seinen Neujahrsgruß, das war einmal gewiss!

Seit den Tagen der Kindheit hatte ich ihn gekannt, den kleinen Kümmelhändler aus dem Böhmerwald, der aber auch andere Erzeugnisse seiner Heimat, wie insbesondere das als Heilmittel so gesuchte Pechöl, mit sich führte. Davon trug sein Gewand manchen spiegelglänzenden Fleck, auch strömte der ganze Mann eine eigene Mischung von Waldesduft und Gewürzgeruch aus, lauter Eigenschaften, die ihn bei uns Kindern besonders interessant machten. Er war den Großteil des Jahres auf Wanderschaft, wusste es aber zumeist so einzurichten, dass er zur Weihnachtszeit in Prag war, wo er dann mit krähender Stimme in den Häusern seiner besten Kunden die in seiner Waldheimat üblichen Glückwunschverslein vorzusingen pflegte. Und wenn er dann als Dank eine Gabe gereicht bekam, so quittierte er sie je nach ihrer Reichlichkeit mit einem mehr oder weniger jubelnden *Ohjajoh!*, ja, er ließ in besonders günstigen Fällen noch vor dem Tor ein prächtiges *Kikeriki!* erschallen, was ihm seinen anderen Spitznamen, »der Krähhannes«, eingetragen hatte.

Und diesen lieben alten Bekannten hörte ich nun aus dem Halbschlaf heraus sein Neujahrsliedchen singen! Was Wunder, dass ich glauben musste, dass ich zu Hause im warmen Bette lag und im nächsten Augenblick die Frau Mutter anklopfen würde, um den Langschläfer aus den Federn zu scheuchen?

Aber ein lästiges Kältegefühl brachte mir rasch zu Bewusstsein, dass es nichts mit dem warmen Bett war, und die schmerzenden Knochen ließen mich rasch begreifen, dass ich auf keinem weichen Pfühl, sondern auf der Bretterdiele einer Bauernstube lag. Ich schickte der Traumerinnerung an das liebe Vaterhaus einen Seufzer nach und richtete mich auf, da fing die Stimme draußen gerade ihr Liedlein von vorne an. Das war also keine Einbildung gewesen, das war Tatsache und merkwürdig, sie erschien mir viel unglaubwürdiger, unmöglicher als all das Wunderbare, das ich in der letzten Zeit erlebt hatte. Erst als ich mich durch den Augenschein überzeugt hatte, dass da wirklich und wahrhaftig der Ohjajoh draußen stand, schwand mir der Zweifel.

So unwahrscheinlich mir die Sache vorgekommen war, so

einfach und natürlich war die Erklärung: Der Krähhannes hatte nicht weniger Angst um sein Leben als andere Leute und so hatte er dieses Jahr nicht nur Prag, sondern alle größeren Orte gemieden und hatte sich auf den Dörfern herumgeschlagen, wo freilich keine so guten Geschäfte wie in der Stadt zu machen waren, aber dafür auch der Gesundheit geringere Gefahren drohten.

War das eine stürmische Begrüßung, als er mich erkannte! Mit einem Juhu-Schrei stürzte er auf mich los und wäre mir am liebsten um den Hals gefallen, wenn ihn der schuldige Respekt nicht daran gehindert hätte. Im Übrigen war er gar nicht weiter verwundert mich hier anzutreffen, meinte er doch, ich wäre gleich ihm der Pest aus dem Weg gegangen. Umso mehr entsetzte er sich, als er die Krücke und das Fehlen eines Fußes an mir bemerkte. Er überschüttete mich mit Fragen, denn neugierig war er wie eine Elster, aber als er keine rechte Antwort bekam, gab er sich zufrieden. Dafür glaubte er mich über den Stand der Pestilenz beruhigen zu müssen und versicherte mir, dass sie jetzt vollständig erloschen sei und ich ruhig nach Prag zurückkehren könne. Er selbst sei gerade auf der Reise dorthin.

Ich überlegte: Wohl lockte der Gedanke an die Heimkehr, aber die Erlebnisse der heutigen Nacht hatten mich stutziger gemacht als der Bericht des Fuhrmanns; es war doch besser, wenn ich zuerst bei einem verlässlichen Freund brieflich nachfragen würde. Am besten wohl bei Paul Redlich. Dass mir dieser Mann nicht früher eingefallen war! Freilich war es noch gar nicht sicher, ob er noch am Leben war, denn das Letzte, was ich von ihm gehört hatte, war die Kunde von seiner Erkrankung. Blieb also nur der junge Dirix! Von dem hatte der Fuhrmann auch etwas erzählt – ja, richtig, dass er Geistlicher werden wolle und ins Alumnat eingetreten sei. Hätte ich ihm damals nicht zugetraut, als wir zusammen dem Kaiser entgegenritten. Wird wohl aus Angst vor der Pestilenz ein Gelübde getan haben! Das war kein Hindernis, um sich an ihn zu wenden, aber da war etwas anderes! Seine Schwester, die Annesusanne, wollte mich ja, wenn ich recht berichtet war, heiraten. Oder war es eigentlich mein Bruder, den sie im Sinn hatte? Für alle Fälle war es wohl besser, wenn ich ihn aus dem Spiel ließ.

So entschloss ich mich schließlich doch, an Redlich zu schreiben. Ein inneres Gefühl sagte mir, dass er die Kontagion überstanden habe. Ich ging in die Stube, um mein Schreibmaterial zu suchen. Ein wenig Papier hatte ich die ganze lange Zeit ungenutzt mit mir herumgetragen, eine Gänsefeder hatte sich leicht gefunden, davon hatte ich mir etliche aus Langweile zurechtgeschnitten und ein schwarzes Nass, dessen man sich zur Not zum Schrieben bedienen konnte, hatte ich mir auch schon gebraut.

Ich brachte den Ohjajoh in die Stube, bat den Bauern für ihn um freundliche Aufnahme und wollte mich dann zum Tisch setzen, um mein Schreiben zu beginnen, das mir der Krähhannes gleich nach Prag mitnehmen sollte. Da bemerkte ich erst, dass noch die Leuchter und Becher dieser Nacht auf der Erde lagen. Ich wollte mich bücken, sie aufzuheben, aber Bavak wehrte ab.

»Lass liegen!«, sagte er dabei. »Ich kann mir denken, dass du heute Nacht hier nicht allein gesessen bist! Und Dinge, die solche heimlichen Wesen in der Hand gehabt haben, sollen erst einen Tag lang ruhen, ehe man sie angreift.«

So setzte ich mich denn hinter den Tisch und begann meinen Brief. Ich erzählte darin kurz, was mir der Fuhrmann berichtet hatte, und stellte die Frage, was ich von solchen sonderbaren Reden halten solle. Der Hans Adam könne doch nicht gut zugleich in Prag weilen und in einem mährischen Dorf diesen Brief schreiben, was Letzteres doch fraglos der Fall sei. Ich fügte auch hinzu, dass ich in Sorgen sei wegen meines Zweikampfes mit Cardano und hinsichtlich der gerichtlichen Verfolgung, die mir deshalb drohe. Zum Schluss erkundigte ich mich nach seinem Befinden und dem seiner Familie.

Der Ohjajoh steckte den Brief sorgfältig in sein Felleisen, versprach pünktliche Besorgung, nahm noch einige Bissen und einen kräftigen Schluck zu sich, dann machte er sich auf den Weg.

Nun war ich wieder in die Einsamkeit des verschneiten Dorfes zurückgesunken. Ich dachte viel an Marianne und wo sie wohl weilen möge, ich grübelte, ob denn mein Brief den Redlich richtig noch am Leben angetroffen habe. Zeit genug hatte ich zu solchen Gedanken.

Der Januar war beinahe vorbei, als endlich die Antwort eintraf. Ein Franziskanermönch brachte sie, der mit einer Botschaft aus Prag in sein mährisches Kloster zurückkehrte. Der Brief war lateinisch und enthielt nur eine Zeile.

*»Serpens nisi serpentem comederit non fit draco!«*

Ich mochte das Blättlein nach allen Seiten wenden, mehr stand nicht da. Aber es war doch die mir wohl bekannte Schrift Redlichs, daran war kein Zweifel, wenn er auch nicht einmal seinen Namen darunter gesetzt hatte. Ich übersetzte mir diesen Satz immer wieder: Wenn die Schlange keine Schlange verschlingt, wird sie kein Drache!

Was sollte ich daraus entnehmen? War das die einzige Antwort auf alle meine Fragen? Ich hatte seit jeher eine große Neigung zum Sinnieren und hier bot sich mir ein besonderer Anlass dazu. Wäre ich daheim gewesen und hätte ich ein solches Problem auszudenken gehabt, so hätte ich in verschiedenen Büchern nachgeschlagen und mir wohl auch von gelehrten Freunden Rat geholt. Hier aber, in der Einsamkeit, musste ich mir den Sinn dieser Worte selbst ausklügeln.

Um es kurz herauszusagen, ich kam dabei zu keinem rechten Ergebnis, aber diese anhaltende Grübelei hatte doch etwas Gutes für mich. Mein Körper erstarkte währenddessen sichtlich, die letzten Folgen meiner Verwundung wichen von mir, ich fühlte mich gesund. Und als es so weit mit mir war, da wurde mir auch das ewige Grübeln über den Sinn des Spruches zu dumm, es drängte mich etwas in meinem Innern vom Denken weg zum Handeln.

## 6

Eines Tages war mein Entschluss gefasst. Ich bedankte mich bei Bavak für all das Gute, was er an mir getan, und bat ihn, den kleinen Rest meiner Barschaft als Zeichen meines Dankes anzunehmen. Er wehrte entschieden ab und fragte nur nach meinen weiteren Absichten und wie weit er mir dabei dienlich sein könne. Ich antwortete ihm, dass ich zunächst einmal nach Prag reisen wolle und dass er mir eine große Wohltat erweisen würde, wenn er mir dazu sein Pferd leihen könnte. Das Knechtlein, das jetzt zur Winterszeit ja sowieso nichts zu tun habe, könne mich begleiten und dann das Pferd wieder zurückbringen. Er war damit gern einverstanden und so schieden wir schon den Tag darauf im ersten Morgengrauen.

Ich war vordem ein guter Reiter gewesen, aber es ist nicht leicht sich mit einem Bein im Sattel zu halten. Der Stumpf, der mir geblieben war, erwies sich glücklicherweise als lang genug, um dem Ross den nötigen Schenkeldruck zu geben, aber ich musste es stets nur im Schritt gehen lassen, bei einer rascheren Gangart wäre ich unweigerlich aus dem Sattel geflogen. Das hatte insoweit auch sein Gutes, als der Knecht mühelos an meiner Seite schreiten konnte.

Es war ein schöner, sonniger Tag, viel zu warm für die Jahreszeit. Er ließ den Schnee schmelzen, dass er in feinen Bächlein über die Straße sickerte. Eine verfrühte Lerche stieg singend zum Himmelsblau empor, in die Bäume begann der Saft zu schießen. Das wirkte alles gar wohl auf mein Gemüt und ließ in mir die Hoffnung auf bessere Zeiten aufsteigen. Zwar ermüdete mich der ungewohnte Ritt gar sehr, aber ich machte trotzdem nur eine kurze Mittagsrast, da das Pferd bei dieser langsamen Gangart frisch bei Kräften geblieben war und ich meine Mattigkeit bald zu überwinden hoffte. Das gelang mir auch wirklich und als sich die Sonne zum Untergang neigte, schien mir der heutige Ritt viel zu kurz gewesen zu sein. Doch sah ich dem Knecht an, dass er jetzt schon weniger leicht mit mir den gleichen Schritt hielt, und so freute ich mich schon um seinetwillen auf die Herberge. Wir hatten nach seiner Versicherung nicht mehr weit dahin, nur noch ein hoher Tannenwald war zu passieren, dann würde das Städtchen, das uns Nachtruhe gewähren sollte, schon vor uns liegen.

Wir waren noch gar nicht weit in den Wald hineingelangt, als uns ein schwerer Lastwagen entgegenkam, den ein Reiter begleitete.

Der Weg war nicht allzu breit und so mussten wir zusehen, wie wir am besten vorüberkamen. Mein Knechtlein wollte den Wagen zur Rechten passieren lassen, ich hielt mich auf die andere Seite, auf der sich auch der Reiter befand. Wir mussten knapp aneinander vorüber, sodass sich unsere Pferde fast streiften. In dem Augenblick hob der Mann eine Keule, die schwer auf meinen Kopf niedersauste.

Als ich wieder zu mir kam, lag ich gebunden im Inneren des Wagens, ich fühlte die Wärme eines anderen menschlichen Körpers, das musste wohl der Knecht sein. Mein Kopf brummte mir gewaltig, sodass es lange dauerte, ehe ich mich eigentlich besinnen konnte, was mit uns geschehen war. Aber auch dann konnte ich mir nicht recht klar werden, was man mit uns vorhaben konnte. Am wahrscheinlichsten war ein Raubüberfall, aber dazu bot unser Äußeres recht wenig Anreiz, denn meine Kleider waren nicht die besten. Auch hätte man da wohl gleich auf der Stelle mit uns kurzen Prozess gemacht und sich die Mühe eines Transportes erspart. Vielleicht wollte man ein Lösegeld herauspressen. Das war immerhin denkbar, ja wohl das Wahrscheinlichste. Ich zerrte an meinen Fesseln, doch die waren gar fest und so blieb nichts anderes übrig, als sich resigniert in das Schicksal zu ergeben und abzuwarten, was es weiter bringen würde.

Die Fahrt ging die ganze Nacht hindurch und erst als der Morgen dämmerte, hielt man an. Die Pferde wurden gefüttert, der Fuhrmann und der Reiter stärkten sich ebenfalls, ja schließlich dachte man auch an uns und stopfte uns einige Bissen in den Mund.

Die beiden sprachen nicht allzu viel dabei, aber auch dies Wenige klang mir ganz unverständlich. Die folgende Nacht wurde in einer einsamen Herberge Rast gemacht und wir wurden, gefesselt wie wir waren, wie zwei Gepäckstücke ausgeladen. Das besorgten nicht die Räuber selbst, sondern zwei Knechte des Wirtshauses. Ich versuchte es mit einer Frage und bekam Antwort:

»Ungarische Kurutzen sind es! Sie werben auf diese Art Soldaten. Möchte freilich wissen, was sie mit einem solchen Einbein wie dir anfangen wollen!«

Nun kannte ich mich also aus.

Kurutzen, das waren jene Horden, welche ursprünglich Graf Emmerich Tököli zusammengebracht hatte, die ihm aber bald über den Kopf gewachsen waren und nun den Krieg in Ungarn auf ihre Art weiterführten. Es waren nicht nur Magyaren darunter, sondern auch Deutsche, Tschechen, Polen, teils freiwillig zusammengelaufenes Volk, teils Leute, die man ähnlich wie uns auf einem Streifzug mitgenommen hatte. Im Vorjahr hatten sie einen größeren Angriff auf Mähren vorgehabt, waren aber durch den Graven Starhemberg abgewehrt worden. Freilich haben sie dafür dem Grafen Carafa vier Kompanien im Schlaf niedergemacht. Nun, da die kaiserlichen Truppen anderswo beschäftigt waren, wagten sie sich wieder nach Mähren herein. Die Horden waren gut beritten, hinter jedem Reiter saß ein Fußsoldat, der Tolpatsch, auf und so legten sie mit unglaublicher Raschheit große Strecken zurück, waren bald da, bald dort, raubten und sengten, wo sie hinkamen. Neben vielen Haupttrupps fanden sich aber auch ganz kleine Trüppchen, die auf eigene Faust handelten, um gelegentlich wieder zur Hauptmasse zu stoßen. Solch einem waren wir wohl in die Hände gefallen. Da hatte ein Reiter mit seinem Tolpatsch irgendwo einen Fuhrmann erschlagen und machte sich gleich mit ihm auf einen selbständigen Beutezug, wobei der geraubte Wagen dem ganzen einen friedlichen Anschein gab. Hatten doch auch wir bei jener Begegnung geglaubt, es komme uns eine harmlose Lastfuhre entgegen.

So wusste ich also, in wessen Hände ich gefallen war. Was mit mir weiter werden sollte, war freilich mehr als unklar. Jedenfalls tröstete ich mich damit, dass ich als Soldat nicht in Frage kam, und das war in diesem Fall besonders wichtig, denn man wusste allgemein, wie grausam das kaiserliche Heer gerade gegen Nichtmagyaren im Fall ihrer Gefangennahme vorging. Man sah in ihnen einfach Überläufer, die aus schnöder Gier nach Beute Verbündete des Türken geworden waren, und fragte nicht erst lange, ob sie es auch freiwillig getan hätten. Ihnen drohte die fürchterliche Strafe, lebendig gepfählt zu werden.

Unsere Fuhre zog ihren Weg weiter, hie und da wurde ein Sack mit Beute hineingeworfen, zuweilen hörte man ein Jammergeschrei, einen Hilferuf draußen und eine Weile später wurde ein gefesselter Mensch mit einem Knebel im Mund hereingeschoben. Es waren ausnahmslos Landleute, die man sich wohl vom Acker weg herangeholt hatte. Die Fahrt ging gegen Osten, man war also auf dem Heimweg und es konnte nicht allzu lange dauern, so musste sich unser Schicksal entscheiden.

An einem Spätnachmittag war dieser Augenblick gekommen.

Wir hörten schon eine geraume Weile viel Lärm um unseren Wagen, Geschrei und Pferdegetrappel, Klirren von Waffen oder Ketten, das Brüllen von Kühen, das Blöken von Schafen. Dann hielt die Fuhre, wir wurden herausgehoben und losgebunden. Eine Menge von wüsten Gestalten in abenteuerlichen Gewändern umstand uns. Jeder von den Kerlen strotzte von Waffen.

Als man mich aus dem Wagen herausschob, gab es ein nicht enden wollendes Gelächter. Eine Flut von Spott schien sich über die zwei zu ergießen, die uns hergebracht hatten; aber die waren auch nicht stumm und suchten mit viel Worten und lebhaften Gesten ihre Kumpane zu überzeugen, dass ich gar keine so schlechte Beute sei. Doch die anderen ließen sich nichts sagen; zwar verstand ich kein Wort ihrer Reden, aber sie sprachen mit einem so lebhaften Gesichtsausdruck, mit so beredten Handbewegungen, dass mir so ziemlich alles klar war, was da gesprochen wurde.

Man war sich darüber einig, dass mit mir nichts anzufangen war. Mit dem Lösegeld war das so eine Sache, man hätte doch erst ausforschen müssen, ob ich von vermögender Familie sei, dann einen sicheren Boten schicken und was alles noch mehr! Nein, dazu hatte man keine Zeit, aber wenn der Mensch schon da war, so konnte man doch mit ihm seinen Spaß haben. Der Mann, der das sagte, schien der Hufschmied der Truppe, denn er holte aus seiner Tasche einen Hammer und zwei Nägel hervor. Seine Hand wies wiederholt nach einer Scheune in der Nähe, ich sah schließlich auch hin und erblickte einen halb nackten Menschen, der sich fest an das Scheunentor zu drücken schien. Warum flossen von beiden Seiten seines Kopfes schmale Blutbächlein bis zur Erde nieder? Ich blickte noch einmal genauer hin und erkannte die Ursache: Er war mit den Ohrläppchen an das Tor angenagelt. Dasselbe schien man also mit mir vorzuhaben! Ich erschauerte bis ins Mark.

Der Schmied nahm mich schon um den Leib, um mich zu der Scheune zu tragen, ich wehrte mich verzweifelt und brüllte wie ein Stier. Da trat noch ein Mann in den Kreis und nach der Art, wie ihm die anderen entgegenkamen, hätte man ihn für ihren Führer ansehen müssen. Seinem Gesicht nach hätte man ihn freilich eher für einen etwas versoffenen Pfarrer halten können. Dazu stimmte auch der hochgeschlossene schwarze Rock, den er trug. Doch darunter schauten knallrote bauschige Türkenhosen heraus, ein grünsamtener, pelzgefütterter Mantel hing ihm über die Schultern und der Gürtel, der das scheinbare Priesterkleid zusammenhielt, strotzte von Waffen aller Art.

Er blickte mich scharf an, packte mich dann hinten beim Rockkragen und schleppte mich mit sich. Ich hätte mich gern auch gegen diese Behandlung gewehrt, aber sein eiserner Griff ließ keinen Widerstand aufkommen. Ich wollte schreien, doch bekam ich keine Luft und ehe ich mich recht besonnen hatte, gab er mir einen Schwung, der mich auf den Rücken eines Pferdes warf.

Ich verstand: Man forderte mich auf zu zeigen, ob ich reiten könne. Hier lag für mich wohl eine Möglichkeit mein Geschick zu verbessern und so zeigte ich denn mein Bestes. Ich ritt meinen Gaul in allen Gangarten vor, und das so gut, als ob ich durch keinen körperlichen Mangel gehemmt wäre.

Man war auch wohl mit mir zufrieden, denn nach einer Weile kam einer der Männer recht freundlich auf mich zu, hielt das Ross an, half mir beim Absteigen und erzählte mir in schlechtem, aber doch verständlichem Deutsch, dass man mich bei den Reitern eingereiht habe. Da aber bei ihrer Kampfesart ein fester Sitz des Reiters umso notwendiger sei, da er ja auch dem hinter ihm aufsitzenden Tolpatsch einen Halt bieten müsse, so werde man mich eben an das Pferd anschnallen.

Ob mir das alles recht war, danach fragte natürlich niemand. Doch ich war, für den Augenblick zumindest, wirklich mit allem einverstanden. Die Hauptsache war mir, dass ich keine Fesseln mehr tragen musste, dass ich aus dem schrecklichen Wagenkerker heraus war, dass ich nicht mehr fürchten musste mit den Ohren an die Scheuer angenagelt zu werden. Alles andere schien demgegenüber erträglich.

Ich saß mit am Lagerfeuer, bekam eine Schüssel stark gewürzten Fleisches, die große Weinkanne, die im Kreis herumging, machte vor mir nicht Halt, das waren lauter Veränderungen zum Besseren, die fast ein Gefühl der Zufriedenheit in mir aufkommen ließen. Was mir bevorstand, daran wollte ich jetzt nicht denken.

Der Mann, der sich meiner angenommen hatte, leistete mir auch weiter Gesellschaft, nötigte mich zum Essen und Trinken und ging dabei selbst mit gutem Beispiel voran. Er gab mir auch bereitwilligst Auskunft über alles, was ich wissen wollte. Als ich nach dem sonderbaren Mann fragte, der hier mein Geschick zum Besseren gewendet hatte, sagte er verwundert:

»Hast du denn noch niemals etwas vom Kuhpater gehört? Nicht? Dann musst du von weit her sein, denn von der Tatra bis nach Bosnien hinein kennen ihn selbst die Kinder! Er war früher katholischer Pfarrer, aber nachdem ihm einmal die Malkontenten den Pfarrhof samt der Kirche niedergebrannt hatten, sah er sich nach einem anderen Beruf um und brachte in der Grafschaft Zips eine kleine Bande zusammen, die bald der Schrecken der ganzen Gegend war. Er war stets ein gar scherzfroher Herr und sein Lieblingsspaß ist es, den Bauern das Vieh wegzutreiben, um es ihnen dann wieder zu verkaufen. Kam er nach einiger Zeit wieder in die Gegend, so konnte es wohl passieren, dass ein und dasselbe Bäuerlein dieses Geschäft auch noch ein zweites oder drittes Mal mit ihm machen musste. Diese löbliche Gewohnheit hat ihm den Namen ›der Kuhpater‹ eingetragen. Er hört aber nicht gern, dass ihn jemand so nennt, und macht auch solche Sachen jetzt nur ganz ausnahmsweise. Er führt lieber Krieg, das ist ehrenvoller und auch einträglicher. Ein prächtiger Bursch! Allah und die heilige Jungfrau Maria mögen ihn uns noch lange erhalten!«

Nun wollte ich wissen, auf wessen Seite der Kuhpater eigentlich kämpfte. Die Antwort auf diese Frage schien nicht so leicht zu sein, wie ich gedacht hatte. Wenigstens wiegte mein Gefährte eine geraume Weile den Kopf hin und her, brummte auch einiges in den struppigen Bart, ehe er sich zum Reden entschloss.

»Man sieht halt wieder«, sagte er, »dass du recht weit von hier zu Hause bist, sonst könntest du nicht so ungeschickt fragen. Wenn du es ganz genau wissen willst: einmal auf der und dann wieder auf der anderen Seite! Schau nicht so verwundert drein, das ist hierzulande gar nichts so Besonderes! Selbst der Vizekönig und Palatin Wesselenyi ließ sich zuerst vom Kaiser bestellen und hat es dann mit den Türken gehalten. Um solche Dinge soll sich unsereins nicht viel kümmern. Die Hauptsache ist, dass man sein gutes Leben und seinen Beuteanteil hat, alles Übrige kann einem gleichgültig sein. Mir wenigstens ist es eins, ob ich einem Kaiserlichen oder einem Rebellen den Kopf absäbele, wenn ich nur in seiner Tasche einige Golddukaten finde!«

Damit schien er bei einem Gegenstand angelangt zu sein, der ihm besonders am Herzen lag, denn er setzte mir in langer Rede auseinander, dass das gar nicht so einfach sei, mitten im Kampfgetümmel mit einem einzigen Hieb einen Kopf herunterzusäbeln, dass er am Boden fortrolle. Besonders schwer sei die Sache, wenn so ein Kerl eine eiserne Sturmhaube mit Halsschutz anhabe. »Schwer, aber nicht unmöglich!«, setzte er hinzu und aus seinem Lächeln voll berechtigten Selbstbewusstseins konnte man schließen, dass ihm das Kunststück mehr als einmal geglückt sei.

Am nächsten Morgen begann die Arbeit, ich wurde regelrecht einexerziert und musste lernen, mit dem Wind um die Wette zu reiten, obwohl mir die Riemen, die mich ans Pferd banden, bei jeder Bewegung hinderlich waren. Dazu musste ich einen Tolpatsch hinter mich aufsitzen lassen, der meinen Leib umschlungen hielt und dadurch das Reiten noch schwieriger machte. Ich war selbst überrascht, dass ich mich in alles das ganz gut hineinfand und schließlich diese Behinderung kaum mehr als solche empfand.

Jedenfalls bekam mir die viele Bewegung in frischer Luft bei kräftiger Kost gesundheitlich sehr gut, aber das Leben, das ich hier führte, beeinflusste meinen Charakter sehr ungünstig. Ich machte mir gar keine Gedanken, weder über Marianne noch über Prag, ich sorgte mich nicht, ob man nicht demnächst von mir verlangen würde gegen Leute zu kämpfen, die ich bisher als meine Freunde angesehen hatte. Ich war wie ein Tier, das nur am Essen und Trinken und an der freien Bewegung seine Freude hat. Der Mensch erwachte in mir erst an jenem Tag, als ich mit dabei war, wie ein Dorf geplündert und niedergebrannt wurde. Was ich da zu sehen bekam, das rüttelte mich bis ins Innerste auf, aber es brachte mir auch meine ganze Hilflosigkeit zu Bewusstsein, mit der ich den Leuten verfallen war.

Hilflos war ich auch gegenüber der Art, wie man mit meinem

Äußeren verfuhr. Dass man mich in ein halbtürkisches Kleid steckte, das mochte noch hingehen, ebenso dass man mir vor jedem Ritt Adlerflügel an den Kopf und die Arme band: Schon der Anblick eines so ausgestatteten Reiters mochte den Feind erschrecken, noch mehr aber das sonderbare Geräusch, das die Federn bei einem schnellen Angriffsritt von sich gaben.

Am schwersten empfand ich es, dass man mir eines Tages den Kopf ratzekahl rasierte. Wohl versuchte ich mich dagegen zu wehren, aber mein Widerstand war rasch gebrochen.

## 7

Auf solche Art kam mir immer mehr die Unhaltbarkeit meiner Lage zu Bewusstsein. An Flucht war nicht zu denken, das war einmal sicher, allzu lange konnte ich ein Leben unter solchen Voraussetzungen nicht führen, also musste dies alles ein Ende mit Schrecken nehmen. Diese Erkenntnis sollte sich viel früher bewahrheiten, als ich gedacht hatte.

Es war die erste eigentliche Kampfhandlung, an der ich teilnahm. Wir hatten eine Abteilung kaiserlicher Reiter, die im Vertrauen auf einen vor kurzem mit dem Tököli abgeschlossenen Waffenstillstand etwas weniger wachsam war, überfallen, denn solche Abmachungen kümmerten den Kuhpater wenig. Es war mehr ein Morden als ein Kämpfen, denn die wenigsten unserer Gegner hatten überhaupt eine Waffe in der Hand.

Nur einer der Reiter war in voller Rüstung gewesen, ein riesenstarker Mann, der verzweifelten Widerstand leistete und sieben unserer Leute zur Strecke brachte, ehe er überwunden werden konnte. Und auch das geschah mehr durch einen Zufall: Er suchte einem Hieb durch einen Seitensprung auszuweichen, stolperte dabei und stürzte, sodass man ihn leicht fesseln konnte.

Wie wütende Bestien stürzten sich jetzt die Kurutzen auf ihn. Arme und Beine wurden ihm mit eisernen Keulen zerschmettert, dann wurden ihm unter den Armen Stricke durchgezogen und er an einen starken Baumast gehängt; unter seinen Füßen wurde ein Reisighaufen zusammengetragen und entzündet, wobei die Schurken sorgsam darauf achteten, dass die Flamme nicht zu groß sei. Erst nachdem dem Mann die Füße verbrannt waren, ließ man das Feuer größer werden und den Körper ergreifen.

Der Arme brüllte wie ein Stier; seine Schreie wurden offenbar von einer anderen kaiserlichen Truppe vernommen und auf einmal waren die Angreifer von vorhin die Überfallenen. In tollem Ritt wurden sie überrannt und fast alle niedergemacht. Unter den wenigen Gefangenen, die man machte, war auch ich. Das schien im ersten Augenblick ein Glück, aber bald sah es so aus, als ob es besser gewesen wäre, hätte ich mich unter den Erschlagenen befunden. Die Empörung der Sieger über den tückischen Bruch des Waffenstillstandes, noch mehr aber über die Marterung ihres Kameraden war so groß, dass man mit den Gefangenen kurzen Prozess machte: Sie sollten alle zusammen gepfählt werden. Freilich ging das nicht so rasch, denn die Herstellung eines für diesen Zweck brauchbaren Pfahles erforderte einige Arbeit, auch war nicht genug geeignetes Holz zur Hand. So kam es, dass von den neun Gefangenen zunächst nur zwei daran kamen, während wir anderen der furchtbaren Marter, die auch uns bestimmt war, zusehen mussten.

Die beiden armen Teufel wurden auf den Bauch geworfen, ihnen die Hosen heruntergerissen und dann mit einem Schermesser ein Loch ins Gesäß geschnitten. Damit sie nicht vorzeitig verbluteten und so ihre Qual verkürzt würde, wurde jedem eine Handvoll Teig in die Wunde gestopft, was sogleich das Blut stillte. Inzwischen waren zwei nach oben fein zugespitzte und mit Fett glatt gemachte Pfähle in die Erde gesteckt und festgemacht worden, worauf man die Unglücklichen auf die Pfahlspitzen setzte. An jedem Bein wurde ein Strick befestigt und dann daran gezogen, sodass der Pfahl immer tiefer in den Leib drang, bis er bei dem einen durch die Brust, bei dem anderen durch den Mund sein spitzes Ende wieder dem Tageslicht zeigte.

Währenddessen waren zwei andere Pfähle fertig geworden und zwei weitere Gefangene wurden ihrem fürchterlichen Geschick überliefert. Ich verdankte es meiner Einbeinigkeit, dass ich mich nicht unter ihnen befand, denn schon hatte mich ein Reiter bei der Schulter gepackt, um mich auf den Bauch zu werfen, aber ein anderer rief dazwischen, dass es bei mir schwer halten würde, mir den Strick an die Beine zu binden, man müsse sich noch überlegen, wie das am besten zu bewerkstelligen sei.

Damit aber war mein schreckliches Ende nur hinausgeschoben, das wusste ich und so bereitete ich mich, so gut es ging, auf den Tod vor. Ich murmelte alle Gebete vor mich hin, die ich auswendig wusste und ließ dazwischen meine Gedanken zu Marianne schweifen. Ich war so tief darein versunken, dass ich kaum die Bewegung bemerkte, die sich auf einmal unter den Reitern zeigte. Erst ein Trompetenruf und nahendes Pferdegetrappel ließen mich aufhorchen.

Eine Weile später ritt eine Kavalkade von Offizieren in den Kreis, an ihrer Spitze ein alter, würdiger Herr mit breiter roter Schärpe über dem fein ziselierten Panzer. Er hielt sein Pferd an und ließ sich die Vorfälle berichten. Ich befand mich zu weit entfernt, um etwas davon zu verstehen, konnte aber aus seinem wiederholten Nicken schließen, dass er mit dem Verhalten der Reiter einverstanden war. Dann ließ er den Blick über die Gespießten gleiten und sah sich auch uns an, die wir in einem kleinen Häuflein zusammengedrängt unsere Exekution erwarteten.

»Auch spießen lassen!«, befahl er. »Solches Gesindel verdient nichts anderes!«

Und damit wandte er sein Ross, um fortzureiten. Ich wusste, hier war die einzige Möglichkeit einer Rettung, und so schrie ich auf:

»Gnade, Exzellenz! Gnade für einen Unschuldigen!«

Er hielt sein Pferd zurück und ritt dann ganz nah an mich heran. »Der Kerl spricht deutsch!«, sagte er und musterte mich scharf. »Das ist wohl ein Präbek, ein Abtrünniger, der von der allein selig machenden Religion zum Islam übergetreten ist, nur um besser ehrliche Christenmenschen berauben zu können. Solche Schufte verdienen schon deshalb die Spießung und habe ich sie bereits einigen Dutzend verabfolgen lassen!«

Doch ich ließ mich nicht abschrecken. Mit fliegenden Worten schilderte ich die Art, wie ich zu den Kurutzen gekommen bin. Meine Rede schien Eindruck zu machen.

»Den Namen!«, befahl er kurz.

»Hans Adam von Löwenmacht, Exzellenz!«

Er neigte sich vor, durchbohrte mich mit den Blicken und rief: »Wie? Was? Sag's noch einmal!«

Und ich wiederholte: »Hans Adam Macht von Löwenmacht aus Prag in Böhmen!«

Da schlug der würdige alte Herr ein Gelächter an, dass er beinahe vom Pferd gefallen wäre. Als er sich einigermaßen beruhigt hatte, sagte er zu dem Wachtmeister, der ihm vorhin den Bericht erstattet hatte: »Spießen lassen! Natürlich spießen lassen!«

Und damit ritt er an der Spitze seiner Offiziere davon. Warum er nur so gelacht haben mochte? Was ging mich das schließlich an? Er hatte mein Todesurteil ausgesprochen, alles andere war dagegen nebensächlich. Vernichtet sank ich in mich zusammen.

Doch auch andere Leute stellten sich die Frage, was dem hohen Herrn ein solches Lachen abgezwungen haben konnte. Der Wachtmeister trat an mich heran und ließ sich wiederholen, was ich da vorhin erzählt hatte, doch konnte auch er beim besten Willen nichts Komisches an meinem Bericht finden. Er sprach recht freundlich zu mir und so wagte ich denn die Gegenfrage, wer denn der Offizier gewesen sei. Die Antwort war rasch bei der Hand:

»Seine Exzellenz der kommandierende General Graf Sebastian Lodron!«

Ich hatte zu Mariannes Vater gesprochen!

Mein Name war ihm nicht unbekannt und auch meine Liebe zu seiner Tochter, das war wohl klar. Und sein stürmisches Lachen war die Antwort darauf oder nein, das war erst der Auftakt dazu, die Antwort lautete: Spießen lassen!

Jetzt war mir alles gleichgültig. Stumpfsinnig sah ich zu, wie ein weiteres Kurutzenpaar auf Pfähle gesetzt wurde. Als ob mich das alles nichts anginge, so betrachtete ich Menschen und Dinge. Doch in diese Leere des Herzens schlichen sich langsam wieder Gedanken ein, die sich freilich nicht mit dem mir drohenden schrecklichen Ende, sondern mit Marianne beschäftigten. Mir stand ein elender Tod bevor, daran war nichts zu ändern, aber ich würde ihn mit Fassung ertragen, wenn ich wüsste, dass sie geborgen sei. Als ich von ihr schied, war sie es jedenfalls nicht und es war kaum anzunehmen, dass sich ihre

Lage inzwischen gebessert hatte. Ob denn ihr Vater überhaupt eine Ahnung von ihrem Geschick hatte? Gewiss suchte er sein Kind – ob er es schon gefunden hatte? Sehr wahrscheinlich war es nicht, denn die richtige Spur war sicher nicht leicht zu finden, wo der Bucklige es gewiss von allem Anfang an gut verstanden hatte sie zu verwischen. Durch seinen Tod war Mariannes Lage voraussichtlich besser geworden, vielleicht auch nicht! Er hatte sie wenigstens vor äußerer Not bewahrt, bot ihr, der vollständig Hilflosen, zumindest einen Schutz gegen die ärgsten Gefahren. Hatte sich jemand anderer ihrer angenommen? Ich wusste es nicht. Aber das eine war mir klar, dass ich das alles vor meinem Tod noch ihrem Vater mitteilen müsse, damit er sie retten könne.

So wagte ich es denn und sagte dem Wachtmeister, ich hätte dem Grafen eine wichtige Mitteilung zu machen, er möchte mir durch einen Boten Audienz verschaffen. Ich sah es ihm an den Augen an, dass er das für eine Ausrede hielt, für einen sehr durchsichtigen Plan, um mein armes Leben im letzten Augenblick zu retten. Aber er schickte doch einen Reiter mit meiner Bitte ins Hauptquartier ab.

Als ich eine Stunde später von demselben Reiter mit in den Sattel genommen wurde, um vor den General gebracht zu werden, stiegen mir allerlei Bedenken auf. Wenn es wirklich so war, wie ich vermutete, wenn der Graf keine Ahnung von dem Verbleib seiner Tochter hätte, so würde er doch gewiss nicht so gelacht haben, sondern er hätte in mir nicht den unerwünschten Liebhaber, vielmehr einfach einen Menschen gesehen, der mit seiner Tochter in der letzten Zeit zusammen gewesen war und darum vielleicht eine Spur wusste, ein Mittel angeben konnte, sie zu finden.

## 8

Wir kamen an. Der Soldat war mitleidig genug, mir eine abgebrochene Zeltstange als Stütze zu geben, dann erstattete er dem General seine Meldung, der mich sogleich hereinzubringen befahl.

Ich hatte mir vorgenommen, in meinen Mitteilungen so kurz

wie möglich zu sein; auch schien es mir ratsam, nichts von meiner Liebe zu sagen und schon gar nicht unsere Hochzeit zu erwähnen. Dass die Komtesse ihre beiden Füße verloren hatte, davon werde Exzellenz wohl wissen. Wahrscheinlich sei ihm aber unbekannt, dass sie einem fahrenden Gaukler in die Hände geraten sei, der ihr Unglück auf Jahrmärkten zur Schau stelle. Der sei im vorigen Herbst in der Gegend von Iglau erschlagen worden, was dann mit der Komtesse geschehen sei, wisse ich leider nicht, doch sei dort die Spur aufzunehmen.

Der Graf hatte mich ruhig angehört, als ich aber zu Ende war, brach er in das gleiche Lachen wie vorhin aus, nur dass es diesmal viel höhnischer, verächtlicher klang. Seine mächtige Allongeperücke hatte sich darüber verschoben und er musste sie erst umständlich zurechtrücken, ehe er antwortete:

»Also an Phantasie fehlt es dem Musjö nicht, das muss man sagen! Nun, wenn man sich vor einem qualvollen Tod retten will, so muss man sich eben einigermaßen anstrengen. Aber man darf auch wieder nicht des Guten zu viel tun! Wenn man schon nicht bei der Wahrheit bleiben kann, weil man sie offenbar nicht weiß, so soll man sich doch wenigstens an die Wahrscheinlichkeit halten. Gegenüber der tollen Geschichte, die ich mir da angehört habe, ist übrigens die Wahrheit sehr einfach: Die Komtesse Marianne ist auf meinem Schloss zu Kärntisch-Gmünd, besitzt Gott sei's gedankt alle vier Gliedmaßen und ist auch sonst bis auf eine leichte Melancholie gesund wie ein Fisch! Und nun wird inzwischen der Holzpfahl fertig sein, der für den erfindungsreichen Musjö bestimmt ist, und er kann sich nur gleich auf die Rückreise machen, damit er schön in der Reihe mit dem übrigen Gesindel aufgespießt werde!«

Damit wandte er sich zu einem Tischchen und griff nach einer dort stehenden Glocke. Doch im letzten Augenblick schien er sich anders zu besinnen. Er drehte den Kopf nach mir, musterte mich scharf und sagte dann:

»Eine Jammergestalt, wie man sich sie kaum trauriger vorstellen kann! Mit diesem kahlen Schädel, diesem ungepflegten Gesicht, das seit Wochen wohl nicht ordentlich gewaschen worden war! Der untere Teil ist übrigens nicht minder schön! Das eine Bein in einer plundrigen Türkenhose, dass es wie geschwollen aussieht, von dem anderen ein kurzer Stumpf, der in einem schmutzigen Lederstrumpf steckt, wahrhaftig ein Seladon, wie er im Buch steht! So wie der Kerl jetzt aussieht, so muss ihn die Marianne zu Gesicht bekommen, das wird ihr die Flausen verjagen, die man ihr bei dem unseligen Aufenthalt in Prag in den Kopf gesetzt hat! Mit dem Pfählen hat es dann noch immer Zeit!«

Nun läutete er doch, aber den Diener, der hereintrat, schickte er nicht um den Reiter, der mich hergebracht hatte, sondern fragte nach einem Fuhrwagen, der mit allerlei Gepäck vor wenigen Tagen von seinen Kärntner Gütern eingetroffen war. Ob er schon die Rückfahrt angetreten habe? Nein? Das sei gut, dann solle er den Mann da mitnehmen und dem Schlosshauptmann in Gmünd abliefern. Wie dieser dann weiter zu verfahren habe, werde er aus einem mitgehenden Brief erfahren.

Mir war wie im Traum zumute. Dass die schreckliche Todesgefahr wenigstens für die Stunde gebannt war, dass ich von Marianne hören durfte, wer hätte das alles vor einer Weile noch für möglich gehalten! Und was hatte ich hören dürfen! Ein Märchen und eine Wahrheit, aber beide von unendlicher Köstlichkeit. Denn ein Märchen musste es doch wohl sein, dass sie alle vier Gliedmaßen besaß, aber es war doch herrlich zu hören und in Verbindung mit der unzweifelhaften Wahrheit, die mir der Graf sicher sehr gegen seinen Willen so nebenbei eingestanden hatte, dass sie immer noch an mich dachte, mich treulich liebte, in dieser Verbindung erschien mir sogar das Unmöglichste glaublich und erfüllte mich mit maßlosem Jubel. Am liebsten wäre ich dem stolzen alten Herrn ob solcher Nachrichten um den Hals gefallen, aber ich hatte mir doch noch so viel Vernunft bewahrt, um mich zurückzuhalten, denn wer weiß, ob er mich daraufhin nicht doch auf der Stelle hätte pfählen lassen!

# Die Satansmesse

## 1

Ich wurde noch am gleichen Tag in dem Wagen verstaut, in dem ich die Reise nach Kärnten machen sollte. Er bot nicht mehr Bequemlichkeit als die Fuhre, in der ich meine unfreiwillige Fahrt von Mähren nach Ungarn zurückgelegt hatte, schien mir aber doch viel behaglicher. Das kam wohl daher, dass ich diesmal nicht gefesselt war, aber auch das freundliche Wesen des Fuhrmanns trug seinen Teil dazu bei. Er war recht gesprächig, erzählte gern von dem schönen Malteinertal und seinem stattlichsten Punkt, dem Schloss und der Stadt Gmünd. Freilich erwies sich eine besondere Hoffnung, die ich in ihn gesetzt hatte, als trügerisch. Er wusste mir nichts von Marianne zu erzählen, kannte sie nur dem Namen nach. Dafür hatte er viel über den Schlossherrn selbst zu berichten, doch daran war mir weit weniger gelegen.

Langsam ging die Fahrt vorwärts. Es waren schöne warme Vorfrühlingstage; sie machten unsere Reise gar angenehm. Ich saß zumeist auf dem Kutscherbänkchen neben dem Fuhrmann, horchte mit halbem Ohr seinen Erzählungen und genoss den Anblick der schönen Landschaft, deren stiller Friede mir nach dem Erlebten wie Balsam einging. Als die Straße dann steil anstieg und im Berggebiet immer enger wurde, da schwand freilich die Lenzesahnung aus der Gegend und wir kamen noch recht tief in Schnee und Eis hinein.

Aber auch das wurde schließlich, wenn auch nach mancher Mühsal, überstanden, der Weg ging anhaltend bergab und hinter Kapfenberg war auf den Feldern kein weißes Fleckchen mehr zu entdecken.

Wir hatten in diesem Ort Mittagsrast gehalten und als wir zum Tor hinausfuhren, da sprang aus einer Mauernische eine große schwarze Katze auf den Rücken des Handpferdes und ließ sich darauf behaglich nieder. Der Fuhrmann verscheuchte sie zwar von dort mit der Peitsche, doch sie begleitete uns weiter, hielt sich an der Wagenseite, und zwar genau so, dass sie uns beide auf dem Kutschbock sitzen sehen konnte. Die Rösser gingen ihren behaglichen Schritt, sodass es ihr nicht schwer fiel mitzukommen. Sie machte dabei gar sonderbare Bewegungen, wusste bald graziös zu schreiten, bald wieder einen seltsamen Sprung dazwischenzusetzen. Wir sahen ihrem Treiben lange genug zu, dann schien sie doch zu ermüden und blieb zurück.

Mit Eintritt der Dämmerung überkam mich eine starke Schläfrigkeit und ich kroch in das Wageninnere, um mich auf dem Stroh auszustrecken. Ich hatte mich kaum niederlegt, als etwas hinten unter der Wagenplane hereinschlüpfte – es war die Katze. Die umschlich mich eine Weile, stieg auch ein oder das andere Mal über meinen ausgestreckten Körper hinüber, dann legte sie sich neben mich, drückte den weichen warmen Leib fest an den meinen, schnurrte behaglich und schien bald eingeschlafen. Ich vergrub meine Hand in ihrem molligen Fell, dann schlummerte auch ich ein.

Im Traum schien es mir, als ob das Tier an meiner Seite wachse, immer länger werde, sodass ich bald die Wärme seines Körpers von der Brust bis zum Fuß hinunter spürte; dabei drückte es sich immer fester an mich und meine Hand spürte nichts mehr von einem Fell, sondern eine feine zarte Haut – ein köstlicher Duft stieg mir in die Nase, ein heißer Atem streifte meine Wange, zwei Arme schlangen sich um meinen Hals – nein, ich schlief nicht mehr, meine wachen Augen suchten das Dämmerlicht zu durchdringen, sie sahen die Umrisse einer weißen Frauengestalt an meiner Seite, sie blickten in ein Antlitz, dessen Züge ich im Dunkeln nicht erkennen konnte und die mir doch aus einem unbekannten Grund wohl vertraut schienen. Und jetzt hörte ich eine Stimme mir etwas ins Ohr flüstern, das ich nicht gleich verstand, aber ich erkannte daran die Sprecherin, das war niemand anders als Pharaildis!

»Liebster«, sagte sie mit fliegendem Atem, »nun hab ich dich wieder, nun bist du mein, nun lasse ich dich nicht mehr! Der dumme Rittmeister hat geglaubt, er kann mich mit seinem

Degen bannen, als ob eine Maid von meiner Zunft sich nicht zu helfen wüsste! Freilich, es war nicht leicht dich zu finden! Ich musste manche Nacht übers Land fliegen, ich musste beim Kuckuck und allen Eulen nachfragen, ehe ich auf die richtige Spur kam. Aber das ist vorbei, jetzt habe ich dich endlich und nun sollst du erst sehen, was für Künste ich vermag! Gerade so wie es mir ein Leichtes war, mir die abgeschlagene Hand wieder anwachsen zu lassen, so will ich dir auch deinen Fuß anheilen! Bei dir ist die Sache freilich nicht so einfach wie in meinem Fall, denn bei dir heißt es das verlorene Bein erst herbeiholen, das geht über meine Kraft, da ist schon ein stärkerer Zauber nötig, als ich ihn zu finden vermag. Doch ich weiß von Leuten, die das verstehen und die mir gerne eine kleine Gefälligkeit erweisen.

Ein günstiger Zufall hat es übrigens gefügt, bei dem ich nur ein klein wenig nachhelfen musste, dass du den richtigen Weg eingeschlagen hast, um selbst an die Stätte zu kommen, wo dir Hilfe winkt! Noch eine kleine Tagesreise und ihr werdet an einem Schloss vorüberkommen, dort hängt in der Kapelle ein gar sonderbares Altarbild, mit dem kann man allerlei erleben, wenn man mehr versteht als Brotessen. Und der dortige Schlosskaplan ist gewiss ein Mann, von dem sich das sagen lässt. Ein grundgelehrter und dabei sehr lustiger Herr, der sich deiner gewiss annehmen wird. Angemeldet bist du schon! Ja, du weißt noch gar nicht, wie das Schloss heißt, ist vorläufig nicht einmal nötig, denn ihr werdet dort von selbst halten müssen. Gerade vor der Einfahrt wird nämlich die Wagendeichsel brechen! Habe ich das nicht hübsch ausgedacht und klug eingerichtet? So sprich doch ein Wort und sei dankbar für meine Liebe! Küsse mich, küsse mich, das ist die beste Antwort!«

Heiß pressten sich ihre Lippen gegen die meinen, aber mein Mund gab keinen Kuss zurück. Ich war wieder im Hexenbann, das fühlte ich, aber mein Herz war diesmal besser gefeit. Sie wandte den Kopf mit einem unmutigen Seufzer weg:

»Du bist gar nicht lieb zu mir, das habe ich nicht verdient! Ich weiß auch den Grund, dich hat eben die blonde Hexe, die Marianne, zu gewinnen verstanden, weil sie eine viel ärgere Zauberin ist als ich! Wird ihr aber alles nichts helfen, dafür habe ich dich lieber als sie. Da findet sich dann ganz von selbst das richtige Mittel, damit du für ewig der Meine bleiben musst! Doch jetzt muss ich rasch über Berg und Tal nach Hause, du weißt, mein Vater sitzt nicht gern allein beim Nachtmahl. Leb recht wohl und auf Wiedersehen!«

Der weiche warme Druck löste sich von meinem Körper, es strich etwas wie ein kühler Abendhauch unter dem Zeltdach des Wagens durch – ich war allein. Ich hätte mich gern aufgerichtet, das gerade Erlebte ordentlich überdacht, aber eine bleierne Müdigkeit hinderte mich daran. Ich wollte noch dem Kutscher etwas zurufen, aber auch das gelang nicht, ich konnte mich des Schlafes nicht länger erwehren.

Am nächsten Tag war ich meinem Reisegefährten gegenüber recht einsilbig. Es war nicht so sehr die Tatsache der Erscheinung der Pharaildis, die mich so versonnen machte, hatte ich doch in meinem jungen Leben schon so viel Ungeheuerliches erfahren müssen, dass mich das gestrige Erlebnis nicht aus der Fassung bringen konnte. Aber ich durchgrübelte ihre Worte, ich hasste sie, weil ihr Mund Marianne eine Hexe zu nennen wagte, und ich liebkoste die Hoffnung, dass ich vielleicht doch auf wunderbare Weise von meinem Krüppelzustand erlöst werden könnte.

Dazwischen überlegte ich, ob ich nicht den Fuhrmann darauf aufmerksam machen solle, dass heute mit seiner Wagendeichsel etwas geschehen würde. Ich dachte lange darüber nach, kam aber am Ende zu dem Schluss, dass es besser sei zu schweigen. Möglicherweise geschah gar nichts, dann hätte mein Reden keinen Zweck gehabt, brach die Deichsel aber wirklich, dann würde er es sich schon auf natürliche Weise erklären, während er durch meine Warnung erst aufmerksam würde, dass es da nicht mit richtigen Dingen zugehe. Derjenige aber, der als der Hexer erscheinen würde, das wäre dann ich, der die Sache vorausgesagt hatte; ich würde mich also selbst in den Geruch der Zauberei bringen und damit neue Gefahren für mich heraufbeschwören. So schwieg ich denn und ließ die Dinge herankommen.

## 2

Je weiter der Tag fortschritt, umso eifriger hielt ich nach einem Schloss Ausschau. Wir fuhren wirklich an zwei oder drei solchen Bauten vorbei, aber es geschah nichts. Es ging bereits gegen Abend und ich meinte schon, dass mein gestriges Erlebnis in Wirklichkeit nur ein trügerischer Traum gewesen sei, als ich in der Ferne ein sonderbares Gebäude erblickte. Es bestand eigentlich nur aus drei aneinander gebauten Türmen, der erste rund, zwar niedrig, aber von einem ganz ungewöhnlichen Umfang, der zweite eckig und hoch mit spitz zulaufendem Dach, der dritte, an Höhe und Umfang ein Mittelding zwischen den beiden anderen, trug eine Zinnenkrone. Efeu wucherte über alle drei und ließ nur gerade die Fenster sowie die Toreinfahrt im mittleren Turm frei. Zu der führte über einen breiten Graben eine zierliche, nach italienischer Art gebaute Brücke. Unsere Straße führte ganz nahe vorbei und wie unser Wagen die Zufahrt passierte, da gab es einen Krach und die Deichsel war gebrochen, ohne dass die Pferde auch nur eine unruhige Bewegung gemacht hätten!

Fluchend stieg der Fuhrmann vom Bock und untersuchte den Schaden. Ich für meinen Teil war nicht überrascht und doch ging es mir kalt über den Rücken, als ich sah, mit welcher Genauigkeit alles so kam, wie es die schöne Hexe vorausgesagt hatte. Ich war darum auch nicht weiter verwundert, als fast im gleichen Augenblick, da die Deichsel krachend brach, ein geistlicher Herr über die Brücke auf uns zugeeilt kam und zur Einkehr einlud. Man hätte aus seinem pünktlichen Erscheinen beinahe schließen können, dass er in der Einfahrt gestanden, um uns und den Unfall abzuwarten. Er bot mir freundlich seine Schulter als Stütze und führte mich mit sorgsamer Vorsicht in das Schlösschen, während Fuhrmann und Wagen der Fürsorge der herbeigeeilten Dienstleute überlassen wurden.

Mein Führer brachte mich in einen dunkel getäfelten Raum. Heller Kerzenschein machte den Raum behaglich, er strahlte von einem an der Decke hängenden Hirschgeweih nieder, dessen Kopfende in die schön geschnitzte Figur einer reich gekleideten Frau auslief. Unter dem Lüster stand ein schlohweiß gedeckter Tisch, der eine große Schüssel mit allerhand kaltem

Fleisch, ein Körbchen mit Obst, ein zweites mit Nüssen und eine gewaltige Kanne mit zwei Zinnbechern trug.

»Willkommen im alten Traumschlössel!«, sagte der geistliche Herr und schüttelte mir kräftig beide Hände. »Willkommen auch im Namen des Schlossherrn, Seiner gräflichen Gnaden Jörg Christoph von Steinbeiß! Er weilt freilich lieber auf seinem schönen Schloss zu Eichberg und kommt so selten hierher, dass ich manchmal in Versuchung komme mich selbst für den Besitzer zu halten! Was schaut ihr Euch so erstaunt um? Es sieht fast so aus, als ob ich Euch erwartet hätte, nicht wahr? Ja, man hat halt zuweilen so seine Ahnungen! Doch das soll Euch nicht weiter anfechten, greift zu und wohl bekomm's!«

Ich ließ mir das wahrhaftig nicht zweimal sagen. Nach der mehrtägigen Reise im Fuhrwagen und den Nachtlagern auf dem Stroh einer Scheune saß es sich so prächtig in dem weich gepolsterten behaglichen Lehnstuhl. Dazu zeigte die Fleischschüssel so verlockende Auswahl und der Wein duftete gar lieblich aus der Kanne, deren Deckel schon zum Einschenken bereit zurückgeschlagen war. Und der Mann selbst, der mich zum Essen und Trinken mahnte, wie gewinnend war sein Wesen, wie bieder und treuherzig sein Gesicht! Der sollte ein großer Hexenmeister sein? Nein, nie und nimmer! Blieb freilich die unerklärliche Tatsache, dass alles so gekommen war, wie Pharaildis es mir angekündigt hatte: Die Wagendeichsel war gerade vor dem Schlosseingang gebrochen und dieser Mann da hatte das offenbar vorher gewusst und mich erwartet. Doch mein gewaltiger Hunger, mein brennender Durst ließen für den Augenblick solche Bedenken nicht aufkommen. Ich griff herzhaft zu und fühlte mich so wohl wie schon lange nicht mehr.

Wir plauderten gar harmlos vom Wetter und von den Zeitläufen, sodass die Stunden wie im Fluge vergingen. Die fleißigen Aufmunterungen meines Wirtes brachten mich dazu, dass ich mehr von dem köstlichen Wein trank, als es sonst meine Art war. Bald merkte ich zu meinem Schrecken, dass ich die Dinge am Tisch doppelt sah, dass das Zimmer sich um mich zu drehen begann. Die Augen fielen mir zu, ich hatte Mühe sie offen zu halten, noch mehr strengte mich das Reden an. Meinem freundlichen Gastgeber war das nicht entgangen. Er meinte, ich sei von der langen Fahrt wohl etwas übermüdet und bedürfe der Ruhe. Mit diesen Worten nahm er mich wie ein Kind in seine kräftigen Arme und trug mich in das Nebenzimmer, wo ein stattliches Himmelbett meiner wartete.

Ich schlief fast augenblicklich ein und wachte erst auf, als schon die helle Sonne ins Zimmer schien. Ich fühlte mich erfrischt und gestärkt, ein wohliges Behagen durchströmte mich; ich war zufrieden wie schon lange nicht. Als ich dann beim Frühstück saß, kam der Fuhrmann herein und berichtete, dass mit der alten Deichsel nichts mehr zu machen und eine neue notwendig sei. Da aber eine solche nicht gleich bei der Hand wäre, so werde es wohl einige Tage dauern, ehe wir unsere Reise fortsetzen könnten. Man sah ihm deutlich an, dass er darüber nicht ungehalten war.

Mein liebenswürdiger Wirt begrüßte diese Nachricht mit großer Freude, es komme so selten jemand her, mit dem man vernünftig plaudern könne, und so sei jeder Tag, den ich länger bleibe, für ihn eine Wohltat.

So herzlich dies vorgebracht war, so witterte ich doch dahinter einen bestimmten Plan. Nun wird man mir die Sehenswürdigkeiten des Schlosses und auch die unheimliche Kapelle mit dem merkwürdigen Altarbild zeigen, man wird mir dabei so von ungefähr erzählen, was hier schon für wundersame Dinge passiert seien, und schließlich wird mir mein Gastgeber verraten, dass es wohl in seiner Macht stehe mir meinen Fuß wieder zu beschaffen. Ich hatte mir meine Antwort darauf schon zurechtgelegt; ich würde nicht nein sagen, aber ich würde ausdrücklich betonen, dass dies nur auf eine Art geschehen dürfe, die ein rechtgläubiger Christenmensch vor seinem Gewissen verantworten könne.

Zu meiner großen Verwunderung geschah aber nichts dergleichen. Stattdessen hatte mein Wirt in seiner Vorsorge eine alte Krücke zu beschaffen gewusst, die es mir ermöglichte, in seiner Gesellschaft kleine Spaziergänge zu machen. Mittags und abends saß man dann beim wohl besetzten Tisch beisammen und sprach über die harmlosesten Dinge von der Welt. Pater Felizian, wie sich mein Gastgeber nannte, erkundigte sich dabei nach dem Verlauf der Pest in Prag und den Mitteln, die man dagegen angewendet, wobei er seinerseits erzählte, dass der Bruder seines gnädigen Herrn, der Graf Jörg Sigismund Steinbeiß, im Vorjahr von seiner kaiserlichen Majestät zum verordneten Kommissar der Obersteiermark ernannt worden sei und welche Maßnahmen er in dieser Funktion gegen die Pestgefahr getroffen habe. Sei eine sehr verantwortungsvolle Sache gewesen, da es von seiner Entscheidung abhing, mit welchen Orten Handel und Wandel erlaubt sei. Sei aber alles gut abgegangen.

So floss denn die Unterhaltung wechselweise hin, ohne dass auch nur ein Wort in der erwarteten Richtung gefallen wäre. Mochte es am Anfang nur eine Art Neugierde auf das sein, was er mir von den Geheimnissen der Schlosskapelle und seinen eigenen Künsten verraten würde, so wuchs sich dieses Verlangen mit der Zeit zu einer ängstlichen Ungeduld aus. Ich schlief in der Nacht nicht mehr so ruhig wie nach meiner Ankunft, sondern erwog hin und wieder, wie ich ihn zu einer aufrichtigeren Aussprache bringen könnte und was der Grund sein mochte, dass er sich über eine Sache, die eigentlich meinen Aufenthalt im Schlosse zum Anlass hatte, so gar nicht äußern wollte. Anfangs genügte mir als Erklärung, dass ja das Äußere wie das ganze Wesen dieses Mannes ganz klar dafür sprach, dass ein Irrtum in seiner Person vorlag und dass man von ihm alles eher erwarten könne als irgendwelche Hexenkünste. Doch dieses Argument verlor gegenüber meinem uneingestandenen und dabei doch so brennenden Verlangen immer mehr an Schlagkraft, ja ich meinte geradezu, dieses gemütlich-harmlose Äußere des Paters sei nichts anderes als eine geschickte Maske und damit nur ein neuer Anhaltspunkt für seine unermesslichen Fähigkeiten.

Nach langem Grübeln glaubte ich übrigens den Grund für seine Zurückhaltung gefunden zu haben: Es steckte eben doch der Teufel hinter seinen Künsten und der gute Pater Felizian war ihm mit Haut und Haar verfallen. Gewiss, die Fälle waren selten, wo ein Geistlicher einen Pakt mit dem Satan schloss, aber sie waren doch nicht völlig ausgeschlossen. Hatte ich doch während meines Iglauer Aufenthaltes aus einwandfreier Quelle hören können, dass man den Stadtdechanten von Mährisch-Schönberg, Lantner mit Namen, gefänglich eingezogen und nach Olmütz eingeliefert habe, weil er seiner Wirtschafterin geweihte Hostien in die Schuhe gelegt, damit sie darauf trete, auch bei der Taufe die Formel willkürlich verändert und den heiligen Akt im Namen des »Anderen« oder des »Schwarzen« vollzogen habe; ja es gab sogar Zeugen dafür, dass er ein junges Mädchen, ein braves, unschuldiges Ding, mit dem leibhaftigen Gottseibeiuns getraut habe.

Wenn solche Dinge möglich waren, dann ließ sich wohl denken, dass die böse schöne Pharaildis mich nicht umsonst an den Schlosskaplan verwiesen hatte, mochte er auch noch so treuherzig dreinschauen. Aber das Eingeständnis des Bündnisses mit der Hölle, das wollte ihm eben nicht aus der Kehle, wusste er doch nicht, ob ich nicht entsetzt drei Kreuze schlagen und das Schloss sogleich verlassen würde, um ihn beim nächsten Pfarrer oder gar bei den Patres Jesuiten als Teufelsknecht zu denunzieren. Und hatte er mit seinen Befürchtungen nicht einigermaßen Recht? Gewiss, zur Anzeige würde ich ihn nicht bringen, aber den Schwur hatte ich mir selbst geleistet, jeder Versuchung zu widerstehen, die mein Seelenheil in Gefahr bringen könnte.

Und nun war gar kein Versucher da und ich darüber rechtschaffen unglücklich! Ja, es war so, wenn ich mein Gewissen ehrlich durchforschte, es war nicht anders. Ich machte mir ja selbst darum die heftigsten Vorwürfe und wiederholte mir immer wieder in nächtlichen Selbstgesprächen, dass ich als guter Christ dem Himmel nur dankbar sein müsse, dass er meine allzu große Schwäche nicht erst in Versuchung bringe und es mir erspare, mich gegen die Fallstricke des Teufels zur Wehr setzen zu müssen, es war umsonst.

Als nun gar am nächsten Morgen der Fuhrmann meldete, dass die neue Deichsel zur Stelle sei und wir anderen Tags unsere Reise fortsetzen könnten, da verstummte die Stimme meines Gewissens gänzlich, mich erfüllte nur der Drang, die kurze Spanne Zeit zu nutzen, nur der Wunsch, der Pater Felizian möge endlich seine Zurückhaltung aufgeben und mir seine guten Dienste anbieten. Da aber nach dem Bisherigen so gut wie gar keine Aussicht war, dass er von selbst damit anfangen würde, so machte ich allerhand Versuche, das Gespräch in die ersehnte Richtung zu lenken, und als dies alles nichts nützte, da wollte ich das Ding ganz unvermittelt angehen und meinte dies am besten zu tun, indem ich selbst vom Teufel zu reden begann.

Seinen Mund umspielte bei meinen Worten ein sonderbares Lächeln, das sein Gesicht merkwürdig veränderte. Doch das dauerte nur einen Augenblick. Dann war er wieder der joviale, liebenswürdige Gesellschafter, der meine Rede mit den leichtfertigen Worten unterbrach:

»Ja, ja, der Satan! Er ist im Grunde ein viel umgänglicherer Kumpan, als die Leute glauben, man muss ihn nur richtig zu nehmen wissen! Im Grunde ist er für jeden das, was man in ihm sucht, und kann darum auch jedem das geben, was man von ihm erwartet!«

Doch im nächsten Moment schien er diese Bemerkung schon zu bereuen, denn er gab dem Gespräch eine andere Wendung und fragte ganz unvermittelt nach den Kronämtern im Königreich Böhmen und ob sich darunter auch ein Oberstlandfalkenmeister befinde? Er interessiere sich für die Charge darum, weil der Graf von Steinbeiß vor nicht zu langem von Seiner kaiserlichen Majestät zum Erblandfalkenmeister im Lande Steiermark ernannt worden sei.

Ich war von dieser Wendung der Unterhaltung natürlich enttäuscht und atmete doch auch wieder erleichtert auf, als hätte ich gerade einen gefährlichen Abgrund ohne Absturz passiert.

Während wir aber weiterplauderten, regte sich in mir doch wieder das Bedauern, dass ich auf jene Ablenkung von dem von mir angeschlagenen Thema eingegangen war und nicht mutig daran festgehalten hatte. Wie eine drohende Mahnung drängte sich dazwischen immer der Gedanke an die morgige Abreise, an die Tatsache, dass ich heute den letzten Abend mit diesem merkwürdigen Mann zusammen war, der vielleicht doch die Macht haben konnte, mir mein verlorenes Bein wiederzubeschaffen. Zwar kämpfte mein Gewissen dagegen an, aber seine Mahnungen wurden immer schwächer.

Dabei schien es mir das richtige Mittel, um diese sich bekämpfenden inneren Stimmen endlich einmal loszuwerden, immer nur fleißig nach dem Becher zu greifen und ihn mit raschem Zuge zu leeren. Das half zwar wirklich, dafür stiegen mir aus dem Wein neue Schreckgespenster heraus: Ich sah mit greifbarer Deutlichkeit meine elende Zukunft vor mir, wenn ich die einzigartige Möglichkeit, die diese Stunde bot, nicht ausnutzte, und erblickte dazwischen wieder andere Bilder, sah mich gesund und frisch an Mariannes Seite zum Tanz schreiten – an der Seite Mariannes, die ja nach ihres Vaters Worten gesund wie ein Fisch und im Besitz aller ihrer Gliedmaßen war.

Da durchzuckte mich blitzartig ein Gedanke: War dem so, wie der alte Graf Lodron gesagt hatte, durch welche Mittel ist diese wundersame Wandlung aus jenem Zustand, in dem ich sie verlassen hatte, hinüber zur völligen Gesundheit möglich gewesen? Auf natürliche Weise war das nicht denkbar, das stand einmal fest! War das vielleicht nicht der gleiche Weg gewesen, der jetzt auch mir offen stand und den sie auf Anraten kluger Leute schon vor mir gewählt hatte? Ja, so war es, sagte ich mir, eine andere Erklärung ist gar nicht denkbar, sie hat gewiss das Gleiche getan, was mir Pharaildis geraten hatte. Die hatte sie eine schlimmere Hexe als sich selbst genannt, das war natürlich nichts anderes als der Ausdruck wahnsinniger Eifersucht, aber ein Körnchen Wahrheit mochte dahinter stecken und das war eben die aus den Worten ihres Vaters hervorgehende Tatsache, dass sie ein Mittel gefunden hatte, um sich die verlorenen Gliedmaßen wiederzuschaffen. Ob sie ihr Seelenheil dadurch in Gefahr gebracht hatte, das konnte ich nicht wissen, aber es war geradeso möglich, wie dies jetzt hier in meinem Falle sein mochte. War dem aber so, dann sollte es mir nicht besser gehen als ihr, war ihr wirklich dafür die Hölle bestimmt, dann wollte ich mit ihr die Verdammnis teilen.

Genug des Grübelns, mein Entschluss war gefasst: In übersprudelnden Worten fiel ich dem Pater Felizian ins Wort, der gerade aus einer ostindischen Reisebeschreibung eines französischen Kavaliers viel Merkwürdiges zu erzählen wusste, und bat ihn kurzerhand mir zu helfen, mich wieder zu einem ganzen Menschen zu machen.

Er hörte mich ruhig an und antwortete in dem gleichen Ton, mit dem er gerade von den ungeheuren Reichtümern der indischen Fürsten berichtet hatte:

»Wie ihr Euch wohl denken könnt, überrascht mich diese Bitte nicht! Ich habe sie erwartet, ja, ich habe sehr wohl gemerkt, dass es Euch sehr lieb gewesen wäre, wenn ich selbst davon begonnen und Euch das Vorbringen derselben erspart hätte. Nun bin ich ja keineswegs so kleinlich und eitel, dass es mir eine besondere Freude macht, wenn mich jemand anfleht, aber hier handelt es sich gar nicht darum, ob mir persönlich etwas lieber ist oder nicht, vielmehr gehört es zu den unumstößlichen Vorschriften, dass jener, der von den heimlichen Mächten etwas will, den Mittler zwischen ihnen und ihm darum bitten muss. Die Hilfe darf ihm nicht angetragen werden! Darum blieb mir nichts anderes übrig, als ruhig zu warten, bis in Euch selbst der Entschluss zur Bitte gereift sei. Und nun ist da noch ein Bedenken, nicht wahr?«

Ich stammelte etwas von strenggläubiger Erziehung, von Seelenheil und ewiger Verdammnis. Er nickte zu meinen Worten einige Male, dann schien er Erbarmen mit meiner Verwirrung zu empfinden und winkte mit einer freundlich-nachlässigen Handbewegung ab.

»Ich weiß, ich weiß«, sagte er dabei, »ich habe solche Sprüchlein schon oft genug gehört! Die Menschen sind sich doch alle gleich in ihrer bodenlosen Selbstsucht! Sie verlässt euch nicht einmal dann, wenn ihr stolz auf eure Gläubigkeit an euer Seelenheil denkt! Ein anderer soll euch die Kastanien aus dem Feuer holen, ein anderer soll sich mit Haut und Haar dem Satan ausliefern, das macht euch weiter keine Skrupel, wenn nur ihr selbst nicht darüber das Anrecht auf den Himmel verliert! Wahrhaftig, das ist edel und christlich gedacht! Es soll das beileibe kein persönlicher Vorwurf sein, warum sollt gerade Ihr besser sein als die anderen? Doch um Euch die Sache ganz kurz und nüchtern aufzuklären: Es geht dabei wirklich mit dem Teufel zu. Doch da der Bittsteller rein passiver Zuschauer bei dem Ganzen ist, so ist sein Seelenheil trotzdem nicht gefährdet, dagegen ist es eine andere Frage, wie ich einmal mich aus dieser Geschichte herauswickeln werde und ob dies überhaupt möglich sein wird. Doch das ist meine Angelegenheit, mit der ich niemand anderen beschweren will.«

Trübe Gedanken schienen sich seiner zu bemächtigen und ihn am Weiterreden zu hindern. Doch er gab sich ihnen nicht lange hin, ließ die Hand rasch über seine Stirn gleiten, als wollte er etwas von dort verscheuchen, und fuhr dann fort:

»Das, was ich tun kann, um Wünsche zu erfüllen, die weit über menschliche Kraft gehen, das ist die verkehrte Messe. Sie fängt dort an, wo die richtige aufhört, jedes Gebet wird mit dem Amen begonnen und dann Wort für Wort von hinten nach vorne gesprochen. Und wie nun die wahre heilige Messe den leibhaftigen Gott in Gestalt der verwandelten Hostie auf den Altar niedersteigen lässt, so zwingt die verkehrte den Satan herbei und wenn er sich wieder lösen will, dann muss er dem, der die Messe hält, einen Wunsch erfüllen. Dabei darf ich aber nichts wünschen, was einen Gewinn für mich bedeuten würde, denn im gleichen Augenblick hätte der Teufel Macht über mich und ich wäre verloren. Aus diesem Grund darf ich auch keinen Lohn von irgendwelcher Art, ja nicht einmal einen gesprochenen Dank annehmen. Doch nun genug davon, Ihr wisst jetzt, um was es sich handelt, und könnt Euch überlegen, ob Ihr es wagen wollt. Mit meinen Diensten könnt Ihr jedenfalls rechnen!«

Ich wollte nicht erst nachdenken, ich wäre zu Ärgerem entschlossen gewesen. Meine Gedanken an Marianne, meine feste Überzeugung, dass sie auf keinem anderen Weg als dem, welchen der Pater Felizian wusste, wieder in den Besitz ihrer gesunden Glieder gekommen war, ließen mich nicht weiter zögern. Das sagte ich mit kurzen Worten heraus. Er nickte zustimmend und erwiderte:

»Recht so! Dieses feige Schwanken im letzten Augenblick, dieses Zurückschrecken vor einer Entscheidung, die man innerlich längst getroffen hat, das ist das Wahre nicht! Jetzt aber, wo der Wille wie der Weg feststehen, jetzt wollen wir diesen Entschluss noch durch ein tüchtiges Mahl und einen kräftigen Trunk feiern! Ich weiß, in der Speisekammer steht ein Prachtkerl von einem gesulzten Aal, dem wollen wir die nötige Ehre antun, und aus dem Keller lasse ich eine Kanne Eisentürer heraufholen, der soll uns dazu trefflich munden!«

Der Aal war verzehrt, die Becher mehr als einmal nachgefüllt, mein freundlicher Wirt führte das große Wort. Er hatte unser Tischgetränk, das sich heute als besonders gut erwies, zum Gegenstand seiner Ausführungen erwählt und ließ seinen Geist wie sein Wissen glänzen.

»Die Kennzeichen eines guten Weines«, sagte er, »haben die alten Römer in dem Worte *Cos* zusammengefasst, dass er nämlich *colore*, durch die Farbe, *odore*, durch den Geruch, und *sapore*, durch den Geschmack, seine Tugend beweisen müsse. Freilich die bekannte *schola Salernitana* erfordert noch mehr, indem sie vom guten Wein fünf F verlangt: *Fortia, formosa, fragrantia, frigida, fresca!*«

Dieser Vers brachte ihn auf eine merkwürdige Grabinschrift eines deutschen Zechers, der im Dom San Flaviano zu Montefiascone begraben liegt, dann fielen ihm einige prächtige Worte des Ausonius von Burdigala ein, des Erziehers des späteren Kaisers Brazian, die er für die Rhein- und Moselweine gefunden hatte. Und so ging das im bunten Wechsel fort, doch wurden seine Reden mit fortschreitender Zeit immer feierlicher, immer ernster.

»Mein Freund«, begann er nach einer nachdenklichen Pause wieder, »wir halten vor einem Übergang von einer Welt in eine andere. Und wenn wir uns auf diesen Augenblick durch Weingenuss vorbereiten, so ist das nicht ein fröhlich Gelage, wie wir es oft in den letzten Tagen gehalten haben, sondern eine heilige Handlung, die uns den Blick von der Alltagswelt lösen soll und uns aufnahmefähig macht für Dinge, die unseren stumpfen Sinnen sonst zu entgehen pflegen. Schon die Völker des Altertums, vor allem die Ägypter und Griechen, kannten das, wahrscheinlich besser als wir, denn ihre besten Überlieferungen sind uns beim Brand der alexandrinischen Bibliothek verloren gegangen. Sie nannten einen solchen Übergang Mysterium und hatten dafür besondere Feste. Dabei war der Wein stets der geheimnisvolle Pfortenöffner. Das Christentum hat manches an den altübernommenen Kultbräuchen geändert, aber das eine hat es beibehalten: Auch heute steht noch der Kelch mit Wein auf dem Altar. Die Lutheraner haben ganz gut gewittert, dass das eine besondere Sache sei, und darum wollten sie alle an dem heiligen Trunk teilhaben. Kluge Burschen, bei all ihrer Ketzerei! Die Katholischen wieder haben dagegen das richtige Empfinden gehabt, dass man das Mysterium nicht gemein machen dürfe, wenn es sein innerstes Wesen nicht verlieren solle, und so hat man um diesen Becher Wein dreißig Jahre lang in deutschen Landen gekämpft und ein Meer von Blut darum vergossen. Doch um wieder auf jenes geheime Wissen zu kommen, das die Alten besaßen, so ist uns zwar viel, aber doch nicht alles verloren gegangen, es ist nur unendlich geheim geworden. Man sagt, dass der Templerorden das ganze Geheimnis besessen habe und dass er um dessentwillen ausgerottet wurde. Ob dies wahr ist, weiß ich nicht. Mir ist nur bekannt, dass viele Quellen im Verborgenen fließen und dass es nur wenige sind, die daraus zu schöpfen verstehen.

Ich habe im Dienste meines Grafen viele Jahre in Frankreich verbracht und dort viel wunderbare Dinge gelernt. Es waren nicht immer Gelehrte und Forscher, die meine Meister waren, nein, auch schlichte Leute aus dem Volk wussten mir manches zu sagen, was mich in Staunen versetzte. So habe ich von bretonischen Bauern die Überlieferung gehört, dass die Welt von zwei Schöpfern stamme: Gott der Herr habe den Menschen, das Pferd, den Hund erschaffen, der Teufel aber den Affen, den Esel, die Katze. Wenn auch solch ein Glauben gewiss nur aus einer lückenhaften Tradition als unvollständiger Rest auf die Gegenwart kam, so wäre es doch falsch ihn gering zu achten, denn es steckt tiefe Weisheit aus Urvätertagen dahinter. Überhaupt, weißt du – verzeiht, wenn ich Euch so anspreche, aber wenn man den großen Geheimnissen näher rückt, da erscheint der gesellschaftliche Formenkram so unendlich lächerlich –, weißt du, was Wissen und was Glauben ist? Und ob das eine mehr Wert hat als das andere? Was ist ein Wissen, an das ich nicht glaube, was ein Glauben, von dem ich nicht überzeugt bin, dass er jeglichem Wissen standhält? Dieser Gegensatz ist es, der die Klügsten und die Gläubigsten verwirrt, uns soll er nicht beirren! Es gibt ein Mittel, um darüber hinauszukommen, um Glauben zu Wissen, Wissen zu Glauben zu machen. Das ist der bacchische Trank, das ist der Wein! Die Alten haben das gar wohl gewusst, darum hat der Wein in ihrem Glaubensritus nicht gefehlt, darum haben ihre besten Dichter den Wein wie etwas Heiliges gepriesen, haben ihn als die Quelle jener olympischen Glückseligkeit, jener alles Erdenleid bezwingenden Fröhlichkeit dem Volk verkündet. Kennst du die prächtigen Verse des Horaz, sein: *Nunc est bibendum?*«

Der Lieblingsspruch meines seligen Vaters! Wie oft habe ich ihn aus seinem Mund in unserem Weingarten am Pfauenberg gehört! Der Mann mir gegenüber musste wahrhaftig ein Zauberer sein, dass er die Wirkung dieses Verses auf mich vorhergeahnt hatte, denn während ich eine Weile vorher schon des langen Zechens müde war und mich am liebsten in meinem Bett ausgestreckt hätte, war auf einmal meine Laune wie umgeschlagen.

Wir ließen die Becher aneinander klingen, wir sangen wohl auch ein Liedchen dazwischen und dachten nicht ans Schlafengehen. Hatte nicht Pater Felizian noch vor kurzem von der ernsten Heiligkeit der Stunde gesprochen? Er schien es vergessen zu haben und ich vergaß es mit ihm. Es wurde eine tolle Nacht und mein Gastgeber musste selbst noch zweimal in den Keller steigen, um den Vorrat an dem köstlichen Eisentürer wieder aufzufrischen.

Die Hähne krähten draußen, die Kerzen des Leuchterweibchens waren am Verlöschen, das helle Morgenrot schimmerte durch das Fenster, als wir endlich mit schweren Köpfen Schluss machten. Liebevoll wie alle Tage, aber diesmal mit einer besonderen, fast väterlichen Zärtlichkeit brachte mich der Pater zu Bett.

## 3

Ich schlief den ganzen Tag durch, ja, es dämmerte schon wieder, als ich erwachte. Erschrocken rieb ich mir die Augen und beeilte mich mit dem Anziehen. Doch ehe ich noch damit fertig war, trat auch schon mein Gastgeber ein, erkundigte sich, wie mein Schlaf gewesen sei, und erzählte, dass der Fuhrmann angelegentlich nach mir gefragt habe, da er weiterfahren müsse. Doch habe er sich gar nicht ungern umstimmen lassen und sei geblieben. Es habe dies wahrscheinlich einen besonderen Grund, dass er sich so leicht bereden ließ, jedenfalls sei die Stalldirn für ihn ein großer Anziehungspunkt. Im Übrigen sei es Zeit zum Nachtmahl und er habe einen Bärenhunger.

Das Mahl stand schon bereit, als wir den anderen Raum betraten, aber es war nicht der üppig gedeckte Tisch der letzten Tage. Ein Laib Brot, ein Stück Butter, Käse und ein tönerner Wasserkrug, das war alles.

»Ein schlichtes Essen, nicht wahr?«, sagte Pater Felizian und hieß mich Platz nehmen. »Und doch gut genug, um den größten Hunger zu stillen. Die heimlichen Mächte, die uns ständig umgeben, sollen wissen, dass wir auch den schlichten Bissen zu ehren verstehen! Auch mag der Gegensatz zum gestrigen Mahl dir zu Bewusstsein bringen, wie verschiedentlich schon innerhalb des Alltagslebens sich die Dinge entwickeln, ein winzig kleines Abbild der Unterschiedlichkeit alles Seienden!«

Wir aßen beide mit gutem Appetit. Mit dem letzten Bissen erhob sich der Pater und sagte:

»Ich muss dich jetzt allein lassen, denn das, was wir heute Nacht vorhaben, bedarf gewisser Vorbereitungen, die ich allein besorgen muss. Du aber denke daran, dass du binnen kurzem Schreckliches sehen wirst. Rüste dich darauf, sammle deine Kräfte und bete!«

Er nahm die einzige Kerze, die unserem Mahl geleuchtet hatte, und ging. Ob er mich mit Absicht in der Finsternis ließ? Fast schien es so. Unheimliche Stille beklemmte mir das Herz. Grinste da nicht eine Teufelsfratze über meine Schulter? Blitzten da nicht zwei Feueraugen durch die Butzenscheiben des Fensters? Nein, es war nichts, nur meine aufgepeitschte Phantasie glaubte bald hier, bald dort etwas Entsetzliches zu erblicken.

Was hatte mir doch der Pater geraten? Zu beten! Und ich faltete wirklich die Hände und sagte alle Gebete auf, die ich nur kannte. Langsam beruhigte ich mich dabei, ich sah keine Schreckgespenster mehr, nur das Gefühl der Verlassenheit konnte ich nicht bannen. Ich versuchte es mit abermaligem Gebet, doch mitten hinein zuckte mir blitzartig der Gedanke: Ruf doch die Pharaildis, du brauchst nur laut ihren Namen zu nennen und sie wird dich in der Ferne hören, wird mit dem Sturmwind um die Wette über das nächtliche Land herbeifliegen und du wirst nicht mehr einsam und verlassen sein, sie wird dir zur Seite stehen und an ihrer Hand wird dir der furchtbarste Anblick, der sich dir bieten könnte, leicht erträglich werden! Ruf nur die schöne Hexe, die doch nur auf einen freundlichen Wink wartet! Doch dagegen erhob sich eine andere Stimme: Nein, und abermals nein!, sagte sie, gerade weil mich Pharaildis liebt, will ich ihrer Hilfe entraten! Es ist möglich, dass ich heute allen Versicherungen des Paters zum Trotz meine Seele verkaufe, aber ich will nicht meine Liebe noch dazuwerfen, die soll mir nicht feil sein, mag ich auch durch die

Kraft der unheimlichen Mächte zugrunde gehen! Und wie ich diesen Entschluss gefasst hatte, da war auch das Gefühl der Einsamkeit vorbei, mir war, als hielte ich Mariannes Hand, als pulsten mir ihre Adern wieder das Geständnis ihrer Liebe zu. Ich wurde darüber so ruhig, dass ich keinen Schrecken mehr fürchtete. Ich hielt den Blick auf die Tür gerichtet und erwartete ohne jede Erregung die Rückkehr des Paters.

Es dauerte wohl noch eine Stunde, ehe er mich holte. Mit flackerndem Licht ging er mir voran. Der Weg war nicht weit, doch ging er durch winklige Gänge, die, durch Stufen unterbrochen, bald auf-, bald abwärts führten.

Die Kapelle, die wir dann betraten, war ein schlichter Raum mit kahlen Wänden. Der Altar zeigte nichts von dem reichen Goldschmuck, den ich von den Kirchen Prags gewöhnt war, sondern trug nur ein bis zur Decke reichendes Bild, das übrigens keinen besonderen Kunstwert zu haben schien. Sein unterer Teil, der gut zwei Drittel des Ganzen einnahm, stellte einen Felsen dar, auf dem allerhand Blümlein wuchsen, die der Maler mit großer Sorgfalt und Naturkenntnis abkonterfeit hatte. Über diesem Felsen schwebte als Vordergrund eines sternenbesäten Nachthimmels das Veronikatuch mit einem etwas verschwommen gemalten Christuskopf.

Pater Felizian blieb an der Schwelle stehen, wies mir mit stummer Handbewegung einen Platz in der ersten Bankreihe, dann trat er noch einmal zurück in den Gang und kam gleich darauf wieder herein, aber rückwärts schreitend, mit dem Rücken gegen den Altar. Er erreichte ihn trotzdem mit sicheren Schritten, wendete sich ihm dann zu, um sogleich mit lauter Stimme die Schlussworte der Messe zu sprechen: *Ite missa est!* – Gehet, die Messe ist zu Ende!

Ich saß auf dem mir gewiesenen Platz, versuchte die Hände zu falten und gab es wieder auf. Mit glotzenden Augen verfolgte ich alles, was am Altar geschah, wie der Priester, so oft er das Kreuz schlagen sollte, es nicht mit der Hand machte, sondern mit dem linken Fuß über die Altarstufe scharrte, hörte, wie er jedes Gebet von rückwärts hersagte. Ganz absichtslos und zufällig verirrte sich mein Blick hinauf zu dem Altarbild. Ich traute meinen Augen nicht, aber es war keine Täuschung, in dem Bild bewegte sich etwas. Es waren die Felsenstücke, die sich untereinander verschoben, die voneinander rückten und so einen von oben nach unten gehenden Spalt freigaben, aus dem ein rötlicher Schein kam.

Unter einem unwiderstehlichen Zwang musste ich den Blick weiter heben, zu dem Veronikatuch: Die verschwimmende Malerei des Christuskopfes schien deutlicher zu werden, schärfer traten Züge und Umrisse zutage, aber es war nicht das Haupt des milden Heilands, es war ein böses Antlitz mit tief eingeschnittenen Falten. Kohlschwarz das Haupthaar und die Brauen, wie Opal schimmerte das Weiß der Augen, wie grünes Feuer leuchtete die Pupille heraus.

Mein Blick war auf diesen Kopf gebannt, ich sah ihn immer deutlicher, immer plastischer, immer lebendiger werden, bis kein Zweifel möglich war: Das konnte kein Bild sein, es ragte aus der Leinwand ein lebendiges Haupt heraus, ein Haupt von so unheimlich schrecklichen Zügen, dass es nur eine Deutung gab: Das musste der leibhaftige Satan sein!

Ich wollte meine Augen von diesem Antlitz abwenden, aber ich vermochte es nicht, mein Blick musste immer wieder zu ihm zurückkehren, wenn er auch dazwischen manches andere Sonderbare sah. Da hatten die Sternlein des gemalten Nachthimmels, von dem sich das Veronikatuch abhob, einen viel helleren Schein bekommen, sie blinkten und blitzten, als ob sie gar nicht gemalt, sondern Wirklichkeit wären, da fingen die Blumen, welche den Felsen zierten, an, aus dem Bild herauszuwachsen, saftige Blätter und leuchtende Blüten in den Kapellenraum zu strecken und da war der rötliche Schein, der aus dem Spalt immer stärker hervorbrach. Es war flackernde Bewegung in ihm, als wäre unter ihm lohendes Feuer. Und noch etwas Merkwürdiges war dort zu erblicken: Von seinem Licht hob sich ein länglicher Gegenstand von zunächst sehr unklaren Umrissen ab, der anfangs weit im Hintergrund der Flammenhöhle zu stehen schien, aber von unsichtbaren Händen immer weiter nach vorn geschoben wurde …

Der Klang der Ministrantenglocke, die Pater Felizian selbst rührte, ließ mich eine Weile nach ihm sehen und als ich wieder in den roten Schein blickte, da stand jenes rätselhafte Ding schon fast aus dem Bild heraus: Es war mein verlorener Fuß, mit dem gleichen Schuh, demselben rostbraunen Strumpf und dem zugehörigen Stück der faltigen Kniehose bekleidet, die ich damals getragen hatte, als ich in den unseligen Spiegel hineingegangen war!

Meine Gefühle in diesem Augenblick sind schwer zu beschreiben: Es war ein freudiger Schreck, der mich erfüllte, und doch wieder etwas wie Entsetzen vor der Unglaublichkeit dieses Geschehens. Ich war von Pharaildis wie von dem Pater hinreichend darauf vorbereitet worden, ich hatte schwer genug mit mir gekämpft, ob ich mich auf dies alles einlassen solle, und doch hatte ich es im Grunde genommen für so gänzlich unmöglich gehalten, dass mich der Anblick des verlorenen Beines ganz aus der Fassung brachte. Ich zitterte am ganzen Leib, mir wurde bald heiß, bald kalt, ich hatte Mühe mich aufrecht zu halten.

Wie nun der Pater auf die Epistelseite des Altars trat, hüpfte das Bein ganz aus dem Bild heraus und war im nächsten Moment mit geschicktem Sprung auf den Boden gelangt. Dann hielt es einen Augenblick inne und ich nutzte die Gelegenheit, nach ihm zu haschen. Das war wohl ein Fehler, denn es wich mit einem raschen Seitensprung meinen greifenden Händen aus und hüpfte eilfertig der Tür zu. Die war nun verschlossen, aber einem kräftigen Tritt gab sie nach.

Entgeistert und mit wütender Verwunderung blickte ich meinem Fuß nach, der, kaum dass ich ihn ordentlich gesehen, auch schon verschwunden war. Ich besann mich erst, als ich den Schritt des Paters hörte, der, genauso wie er gekommen, auch jetzt nach rückwärts schreitend sich vom Altar entfernte. Wie aus tiefem Schlaf erwacht, blickte ich mich um: Die Messe war wohl zu Ende. Und als ich zu dem Bild hinaufsah, da hatte es ganz sein früheres Aussehen, der Felsen war geschlossen, das Veronikatuch zeigte den verschwommenen Christuskopf, die Blümlein alle waren eben gemalt und ragten nicht ein Haarbreit aus dem Bild heraus, nur in den Sternlein zeigte sich noch ein unheimliches Funkeln und Blitzen, wie es kein Pinsel auf der Welt schaffen konnte.

Pater Felizian kam im Augenblick wieder mit einer Leuchte zurück, löschte die Kerzen auf dem Altar und war mir beim Aufstehen behilflich. Die Hand, die er mir dabei reichte, schien zu glühen, sein Puls raste wie in schwerstem Fieber. Ich wollte ihn nach dem Verbleib meines Fußes fragen, aber ein Blick in sein Gesicht nahm mir die Luft dazu; er sah aus, als litte er unbeschreibliche Qual. Wortlos führte er mich zu meinem Bett, wortlos verließ er mich.

Als ich mich niederlegte, meinte ich, ich würde in dieser Nacht kein Auge schließen. Doch der ungeheuren Erregung folgte eine ebenso starke Abspannung, die mich fast sogleich einschlafen ließ.

## 4

Ein Lied weckte mich, das eine liebliche Mädchenstimme sang. Ich hörte es schon im Halbschlaf und genoss es mit wohligem Behagen, ja, ich konnte mich gar nicht entschließen richtig aufzuwachen, weil dieser Zustand gar so angenehm war. Schließlich riss ich aber doch die Augen auf und erblickte Pharaildis, die in einem Lehnstuhl neben meinem Bett saß. Sie sang noch die Strophe des Liedes, eine italienische Kanzone, zu Ende, dann nickte sie mir freundlich zu und sagte:

»Guten Morgen, mein Freund, und die allerherzlichsten Glückwünsche zur Wiedererlangung des Fußes! Schau, dort am Tisch liegt er, der Ausreißer! Ich hatte meine redliche Mühe ihn einzufangen. Doch jetzt habe ich ihn mit einem sicheren Sprüchlein gebändigt und er muss bis auf meinen Gegenbefehl still liegen! Der gute Pater Felizian hat also seine Schuldigkeit getan, jetzt kommt meine Arbeit an die Reihe. Denn mit einer guten feinen Hexensalbe das verlorene Glied so schön anzuleimen, dass man auch nicht eine Spur bemerkt, das geht über seine Künste! Und was hilft dir der wiederbeschaffte Fuß, wenn er sich nicht wie vordem an deinen Körper schließt? Das werden wir im Augenblick haben, das ist für mich eine Kleinigkeit! Schau« – und sie streifte die Ärmel ihres Kleides bis zur Schulter hinauf auf, setzte sich auf mein Bett und streckte mir ihre nackten Arme entgegen –, »schau mich an und sage mir, welcher von meinen beiden Armen der abgeschlagene ist, streiche mir über die Haut und suche eine Stelle, wo eine Narbe ist, du wirst keine finden! Und ebenso gründlich werde ich dir deinen Fuß ankurieren, mein Schatz!«

Trotzig unterbrach ich sie: »Ich will aber nicht dein Schatz sein!«

Mit langsamer, nachlässiger Bewegung streifte sie die Ärmel herunter und blickte mir dabei scharf in die Augen. »So, so«, sagte sie dann, etwas gedehnt zwar, aber gar nicht zornig, »du willst also nicht mein Schatz sein, wohl weil dir eine andere lieber ist? Und da meinst du, ich werde dich fein sauber zusammenflicken, nur damit du dann frisch und gesund zu der anderen eilen darfst? Damit du sie in die Arme nehmen und herumtragen, damit du mit ihr tanzen und tollen kannst? Hältst du mich wirklich für so dumm? Nein, mein Freund, daraus wird nichts! Willst du wirklich nicht mein Schatz sein, dann humple nur dein Leben lang auf einem Bein herum, dann mache dich nur so rasch als möglich auf und zeige dich deiner blonden Marianne und lass dich von ihr auslachen, wenn du ihr etwas von Liebe vorstammelst! Oder meinst du, dass die verwöhnte, umworbene Grafentochter einen Krüppel wie dich zu ihrem Gemahl erwählen wird? Meinst du das wirklich? Nun, von diesem Wahn wirst du ja bald geheilt werden! Oder hoffst du vielleicht heimlich, dass sie dasselbe Zauberkunststückchen wie ich versteht, dass sie dir dein Bein anheilen wird, weil ich sie eine schlimmere Hexe, als ich selbst bin, genannt habe? Mein Freund, es gibt Hexen verschiedener Art, die Sorte, der deine Marianne angehört, die hat nichts anderes gelernt, als mit verliebten Augen den Männern die Köpfe zu verdrehen, ein Bein kann man mit dieser Kunst nicht ankleben! Das vermögen nur die von meiner Zunft, welche es aber wieder für ihren Teil verschmähen, mit koketten Blicken Männer einzufangen! Sage selbst, ob ich dich, als du auf dem Schloss meines Vaters warst, auch nur angesehen habe? Und doch, wie gern hätte ich es getan! Aber das ist eben nicht meine Art, auf solche Weise will ich nicht Liebe erschleichen und so bin ich mit gesenkten Augen an dir vorübergegangen. So kam es, dass du nichts davon gemerkt hast! Aber gleichgültig war ich dir darum nicht, das weiß ich genau. Denn – denn, wenn ich es mir gründlich überlege, so habe ich dich eigentlich doch angesehen und sogar sehr gründlich! Aber ohne alle Koketterie, das kannst du mir bezeugen! Und da habe ich eben gemerkt, wie es mit dir bestellt ist. Ich habe gleich gewusst, dass dein Herz nicht mehr frei war, dass dies aber dem Eindruck, den ich gleich von Anfang an auf dich machte, nicht viel Abbruch tat.

Vom ersten Tag deines Aufenthaltes bei uns war diese Marianne nicht mehr Alleinherrscherin über deine Gefühle, sie musste ihre Macht mit mir teilen. Wohl bekam sie immer wieder die Oberhand, wenn du allein warst, aber du brauchtest mich nur von der Ferne zu sehen und sie war von mir verdrängt. Du versuchst nicht einmal das zu leugnen und du tust wohl daran, ich würde es dir doch nicht glauben! Ich hätte darum ein leichtes Spiel mit dir gehabt, wenn ich dich den ganzen Tag in meiner Nähe gehalten hätte. Aber das wollte ich nicht, denn mir ging es nicht um eine Tändelei, sondern um dein Glück! Ja, schau nicht so verwundert, um dein Glück! Mir war das eine klar, dass du dein Bein auf eine Art verloren hattest, dass eine Wiedererlangung desselben nicht unmöglich war. Das sagten mir meine Kenntnisse in den geheimen Wissenschaften, aber sie reichten nicht aus, mir auch gleich den Weg zu verraten, um es dir wiederzubeschaffen. Auf mancher nächtlichen Fahrt suchte ich Hilfe für dich, aber alle, die ich um Rat anging, wussten auch nicht mehr als ich selbst.

Zudem musste ich diese Reisen bald einstellen, denn ich merkte, dass der Rittmeister meine Gefühle für dich entdeckt hatte und sie mit Misstrauen verfolgte. Er war mein Feind, er hasste mich und zwar nicht einmal so sehr darum, weil ich ihn wie einen flügellahmen Vogel um mich herumhüpfen ließ, sondern mit der angeborenen Abneigung eines engstirnigen Menschen gegen den, der einen für ihn unbegreiflich weiten Horizont hat. Und er merkte auch ganz gut, dass mein Gefühl für dich einigermaßen damit zusammenhing, dass ich in dir nicht nur den Geliebten, sondern auch den Freund suchte, der mich eines Tages verstehen würde. In seiner Art meinte er es ja wirklich gut mit dir: Er wollte dich vor der Hexe retten und als er kein anderes Mittel fand, so beredete er dich zur Flucht. Ich hätte dies wohl verhindern können, aber mein Verstand war durch Liebe in Unordnung gebracht, es tut nicht gut, wenn eine von meiner Zunft ihr Herz verliert. Mir fiel das Nächstliegende nicht ein, auch gehört zu den meisten Unternehmungen, die meine Kunst ermöglicht, Ruhe und innere Sammlung und die hatte ich durch deine Schuld verloren. So gelang denn die

Flucht, ja ich büßte bei einem ungeschickten Versuch, sie im letzten Augenblick zu verhindern, sogar einen Arm ein. Der Schaden war ja bald geheilt, aber ich verlor darüber eure Spur und konnte sie dann sonderbarerweise nicht einmal mit Hilfe des Erdspiegels finden. Es dauerte, wie du gesehen hast, geraume Zeit, ehe ich den Weg zu dir fand. Fast zugleich gelang mir aber noch etwas anderes, ich erfuhr von einem Mann, der mächtig genug wäre, um dir das Bein wiederzubeschaffen, und da beeilte ich mich, deine Straße so zu leiten, dass du hierher kommen musstest. Es war das nicht ganz leicht, ich musste dem alten Grafen Lodron den Gedanken eingeben, dich nach Kärnten zu schicken, eine Idee, die mir an sich natürlich nicht sehr lieb war, die ich aber dann, weil sich nichts Besseres fand, durchführte, wobei ich mich damit tröstete, dass du ja doch am halben Weg hier im Turmschlössel stecken bleiben und niemals nach Gmünd kommen würdest. Und so muss es sein, so will ich es, das musst du mir auf der Stelle versprechen!«

Ich schüttelte nachdrücklich den Kopf.

»Du willst nicht?«, fuhr sie fort. »Schau, mein Freund, eigentlich hatte ich vor, von dir viel mehr zu verlangen. Du solltest mir einen schweren Eid zuschwören, dass du von dieser Marianne jetzt und für immer lassen willst, dass du jede Erinnerung an sie in dir ausgelöscht hast, dass du den Augenblick verfluchst, wo du sie kennen gelernt hast! Aber ich vermag nicht so hart mit dir zu sein, ich will es dir nicht allzu schwer machen und darum verlange ich von dir nur das kleine, leichte Versprechen, dass du nicht weiter nach dem Süden fährst. Der Fuhrmann, der dich hierher brachte, wird seine Reise allein fortsetzen müssen, denn wir werden uns noch heute, sobald ich dir deinen Fuß an den Leib geheilt habe, in anderer Richtung davonmachen. Du wunderst dich vielleicht selbst darüber, dass ich so wenig von dir verlange, aber ich bin eben überzeugt, dass das vollständig hinreicht. Ich habe dein Herz schon einmal wenigstens zur Hälfte besessen, lass mich eine Woche mit dir allein und es wird ganz mein sein!«

Und abermals schüttelte ich den Kopf; diesmal gab ich noch die Worte zu: »Du irrst, Pharaildis! Und wenn ich Monate, wenn ich Jahre an deiner Seite wäre, ich würde nicht anders zu dir sein als heute. Aber aus deinen Worten klang so viel Fürsorge, so viel Anteilnahme an meinem Glück heraus, dass es recht hässlich von mir wäre, wenn ich das kalt überhören, noch mehr, wenn ich mich hinter einem vorgeblichen Entsetzen vor deinem Hexentum verschanzen würde. Es wäre das ja doch nichts anderes als Heuchelei. Ich habe keinen Abscheu vor jenen Menschen, die sich geheimes Wissen angeeignet haben, und glaube auch nicht, dass sie aus diesem Grund allein schon verdammt sind. Das Einzige, was uns trennt, ist die Liebe, also gerade das, was sonst Menschen zusammenbindet. Und auch da hoffe ich, dass wir uns schließlich doch verstehen werden. Hast du nicht selbst vorhin gesagt, dass du in mir von allem Anfang nicht nur den Geliebten, sondern auch den verstehenden Freund gesucht hast? Das eine kann ich dir nicht sein, aber wie gern wäre ich dir das andere!«

Hoch auf fuhr sie von ihrem Sitz. In flammendem Zorn blitzten mich ihre Augen an, als sie antwortete: »Willst du mich verhöhnen mit solch einer Zumutung? Kennst du Pharaildis gar so schlecht, dass du so etwas für möglich hältst? Glaubst du wirklich, dass ein Weib von meiner Art sich mit einem Teil, mit einem Gnadengeschenk deiner Gunst abfertigen lässt? Nein, und tausendmal nein! Alles will ich haben, alles oder nichts!«

»Das wird dir wenig helfen«, gab ich traurig zurück, »ich wäre so glücklich über deine Freundschaft und ich weiß auch ganz gut, wie dringend ich ihrer bedarf. Aber ich kann und will sie mir nicht dadurch erkaufen, dass ich meine Liebe zu Marianne opfere. Und selbst wenn ich wollte, ich könnte es gar nicht mehr, denn mich verbinden schon heilige Bande mit ihr, sie ist meine angetraute Frau!«

Ich war darauf gefasst, dass Pharaildis diese Botschaft mit einem noch leidenschaftlicheren Zornesausbruch aufnehmen würde, doch schien das Gegenteil der Fall zu sein. Sie nahm mit Ruhe wieder in ihrem Lehnstuhl Platz, legte bedachtsam die Arme auf die Seitenlehne, sah mich eine Weile mit einem sonderbaren Blick an und sagte dann scheinbar gelassen, aber doch mit einem messerscharfen Ton:

»Du lügst!«

»Ich sage die lautere Wahrheit!«, fuhr ich dagegen auf. Sie schüttelte den Kopf:

»Es ist nicht anders möglich, es muss eine Lüge sein, was du da sagst! Du warst doch mit ihr seitdem gar nicht beisammen, hast sie doch seit deinem Abgang von uns nicht einmal zu sehen bekommen!«

Da lachte ich ihr ins Gesicht. »Ich hätte nicht geglaubt«, gab ich ihr fast höhnisch zurück, »dass man eine in den geheimen Wissenschaften so erfahrene Maid, eine Hexe, wie du dich selbst nennst, so leicht täuschen kann! Ich hätte gemeint, das wäre dir alles wohl bekannt, ja, ich wäre gar nicht sonderlich überrascht gewesen, wenn du an meinem Hochzeitstag in irgendeiner Gestalt erschienen wärest!«

Sie war aufgestanden und ging in großer Erregung, die sich nun anscheinend doch nicht mehr zurückhalten ließ, im Zimmer auf und ab. »Es ist nicht möglich«, sagte sie dabei mehr zu sich selbst als zu mir, »es ist einfach nicht denkbar! Wohl habe ich lange Zeit seine Spur verloren gehabt, aber ich wusste doch dafür umso genauer, wo diese Marianne war, ließ ich sie doch durch meine heimlichen Helfer wohl bewachen, weil ich überzeugt war, dass er seine Flucht in ihre Nähe hin richten und dass ich ihn dort am sichersten erreichen werde! Es ist ganz unmöglich!«

Dann blieb sie plötzlich stehen, als ob ihr etwas Besonderes eingefallen wäre. Sie wendete den Kopf nach mir und sagte recht freundlich: »Ich bleibe dabei, es ist nicht möglich, aber ich will dich trotzdem nicht einen Lügner nennen! Vielleicht bist du getäuscht worden! Du glaubst ja immer nur an *eine* Welt, du bist ein ahnungsloses Kind, das von den geheimnisvollen Dingen, die dich umgeben, von den Mächten, die dich umkämpfen, keine Ahnung hat! Und dann, wenn dem auch so wäre, wenn sie wirklich dein Weib geworden wäre, was kümmert mich schon der Pfaffensegen! Merke dir wohl: Ich lasse dich nicht! Für den Augenblick freilich habe ich hier nichts mehr zu tun, das Anheilen deines Fußes müssen wir auf einen späteren Zeitpunkt verschieben, wenn du ein wenig Vernunft angenommen hast und mich in der richtigen Art darum bittest! Versteh mich wohl: in der richtigen Art! Du aber« – sie trat dabei zu dem Tisch und hob den dort liegenden Fuß herunter –, »du kannst dich zunächst einmal mit Spaziergängen auf eigene Faust verlustieren, dein Besitzer glaubt vorläufig ohne dich auskommen zu können! Lauf, Kleiner, und amüsiere dich gut!«

Sie gab dem Bein einen freundlichen Klaps und schon hüpfte es auf die Tür zu, die sich auf einen kräftigen Tritt hin öffnete, und war draußen. Nun wandte sich Pharaildis wieder mir zu. Ein freundliches Lächeln um den Mund, sagte sie:

»Also, wie du gehört hast, habe ich hier vorläufig nichts zu tun und nehme darum Abschied. In aller Freundschaft natürlich, die du ja so sehr zu schätzen weißt! Wenn du dich besonnen haben solltest, brauchst du nur um Mitternacht die Tür deiner Schlafkammer aufzumachen und dreimal meinen Namen hinauszurufen. Auf baldiges Wiedersehen, mein Freund!«

## 5

Ich war allein. Es bedurfte keines langen Nachdenkens, um die Sachlage zu überblicken. Ich hatte meinen verlorenen Fuß wieder gesehen, aber er würde nie wieder ein Teil meines Körpers werden. Denn an eine Sinnesänderung der Pharaildis war ebenso wenig zu denken als an ein Nachgeben von meiner Seite. Lieber mein Leben lang auf der Krücke daherhinken als Marianne aufgeben!

Vielleicht wusste Pater Felizian doch noch einen Rat? Aber auch diese Hoffnung erwies sich als trügerisch. Ich klagte ihm eine Stunde später meine Not. Er konnte mir nur die Versicherung geben, dass er nachdenken, nachforschen werde, für den Augenblick wisse er keine Hilfe. Jedenfalls wäre es gut, wenn ich noch weiter in seiner Nähe wäre. Der verliebte Fuhrmann werde gewiss gern einige Tage zulegen.

So blieb ich denn. Aber es gab für mich keine heiteren Gelage mehr, stumm saß ich bei Tisch und suchte so bald als möglich mein Lager auf, das mir freilich wenig Ruhe bot. Da stürmten all die Gedanken auf mich ein, die der Tag doch einigermaßen in den Hintergrund drängte, da stiegen vor meinem geistigen Auge düstere Bilder meiner Zukunft auf.

Zudem war im Schloss keine rechte Ruhe in der Nacht, ich wusste nicht, ob dies schon immer so gewesen war, ohne dass mich die frohen Stunden bei Tisch und der tiefe Schlaf nachher etwas davon hätten merken lassen, oder ob da etwas Neues geschah …

Ich wurde bald darüber aufgeklärt. Unter den Dienstleuten erhob sich die allgemeine Klage, dass es im Schloss spuke. Viele hatten nur ein Geräusch gehört, andere hatten den Spuk leibhaftig gesehen! Ein Menschenfuß war es, so erzählten sie, der an seinem oberen Ende ein Lichtlein wie eine Laterne trug. Und dieses Bein wandelte Nacht für Nacht durch die Gänge und Zimmer, lief treppauf, treppab, stampfte zuweilen und strampelte, als würde es sich ärgern, tänzelte aber auch wieder und machte zierliche Sprünge. Manchmal verließ es das Turmschlössel und spazierte auf der Brücke hin und her, ja es kam bis in die Ställe und machte dort die Pferde scheu oder es besuchte die Wohnungen der Dienstleute, weckte mit seinem Stampfen die schlafenden Kinder und jagte ihnen tödlichen Schrecken ein. Eines Nachts musste es in dem Saal des runden Turmes über den Teppich gestolpert sein und sich in seinen Fransen verfangen haben. Nun suchte es sich mit fürchterlichen Sprüngen zu befreien und da ihm das nicht gelang, so zerstampfte es ihn in kleine Fetzen. Am Anfang war es immer allein gewesen, doch bald zeigte es sich regelmäßig mit einer großen schwarzen Katze, die mit gravitätischen Schritten neben ihm ging. Zuweilen schienen sich die beiden auch zu entzweien, da jagte dann die Katze den Fuß oder der Fuß die Katze unter gewaltigem Gepolter über die Treppen, durch die Zimmer und das Lärmen nahm bis zum grauenden Morgen kein Ende.

Die Dienstleute baten den Pater Felizian, er möchte doch den Spuk mit einem kräftigen geistlichen Spruch oder mit dem Weihwasserwedel bannen. Doch der konnte sich nicht recht dazu entschließen, man merkte deutlich, dass er von vornherein vom Misserfolg überzeugt war.

Da aber die Leute immer dringlicher wurden, so gab er am Ende nach, stellte jedoch die Bedingung, dass niemand von ihnen dabei sein dürfe. Mich dagegen forderte er selbst zur Begleitung auf.

Als es am nächsten Abend gegen Mitternacht ging, da hörten wir es wieder auf dem Gang poltern und der Pater machte sich rasch bereit, schlüpfte in die blütenweiße Albe, hing die Stola um und setzte das Birett auf. Als wir aus dem Zimmer traten, hatte sich der Lärm in der Richtung gegen den Schlossausgang entfernt. Wir folgten ihm und als wir im Portal standen, sahen wir den Fuß in Begleitung der Katze in der Mitte der Brücke. Der Pater rief ihnen ein lautes »Halt!« zu und sie blieben wirklich stehen, ja wandten sich uns zu. Nun schwang der Pater mächtig den Weihwedel und rief den beiden befehlend zu:

»Ihr da, die in des Teufels Namen hergekommen seid, geht in Gottes Namen von hier fort! Ich trage euch auf, nicht zu ruhen und zu rasten, bis ihr auf der Hochalpe angekommen seid! Unter ihrem Gipfel liegt eine verfallene Almhütte, in diese banne ich euch! Ihr dürft nicht eher zurückkommen, als bis ihr gezählt habt alle Steine, die zwischen hier und dem Nordmeer liegen, alle Grashalme, die zwischen Ungarn und Frankreich wachsen, alle Sternlein, die am Himmel stehen, und alle Regentropfen, die vom Himmel herunterfallen. Wenn ihr mit dem Zählen fertig seid, dann dürft ihr euch auf den Rückweg machen, doch ist euch nur jedes Jahr die Strecke eines Hahnenschrittes gestattet!«

Ein silberhelles Lachen kam als Antwort, es schien irgendwo von der Höhe zu kommen, vom Sichelmond, der die Szene schwach beleuchtete.

Und dann begann eine liebliche Maidenstimme zu sprechen, deren Klang mir wohl bekannt war. Auch sie kam irgendwo her aus dem Raum, ohne dass man hätte sagen können, wo die Sprecherin war. Am Anfang schien es, als schwebe sie über unseren Häuptern, dann kam sie von der Brücke her, ja, es schien fast, wie wenn es die Katze wäre, die da sprach. Und sie sagte:

»Pater Felizian, wer hat dir denn erlaubt, im Namen Gottes zu reden? Es würde dir besser anstehen, wenn du im Namen des Teufels zu uns sprechen möchtest, denn der ist dein guter Freund und Helfer! Wir scheren uns einen Pfifferling um deinen Bannspruch, den du erst heute Vormittag aus einem dicken Buch herausgelesen und mühsam auswendig gelernt hast! Steht aber dort auch, dass der, welcher ihn spricht, ohne Sünde sein muss! Hörst du, Pater, ohne Sünde! Darf also nicht die verkehrte Messe gelesen haben!«

Und wieder ein helles Lachen, das diesmal über meine linke Schulter klang, dann war es still.

Das ungleiche Paar vor uns machte wieder kehrt und zog weiter den Wohnungen der Insassen zu. Der Pater blickte eine geraume Weile zur Mondsichel hinauf, als müsse ihm von dort Rat kommen, dann zuckte er die Achseln und sagte:

»Ich habe es ja gewusst, dass es so ähnlich kommen würde! Es konnte gar nicht viel anders ausfallen! Übrigens ist es wahr, ich hätte mich wirklich damit an den Teufel wenden sollen!«

## 6

Es war stillschweigend ausgemacht, dass in der nächsten Nacht eine zweite verkehrte Messe gelesen werden solle. Ich wenigstens konnte seinen letzten Worten keine andere Deutung geben. Der sonst so redselige Mann war jetzt sehr einsilbig und verschlossen, sodass ich gar nicht wagte ihn danach zu fragen, aber es war wohl nicht anders denkbar.

Die Vorbereitungen verliefen nicht anders als das erste Mal und ich dachte mir demgemäß auch den Verlauf der Messe selbst ganz ähnlich. Der Felsen des Bildes würde wieder in Bewegung geraten und einen Spalt offen lassen, die Sternlein würden blinken und auf dem Veronikatuch würde der hässliche Satanskopf erscheinen. Und dann müsste von dem Altar ein magischer Zwang ausgehen und meinen verlorenen Fuß herbeirufen. Vielleicht würde er gleich am Anfang kommen und der ganzen Messe beiwohnen, vielleicht würde er erst zum Schluss erscheinen, gleichviel! Schließlich würde er auf den Altartisch springen und dann in den Felsenspalt verschwinden und damit würde der Spuk zu Ende sein. Es tat mir jetzt schon Leid, so zum zweiten Mal von ihm scheiden zu müssen, doch sagte ich mir, dass der Verlust nicht so schwer wog, als es scheinen mochte. Mein Entschluss den Anträgen der Pharaildis keine Folge zu leisten, stand ja unweigerlich fest und da an ein Nachgeben von ihrer Seite gewiss nicht zu denken war, so war es gänzlich ausgeschlossen, dass dieses Bein jemals wieder einen Teil meines Körpers bilden würde. Mochte es also dahin fahren, wo er hergekommen war!

Die Messe begann und ich meinte, wie gesagt, genau vorauszuwissen, wie alles kommen würde, aber ich hatte mich geirrt. Wohl kam das Bild wieder in Bewegung, aber diesmal gebärdeten sich die Felsenstücke so wild, als würden sie von vulkanischen Kräften in die Höhe geschleudert, als müssten sie jeden Augenblick auf den Altar stürzen, ja bis in die Kapellenbänke fliegen. Ich schaute zu dem Veronikatuch hinauf, dort war der Christuskopf völlig verblasst, aber kein teuflisches Haupt reckte sich an seiner Stelle, das Tuch blieb ganz weiß und gab einen sonderbar glitzernden Schein von sich. Auch die Sternlein am gemalten Nachthimmel verhielten sich heute anders: Wie Meteore sausten sie durcheinander. Am sonderbarsten trieben es aber die Blümlein auf dem Felsen; wohl fingen sie wie damals an zu blühen und ihre Blätter uns entgegenzurecken, aber in ihren Blüten saßen merkwürdige kleine Gebilde, Kerlchen mit Mäuseköpfen und Spinnenbeinen oder wieder von der Art ganz kleiner Katzen, aber mit langen Rüsseln und Krebsscheren statt der Füße.

Mit steigendem Entsetzen betrachtete ich das alles. Der Pater dagegen schien nichts davon zu merken, unerschüttert kratzte er die vom Ritual vorgeschriebenen Kreuze mit dem Fuß über den Boden, fing alle Gebete mit dem Amen an und schritt Wort für Wort zu ihrem Anfang fort.

Bei der Wandlung ging die Kapellentür auf und – ich hatte mich also doch nicht ganz geirrt – mein Bein kam hereingehüpft. An der untersten Altarstufe verhielt es und kniete nieder.

Mit bebender Aufmerksamkeit lauerte ich, was weiter geschehen würde. Ob es bald auf den Altar springen würde? Die Gelegenheit wäre günstig gewesen, denn der Pater stand auf der Evangelienseite und also war die Mitte des Altars frei.

Aber nichts dergleichen geschah. Dafür sah ich in der roten Glut, die auch diesmal aus dem Spalt leuchtete, genau wie damals etwas näher kommen, das man nicht genau unterscheiden konnte, doch schien es mir fast, dass es nicht ein Ding, sondern zwei seien. Sie kamen näher und näher und standen auf einmal in der Fläche des Bildes: Es waren zwei schlanke nackte Frauenbeine. Und schon waren sie heruntergesprungen und schon erhob sich mein Bein, das bisher so artig auf den Stufen gekniet hatte, und begann mit ihnen rundum einen engen Kreis zu schreiten. Doch bald wurden die Schritte rascher, sprunghafter, wie ein Tanz sah es aus, bei dem immer zwei von den Beinen in der Luft schwebten, während das dritte gerade den Boden berührte. Dabei rückten sie mit den oberen Enden immer enger aneinander, ja es schien fast, als würde das Fleisch der Schenkel rasch zusammenwachsen. Dabei ging der Rundtanz immer toller weiter; die Knie etwas anziehend bildeten sie eine Pyramide, die sich mehr und mehr verflachte. Nun war es kein Kegel mehr, den sie zusammenstellten, sondern ein Rad ohne Felgen, dessen Speichen die drei zu leichten Winkeln gebogenen Beine waren. Und dieses Rad rollte im tollen Lauf umher, bald um die Kirchenbänke herum, bald über sie hinweg.

Doch das war bald nicht das Einzige, was in der Kapelle rumorte. Die kleinen Ungetüme, die den Blüten auf den Felsen entstiegen waren, flogen nun eines nach dem anderen aus dem Bild heraus, belästigten den Pater, zupften ihn bei den Haaren, bei den Ohren, schnitten ihm fürchterliche Grimassen.

Und da ich noch entsetzt meinen Blick auf ihn geheftet hatte in ehrlicher Sorge um ihn, da hatten schon auch mich zwei solcher kleiner Dämonen in Arbeit genommen. Der eine bestand nur aus einem Kopf, aus dem die kugeligen Augen auf langen Schneckenfühlern emporstanden. Sie drehten sich beständig und glotzten mich doch dabei ununterbrochen an. Der andere war ein ganz menschenähnlich gebautes Ding, nur dass er einen Schweinskopf aufhatte und an Händen und Füßen lange Krallen trug, mit denen er nach mir loshackte. Ich schlug Kreuz um Kreuz gegen sie und hielt sie mir damit einigermaßen vom Leib. Doch da war schon ein Dritter auf meinen Kopf gesprungen, der Kerl musste ganz mit kleinen Stacheln bedeckt gewesen sein und schien ein großes Vergnügen darin zu finden, sich auf meinem Kopf herumzuwälzen.

Vor Schmerz schrie ich auf und sah im gleichen Augenblick auch den Pater am Altar schwanken. Er hatte einen der schweren Zinnleuchter ergriffen, die Kerze herausgeworfen und schwang ihn nun wie eine Keule gegen seine Angreifer. Doch deren waren zu viele und immer neue entstiegen den Blüten, um sich sogleich auf den Armen zu stürzen. Zudem kam sonderbar gestaltetes Nachtgevögel aus dem Himmel des Bildes herausgeflogen und umflatterte sein Haupt mit schrillen Schreien.

Ich war aufgesprungen, um mich an seine Seite zu stellen, doch noch ehe ich ihn in meiner Unbeholfenheit erreichen konnte, tönte eine Stimme durch die Kapelle, die mir das Blut in den Adern gerinnen machte. Sie schien aus dem Veronikatuch zu kommen. Das war nicht mehr so leuchtend weiß wie vordem, es schien von einer scharfen Klinge kreuz und quer zerschnitten zu sein und aus all den Rissen quoll und tropfte es wie rotes Blut. Und wieder tönte jene schreckliche Stimme von dort, eine zottige Hand riss die Fetzen des Tuches an sich und ballte sie zu einer Kugel, die sie zurück in den Nachthimmel hineinwarf. An die Hand aber wuchs ein schwarzer Arm und an diesen ein dunkler Leib an. Eine Weile thronte dieses kopflose Gebilde auf dem Felsen, dann schoss urplötzlich aus ihm der Satanskopf, so wie ich ihn das letzte Mal erblickt hatte, hervor. Mit grausamem Lächeln schaute er auf den Priester herunter, dann gellte wieder seine fürchterliche Stimme durch die Kapelle, diesmal in deutlich verständlichen Worten.

»Felizian«, so rief sie, »deine Stunde ist gekommen, du bist mein!«

Doch der streitbare Pater ergab sich nicht. Mit wuchtigen Schlägen trieb er die kleinen Unholde von sich und unerschrocken gab er Antwort: »Du irrst, Satan, du hast keine Macht über mich, denn ich habe niemals etwas für mich verlangt. Wenn ich auch Böses tat, so geschah es nur aus Liebe zum Nächsten!«

Der Schwarze lachte ein fürchterliches Lachen. »Du willst mich betrügen, Pater«, gab er zurück, »aber es wird dir nicht gelingen! Diesmal hast du an dich gedacht und nicht an den lieben Nächsten. Du hast dich deiner Hilflosigkeit geschämt, deiner wirkungslosen Bannsprüche! Ich sollte dir helfen, damit die Leute nicht sagen, dass du ein schlechter Pfaffe bist, der ob seiner Sünden keine Macht über die Geister hat! Und darum bist du mein, habe lang genug auf dich warten müssen!«

Damit streckte der Satan seine Tatze nach dem armen Pater aus, ergriff ihn, hob den Wehrlosen in die Höhe, fasste mit der anderen Hand nach seinem Haupt und drehte es um, dass man die Halswirbel knirschen hörte. Dann ließ er den Leblosen fallen. Dumpf fiel der Leichnam auf die Altarstufen. Ein grollendes Echo dieses Klanges stieg aus der Erde, aus den Mauern. Satans Gestalt versank in dem Bild und mit ihm die kleinen Teufelchen alle, die sich wie erschreckt wieder in die Blumen geflüchtet hatten.

Eine einzige Kerze ragte noch auf dem Altar auf. Bei ihrem Schein konnte ich sehen, wie das Bild rasch sein gewöhnliches Aussehen annahm. Die einzige Spur von den entsetzlichen Dingen, die hier vorgefallen waren, war die Leiche des Paters mit dem im Nacken stehenden Gesicht.

Erst jetzt besann ich mich auf die drei Beine: Sie mussten während des tollen Wirbels ihren Weg aus der Kapelle hinaus genommen haben. Die Tür stand weit offen und ein eisiger Wind fegte herein.

## 7

Wie ich aus der Kapelle weg bis in mein Bett gekommen bin, davon weiß ich nichts, ebenso wenig, was in den nächsten Tagen mit mir und um mich geschah. Ich lag mit einem hitzigen Hirnfieber darnieder. Der Fuhrmann pflegte mich und gab meinem armen Kopf Umschläge von Sauerampferwasser, die gar wohl taten. Als ich wieder zu mir kam, sah ich ihn gar geschäftig an einem zu meinem Bett gerückten Tisch allerlei Kräuter schneiden. Er erzählte mir auch gleich eifrig, was für eine Mühe es gekostet habe, sie aufzutreiben. Jetzt aber sei alles beisammen: Spicken- und Rosmarinblümlein, Salbei, braune Betonien, Burretsch, Ochsenzunge und Maiblumen. Eigentlich solle man das alles in gut gebranntem Wein fünf bis sechs Wochen an der Sonne destillieren lassen. Dieses würde dann ein Wasser geben, das seiner vortrefflichen Eigenschaften wegen das Goldene genannt werde. Nur eine halbe Nussschale voll davon auf nüchternen Magen getrunken, nehme alle Hitze aus Hirn, Herz und Leber. Er habe das Mittel von seinem Ältervater, der es wieder von seinem Ahn übernommen hatte. Weil aber nicht so viel Zeit sei, so wolle er die Kräutlein zu einem Glühwein verkochen, der dann gut ausgekühlt mir täglich dreimal gereicht würde.

Auf meine Fragen nach dem Pater antwortete er ausweichend. Erst als ich wieder einigermaßen bei Kräften war, erzählte er mir von den schrecklichen Dingen, die sich bei seinem Begräbnis zugetragen hätten. Es war nicht leicht gewesen, einen Geistlichen zu finden, der den Brettersarg zur Grabstätte begleitet und ihm den letzten Segen gegeben hätte. Das aber wollten die Gesindeleute auf alle Fälle haben, denn sonst würde der Tote gewiss als Gespenst umgehen und sie noch mehr in Schrecken versetzen als jener Fuß, der – Gott sei dafür gelobt – nun glücklich verschwunden schien.

Schließlich hatte sich ein Kapuziner dazu bereit erklärt. Als der aber den Sarg mit geweihtem Wasser besprengte, da hob sich der Deckel und eine Unmenge von Kröten, Schlangen und Salamandern kam herausgekrochen. Kaum aber war der Sarg in die Erde versenkt, da lief und kroch und schlängelte sich das alles wieder herbei, bohrte und grub sich Löcher in die frisch aufgeschaufelte Graberde und verschwand darin. Der Kapuziner sei darüber so entsetzt gewesen, dass er sich eiligst aus dem Staube machte, zum großen Leidwesen der Leute, die es gern gesehen hätten, wenn er Schloss und Kapelle durch einen kräftigen Bannspruch von allem Teufelsspuk gereinigt hätte. Er aber war für solche Bitten taub und meinte nur, dass er zu einem so großen Werk zu schwach sei, doch kenne er einen alten Einsiedler, der wisse mit Teufeln und ähnlichem Höllengezücht gar wohl umzugehen, den wolle er auf der Rückreise heimsuchen und ihn recht inständig um Hilfe angehen.

Mein Fieber war geschwunden, doch blieb noch ein Herzzittern übrig, das mir freilich noch genug zu schaffen machte. Aber auch dagegen wusste mein kräuterkundiger Fuhrmann Rat: Auf den steirischen Bergen gedeiht die Gämsenwurz; die musste ihm ein Jäger schaffen, die wurde mit wohlriechendem Nelkenkraut zu einem Pulver gestoßen und mit dem Saft eingemachter Amarellkirschen, wie solche sich in der Speisekammer fanden, eingenommen. Ist mir das Mittel gar wohl bekommen und hat mich bald vollkommen hergestellt, sodass ich die Weiterreise hätte wagen können.

Ich sagte das auch dem Fuhrmann, der aber schwor, dass ich

mir damit gewiss einen Rückfall in meine kaum überstandene Krankheit zuziehen würde; man müsse mich erst wieder zu Kräften kommen lassen und darum noch einige Tage zuwarten. Ich konnte mir zwar den eigentlichen Grund denken, er wollte und konnte sich noch immer nicht entschließen, von seiner Herzliebsten Abschied zu nehmen, aber ich widersprach nicht. Ich schuldete ihm Dank für seine Pflege und hatte außerdem auch selbst einige gewichtige Gründe, die einen Aufschub wünschenswert erscheinen ließen. Da war zunächst mein Schädel, den die Kurutzen so ratzekahl rasiert hatten und auf dem sich nun wieder ein ansehnlicher Flaum zeigte. Mein kluger Fuhrmann hatte auch da ein Mittel gewusst und ohne zu ahnen, wie sehr er da den Wünschen seines gräflichen Herrn entgegenhandle, aus Eisenkraut und Baumöl ein Gemisch bereitet, mit dem ich mir fleißig den Kopf einsalben musste. Da ich nun doch nicht als Kahlkopf vor Marianne treten wollte, so war mir jede Verzögerung willkommen, die meinen Haaren Zeit zum Wachsen gab. Und dann war da noch eine Sache, die mich zurückhielt, das war der Gedanke an mein Bein, das sich vielleicht doch noch hier in der Gegend herumtrieb. Wer weiß, ob dieser viel gerühmte Einsiedel mir nicht einen Rat wusste, ob er nicht mein Helfer und Retter würde?

Auch fiel mir jetzt erst etwas ein, das eine Fülle von neuen Gedanken rege machte. Es war wohl unglaublich stumpfsinnig von mir, dass mir diese Idee nicht früher gekommen war, wo sie doch eigentlich so nahe lag: Diese beiden Frauenbeine, die bei der zweiten Teufelsmesse aus dem Bild herausgekommen waren, um sich dann mit meinem Fuß zu einem laufenden Rad zu verbinden, das konnten, nein, das mussten die Gliedmaßen Mariannes sein! War eben doch alles, was mir der alte Graf Lodron von den gesunden Gliedmaßen seiner Tochter erzählt hatte, eitel Trug, wie ich mir ja auch gleich gedacht hatte. Sie hatte sie auf genau die gleiche rätselhafte Art verloren wie ich meinen Fuß und auf dem gleichen Weg wie dieser waren sie nun wiedergekommen.

Doch da drängte sich schon wieder eine andere Frage zwischen meine Überlegungen: Auf wessen Veranlassung war dieses Letztere geschehen? Wer hatte sie aus einer geheimnisvollen anderen Welt zurück in unser Dasein gerufen? Die Tat als solche war Teufelswerk, das war gewiss, aber der Sinn und Zweck jener verkehrten Messe war doch die Erfüllung eines menschlichen Wunsches, wer also hatte ihn getan? Ich selbst hatte an diese Möglichkeit gar nicht gedacht und der Pater Felizian doch erst recht nicht! Wie also konnte es so gekommen sein? Ich grübelte lange darüber nach und meinte schließlich das Richtige in Folgendem gefunden zu haben:

Es handelte sich da ganz offensichtlich um echte rechte Teufelstücke! Satan hatte den Wunsch des Paters erfüllt, er hatte den gespenstischen Fuß aus dem Schloss und seiner Umgebung verschwinden lassen und mit ihm die Katze, die ja doch nur eine Begleiterscheinung war. Aber nach richtiger Höllenart hatte er dazu nicht den geraden Weg gewählt, der Fuß ist also nicht einfach in das Bild zurückmarschiert, sondern er wurde von zwei anderen Beinen sozusagen abgeholt und ist mit ihnen davongerannt, wer weiß wohin. Der Böse hatte damit die an ihn gerichtete Bitte erfüllt, aber sicherlich damit noch anderes anzetteln wollen. Dass ich so stumpfsinnig sein und nicht dabei gleich an Marianne denken würde, das konnte freilich der Teufel selbst nicht wissen, aber sobald mir das doch einfiel, musste mir auch gleich der Gedanke kommen, dass jetzt nicht nur mir, sondern auch der Geliebten eine Aussicht auf wundersame Hilfe aufging. Freilich blieb noch die große Frage offen, wer es verstehen würde, unsere auf die Erde zurückgekehrten Gliedmaßen auf ihrer Flucht einzuholen und sie an unseren verkrüppelten Körpern mit zauberischer Kunst so zu befestigen, dass sie mit ihnen wieder ein Ganzes bilden würden.

Eine hätte es gewiss vermocht – Pharaildis! Da aber doch nicht im Entferntesten daran zu denken war, dass sie ihrer verhassten Nebenbuhlerin Hilfe angedeihen lassen würde, so blieb nur einer, der noch zauberkundiger als sie war, so blieb nur der Satan selbst als Retter. Und der würde sich gewiss nicht lange bitten lassen, wenn – ja, wenn wir ihm unsere Seelen ausliefern würden. Der böse Geist ging aufs Ganze, daran war nicht zu zweifeln, er verschmähte dabei aber auch sicher nicht gewisse kleine Nebenwirkungen. Sollte nicht der Anblick der nackten Beine der Geliebten meine keusche Liebe zu ihr mit unreinen Gedanken beflecken? Vor dieser Versuchung wusste ich mich sicher, aber die andere Lockung, die mir und ihr die Wiedererlangung unserer gesunden Glieder in greifbare Aussicht stellte, die war so groß, dass ich nicht die Kraft aufbrachte, meine Gedanken von ihr zu wenden. Wohl durchschauerte es mich dabei, aber selbst eifriges Gebet, zu welchem ich Zuflucht suchte, konnte die schönen Bilder nicht bannen, die mir meine Phantasie vorspiegelte und die Wirklichkeit werden konnten, sobald ich mich dem bösen Feind auf Gedeih und Verderb auslieferte.

Gab es denn wirklich niemand anderen, der mit der gleichen Wundermacht uns beiden helfen konnte? Ach, wenn doch der Einsiedler oder sonst ein heiliger Mann durch die Macht seines Gebetes dasselbe schaffen wollte! Als kleines Studentlein hatte ich bei den Patres Jesuiten gar viel von solchen Mirakeln gehört und ich suchte sie mir jetzt alle ins Gedächtnis zurückzurufen. Der Apostel Paulus hat den Zauberer Barjesus blind gemacht, die heilige Brigitte hat Brennnesseln in Butter verwandelt, die heilige Gräfin Genofeva einen frischen Brunnen erweckt, die heilige Atrakta an die hundert Hunde in harte Steine verkehrt, der heilige Augustin einen Balken, der zum Kirchenbau zu kurz war, länger gemacht. Das waren gewiss alles große Wunderwerke, aber sie schienen mir doch nicht an das heranzureichen, was ich mir erwünschte. Nur von Christus selbst erzählte die Bibel etwas Ähnliches, da er doch das abgeschlagene Ohr des Malchus sogleich wieder anwachsen ließ. Da war nicht viel Aussicht, dass ein schlichter Einsiedel ebenso Großes werde vollbringen können. Zudem war da noch eine Schwierigkeit. Jeder gute Christ wird den Gang in den Spiegel auf das Schärfste verurteilen, darin eine gar schwere Sünde und darum in der erlittenen Verstümmelung nur die gerechte Strafe des Himmels erblicken. Wird sich wohl ein heiliger Mann da bereit finden, die von Gott verhängte Buße durch seine Wunderkraft aufheben zu wollen? Da war wohl nicht viel Aussicht.

Und so wendeten sich meine Gedanken unwillkürlich wieder Pharaildis zu. Seit langem hatte sie nichts von sich sehen oder hören lassen. Wie aus der Welt verschwunden war sie. Oder hatte sie es aufgegeben meine Liebe zu erzwingen, hatte sie nicht meiner einfach vergessen, sich einen anderen Liebsten ausgesucht? Das wäre … das wäre mir beinahe leid gewesen.

Gewiss, ich dachte nicht daran, Marianne untreu zu werden und den lockenden Werbungen der schönen Hexe nachzugeben, aber ich hätte nicht das Empfinden missen mögen, dass ich bei all meinem Elend doch noch ein so gewaltiger Herzensbrecher war, dass mir nicht einmal eine Zauberin widerstehen konnte. So sonderbar das klingen mag, aber dieser Gedanke war mir auch um Mariannes willen teuer. Hatte ich ja aus ihres eigenen Vaters Mund gehört, dass sie frisch und gesund zu Hause weilte. So unglaublich das schien und so sehr ich das noch vor kurzem als eitel Trug angesehen hatte, so dünkte es mich jetzt wieder nicht ganz unmöglich. Hatte sie mir doch drüben im Spiegelland erzählt, dass ein gar kluger Mann, ein alter Freund ihrer Familie, sie durch geheime Kunst in jenes Land gebracht habe. War es nicht denkbar, ja sogar wahrscheinlich, dass derselbe Helfer Macht und Kraft genug besitzen würde, um die schlimmen Folgen des Ganges durch den Spiegel wieder zu beseitigen?

War dies aber geschehen, dann lagen die Dinge wirklich so, wie sie Graf Sebastian geschildert hatte: Dann bildete ich Krüppel mir ein, um die schöne Komtesse werben zu können, dann mutete ich ihrer Liebe Übermenschliches zu. Wenn nun aber eine Pharaildis, die sich doch mit ihrer Zauberkunst die schönsten Liebhaber zu Dutzenden schaffen konnte, in ihren Gefühlen für mich nicht wankend wurde, dann wäre es wohl denkbar, dass auch meine Herzensdame, die doch allen Verleumdungen ihrer Nebenbuhlerin zum Trotz gewiss keine Hexe war, sondern ein braves, harmloses, herzensgutes Menschenkind, dann wäre es denkbar, dass sich die Erwartungen des alten Grafen nicht erfüllen würden, dass vielmehr seine liebliche Tochter in dem armen Einbein jubelnd ihren wieder gefundenen Gatten begrüßen würde.

So war also Marianne selbst mit die Ursache, dass ich die Liebe der Pharaildis nicht entbehren wollte. Da war aber auch noch ein anderer Grund. Zwar hatte sie mir klipp und klar ihre Hilfe versagt oder vielmehr an eine Bedingung gebunden, die ich nicht erfüllen wollte und konnte, aber ich hegte doch heimlich die Hoffnung, dass sich das noch einmal ändern würde. Das war aber kaum auf die Entfernung zu erwarten, ich musste ihr zureden, sie überzeugen können und so regte sich in mir immer lebhafter der Wunsch sie wieder zu sehen. Hatte sie mir nicht beim letzten Abschied selbst das Mittel dazu an die Hand gegeben? Wie hatte sie doch gesagt? Um Mitternacht solle ich die Tür meiner Schlafkammer aufmachen und dreimal ihren Namen hinausrufen. Das war sicherlich ganz einfach und doch konnte ich mich nicht entschließen, sie auf diese Art herbeizurufen. Mir war, als würde ich damit schon eine Verpflichtung zur Nachgiebigkeit auf mich nehmen, als läge darin schon halb und halb die Erklärung, dass mir die damals gestellte Bedingung nicht mehr so unannehmbar scheine. Nein, das sollte sie nicht glauben!

Das Schönste wäre, wenn sie ungerufen käme! Dann, ja dann könnte ich schon eine Bitte wagen, könnte versuchen ihr Mitleid zu erwecken, ihre Hilfe bedingungslos zu gewinnen. Zwar sagte mir eine innere Stimme immer wieder, dass das ganz aussichtslos sei, aber ich wusste sie zum Schweigen zu bringen und malte mir recht schön und deutlich aus, wie das alles werden würde. Ich hatte die Kunst des Luftschlösserbauens seit Kindestagen schon gar gut verstanden und übte sie jetzt, wo sich kein Mensch um mich kümmerte, mit besonderem Eifer und fast ohne Unterbrechung. Dabei schienen mir diese Zukunftsträume als gar nichts Unmögliches, nein, sie kamen mir gar greifbar und verständig vor und wenn einmal der nüchterne Verstand doch einen Einspruch gegen diese rosigen Gebilde zustande brachte, so fertigte ich ihn leicht mit der Feststellung ab, dass mir in meinem Leben schon so viel Wunderbares widerfahren sei, dass das, was ich mir erhoffen zu können glaubte, gar nicht so unnatürlich erschien.

Freilich, es gab auch Rückschläge in meiner Stimmung. Sie waren selten, sehr selten, dafür schmetterten sie mich aber umso tiefer aus den Himmeln meiner Erwartungen in die finstersten Tiefen rettungsloser Hoffnungslosigkeit. Ich sah mich dann als zerlumpten Bettler am Fuße des Schlossberges in Gmünd hocken, sah von den Burgtürmen die Fahnen in den lodronschen Farben wehen, sah einen prächtigen Hochzeitszug über die Zugbrücke zum Städtchen herunterreiten, sah meine Marianne im Brautgewand an der Seite eines schlanken schönen Ritters ihren weißen Zelter vor dem Bettler zügeln und dem Unerkannten ein Geldstück in den Schoß werfen –

nein, nein!, so schrie es in mir auf, nur das nicht erleben müssen, lieber durch ein noch so schweres Opfer sich Hilfe erkaufen!

Und doch schien etwas Derartiges schreckliche Wirklichkeit werden zu sollen, und zwar schon in den nächsten Tagen, denn mein Fuhrmann hatte es auf einmal sehr eilig mit der Weiterreise. Weiß der Himmel, was geschehen war, hatte er sich mit seinem Schatz verzankt oder bekam er es schließlich doch mit der Angst vor dem Zorn seines Herrn zu tun, kurzum, er rüstete zu baldigem Aufbruch.

So sollte ich denn wirklich nicht viel besser als ein Bettler vor Marianne erscheinen, wenn auch der Hochzeitszug vorläufig nur ein Schrecktraum meiner Phantasie sein mochte. Gerne hätte ich das drohende Ereignis noch etwas hinausgerückt, hoffte ich doch heimlich noch immer auf ein – ich wusste selbst nicht, worauf ich hoffte, aber ich meinte eben, es könnte jeden Augenblick etwas bis dahin Undenkbares, Unerhörtes geschehen, und so suchte ich die Weiterreise mit allen Mitteln hinauszuschieben, aber mit meinem Fuhrmann war nicht zu reden. Ich bat ihn die Ankunft des Einsiedlers abzuwarten, ich flehte, die Osterfeiertage noch hier verbringen zu dürfen, und er ließ sich, gutmütig wie er war, wirklich einige Tage abzwacken, doch müssten wir spätestens am Karsamstag an Ort und Stelle sein.

# Mit der wilden Jagd

## 1

Am Dienstag nach Palmarum stand der Fuhrmann in der Frühe vor meinem Bett und verkündete mir, dass die Pferde eingespannt seien, der Wagen reisefertig vor der Schlossbrücke stehe, und ich möge nur rasch machen, dass wir noch am selben Tag ein tüchtiges Wegstück zurücklegen könnten.

Einwendungen waren da zwecklos, das wusste ich, und so schickte ich mich darein, zog mich so rasch als möglich an, löffelte eiligst eine schon bereitstehende Suppe aus und humpelte trübselig unserem Gefährt zu. Schon war der Fuhrmann daran, mir hineinzuhelfen, da geschah wirklich etwas Unerwartetes, das unsere Abreise für den Augenblick unmöglich zu machen schien, aber etwas, das ich mir wahrhaftig nicht gewünscht hatte.

Kam da auf magerem Klepper ein Mann angeritten, dem man den Schreiber auf hundert Schritt ansah, und erklärte mich kurzerhand als Häftling der gnädigen Grundherrschaft. Zwei Knechte, die auf schweren Gäulen hinter ihm herkamen und die gräflich steinbeißschen Farben trugen, gaben seinen Worten den gehörigen Nachdruck.

Mein Fuhrmann ließ sich aber nicht so leicht verblüffen und antwortete, dass ich schon in Haft sei und zwar in der des Grafen Lodron, zu dem er mich jetzt eiligst bringen müsse. Damit wollte er mich wieder in den Wagen schieben, doch ließ sich das Schreiberlein nicht damit abfertigen, sondern erklärte gar wichtig, wie sich die Sache seiner Meinung nach verhalte. Auf dem Grund und Boden seiner Herrschaft sei das schwere Deliktum der Zauberei und vielleicht noch Ärgeres vorgefallen. Den eigentlichen Missetäter habe die Strafe des Himmels auf der Stelle erreicht, doch sei ich schwer verdächtig, dabei der

Helfer und Famulus gewesen zu sein, weshalb meine sofortige *Incarceratio* verfügt worden sei und ihn der gräfliche Amtmann hierher entsendet habe, damit er den Inkulpaten *in custodiam* übernehme.

So vielen lateinischen Worten war mein Fuhrmann zwar nicht gewachsen und er konnte nichts Ähnliches erwidern, aber deshalb gab er noch lange nicht nach, sondern zählte, um dem anderen Respekt beizubringen, alle Titel und Würden seines eigenen Herrn auf, so gut sie ihm eben bekannt waren. Man sah dem Schreiber deutlich an, dass dies nicht ohne Eindruck auf ihn blieb, und insbesondere der »kaiserliche General« verschreckte ihn merklich. Anderseits hatte er seinen klaren Auftrag bekommen und den musste er doch ausführen! Er wusste selbst nicht recht, ob er vorstoßen oder nachgeben solle, und so verging eine geraume Zeit in einer nicht allzu stürmisch geführten Wechselrede, der ich so gleichgültig und ergeben lauschte, als ob mich die Sache gar nichts anginge. Jeder Mensch hat hie und da so einen Tag, wo sein Wille zu schlafen scheint und wo er geduldig alles über sich ergehen lässt. In solch einer Stimmung war ich an diesem Tag; ich brachte es höchstens zu einer Art Neugierde, wer denn wohl schließlich aus diesem Streit als Sieger hervorgehen würde. Dass ich noch gestern in jeder Verzögerung unserer Reise einen persönlichen Erfolg gesehen hätte, das schien ganz vergessen.

So war es denn nur natürlich, dass ich mir keineswegs mit dem Lauschen auf die Reden der beiden genug sein, sondern dass ich meinen Blick dabei auch ein wenig in die Ferne streifen ließ. So weit man schauen konnte, war die Straße einsam und verlassen, die Leute waren wohl alle draußen auf den Feldern, wo die Frühjahrsbestellung alle Kräfte in Anspruch nahm. Nur ein Mann mit einem Schubkarren näherte sich uns von der Ferne. Wohl aus Langeweile sah ich immer wieder nach ihm hin. Je deutlicher seine Gestalt wurde, umso beachtenswerter schien er mir. Er trug eine lange Kutte von brauner Farbe, aus seinem Karren grünte es und auf seinen Schultern, ja wahrhaftig, auch auf seiner Glatze saßen Vögel. Stare schienen es zu sein, man hörte ihr Lied schon bis zu uns.

Nun war der Mann ganz nahe gekommen, nun schien er mit seiner kleinen Ladung, die wahrhaftig aus Topfblumen bestand, auf die Brücke zum Schlössel einbiegen zu wollen, da wurde er erst auf unsere Gruppe aufmerksam, lauschte ein Weilchen, stellte dann den Karren zur Erde und trat näher. Die Streitenden schauten auf, denn die drei Stare pfiffen gar einträchtig eine Melodei, dass einem die Ohren gellten.

Der Ankömmling hob seinen dicken rosigen Finger, da schwiegen die Sänger mit einem Schlag. Ein wohl ausgepolstertes Vollmondgesicht lächelte uns an, zwei muntere, doch scharf blickende Äuglein nahmen jeden Einzelnen in Augenschein.

»Gott zum Gruß!«, kam es dann über die wulstigen Lippen, »Gott zum Gruß, ihr lieben Leutchen, was zankt ihr euch da mitten in der heiligen Osterwoche! Ei, da ist ja ein alter Bekannter dabei, der Herr Amtsschreiber Heuberger von Schloss Eichberg! Wann waren wir denn zum letzten Mal beisammen? Richtig, bei der Kirchweih in Bruck! War ein schönes, erhebendes Fest gewesen und lustig war's auch! In Geschäften hier, was? Ich sozusagen auch, soll ein Teuferle bannen! Na, das werden wir schon besorgen, auf so was versteht sich das Vogelpaterle, das weiß jedes Kind in ganz Obersteier! Doch jetzt sagt mir einmal, Leuterln, was ist denn für ein Unfried in euch gefahren?«

Der Amtsschreiber gab einen zwar sehr umständlichen, aber immerhin streng sachlichen Bericht.

»Das ist alles?«, lachte ihn das Paterle strahlend an. »Das werden wir gleich in Ordnung haben! Schreiberle, wende dein Ross, reite nach Hause, bestelle Seiner gräflichen Gnaden, dem Herrn Erblandfalkenmeister, einen respektvollen Gruß vom Einsiedel bei Sankt Koloman und zugleich die Nachricht, dass ich die Geschichte da schon selbst in die Hand nehmen werde! Du weißt, dass ich schon die hartgesottensten Sünder rascher und besser zu einem reumütigen Schuldbekenntnis gebracht habe, als ihr mit euren Daumschrauben und spanischen Stiefeln! Wenn wirklich etwas an der Sache ist, so werde ich euch schon Kunde senden, kommt aber von heute bis in einer Woche keine Nachricht, so ist er unschuldig und es ist diesmal nichts mit Henker und Scheiterhaufen. So, und damit Gott befohlen, ich habe nicht viel Zeit, denn das Teufelsbannen ist kein so einfaches Geschäft, wie mancher glaubt, das will sorgfältig vorbereitet werden!«

Damit hatte er sich wieder zu seinem Schubkarren gewendet, besann sich aber noch einmal, rief dem Fuhrmann zu, er möge nur gleich wieder ausspannen, und winkte mir, ihm zu folgen. Der Amtsschreiber brummte noch ein weniges vor sich hin, dann nahm er mit höflichem Gruß vom Einsiedler und mit einem Nicken von uns beiden anderen Abschied und ritt mit seinen Knechten davon.

Ich wusste, in wessen Hand für den Augenblick mein Schicksal lag, und wandte mich daher an den Einsiedler mit der höflichen Frage, ob ich Hochwürden in das Schlössel geleiten dürfe. Der hatte seinen Schubkarren gerade erst aufgenommen, setzte ihn aber bei meinen Worten gleich wieder nieder, sah mich beinahe zornig an und sagte:

»Mein Lieber, wenn du mit mir gut Freund sein willst, so lass solche Titel und Faxen! Ich bin das Vogelpaterle und damit basta, so haben sie mich schon zu Hause in Blaubeuren genannt. Da schaust, dass ich so weit her bin, nicht wahr? Ja, unser liebes Herrgöttle hat mich weit in der Welt herumgeführt. Doch davon ein andermal! Jetzt schau dir zunächst einmal meine drei Starmätze an, der auf der Glatze oben, das ist der Lump, auf der linken Schulter sitzt mir der Dieb und rechts der Schuft! So, nun kennst du uns alle und zeig mir da drinnen ein Zimmer mit guter Morgensonne, damit ich meine Blumen dort unterbringe. Ich habe in meiner Klause noch viel mehr von solchem Grünzeug und auch noch eine Menge von derartigem Vogelpack. Das muss mir jetzt die Ausgedingerin vom Lenshof pflegen. Aber diese drei Kerle da, die musste ich mitnehmen, die gehen nicht weg von mir und wenn ich bis an das Ende der Welt marschieren würde. Und von meinen Blümlein musste ich mir auch etliche aufladen, die einer besonderen Pflege bedürfen; sind lauter rare Sachen, die ich niemandem anvertrauen möchte. Ja, schau dir sie nur gut an, du wirst schon Augen machen, so etwas hast du sicherlich noch nicht zu sehen bekommen! Insonderlich die zwei Stauden da vorne, weißt du, was das ist? Das sind Passionsblumen, die erst kürzlich aus den westindianischen Provinzen in unsere Länder gekommen und vorerst dem Papst Paulo dem Fünften zugebracht worden sind. Ein Pilger aus gar vornehmem Hause hat davon einige Würzelchen aus Rom mitgebracht und mir zwei davon gegen Gotteslohn überlassen. Man heißt sie aber Passionsblumen, weil sie in ganz wundervoller Weise allerlei Memorialien an die Leiden unseres Heilands geben, indem ihre Blüten die Dornenkrone, Peitschen, Speer und Nägel zeigen und damit die nachdenklichen Gemüter mit Vorstellungen einer so herzbeweglichen Erinnerung zu nützlicher Andacht anleiten ... Dieb!, wirst du gleich still sein, Lump, Schuft, schweigt doch jetzt eine Weile, damit man seine eigene Rede hört! Natürlich, wenn ich beide Hände voll habe und nicht den Zeigefinger heben kann, so nutzt das diese verruchte Bande gleich aus!«

Ich hatte den Einsiedler in das bisher von mir bewohnte Zimmer geführt, er brachte hier seine Blumen unter, setzte auch die drei Vögel ab und machte sich dann geschäftig davon. Eine Bannung ohne einige Ziegenkrautblumen sei eine vergebliche Arbeit. Er habe sie leider mitzunehmen vergessen und müsse nun schauen, ob ihm nicht ein Jäger oder ein Almhirt welche beschaffen könnte.

Ich war allein zurückgeblieben und vertrieb mir so gut es ging die Zeit mit den drei gefiederten Gesellen. Ein Weilchen schienen sie erschreckt, machten sich aber bald heimisch, flatterten zunächst ein wenig herum, dann setzte sich einer auf das Lichtweibchen, der andere auf den Tisch, der Dritte auf die Stuhllehne und im nächsten Augenblick zwitscherte, pfiff, schwatzte und schnalzte das so munter durcheinander, als wären sie hier schon immer zu Hause gewesen. Ja es dauerte nicht lange, da flog der vom Lichtweibchen auf meinen Kopf und nahm dort seinen Platz ein und die beiden anderen folgten rasch seinem Beispiel und ließen sich auf meinen Schultern nieder. So fand uns der Einsiedler, als er ein Stündchen später zurückkam. Er blieb in der Tür stehen, sah sich das Bildchen mit offenbarem Vergnügen an und sagte:

»Die haben sich rasch mit dir angefreundet, mein Sohn! Ist sonst nicht ihre Art und für dich ein gutes Zeichen! Es sind gar fromme Vögel, die genau zwischen guten und bösen Menschen zu unterscheiden verstehen! Wenn du wirklich ein Teufelsknecht wärest, wie der Amtsschreiber meinte, so hätten sie sich gewiss von dir ferngehalten. Da brauche ich gar nicht erst lange zu verhören, da kenne ich mich schon aus!«

## 2

Dass ich nun das ganze Vertrauen des Einsiedlers gewonnen hatte, war unschwer zu merken. Er erzählte mir auch gleich, dass er mit seinen Vorbereitungen so gut wie fertig sei, doch wolle er noch jedenfalls den Gründonnerstag abwarten und drei an diesem Tag gelegte Eier auf nüchternen Magen verzehren, das sei ein gar gutes Abwehrmittel gegen jeden bösen Zauber. Auch ich möge es nicht versäumen, mindestens ein solches »Antlassei« zu mir zu nehmen.

Den Rest des Tages verbrachten wir in frommen Übungen, denen ich mich gern unterwarf, war ich doch Ähnliches aus meinem Vaterhaus gewöhnt. Für die Nacht hatte ich dem Einsiedler mein Bett angeboten, doch er schlug es aus und ließ sich im selben Raum ein schlichtes Strohlager bereiten; von dort klang nun allnächtlich sein mächtiges Schnarchen zu mir herüber. Ich gewöhnte mich rasch daran, ja es fehlte mir geradezu etwas und ich erwachte, wenn es für eine Weile verstummte.

So ging es mir in der Karfreitagsnacht. Ich richtete mich auf und blickte nach seinem Lager hin. Ein schwacher Mondschein ließ mich erkennen, dass es leer war. Die Tür der Kammer stand offen, er musste hinausgegangen sein. Ich legte mich wieder nieder und wollte weiterschlafen, aber es gelang mir nicht. Der Fußboden wie die Deckenbalken knarrten um die Wette, ein toller Sturm tobte draußen und rüttelte an den Fensterläden, ein Klirren und Klingen vom Gang her, ein Summen und Murren kam, das ich mir nicht erklären konnte. Der Wind wurde immer heftiger; mit einem Mal riss er das Fenster weit auf und sauste und pfiff nun durch das Zimmer, dass die drei Stare, die auf den Geweihstangen des Wandschmucks geschlafen hatten, erschreckt umherflatterten. Der Mond schien voll herein, trotzdem rauschte es draußen wie dichter Hagelschlag. Nun glaubte ich dazwischen Jagdhörner und wilde Rufe zu hören, schattenhafte Gebilde sah ich zur Tür hereinkommen und wieder zum Fenster hinauseilen, manchmal wurden sie deutlicher, dann verschwammen sie wieder, jetzt sah ich ganz genau eine Hundemeute an mir vorüberstürzen und hinter ihr rollte in fliegendem Lauf das Rad, das aus den drei Füßen gebildete Rad.

Und wie ich danach haschen will, da legt sich mir eine Hand auf die Schulter, ich blicke mich um und schaue in die schwarzen Augen der Pharaildis. Sie hält zwei Pferde am Zaum und ich kann mich vor Staunen nicht fassen, wie sie mit ihnen durch die enge niedrige Zimmertür hereingekommen ist, wie die beiden mächtigen Tiere in dem kleinen Raum Platz finden. Doch sie lässt mir keine Zeit zum Nachdenken, mit gebieterischem Wink fordert sie mich auf, in den Sattel zu steigen, hilft mit starkem Ruck nach. Kaum sitze ich fest, so hat sie schon das andere Ross bestiegen und fort geht es zum Fenster hinaus, dessen enge Nische sich bereitwillig vor uns dehnt und weitet, um Gäule und Reiter durchzulassen.

Die frische Nachtluft draußen ließ mich die schlaftrunkenen Augen aufreißen, sodass ich den tollen Dreifuß knapp vor der Nase meines Pferdes vorüberwirbeln sah. Hinter ihm mit Hussah und Halloh einige zaundürre Reiter in rostigen Brünnen, mit ellenlangen Schwertern. In ihr heiseres Geschrei mischte sich ein Gurgeln und Kröpfen, ein Schleifen und Wetzen, als balzten Hunderte von Urhähnen.

Pharaildis gab meinem Gaul einen derben Schlag mit der flachen Hand. »Vorwärts«, rief sie, »vorwärts, mein Junge! Lass die alten Raufgesellen nicht dir zuvorkommen! Das glaube ich, dass ihnen so ein seltenes Wild zupass käme! Aber das darf nicht sein, das Stück gehört dir!«

Und schon flogen unsere Rosse pfeilgeschwind vorwärts und überholten die spindeldürren Kämpen. Doch das Dreibein sauste noch schneller als wir und wenn wir ihm glücklich nahe kamen, so sprang es blitzschnell zur Seite und raste im Zickzack weiter. Auch tauchten aus dem Dunkel der Nacht, aus Wald und Gebüsch immer neue Jäger auf, von denen die meisten ein gar grausliches Ansehen hatten. Ritt da einer ganz nahe an mich heran, der war geschunden, das bloße Fleisch und die blauen Adern an seinem nackten Leib gaben ein flimmerndes Licht von sich. Seine Haut hatte er an einen langen Speer gehängt und schwenkte sie wie ein Banner. Zwei kohlschwarze Kerle hatten auf dem Sattelknopf mächtige Folianten aufgeschlagen und blätterten eifrig darin. Die fliegenden Sprünge ihrer Rosse kümmerten sie dabei ebenso wenig als die Flammenlohe, die ihnen aus den Büchern in die bleichen Gesichter schlug.

Ich sah dies alles und noch viel mehr ohne Schrecken und Grausen. Meine Gedanken galten nur dem Dreibein vor uns und wie ich es anstellen könnte, es doch zu erhaschen. Manchmal schien es in seinem Lauf zu erlahmen und ich meinte dann, es im nächsten Augenblick packen zu können, dann machte es auf einmal zwei, drei gewaltige Sätze und war schon wieder weit voraus. Auch passierte es immer wieder, dass ein anderer Reiter mir vorübergehend zuvorkam; dann presste mir bange Angst das Herz zusammen und ich sah ihn schon die Beute gewinnen. Doch konnte ich immer wieder den Vorsprung einholen und so meinte ich schließlich des Erfolges sicher zu sein, als aus einem Tannendickicht einer auf fahlgelbem Ross heraustrabte.

Er war wie ein Bauer gekleidet und auch sein schwerer Gaul war wohl in einem Dorfstall gestanden. Der Mann schloss sich nicht dem großen Zug der sonderbaren Jagdgesellen an, in den ich geraten war, sondern hielt sich seitab, aber es war klar, dass er hinter dem gleichen Wild her war. Doch er mochte seine Mähre noch so sehr anfeuern, er kam ihm nicht näher. Da stieß er einen gellenden Schrei aus, riss sich mit raschem Griff den linken Arm aus und warf ihn hinter dem Dreibein her. Deutlich konnte man sehen, wie die Hand den einen Fuß packte und mit unheimlicher Kraft in die Richtung des einsamen Reiters zerrte.

Schon gab ich mein Spiel verloren, da drängte sich ein feiner Zelter zwischen Pharaildis und mich. Eine heisere Stimme sagte zu mir:

»Hier hilft nur ein Schuss! Wenn ich dem Herrn meine Büchse anbieten darf?«

Ich sah mich nach dem Sprecher um und bei seinem Anblick packte mich doch das Grausen. Er hatte den bloßen Schädel bis zur Nasenwurzel gespalten und eingetrocknete Blutrinnsale zogen ein Dutzend Streifen über sein wachsbleiches Gesicht.

Seine schlanken, fast durchsichtigen Finger hielten eine silberbeschlagene Büchse mit altertümlichem Schnapphahnschloss.

»Der Herr braucht nicht erst zu zielen«, fuhr er fort, »er braucht nur fest daran zu denken, was er treffen will!«

Ohne mich zu besinnen, griff ich nach dem Gewehr, legte an und drängte alle meine Gedanken auf den Mann zusammen, dessen Arm das Dreibein gepackt hatte. Sehr wider meinen Willen musste ich dazwischen an die Gurgelhähne denken, die gerade ihr Konzert von vorhin mit verdoppelter Kraft aufnahmen. Ich drückte los und fühlte schmerzhaft den Rückschlag der schweren Büchse, der mich im Sattel schwanken machte. Wie tiefer Donner hallte mein Schuss durch die Nacht und weckte hundertfaches Echo. Ich beugte mich vor, um besser zu sehen, ob ich getroffen hatte, doch dabei bekam ich einen Stoß von unbekannter Hand, der mich vom Pferd warf. Ich fiel und mein Sturz dauerte, als wäre ich von einem hohen Kirchturm gefallen. Die Sinne vergingen mir darüber.

## 3

Als ich wieder zu mir kam, dämmerte der Morgen. Die Gipfel der Berge hatten ihre verschneiten Häupter in helles Sonnenrot getaucht, im Tal war die Welt noch grau und düster.

Ich lag auf einem Wiesenabhang einem Holzkreuz zu Füßen, dessen Balken sich schwarz vom Morgenhimmel abhoben. Während ich mich noch besann, wo ich mich befände und wie ich hergekommen sei, stand auf einmal ein Mann in grünem Jägerkleid vor mir und hielt einen mächtigen Gurgelhahn bei den Fängen.

»Der Herr Junker hat Weidmannsheil gehabt«, sagte er und legte den Spielhahn neben mich auf den jungen Rasen, »ich bringe die Beute!«

Erstaunt musterte ich den prächtigen Vogel. Wie ich mich dann wieder nach dem Jäger umsah, da war er verschwunden, als wenn ihn der Boden verschluckt hätte.

Inzwischen war es heller geworden und ich suchte mich in der Gegend zurechtzufinden. Die Berge waren mir alle bekannt, ich musste nicht allzu weit vom Schlössel sein, dessen

Turmdächer ich auch wirklich bald entdeckte. Darum war es aber noch nicht klar, wie ich ohne Stock und Krücke hinkommen würde. Auch taten mir alle Knochen weh, ein gewaltiger Hunger ließ meinen Magen knurren und brennender Durst dörrte mir Zunge und Kehle.

Ich richtete mich halb auf, um nach einem Menschen Ausschau zu halten, der mir forthelfen könnte. Und siehe da, ich erblickte wirklich eine Gestalt, die aus der Richtung des Schlössels kommend gerade dem Kreuz zuzustreben schien, zu dessen Füßen ich lag. Den Umrissen nach musste es ein Weib sein. Sie kam quer über Ackerbrache und Wiesen mit unglaublicher Schnelligkeit auf mich zu, sodass ich sie bald deutlich sehen und erkennen konnte. Es war Pharaildis und sie winkte schon von weitem.

»Einen recht schönen guten Morgen«, rief sie mir zu, »mein Schatz ist also heute Nacht auf der Hahnenpfalz gewesen! Brav, brav! Aber du darfst nicht sogleich die Stirn kraus ziehen, weil ich dich meinen Schatz genannt habe! Gönne mir doch wenigstens diese Freude, die dich doch zu nichts verpflichtet! In allem Übrigen will ich mich, wenn auch blutenden Herzens, deinem Willen fügen und will mein Glück darin sehen, dass ich dir jeden Wunsch erfülle, den ich dir aus den Augen lesen kann. Und die sagen mir gerade, dass mein Herr Liebster jetzt einen unbändigen Hunger und einen schrecklichen Durst hat. Hätte ich nur etwas mitgenommen! Doch es wird auch so zu helfen sein, ein Bissen und ein Trunk sind leicht zur Stelle, nur möchte ich es dir mit Becher und Teller servieren, wie es sich für einen jungen Herrn von Löwenmacht schickt. Nun, es wird sich auch das schaffen lassen! Als du heute Nacht so hübsch vom Pferd kollertest und ich dir sorglich nachsah, ob sich mein Liebster nicht dabei an einen Stein stoßen würde, da erblickte ich hier ganz in der Nähe ein blaues Flämmchen, das deutet auf einen Schatz, der in diesen Nächten aus tiefem Grund hinaufgestiegen ist – siehst du, ich habe mich nicht getäuscht, dort unter der einsamen Fichte glutet es noch! Gleich bin ich wieder da!«

Mit raschen Sprüngen eilte sie fort, ohne dass ihr langes Schleppkleid sie sonderlich gehindert hätte, und war einen Augenblick später mit einem silbernen Teller und einem güldenen Becherlein wieder zur Stelle. Es wollte mir freilich nicht sehr behagen, als sie dann einige Kieselsteine von der Erde hob, auf den Teller legte und mir mit artigem Knicks als Speise anbot. Auf mein Zögern hin holte sie aus ihrem Gürteltäschchen ein Messerlein hervor und zerteilte damit die Steine so leicht, als wäre es Butter. Ein angenehmer Duft von frischem Eierkuchen stieg aus ihnen auf und reizte mich zum Zugreifen und wahrhaftig: Sie schmeckten wie mürbes Feingebäck.

»Nun noch einen Trunk!«, sagte sie, trat ganz nah an das Holzkreuz heran und stieß vor meinen entsetzten Augen ihr Messerchen in die Brustwunde des gekreuzigten Heilands. Ein feiner roter Strahl schoss daraus hervor und füllte den untergehaltenen Becher. »Trink!«, sagte sie und reichte mir ihn zu.

Doch ich hob nur abwehrend die Hand. Nie und nimmer würde ich solch gotteslästerlichen Frevel tun. Sie zuckte verächtlich mit den Achseln.

»Trink, sage ich nochmals«, wiederholte sie in hartem Befehlston und sah mich mit blitzenden Augen an.

Ich wendete mich trotzig ab und wie sie mir den Becher mit Gewalt an die Lippen setzen wollte, da schlug ich ihn ihr aus der Hand. Klirrend fiel er zur Erde und vergoss sein rotes Nass.

Mein Blick folgte dem fallenden Becher und erschaute ein Wunder. Aus den purpurnen Tropfen stieg es wie lichter silberdurchschienener Nebel und in seinem Glanz sprossten gar eilig Lilien und Rosen aus der Erde.

Mit gefalteten Händen starrte ich auf das Mirakel. Wie eine Bildsäule stand Pharaildis neben mir. Wie lange dies gedauert hat, das weiß ich nicht zu sagen. Nur des einen bin ich mir bewusst, dass inzwischen die Sonne über den Horizont stieg, und wie ihre Strahlen die Dämmerung bannten, so ging der Lichtnebel der Erscheinung langsam in ihrem Schein auf, die Rosen und Lilien wurden undeutlich und verblassten, bis am Ende keine Spur von allem blieb.

Ich wagte noch immer keine Bewegung, aber Pharaildis hatte sich bald gefasst. Immerhin klang jetzt ihre Stimme seltsam milde, als sie zu mir sprach:

»Du siehst, es war nichts Schlimmes, was ich dir anbot, und du hättest davon gewiss nicht Schaden genommen! Der Trank hätte nur eine Wirkung geübt; du hättest mit ihm jede irdische Liebe vergessen und dich mit ganzer Seele der himmlischen hingegeben! Du staunst wohl und zweifelst, dass so etwas meine Absicht gewesen sein könnte? Und doch ist es nicht anders! Lieber gönne ich dich diesem blassen Leidensmann da oben als der Marianne! Und dann, wer weiß? Wenn ich nur einmal die Erinnerung an dieses blonde Ding mit allen Wurzeln aus deinem Herzen herausgerissen wüsste, dann würde sich schon einmal eine Gelegenheit finden, um dir einen anderen Trunk einzuflößen, der alle deine Pulse für mich schlagen ließe! Doch das ist nun vorbei! Ich werde mir etwas anderes ausdenken müssen!«

Erstaunt blickte ich sie an. Ich wusste wohl, dass dieses Weib, das mit allen bösen Mächten verbunden war, trotzdem die Lüge hasste, aber diese Fülle von Aufrichtigkeit überraschte mich doch und ließ mich etwas wie Vertrauen zu ihr empfinden. Gewiss, sie hatte es gerade selbst gesagt, sie gab ihre Pläne keineswegs auf, ich musste also vor ihr auf der Hut sein, aber sie kämpfte mit offenem Visier und das schätze ich mir an ihrem Wesen.

Ein Weilchen blickte sie nachdenklich in die Ferne, dann begann sie wieder:

»Was soll ich nur jetzt mit dir anfangen? Ich denke, es wird das Beste sein, wenn ich dich ins Schlössel zurückbringe. Da wird dir dann schon von selbst nach mir bange werden. Denn wenn du mich auch nicht liebst, so denkst du doch oft genug an mich, das fühle ich ganz genau! Du weißt, dass ich mancherlei vermag, wovon sich die Leute nichts träumen lassen, und du hoffst im Stillen, dass ich dir doch einmal helfen werde, ohne dafür deine Liebe zu fordern. Das ist nicht sehr wahrscheinlich, das kannst du mir glauben, aber so einen kleinen Gefallen, bei dem ich auf gar nichts verzichte, den könnte ich dir schon erweisen. Wie wäre es zum Beispiel, wenn ich dich heute Nacht wieder zu einem Ritt abholen würde? Wir könnten diesmal die Fahrt etwas ins Weite nehmen, statt hinter dem dummen Dreibein herzusausen, wir könnten, wenn es dir recht ist, einmal im Flug die Reise machen, die du demnächst mit deinem Fuhrmann zusammen unternehmen sollst, wir könnten rasch nach Gmünd reiten und uns dort ein wenig nach dem Befinden deines Liebchens erkundigen, was hältst du davon?«

Was sollte denn das wieder sein? War das jene Aufrichtigkeit, die ich in meinem Inneren gerade an ihr gerühmt hatte, oder war das ein tückischer Plan, den sie sich da in aller Eile ausgedacht hatte? Jedenfalls hatte dieser Vorschlag für mich unendlich viel Verlockendes, denn er eröffnete mir eine ungeahnte Möglichkeit! Auf diese Art konnte ich mich ja überzeugen, was mich in Gmünd erwartete, konnte mir Klarheit verschaffen, ob meine Ängste und Sorgen in dieser Richtung berechtigt waren, konnte erfahren, ob die mir so unglaublich klingende Nachricht, dass Marianne wieder im Besitz aller ihrer Glieder wäre, auf Wahrheit beruhe.

Während mir das alles durch den Kopf schoss, beobachtete mich Pharaildis aufmerksam. Ein Lächeln umzog dabei ihre Lippen.

»Ich weiß gar wohl, was du dir denkst«, sagte sie, »und dass du nur so darauf brennst, meinen Vorschlag anzunehmen. Aber es wäre dir im Augenblick doch mit Rücksicht auf das Vorgefallene unangenehm, so ohne weiteres Ja zu sagen. Nun gut, ich dränge dich nicht, wenn ich heute Nacht komme, so hast du noch immer Zeit dich zu entscheiden! Doch nun genug mit dem Geplauder, im Schlössel sucht dich das Vogelpaterle in allen Räumen und kann es schon nicht erwarten dir seine nächtlichen Heldentaten zu berichten. Komm also!«

Und damit nahm sie meinen hilflosen Leib in beide Arme und eilte damit, als wenn ich ein Federlein wäre, über Wiese und Acker querfeldein gerade auf das Schlössel zu. Vor seinem Eingang setzte sie mich ab und war, ehe ich mich recht umsehen konnte, verschwunden.

## 4

Ich hatte noch gar nicht recht den Türklopfer gerührt, da ward auch schon aufgetan und der Einsiedel drückte mich an die Brust.

»Die allerseligste Jungfrau und alle lieben Heiligen seien tausendfach gelobt!«, rief er aus. »Was habe ich um deinetwillen für Ängste ausgestanden! Ich dachte wahrhaftig, der Ganggerl hat sich an dir gerächt, weil ich ihn heute Nacht so fein aus der Kapelle gejagt habe. Der kommt nicht wieder, das kannst du mir glauben! Das muss ich dir noch alles genau erzählen, jetzt aber sag nur einmal, wo du gewesen bist! Die Stubenreiberin, wie sie unser Zimmer aufräumen wollte, hat in deinem Bett ein rostig Hufeisen und auf der Diele eine Menge Rossmist gefunden. Wie soll denn da ein Pferd hingekommen sein? Also ging es da nicht mit rechten Dingen zu! Und vor allem: Wo warst du hin verschwunden wie die Bratwurst vom Kraut? Die ganzen Ehehalten vom Schloss habe ich nach allen Richtungen ausgeschickt, aber da war nicht eine Spur von dir! Ich selbst habe das Haus vom Dachboden bis zum Keller abgesucht, natürlich umsonst! Doch nun bist du ja, Gott sei's gedankt, wieder da und musst uns nur gleich erzählen!«

Ich hatte nicht sonderlich Lust dazu, denn ich wusste nicht, wie mein Bericht aufgenommen würde, und so war es mir hochwillkommen, dass gerade in diesem Augenblick mein Fuhrmann atemlos vom vergeblichen Suchen herbeigestürzt kam und mich freudig begrüßte. Der Wortschwall, mit dem er das besorgte, dauerte dem Einsiedel viel zu lang, er wollte selbst zu Wort kommen, darüber vergaß er weitere Fragen und fiel dem Mann recht unsanft in die Rede:

»Jetzt hör aber endlich einmal auf, du schepperter Schlampelio, du! Machst ja mehr Lärm als meine drei Starln zusammen! Sperr lieber die Ohren auf und hör mir zu, wirst deine blauen Wunder vernehmen. Also ich hab mir vorgenommen gehabt, in dieser Nacht das schlimme Waukerl zu bannen. Hab niemandem was davon gesagt, es ist das besser so, da kann man den alten Hansen besser überraschen, der ja seine Ohren überall hat! Die Nacht vom Karfreitag auf den Karsamstag ist aber für solch ein Unternehmen besonders günstig. Mit den zu Maria Lichtmess geweihten Kerzen in der Hand bin ich aus der Kammer geschlichen, ohne dass du, mein Junge, aufgewacht wärst. In der Kapelle habe ich dann die Lichtlein angezündet, auf den Altar gestellt, dazwischen auch einige Blättchen der Ziegenkrautblume und getrocknete Palmkatzerln vom vorigen Osterfest gestreut.

Dann bin ich wieder zur Tür der Kapelle zurück«, fuhr er

selbstgefällig schmunzelnd fort, »und mit einem Fuß über, mit dem anderen hinter der Schwelle habe ich zu exorzieren begonnen. Ich hatte kaum die ersten Sätze gesprochen, da fing es an zu gemekezen und zu kagezen, dass ich kaum mein eigenes Wort verstand. Aber ich ließ natürlich nicht locker und las mein Sprüchlein wacker weiter. Da hörte das Quakezen mit einem Schlag auf, stattdessen rief mir eine fürchterliche Stimme zu: Vogelpaterle, du bist nicht der rechte Mann, den Teufel zu bannen, zieh ab, denn von einem Dieb lasse ich mich nicht jagen! Na, ihr könnt euch denken, wie ich da auffuhr! So etwas mir zu sagen! Aber die Stimme begann wieder: Ja, ja, du hast gestohlen und das nicht einmal, sondern des Öfteren!

Nun wurde ich aber ganz wild und habe dem Schwarzen einige Namen an den Kopf geworfen, wie er sie noch nie gehört hatte! Auch habe ich ihn mit kräftigen Formeln gezwungen, seine Beschuldigungen haarklein zu begründen. Nun kam es langsam aus ihm heraus. Also ich hätte einmal ein Rübchen aus dem Acker des Steinhofbauern gezogen, dann ein andermal die junge Saat leichtfertig zertreten, auch eine Brotrinde hinterrücks an mich genommen und erst im vorigen Herbst eine Ähre, die in der Schnalle meiner Sandale hängen geblieben war, bis in meine Klause mitgenommen und sie dort achtlos zertreten. Mir stieg ob solcher Rede der helle Schweiß auf die Stirn, bis an jeder Haarspitze ein Tropfen hing, denn ich konnte mich an all diese Kleinigkeiten nicht erinnern, wusste aber gar wohl, dass der Banner von jeder Sünde rein sein muss und dass es nicht darauf ankommt, ob das gestohlene Ding klein oder groß, teuer oder fast wertlos sei. Das mag euch beide gar widersinnig dünken, aber es ist einmal so, der Teufel nimmt es mit den Sünden eines Exorzisten sehr genau! Ein anderer an meiner Stelle hätte es mit der Angst zu tun gekriegt und wäre wohl kopflos davongelaufen und damit rechnete der Ganggerl! Aber da kannte er das Vogelpaterle und sein Mundwerk schlecht! Haarklein musste er mir jeden Fall beschreiben und da fand sich dann schon ein Häkchen, bei dem ich die Sache anfassen und dann in ausführlicher Rede beweisen konnte, dass mich da nicht die geringste Schuld traf. So stritten wir bis in die hellen Morgenstunden, der schwarze Kerl merkte mehr und mehr, dass sein Spiel verloren war, und schwitzte wohl jetzt selbst nicht weniger als ich vorher. Schließlich gab er klein bei und gelobte de- und wehmütig die Kapelle für immer zu räumen. Jetzt aber hatte ich schon zu viel Oberwasser, um ihn so billigen Kaufes zu entlassen, und so ließ ich ihn nicht eher los, als bis er gelobt hatte, von heute in längstens vier Wochen eine Wallfahrt zu machen!«

»Der Teufel eine Wallfahrt!«, rief ich aus. »Das ist doch noch nicht da gewesen!«

»Gelt, da schaust?«, gab der Einsiedler wohlgefällig zurück. »Ja, so wie ich kann nicht so leicht einer mit dem schwarzen Gesindel umspringen. Und noch dazu ist's gar keine gewöhnliche, sondern eigentlich eine vierfache!«

»Doch nicht etwa die Vierbergler?«, fiel ihm der Fuhrmann fast erschrocken in die Rede.

»Die nämliche!«, antwortete das Vogelpaterle. »Natürlich, du als Kärntner kennst sie wohl, aber unser Freund hier hat davon als Landfremder keine Ahnung. Also, du weißt es, das Vierberggehen ist ein uralter Brauch, der am Dreinagelfreitag geübt wird. Da läuft das Landvolk von weit und breit am Magdalensberg zusammen. Dort geht's rasch in die Kirche, man geht flink um den Altar, neigt sich vor ihm und dann flugs wieder heraus. Ohne Weg und Steg rennt dann alles den Berg hinunter, pflückt sich aber doch in aller Eile das erste Bergerlaub, und zwar ein Wacholdersträußchen. Nun geht's auf den Ulrichsberg, wo man Karfunkellaub auf den Hut steckt, dann auf den Veitsberg, dort kommen Fichtenzweiglein dazu und Immergrün und schließlich auf den Lorenziberg, wo es Buchsbaum gibt. Ist ein langer Weg und muss an einem Tag zurückgelegt werden, wenn die Wallfahrt gelten soll. Es erkranken ihrer viel über diesem Laufen, dass auch etliche daran sterben von der allzu großen Anstrengung, aber es kommen doch immer wieder Tausende und das nicht nur aus Kärnten, in dessen Mitte diese vier Berge liegen, sondern auch unsere Steirer und viele Windische. Und es ist gut so. Denn es geht eine alte Prophezeiung: Wenn die Vierbergler nicht mehr laufen, dann wird kein Weizen und Roggen mehr wachsen, keine Saat mehr gedeihen, dann wird auch bald der wilde Kaiser, der in den Bergen seit vielen Jahrhunderten schläft, erwachen und die letzte Schlacht schlagen. Die wird zwar nur so lange dauern, dass die

Zeit um drei Laib Brot zu verzehren zu lang, um zwei Laib aufzuessen zu kurz sein wird, und doch werden in ihr mehr Menschen fallen, als jemals im Kampf erschlagen wurden!«

»Das alles wisst Ihr«, polterte nun der Fuhrmann dazwischen, »und findet es doch gar schön und lobenswert, dass der Teufel mit den Vierberglern laufen will? Gott verzeih mir die Sünde, aber manchmal können auch die heiligen Weihen einen Menschen nicht gescheiter machen, als er schon ist! Da hat Euch der Ganggerl gar schön hineingelegt und Ihr scheint es gar nicht gemerkt zu haben! Oder weiß man hier im Steirischen nicht, was in Kärnten jedem Bauernjungen bekannt ist, dass nämlich jener wilde Kaiser eigentlich ein heidnischer Gott sei, der vor dem Christentum in die Berge zurückgewichen ist, um dort die Zeit seiner Wiederkehr abzuwarten? Und jene letzte Schlacht, von der ihr erzählt habt, von der berichtet man bei uns zu Hause manches anders. Wohl wird ihr viel Not und Elend, Misswachs und Pestilenz vorangehen, aber wenn sie einmal geschlagen sein wird, dann wird eine goldene Zeit anbrechen. Glaubt mir, es gibt Leute genug, die heimlich diesen Tag herbeisehnen! Und der Teufel ist eben nicht so dumm, wie man glaubt, er will sich's mit dem wilden Herrn der Berge nicht verderben, darum geht er auf die vier Berge wallfahrten, in deren Innerem dessen Reisigen der großen Schlacht entgegenschlafen.«

Nimmer hätte ich geglaubt, dass das gutmütige Vogelpaterle so böse werden könnte. Zuerst schnappte er nach Luft und suchte nach Worten, aber dann prasselte es auf den armen Fuhrmann nieder. Die Hölle wäre einem solch niederträchtigen Grellpitzer gewiss. Dort werde ihm der leibhaftige Beelzebub ganze Fässer flüssigen Bleis in seine elende Schandgosche gießen als verdienten Lohn für sein sündhaftes Gerede und seine Haare, die so stroblig seien wie seine Gedanken, würden ihm die Teufel schön einzeln mit glühenden Geißfüßen herausreißen und seine einzige Rettung könnte sein, dass so ein geschimpelter Madensack, so ein schabenfressiger Saumagen selbst dem Satan zu schlecht wäre, um sich viel mit ihm abzugeben. In diesem Fall werde man sich wohl in der Hölle damit begnügen, ihm bei lebendigem Leib das ganze Beuschel zum Mund und die Eingeweide zum Steiß herauszuziehen und so aus ihm eine lebende Schwäbelpfeifen zu machen, auf der dann die kleinen Teufelchen Musik machen würden.

Er hatte sich so sehr in die Wut geredet, dass er gar nicht mehr herausfinden konnte. Der Fuhrmann sah zu, dass er ihm aus den Augen kam, aber auch ich ging ihm lieber aus dem Weg, denn in dieser Stimmung wäre eine Erörterung über meinen Verbleib in der verflossenen Nacht sehr bitter ausgefallen, ja vielleicht hätte ich die gute Meinung, die ich ja doch nur dem Wohlwollen seiner Stare zu verdanken hatte, eingebüßt; das aber war nicht ungefährlich, denn diese allein hatten mich vor dem Verdacht der Hexerei bewahrt. Es wäre schon arg genug gewesen, wenn er bemerkt hätte, dass mich seine gefiederten Lieblinge heute ganz auffällig mieden. Gewiss waren sie von den Ereignissen der letzten Nacht verschreckt, denn sie saßen dicht aneinander gedrängt auf der Stange eines Hirschgeweihs, aber dass sie die fetten Regenwürmer, die ich ihnen aus dem Garten geholt hatte, aus meiner Hand nicht annehmen wollten, das deutete auf eine feindliche Stellungnahme gegen mich persönlich.

Am Nachmittag brachte uns der Fuhrmann mit seinem Wagen in die nächste Dorfkirche zur Auferstehungsfeier. Die heilige Handlung hatte einen guten Einfluss auf die Stimmung des Einsiedlers: Er war auf der Rückfahrt recht aufgeräumt und gönnte sogar dem Fuhrmann einige Worte. Ich dagegen war recht einsilbig, mich drückte nicht nur die Erinnerung an die vergangene, sondern auch die Sorge um die kommende Nacht. Die Erstere wurde mir bei der Heimkehr unerwartet benommen. Am Türklopfer hing ein starker Gurgelhahn und die Stubenreiberin berichtete, den habe ein fremder Jäger gebracht, es sei die Jagdbeute des Junkers, die er ihm schon heute früh nachgebracht habe, die ich aber in den Feldern am Kreuz hätte liegen lassen.

Das Vogelpaterle musterte den großen Vogel mit viel Verständnis. Ich war also heute Nacht auf die Balz gegangen! Es wäre zwar immer noch zu erklären gewesen, wer mich unbeholfenen Krüppel durch den unwegsamen Bergwald bis zum Balzplatz gebracht hatte, doch darüber zerbrach er sich weiter nicht den Kopf.

Blieb also noch die Sorge um die kommende Nacht. Eigentlich stand ja noch meine Entscheidung aus, ob ich der Einladung von heute früh Folge leisten würde, aber Pharaildis hatte ganz richtig geraten: Ich war fest dazu entschlossen. Nur eine kleine Einschränkung glaubte ich machen zu müssen: Wenn der Einsiedler dabei erwachen sollte, so schien es doch geratener, auf diesen Ausflug zu verzichten.

## 5

Wir sprachen gemeinsam unser Nachtgebet, das mit Rücksicht auf den morgigen hohen Feiertag diesmal etwas länger ausfiel, dann suchte jeder sein Lager auf. Ein gewaltiges Schnarchen belehrte mich bald über den tiefen Schlaf meines Stubengefährten. Ich konnte dagegen keinen Schlummer finden. Meine Gedanken eilten der Zeit voraus und malten mir die Abenteuer vor, die mir die nächsten Stunden bringen sollten. Auch Gewissensbisse quälten mich. Den Ritt, der hinter mir lag, hatte ich ja doch fast gegen meinen Willen unternommen, aber diesmal sollte ich auf Grund meines freien Entschlusses an solch schlimmem Hexenwerk teilnehmen. Doch wie ein aus morastiger Erde aufsteigender Dunst zu einer schönen, sonnendurchstrahlten Wolke wird, so sollte mich doch auch diese böse Fahrt in die Nähe der Liebsten und damit vielleicht im Weiteren zur Erfüllung meiner Glücksträume führen.

In meiner Unruhe horchte ich auf jedes Geräusch. Die Nacht schien windstill und ohne Schall zu sein. Dagegen ließen sich vom Gang her mancherlei unerklärliche Laute vernehmen. Es spratzte und knisterte dort, als würde Fett an ein Feuer gebracht, und dazwischen klang immer wieder etwas, das sich wie Niesen anhörte.

Schließlich muss ich aber doch eingeschlafen sein und erwachte von dem sanften Streicheln einer Frauenhand, die mir über Stirn und Wangen fuhr. Dies ließ sich gar angenehm an, dass ich es mir gern eine Weile gefallen ließ. Wie ich dabei so allmählich wach wurde, da merkte ich erst, dass dies eigentlich kein Streicheln, sondern ein Salben war, dass diese Hand eine ölige Meskolanz in die Poren meiner Haut rieb. Ich fühlte, wie die Kraft dieser Mixtur rasch in meinen Körper drang, der davon ganz leicht und lüftig wurde. Und nun vernahm ich die Stimme der Pharaildis, wie sie mich in einem gar sanften und lieblichen Ton fragte:

»Sag an, Lieber, willst du?«

Und ich antwortete ohne Zögern: »Ich will!«

»Das ist recht!«, gab sie zurück. »Man muss nur wollen, damit macht man alles möglich! Komm mit!«

Ich riss die Augen auf und richtete mich auf und saß im gleichen Augenblick zu meinem maßlosen Erstaunen im Sattel eines starken Rappen, der draußen auf der Schlossbrücke stand, Pharaildis, gleichfalls bereits beritten, an meiner Seite.

»Das ging rasch, mein Freund, nicht wahr? Wir müssen uns aber auch eilen, wenn wir zurück sein sollen, ehe das Vogelpaterle erwacht – und das willst du doch unter allen Umständen, nicht wahr?«

Sie hatte das zwar sehr freundlich, doch nicht ohne einen leichten Anflug von Spott gesagt. Die Pferde hatten sich darüber in Trab gesetzt.

»Wir wollen für den Anfang kein zu schnelles Tempo nehmen«, fuhr sie fort, »damit du dich erst ein wenig an den Gaul gewöhnst. Es ist, wie du gemerkt hast, nicht der gleiche wie gestern. Für das, was wir heute vorhaben, braucht's andere Kräfte. Schau nicht fort auf den Sattelknopf, sondern blicke dich ruhig um, das gibt mehr Sicherheit! Siehst du, wie unten im Murtal die Nebel ziehen? Wenn du ein wenig hinhorchst, so wirst du von dorther viel Lärm hören. Dort zieht das wilde Geschrei daher, mit dem du gestern geritten bist. Die jagen wohl wieder dem Dreibein nach, das ist so recht ein Wild nach ihrem Geschmack. Du brauchst nicht zu fürchten, dass sie es zur Strecke bringen, obgleich kein sonderlicher Schade drum wäre! Oder meinst du doch? Nun, wie gesagt, du brauchst dir deshalb keine Sorgen zu machen, das kannst du mir glauben! Sie werden übrigens nicht lange toben, es ist bald Mitternacht und am Ostersonntag darf die wilde Gefahr nicht mehr über Land sein.

Wir wollen die Gäule jetzt etwas rascher gehen lassen. So! Ja, es ist heute eine sonderbare Nacht, in der vieles auf dem Weg ist, was sich sonst hinter altem Gemäuer oder in Grabesgrüften verborgen hält. Darfst dich nicht wundern, dass ich sie alle kenne, ich bin schon oft zu solcher Zeit durch diese Täler geritten und habe hier manche merkwürdige Bekanntschaft schließen können. Die Menschen fürchten sich vor ihnen und tun auch Recht daran, aber mit einem richtigen Hexenweib zeigen sich die Geister gar freundlich und umgänglich. Doch jetzt ist es an der Zeit, dass wir eine andere Gangart einschlagen!«

Pfeifend fuhr ihre Reitgerte über die Schenkel der beiden Gäule. Sie wieherten hell auf und fielen in einen wilden Galopp, der quer über Stock und Stein ging. Bald berührten ihre Hufe nicht mehr den Boden, bald flogen wir wie der Sturmwind hoch über den Baumspitzen. Wir überquerten die Mur und nun ging's ein Seitental aufwärts. Ich meinte, dass wir kaum eine halbe Stunde zu Pferde wären, da zeigte ihre Hand nach vorn, wo sich etwas im hellen Mondschein zackig in die Höhe reckte.

»Das sind die vier Bergschlösser von Friesach, wir sind schon in Kärnten! Und dort kommen auch richtig aus dem Metznitztal die zwei Zeltschacher Grafen geritten! Den armen Jungen haben dereinst die Bergknappen die Köpfe abgeschnitten und nun müssen sie ihren Weg kopflos finden! Siehst du, wie es glosend und glitzernd hinter ihnen daherfließt, das ist kein mondbeschienenes Wasser, das ist das Silber ihrer versunkenen Bergwerke! Fürchte dich nicht, sie holen uns nicht ein, wir sind schon über Friesach. Wie schön die vielen Lichtlein blinken, die vom Petersberg, vom Lavanterschloss und von der Virgilienburg herunterkommen, und auch die Gassen und Plätze der Stadt wimmeln davon! Das sind die Reisigen und Bürger, die Frauen und Kinder, die den Tod fanden, als der Herr von Milotá dem Salzburger Erzbischof die Stadt wegnahm, sie ziehen gewiss zum Dominikanerkloster, wo sie in dieser Nacht das Fest der Auferstehung feiern! Blick dich weiter nicht nach ihnen um, wir schlagen uns jetzt nach rechts ins Gurktal, das ist der kürzeste Weg!«

Und schon war wieder die Szene verändert und schon sausten unsere Rosse über Wiesen und Wälder, über verschlafene Dörfchen und stattliche Herrenhöfe gegen Westen. Vom hohen Reckenturm der Straßburger Veste winkte uns eine weiße Gestalt, wir flogen vorüber. Um den Gurker Dom tanzte ein toller Gespensterreigen, wir wichen nicht von unserer Richtung. Nun wurden Dörfer und Höfe seltener und bald sperrte das Tal ein walddunkler Bergrücken. Ein heller Schein lag über ihm, als sollte dort der Mond aufgehen. Doch der stand in unserem Rücken.

Pharaildis verhielt ihr Ross. »Hörst du es?«, fragte sie. Ich lauschte in die Nacht hinein.

»Dort oben muss ein gewaltiger Sturm gehen«, sagte ich, »man hört die Wälder mächtig rauschen. Und die Füchse bellen!«

Sie nickte. »Wir müssen umkehren und einen anderen Weg nehmen!«

Ihre Worte hatten einen Klang, den ich von ihr nicht gewohnt war. Man hätte meinen können, dass sie in großer Angst sei. Ich wollte fragen, aber ich fand nicht die rechten Worte. So wendete ich stumm mein Ross, aber ehe ich es zu neuem Lauf antrieb, schaute ich noch einmal aufmerksam nach dem lichten Schein auf der Berghöhe. Es war kein Zweifel, er stand nicht still, sondern bewegte sich langsam den Kamm entlang und auch das Gebell der Füchse schien ihm zu folgen.

Wir ritten nicht in dem gleichen Tempo zurück, in dem wir bis hierher gekommen waren. Pharaildis überlegte, welchen Weg wir nun einschlagen sollten. Mürrisch blickte sie vor sich hin.

Wie ich einen vorsichtigen Seitenblick nach ihr warf, fuhr sie mich zornig an:

»Ja, schau dir nur die Närrin gut an, die ich bin! Wirst nicht so leicht eine zweite finden! Führe ich den Mann, der meine Liebe verschmäht, vor das Haus meiner glücklichen Nebenbuhlerin und bringe mich dabei selbst in Not und Gefahr! Es wäre gewiss das Klügste, dich jetzt so rasch als möglich zurück ins Schlössel zu bringen. Aber dazu ist mein Kopf zu hart, der verträgt es nicht, dass ich einmal Begonnenes aufgebe. Wir reiten also weiter, aber wenn wir nicht gar zu weit nach rückwärts kehren wollen, so müssen wir über die hohen Gerlitzen hinüber! Vorwärts, mein Rösslein, und schau, dass du den Wolken nahe kommst!«

Von neuem trieb sie ihr Pferd an und ließ es fast senkrecht hinaufsteigen. Ich hatte viel Mühe mich im Sattel zu halten, als auch mein Gaul die gleiche Richtung nahm. Berge und Täler,

Felder und Wälder versanken unter uns in dunkle Tiefe. Der Mond und die blinkenden Sterne schienen uns näher zu kommen. Nicht lange währte es, da leuchteten uns aus der Ferne geheimnisvolle Silberspiegel entgegen.

»Wir sind schon im Seengelände«, rief sie triumphierend aus, »den Ossiacher- und den Wörthersee lassen wir und halten über den Afritzer Berg auf Millstatt zu!«

Tief im Schnee waren die Berge gewesen, die unser toller Ritt passiert hatte, nun wehte uns vom Süden her ein warmer Lufthauch entgegen. Je mehr wir die Richtung abwärts nahmen, je näher wir dem Millstätter Becken kamen, umso lieblicher umsäuselte er uns. Nun lagen schon die dunklen Wasserfluten unter den Hufen unserer Pferde, nun blinkten hell erleuchtete Fenster aus einem wuchtigen, turmbewehrten Gebäude am Gestade. Pharaildis zeigte mit ihrer Reitpeitsche hinüber:

»Dort feiern der Großmeister und seine Georgiritter bei vollen Weinkannen die Auferstehung! Gleich sind wir am Seeende und dann noch das Liesertal – wir sind nicht mehr weit vom Ziel!«

Bald faimte und schäumte uns die wilde Lieser entgegen, wir überquerten sie und sahen durch die Schlucht eine feurige Kutsche herankommen. Ein langer schwarzer Kutscher mit hohem Spitzhut saß so schief auf dem Bock, als müsste er jeden Augenblick hinunterfallen.

»Den Satan zum Gruß, Ortenburgerin!«, rief Pharaildis dem Wagen entgegen und als eine erschreckliche Fratze zum Kutschenfenster herausblickte, setzte sie hinzu: »Was will die Gräfin Salamanka heute im Liesertal? Soll sie doch eher gegen Villach fahren und sich den Platz besehen, wo ihr die Hunde den Sohn zerrissen haben!«

Ein gellendes Wutgeschrei war die Antwort, doch es verhallte bald in der Ferne. Unsere Rosse flogen noch eiliger dahin, als witterten sie das nahe Ziel. Und wirklich lag bald im hellen Mondschein ein stattliches Schloss vor uns und zu dessen Füßen ein Städtchen, das mit seinen Wallgräben, Mauern und Tortürmen wie ein Stück der hohen Burg selbst aussah.

Kein Lichtchen im Schloss, keines in der Stadt.

»Wen werden wir fragen, es schläft ja alles!«, meinte ich besorgt. Rasch ward mir Antwort:

»Wen wir fragen werden? Natürlich den Turmhahn, wen denn sonst?«

Und schon spornte sie ihr Ross hinauf dem Bergfried zu und verhielt es vor seiner Dachspitze. Auf der saß ein mächtiger Hahn, kunstreich aus Eisen und Messing verfertigt. Sie berührte seinen Schnabel mit ihrer Reitgerte und sagte:

»Turmhahn, sag an, Turmhahn, sag aus,
Ist die gnädige Herrschaft zu Haus?«

Die Antwort war zunächst nur ein knarrendes Krächzen, dann wurde so etwas wie ein Krähen daraus und schließlich vernahm man ganz deutlich die Worte:

»Der Herr Graf ist in den Krieg gegen die Türken gezogen, die Frau Gräfin ist schon seit drei Jahren tot und begraben und die Komtesse ist vor kurzem wieder nach Prag gefahren, nachdem sie schon im Vorjahr lange genug dort gewesen war. Man sagt, sie habe dort ihr Herz verloren, und darum sei ...«

»Schweig still, du dummer Hahn!«, fauchte ihn Pharaildis an und schlug mit der Reitpeitsche so heftig nach ihm, dass es klirrte. Dann riss sie ihr Pferd herum und sauste mit ihm fort. Ich versuchte dem Turmhahn noch ein Wörtchen mehr zu entlocken, aber es war vergebens. Entweder sprach er nur mit Hexen oder es hatte ihm der Gertenhieb die Lust zum weiteren Reden genommen. Und was sollte er mir auch noch sagen? Ich konnte mit dem, was ich gehört hatte, wohl zufrieden sein.

Ich sah mich nach Pharaildis um. Sie ritt gerade am Turm der Stadtkirche vorbei, so nahe, dass man meinen konnte, sie würde ihn streifen, und hielt die Richtung auf das Dach des unteren Stadttors. Eine Weile zögerte ich, dann entschloss ich mich ihr zu folgen. Ihr Weg führte mich doch gewiss nach dem Schlössel zurück und das war ein Bedeutendes näher an Böhmen, wohin es mich nun mit zwingender Gewalt hinzog. Mein Ross war schneller als mein Entschluss, ehe ich noch etwas getan hatte, um meinen Willen in die Tat umzusetzen, eilte es schon in langen Sätzen seiner Meisterin nach.

Wir wollten den gleichen Weg zurücknehmen, doch als wir uns der Gerlitzen näherten, da stand so ein heller Schein über ihr, ähnlich dem, den wir auf dem Herritt vom Gurktal aus über den Nockbergen gesehen hatten. Da riss sie zornig ihr Ross herum und nahm den Weg über den Ossiachersee und weiter die Glan entlang.

Wem wir dort oben ausgewichen waren, das wusste ich nicht, aber es gab auch hier unten eine unangenehme Begegnung. Kam uns da auf Feuer schnaubendem Ross jemand entgegengeritten und schrie: »Aus dem Weg! Aus dem Weg!« Der grellen Stimme nach mochte es ein Weib sein, doch es blinkte und blitzte um sie, als trüge sie eine Ritterrüstung.

»Aus dem Weg du selbst, Maultaschin!«, gab Pharaildis zurück. »Musst ja hier spuken, weil du dem Teufel selbst für die Hölle zu schlecht bist, du Untier!«

»Seht euch die ausgeschämte Gabelvogtin an«, gellte es zurück, »wie frech sie wird und die heilige Unschuld spielt! Weiß nicht, wer von uns beiden mehr auf dem Kerbholz hat!«

»Ja, gewiss«, kam gleich die Antwort, »dir gegenüber bin ich wahrhaftig die Unschuld selbst. Weißt du überhaupt, wie viele Menschenleben du auf dem Gewissen hast? Soll ich dir die Burgen aufzählen, die du hier im Lande gebrochen, und die edlen Geschlechter, deren Stamm und Name um deinetwillen vergangen? Denk an die Zeysselburger, die Karlsteiner, an die von Polan, an das Schloss Eberstein, die Stattenburger, die Rottenberger, die Hafnerburger, denk an Hochosterwitz ...«

»Genug«, sagte jetzt die andere und drängte ihr Ross ganz nahe an Pharaildis heran, »genug, mein Täubchen, ich sehe reumütig ein, dass ich eine arge Sünderin bin, die sich mit dir nicht vergleichen darf. Aber sag mir eines, mein schönes Kind, du durftest doch vordem in dem Zug mitreiten, den der Alte aus den Bergen durch die Hochwälder führt, der Alte, den manche den heimlichen Kaiser, andere den wilden Jäger nennen? Wie kommt es, dass du nun dem Schein seiner Silberfackeln schon aus weiter Ferne aus dem Wege gehst, wie kommt es, dass man dich mit der wilden Gefahr zusammen reiten sieht, mit dem Trossgesindel des Alten, das ihm nicht zu nahe kommen darf und nur gut genug ist, um nächtliche Wanderer zu schrecken? Sag an, mein herziges Schätzchen, wie kommt das?«

Da senkte Pharaildis tief das stolze Haupt, lenkte ihr Ross

beiseite, dass es dem Glut schnaubenden Rappen den Weg freigab, und ritt stumm und still davon. Wir waren schon weit und noch gellte uns das höhnische Lachen der schlimmen Herzogin nach.

## 6

Ohne ein Wort zu wechseln, haben wir dann den Rest des Weges zurückgelegt. Als wir des Schlössels ansichtig wurden, glänzten bereits im weiten Umkreis schneeverhüllte Bergspitzen im rosigen Morgenlicht. Wir waren schon ganz nahe, da gab sie mir unversehens mit dem Knopf ihrer Reitgerte einen Schlag gegen die Schläfe. Er war ganz leicht und sacht geführt und genügte doch, meine Sinne schwinden zu lassen. Als ich wieder zu mir kam, lag ich in meinem Bett und hörte den Einsiedler sein Morgengebet sprechen.

Wenn auch die Schlosskapelle nun von dem teuflischen Zauber befreit war, so blieb sie doch durch alles das, was dort geschehen war, entweiht, und es durfte bis zur neuerlichen Einweihung, die nur ein Bischof vollziehen durfte, keine gottesdienstliche Handlung vorgenommen werden. So fuhren wir denn heute ins nächste Dorf, um ein Hochamt zu hören, bei dem auch das Vogelpaterle assistierte.

Es war ein Ostersonntagmorgen, wie man sich ihn nicht schöner vorstellen kann, ein Frühlingstag voll Grünen, Blühen und Vogelsingen. Was Wunder, dass es auch in meinem Herzen zu blühen begann und ich voll sehnsuchtsvoller Inbrunst der Liebsten gedachte. Unter diesem leuchtend blauen Himmel, in diesem goldenen Sonnenschein verschwanden alle Bedenken und Sorgen, mein elender Zustand war kein Hindernis und die Nachricht, dass die Liebste es vor Herzverlangen nach mir nicht aushalte und wieder nach Prag gefahren sei, war eine feststehende Tatsache, obgleich sie aus einer so zweifelhaften, sonderbaren Quelle stammte, als die dem nüchternen Verstand ein eiserner Turmhahn erscheinen musste.

Ich hätte freilich, so fiel mir ein, meinen erzenen Gewährsmann noch fragen sollen, ob denn Marianne wirklich auf ihren eigenen Füßen wandle, aber ich schob diesen Gedanken rasch wieder beiseite. Er hat mir ja nicht Rede stehen wollen, da war nichts zu machen. Und im Übrigen hatte ich doch dafür die Zeugenschaft ihres leiblichen Vaters und die war doch gewiss mindestens ebenso viel wert als die eines metallenen Vogels.

Was mich selber anbetraf, da hatte ich an diesem herrlichen Morgen, der sich wie das leibhaftige Wunder der Auferstehung der ganzen Erde ausnahm, nicht viel Sorgen. Wenn aus diesen Baumästen, die ich vor kurzem schwarz und dürr gesehen hatte, tausendfältig Knospen sprießen, wenn diese Wiesen und Felder ringsum aus der dunklen Grabeserde so viel grünendes Leben herausholen konnten, war es denn dann wirklich so unmöglich, dass auch meinem armen Leib ein neuer Frühling würde? Es brauchte mir ja nichts Größeres zu widerfahren, als offenbar meiner Liebsten beschieden gewesen war, es brauchte nur das, was ich ja bei dem Weihnachtsfest der Adamiten staunend an mir erfahren hatte, noch einmal zu geschehen und zu bleiben! Hatte es mir damals am Glauben gefehlt, heute mangelte es mir wahrhaftig nicht daran, heute, inmitten des tausendfachen Lenzwunders, war er so stark, dass er auch die schwerste Probe bestehen würde. Und mit solch beseligtem Herzen betrat ich die kleine Dorfkirche und betete mit einer Inbrunst, die keine Grenzen kannte, um mein Glück und das meiner Liebsten.

Als wir zurückfuhren, fühlte ich den Blick des Einsiedlers mit Wohlgefallen auf mir ruhen. Seinem scharfen Auge war die freudige Frömmigkeit, die in meinem Herzen war, nicht entgangen. Das tat mir wohl, denn ich legte ehrlichen Wert auf seine gute Meinung, es freute mich aber auch darum, weil ich ihn jetzt mehr denn vordem brauchte. Bisher war er mir nur der wirksame Schutz gegen die Verdächtigung der Teufelsbündelei, jetzt erhoffte ich mir von ihm noch mehr: Er sollte mir so bald als möglich die Heimreise ermöglichen.

Als ich ihm aber am Nachmittag diese Bitte vortrug, da schlug er sie mir glatt ab. Er habe mir den Grafen Steinbeiß und seine Häscher vom Hals geschafft, gegen den Grafen Lodron könne er nichts machen, denn ich sei sein Kriegsgefangener nach Recht und Gesetz. Viel werde mir wohl ohnehin nicht widerfahren. Es blieb mir nichts anderes übrig, ich musste ein wenig mehr aus mir herausgehen, wenn ich ihn überzeugen wollte, dass die Sache doch nicht so einfach war. Ich nannte ihm meinen Namen und Stand und erzählte ihm auch einiges Wenige von meiner Liebe zu Marianne und wie ihr Vater so gar nicht damit einverstanden sei.

Das Vogelpaterle spitzte die Lippen und ließ einen Pfiff hören, um den ihn seine Stare hätten beneiden können. Vielleicht war er in dieser Kunst bei ihnen in die Schule gegangen. Dabei zwinkerten mich seine Augen listig an.

»Also so einer ist der Junker!«, lachte er. »Verdreht hübschen Komtesserln den Kopf und lässt sich dann vom Herrn Vater einfangen! Na, ich kann mir denken, dass der sich nicht schlecht über den Vogel gefreut haben mag, der ihm da ins Netz gegangen ist! Da liegen die Dinge etwas anders und ich wäre ein schlechter Kerl, wenn ich da nicht helfen wollte. Wird freilich gar nicht leicht sein, aber ich meine, es wird mir schon etwas einfallen. Möchte aber nur vorher wissen, ob es auch einen Zweck hat? Wie der Junker der schönen Dame den Hof gemacht hat, da ist er ja noch auf seinen zwei Beinen gegangen und war inzwischen so unvorsichtig das eine zu verlieren. Nun wächst dem Menschen leicht ein Bart nach, den er sich hat scheren lassen, aber mit einem Fuß ist das so eine Sache, da wird man also wohl damit rechnen müssen, dass die junge Dame gewaltig erschrickt, wenn sie ihren Geliebten auf einer Krücke gestützt daherkommen sieht, und es bleibt die Frage offen, ob ihre Liebe diese Kraftprobe besteht. Oder weiß sie von dieser bösen Blessur?«

Gewiss, davon wisse sie, gab ich zur Antwort und dachte dabei an die böse Zeit, wo wir beide als Dame Miracunda und Prinz von Leandrien dem buckligen Mechanicus Gefolgschaft leisten mussten.

»Nun, dann wird die Sache zu machen sein«, erwiderte der Einsiedler, »und ich meine, dass ich den Weg hierzu schon gefunden habe. Nur eine Frage! Wie steht der Junker mit den Patres Jesuiten?«

Ich gab zur Antwort, dass ich bei ihnen in die Schule gegangen sei, dass ich gar ihre Universität besucht, dort auch meinen Magister gemacht hätte und dass der Pater Schuffenhauer mein väterlicher Freund sei, dass aber auch eine ganze Reihe anderer

Mitglieder des Prager Ordenshauses mir sonderlich wohlgesinnt seien.

»Das ist gut«, nickte das Vogelpaterle, »das ist sehr gut! Der Junker wird also am Dienstag nach den Feiertagen ruhig den Fuhrmannswagen besteigen und die Reise nach Gmünd antreten. Am Weg dorthin liegt mehr als ein Jesuitenkloster. Ich weiß noch nicht recht, welches für unseren Zweck das Beste wäre, das will überlegt sein. Nicht jeder Prior hat für solche Dinge freundliches Verständnis und außerdem den Mut, einem Grafen Lodron und kaiserlichen General ein Schnippchen zu schlagen. Ist das einmal klar, dann will ich einen Brief schreiben – wird keine leichte Arbeit für mich sein, aber ich hoffe, der Himmel wird es mir als gutes Werk anrechnen –, den wird der Junker im Kloster abgeben. Alles andere ergibt sich dann von selbst.

Man wird den jungen Herrn einfach dort behalten und dem Fuhrmann ein schönes Schreiben zur Bestellung an den Herrn Grafen mitgeben, worin der besondere Segen des Klosters und die Mitteilung enthalten sein wird, dass der Herr Junker als früherer Zögling des Ordens sich unter seinen Schutz gestellt hat, was man ihm billigerweise nicht verweigern konnte. Zwischen den einzelnen Jesuitensiedlungen ist andauernd ein reger Verkehr, es wird also keine weiteren Schwierigkeiten machen, vielmehr wird sich bald Gelegenheit finden, den Schützling zunächst einmal nach Wien und von dort zu den Prager Ordensbrüdern zu senden.«

Das war ja eine prächtige Lösung und ich konnte dem Vogelpaterle für seinen klugen Einfall und die zugesicherte Unterstützung nicht genug danken.

## *7*

Sobald die Feiertage vorbei waren, trat ich also meine Reise an. Der Einsiedler händigte mir den Brief aus, sagte auch dem Fuhrmann von der Bestellung, die ich für ihn am Wege zu machen hätte, gab mir seinen Segen auf den Weg und umarmte mich herzlich. Der Kutscher bat noch recht demütig um Verzeihung, dass er den hochwürdigen Herrn durch unbedachte

Reden geärgert habe, und bedankte sich gar schön für den köstlichen Abschiedstrunk, den ihm das Paterle heimlicherweise zu seinem Strohlager gestellt habe. Der freilich tat sehr erstaunt, lehnte jeden Dank ab und versicherte nachdrücklich, dass er nichts dergleichen getan habe.

Mochte der freundliche Spender wer auch immer gewesen sein, der Wein musste jedenfalls ganz herrlich geschmeckt haben, denn der Fuhrmann sprach die ganze erste Fahrstunde von nichts anderem als von diesem unvergleichlichen Tropfen und erschöpfte sich in Mutmaßungen, wer ihm wohl diese heimliche Wohltat erwiesen haben könnte.

Ich meinte, das liege doch so ziemlich auf der Hand, das könne doch nur sein Schatz gewesen sein, erfuhr aber zu meinem Erstaunen, dass dieses Herzensbündnis, das noch gestern Abend für die Ewigkeit gemacht schien, heute in aller Morgenfrühe in die Brüche gegangen sei. Wohl sei das Dirndl mit einem kleinen Sträußchen noch vor Tau und Tag gekommen, um innigen Abschied zu nehmen. Er aber sei gerade etwas grantig gewesen, vielleicht weil ihm das zeitige Aufstehen nicht behagte, vielleicht weil er gerade den letzten Tropfen von jenem wunderbaren Trunk aus dem Becher geleckt und gerne noch mehr gehabt hätte. Jedenfalls habe er das Dirndl sehr unwirsch empfangen, sodass sie heulend abgezogen sei. Sei ihm aber gar nicht leid, dass es mit ihr aus und vorüber sei, im Gegenteil, er könne sich nicht genug wundern, wie er auch nur einen Tag habe an ihr Gefallen finden können, und überhaupt sei ihm ein Gugelhupf lieber als Bauernbrot.

Was dieser letztere Ausspruch zu bedeuten hatte, das blieb im Unklaren, doch glaubte ich ihn dahin deuten zu müssen, dass ihn das Mädel auf einmal zu arm und zu schlecht dünkte. Solche hochfahrende Launen hatte ich bei dem Mann bisher nicht beobachtet und dass er sich gar eines Gugelhupfs für wert hielt, das dünkte mich reichlich anspruchsvoll. Ich ließ ihn das einigermaßen fühlen und darüber verstummte unsere Zwiesprache. Aber nicht auf lange. Der ungewohnte Morgentrunk hatte meinen Weggenossen redselig gemacht und so begann er nach einer Weile mit einer Art Selbstgespräch:

»Des lieben Friedens halber habe ich das Vogelpaterle um Verzeihung gebeten, aber es ist doch wahr, was ich gesagt hatte!

Die Pfaffen hören es freilich nicht gern und sagen, er wäre nur ein Gespenst, und die ganze wilde Jagd, mit der er durch die Wälder zieht, das seien lauter böse Geister. Ist aber gar nicht so lange her, da hat man im Möll- und im Maltatal, an der Lieser bis nach Millstatt hinein ihn wie einen Gott verehrt. Haben dort freilich damals andere Menschen gewohnt als heute, sollen weit vom Norden gekommen sein und waren viel größer und stärker als wir. Sind ihrer aber nicht allzu viele gewesen, denn die meisten ihrer Brüder haben sich in unserem Land nur kurz aufgehalten und sind weiter nach dem Süden gezogen, wo sie alle elendig umkamen. An ihrer Stelle sind viele Zwerge ins Land gekommen, von denen die zurückgebliebenen Riesen gar viele erschlagen habe, weil der Kleinen aber gar so viele waren, so haben sie schließlich doch die Großen zurückgedrängt; die haben sich in die Berge zurückgezogen, haben dort in unzugänglicher Höhe am Fuße der Gletscher ihre Wohnungen gebaut, die groß und mächtig wie Burgen waren. Und wie sie ihrem alten Gott die Treue gehalten, so ist auch er ihnen treu geblieben.

Mit jedem Frühling ist er vom hohen Norden, wo er haust, zu ihnen im Wetterbrausen gekommen und die Lenzwinde, die frohen Wieherer, sind ihm grüßend entgegengesaust. Er hat die Seinen auch den Bergbau gelehrt und ließ sie in den Stollen, die sie unter Eis und Schnee in die Berge hineintrieben, viel rotes Gold finden. Das ist nun viele, viele Jahre her und man weiß gar nicht mehr, ob noch jemand von dem Riesengeschlecht lebt. Nur ihre Burgen sieht man auf schwindelnder, unnahbarer Höhe ragen. Und dann sind noch die Saligen da. Sie sind von ihrem Stamme, diese wunderschönen Frauen mit wallendem Blondhaar. Sie kommen zuweilen hinunter in die Täler und man erkennt sie leicht am leuchtenden Blau ihrer Augen und der lieblichen Stimme, die wie herrliche Musik klingt. Freilich bekommt man die selten zu hören, denn sie sind gar schweigsam und wenn man sie schon zum Sprechen bringt, so sagen sie doch nie ein Sterbenswörtchen von ihrer Sippe. Zuweilen verlieben sie sich in einen Menschen unserer Art und heiraten ihn. Aber sie müssen dann sehr vorsichtig sein, dass sie die Strafe der Ihren nicht erreicht.

Ich weiß das alles sehr gut, denn meine Mutter war selbst

solch eine Salige. Wenn sie mit mir allein war, so hat sie sich vorsichtig umgesehen, ob ja sonst niemand hört, und dann hat sie mir das und noch viel anderes erzählt. Von ihr weiß ich auch, dass der, den die Leute den wilden Jäger nennen, niemand anderer ist als jener Gott und dass er auch jetzt noch mit jedem jungen Lenzsturm ins Land kommt und dass dann die wackeren Kämpen aus dem Riesengeschlecht aus ihren Gräbern aufstehen und mit ihm durch die Wälder ziehen. Auch viele der Saligen reiten auf weißen Zeltern mit und leuchten dem Zug mit silbernen Fackeln. Und wo ihre Fahrt vorübergegangen ist, da gedeiht Wald und Wild und in den Bergen wächst das Erz.«

Ich hatte ihm aufmerksam, fast andächtig zugehört. Wie ein kalter Schauer ging es mir über den Rücken. An den hellen Schein über den nachtfinsteren Bergen musste ich denken, wie ich ihn bei dem Ritt nach Gmünd und dann wieder auf dem Rückweg geschaut hatte.

Der Fuhrmann schien noch immer den alten Erinnerungen nachzuhängen und schwieg eine geraume Weile. Als er wieder zu sprechen begann, war seine bei unserer Ausfahrt so heitere und lebenssichere Stimmung ins Gegenteil umgeschlagen.

»Ich weiß nicht, was das auf einmal mit mir ist«, so begann er, »ich glaube gar, ich werde nicht lange leben. Zwar fühle ich mich gesund wie eine Rübe, aber das will nicht viel besagen, der schönste Topf kann unversehens brechen.«

Ich gab mir redlich Mühe ihm solche Gedanken auszureden, aber er blieb hartnäckig dabei, ja verbohrte sich förmlich in diese Vorstellung. Es dauerte nicht lange und es war für ihn schon eine ausgemachte Sache, dass er den Abend nicht erleben würde.

»Es wird mir nicht leicht werden, das Sterben«, sagte er bekümmert, »ich werde schwer von diesem Leben scheiden. Und wenn es schon sein muss, so hätte ich doch gern vorher ein feines Lieb gehabt, nicht so eine ungeschlachte, dumme Bauerndirne wie die im Schlössel, nein, ein zierliches, schönes Fräulein von adeliger Art. Ich meine, ich sehe sie genau vor mir, wie sie sein müsste: eine hohe schlanke Gestalt, kohlschwarze Blitzaugen und reiches dunkles Haar, eine Haut so weiß wie Schnee und rosige Wänglein, der Hals gar zierlich, eher etwas lang, und ein Kleid müsste sie tragen mit lauter Pfauenfedern geschmückt ...«

Pfauenfedern? Wie kam der Mann darauf? Und war überhaupt seine ganze Schilderung nicht so, als wolle er von Pharaildis erzählen? Doch das konnte nicht sein, er hatte sie ja niemals zu Gesicht bekommen, das war eben nur ein Zufall – aber sonderbar blieb es doch! Ich dachte darüber hin und her, ich fand keine Erklärung. Mein Weggenosse war inzwischen wieder auf seine Todesgedanken gekommen:

»Es ist nur gut, dass ich meine österliche Beichte abgelegt und seitdem wohl nur lässlich gesündigt habe. Da stirbt es sich leichter! Einen letzten Willen brauche ich armer Schlucker nicht zu machen, ich nenne ja nicht viel mehr mein Eigen, als was ich am Leibe habe. Schade, dass ich Euch, Herr Junker, nicht mein Bein vermachen kann, in der ewigen Seligkeit, die ich mir durch den Empfang der heiligen Sakramente verdient zu haben hoffe, benötige ich es wohl nicht, denn dort bekommt ja jeder Gerechte ein Paar schöner weißer Flügel und Ihr könntet es so gut gebrauchen! Nun«, so fuhr er in einem schmerzlich-scherzenden Ton fort, »Ihr wisst aus meinen Worten, dass ich es Euch herzlich vergönne, und wenn Ihr es wirklich nach meinem Tode brauchen könnt, so ist es Euer!«

Ehe ich auf diesen sonderbaren Vorschlag antworten konnte, waren seine Gedanken schon wieder auf das Frühere zurückgewandert.

»Es soll auch schwarzhaarige Salige geben«, erzählte er, »so eine möchte ich kennen lernen und ihre Liebe gewinnen. Wenn ich noch länger zu leben hätte, so würde ich sie suchen gehen. Von meiner Mutter weiß ich, wie man das anstellt. Zum Z'gredernbrunnen in den Malteiner Bergen müsste ich steigen, dort kommen sie gerne hin, die hadischen Leut, wie man sie in den Tälern nennt, oder auf das alte Mühlbacher Schloss, das ihnen bis zum heutigen Tag gehört, oder auf die Burg Edenvest ... Ist freilich nicht ganz ungefährlich, denn als die Kanonen erfunden wurden, da haben die Christenleut vom langen Bühel bei Gmünd nach Edenvest hinübergeschossen; das haben die Hadischen gar übel genommen ...«

Er schwieg ein Weilchen und als er wieder begann, da hatte

er wieder seinen Vorschlag von vorhin im Sinn und erörterte ihn ganz ernstlich.

»Es ist vielleicht doch nicht das Dümmste«, meinte er, »wenn ich dem Junker wirklich meinen Fuß vermache. Ein geschickter Arzt müsste so viel vermögen, um einen Fuß, in dem noch das warme Blut ist, an einen fremden Leib anzuheilen. Ist nur die eine Schwierigkeit, dass gleich so einer zur Hand ist, solange die Lebenskraft noch nicht aus dem Bein entwichen ist. Denn wenn es einmal kalt und starr ist, dann kann man freilich nichts mehr richten. Müsste zu machen sein, müsste zu machen sein!«

Damit war er mit seinen Betrachtungen noch lange nicht am Ende, doch ich hörte nicht weiter hin, sondern dachte darüber nach, ob wir denn wohl noch vor der Nacht das Jesuitenstift erreichen würden, das mir der Einsiedler angezeigt hatte.

## 8

Da stand der Wagen plötzlich still. Der Kutscher schwang gewaltig die Peitsche, die Pferde zogen mit aller Kraft an, aber die Fuhre rührte sich nicht vom Fleck. Ich konnte mir das nicht deuten, aber mein Fuhrmann kannte sich gleich aus: Da hat ihm so ein elender Hallodri den Wagen angefroren, die Rösser angebunden. Nun, er war auch nicht von heute und auf solche Schelmenstreiche gefasst, hatte es darum schon immer in der Gewohnheit sich die Speiche genau zu merken, die der Wagner am linken Hinterrad zuletzt eingesetzt hat; die brauchte man nur durchzuschlagen und der Bann war gebrochen und damit zugleich ein Fuß des Anbinders, mochte der Kerl auch noch so fern sein.

Er stieg vom Bock, schlug die Speiche durch, aber der Wagen rührte sich nicht. Das musste ja ein ganz gehautes Gliffter gewesen sein, das ihm das angetan hatte. Da hub er mit einem gewaltigen Fluchen an und sendete gar viele Ladschreiben in die Hölle, auf dass der Teufel doch gleich den Anfrierer hole, aber es half alles nichts. Dafür wurden die Pferde unruhig, begannen zu zittern und zu schwitzen, als merkten sie, dass da etwas nicht geheuer sei.

Wie wir aber schon alle Hoffnung aufgegeben hatten, da von der Stelle zu kommen, da haben die Gäule auf einmal angezogen und sind mit dem Wagen losgestürmt. Unglücklicherweise war der Fuhrmann daran gewesen, den Kutschbock zu besteigen, und ward so heruntergeworfen. Ich fühlte, wie die Hinterräder der Fuhre über ihn hinweggingen, griff rasch nach den Zügeln und brachte den Wagen auch wirklich rasch zum Stehen. Aber das Unheil war schon geschehen. Hinter mir hörte ich das Schmerzgebrüll des Armen und wendete die Fuhre, um wieder zu ihm zu gelangen. Die Pferde ließen sich nun wie Lämmer leiten.

Aus Leibeskräften rief ich um Hilfe, doch war weit und breit keine Menschenseele zu erblicken. So mühte ich mich denn selbst nach besten Kräften zu helfen, suchte das strömende Blut mit Hemdfetzen zu unterbinden, aber es war mir klar, dass ich neben einem Sterbenden saß. Und wie ich mich wieder einmal verzweifelt umsah, ob nicht doch jemand des Wegs käme, da erblickte ich ein Weib, das zwischen den Feldern daherkam, sich hie und da bückte, um ein Blümlein zu pflücken, und dann aufmerksam das Sträußchen musterte, das sie schon gesammelt hatte.

Es war Pharaildis.

Da war also die ersehnte Hilfe ganz nah bei der Hand, aber ich begrüßte sie mit keinen freudigen Gefühlen, vielmehr war es zorniger Hass, den ich bei ihrem Anblick empfand. Ich musste an den Deichselbruch denken, mit dem sie uns vor dem Schlössel festgehalten hatte, und ich zweifelte keinen Augenblick, wem wir den heutigen Unfall zu danken hatten. Auch die Gründe dafür schienen mir ohne weiteres klar. Sie, die ihre Ohren überall hatte, wusste von dem Plan des Einsiedlers und wollte auf diese Art mein Einlangen im Jesuitenstift und damit meine Heimkehr und das Wiedersehen mit Marianne verhindern. Es war nicht schwer sich das alles zusammenzureimen.

Und so hatte ich schon gar böse Worte auf der Zunge, mit denen ich die Hexe begrüßen wollte. Aber dann überwog die Sorge um das Leben des Fuhrmanns. Einen Gruß brachte ich zwar nicht über die Lippen, doch ich hemmte meinen Zorn und sagte nur:

»Sieh, was du angerichtet hast, und hilf!«

Mit großen Augen sah mich Pharaildis an. Maßloses Staunen sprach aus ihnen. »Ich angerichtet?«, antwortete sie im Ton höchster Befremdung. »Warum soll denn gerade ich immer die Ursache von allem Bösen sein? Es gibt schon noch einige andere mehr auf der Welt, die sich ebenso gut wie ich auf heimliche Künste verstehen, das kannst du mir glauben! Mag übrigens sein, dass ich euren Wagen in seinem Lauf gehemmt habe, ein harmloser Scherz, was weiter? Mit ein klein wenig Geduld wäre alles gerichtet gewesen. Habe ich aber den Mann gezwungen so lästerlich zu fluchen, habe ich ihm gesagt, er möge eine Speiche ausbrechen und damit jemand um seine geraden Glieder bringen? Wäre ich es wirklich gewesen, so wäre dieses Wunderwerk der Natur« – und sie hob blitzschnell ihre langen Röcke, um einen ganz kurzen Augenblick ein Bein von wunderbarer Wohlgestalt sehen zu lassen –, »so wäre dieser Fuß, der schöner ist, als je ein italienischer Meister desgleichen gemalt hat, ein Opfer seiner Schändlichkeit geworden. Du siehst also, ich kann es nicht gewesen sein!«

Sie schwieg und beroch angelegentlich ihr Sträußchen, zupfte auch einige Grashalme heraus, die beim Pflücken mit hineingeraten waren. Dann lächelte sie mich freundlich an und sagte:

»Du siehst, ich kann dir haargenau beweisen, dass ich mit der ganzen Sache nichts zu tun habe. Und nachdem ich es dir erwiesen habe, will ich dir gern zugestehen, dass ich es doch war! Aber, wie ich schon gesagt habe, es sollte nur ein kleiner Scherz sein, der dir zeigen sollte, wie deine Pharaildis stets an dich denkt. Dass durch die Ungeschicklichkeit dieses Tölpels dabei ein Unglück geschehen ist, dafür kann ich doch nichts!«

Ich unterbrach sie: »Gut, ich will dir zugeben, dass du nichts für diesen Unfall kannst, will dir glauben, dass du ihn nicht gewollt hast. Aber jetzt hilf endlich diesem armen Menschen, er verblutet uns sonst!«

»Nun und wenn schon!«, gab sie leichtfertig zurück. »Wird halt ein Kutscher weniger auf der Welt sein! Was liegt da schon daran!«

»Aber er ist doch auch ein Mensch«, bat ich dagegen, »ein Christenmensch!«

»Mit dem Christenmenschen wirst du bei mir nicht viel Eindruck machen!«, antwortete sie kalt. »Trotzdem habe auch ich meine Nächstenliebe, nur dass ich Unterschiede mache und mir sage, dass einem unmöglich alle Menschen gleich nahe stehen können. Der klügste Theologus wird mir nicht abstreiten können, dass es Lagen gibt, wo man mehreren Menschen zugleich helfen möchte, aber nicht allen zugleich helfen kann. Da bleibt dann doch wohl nichts anderes übrig, als den einen seinem Geschick zu überlassen, um den anderen zu retten! In so einer Lage befinde ich mich jetzt und da du mir tausend- und abertausendfach lieber bist als dieser Bauerntrampel, so will ich dir helfen, ohne mich viel darum zu kümmern, dass der Kerl darüber verreckt!«

Ich fuhr sie zornig an: »Aus deinen Worten spricht eine teuflische Verworfenheit, die jeden Christen mit Abscheu erfüllen muss! Aber wenn du es dir ruhig aufs Gewissen nimmst, diesen Mann hier elend verkommen zu lassen, ich will nicht die gleiche Schuld auf mich laden. Leider habe ich nicht die Macht, hier helfen zu können. Meine ganze Stärke liegt nur in dem Einfluss auf dich, in der Liebe, die du für mich zu empfinden vorgibst! Und darum ist das Einzige, was ich sagen kann, Folgendes: Wenn du mich wirklich liebst, dann beweise es durch die Tat, denn im Namen dieser Liebe bitte ich dich, befehle ich dir: Hilf!«

Sie hörte mir mit freundlichem Lächeln zu und sagte sanft: »Du hast gar harte Worte zu mir gesprochen, mein Freund, und ich muss dir sagen, dass sie gar nicht klug waren! Was wäre natürlicher, als dass ich darüber in großen Ärger geraten und dir im gleichen Ton antworten würde? Und weißt du, was das Ende des Ganzen wäre? Dass ich dich mitsamt deinem dir so teuren Weggenossen hier sitzen ließe und mich davonmachte! Dann wäre das Einzige, was du für ihn tun könntest, doch nur, dass du ihm die Sterbegebete vorsagst! Auch dass du die Hilfe als Beweis meiner Liebe verlangt hast, war zumindest unüberlegt. Denke einmal nach, was ich nicht schon alles um deinetwillen getan, und du wirst mir zugeben müssen, dass meine Liebe keiner neuen Beweise mehr bedarf. Wohl aber hast du selbst mit diesem Verlangen gezeigt, wie kurz dein Gedächtnis für alle meine Liebesbeweise ist. Woraus ich notwendigerweise folgern muss, dass du auch den nun von dir so nachdrücklich verlangten rasch vergessen würdest!«

Sie verhielt ihre Rede, als erwartete sie einen Widerspruch. Als ich aber schwieg, da fuhr sie rasch fort:

»All diese Worte führen zu nichts, schade um die Zeit, die wir viel besser nutzen könnten. Darum will ich dir klipp und klar sagen, warum ich hier bin und wie die Dinge liegen. Vor allem musst du das eine wissen: Ich denke nicht daran, diesem Mann zu helfen. Vielleicht fällt dir das, was ich dir vorschlagen werde, leichter, wenn ich nicht sage, dass ich nicht will, sondern dass ich nicht kann. Ob das die reine Wahrheit ist? Wer weiß? Du hast schon mehr als einmal in deines Herzens Innerem gemeint, dass ich lüge, wo ich die lautere Wahrheit gesagt habe. Nimm es also auch diesmal für ausgemacht, dass dem so ist! Jedenfalls ist es ganz sicher, dass ich ihm nicht helfen werde. Dagegen kann und will ich dir selbst helfen!«

»Mir? Ich brauche keine Hilfe, am wenigsten die deine!«

Trotzig klang mein Zwischenruf, gütig und sanft kam die Antwort darauf:

»Wirklich nicht? Denke einmal nach, mein Freund, denke nach! Der Weg wird hier selten befahren, weit und breit ist keine Ortschaft, der Abend nahe. Wenn ich dir nicht helfe, dich nicht von hier fortbringe, so musst du darauf gefasst sein, dass du hier die ganze Nacht bleiben musst, ja vielleicht noch den nächsten Tag. Der heurige Winter war gar rau und kalt, da sind viel Wölfe hierher gekommen, die sich freilich mit dem jungen Lenz hinauf in die höheren Lagen verzogen haben. Doch zur Nachtzeit streifen sie bis ins Tal herunter. Du wirst sie gar bald von dem Wald dort bellen hören. Sie haben eine gute Witterung, besonders für frisches Blut, es wird dein Gefährte da für sie eine Lockspeise sein, die auch dir gefährlich werden könnte. Mit dem Gespann wirst du allein kaum recht fertig werden und würdest bei der schon einbrechenden Dunkelheit auch nicht weit kommen. Und so könnte es leicht geschehen, dass die Wölfe dich der Mühe entheben, bis in den nächsten Tag hinein warten zu müssen. Ich meine also doch, dass du Hilfe nötig hast!«

Sie hatte so Unrecht nicht, das wusste ich wohl. Es waren viele Wölfe im Lande, das hatte man mir im Schlössel erzählt.

Das machten der Türkenkrieg und die Seuchen, die einen ordentlichen weidgerechten Abschuss des Raubzeuges unmöglich machten. Eine Nacht im Freien, in der Nähe der Wälder war gewiss nicht unbedenklich, zumal ich keine Waffe als höchstens das lange Messer des Fuhrmanns zur Hand hatte. Und der Weg war einsam, denn wir hatten die breite Straße durchs Murtal verlassen und eine Abkürzung eingeschlagen.

Pharaildis sah mich prüfend an, ich wusste, dass ihr nicht ein Gedanke entging, den ich hegte. Aber ich hütete mich wohl ihr mit Worten ihre Beobachtung zu bestätigen. Auch merkte ich, dass sie noch lange nicht alles gesagt hatte, was sie im Sinn hatte. Und wirklich fuhr sie fort:

»Doch wenn ich von Hilfe für dich spreche, so meine ich weniger das, was ich gerade gesagt habe. Das wäre ja doch nur eine Rettung aus augenblicklicher Not und wenn du von der befreit wärest, so bliebe dir doch noch der ganze Jammer, den du mit dir herumschleppst. Für einen jungen Menschen in deinen Jahren ist das Dasein, zu dem du verurteilt bist, gar nicht mit dem Namen Leben zu bezeichnen, du bist so gut wie tot seit jenem Tag, als du dein Bein verloren hast, du lebst nur von den schönen Erinnerungen an die goldene Zeit vorher, du hast alle Fähigkeit zur Freude eingebüßt und denkst an die Zukunft nur mit Angst und Schrecken. Sei aufrichtig und sage, ob ich nicht Recht habe?«

Ich konnte nicht anders, ich musste nicken, denn alles das, was sie da gesagt hatte, war ja nur allzu wahr.

»Siehst du«, fuhr sie fort, »ich wusste es ja, wie es um dich bestellt ist. Und darum heißt, dich von diesem Unglück zu lösen, nichts mehr und nichts weniger, als einem Toten das Leben zurückgeben. Als ich mich auf der Fahrt von Ungarn her zu dir in den Wagen gesellte, da sagte ich dir, dass ich mit allen meinen Künsten dir dein Bein nicht wieder beschaffen kann, dass dies ein anderer tun müsste. Der hat es auch getan, aber durch die Hartnäckigkeit, mit der du meinen guten Willen von dir gewiesen hast, ist diese Gelegenheit verpasst worden. Die Sache mit dem Dreibein dann, das war eine teuflische Tücke, mit der ich nichts zu schaffen habe. Doch stets auf dein Wohl bedacht, wie ich einmal bin, wollte ich das Ding doch noch irgendwie richten und darum nahm ich dich auf die Jagd der wilden Gefahr mit. Aber unvernünftig, wie das schon deine Art ist, hast du auf den Bauern gezielt und so einen Auerhahn geschossen. Hättest du das Dreibein treffen wollen, natürlich nicht in deinen eigenen Fuß, sondern in einen der beiden anderen, am besten den linken, so hättest du das Wild leicht zur Strecke gebracht. Aber da hast du dir eingebildet, dass das die Glieder deiner lieblichen Marianne sind, und darum ein anderes Ziel gewählt! Das ist ja alles vorbei und es hat nicht viel Zweck davon zu reden, oder zumindest nur den einen, dass du Gelegenheiten, die sich bieten, schätzen lernst. Heute ist wieder eine da und ich meine, es ist die letzte. Es ist zwar nicht dein eigenes Bein, das du da haben könntest, sondern ein fremdes, aber es wird dir genau die gleichen Dienste tun, als wenn du damit auf die Welt gekommen wärest. Und mich siehst du bereit, dir zu helfen ...«

»Ja, aber um welchen Preis!«, fuhr ich dazwischen.

»Glaubst du?«, sagte sie und sah mich fast vorwurfsvoll an. »Du wirst deinen Ohren gar nicht recht trauen, aber es ist doch so! Ich stelle gar keine Bedingung, ich verlange gar nichts von dir! Mein Mitleid mit deinem traurigen Geschick hat alle Bedenken überwunden. Ich sehe auch ein, dass deine Liebe zu dieser Marianne so stark ist, dass ich mit all meinen Künsten nichts dagegen vermag. Ein Mittel bliebe mir freilich noch übrig, ich könnte diesem Weib etwas antun, könnte ihr die Fratze verschandeln, könnte ihr die Blattern auf den Hals schicken. Aber dazu bin ich zu stolz. Wenn meine eigene Schönheit dieses Lärvchen nicht aufwiegen kann, wenn du in deiner Blindheit gegenüber meinen Vorzügen verharrst, dann gebe ich mich besiegt, dann mag es so sein, wie du willst!«

Mir wurde schwindlig über diese Rede. Das hatte ich mir doch immer gewünscht, das war das Luftschloss, an dem ich baute und das mir doch bei ernsterer Überlegung außerhalb des Bereiches jeder Möglichkeit schien. Und nun sollte es greifbare Wirklichkeit geworden sein? Ich fand keine Worte für eine Antwort. Sie ließ mir auch keine Zeit dazu, denn schon fuhr sie fort:

»Du musst dich aber rasch entschließen, denn wer weiß, wie lange meine günstige Stimmung andauert. Wir Frauen sind einmal wetterwendisch und wenn man die dargebotene Hand nicht rasch ergreift, so kann es wohl geschehen, dass wir uns anders besinnen. Jetzt in diesem Augenblick kennt mein guter Wille keine Grenzen. Ich kenne nur den einen Wunsch, dir Freude zu machen, und darum will ich es nicht bei deiner Heilung bewenden lassen, ich bringe dich auch mit meinen schnellen Rössern nach Hause, nach Prag, in die Nähe deiner Marianne, sodass du gar nicht erst den Brief in deiner Tasche dort – du siehst, ich weiß von allem – zu den Jesuiten tragen musst! Kannst du mehr von mir verlangen?«

Nein, das konnte ich wirklich nicht sagen! Aber gerade diese Überfülle des Unerwarteten machte mich stutzig. Das konnte nicht aufrichtig gemeint sein, da musste etwas dahinter stecken. Aber was? Fieberhaft suchte mein Kopf danach, aber ich konnte keinen ruhigen Gedanken fassen, denn schon sprach sie weiter:

»Ich sehe es dir an, du zweifelst noch, du erschrickst vor dem Übermaß meiner Güte und misstrauisch, wie du mir gegenüber immer warst, suchst du nach der Falle, die ich für dich dabei aufgerichtet habe. Du stellst meine Geduld mit dir auf eine harte Probe, doch habe ich noch die Kraft sie zu bestehen. Noch! Aber merke wohl, dass die Grenze meiner Nachsicht bald erreicht sein wird. Und ist es einmal so weit, dann sollst du nach der sanften die wilde Pharaildis kennen lernen! Dann schrecke ich vor nichts mehr zurück, dann nehme ich Rache für deine trotzige Undankbarkeit! Dann aber wird mein Stolz gerade das von dir verlangen, was er mir bisher verboten hat, dann soll deine Marianne meine Macht zu spüren bekommen, dann will ich sie martern und quälen, wie noch kein Mensch gequält wurde, dann will ich mich an dem schrecklichen Ende weiden, das ich ihr bereiten werde!«

Entsetzt blickte ich sie an. Sie hatte sich in wilde Zornglut hineingeredet. Doch mit einem Schlag war das vorüber und schon sagte sie mit freundlichem Lächeln:

»Erschrick nicht, mein Lieber, so weit sind wir noch nicht und werden auch hoffentlich nie so weit kommen! Hier hast du meine Hand, schlag ein, nimm meine Hilfe an, die ich dir – noch einmal sei es gesagt – ohne jeden Vorbehalt anbiete, und das Fürchterliche, was ich gerade gesagt habe, war nichts als ein Schrecktraum, den du gleich vergessen sollst!«

Ich zögerte nicht mehr, ich ergriff die schmale kühle Hand, die sich mir bot, und sagte: »Ich nehme deine Hilfe an!«

»Gut«, sagte sie und nickte, »wir können also gleich ans Werk gehen. Atmet der Mensch dort noch? Das ist recht! Zieh ihm die Kleider aus und schneide ihm dann mit dem Messer, das ihm im Gürtel steckt, die Haut in der Höhe des Nabels auf und ziehe sie ihm dann nach unten hin ab! Gib aber schön Acht, dass keine Risse entstehen! Und wenn du dann mit dem Schinden des linken Beines so weit bist, dass du die Länge deines eigenen Stumpfes erreicht hast, so halte ein! Das andere Bein magst du dagegen ganz abschälen. Ich gehe inzwischen noch ein wenig in die Wiese hinein, mein Sträußchen bedarf noch einiger Schlüsselblümlein, auch hoffe ich dort unten am Bach das herzige Vergissmeinnicht in Menge zu finden. Wenn du mit deiner Arbeit fertig bist, dann ruf mich nur, denn um den Knochen durchzusägen ist dein Messer zu schwach ...«

»Halt ein«, rief ich empört, »das tue ich nie und nimmer! Ich werde doch an diesem unschuldigen Mann nicht zum Henker werden!«

»Zimperlicher Mensch!«, gab sie ärgerlich zurück. »So werde ich es eben besorgen und du kannst inzwischen auf der Wiese für mich Blumen suchen!«

»Lass den Hohn«, erwiderte ich, »er ist fehl am Platz. Ich würde die blutige Arbeit, die du von mir verlangst, nicht scheuen, wenn sie nicht so grausam und unsinnig wäre!«

»Ja, so«, sagte sie mit einem halben Lächeln, »ich habe dir gar nicht so richtig gesagt, um was es sich handelt! Eigentlich habe ich mit dir nichts anderes vor, als dir ein Paar neue Hosen anzuziehen, da ja an den deinen immerhin ein Stück fehlt! Hosen aus Menschenhaut freilich und mit genau so viel Fleisch und Knochen darin, als du verloren hast. Einfach, nicht wahr? Und zu diesem Zweck will ich von dir nichts anderes, als dass du dem Kerl da, der sowieso in den letzten Zügen liegt und also zu nichts nutze ist, dass du dem Kerl die Hosen ausziehst, die er im Tod ja doch nicht mehr benötigt. Ob die Würmer um das bisschen Haut, das du da wegschneidest, weniger zu fressen haben, das ist doch keine Sache, aus der man sich ein Gewissen zu machen braucht! Diese Hosen wirst du dann anziehen und sie werden dir alsogleich an den Leib festwachsen, dafür lass mich schon Sorge tragen. Und mit ihnen auch das Stück Bein, das wir darinnen lassen wollen. So, nun habe ich dir alles erklärt und jetzt mach rasch, sonst tut der Mann seinen letzten Seufzer und dann ist es mit unserem Plan vorbei. Denn das, was ich dir da erzählt habe, das lässt sich nur mit einem lebenden Menschenkörper machen!«

»Dann werde ich ihn eben in Ruhe sterben lassen!«, antwortete ich in neu erwachtem Zorn. »Hast du wirklich geglaubt, dass ich mir meine gesunden Glieder um solch einen Preis erkaufen werde?«

»Was ich mir gedacht habe, das ist jetzt Nebensache!«, entgegnete sie kühl. »Die Hauptsache ist, dass du mit Handschlag meine Hilfe angenommen hast, nachdem ich dir keineswegs verschwiegen habe, dass es das Stück eines fremden Menschenkörpers ist, das an deinen Leib angefügt werden soll. Nur die Art, wie dies geschehen soll, habe ich dir nicht vorher gesagt, aber auch nur darum, weil ich das für nebensächlich hielt und du nicht früher danach gefragt hast! Aber was reden wir noch lange herum, unsere Vereinbarung ist geschlossen und wenn du sie nicht einhältst, dann – ich schwöre es dir mit den fürchterlichsten Eiden, die es gibt –, dann werde ich deiner geliebten Marianne dasselbe antun, was du an dem Mann da zu vollziehen dich weigerst!«

Mein Widerstand war in ein Nichts zusammengebrochen, ich machte mich ans Werk. Aber ich musste ein ganz erbärmliches Gesicht gemacht haben, denn selbst die böse Hexe fühlte Mitleid mit mir und sagte:

»Nimm es doch nicht gar so schwer! Denk daran, dass der Mann dir sein Bein ja sozusagen vermacht hat! Wenn er noch sprechen könnte, würde er dir gewiss sagen, dass er nichts dagegen hat, wenn du es dir ein kleines Weilchen früher und ein Stück Haut mehr als Zuwaage nimmst!«

Es war eine abscheuliche, Ekel erregende Arbeit, die ich zu leisten hatte. Das Fürchterlichste war, dass der Sterbende davon aus seiner tiefen Ohnmacht erwachte und mich mit schrecklich erstaunten Augen anblickte.

Pharaildis stand dabei, sah, wie ich bleich wurde, wie meiner Hand das Messer entfiel. Ehe mir die Sinne noch ganz geschwunden waren, hatte sie mir einen Becher an die Lippen gesetzt und mir einen Labetrunk eingeflößt. Der gab mir wunderbare Kraft.

Ich brachte nun mein blutiges Werk rasch zu Ende und sah dann ruhig zu, wie sie mit einem Seidenfaden die Länge des mir gebliebenen Stumpfes abmaß und dann hiermit genau die Stelle bezeichnete, wo Fleisch und Knochen in der Haut bleiben sollten und bis zu der ich die Haut des linken Beines abzuschälen hatte. Sobald dies getan war, riss sie sich ein Haar aus und schnitt mit ihm nicht nur das Fleisch, sondern auch den Knochen leicht durch, als wäre es Butter.

»Und nun schlüpf rasch hinein!«, befahl sie und ich folgte willenlos. Als ich damit fertig war, was keineswegs mühelos geschah, entnahm sie einem goldenen Döschen etwas Salbe und bestrich mich damit im Gürtel, wo meine eigene Haut aus der fremden herausragte, und ebenso die Stelle, unter der mein Stumpf endete. Ich fühlte da wie dort ein heißes Brennen, das sich aber bald in eine wohlige Wärme verwandelte.

Aus meinen Selbstbeobachtungen weckte mich die Stimme der Pharaildis:

»Nun, wie lange willst du da so halb nackt herumstehen? Schickt sich das für einen Kavalier in Gesellschaft einer jungen Dame von adeligem Stand? Guck nicht so unglücklich daher, weil dir für das neue Bein Strumpf und Schuh fehlt! Wenn dir der Tote dort schon seinen Fuß vermacht hat, so kannst du ruhig annehmen, dass er den zugehörigen Schuh und Strumpf nur vergessen hat, ihn dir aber jedenfalls von Herzen gönnt!

Und jetzt schau endlich einmal etwas glücklicher drein«, fuhr sie etwas milder fort, »wie es sich für deine Lage schickt! Versuch einige Schritte zu machen, nicht wahr, es geht ganz gut? Der Bauernfuß ist freilich etwas breiter und plumper, solche kleinen Schönheitsfehler muss man eben mitnehmen! Mit den ungleichen Schuhen und Strümpfen siehst du wohl wie ein Hausnarr aus, das wird sich im nächsten Ort richten lassen. So, und jetzt komm! Siehst du dort auf der Bachwiese, wo schon die ersten Abendnebel streichen, zwei gezäumte, gesattelte Gäule grasen? Die waren vordem nicht dort, es sieht fast aus, als ob sie uns ein fürsorglicher Freund geschickt hätte!«

Ich wollte etwas einwenden, aber ehe ich noch ein Wort sprechen konnte, bekam ich auch schon die Antwort:

»Was meinst du? Dass wir die Leiche da nicht so liegen lassen können? Was du dir auch für unnütze Sorgen machst, die Wölfe werden sich schon ihrer annehmen, des kannst du gewiss sein! Und da ihnen der Kadaver zu wenig sein wird, so werden sie sich auch über die Wagenpferde hermachen! Aber ich sehe schon, das ist nicht nach deinem Geschmack! Nun, so werden wir meinetwegen gelegentlich unserer Besorgungen darauf aufmerksam machen, dass hier eine Leiche und zwei herrenlose Mähren zu finden sind. Da werden sich die Leute teils aus christlicher Nächstenliebe und teils aus Habsucht auf den Weg machen, um den Wolfsmäulern zuvorzukommen. Schau, wie die beiden Reitpferde dort immer näher und näher grasen. Die guten Tiere wollen uns den Weg ersparen. Komm, hilf mir als ein rechter Galan in den Sattel!«

Ich tat nach ihrem Wunsch und schwang mich auf das andere Tier. In meinem wirren Kopf dämmerte erst jetzt langsam das Bewusstsein der Veränderung auf, die mit mir vorgegangen war: Ich konnte einen Fuß vor den anderen setzen, konnte gehen, mich in den Sattel schwingen, konnte beide Steigbügel gebrauchen.

Das waren unglaubliche, ungeahnte Freuden, das ließ mir das Herz höher schlagen, das Blut frischer durch die Adern rinnen; und dabei spürte ich ganz deutlich, wie ihr Lauf nicht mit dem Ende des Fußstumpfes stockte, wie mein Lebenssaft bis in die Zehen hinunterdrang und wieder hinauf in den Leib stieg.

Ein tolles Glücksempfinden packte mich und ließ das Grässliche, mit dem ich diesen Besitz erkauft hatte, wie einen hässlichen Traum vergessen. Ich konnte nicht länger an mich halten, ich musste aufschreien, aufjubeln, musste hell auflachen und vor Wonne weinen, dass mir die Tränen nur so über die Backen liefen.

Pharaildis sah meinem Treiben mit freundlichem Lächeln zu. »So ist es recht!«, sagte sie. »Freue dich und genieße diesen schönsten Festtag deines Lebens! Wird auf der Welt wohl noch nie einen Menschen gegeben haben und auch nie wieder einen geben, der Gleiches an sich erfahren hat! Wenn du dich aber ausgetobt hast, so wollen wir uns auf den Weg machen! Die Pferdchen da sind wackere Tiere und haben einen raschen Gang – es sind die gleichen, mit denen wir nach Gmünd geritten sind, aber wenn wir morgen früh in Prag sein wollen, müssen wir uns doch sputen!«

Prag! Die Heimat! Das liebe alte Vaterland! Ja, sollten die Wunder, die mit mir geschahen, noch nicht zu Ende sein? Sollte mir wirklich über Nacht die Heimkehr blühen? Ich fiel in einen neuen Rausch voll Seligkeit und Pharaildis musste mich fest am Arm schütteln und mir sagen:

»Nun ist es aber wirklich genug! Die Sonne ist schon lang hinter den Tauernbergen versunken und es naht die Dämmerung! Jetzt schnell in das nächste Dorf, das dort hinter dem Waldhang liegt! Und damit die Leute über das sonderbare Paar nicht allzu sehr staunen, so bist du vorläufig mein Reitknecht, der sein gnädiges Fräulein von einem Besuch in der Nachbarschaft heimgeleiten muss. Und weil ihm dort die Ehehalten als kleinen Osterscherz einen Schuh und einen Strumpf vertauscht haben und ich mit ihm nicht so nach Hause kommen will, so werde ich ihm dort beim Wirt oder Krämer eine andere Fußbekleidung kaufen, so schlecht und recht sie in solch einem Nest zu bekommen ist. Auch werde ich mir den Totengräber rufen lassen, ihm einen blanken Dukaten schenken und den Auftrag geben, er möchte den armen Schlucker, den wir grässlich hergerichtet auf der Landstraße gefunden hatten, in die Leichenkammer schaffen, auch Pferde und Wagen vorläufig in Gewahrsam nehmen!«

Es ging alles nach Wunsch, doch war es über unsere Besorgungen Nacht geworden.

## 9

Der Dorfwirt hatte mich mit neugierigen Fragen geplagt, wollte wissen, wer das schöne Fräulein sei und wohin sie reite, hatte auch der Reihe nach alle Burgen im Umkreis genannt und sich erkundigt, ob wir nicht von dort herkämen. Aber ich hatte mich stumm und dumm gestellt.

Als wir aufbrachen, ließ er es sich nicht nehmen, uns einen berittenen Knecht mitzugeben: Als Fackelträger sollte er uns auf den Weg leuchten und wohl zugleich auskundschaften, wohin wir uns eigentlich wenden würden. Pharaildis nahm mit

Dank an, sobald wir aber aus dem Dorf heraus waren, gab sie dem Mann den Befehl, er möge ein Stück vorausreiten, damit man den Weg besser übersehe. Wie er außer Hörweite war, rief sie mich an ihre Seite, griff nach meiner Hand, welche die Zügel hielt, drückte sie fest, sah mir mit glücklichem Lächeln in die Augen und begann:

»Freust du dich auch so sehr wie ich? Nein, du kannst es gar nicht, du bist ja noch nicht so weit! Aber das wird schon werden, da habe ich jetzt keine Sorge mehr! Vielleicht sollte ich gar nichts weiter sagen, vielleicht sollte ich ruhig abwarten, bis sich alles erfüllt, was unweigerlich kommen muss, aber ich vermag es einfach nicht! Ich bin so selig, dass nun alles im rechten Geleise ist, dass ich es dir gleich erklären muss! Und warum auch nicht? Du wirst mich darum nicht weniger innig lieben, auch wenn du weißt, wie es eigentlich zugegangen ist, also warum soll ich daraus ein Geheimnis machen?

Du wirst wohl schon mehr als einmal gemerkt haben, dass ich die Aufrichtigkeit liebe! Nicht dass ich alles ohne Unterschied wie ein richtiges Plappermaul heraussage, das wäre Unbesonnenheit. Ich bin verständig genug, dass ich diese meine Eigenschaft wohl im Zügel halte, mich also hüte, zu früh aufrichtig zu sein. Sobald es aber ohne Schaden möglich ist, bin ich dafür, dass man die Wahrheit sagt, denn man kann auch zu spät aufrichtig sein und dann kann man nicht erwarten, dass einem jenes Vertrauen fürderhin entgegengebracht wird, das für eine innige Herzensliebe notwendig ist!«

Sie hielt ihr Pferd an und fragte mit eindringlicher Betonung: »Ob du wohl noch an eine gewisse Marianne denkst?«

Ich musste mich einigermaßen besinnen, ehe ich antwortete: »An die Komtesse Lodron? Ei gewiss! Ich habe mit ihr gar schöne Stunden verlebt in der Zeit, da Kaiser Leopold zu Prag Hof hielt. Dann, wie die Pest kam, ist sie mir aus den Augen verschwunden, sie wird wohl mit den anderen geflohen sein!«

Pharaildis nickte. »Richtig! Man sieht, du bist wieder ganz bei Sinnen! Du wirst wohl heute lachen, wenn ich dir erzähle, dass du dir noch vor kurzem eingebildet hast, du wärest in sie verliebt, sie hätte auf höchst merkwürdige Weise beide Füße verloren und du hättest sie in diesem Zustand geheiratet! Lächerlich, nicht wahr?«

Ich konnte dem nicht ganz zustimmen. Mir war, als wäre doch an alledem etwas daran, eine unklare Erinnerung an solche Ereignisse haftete mir an, aber es fehlte ihr jeder klare Umriss, es musste wohl nur ein Traum gewesen sein. Meine Begleiterin las mir die Gedanken von der Stirn, als ob ich sie ausgesprochen hätte.

»Nein«, fuhr sie fort, »ein Traum war es nicht, du hast das wirklich erlebt, aber nicht mit jener Marianne Lodron, sondern mit einer Sylphe, die dir aus der Welt jenseits des Spiegels in dieses Dasein nachgefolgt ist. Mein hübscher Freund hat eben überall, wo er hinkam, Eroberungen gemacht. Bald war es eine Komtesse, bald eine Hexe und dann wieder einmal eine Sylphe!«

Der Name war mir fremd, ich verstand nicht recht und blickte sie darum fragend an; sogleich bekam ich Aufschluss:

»Ach so, du weißt nicht, was das ist? Ja, bei den Jesuiten, an deren hoher Schule du studiert hast, weiß man nichts von jener Wissenschaft, die wir Eingeweihten die ›schöne Naturkunde‹ nennen. Lass dich also belehren, dass die Sylphen aus den reinsten Atomen der Luft zusammengesetzt sind, gerade so wie deine Verfolger im Spiegelland, die Salamander, aus den feinsten Teilen der feurigen Sphäre gebildet sind. Um leichter und rascher deine Liebe zu gewinnen, hat die Sylphe, der du den Kopf verdreht hast, die Gestalt der dir vertrauten Marianne angenommen, hat sich an deiner Zuneigung erfreut und als sie ihrer überdrüssig war, ist sie wieder in ihre Sphäre zurückgekehrt – sie sind etwas wetterwendisch wie ihr lüftiges Element, diese Sylphen! In deinem Kopf ist aber der Rausch davon übrig geblieben und der musste kuriert werden. Ich habe mich auch nicht gleich mit deinem Fall ausgekannt, weil ich deine Erzählung zunächst für bare Münze genommen hatte. Da war natürlich manches daran ganz unerklärlich. Wie ich dir schon früher einmal erzählt habe, hatte ich dich zwar für einige Zeit aus den Augen verloren, ich wusste aber um den Aufenthalt Mariannes, es war mir daher sehr gut bekannt, dass es diesem wohlerzogenen Komtesslein nicht im Schlaf eingefallen war, dir zuliebe ihre Beine zu riskieren. Wenn aber das nicht stimmte, dann war offenbar auch die Geschichte deiner Verheiratung mit ihr nicht wahr! Ich zergrübelte mir den Kopf, bis mir endlich gestern durch einen reinen Zufall die Erkenntnis aufging, dass deine Prager Bekanntschaft und das Mädchen auf dem Spiegel zwei grundverschiedene Wesen seien. Nun war natürlich meine Arbeit einfach! Ich bereitete ein Tränklein, das dir das hitzige Liebesfieber aus dem Kopf scheuchen sollte, und als dich heute bei dem Hautabschinden deine an sich etwas schwachen Nerven im Stich lassen wollten, da reichte ich ihn dir als Labtrunk, den du gierig und mit der allerbesten Wirkung getrunken hast. Du darfst aber nicht etwa glauben, dass das so ein Vergessenselixier, ein Lethetrank gewesen sei, wie ihn wir Hexen angeblich gerne brauen. Nein, es war nichts anderes als eine richtige Medizin, welche die allzu heftige Bewegung deines Geblüts besänftigt hat!

Und damit«, so fuhr sie nach einer kleinen Pause etwas zögernd fort, »damit wäre eigentlich für jetzt genug gesagt und es wäre ohne Frage klüger, wenn ich nun schweigen würde. Aber ich will nicht klug sein, ich will – nein, das werde ich dir erst ganz zum Schluss sagen, was ich eigentlich will. Stattdessen werde ich dir bekennen, dass du doch einen Zaubertrank im Leib hast, den freilich nicht du getrunken hast, sondern der Fuhrmann! Der hat heute früh beim Aufstehen einen Becher Wein neben seinem Strohlager vorgefunden. Den hatte ich ihm hingestellt und er hat sich ihn wohl schmecken lassen. Den Zaubertrank hat also jemand anderer ausgetrunken. Aber er wird seine Schuldigkeit trotzdem auch an dir tun, besser und gründlicher sogar, als wenn du selber den Becher geleert hättest! Denn er hat sich inzwischen mit lebendigem Blut vermischt, hat dadurch seine Kraft verhundertfacht und ist dir so aus den Adern des angeheilten Fußes, aus allen Poren der Hauthose, die du angezogen hast, in dein Fleisch übergegangen! Es dauert eine Weile, ehe er den ganzen Körper durchdringt, ehe er sich vor allem des Herzens und des Kopfes bemächtigt, aber ist es einmal so weit, dann gehört jeder deiner Pulsschläge, jeder deiner Gedanken nur mir, mir allein! Das umso mehr, als ich mit der guten Medizin vorher dein ganzes Wesen von allen Gefühlsschlacken gründlich gereinigt habe!

Du siehst«, so fuhr sie fort, »ich habe alles wohl überlegt, ich habe keine so oberflächliche Arbeit getan, wie das Hunderte meinesgleichen mit einem simplen Liebestrank versucht hätten! Du sollst auch das Warum erfahren und damit bin ich am Ende dessen, was ich dir zu sagen habe: So ein Trank wäre gut genug gewesen, wenn ich dich für einen sündigen Liebesrausch hätte gewinnen wollen! Du staunst wohl, das Wort Sünde aus meinem Munde zu hören? Deine Ohren haben dich nicht getäuscht! Ich will dir ruhig eingestehen, dass es noch gar nicht so lange her ist, als ich mir selbst solch ein Reden nicht zugetraut hätte. Aber das kommt davon, wenn sich eine wilde Hexe in einen Mann verliebt, der seinem ganzen Wesen nach das Zeug zu einem soliden Ehemann und braven Familienvater hat.«

Ihre Augen suchten die meinen und ich wich ihrem Blick nicht aus. Sie nickte, als ob ihr der Ausdruck meines Gesichtes die Richtigkeit ihrer eigenen Worte neuerlich bestätigt hätte, und fuhr fort:

»Ich kenne dich besser, als du dich selbst kennst, und weiß darum, dass dein Herz weniger für die hoch aufschießende Flamme der Leidenschaft als für die gleichmäßige, aber dafür dauernde Liebe eines guten Gatten gemacht ist. Und so kam es, dass ich mir in meinen Gedanken schon seit langem die Frage stellte: Wie wäre es, wenn die tolle Pharaildis das wilde Hexenhandwerk von sich streifen würde? Ich leugne nicht, dass mir das am Anfang unmöglich vorkam, aber du magst daraus ersehen, wie stark meine Liebe zu dir ist, ich habe mich mit dieser Vorstellung mehr und mehr vertraut gemacht, bis ich mir schließlich nichts Schöneres denken konnte, als eine sittsame Braut zu werden, mit dir Hochzeit zu feiern, an deinem Herz zu walten, allen Hausfrauenpflichten gewissenhaft nachzukommen und Kinder von dir zu haben, herzige, süße Kinder!«

Eine leidenschaftliche Erregung klang aus diesen letzten Worten, aber sie war ganz anderer Art als die, welche ich bisher bei ihr gekannt hatte. Und ebenso fremd war mir die Wärme, mit der sie weiter fortfuhr:

»Wie würde ich sie hegen und pflegen! Brave, ordentliche Menschen müssten sie werden! Und weißt du, was mein Lieblingstraum dabei ist? Ich sehe uns als steinalte Leutchen mit weißem Haar an einem wundervollen Frühlingstag im Weingarten deines Vaters sitzen und den hellen Sonnenschein genießen. Auf den schmalen Sandwegen tollen jubelnd unsere

Enkelkinder, auf der Straße, die zum Weinberg führt, kommt ein Reiter daher und schwenkt von weitem grüßend den Hut – unser jüngster Sohn ist es, der aus weiter Ferne heimkehrt. Und da greifst du nach meiner Hand, drückst sie stumm und in diesem Augenblick zieht alles, was wir zusammen erlebt haben, vorüber, alles Glück und alles Leid! Denn auch leiden will ich mit dir, denn ich weiß, dass das Leben erst durch das Leid seine Größe gewinnt und dass erst aus gemeinsam ertragenem Leid die große ewige Liebe wächst! Dass dem so ist, das habe ich früher nicht einmal geahnt, war stolz auf meine Hexenkunst, mit der ich mir jeden Schmerz, jede Sorge ersparen konnte! Bis ich erkennen musste, wie leer das Herz dabei bleibt. Und dass ich dies schließlich verstanden habe, das danke ich dir, das ist mir aus dem Kampf um deine Liebe, wenn auch erst nach schwerem Ringen, aufgegangen!«

Sie senkte den Kopf und schwieg. Vielleicht wartete sie auf ein Wort von mir. Doch in mir stürmte das, was ich gerade gehört hatte, noch viel zu wild durcheinander, als dass ich eines einzigen vernünftigen Satzes fähig gewesen wäre. Da fuhr sie nach einer Weile fort:

»Ich habe wohl schon oft zu dir gesagt, dass du mich nicht kennst! Glaube nicht, dass dir diese meine Worte alles über mich verraten. Du hast das wohl so verstanden, dass ich damit mein eigenstes Wesen, meine Gedankenwelt meine, und hast damit ja auch Recht gehabt, aber doch nicht ganz. Ich habe dabei noch etwas anderes im Sinn. Es ist ja beinahe selbstverständlich, dass du mich im Grunde für ein Weib wie jedes andere hältst, nur mit dem einen Unterschied, dass ich mich auf Künste verstehe, von denen so ein hausbackenes Gänschen keine Ahnung hat! Solange du das glaubst, kennst du eben Pharaildis noch nicht! Ich habe dich heute tief in mein Wesen blicken lassen, aber vergiss nicht, dass dies etwas Neues an mir ist, und merke, dass auch die, welche du kanntest, schon ein anderes Leben gelebt hat als das, welches mir bisher zuteil war.

Ich habe mich heute, ohne viel zu fragen, ob es dir recht ist, dir angelobt und dir dabei mein Sehnen und Wünschen für die Zukunft enthüllt. Da wäre es wohl meine Pflicht, auch das, was hinter mir liegt, dir klar und deutlich zu erzählen und es nicht mit einem Rätselwort abzutun, wie ich es soeben tat. Doch da sind schwere Eide, die mich binden, und darum schweige ich darüber, nicht weil ich will, sondern weil ich muss. Du wirst verstehen, du wirst mir verzeihen, Liebster, nicht wahr? Grüble nicht darüber nach, suche nicht nach Sinn und Ursache meines Stummseins, sondern vertraue mir und denk lieber an die Zukunft, die vor uns beiden liegt, die herrliche Zukunft! Oh, wenn du dies mit dem gleichen Herzensjubel tun könntest wie ich! Aber vielleicht versteht das ein Mann gar nicht so recht, vielleicht erfühlt das nur ein Weib, dass es ein Zauberwort gibt, das mehr wert ist als meine tollsten Künste von vordem, das Wörtchen: Kinder! Zusammen mit dem liebsten Menschen auf der Welt Kinder haben!«

In ihren Augen stand ein Leuchten, das mich mit Ehrfurcht erfüllte. Und zugleich fühlte ich etwas wie warme Liebe zu ihr in meinem Herzen aufsteigen, aber es war kein klares Empfinden, es kämpfte etwas in mir dagegen, doch schien dieser Widerstand schwächer und schwächer zu werden. Und schon hörte ich sie weitersprechen:

»Doch ich vergesse über Schwärmen und Träumen die Gegenwart! Noch bin ich die Hexe, muss es noch sein! Wie kämen wir sonst dort über die Tauernberge hinüber, über die Länder und Wälder dahinter, um morgen früh zu Hause bei dir in Prag zu sein. Ja, noch bin ich die Hexe und lasse unsere Rösslein in die Lüfte steigen, auf dass sie über alle Hindernisse hinweg pfeilgerade die Richtung nach Norden halten können!«

Und damit spornte sie ihr Pferd, dass es sich bäumte und in einen wilden Galopp fiel. Ich folgte ihrem Beispiel. Bald berührten die Hufe unserer Rosse nicht mehr den Boden, bald flogen wir über die Gipfel der Bäume hinweg.

Unten im Tal hielt der Bauernknecht entsetzt sein Ross an und schaute uns mit erhobener Fackel in sprachlosem Schrecken nach.

# 10

Es war eine laue, fast schwüle Nacht. Mit heißem Atem flog der Föhnwind hinter uns her und lockte verführerisch alles, was aus der kalten Erde spross, zu verfrühtem Blühen.

Irgendwo mochte der Mond am Himmel stehen, er umrandete nur mit silbernem Glanz die schwarzen Wolkenmassen, die eilig über uns daherzogen. Hie und da blitzte es durch sie wie fernes Wetterleuchten. Tief unter uns rauschte die Mur und ihre Wellen schimmerten zuweilen in geheimnisvollem Licht zu uns hinauf. In magischem Schein, wie ungeheure Riesen in faltigen Weißmänteln lagen die schneebedeckten Tauerngipfel vor uns.

»Dort hinauf?«, fragte ich.

Sie nickte. »Wir werden unsere Rösslein gewaltig steigen lassen müssen und eiskalt wird es dort oben sein. Wenn dir der Frost zu stark ins Mark dringt, so greife nur nach der Feldflasche, die links in deinem Sattelsack steckt! Es ist kein Zaubertrank!«, fügte sie lächelnd hinzu. »Du wirst von meiner Hand keinen mehr bekommen, nur ein starker Würzwein, der dem Blut neue Wärme gibt.«

Die Bäuche unserer Pferde streiften zuweilen die Gipfel eines steil ansteigenden Lärchenwaldes. Er musste schon in Blüten stehen, denn eine Wolke von herbsüßem Duft stieg aus ihm empor.

Ich fühlte auf einmal deutlich, wie in meinem Fuß das fremde Fleisch mit dem eigenen kämpfte, wie aus ihm Welle um Welle in die Adern stieg und fast schmerzlich nach oben hinaufdrang. Ich dachte bei mir: Wenn diese Blutflut dein Herz erreicht hat, dann ist ihr Wünschen erfüllt, dann gehörst du ihr ganz, dann wirst du sie mit allen deinen Sinnen lieben. Ich wehrte mich nicht dagegen, aber ich wünschte es auch nicht. Mir war, als würde das alles in einem fremden Körper vorgehen und mir wäre nur die sonderbare Gabe gegeben, in ihn hineinschauen und alles das beobachten zu können.

Dazwischen fiel mir bald das, bald jenes Wort ein, das Pharaildis gesagt hatte. Ich solle nicht grübeln, hatte sie gemeint, aber meine Gedanken kehrten immer wieder zu dem zurück, was ihr Mund nicht auszusprechen wagte.

Und auf einmal besann ich mich – dass ich doch nicht gleich daran gedacht hatte! Und schon hatte ich es ausgesprochen:

»Fern sei von mir«, sagte ich, »dass ich dich zum Eidbruch verleiten möchte. Nur das eine möchte ich dich fragen: Als wir die böse Maultasche trafen, da sagte sie etwas zu dir – ich habe es mir nicht genau gemerkt, aber ich meine, dass die Rede von jenem heimlichen Zug war, von dem man nächtlicherweile einen hellen Schein über den Bergwäldern sieht, und dass du früher einmal da mitgeritten bist. Ist das nicht ein Teil von dem, was du mir verschweigen musst?«

Tonlos kam die Antwort: »Du hast es gesagt.«

Ich schwieg etwas schuldbewusst. Mir war, als hätte ich diese Frage doch lieber nicht stellen sollen. Und um mich selbst von diesem peinlichen Gedanken abzulenken, ließ ich den Blick im Umkreis schweifen. Wir ritten hoch über einem steil ansteigenden Bergtal, folgten seiner Richtung aufwärts, hielten uns aber nicht in seiner Mitte, sondern näher an den schroff abfallenden Hang heran.

Unten rauschte und brauste ein Wildbach, sein tosender Sang ließ mich immer wieder nach ihm ausschauen.

Da sah ich einen gewaltigen Mann dort wandern. So düster es unten im Tal war, so dunkel sein Gewand schien, so hob sich doch seine Gestalt merkwürdig scharf umrissen vom Grund ab. Er ging bergauf und schritt über die mächtigen Blöcke, die der Wildbach umbrauste, so ruhig und sicher, als wäre es ein ebener Weg.

Eine Nachteule fuhr mit dumpfem Hehe und Huhu zwischen uns durch, dass ihre Flügel meine Schläfen streiften und mein Auge ein Weilchen blendeten.

Als ich wieder talwärts schaute, da schien der Mann dort unten viel größer geworden zu sein, sodass sein Haupt die Baumwipfel überragte. Auch war es, wie wenn ein Lichtschein von ihm ausginge. Sein Mantel, der mir vorhin noch schwarz vorgekommen war, wies nun das tiefe Blau des nächtlichen Himmels auf. Seine Hand hielt einen langen Speer, den er wie als Stütze in die Strudel des Wildbachs senkte.

Erst jetzt hatte ihn Pharaildis erblickt. Einen schrillen Schrei stieß sie aus und sagte mit bebender Stimme zu mir:

»Wir müssen zurück oder ich bin verloren!«

Ich blickte mich ängstlich nach der Gestalt um, da war sie schon berghoch gewachsen, ein riesiges Haupt mit wallendem Blondbart schaute auf uns zwergenkleine Wesen herunter, ein Blauauge blitzte uns schrecklich an.

Wir suchten die Pferde zu wenden, aber sie folgten weder Zügel noch Weichenstoß, sondern hielten zitternd im freien Luftraum.

Da hob der Gewaltige seinen Speer und stieß damit in die Wolken. Ein furchtbarer Blitz fiel nieder und erleuchtete taghell die Gegend bis zu den hohen Schneebergen hinauf. Ein Donner brüllte auf, dass die Felsen davon zu wanken schienen.

In tollem Entsetzen stürmten unsere Rosse mit uns fort. Sturmgebrülle umheulte uns, Regen und Hagel peitschte die Gesichter, eisige Kälte durchdrang die Glieder. Ein Blitz folgte dem anderen, das Donnergrollen wollte nicht enden. Den Blick geblendet, mussten wir den Pferden ihren Lauf lassen und wussten nicht, wohin sie uns führten.

Als ich wieder die Augen öffnen konnte, sah ich uns über eine Bergmatte jagen. Die Hufe der Pferde berührten wieder den Grund und klirrten gegen das Gestein, kriechende Äste der Latschenkiefern drohten uns zu Fall zu bringen. Noch immer erhellte Blitz auf Blitz die Gegend, doch benahmen oft weiße Wolkenballen, die bis zum Boden reichten, die Aussicht.

Ein sonderbares Gefühl packte mich, als wären wir nicht allein. Als wären da noch andere Reiter und Rosse, die jeden Augenblick in schrecklicher Klarheit vor uns auftauchen könnten. Und wirklich klang es zuweilen zwischen dem Donnergrollen wie Waffengeklirr. Eine Verständigung durch Worte war in diesem Getöse unmöglich, so suchte ich aus dem Antlitz meiner Begleiterin etwas herauszulesen. Aber auch das war nicht leicht, denn die mannigfachen Hindernisse des Bodens, Steinblöcke und Krummholz, brachten unsere Rosse immer wieder auseinander. Den geisterhaften Flug von vordem über solche Hemmungen hinweg schienen sie nicht mehr zu wagen. Noch weiter brachte uns aber das Durchreiten in den Wolkenmassen auseinander. Oft waren wir, wenn die weißen Nebelballen wieder den Blick freigaben, so weit voneinander, dass es viel Mühe kostete, unsere jetzt so widerspenstigen Tiere zusammenzubringen. Wenn mich mein Pferd wieder durch so einen schlohen Dunst durchführte, da war es mir immer, als ob diese unheimlichen Reiter, deren Nähe ich spürte, schon an meiner Seite wären, ich vermeinte drohende Gesichter, ich glaubte eine Hand zu sehen, die zum Schwerthieb gegen mich ausholte.

Doch diese Gebilde zerrannen immer wieder in nichts und mein pochendes Herz begann schon ruhiger zu schlagen, als ich, aus solch einer Wolke herauskommend, über die blitzerleuchtete Matte auf fahlgelbem Zelter einen schönen Jüngling in goldener Brünne vorüberjagen sah. Er achtete meiner nicht und flog pfeilschnell an mir vorbei.

Ihm folgte rasch ein zweiter, ein dritter, dann kamen aus einer anderen Wolke zwei Maiden auf weißen Rossen geritten. Das volle Blondhaar flatterte über ihre himmelblauen Gewänder, silbergefasste Fackeln hielten sie in den Händen.

Sie alle schienen uns nicht zu bemerken, sondern waren ganz einer Art Kampfspiel hingegeben. Immer neue Gestalten tauchten aus den Dunstmassen auf, immer wilder und toller wurde ihr Spiel. Wir suchten ihrem jagenden Reigen auszuweichen, aber wohin wir uns auch wendeten, überall waren sie da. Um nicht mit einem von ihnen zusammenzustoßen, hemmten wir den raschen Lauf unserer Pferde, die nun willig unseren Zügeln folgten.

Jetzt konnte ich endlich einen Blick in das Antlitz meiner Begleiterin tun. Sie war bleich und blass, die Züge wie versteinert, der Mund wie von grässlichem Schmerz verzogen, die Augen fast geschlossen. Doch meine Augen konnten nichts erblicken, was diesen furchtbaren Gesichtsausdruck erklärt hätte. Es musste wohl, so dachte ich mir, eine Nachwirkung jener schrecklichen Riesenerscheinung sein, denn das, was wir jetzt zu sehen bekamen, war bei aller Unheimlichkeit keineswegs Schrecken erregend, dazu war es viel zu schön.

Wohl folgte noch immer Blitz auf Blitz, aber der taghelle Schein kam offenbar von den vielen Fackeln, die ein wunderbar silbernes Licht verbreiteten. Das anfängliche Kampfspiel war jetzt etwas wie ein Reigenritt geworden, an dem die fackeltragenden Jungfrauen mit dem gleichen Eifer wie die schönen Krieger teilnahmen. In kunstvoll verschlungenen Bahnen führten sie ihre Rosse, reihten sich zu Paaren, um rasch wieder voneinander zu eilen, standen ein Weilchen zuhauf, stoben auseinander und kamen im weiten Bogen reitend zu einem langen Zug zusammen, der sich, kaum geschlossen, schon wieder auflöste. Es sah wie ein fortwährendes Suchen und Sichverbergen, ein fast schalkhaftes Meiden und Fliehen und glückliches Sichfinden aus. Blinkende Waffen und lohende Fackeln wurden gekreuzt und geschwungen, flatterndes Blondhaar, blitzende Brünnen, blaue Frauengewänder und rote Reitermäntel ergaben ein buntes, herrliches Farbenspiel. Wie blütenbeladene Bäume standen dazwischen die weißen Wolkenballen, in denen die Reitenden immer wieder verschwanden, um an einer anderen Stelle zuerst in schwachen Umrissen, dann klar und deutlich emporzutauchen.

Aber es waren auch neue Gestalten, die aus dem silberdurchleuchteten Dunst hervortraten, nackte kleine Kinder, halbwüchsige Knaben und Mädchen. Sie kamen zuerst einzeln, dann in hellen Schwärmen und waren alle über und über mit Blumen beladen, sodass ihre Arme die Fülle von Schneeglöckchen und Enzian, von Schlüssel- und Glockenblumen kaum halten konnten.

Manche von ihnen schwangen sich nun in den Reigen hinein, überschütteten die Reiter mit einem Regen von Blüten, wurden wohl auch von denen in die Sättel gehoben und schleuderten nun von dort aus ihre leichten Geschosse. Die anderen aber wanden zauberschnell aus der Blütenfülle endlos lange Ketten, die sie jubelnd und lachend um die schlanken Gestalten der Fackeljungfrauen, um Brünnen und Waffen der Krieger schlangen.

Da urplötzlich gellte ein heller Schrei auf, der das Jauchzen der Spielenden, das Grollen der Donner übertönte. Eine der Reiterinnen hatte ihn ausgestoßen. Sie hielt ihr Ross vor Pharaildis und zeigte mit ausgestreckter Hand auf sie.

»Wer ist denn die da?«, rief sie mit zorniger Stimme. »Erkennt ihr sie nicht? Wie kommt die Verfluchte in unsere Mitte, wie kann sie es wagen, sich bei unserem heiligen Reigen zu zeigen?«

Das jubelnde Lachen war verstummt, die Reiter hielten ihre Rosse, die Fackeljungfrauen hoben die Lichtbrände hoch, als wollten sie besser das Schreckliche beleuchten, das ihre Gefährtin entdeckt hatte.

Alles blickte mit starren Augen auf Pharaildis, die mit tief gesenktem Haupt an meiner Seite hielt. Die zürnende Maid vor uns wandte den Kopf zurück und wiederholte ihre Frage:

»Erkennt ihr die Treulose? In frevlerischem Übermut traut sie sich in unsere Nähe, als ob sie nicht für immer verbannt und verflucht wäre! Sagt, was soll ihre Strafe sein?«

»Jagt sie«, rief eine Stimme aus der lauschenden Menge, »jagt sie in das Wetter hinein, auf dass sie der Blitzkeil zerschmettert und die zahnknirschenden Wolkenböcke ihr Fleisch zerstampfen!«

»Jagt sie!«, stimmten die anderen in grausigem Chor ein.

Da hob Pharaildis den Kopf und reckte sich in die Höhe. Mit blitzenden Augen schaute sie sich um. »Brüder und Schwestern von einst«, rief sie mit weithin tönender Stimme, »ich habe euer Urteil vernommen und nehme es an. Es ist grausam, aber gerecht! Lasst mich nur noch eiligen Abschied nehmen, dann reite ich willig meine letzte Jagd!«

Sie drängte ihr Pferd ganz nah an das meine, schlang ihren Arm um meinen Hals und drückte einen Kuss auf meine Lippen. Ich weiß nicht, wie lange unsere Lippen aneinander hingen, vielleicht war es nur einen Herzschlag lang. Aber das eine weiß ich wohl, dass von ihrem Mund eine Glut in mich flutete, die mir durch Mark und Adern brannte und mich doch zugleich erschauern ließ. Die ganze heiße Lebenskraft dieses Weibes lag darin und ihre bebende Todesangst. Ich hielt die Augen geschlossen, fühlte noch meine Lippen brennen, als sie sich schon wieder aufgerichtet hatte und leise zu mir sprach:

»Leb wohl, mein einzig Geliebter, leb auf ewig wohl! Mein Glückstraum ist zu Ende, ehe er noch begonnen hatte! Und wenn meiner Liebe zu dir auch die Erfüllung versagt bleibt, ich bereue nichts und reite dem Tod mit dem jubelnden Ruf entgegen: Ich liebe dich! Ich liebe dich!«

Ich weiß nicht, war es Mitleid mit der Süßen oder war es Leidenschaft, aber nun umschlang ich sie meinerseits und schwor ihr unter heißen Tränen, dass ich nicht von ihr lassen wolle, dass ich mit ihr in den blitzenden Tod hineinreiten würde. Doch sie schob mich sanft zurück und sagte:

»Nicht so, mein Lieber! Wenn ich noch die alte wilde Pharaildis wäre, dann hätte ich gar nicht lange nach deinem Willen gefragt, hätte dein Ross beim Zaum genommen und dich mit hineingerissen in die dräuende Todesnot. Gemeinsam mit dir zu sterben, das wäre mir als die Krone meiner heißen Liebe erschienen. Aber ich habe es dir ja schon vorhin gesagt, ich bin eben eine andere geworden, vielleicht habe ich mich damit gegen mein innerstes Wesen versündigt, vielleicht habe ich damit mein Ende herbeigerufen, vielleicht liegt darin meine Schuld, mehr als in dem, weshalb mir meine Schwestern von einst ihr hartes Urteil sprechen. Ich habe wohl Unmögliches gewollt und habe daran scheitern müssen. Aber so wie ich bin, ist es mir ein köstlicher Trost in dieser letzten Stunde, dass du mein Schicksal nicht teilen musst. Noch einmal, zum letzten Mal: Leb wohl und sei glücklich, so glücklich, wie ein Mensch nur sein kann, und wenn du darüber auch Pharaildis vergessen müsstest!«

Damit gab sie meinem Ross einen heftigen Schlag, dass es wie rasend vorwärts stürmte, mittendurch zwischen Fackeljungfern und Kriegern, über reißende Blumenketten weg in den weißen Wolkendunst hinein.

Als ich mein Pferd endlich bändigen konnte, war ich weit, weit weg. Ich hielt auf einsamer Höhe. Das Gewitter hatte sich verzogen, es stand als schwarze Masse vor dem eisbedeckten Hochkamm der Tauern. Dort hinter der Wolke musste der Mond stehen, denn er ließ die weiten Schneefelder in hellem Glanz leuchten und umriss die Finsternis mit silbernen Rändern, welche die unaufhörlichen Blitze, die sie durchbrachen, wie rotes Gold aufscheinen ließen. Etwas Längliches, Weißes bewegte sich rasch auf die Wetterwolke zu. War es ein Nebelstreifen, den der Föhn aus dem Murtal gescheucht hatte? Oder war es nicht gar die wilde Jagd der Verfolger, die hinter der unseligen Pharaildis her waren?

Gewiss, das war es! Ich spannte meinen Blick, bis mich die Augen schmerzten, und glaubte wirklich Menschen- und Pferdegestalten zu unterscheiden, die in gespenstischem Zug hinter einem auch mit der größten Anstrengung nicht zu erkennenden Ziel herjagten. Und das Ganze strebte mit unheimlicher Raschheit der schwarzen Wolkenmasse zu, aus der die gelben Blitze zuckten. Ich besann mich nicht lange. Was ich in alten Büchern von stolzen Rittern gelesen hatte, die für die Dame ihres Herzens, und nicht nur für sie, auch für jede schöne Frau, für Unglückliche und Bedrängte todesmutig mit Riesen und Ungeheuern kämpften, das wurde alles in mir lebendig. War ich nicht auch ein Edelmann, ein Ritter, war es nicht jetzt an mir zu beweisen, dass ich dieses Namens wert war, dass mein junger Adelsbrief keinen schlechteren Träger hatte als mancher alte, von einer langen Reihe von Ahnen vererbte Titel, wie – wie der der Grafen Lodron?

Mit welchem tollen Heldenmut mich diese Gedanken erfüllten! Und als wäre das nun der rechte Ort, daran zu denken, fiel mir der Spruch meines Vaters ein, den ich so oft aus seinem Mund gehört hatte. Ja, das sollte mein Kampfruf sein! Mit heißer Ungeduld trieb ich mein Ross an, bangte nur noch, dass seine zauberische Fähigkeit, durch die Luft zu fliegen, geschwunden sein könnte, und freute mich wie toll, als es nach einigen wenigen Sätzen über den Steinboden seinen Weg keck in die Lüfte nahm, und schrie jubelnd meinen Schlachtruf in die Welt:

»Macht! Macht! Löwenmacht!«

Tief unter mir die dunklen Talgründe, ein Sternenhimmel zu meinen Häupten, vor mir die blitzeschwangere Wolke und hinter ihr in silbernem Glanz strahlend die mondbeschienenen Schneegipfel, in meinem Herzen eine Lebensfreude, ein Siegergefühl ohnegleichen, so stürmte ich vorwärts.

Der Wetterwolke rückte ich merklich näher, sie wuchs mir förmlich entgegen und verschlang gierig die blinkenden Sterne des Nachthimmels. Die Blitze wurden immer feuriger und greller, das Donnergrollen immer stärker. Aber die Entfernung von der wilden Jagd der Verfolger wollte nicht kleiner werden, noch immer sah es wie ein weißer Nebelstreifen aus. Sollte es vielleicht wirklich nichts anderes sein, so fing ich an mich zweifelnd zu fragen. Darüber musste ich so rasch wie möglich Gewissheit haben. Ich trieb mein Ross vom neuen an, es sauste vorwärts, dass ich Mühe hatte, mich gegen die anprallende Luft im Sattel zu halten, doch nun wurde der Abstand sichtlich geringer, es war kein leeres Wolkengebilde mehr, das ich vor mir sah, eine Menge von vorwärts drängenden Reitergestalten, in weißes Licht gehüllte Erscheinungen, das war es, was jetzt mein Auge deutlich erblickte.

Ich war also auf der rechten Fährte und das erfüllte mich mit stolzer Genugtuung. Zugleich musste ich aber an mir selbst Beobachtungen machen, die mich stutzig machten. In mir war keine Spur von Furcht und doch fühlte ich deutlich, wie sich mein Haar sträubte. Hände und Gesicht begannen zu prickeln, was ging nur mit mir vor? Doch da gab es noch mehr des Sonderbaren. Die Trensen im Maul meines Gaules, die Steigbügel, sie begannen alle auf einmal so laut zu surren, dass ich es dem Donner zum Trotz hörte. Fast wie ein Singen hörte es sich an. Aber auch meine Augen bekamen Merkwürdiges zu schauen. Auf den Ohren meines Pferdes sprangen kleine, bläuliche Flämmchen auf, bald sah ich sie auch auf dem Nacken des Rosses, auf seinen Hufen, an meinen eigenen Ärmeln. Immer mehr wurden ihrer, bis sie jeden Umriss, den ich von mir und meinem Gaul sehen konnte, mit einem leuchtenden Rand eingefasst hatten. Das alles war wohl unheimlich, aber es konnte meinen Mut nicht schwächen. Den Blick fest nach vorn gerichtet, trieb ich mein Pferd zur äußersten Anspannung aller Kräfte an.

Und wirklich kam ich immer näher. Nun sah ich schon deutlich die blinkenden Schwerter und Brünnen der Reiter, sah die wilden Maiden ihre verlöschten Fackeln wie Waffen schwingen. Und noch etwas erschauten jetzt meine Augen: ein Ross, eine menschliche Gestalt darauf, in nicht sehr großer Entfernung vor dem dicht gedrängten Schwarm – das musste Pharaildis sein!

Jetzt war ich schon so nahe, dass ich das laute Rufen der Verfolger hören konnte.

»Jagt sie! Jagt sie!« So klang es immer wieder. Da ließ auch ich meinen Kampfruf erschallen und schrie gewaltig dazwischen:

»Macht! Macht! Löwenmacht!«

Wohl fiel mir in dem Augenblick ein, dass ich so gut wie waffenlos war, aber in dem förmlichen Rausch, in dem ich mich befand, wollte diese Sorge wenig bedeuten. Ich würde eben dem Ersten der Krieger, den ich erreichen könnte, sein Schwert entreißen, was denn weiter?

Doch da kamen ganz unversehens weiße Massen über mich gestürzt. Es waren nicht die sonnig schönen Reiter, es waren nicht die Fackeljungfern, es war Schnee, triefender Schnee. Der Sturm heulte auf und warf mir den Schlohengischt entgegen, im nächsten Augenblick war es wasserfallartiger Regen und dann tobte wieder der Nassschnee um mich und ein Weilchen später trommelte ein dichter Hagel auf mich nieder.

Bis auf die Haut durchnässt, fühlte ich meine Zähne klappernd aufeinander schlagen. Doch das kümmerte mich alles nichts, mich schreckte nur, dass ich kaum mehr die Hand vor den Augen sah, dass ich Ziel und Richtung verloren hatte. Wohl flammte in greller Helle Blitz auf Blitz auf, aber sie ließen nur die fallenden Wassertropfen zu Diamanten aufblitzen, gaben den Schneeflocken magischen Schein, wandelten die Hagelkörner in silberne Kugeln, aber sie gaben keine Aussicht in die Weite. Mich packte die Verzweiflung, Tränen der Wut über meine Hilflosigkeit stiegen mir auf und froren an meinen Wangen.

Meine Augen waren längst an das immer währende Aufflammen der Blitze gewöhnt, doch da stürzte einer hernieder, der war so mächtig, wie wenn er alle Himmel aufrisse. Und ein Donner grauste dahinter her, als künde er das Weltende.

Zwischen Blitz und Donner aber schrillte ein Schrei. Die Stimme kannte ich wohl und wusste, wen der Blitz vernichtet hatte: Pharaildis hatte in diesem Augenblick ihren letzten Atemzug getan.

Das wusste, das fühlte ich mit erschreckender Klarheit, aber ehe ich das Fürchterliche ausdenken konnte, hatte mich schon ein Wirbelsturm gepackt, der Ross und Reiter rasch zu einem ohnmächtigen Werkzeug seines Mutwillens machte. Wie ein Spielzeug rollte er uns vor sich her, warf uns in die Höhe, ließ uns fallen, dass ich mich schon an einer Felswand zerschellt sah. Aber gleich wirbelte er uns wieder in die Höhe, freilich mit vielem Rütteln und Schütteln, dass es ein wahres Wunder war, wenn ich trotz alledem im Sattel blieb.

Mit einem Schlag legte sich dann der Sturm, es fiel kein Tropfen, keine Flocke mehr, die Wetterflut rauschte wie ein Vorhang auseinander, die dichte Nebelhülle riss entzwei und eröffnete mir den ungehemmten Blick in die Ferne. Vor mir lag im klaren Mondlicht eine ganze Welt von eisumgürteten Spitzen, das silberne Zauberland, vor dem bisher die schwarze Wolke als finsterer Wächter gestanden war. In ehrfürchtigem Staunen ließ ich meinen Blick über diese märchenschöne Herrlichkeit schweifen, doch blieb er rasch an dem höchsten Gipfel dieser geheimnisvollen Bergwelt haften – war das ein schneebedecktes Felsgestein, das nur durch eine Laune der Natur wie ein Menschenhaupt von ungeheurer Größe aussah, oder sollte das wirklich der Kopf von einem riesenhaften Wesen sein? Ich musste an den Mann denken, den ich bei unserer Auffahrt gesehen hatte, wie er vor meinen Augen bis in die Wolken wuchs – war das nicht Zug um Zug sein Antlitz? Freilich, dort hatte es Farbe gehabt, in düsterem Grau war es vor uns zu grässlicher Höhe erwachsen und hier war es wie ein gewaltiges Marmorbild, in das nur das Mondlicht dunkle Schatten warf – die gleiche Stirn, die wuchtige Nase, das weite Schneefeld, das einem wallenden Bart glich.

Aber nahm das nicht alles vor meinen Augen allmählich Farben an? Goldeten sich nicht langsam das strotzende Haupthaar, die wuchtigen Augenbrauen, röteten sich nicht Wange und Stirn? Ich sagte mir rasch, dass dies der junge Morgen sein musste, der zu allererst die hohen Gipfel streifte, aber wie war das zu verstehen, dass sich dort, wo ich den Eingang in eine Berghöhle vermutet hatte, jetzt ein strahlend blaues Auge öffnete, das mich unheimlich anblitzte? Wie war das zu erklären, dass sich eine Felsschrunde wie ein Mund erschloss und klingende Worte sprach? Ich verstand sie nicht, aber sie tönten so voll und hell, so gewaltig und zwingend zu mir herüber, dass ein kalter Schauer über meinen Rücken ging.

Waren es wirklich Worte, die ich vernommen hatte? War es nicht vielmehr das Grollen des wiederkehrenden Wetters, das der neu erwachte Föhn vom Murtal hinauf, zurück in die Tauern trieb? Mir blieb nicht viel Zeit zum Überlegen, denn schon wälzten sich mächtige Wolkenballen heran und hatten mich bald in dichten Dunst gehüllt; der Nebelvorhang hatte sich wieder über das seltsame Bild geschlossen, kaum dass meine Augen es ordentlich erfassen konnten.

Ein feiner Regen sprühte mir über Gesicht und Hände, doch war er lau und lind. Das mochte der Südwind machen, der ihn vor sich hertrieb und der nun alsbald mit mir das gleiche Spiel begann wie vorhin der eisige Wirbelsturm, doch tat er dies gar sanft und behutsam. Wohl fegte er mich samt meinem Ross beharrlich gegen Norden, aber nach dem rauen Eiswetter, das ich überstanden hatte, dünkte mich sein Atem wie wohliges Schmeicheln. Er wärmte meine froststarren Glieder, schläferte meine bangenden Ängste ein und mochte er mich auch noch so eilig vorwärts jagen, es war doch wie ein Streicheln und Wiegen, das ich dabei empfand, sodass ich mich gern von ihm treiben ließ, ohne auch nur den Versuch zu machen, mein Ross in eine andere Bahn zu lenken als jene, die er mir so sanft vorschrieb.

Zuweilen wurde freilich sein Odem heiß, dann fing mein Blut zu kochen an, dann begann mein Kopf zu schmerzen und mich mit schrecklichen Erinnerungen zu plagen, aber dann kühlte sich der warme Windhauch an den Schneefeldern, wurde lind und sanft, lud zum Schlafen und Vergessen ein.

Davon erfasste mich eine unwiderstehliche Müdigkeit, es fiel mir schwer im Sattel zu bleiben, die Augen offen zu halten. Mein Wille war von mir gegangen, ich wusste nicht mehr recht, was mit mir geschah, und empfand dies gar nicht unangenehm, nein, ich freute mich noch darüber. Seele und Körper hatten nur den Wunsch nach Ruhe und Stille, und das ward ihnen zuteil.

## 11

Es war der frische Hauch des nahenden Morgens, der mich wieder zum Bewusstsein meiner selbst brachte. Mein Rösslein trabte brav einen talwärts führenden Weg, stieß mit müdem Huf gegen jeden Stein und sah so hergenommen aus wie ein Bauernpferd nach schwerer Tagesarbeit und keineswegs wie ein Zaubertier, das seine Straße durch die Lüfte zu nehmen verstand.

Ich reckte mich gähnend aus meiner gebückten Haltung – ich musste wahrhaftig im Sattel geschlafen haben! Wo war ich denn eigentlich? Ich rieb mir die Augen klar und ließ den Blick im Umkreis schweifen: Vor mir lag ein stilles Waldtal, hinter mir erhoben sich steil aufragende Schroffenwände, die einen schmalen Blick bis zu schneebedeckten Höhen freiließen.

Von dort also kam ich her! Doch wie war denn das? Gestern Abend, heute Nacht war doch diese glitzernde Eiswelt vor mir gewesen, jetzt lag sie hinter mir! Wie hatte ich das alles passieren können? Langsam tauchte Bild um Bild von dem auf, was ich in dieser Nacht erlebt hatte und was doch wie ein toller Traum schien. Aber es musste doch wahr sein! Das mit dem Bein zumindest und auch dass ich mit diesem müden Klepper über die Hochgipfel der Tauern hinübergekommen war. Das Erste war jedenfalls ein Anlass, um sich gewaltig glücklich zu fühlen, aber mir war gar nicht danach zumute, vor allem darum, weil ich hässliche Schmerzen in diesem Bein fühlte, auch hing es steif und tot im Steigbügel, sodass ich ängstlich eine Bewegung damit versuchte – es war, wie ich gefürchtet hatte, es versagte den kaum begonnenen Dienst. Und wie ich den Strumpf lockerte, um es zu betrachten, da schlug mir ein Geruch wie von faulendem Fleisch entgegen.

Das Herz stand mir still vor Schrecken. Ein elender Tod schien mir gewiss! O hätte mich doch dort oben der Blitz erschlagen, hätten mich die wilden schönen Reiter im Kampf um Pharaildis niedergestreckt! Stattdessen sollte ich verkommen und verfaulen wie ein räudiger Hund.

Ich war wohl zu sehr mit mir beschäftigt, um einen Hufschlag hinter mir zu beachten, ich horchte erst auf, als er ganz nahe war. Ehe ich mich noch umwenden konnte, hielt schon der Reiter an meiner Seite. Es war ein alter Mann mit wallendem Weißbart und gütig blickenden Blauaugen. Seine Tracht war einfach, aber fremdartig, sein Ross dagegen stattlich gezäumt und von edelster Zucht. Er nickte mir freundlich lächelnd zu und sagte:

»Darf ich dem Herrn von Löwenmacht meine Begleitung anbieten?«

Ich erwiderte mit unverhohlenem Erstaunen: »Woher weiß der Herr meinen Namen?«

Er lachte mich fröhlich an. »Ich meine, Ihr habt ihn heute Nacht laut genug dort oben in den Bergen gerufen! Und da ich nun einmal Euren Namen kenne, so ist es wohl nur recht und billig, dass ich Euch den meinen mitteile. Sie nennen mich

Eckehard und manche setzen noch die Worte ›der getreue‹ dazu! Doch nun genug davon, jetzt lasst mich von den Sorgen reden, die deutlich auf Eurer Stirn geschrieben sind. Ich denke wohl, dass ich sie bannen kann, nur müsst Ihr für einige Tage meine Gastfreundschaft annehmen.«

Damit schwieg er und ich wagte keine Frage, obgleich ich mehr als eine auf der Zunge hatte, aber das ganze Wesen dieses Greises zwang mir zu viel Ehrfurcht ab, als dass ich es gewagt hätte ihn auszuforschen. So ließ ich es damit genug sein, dass ich bei mir selbst alles erwog, was ich mir nicht deuten konnte: Der Mann war gleich mir den schlechten Bergpfad heruntergeritten gekommen, der dort oben irgendwo in den Schroffen enden musste und im besten Fall für ein Maultier, aber nicht für ein Reitpferd geeignet war – mein armer Gaul hatte das genug zu spüren bekommen. Und wie hatte er meinen Kampfruf hören können, den ich auf meiner luftigen Fahrt hoch über den Eisfeldern ausgestoßen hatte? Das alles war nicht anders zu denken, dieser weiße Zelter, den er ritt, musste auch so ein Zauberwesen sein wie mein Gaul, nur noch von besserer Art, weil ihn so eine Luftreise gar nicht zu ermüden schien. War dem aber so, dann musste sein Herr, ähnlich wie Pharaildis, in geheimen Künsten wohl bewandert sein.

Sicher war er trotz alledem kein Hexenmeister, der mit dem Teufel auf Du und Du stand. Dieses unendlich gütige Gesicht, das auf den ersten Blick Vertrauen einflößte, dieses Ehrfurcht erzwingende Wesen ließ einen solchen Gedanken gar nicht aufkommen. Wer war er aber dann? Er hatte mir einen schlichten Namen genannt, der zwar etwas fremd und altertümlich klang, den aber auch der erste beste Bauernknecht hätte führen können. Und doch war etwas so Vornehmes an ihm, dass mir all die Grafen und Barone, denen ich in der kaiserlichen Hofhaltung zu Prag begegnet war, dagegen wie einfache Kleinbürger dünkten, ja selbst Seine Majestät Leopoldus wäre, neben diesen Mann gestellt, gewiss recht unbedeutend erschienen. Dieser Greis an meiner Seite schien mehr als alles das: Er kam mir wie der gewaltige Ahnherr uralter Adelsgeschlechter vor, der vor vielen Jahrhunderten auf dieser Erde gewandelt und nun seiner Gruft entstiegen war, um zu sehen, was aus seinen Nachkommen geworden sei.

Mit solchen Gedanken beschäftigt, merkte ich gar nicht sehr, ob unser Ritt kurz oder lang gedauert hatte. Selbst mein schlimmes Bein hatte ich fast vergessen und wenn mich der Schmerz daran gemahnte, so brauchte ich nur einen Seitenblick auf meinen Begleiter zu werfen: Er hatte mir seinen Beistand zugesagt und ich zweifelte nicht an dem Erfolg.

Inzwischen hatte sich das Tal gar sehr geweitet, das nun einem prächtigen Hochwald Raum gab. Wir ritten durch einen Tannen- und Fichtenbestand, auch manche Buche stand am Wege, der nun breit und wohl zu befahren war.

Alsbald traten die Bäume zurück und gaben den Blick auf ein altersgraues Gebäude frei. Ein wuchtig gefügter Bau mit hohen schmalen Fenstern und einem offenen Wehrgang darüber. Ein dachloser Turm, der sich daran schloss, gab dem Ganzen etwas Burgartiges, obgleich kein Wall und Graben, keine schützende Verteidigungsmauer dies bestätigte.

Ohne ein Wort zu sagen, lenkte der Alte sein Ross in die Einfahrt des Hauses. Bedächtig und still empfing uns dort ein Knecht, doch war bald für eine lautere Begrüßung gesorgt. Eine ganze Meute von Hunden stürzte vom Hof herbei, ein wilder Haufen von großen und kleinen Vierfüßlern, mächtige Schäferrüden, Doggen, Jagdhunde und eine Menge unglaublich krummbeiniger Dackel. Das alles bellte und kläffte um die Wette, jaulte und heulte vor Freude, sprang von allen Seiten an dem Pferd des Greises empor und ließ ihm kaum Platz, um aus dem Sattel zu steigen. Es gelang ihm schließlich doch und nun wurde es erst recht arg. Wie ein Zaun umschlossen ihn die großen Hunde, jeder auf den Hinterbeinen stehend, jeder bemüht, seine Schultern zu erreichen, jeder bereit, mit der lang heraushängenden Zunge dem geliebten Herrn einen ordentlichen Begrüßungsschlecker über Mund und Wange zu verabreichen. Inzwischen hopste das kleine Gezücht um seine Beine herum und suchte sich zumindest durch möglichst lautes Gekläff bemerkbar zu machen.

Der Alte nahm diesen stürmischen Empfang mit sichtlicher Freude zur Kenntnis. Für jeden hatte er ein Streicheln, ein Kosewort, bückte sich auch, nachdem die Großen ihren Teil bekommen hatten, zu den kleinen Kerlen hinunter und nahm es gar nicht übel, wenn sie ihm bei ihren täppischen Liebkosungen gewaltig den Bart zausten. Als nun aber alle und jeder darangekommen war, da richtete er sich auf und ich merkte erst jetzt, was für ein gewaltig großer Mann er war, der sich trotz seiner Jahre wie eine Tanne aufrecht hielt.

Der Knecht war im Begriff, die Pferde in den Stall zu führen.

»Was machen die Bienlein, Heimo?«, rief ihm der Alte nach und bekam sogleich Antwort:

»Da die Wasserweiden schon ausgeblüht sind und heute die Sonne so warm scheint, so habe ich sie zu Feld getragen!«

»Ist recht«, nickte der Greis, »versorg die Pferde und sag der Traut sie möge uns Schinken und Met hinaufbringen!« Dann wendete er sich zu mir: »Ich weiß nicht, ob dem Herrn von Löwenmacht mein Hausgetränk sonderlich willkommen sein wird. Ist heutigentags wenig beliebt, aber ich meine, nur darum, weil man die rechte Art der Bereitung vergessen hat! Bei mir wird noch ein ganzes Maß guten Honigs auf nur sieben Maß Wasser genommen, auch reichlich Näglein und Balgant hineingehängt und das Ganze in wohl verschlagenem Fässlein gut drei Monde lang liegen gelassen. Ich selbst schätze ihn nur, weil er den Durst gar lieblich löscht, doch ist der Trank für alle, die an einer kalten Krankheit leiden, ein sicheres Heilmittel. Sonderlich ist er gut für die Brust und reinigt auch Nieren und Blasen von allem Schleim – doch das sind lauter Gebresten, die ein so junger gesunder Mann wie Ihr kaum dem Namen nach kennt! Aber er säubert auch Blut und Hirn gar wunderbar, und das kann auch in Eurem Alter nur von Vorteil sein. Jedenfalls ist solch ein Trank besser als der gefeuerte und geschwefelte Wein, den man den Leuten heutzutage in den Gaststuben vorzusetzen pflegt! Also kommt und versucht!«

Ich hatte einen Bärenhunger und die Zunge klebte mir am Gaumen, sodass mir diese Einladung mehr als willkommen war.

Über wenige Stufen kamen wir in ein hallenartiges Gemach, dessen Wände mit mächtigen Hirschgeweihen, riesigen Eberköpfen und allerlei altertümlichem Jagdgerät geziert waren. Der große Eichentisch war im Nu mit einem Tischtuch aus starkem Bauernleinen gedeckt, Schüsseln und Kannen darauf gestellt. Ich griff gierig zu und ließ mir auch das ungewohnte Getränk ausgiebig munden. Es schmeckte gar fein und ich hatte wahrhaftig nichts dagegen, dass mir mein freundlicher Wirt immer wieder einschenkte. Das Einzige, was mein Behagen störte, waren die Schmerzen in meinem Fuß, die nicht nachlassen wollten, aber darüber tröstete mich mein unbeschränktes Vertrauen in meinen Gastgeber.

Freilich hätte ich von ihm nachgerade eine Erkundigung nach meinen Leiden und Sorgen erwartet und anschließend die Verabreichung einer wundertätigen Salbe, eines köstlichen Mithridats, aber er machte weder zu dem einen noch zu dem anderen Anstalten, sondern sah mir nur mit wohlgefälligem Lächeln zu, wie ich von dem saftigen Schinken Schnitte um Schnitte nahm, Becher um Becher leerte. Und als ich mich behaglich in den Lehnsessel zurücklehnte, da las er mir noch einen Wunsch von den Augen, den ich gar nicht auszusprechen wagte, und sagte:

»Es ist noch reichlich früh am Tag und noch lange nicht Schlafenszeit, aber ich denke doch, dass jetzt ein wenig Bettruhe nicht unwillkommen sein wird!«

Er geleitete mich selbst ein Stockwerk höher in ein großes Zimmer, wo eine große Bettstatt stand, und während ich mich auszog und mich niederlegte, brachte er zwei Leuchter daher, stellte sie auf ein Tischchen in der Nähe des Bettes, entzündete die Kerzen und sprach:

»Zwar scheint noch die helle Sonne herein und es gibt gewiss nichts Besseres als ihren lieben Schein, aber es ist ein Unterschied zwischen Licht und Licht.«

Er ging auf die Tür zu, als ob er das Zimmer verlassen wollte, kam aber nochmals zurück und sagte mit besonderem Nachdruck:

»Euch ist in der heutigen Nacht besondere Gnade zuteil geworden. Ihr habt die Stimme des großen Herrn der Berge vernommen! Freilich konntet Ihr seine Worte nicht verstehen, obgleich sie gerade für Euch einen besonderen Sinn gehabt haben! Kommt Licht zu Licht, hat er gesagt, dann kommt Fleisch zu Fleisch, Bein zu Bein!«

Verständnislos lauschte ich seinen Reden, starrte in die Kerzenflammen und schlief in der nächsten Weile ein. Der Schein der Wachslichter taumelte mir noch in den Schlaf hinein und gaukelte mir meine Kammer zu Hause in Prag vor. Ich sah die

Umrisse der vertrauten Möbel, sah das Fenster, durch das man auf den Kohlmarkt hinausschauen konnte, und fühlte mich so wohl geborgen wie schon seit langem nicht.

Ich schlief den Rest des Tages und die folgende Nacht noch bis in den hellen Morgen hinein und erwachte wie neugeboren. Im Fuß zuckte und zwickte es noch immer, auch meinte ich das gleiche faulige Rüchlein zu spüren, aber das konnte alles mein seelisches Gleichgewicht nicht stören. Behaglich sah ich mich in dem geräumigen Zimmer um, guckte auch nach dem Tischchen bei meinem Bett hinüber und suchte unwillkürlich die beiden Kerzen. Sie waren verschwunden, man musste sie während meines tiefen Schlafes weggetragen haben.

Der Tag verging in angenehmem Nichtstun. Mein freundlicher Wirt zeigte mir Hof und Stallungen, besuchte mit mir die Bienenvölklein, die im hellen Sonnenschein aus ihren Stöcken heraus über die blumenbunten Wiesen schwärmten. Am Abend brachte er mich wieder selbst auf mein Zimmer und stellte auch diesmal die beiden Kerzen auf das Tischchen. Ich bedankte mich und versicherte, dass ich gestern zu müde gewesen sei die Lichter zu löschen, dass ich dies aber heute gewiss nicht verabsäumen wolle. Mit einer strengen Härte, die mir bei ihm ganz neu war, antwortete er:

»Das tut nur ja nicht!«

So ließ ich es denn bleiben, schaute, im Bett liegend, noch eine Weile in die Kerzenflammen und schlief darüber ein. Und auch diesmal hatte ich meinem tiefen Schlaf zum Trotz das Bewusstsein, ich läge zu Hause in der gewohnten Schlafkammer, ja ich meinte deutlich die Küchenmägde im Erdgeschoss rumoren zu hören, wie sie vor dem Schlafengehen noch das Geschirr wuschen und alles in Ordnung brachten, ein Geräusch, das mir seit vielen Jahren wohl vertraut war. Ich glaubte die Stimme meiner lieben Mutter zu vernehmen, wie sie ihnen dabei ihre Befehle für den nächsten Tag gab. Mit der gleichen Genauigkeit hörte ich dann in tiefer Nacht das Glöcklein der Marie-Schnee-Kirche, die in Hörweite von meinem Vaterhaus lag, und dachte im Halbschlaf an die Patres, welche ihr Klang zum Horagebet rief. Und wieder wachte ich am Morgen erfrischt auf, blickte auch gleich nach dem Tischchen und war heute nicht mehr überrascht, als die Kerzen wieder verschwunden waren.

An diesem Tag geleitete mich mein Gastgeber in seinen gleich hinter dem Haus beginnenden Tiergarten. Schöne Gruppen von Eichen, Buchen und wildem Holzobst standen drin, saftige Wiesen lagen dazwischen, durch die ein frischer Bach floss. Bei unserem Nahen kamen von allen Seiten ganze Rudel von Damhirschen und Rotwildbret herbei, umdrängten uns und beschnupperten kundig die große Jagdtasche, in der der Alte mancherlei Näscherei für sie gebracht hatte. Er wurde nicht müde sie zu füttern und zu streicheln, freute sich auch sichtlich, wie sie uns beim Weitergehen im langen Zuge nachfolgten.

Durch einen kleinen Garten, wo Taxusbäume, Wacholdersträucher und anderes wildes Gewächs in kunstvoller Anordnung gepflanzt waren, kamen wir zu einem zierlichen Jagdhaus, wo wir verblieben und wohin uns auch das Mittagsmahl nachgebracht wurde. Dort saßen wir dann noch lange bei einer Kanne voll Met und blickten in beschaulicher Ruhe, ohne viel zu reden, in den Tiergarten hinein und freuten uns über jedes Wildstück, das sich am Rand eines nahen Dickichts zeigte.

Als es dämmerig wurde, kam der Knecht und brachte zugleich mit einer frischen Kanne Wachslichter, die er in die an den Wänden des Hauptgemaches befindlichen Träger steckte, und nun bemerkte ich erst, dass der Raum mit allerlei Bildwerk aus Stein und Holz ausgeschmückt war. Besonders fielen mir zwei bärtige Köpfe auf, deren Ohren wie Weinblätter geformt waren, und ein wappenartiges Bild, das einen gekrönten Adler über einem Pfauenstutz darstellte.

Der alte Eckehard gönnte mir reichlich Zeit zur Betrachtung, dann sagte er:

»Die Menschen von heute wissen sich über Zeit und Raum hinweg nicht anders als durch Buchstaben zu verständigen, die sie auf Papier niederschreiben oder in Bücher drucken. Die Kunst, durch Bilder zu reden, haben sie vergessen, ihnen ist ein Kopf nichts anderes als ein Kopf und nicht das Zeichen höchsten Wissens, sie ahnen nicht, dass der Bart das Zeichen des Wachsens, ein Weinblatt das des zu erringenden Erfolges ist. Der Adler spricht ihnen nicht mehr von uraltem Recht, höchstens dass sie in der Krone ein Merkmal des Adels wittern. Diese

Bilder, die Ihr da seht, sind nicht etwa sinnlos nebeneinander gestellt, sondern geben, in rechte Beziehung zusammengebracht, einen guten Spruch, wenn Ihr Euch Muße genug nehmt, werdet Ihr ihn vielleicht lesen lernen!«

Ich dachte lange hin und her, dann brachte ich zögernd heraus:

»Fast meine ich, es könnte heißen: Wachse zu höchstem Wissen, dann erringst du dir als Gewinn den Adel zu Recht!«

Der Alte schmunzelte zufrieden. »Nicht schlecht! Der Eingeweihte würde den Spruch zwar etwas anders lesen, aber den Sinn habt Ihr ganz gut erfasst!«

Solches Lob gab mir Mut zu einer Frage: »Warum sind der Köpfe aber zwei?« Wie ich das aussprach, stieg mir die Erinnerung an jene nicht so ferne Zeit auf, wo ich als Teil eines doppelköpfigen Wesens leben musste, doch der Gedanke war fehl am Ort, darum stieß ich ihn rasch von mir.

»Ihr sehet also zwei?«, kam die Antwort. »Ich erblicke nur einen! Wie viele mögen es in Wahrheit sein? Da werdet Ihr wohl auch glauben, dass ich Euch allabendlich zwei Kerzen in das Zimmer stelle und nicht eine einzige? Es liegt ein tiefer Zwiespalt in allem Menschlichen, der für gewöhnlich kaum zutage tritt und von der Menge der Oberflächlichen gar nicht empfunden wird. Es sind nur die Besten und Klügsten, die ihn in sich spüren, aber auch bei ihnen bleibt er eine innere Angelegenheit und man muss schon unter ganz besonderen Sternen geboren sein, wenn er sich in greifbare Tatsachen umsetzen soll. Ob das ein Glück ist für den, der es an sich erlebt? Ich glaube, Ihr werdet es nach den eigenen Erlebnissen verneinen, denn so etwas bringt viel Unordnung in ein Menschendasein und es ist nicht leicht wieder herauszukommen. Eines sei Euch zum Trost gesagt: Ihr seid auf dem besten Wege dazu! Glaubt mir, der Tag ist nicht mehr fern, wo Ihr nur ein Licht sehen werdet!«

Er hatte das im Ton einer großen Verheißung gesagt. Ich verstand den Sinn seiner Rede nicht, aber mein Vertrauen zu ihm gab mir die innere Gewißheit, dass wirklich etwas Gewaltiges mit mir vorgehen würde.

# 12

Als ich am nächsten Morgen nach meinem Wirt fragte, da hieß es, er sei ausgeritten. In die Berge hinauf, sagte der alte Heimo, und er werde erst nach einigen Tagen wiederkommen.

»Er hat mir auch aufgetragen«, fügte der Knecht hinzu, »dass ich Euch jeden Abend das Licht bringe.« Das Licht! Mir schien, als ob er dieses Wort mit besonderem Nachdruck gesprochen hätte.

Ich vertrieb mir die Zeit, so gut es ging, und sie wurde mir nicht lang. Ich besuchte die Hunde und die Bienen, fütterte das Wild im Tiergarten, ruhte nach solchen kleinen Strapazen im Jagdhaus und betrachtete dabei nachdenklich die Steinbilder. Nein, ich machte keine Fortschritte, so stellte ich traurig bei mir fest, ich sah noch immer zwei Köpfe und würde gewiss abends wieder zwei Lichter sehen!

Dafür erlebte ich aber tagsüber andere merkwürdige Dinge.

Das erste Mal widerfuhr es mir im dichten Tannenhochwald. Mein Fuß schmerzte mich heute viel weniger als sonst, das hatte mich verleitet, einmal auf eigene Faust in der Gegend Umschau zu halten. Ich war auf schmalem Pfad schon recht tief in das grüne Dunkel vorgedrungen, da war es mir mit einem Mal, als würden die Bäume alle durchsichtig und hinter ihnen wäre etwas Helles, was ich freilich lange nicht recht unterscheiden konnte.

Aber die Umrisse der Bäume wurden bald schwächer und die des geheimnisvollen Hintergrundes kräftiger, traten näher an mich heran, umgaben mich von allen Seiten. Es war eine breite Brücke, auf der ich schritt, ein großer Fluss war darunter, vor mir eine Stadt mit einer Burg darüber und wie ich mich umblickte, da sah ich hinter mir eine zweite Stadt. Wie Schuppen fiel es mir von den Augen, das war ja die Prager Karlsbrücke, vor mir die Kleinseite mit dem Hradschin, hinter mir die Altstadt!

Ich schrie vor Verwunderung auf und im gleichen Augenblick war das alles verschwunden, ich befand mich wieder im dunklen Tannenwald und die Bäume waren so undurchsichtig, wie eben Tannen sein können.

Am nächsten Tag erging es mir wiederum so, diesmal, als ich

durch den Tiergarten dem Jagdhaus zu schritt. Auch war ich auf meinem magischen Weg scheinbar inzwischen ein Stück weitergekommen, war schon über die Brücke hinweg bis in die Kleinseitner Brückengasse gelangt. Die Umrisse waren noch deutlicher als gestern, auch sah ich Menschen an mir vorübereilen, eine feine Kutsche schattenhaft vorbeifahren. Gar sonderbar nahmen sich in diesem Bild die Taxusgebüsche und Wacholdersträucher, die Buchen und Fichten des Tiergartens aus, welche die Häuser zu durchwachsen schienen, Fahrbahn und Bürgersteig besetzt hielten, ohne dass aber Menschen und Wagen dadurch aufgehalten worden wären, da sie ihren Weg so ungehindert fortsetzten, als wäre weder Baum noch Strauch da.

Unwillkürlich musste ich an mein Abenteuer im Spiegel denken. War es nach dem Durchschreiten der gläsernen Wand nicht ganz ähnlich gewesen? Hatte ich nicht da noch die ganze Einrichtung des Zimmers, den Tisch mit seinen Geräten, die Sessel, die Wände um mich gesehen und war das nicht alles doch von dem azurblauen Strauchwerk der Spiegelwelt durchwachsen und durchdrungen? Und noch etwas fiel mir in diesem Moment ein: der Name Mariannes. Nichts mehr als der Name zunächst. Ihn hatte ich auf den Lippen und im Herzen gehabt, als ich zum letzten Mal durch die Kleinseitner Brückengasse ging, ihn hatte ich gerufen, als ich mich zum Durchschreiten jener Spiegelmauer anschickte – wie hatte ich ihn nur so vergessen können?

Ich konnte mich nicht mit mir zurechtfinden, wusste nur, dass es gar nicht so lange her war, wo er mir viel, ja alles bedeutet hatte, fühlte deutlich, dass es etwas von außen Kommendes gewesen sein müsse, das mich ihn vergessen ließ. Und auch dieses Etwas hatte ich aus dem Gedächtnis verloren, wie und warum, das wusste ich mir nicht zu sagen.

In solches Grübeln versunken, schritt ich weiter. Wie dem Mönch von Heisterbach war mir, von dem ich einmal gar Seltsames gelesen hatte. Das Bild der Gasse und der Häuser verblasste allgemach, es war wieder nur der Tiergarten um mich herum und ich ging zwischen Taxushecken und Wacholdergesträuch auf das Jagdhaus zu.

Ich trat in sein Inneres, mein Auge suchte dort die beiden Steinköpfe und mich durchzuckte es wie eiserne Entschlossenheit: Ich wollte nur einen sehen! Und siehe da, mein Blick fand wirklich nur einen, genau in der Mitte zwischen den zweien, die ich noch am Tag vorher geschaut hatte. Ich erschrak darüber, fühlte, wie meine Willenskraft davon erlahmte, und schon zerfloss der Kopf in unklare Doppelzüge und alles war wieder wie gestern.

Da nahm ich mir vor, in meinem Inneren Ordnung zu schaffen und zur Selbstbesinnung zu kommen. Das war gar nicht leicht, Schleier über Schleier schienen über alles gebreitet, was hinter mir lag, ich grübelte, bis mir der Kopf davon wehtat, und doch fielen mir nur Fetzen von Erinnerungen ein, die sich noch dazu vielfach widersprachen und kein einheitliches Bild ergeben wollten.

Wie eine Reihe übereinander liegender Schichten kam mir meine Vergangenheit vor. Ich musste jedenfalls mit der letzten beginnen, wenn ich mich zurechtfinden wollte. Wie war das nun? Ich lebte hier seit wenigen Tagen wie auf einer einsamen Insel in Ruhe und Frieden. Es ging hier wohl ganz natürlich zu, bis auf die Sache mit der Kerze und dann in allerletzter Zeit diese seltsamen Erinnerungsbilder. Merkwürdigerweise zeigten sie mir nichts aus meiner allerletzten Vergangenheit, sondern griffen weit zurück. Dagegen schien das, was meinem Aufenthalt in dieser stillen Waldburg unmittelbar vorhergegangen war, so sonderbar weit entrückt, als läge es viele Jahre zurück. Anfangs hatte ich keinen Gedanken daran gehabt und es gelang mir erst jetzt mich mühsam darauf zu besinnen. Und doch waren das so ungeheuerliche Erlebnisse gewesen, Dinge hatte ich geschaut, die mich jetzt noch beim Zurückdenken erschauern ließen, und auch in meinem Innern war so Gewaltiges vorgegangen, dass ich bereit gewesen war, mein Leben für eine fremde Frau zu opfern. Eine fremde? Hatte mich nicht da oben in den Bergen etwas wie heißes Liebesgefühl für sie durchflutet und jetzt galt sie mir fremd, so sehr, dass ich mich kaum auf ihren Namen besinnen konnte? Wie diese Liebe zu ihr in mein Herz gekommen war, das konnte ich mir leicht deuten, sie hatte mir das doch mit unglaublicher Offenheit erklärt. Aber wie konnte das alles wieder so rasch ins Nichts verschwinden? War ihre Macht mit ihrem Tod gebrochen? War sie denn überhaupt tot? Einen sicheren Anhaltspunkt hatte ich nicht dafür, im Grunde war das nur eine Vermutung.

Oder hatte mich hier ein Gegenzauber von ihrem Einfluss befreit? War vielleicht der Met, dem ich hier so reichlich zugesprochen hatte, ein Trank der Vergessenheit? Nein, das konnte es nicht sein, aber das Licht, ja, das Licht! Sein Schein ließ nicht nur meine körperlichen Schmerzen schwinden, er machte auch die Erinnerung an meine Erlebnisse aus der letzten Zeit verblassen, er durchleuchtete die Schichten, als wären sie nicht vorhanden, und ließ die Umrisse jener Welt immer stärker und schärfer werden, in der ich gelebt hatte, bevor ich in den Spiegel hineingegangen war.

Aus diesen Überlegungen reifte mir eine Erkenntnis, die ich zwar am Anfang als allzu sonderbar von mir zu weisen suchte, die mir aber immer mehr als die Lösung aller Rätsel erschien. Es war einfach nicht anders möglich: Ich war noch immer nicht aus dem Spiegel heraus, diese magische Glaswand hatte sich, während ich jenseits von ihr war, in zwei geteilt und nur die eine hatte ich auf der Flucht mit Verlust meines Fußes durchschreiten können, die andere ging wie eine wandernde Mauer vor mir, wohin ich mich auch wenden mochte, war eine zauberische Hülle, die mich umgab und nicht freilassen wollte. Aber mit Hilfe jenes Lichtes würde ich auch sie durchschreiten und dann … dann …

## 13

Was ich am Anfang nur des Zeitvertreibs halber getan hatte, diese Besuche bei Hunden, Wild und Bienen, das wurde mir bald zum selbstverständlichen Bedürfnis. Sie schienen es nicht vergessen zu haben, dass ich zum ersten Mal an der Seite ihres Herrn zu ihnen gekommen war, und hatten keine Scheu vor mir. Man merkte ihnen wohl an, wie sehr sie ihn vermissten, aber die Hunde ließen sich doch willig von mir streicheln, das Wild nahm Futter aus meiner Hand und die Bienen stachen nicht nach mir, wenn ich ihren Stöcken auch noch so nahe kam.

Der alte Knecht Heimo folgte mir stets bei solchen Gängen und machte sich etwas in der Nähe zu schaffen. Sein sichtliches

Misstrauen wandelte sich aber in Wohlwollen, sobald er merkte, wie gut ich mit den Tieren stand. Schließlich begann er sogar ein Gespräch mit mir, das mit Wetterbeobachtungen begann und dann in eine Art Entschuldigung überging.

»Ich hab halt zuerst gemeint, der Herr wär ein Fremder. Hätte mir freilich gleich sagen können, dass mein Gebieter nur einen der Unseren zu Gast ladet. Aber mein dummer Kopf hat das nicht so leicht begriffen. Ich komme gar selten von hier heraus, es vergehen oft Jahre, ehe mich einmal der Weg hinunter in die Dörfer oder gar bis Rottenmann führt. Dort haben sie in allen Häusern Kreuze hängen, zu denen sie beten, und unseren hohen Herrn der Berge, den kennen sie nimmer oder haben sich einreden lassen, er wäre ein böser Geist. Da habe ich halt in meiner Einfalt gemeint, es müsste jeder Fremde, der zu uns verschlagen wird, einer von ihrer Art sein. Nichts für ungut also!«

So treuherzig diese Worte vorgebracht waren, so sehr brachten sie mich in Schrecken. Gab es also in diesen entlegenen Bergen wirklich noch Heiden, die nicht an unseren Herrn Jesus Christus glaubten? Ich musste an die Erzählung des Fuhrmanns von den »hadischen Leuten« denken. Gab es derer auch hier? Erst jetzt fiel mir auch ein, dass ich in der ganzen Waldburg, in der ich nun hauste, nicht ein einziges Kruzifix gesehen hatte.

Es wäre wohl meine Pflicht als guter Katholik gewesen, mich sogleich zu meinem Glauben zu bekennen und dann mich rasch von hier wegzumachen, talabwärts zu ziehen und im ersten Pfarrhaus, das ich erreichen würde, Bericht zu erstatten.

Doch das wäre ein schlechter Lohn für die mir erwiesene Gastfreundschaft gewesen und eine Judastat, an der unser guter Heiland kein Gefallen gefunden hätte. Freilich, meinen Glauben hätte ich doch sogleich bekennen sollen, wenn ich das nicht tat, so war das schwere Sünde! Aber zuerst wollte ich mich genau auskennen, vielleicht war der Knecht da ein verschrobener Bursche, der selbst nicht recht wusste, was er sprach. Doch seine Worte hatten das Geheimnis gestreift, dem ich im Wettergrollen zwischen Schnee und Eis begegnet war, das war gewiss, und darum drängte es mich zu der Frage:

»Warst du auch schon einmal zur Nachtzeit oben in den Bergen?«

Eigentlich wollte ich noch mehr sagen, mich deutlicher ausdrücken, aber es dünkte mir besser, vorsichtig zu sein.

»Wohl, wohl«, antwortete der Knecht mit sichtlichem Stolz, »und das nicht einmal! Doch den Herrn der Berge habe ich nicht zu schauen bekommen, aber die Jäger in den goldenen Brünnen und die fackelschwingenden Jungfrauen, die habe ich mehr als einmal gesehen!«

Da blitzte mir noch die Frage durch den Kopf und kaum gedacht, war sie auch schon ausgesprochen: »Und hast du unter den Fackeljungfern auch einmal eine mit schwarzem Haar erblickt?«

In maßlosem Staunen antwortete er: »Die kennt Ihr auch? Doch nicht von Angesicht zu Angesicht? Sollen ja Hunderte von Jahren her sein, dass sie mitgeritten ist! Nur vom Hörensagen ist mir ein wenig Kunde von ihr geworden. Sie soll der Liebling des Herrn der Berge gewesen sein, in jenen fernen Zeiten, als noch überall die Menschen fromm die Hände zu ihm hoben. Aber als er vor dem Klang der Kirchenglocken hinauf in das Steingeklüfte floh, als er hinein in das Bergesinnere ritt, um dort der Wiederkehr besserer Zeiten entgegenzuträumen, da wurde es ihr zu still und zu einsam in seiner Nähe und sie ging zu den Menschen ins Tal hinunter. Tat aber nicht wie die, welche man die Saligen nennt, so den armen Bauern gern bei der Arbeit helfen, sondern gab sich mit bösen Künsten ab und ward darum aus dem heiligen Kreis verstoßen.«

Mich zwang etwas, seine Erzählung zu Ende zu bringen. »Sie hat doch versucht zurückzukehren und ward dabei vom Blitz zerschmettert!«

Diesmal war der Knecht über meine Antwort nicht verwundert, er nickte vor sich hin und sagte: »Davon weiß ich nichts, aber es ist wohl das Beste für sie! Einmal musste ihr schlimmes Treiben ein Ende nehmen! Und dann, solch eine Fackeljungfer stirbt ja nicht für immer! Dort, wo ihr toter Leib auf die Erde gesunken ist, wird eine Tanne erwachsen, aus der wird man einmal eine Wiege machen und das kleine Dirndl, das man hineinlegen wird, in das kehrt die Seele der toten Fackeljungfer ein, auf dass sie, groß geworden, wieder zurückkehren darf in die Berge und mitreiten im heiligen Zug. Ihre bösen Künste wird sie darüber vergessen haben und wieder ganz ihren Schwestern gleichen!«

Der Knecht schwieg betreten still und sagte nach einer Weile:

»Weiß nicht, ob unser Herr Eckehard damit zufrieden sein wird, was wir da alles gesprochen haben! Das sind heimliche Sachen, von denen man besser nicht viel redet! Will mich lieber an meine Arbeit machen!«

Er trollte sich davon und überließ mich meinen Gedanken, die toll genug durcheinander wirrten. Und mitten in ihrem Brodeln und Drängen begann die Welt um mich wieder gläsern zu werden, ließ die Umrisse altvertrauter Stätten durchscheinen. Ich schritt durch die Lauben am Kleinseitner Ring, schaute eine gute Weile zu, wie vor einem Kaufmannsgewölbe viele schwere Tuchballen abgeladen wurden, nahm dann den Weg quer über den oberen Ring in der Richtung auf das Liechtenstein'sche Palais zu und dachte dabei: Jetzt habe ich nur noch wenige Schritte zu Marianne! Ob sie zu Hause sein wird?

Da begann ein Finkenhähnchen sein schmetterndes Lied zu singen. Es saß auf einem Buchenast, der sich mir über den Weg streckte und schon seine leuchtend grünen Blätter entfalten wollte. Platz und Häuser waren verschwunden.

Abends erwartete ich dann mit Ungeduld den Zeitpunkt des Schlafengehens und das Hereinbringen der Kerzen. In jeder Hand eine tragend, brachte sie der Knecht herein, stellte sie bedächtig auf das Tischchen, wünschte eine gute Nacht und ging. Es waren also doch zwei Kerzen, jetzt hatte ich es deutlich gesehen! Wie konnte aus ihnen eine werden? War es nicht wohl mein Wille gewesen, der die beiden Köpfe gezwungen hatte in einen zusammenzufließen? Ich würde wieder wollen, mit der ganzen Kraft meines Wesens wollen, und ich würde nur eine Flamme sehen.

Aber so sehr ich mich mühte, es wollte mir nicht gelingen all meine Gedanken in diese eine Richtung zu bringen, immer schweiften sie wieder ab. Da war der herbe Duft der Wälder, der durch das offene Fenster hereinströmte, da war noch anderes, Unerklärliches, das von draußen her auf mich einwirkte.

Eine seltsame Unruhe schien dort zu herrschen, ein Zirpen und Summen, ein Seufzen und Kichern klang in wirrem

Durcheinander zu mir herein, sodass ich am liebsten aufgestanden wäre, um diesen sonderbaren Geräuschen auf den Grund zu kommen.

Aber da hielt mich wieder der Anblick der Kerzen fest, ich meinte sie nicht aus den Augen lassen zu dürfen. An Schlaf war nicht zu denken, ich fühlte, wie sich die Unruhe von draußen auf mich übertrug, sich zur Erwartung irgendeines ungeahnten Ereignisses steigerte. Und doch musste ich schließlich fest eingeschlafen sein, um auf einmal jäh zu erwachen.

Mein erster Blick galt den Kerzen und siehe da – ich schaute nur eine Flamme, nur ein Licht. Aber dabei war in mir die feste Überzeugung, dass es doch zwei Kerzen seien, dass nur der Umriss der einen genau mit dem der anderen zusammenfiel. Mein Herz pochte freudig auf über diesen Anblick, der verheißene Augenblick war gekommen und ich zweifelte nicht daran, dass sich auch seine wunderbaren Wirkungen einstellen würden.

Doch was ging jetzt draußen vor? Ein heller Schein stand dort von der Art, wie ich ihn einst von fern aus den Bergen gesehen hatte. Er wurde zusehends stärker und mit ihm näherte es sich wie Rossgetrabe, wie Rufen und Singen – aber auch im Hause war es lebendig geworden. Polternde Schritte und ein ungeduldiges Pochen gegen eine Tür.

»Auf! Traut, auf!«, hörte ich den Knecht rufen. »Der Herr Eckehard kehrt heim und bringt viele Gäste mit, die goldenen Reiter alle und die Fackeljungfern! Auf und rüste eilig das Mahl in der großen Halle! Ich will inzwischen das Herdfeuer zünden!«

An meine Tür hatte der alte Heimo nicht geklopft, aber ich meinte, er werde es gleich tun, und da sollte er mich schon bereit finden. Mit einem Satz sprang ich aus dem Bett, stolperte aber in halber Schlaftrunkenheit über den Sessel, der meine Kleider trug, sodass ich der Länge nach hinstürzte und mit dem Kopf kräftig gegen die Stuhllehne schlug.

Der Stoß war so heftig, dass es mir gleich schwarz vor den Augen wurde und ich die Besinnung verlor. Es kann das nur einen Augenblick gedauert haben, dann war ich wieder ganz bei mir und schaute mich, auf dem Boden sitzend, erstaunt um.

Mein erster Blick galt der Kerze – es war nur eine, aber merkwürdig! Ich hatte jetzt das sichere Bewusstsein, dass es auch wirklich nur eine war. Mein zweiter Blick suchte das Bett, aus dem ich gerade herausgefallen war, und fand … ich riss die Augen vor Staunen auf und glaubte zu träumen, das war ja meine alte liebe Bettstatt aus dem väterlichen Haus! Mit den roten Damastvorhängen, die mir meine Mutter eigenhändig genäht hatte! Und – und – da war ja nicht nur das Bett, da waren Stuhl und Tisch und Wände, alles wie einst zu Hause! Dort hing das Madonnenbild, das mir meine fromme Tante, das alte Fräulein von Kürpack, vom Heiligen Berg als Wallfahrtsangebinde mitgebracht hatte! Und da auf dem Tisch lag mein Vergil aufgeschlagen, die schöne italienische Ausgabe mit den feinen Kupfern!

Nein, es war kein Traum, aber es war wohl wieder so ein Bild aus der schönen Vergangenheit, wie es mir in den letzten Tagen immer wieder erschienen war. Ich suchte gewohnheitsmäßig die Konturen der Gegenstände meiner wirklichen Umgebung, die sicher, nur glashaft durchsichtig geworden, dieses liebliche Gaukelbild durchgelassen hatten, aber ich fand nicht einen Schatten davon.

So erhob ich mich denn vom Boden und wagte einige Schritte, immer in der Überzeugung, dass das alles, was ich da um mich sah, im nächsten Augenblick wieder verschwunden sein würde.

Dabei lauschte ich gegen den Gang zu: Kein Laut von dort, das Poltern und Pochen des alten Heimo war verhallt. Das Fenster – auch da alles verändert, es stand nicht mehr offen, altvertraute Butzenscheiben gaben nicht viel von der Aussicht frei, aber das eine war doch gewiss: Nichts mehr von dem hellen Schein von vorhin, nur die dunkle Nacht stand draußen.

So vollkommen war der liebliche Trug, der mir die Heimat vortäuschte, noch nie gewesen. Ich wollte ihn aber dafür auch ausnützen, so gründlich wie nur möglich genießen und darum befühlte ich jedes Möbelstück, untersuchte alles und jedes, streichelte jetzt den Bettvorhang und dann meinen Vergil. Jetzt trat ich zu dem Bücherbrett, um auch hier alte Freunde zu begrüßen.

Aber da hatte offensichtlich eine fremde Hand gewirtschaftet. Vieles fehlte, dagegen standen einige astrologische und alchimistische Bücher da, die mir unbekannt waren.

Nun schlug ich den Deckel meiner Kleidertruhe auf: Hier war kaum ein Stückchen meiner früheren Habe zu finden, lauter neue Gewänder von einer modischen Art, wie ich sie nie geliebt hatte. Wie sollte ich mir das nun wieder deuten? War es doch vielleicht nicht das rechte Vaterhaus, in dem ich mich zu befinden schien? Entschlossen, der Sache auf den Grund zu kommen, öffnete ich die Tür und trat auf den dunklen Gang hinaus, machte auch einige Schritte gegen die Treppe zu.

Ja, es war alles richtig! Meine tastende Hand erkannte jede Nische, jede Wendung der Mauer wieder. Und dort aus der Finsternis des Stiegenhauses glutete blutig das ewige Lichtlein vor dem Kruzifix herauf.

Noch einen Schritt und ich wäre über etwas gestolpert. Stand da also noch immer Mutters altes Spinnrad herum, das sie längst nicht mehr gebrauchte und von dem sie sich doch nicht ganz trennen mochte! Ja, es war wirklich das Vaterhaus! Auch meine Nase bestätigte es mir. Sie witterte den wohl bekannten Geruch von Mohnstrudel, wie er bei uns an jedem Freitag in großen Mengen gebacken wurde. Es war also schon richtig, ich war zu Hause.

Erfreut und beglückt von diesem Ereignis, kehrte ich in meine Kammer zurück. Was würde wohl jetzt weiter werden? Würde mir das alles wieder entschwinden oder bleiben? Diese schwerwiegende Frage hin und her bedenkend, wanderte ich in meinem Zimmer auf und nieder, bis ich ganz müde wurde.

Sooft ich dabei an meinem Bett vorüberkam, schlug mir ein lieblich Düftlein entgegen. Das war der feine Lavendel, den mein gutes Mütterchen so reichlich in allen Wäscheschränken liegen hatte! Dass ich übrigens in dieser Stunde noch gar nicht an meinen seligen Vater gedacht hatte, dagegen jede Weile mich meiner Mutter erinnerte! Ich, der doch ganz unter seinem Einfluss gestanden war und an ihm mit so inniger Liebe hing! Das mochte wohl den Grund darin haben, dass ich bei dieser ersten Umschau im Hause allüberall an das Schalten und Walten der Mutter erinnert wurde.

Lavendel! Wie zart und fein das duftete, wie das zum Rasten und Schlafen lud! Ich konnte nicht widerstehen, ich musste mich wieder ins Bett legen und mich von diesem süßen Hauch ganz umschmeicheln lassen. Einschlafen wollte ich keinesfalls, nein, beileibe nicht! Aber bleierne Müdigkeit legte sich mir auf die Augenlider. Der Schimmer der Kerze zwang mich, sie wieder zu heben.

Unwillkürlich sah ich sie mir dabei genauer an. Merkwürdig! Es war der gleiche grob geschnitzte Leuchter aus derbem Zirbelholz, wie ihn Eckehard, der alte, getreue, jeden Abend neben mein Bett zu stellen pflegte! Und die Kerze wie dort aus einem branddunklen Wachs, nicht so goldgelb wie die Lichter, die man in meinem Vaterhaus in schlanke Zinnleuchter steckte!

Schlaftrunken machte ich noch diese Beobachtung, dann blies ich die Flamme aus und stellte, wie ich es schon als Bub getan hatte, den Leuchter auf die Erde in Reichweite vom Bett entfernt. Zunder und Zündschwamm, die sonst daneben lagen, fehlten freilich heute.

Im finsteren Raum spürte ich nun doppelt stark den Lavendelduft. Das gab ein herrliches Bewusstsein von Vaterhaus und sorgender Mutterliebe. Ich war daheim, ich war geborgen! Und mit diesem köstlichen Gefühl schlief ich ein.

# Heimkehr und Ausklang

## 1

Ein klirrendes Geräusch ließ mich aufwachen. Wie wenn ein Degen samt dem Wehrgehänge zu Boden gefallen wäre.

Die Stube war wieder hell; von dem Schein einer goldgelben Kerze, die im zinnernen Leuchter auf dem Tisch stand. Der Mann, der sie gerade hingestellt haben mochte, setzte sich eben auf einen Sessel daneben. Er wandte mir den Rücken, sodass ich sein Gesicht nicht sehen konnte. Aus der Haltung seiner Arme konnte ich schließen, dass er damit beschäftigt war, seinen breiten Spitzenkragen vom Hals zu lösen.

Wie der Blitz fuhr ich mit den Beinen heraus und setzte mich auf den Bettrand. Das Geräusch dieser Bewegung ließ den Mann sich umblicken und mir sein Gesicht zeigen. Es war mein eigenes Antlitz, Zug für Zug!

Eine Weile starrten wir einander wortlos an. Dann hatte er sich als Erster gefasst und sagte mit gezwungenem Lachen:

»Ei, was habe ich denn da in meiner Abwesenheit für sonderbaren Besuch erhalten? Ach, ich verstehe! Wohl eine etwas verspätete Erwiderung meiner kleinen Aufwartung in der letzten Silvesternacht? Wäre wirklich nicht nötig gewesen, ich halte nicht gar so sehr auf Etikette! Aber da Ihr nun einmal da seid – doch da stockt mir schon das Wort und in mir steigen Zweifel auf, ob das die richtige Anrede zwischen uns ist. Dass ich eigentlich der Doktor Cardano bin oder vielmehr war, das brauche ich nicht zu sagen, unser vorhin erwähntes Neujahrsgespräch hat mit einer etwas lebhafteren Auseinandersetzung geendet, in deren Verlauf das – wie ich gestehe – gegen meinen Willen herausgekommen ist. Als Hieronymo Cardano stand ich mit Euch auf dem ›Ihr‹-Fuß, als Ebenbild und Doppelgänger haben wir uns dagegen bei der besagten Begegnung in dem kleinen mährischen Nest kurzweg mit ›Du‹ angesprochen. Ich denke, wir bleiben bei der letzten Anrede, und das schon deshalb, weil es keinen Doktor Cardano mehr gibt, der ist tot und abgetan, ich bin heute ganz und ausschließlich das, was du einmal warst, nämlich der Hans Adam von Löwenmacht, und denke nicht daran, etwas anderes zu werden. Das bitte ich klar und deutlich als unumstößliche Tatsache im Auge zu behalten. Wenn du dich damit abfindest, dann ist vielleicht noch eine vernünftige Abrede zwischen uns möglich.«

»Ja, aber wer bin ich dann eigentlich?«, antwortete ich verblüfft.

»Diese Frage«, gab er lebhaft zurück, »hast du mir so ähnlich schon am letzten Silvester gestellt und ich sagte dir schon damals, dass du auf dem besten Weg bist, ein Gespenst zu werden. Und so weit bist du nun wirklich, du bist nichts anderes mehr als ein Doppelgänger, ein Gespenst ohne richtiges eigenes Leben! Du wolltest es ja auch gar nicht anders! Dilettantisch hast du mit deinem Dasein herumgespielt, hast dich schieben lassen, wohin dich der Wind trieb! Ein Wink von mir hat genügt, um dich in den Spiegel gehen zu heißen. Was ich damit für einen Zweck verfolgte, das kann ich dir heute ruhig sagen.

Mein Großonkel hat nicht nur in seinem berühmten Werk ›*De Subtilitate*‹ von den Sylphen geschrieben, er hat auch seine Beziehungen zu diesem lustigen Völklein auf die Mitglieder seiner Familie vererbt. War mir also nicht schwer, eines von diesen liebenswürdigen Wesen zu bestimmen, dass sie dir in Mariannes Gestalt im Spiegelland begegne und die Verwirrung in deinem Kopf ins Maßlose steigere. Leider hat sich das dumme Ding bei der Gelegenheit wirklich in dich verliebt und sich bei dem Versuch dir nachzufolgen in große Ungelegenheiten gebracht. Wenn ich mir nicht die Feindschaft ihrer ganzen Sippe zuziehen wollte, musste ich sie wieder in ihr Reich zurückschaffen. Hat Mühe genug gekostet!

Dann aber hatte dein Gang in den Spiegel für mich noch einen anderen, viel wichtigeren Zweck. Jene magische Glaswand vermag mit allen ihren rühmenswerten Eigenschaften doch nicht den Menschen so ganz und gar durchzulassen, wie er auf dieser Erde lebt. Er wäre auch in dieser Form für die Spiegelwelt zu plump. So spaltet denn die gläserne Mauer seine

Existenz in zwei, von denen nur eine den Spiegel durchschreitet, während die andere in dieser Welt verbleibt, also gleichsam vor jener magischen Wand auf seine Rückkehr wartet. Kehrt er unter den entsprechenden Vorsichtsmaßregeln, die dem Eingeweihten wohl vertraut sind, auf dem gleichen Weg zurück, so schlüpft er in dieses andere Ich, das vor dem Spiegel seiner harrt, hinein und kehrt in die Welt zurück, als ob er nur einen kleinen Spaziergang vor das Stadttor gemacht hätte. Ist das nun klar, ja?«

Ich nickte. Mein Doppelgänger hatte dies alles stehend vorgebracht, nun nahm er hinter dem Tisch Platz und wies mir mit höflicher Handbewegung den anderen Stuhl an.

»Verzeihung«, fuhr er fort, »in der ersten Überraschung über den unerwarteten Besuch habe ich ganz die Pflichten des Hausherrn vergessen – denn dass ich das hier bin, das wollen wir bei unserer ganzen Erörterung von vornherein festhalten – und habe meinem Gast nicht einmal einen Sitz angeboten! Wo bin ich denn stehen geblieben? Ja, richtig! Es hat sich also auch deine Existenz beim Gang durch den Spiegel gespalten, was du in deiner Erregung über das ungeheuerliche Erlebnis gar nicht gemerkt hast. So stand denn dein abgetrenntes Ich wie ein herrenloses Gut vor der Glaswand und harrte desjenigen, der sich seiner annehmen würde. Dieses Werk der Barmherzigkeit hatte ich mir vorbehalten, und zwar aus Gründen, zu denen ich gleich kommen werde.

Leider konnte ich nicht sofort zur Hand sein und musste es daher meinem Famulus, dem buckligen Mechaniker, den du ja kennst, überlassen, es von dort wegzunehmen und für mich eine Weile aufzubewahren. So etwas nun ist ein ganz subtiler Vorgang, der viel Geschicklichkeit erfordert – der täppische Kerl war dieser Aufgabe nicht ganz gewachsen und so kam es, dass das Ding etwas beschädigt wurde. Die Folgen musste leider ich tragen, das eine Bein pariert nicht recht, ich ziehe es ein wenig nach. Doch wenn man ein großes Ziel vor Augen hat, so muss man solche kleinen Mängel schon mitnehmen, die Sache wird sich übrigens mit der Zeit ganz auskurieren lassen!«

Er fuhr sich wie liebkosend mit der Hand über den Fuß und fuhr dann fort:

»Und nun zu meinem Ziel! Du wirst wissen wollen, was ich

mit dem allen eigentlich bezweckt habe, und hast auch beinahe so etwas wie ein Recht darauf, darüber belehrt zu werden. Um es ganz kurz zu sagen, mein Ziel heißt Marianne Komtesse Lodron! Springe nicht erregt auf, mein lieber Freund, Aufregung hat hier gar keinen Sinn! Ich sah sie zum ersten Mal bei unserem gemeinsamen Gang in das Faust-Haus und mein Herz stand sogleich in Flammen. Leider musste ich gleichzeitig wahrnehmen, dass ich scheinbar um eine Nasenlänge zu spät kam, denn ich gewahrte verliebte Blicke, die keinen Zweifel über die Gefühle des schönen Fräuleins aufkommen ließen. Ein anderer an meiner Stelle hätte sich daraufhin resigniert zurückgezogen, ich dagegen erblickte darin nur eine wundervolle Gelegenheit, meine bisher rein theoretisch gebliebenen Kenntnisse einmal in die Praxis umzusetzen.

Das Übrige ging dann ganz glatt. Mein Famulus hatte die weitere Aufgabe, dich nach deiner früher oder später zu gewärtigenden Rückkehr aus dem Spiegelland für einige Zeit aus dem Wege zu halten, es war nicht meine Absicht, sondern ausschließlich deine täppische Ungeschicklichkeit, dass du dabei einen Fuß verloren hast – doch Halt! Habe ich vorhin recht gesehen, du gehst ja wieder ganz regelrecht auf zwei Beinen! Wie ist denn das gelungen? Doch das ist ja schließlich Nebensache, ob auf einem oder auf zwei Beinen, ein Gespenst bleibst du ja doch, zumindest für so lange, als ich nicht einen richtigen Menschen aus dir mache! Und dazu wäre ich nicht abgeneigt, nur musst du dir ein für allemal darüber klar sein, dass dieser Mensch nicht Hans Adam Löwenmacht heißen kann! Denn das bin ich, ich allein und ich denke nicht daran, einer nächtlichen Spukgestalt zuliebe, die mir unversehens ins Bett gefallen ist, etwa darauf zu verzichten. Und zwingen kann mich dazu niemand, du am allerwenigsten! Wäre auch ein himmelschreiendes Unrecht, das mir damit angetan würde! Denn was habe ich durch mein Spiegelkunststück erworben? Einen leeren Namen und eine nichts sagende Larve! Und was habe ich alles in der kurzen Zwischenzeit daraus gemacht! Rang und Stand habe ich erworben und noch anderes mehr, an was du dich nie und nimmer herangetraut hättest! Höre nur zu, wie ich das angefangen habe, ich habe wohl das Recht, mich dessen zu rühmen!

Ich will nicht leugnen, dass die Dinge für mich günstig lagen, aber ich habe sie auch zu nutzen verstanden! Die Pest hatte unter den alten Herren mit den großen Perücken gründlich aufgeräumt, sodass mehr als ein hohes Kollegium mangels lebender Beisitzer beschlussunfähig war. Da habe ich die guten Verbindungen meines seligen Vaters – ich meine natürlich den Herrn Primator Matthias Max von Löwenmacht, wobei es mir gewiss peinlich ist deine persönlichen Empfindungen zu verletzen, aber so wie die Dinge jetzt liegen, kann ich ihn unmöglich als deinen Vater bezeichnen, das musst du vernünftigerweise selbst einsehen, wenn sich auch dein Gefühl dagegen etwas sträuben mag – es ist da eben so eine Art Sukzession eingetreten, nach Recht und Gesetz ist er jetzt eben mein Vater! Ja, also ich habe alle diese Verbindungen in Bewegung gebracht, habe alle die hohen Freunde des Seligen besucht, insbesondere die Herren Landesoffiziere, und sie bei ihrer einstigen Freundschaft für den entschlafenen Primator beschworen dem Sohn ihren Beistand nicht zu versagen, habe auch durch mancherlei Briefe nach Wien die großen Meriten des teueren Toten in Erinnerung gebracht und der Erfolg ist wirklich nicht ausgeblieben: Im März bin ich durch Seiner Majestät besondere Gnade zum Appellationsrat beim obersten Landgericht ernannt worden und habe die beste Aussicht, demnächst Prokurator zu werden. Anfangs ging es mit den Amtsgeschäften nicht leicht, eigentlich bin ich doch Medicus, aber es ist mit der Juristerei einfacher, als ich zuerst dachte, wenn man einmal so die wichtigsten lateinischen Redensarten weg hat, so gibt sich das Übrige von selbst.«

Mein Doppelgänger machte eine Pause, als müsste er erst einmal Atem schöpfen, um eine besonders wichtige Sache mit besserem Nachdruck vorbringen zu können, dann begann er wieder:

»Wer eine ansehnliche Stellung hat, der kann sich seine künftige Ehefrau in den ersten Familien des Landes aussuchen, und so wurde mir bald da, bald dort ein Wink zuteil, dass ich als Eidam nicht unwillkommen wäre. Besonders der neue Primator, der Herr Dirix von Bruck und Rottenberg, hätte mich gern als Bräutigam seiner Tochter gesehen. Nun, die Annesusanne ist so uneben nicht und wenn der Herr Vater seine Laufbahn nur als bürgerlicher Apotheker angefangen hatte, so war er doch jetzt eine sehr einflussreiche Persönlichkeit, noch höher sind aber die guten Konnexionen seiner Frau einzuschätzen, die doch eine geborene Worzikowsky von Kundratitz ist. Trotzdem stellte ich mich auf beiden Ohren taub, ließ aber ja nichts davon laut werden, wo ich eigentlich mein Herz verloren hätte, ehe ich nicht meiner Sache gewiss war.

Ich bat dann den obersten Landeskommandierenden aller kaiserlichen Truppen in Böhmen um die Ehre einer Aussprache, die mir auch bereitwilligst gewährt wurde. Dann musste wieder das Andenken des seligen Vaters heran, der – wie mir wohl bekannt war – zu den besten Freunden des Herrn Generals Graf Harant gehört hatte, und es verfehlte auch hier seine Wirkung nicht. Als ich freilich mit meiner Bitte herausrückte, wurde der Herr Graf etwas obstinat, meinte auch, dass er sich mit solchen Sachen niemals abgegeben habe, aber ich ließ nicht locker, bis er mir schließlich zusagte, als mein Freiwerber um die Hand der Komtesse Lodron auftreten zu wollen. Auf diesen herrlichen Einfall wärst du natürlich nie gekommen, nicht wahr? Nun siehst du! Ich nehme dir wirklich nichts, was du aus eigener Kraft hättest erlangen können, ich ernte nur die Früchte meiner eigenen geistigen Überlegenheit!

Mit dieser Zusage war freilich zunächst nicht viel gewonnen, denn der Herr General liebt das Schreiben nicht und ein eigenhändiger Brief des Freiwerbers an den künftigen Brautvater war nicht gut zu umgehen. Um die Sache zu erleichtern, machte ich den Vorschlag, dass ich den Brief zunächst einmal selbst aufsetzen könnte, sodass ihn der Herr General nur abzuschreiben hätte. Damit kam ich aber schön an, um ein Haar hätte er mir in seiner Empörung den Degen in den Leib gerannt, er sei kein windiger Kanzlist, der die von anderen verfassten Episteln ins Reine zu schreiben hätte.

Die Dinge lagen also nicht sehr erfreulich, als ein glücklicher Zufall auch über diese Schwierigkeit hinweghalf. Von Wien kam eine dringende Ordre, die den Grafen Harant mit einem Teil der böhmischen Truppen sogleich nach Ungarn zum Kampf gegen die Aufständischen berief, und schon in den ersten Tagen nach seiner Ankunft im Feldlager traf er mit Graf Sebastian Lodron zusammen. Es war nicht leicht, seine

Zustimmung zu bekommen, aber nachdem er sie gegeben hatte, erzählte er dem Harant eine lustige Geschichte von einem gefangenen Kurutzen, der sich der ihm drohenden Pfählung durch eine Lügenerzählung sondergleichen zu entziehen trachtete. Er sei niemand anderer als der Junker von Löwenmacht, habe auf abenteuerliche Weise ein Bein verloren, hege aber keinen anderen Wunsch, als des Grafen Tochter zu retten, die sogar beide Füße eingebüßt habe und sich nun in der Gewalt eines wandernden Marktschreiers befinde. Der Graf Lodron konnte sich ausschütten vor Lachen über diese tolle Lügenmär und ich habe brav mitgelacht, obgleich ich mir wohl denken konnte, wer dieser Kurutze gewesen sein mochte. Nun wurde ein eiliger Bote nach Schloss Gmünd entsendet, der brachte dem Komtesslein die lang verweigerte väterliche Erlaubnis zu einem Verwandtenbesuch in Böhmen, zur Reise nach Prag. Hast du etwas gesagt?«

Nein, ich hatte nichts gesagt. Ich blickte nur in ohnmächtiger Wut auf mein Gegenüber, wollte ihm an die Gurgel springen, aber eine innere Stimme mahnte mich: Noch nicht! Warte ab, dein Augenblick wird kommen! Er hat noch einiges zu sagen, lass ihn zu Ende reden!

In seinem Blick stand lauernde Erwartung. Er rechnete mit einem Zornesausbruch, er freute sich förmlich darauf, das hätte dazu gehört, um seinen Triumph vollständig zu machen. Als nichts dergleichen kam, fuhr er merklich enttäuscht fort:

»Du findest also selbst, dass das in Ordnung geht? Das ist recht! Deine Augen blitzen freilich verdächtig, das schaut wie mühsam verhaltener Grimm aus, ich finde auch das begreiflich! Aber die nüchterne Vernunft wird schon in dir Oberhand gewinnen, sie sagt dir gewiss schon jetzt, dass ich nicht nur tatsächlich Herr der Lage bin, sondern dass auch, wenn man es genau und unparteiisch bedenkt, das Recht auf meiner Seite ist, dass ich mir meine jetzige Stellung ehrlich verdient habe! Nachdem wir also so weit sind, können wir nun ein Stückchen weitergehen und von dir und deiner Zukunft reden.

Du befindest dich in einer sehr fragwürdigen Situation, das ist einmal sicher, und ich finde es ganz verständlich, dass du aus ihr herauswillst. Insoweit das nicht auf meine Kosten geschehen soll, habe ich nichts dagegen, ja, ich will dir sogar dabei behilflich sein. Verpflichtet bin ich dazu nicht, es ist ausschließlich mein guter Wille, es ist christliche Nächstenliebe, die ich übe! Du brauchst dein Gesicht nicht zu hämischem Grinsen zu verziehen, es ist wirklich so! Mag auch manches, was ich getan habe, nach fluchwürdiger Hexerei aussehen, ich habe dafür Absolution erhalten und befleißige mich jetzt eines sittlich einwandfreien Lebenswandels, wie er meiner Stellung entspricht, und handle streng nach den Grundsätzen des allein selig machenden Glaubens. Und dieser gebietet mir, dem Bedürftigen zu helfen und ihm seine Notlage zu erleichtern.

Wohlan denn! Zu diesem Zweck müssen wir vor allem deinen Fall restlos klarlegen, ich muss wieder den alten Medicus in mir ein wenig lebendig werden lassen und feststellen, wo es dem Patienten eigentlich fehlt. Was dir für ein richtiges Menschendasein abgeht, das ist jene Hälfte deines früheren Wesens, die auf mich übergegangen ist. Mit dem, was dir übrig geblieben ist, bist du zwar vorzüglich befähigt, mit Sylphen und Salamandern, mit Geistern und sonstigem Spukgesindel, ja mit dem Teufel selbst in Verkehr zu treten, weil du um einen guten Teil deines körperlichen Wesens erleichtert bist, aber im Vergleich mit anderen Menschen bist du nur ein erbärmliches Stückwerk eines solchen und wirst es bleiben, solange da nicht eine entsprechende Ergänzung vorgenommen wird.

Ich gebe gern zu, dass dies am natürlichsten dadurch geschehen würde, wenn ich dir den nun fehlenden Teil deines früheren Seins sozusagen zurückgeben würde, aber das kommt aus den früher angeführten Gründen überhaupt nicht in Frage und so müssen wir uns anderweitig umsehen, ob sich nicht wo ein Krug findet, aus dem wir das halbvolle Gefäß deiner Existenz wieder bis zum Rande füllen könnten. Ich könnte dir ja vorschlagen, es mit den noch selbständig vegetierenden Resten eines gewissen Doktor Cardano zu versuchen. Ich habe nicht allzu viel von seinem Wesen in mein neues Sein herübergenommen, sodass er auch heute noch einem richtigen Menschen zum Verwechseln ähnlich sieht und noch immer in der Lage ist, an Seiner Exzellenz dem Gesandten der Republik Venedig herumzudoktern, aber gerade der Umstand, dass ich ihm so viel seiner bisherigen Körperhaftigkeit belassen habe, wäre da ein ernstliches Hindernis. Wenn man euch beide zusammentun würde, so käme – um bei dem vorigen Vergleich zu bleiben – das Gefäß zum Überlaufen, und das tut nicht gut. Auch habe ich da noch ein Bedenken rein persönlicher Art: Nicht dass ich mich in meiner jetzigen Lage irgendwie unsicher fühlen würde, nein, beileibe nicht, ich kann mir beim besten Willen nicht denken, was mich anfechten könnte, aber es ist nun einmal meine Art, immer hübsch vorsichtig zu sein und auch dann, wenn ich alle Trümpfe in der Hand habe, mir doch eine Rückzugslinie offen zu halten. Darum will ich mir stets die Möglichkeit wahren, wenn es nicht anders gehen sollte, wieder in mich selbst zurückzukehren.

Vielleicht hätte ich dir das nicht sagen sollen, es könnte in dir leicht die Vorstellung wachrufen, dass meine Position doch irgendwelche Schwächen hat. Aber ich sehe nicht ein, warum ich dir gegenüber ein Blatt vor den Mund nehmen sollte. Es gibt auf der weiten Welt wohl kein Geschöpf, das so machtlos ist wie du. Was kannst du mir schon schaden, was in deiner erbärmlichen Hilflosigkeit gegen mich unternehmen? Nichts! Absolut nichts! Du denkst ja sicher auch gar nicht daran, siehst ein, dass ich dein guter Freund bin, der sich den Kopf zerbricht, wie er dir helfen könnte!«

Er suchte meine Hand zu ergreifen und in seinem Blick stand etwas wie Herzlichkeit. Unwillkürlich musste ich denken: Meinen ganzen Leib hat er mir gestohlen, nur die Augen nicht, das waren seine eigenen, in denen spiegelte sich sein mir feindliches Planen.

»Also wie gesagt«, so nahm mein Doppelgänger wieder die Rede auf, »so geht es nicht! Aber ich wüsste etwas anderes! Da hängt in Passau eine Art Menschenhaut, so ein halbes Ich, für das niemand eine rechte Verwendung hat. Ist ganz gut erhalten und gebrauchsfähig. Die andere Hälfte hat bei einem ungeschickten Goldmacherversuch der Teufel geholt oder genauer gesagt, der Satan hat sie in die Mauer hineingehetzt, sodass keine Spur von ihr übrig geblieben ist.«

»In die Mauer?«, unterbrach ich ihn erstaunt und vergaß vor Verwunderung für eine Weile meinen zornigen Hass.

»Ja, in die Mauer!«, lautete die Antwort. »Ein Laie in den geheimen Wissenschaften wie du weiß natürlich nicht, dass auch eine gewöhnliche Mauer eine Art Spiegel ist, ein dunkler

Spiegel freilich, der die Kraft zum Widerschein nur unter dem Einfluss eines bestimmten Lichtes gewinnt oder vielmehr von zwei gleichartigen Lichtern, die in eines zusammenfließen. Was es freilich damit für eine Bewandtnis hat, das kann selbst ich nicht genau sagen. Wohl habe ich in einem alten Manuskript ein Rezept dafür gelesen. Nimm das Wasser von den Bergen des Mondes, so heißt es dort, und koche es, bis daraus Erde von zweierlei Art wird, weiße und rote, alsdann speise diese Erde mit dem Feuer der Luft und wiederum mit der Luft des Feuers, dann erhältst du die zwei magischen Lichter. Ich habe alles versucht, um den geheimen Sinn, der offenbar hinter diesen Worten steckt, herauszubekommen, aber vergeblich.

Wenn es mir gelungen wäre, so hätte ich es wahrhaftig nicht nötig gehabt, in mühsamer Arbeit den Spiegel im Faust-Haus aus kleinen, nach den Regeln der Kabbala geordneten Stückchen zusammenzusetzen und dich mit klug angebrachten Bemerkungen zu dem Gang hinein zu verleiten, ich hätte dich nur zwischen jene Lichter und eine beliebige Mauer bringen müssen und dann fest wollen, dass du in sie hineingehst, und du wärest in ihr auf Nimmerwiedersehen verschwunden. Auf Nimmerwiedersehen, verstehst du, oder besser gesagt, für so lange, als ich dich nicht selbst wieder aus der Mauer herausgeholt hätte. Da ich kaum jemals dazu Lust empfunden haben würde, so wäre das auf eines herausgekommen. Es sind nämlich bei diesen Experimenten zwei treibende Kräfte oder Vehicula, wie sie der Eingeweihte nennt. Die eine ist zwar magisch, aber doch sachlich und greifbar, das ist der Spiegel oder jenes geheimnisvolle Licht, das die Mauer zum Spiegel macht, die andere aber ist der menschliche Wille, der eigene Vorsatz, in den Spiegel hineinzugehen, der aber bei Gebrauch jenes Lichtes durch den Willen eines anderen ersetzt werden kann. Bist du auf Grund deines eigenen Willens hineingegangen, dann reicht auch dein Wille aus, um dich – wenn auch mit gewissen Gefahren, wenn du unerfahren bist – den Rückweg gehen zu lassen. Hat dich aber ein fremdes Wollen hineingezwungen, so kann dich auch nur dieses wieder herauslassen!« Er hielt inne, wie über sich selbst verärgert, und setzte dann förmlich entschuldigend hinzu:

»Wenn ich von solchen Dingen rede, so komme ich leicht aus dem Hundertsten ins Tausendste und kann kein Ende finden. Es hat eben jeder seine besondere Liebhaberei, die meine sind die geheimen Wissenschaften. Das Sprechen über ihre Lehren ist mir streng verwehrt, wodurch ich um die beste Freude daran gebracht bin. Es ist doch gar zu schön, in dieser Fülle der Geheimnisse zu wühlen und vor den bewundernden Blicken des Laien Dinge auszubreiten, die ihm den Kopf schwindlig machen. Dir gegenüber brauche ich mir aber da keinen Zwang aufzuerlegen. Was ich dir da erzähle, wirst du im Augenblick vergessen haben, wo du in die besagte Passauer Haut hineingefahren bist.

Um also wieder auf diese zurückzukommen, so lasse dir Folgendes sagen: Ihr früherer Besitzer war ein wohlhabender Kaufmann, der sich eine hübsche wissenschaftliche Bildung anzueignen verstanden hat. Auch eine passable Hausfrau ist da, ein stattliches Weib, das unser Meister Tiziano mit Begeisterung gemalt hätte. Und die weint sich jetzt die Äuglein nach ihrem verschwundenen Gatten rot. Was wäre das für eine Freude, wenn der Mann urplötzlich frisch und gesund daherkäme! Nun, wie ist's, fließt dir nicht schon das Wasser im Mund zusammen nach diesem rosigen Stück Fleisch? Freust du dich nicht auf das prächtige Haus und die schönen Zimmer darin? Ist alles viel prächtiger und kostbarer als hier in diesem alten Kasten. Und die Bibliothek, die sich der Alte angelegt hatte! Das ganze Domkapitel besitzt nicht so viel Bücher, als dort sind. Ja, und ein großer Obstgarten vor dem Stadttor gehört auch dazu und noch mancherlei anderes!«

Mich lockte weder die stattliche Frau noch der Obstgarten. Aber er war merklich am Ende seiner Rede und die Reihe zu sprechen jetzt an mir, zu sprechen oder – zu handeln! Nachdenklich senkte ich den Blick und sah neben meinem Fuß einen Degen mit Wehrgehänge liegen. Sein Fall war es offenbar gewesen, der mich vorhin geweckt hatte. Ein Degen – eine Waffe – so etwas konnte ich in diesem Augenblick gut brauchen. Da sparte man langes Reden, da war die Antwort rasch und sicher gegeben. Doch der Mann war waffenlos, sollte ich ihn mit seinem Degen niedermachen, sollte ich an ihm zum Mörder werden?

Der Versucher flüsterte mir freilich zu: Es wäre ja nur eine Art Notwehr! Aber eine andere Stimme in mir antwortete: Notwehr? Wo ist die blanke Klinge, mit der er dich bedroht, was ist überhaupt sein Kampfgerät gegen dich? Doch nichts anderes als seine geistige Überlegenheit, seine gewaltigen Kenntnisse geheimer Dinge! Wenn du ihn mit den gleichen Mitteln bekämpfen, mit ihnen siegen würdest, dann wärest du im Recht, nie und nimmer aber, wenn du dem Geist die Faust, dem Wissen und Können heimtückische Gewalt entgegenstellst. Ja aber, wendet der Böse wieder ein, das ist es ja eben, dass ihr ungleiche Gegner seid, dass auf einer Seite alle Kraft und Fähigkeit zu magischer Tat ist, der du nichts, aber auch gar nichts entgegenzusetzen hast! So kann er mit dir machen, was er will. Gewiss, er greift dich nicht mit blinkendem Stahl an, aber die Waffen, die er gebraucht, sind noch weit gefährlicher als Dolch und Schwert. Den Hieb einer Klinge kann man zur Not parieren, man kann zurückschlagen, aber mit was willst denn du dich decken, mit was den Gegenhieb führen? Und wenn du das nicht vermagst, dann – Halt! Noch eine Frage stand offen, sie sollte gestellt sein, ehe ich das Äußerste wagte! So sagte ich denn:

»Und was geschieht, wenn ich den Vorschlag nicht annehme?«

Eine Gegenfrage war die Antwort: »Was würdest du an meiner Stelle in diesem Fall mit mir machen?«

Ich muss geistig nicht meiner mächtig gewesen sein, als ich, ohne mich einen Augenblick zu besinnen, darauf erwiderte: »Ich würde dich vernichten, es bliebe mir ja nichts anderes übrig!«

Kaum waren die Worte meinem Mund entschlüpft, da hätte ich sie auch schon gern eingefangen: Das war ja mein eigenes Todesurteil, das ich in meiner maßlosen Unbedachtsamkeit ausgesprochen hatte! Mein Doppelgänger nickte:

»Ganz recht! Es würde nichts anderes übrig bleiben! Glaube mir, ich würde es ungern tun. Ich gestehe dir ruhig ein, dass ich dich einmal gehasst habe, dass ich dich damals, als wir uns im Duell gegenüberstanden, kalten Blutes getötet hätte, doch das liegt weit zurück; seit ein Teil deines früheren Ichs ein Stück des meinigen geworden ist, habe ich so etwas wie ein brüderliches Gefühl für dich übrig und möchte dich nicht morden, wenn es nicht unbedingt nötig ist.

Aber wenn du meinen so gut gemeinten und so vernünftigen Vorschlag nicht annimmst, so gibt es eben keine andere Möglichkeit. Mein Gewissen würde mich dabei keineswegs verurteilen, denn fürs Erste wäre ja die Hauptschuld auf deiner Seite, die Ablehnung meines Antrags bringt mich in eine Zwangslage und dann wäre es ja nur ein halber Mord, da du ja doch nur ein halber Mensch bist! Ich möchte gern einen anderen Ausweg finden, aber es fällt mir keiner ein, dagegen immer wieder neue Gründe und Rechtfertigungen für die anscheinend einzig mögliche Handlungsweise. Ich habe dir viel zu viel von mir erzählt, habe dir auch viel zu viel von den großen Geheimnissen anvertraut, die bewahrt und verschlossen bleiben müssen! Lies bei Raimundus Lullus nach, dessen Werke ich dort auf das Bücherbrett zu dem wenigen gestellt, was ich hier vorgefunden, und du wirst daraus erfahren, was für Strafen demjenigen drohen, der solche Dinge offenbart! Lass dir also noch im letzten Augenblick sagen, nimm meinen Vorschlag an und alles ist in Ordnung!«

Nachdenklich ließ ich meinen Blick sinken, der aber gleich wieder an dem Degen haften blieb. Doch diesmal geschah es nicht so unbeachtet wie vorhin. Auch der andere blickte nun unter den Tisch, sah die Waffe und begriff sofort, in welcher Gefahr er sich befand. Blitzschnell bückte er sich. Ich hätte noch rasch ihm zuvorkommen oder zumindest den Fuß auf die Klinge stellen können und ich hätte gewiss das eine oder das andere getan, wenn mir nicht gerade in dieser Weile ein rettender Gedanke gekommen wäre, der mich den Degen verachten und vergessen ließ.

Da auf dem Erdboden der Stube befand sich nicht nur der Degen, dort stand doch auch der Leuchter, jener Leuchter mit der dunklen Kerze, der unmöglich aus meinem Vaterhaus stammen konnte, der – es konnte gar nicht anders sein – mit mir die magische Zauberfahrt aus der Behausung des getreuen Eckehard hierher in mein Stübchen gemacht hatte. Er hatte seine Macht an mir erwiesen, vielleicht vermochte er auch noch das, was mein Doppelgänger von den zwei geheimnisvollen Lichtern gesagt hatte. Waren es nicht eigentlich zwei, die sich nur schließlich mystisch in eine Gestalt, in eine Flamme überdeckten?

Blitzartig waren mir diese Gedanken alle auf einmal durch den Kopf geschossen. Das war die ersehnte Möglichkeit dem Gegner mit gleicher Waffe zu begegnen. Ehe er sich noch aufrichten konnte, hatte auch ich mich gebückt, aber in anderer Richtung, den Leuchter erfasst und entflammte nun rasch die Kerze an der, die auf dem Tisch stand. Er hatte mein Tun gar nicht beachtet, sondern war bemüht sich den Degen umzuschnallen. Vielleicht dass er ihn so nur aus meiner Reichweite bringen, aber es war auch möglich, dass er ihn nutzen wollte, um mir den Garaus zu machen. An der Art, wie er hastig an der Schnalle nestelte und doch nicht vorwärts kam, konnte ich merken, wie erregt er war. Mit einigem Brummen und Fluchen gelang es endlich doch. Nun blickte er erst auf und sah mich erstaunt an.

»Was tust du da?«, fragte er, halb misstrauisch, halb verächtlich. »Was ist das für ein sonderbarer Leuchter? Wo hast du den her? Den musst du rein aus dem Pferdestall geholt haben, denn im ganzen Haus gibt es kein solches hölzernes Ding! Hast du in diesem Augenblick, wo es für dich um Leben und Tod geht, keine anderen Gedanken, als mit solchen Sachen zu tändeln?«

Ich hatte mir von meinem Tun eine andere Wirkung auf ihn versprochen und war darum bitter enttäuscht. Ich hatte mich also geirrt, dieses Licht übte nicht die erwartete Wirkung aus, ich hatte mit seinem Entzünden nichts gewonnen, er dagegen hatte jetzt die Waffe in der Hand, die mich bei einem rascheren Entschluss hätte retten können. Verloren, alles verloren! Oder hatte ich vielleicht doch Recht, nur dass noch etwas nicht stimmte, noch etwas zu tun war? Vielleicht störte der Schein der anderen Kerze? Flink löschte ich sie aus.

Er machte eine Bewegung nach vorn, als wollte er das Gleiche mit meinem Licht tun, aber es hinderte, hemmte ihn etwas dabei. Er verzog das Gesicht zu einer Grimasse, zwinkerte sonderbar mit den Augen und trat einen Schritt vom Tisch weg.

»Was hast du da?«, begann er wieder, doch nun in einem kläglichen, jammernden Ton. »Warum hast du meine Kerze gelöscht? Ich bin der Herr hier und du der Gast! Was nimmst du dir heraus? Was willst du überhaupt von mir?«

»Dass du dort in die Mauer hineingehst und nie wieder aus ihr herauskommst!«, herrschte ich ihn an und hob den Leuchter, damit ihm der Schein recht ins Gesicht strahle.

»In die Mauer!«, winselte er. »Was redest du da für einen Unsinn! Wer kann in eine Mauer hineingehen? Wenn ich da vorhin Derartiges gesagt hatte, das war doch nur ein Scherz! Ein dummer Spaß, ich gebe es zu, aber wie kannst du so etwas gleich ernst nehmen?«

»Du gehst in die Mauer!«, wiederholte ich mit finsterem Nachdruck.

»Ich werde dich auf meinen Degen spießen!«, versuchte er nun zu drohen. »Ich werde deine Keckheit schrecklich strafen! Vernichten, zerreißen werde ich dich! Du wirst doch nicht wirklich glauben, dass du mich mit einer elenden Kerze ins Bockshorn jagen kannst!«

Dabei machte er aber doch wieder ein Schrittchen nach hinten. Zugleich schlug der Ton seiner Rede um und er versuchte es nun mit Bitten:

»Wie du es überhaupt vermagst so gegen mich zu sein! Habe ich dir nicht gerade vor einer Weile gesagt, dass ich dich wie einen Bruder liebe? Hast du nicht gehört, wie ich mich nach besten Kräften bemühe, deine Zukunft so leicht und angenehm wie nur denkbar zu gestalten? Kein Mensch auf der Welt meint es mit dir so gut wie ich, was würdest du überhaupt anfangen, wenn du mich nicht hättest? Und was verlange ich Großes von dir? Nichts anderes als das Auslöschen einer Kerze! Und du kannst so gefühllos sein, mir das zu versagen? Nicht dass du mich mit diesem dummen Licht zu etwas zwingen könntest, nein, sie hat nur so einen besonderen Schein, der mir in die Augen brennt und meiner Gesundheit schadet! Also …«

»Geh in die Mauer!«, unterbrach ich ihn unerbittlich. »Dort in die Wand neben dem Fenster! Kein Schrank oder Sessel steht dort, der dich hindern könnte!«

Er seufzte schwer auf. »Du kennst kein Erbarmen! Ob ich jemals so hart und grausam mit dir gesprochen habe! Immer war meine Rede voll gütiger Freundlichkeit! Wie oft hätte ich dich wie einen Wurm zertreten können, ich tat es nicht! Noch vor einer kurzen Weile hätte ich dich auf den Degen da aufspießen können, hätte statt langer Reden dein Dasein in ein Nichts auflösen können, aber ich hatte Mitleid mit dir! Sei auch du barmherzig, auf dass dir im Diesseits wie im Jenseits die gleiche Barmherzigkeit werde!«

Sein flehendes Bitten hatte mich nun doch erweicht. Ich stellte das Licht wieder auf den Tisch.

»Nun gut!«, sagte ich. »Du bist ganz in meiner Macht, das höre ich aus jedem deiner Worte! Aber ich will von ihr unter einer Bedingung keinen Gebrauch machen! Du musst von Marianne lassen, jetzt und für immer!«

Da gellte ein wildes Hohngelächter durchs Zimmer.

»Von Marianne lassen?«, würgte er mit heiserer Stimme heraus. »Sag es noch einmal, damit ich glaube, dass ich recht gehört habe! Von welcher Art bist du, dass dir der Gedanke kommt, man könnte seine Liebe verschachern? Und wenn auch der Preis das Leben selbst ist, ich gebe sie nicht her! Freilich, es geschieht mir recht, habe ich doch so getan, wie wenn ich Ähnliches von dir erwarten würde! Aber ich habe eben nur so getan, in Wahrheit, das sei jetzt frei heraus gesagt, habe ich nie daran geglaubt, dass du einen solchen Antrag annehmen würdest! Warum ich dann überhaupt von so etwas geredet habe? Ja, warum! Vielleicht wollte ich dich nur versuchen, vielleicht vor mir selbst gnädig und gütig erscheinen, vielleicht war es mir auch nur darum zu tun, etwas Zeit zu gewinnen, da mich dein plötzliches Erscheinen unvorbereitet gefunden hatte – ich weiß es jetzt selbst nicht, was mich dazu veranlasst hat! Doch jedes Wort darüber ist zwecklos. Die Tatsache bleibt, dass unsere Rollen vertauscht sind. Du hast jetzt die Macht und du wirst sie gebrauchen!«

Trotzig blitzten mich seine Augen an. Für mich war die Weile des Zauderns und Zögerns vorbei, die nachgiebige Stimmung verflogen. Zwischen uns beiden gab es keinen Mittelweg, keine Möglichkeit einer friedlichen Einigung. Nur der eine konnte leben, der andere musste untergehen. Entschlossen griff ich nach dem Leuchter und ihn hoch in der Rechten haltend trat ich auf meinen Doppelgänger zu. Er wich bei jedem Schritt, den ich vorwärts tat, um das Gleiche zurück. Jetzt war er ganz nahe an der Mauer, jetzt musste es sich zeigen!

Und das Wunderbare geschah. Er hielt das Haupt weit zurückgelehnt, er wollte damit die Augen möglichst fern von dem drohenden Licht bringen. So berührte zuerst der Hinterkopf des Rückwärtsschreitenden die Wand. Sie ließ ihn durch, schloss sich wie ein ovaler Rahmen um den Schädel. Er schien dies gar nicht zu spüren, denn sein Gesichtsausdruck blieb unverändert. Und wieder trat ich um etwas näher, da versanken die Schultern in der Mauer, nun trat rückschreitend sein linker Fuß hinein und verschwand bis fast zum Knie hinauf.

Meine Hand, die den Leuchter hielt, zitterte so, dass mir das heiße Wachs auf die Finger tropfte, das Herz klopfte mir zum Zerspringen, aber ich gab nicht nach: Wieder tat ich einen Schritt vorwärts, da blieben vom Kopf nur Nase und Mund übrig, die Augen, die mich so zornig angeblitzt hatten, waren in der Mauer verschwunden, die Lippen bewegten sich noch, als wollten sie ein letztes Wort formen, doch ehe es gelang, waren auch sie in der weißen Fläche versunken.

Nun ragte nur noch ein Arm heraus, dessen Finger sonderbare Bewegungen machten, als ob sie etwas greifen wollten, vom Leib einige Rockknöpfe, von denen sich einer nach dem anderen in der Wand verlor, und der rechte Fuß, der sichtlich den Stand auf dem Boden zu halten versuchte, aber umsonst. Zwar war er das letzte Stück des wegschwindenden Körpers, aber auch er musste dem Übrigen folgen.

## 2

Ich war allein.

Es brauchte eine geraume Zeit, ehe ich es wagte die Kerze niederzustellen. Und kaum dass ich es getan hatte, meinte ich an der Mauer wieder etwas wie eine Bewegung wahrzunehmen. Da rückte ich den Tisch davor und setzte die Kerze darauf. Ich selbst durchmaß mein Stübchen hin und her, blieb immer wieder vor der Wand stehen und befühlte sie von oben bis unten. Sie griff sich wie jede andere Mauer an und zeigte so wenig eine Spur von dem, was sie gerade in sich aufgenommen hatte, dass ich nahe daran war, alles für einen Traum zu halten. Aber es musste doch Wirklichkeit gewesen sein. Auf dem

Haken neben der Tür hingen ein Mantel und ein Hut, die vorher dort nicht gehangen hatten.

Es dauerte lange, ehe sich meine Unruhe nur einigermaßen legte. Aber an Schlaf war in dieser Nacht nicht mehr zu denken, schon darum nicht, weil ich immer wieder nach der Stelle blicken musste, wo mein Doppelgänger verschwunden war. Öfters schien es mir, als sehe ich dort eine schattenhafte Bewegung, dann trat ich rasch heran und betastete genau die ganze Wand. Das geschah mehr als einmal ohne ein anderes Ergebnis, als dass ich die Kälte des Steines fühlte.

Aber als ich zum soundsovielten Male dieses Suchen nach etwas wiederholte, da fühlte sich die Mauer feucht an, sie schien zu schwitzen und als ich sie mit der Kerze genauer beleuchtete, da sah ich eine Unmenge von kleinen Tropfen an ihr. Sie verdunsteten unter meinen Augen in einen bläulichen Nebel, der in zierlichen Wölkchen in das Zimmer hineinschwebte.

Ich erschrak nicht wenig über diese Wahrnehmung, die mir nichts Gutes zu bedeuten schien. Gern hätte ich etwas dagegen getan, aber ich wusste nicht was und so schaute ich denn, auf der Bettstatt sitzend, untätig zu, wie dieser Dunst immer stärker wurde. Als er sich aber zu der Gestalt eines Mannes zu verdichten schien, da sprang ich auf und suchte ihn mit einer Tischdecke auseinander zu jagen. Er zerriss davon wirklich in tausend Fetzen, die sich über die ganze Stube verstreuten und bis zur Decke emporstiegen, aber im Handumdrehen waren sie wieder beisammen und zeigten deutlicher als vorher die Umrisse einer Menschengestalt.

Meine kaum gewonnene Ruhe war unter solchen Umständen rasch dahin. Was sollte denn das nur wieder bedeuten? Kam etwa mein kaum verschwundener Doppelgänger in dieser Gestalt wieder, vielleicht mit starkem Zauber bewaffnet, der die Wirkung meiner magischen Kerze zunichte machen würde? Das wäre freilich im Widerspruch zu dem gewesen, was er mir selbst gesagt hatte, dass ein Zurückkehren nur mit dem Willen desjenigen möglich sei, der den Gang in die Wand gewollt hatte. Aber vielleicht hatte er mich getäuscht, es mochte überhaupt nicht alles so wortwörtlich wahr sein, was er mir gesagt hatte. Hatte er nicht zum Beispiel gemeint, ich würde alle seine Reden vergessen, nichts mehr davon wissen – aber freilich, das war an eine Voraussetzung geknüpft, die nicht eingetreten war, das sollte erst geschehen, wenn ich mein unvollständiges Ich durch den Wesensrest des Passauer Kaufmanns ergänzt haben würde. – Halt! Da fiel mir etwas ein, das die Lösung des gegenwärtigen Rätsels sein konnte. Was sich da aus diesem Dunstgebilde gestaltete, war das nicht vielleicht auch so eine Art Menschenhaut, war das nicht jener Teil meines Ichs, den mir mein Doppelgänger geraubt hatte? Wie er bei meinem unseligen Gang in den Spiegel vor diesem zurückgeblieben war, musste er nicht ebenso jetzt vor der Mauer verharren?

Ja, das war es, es konnte gar nicht anders sein, wenn nicht alles, was der Mann erzählt hatte, Lug und Trug war! Und das schien es nicht gewesen zu sein, denn es erklärte, wenn auch in gar wunderbarer Weise, vieles von meinen sonderbaren Erlebnissen, vor allem aber die Existenz dieses Doppelgängers, von dessen wirklichem Vorhandensein ich mich gerade nur allzu gründlich überzeugt hatte!

War das aber richtig, dann brauchte es nichts anderes, als diese blaue Nebelgestalt in mich aufzunehmen, mit mir zu vereinigen und ich war restlos wieder der Mensch von vordem! Ich würde zwar, wenn ich recht berichtet war, keine Sylphen und Geister, Teufel und Gespenster mehr zu Gesicht bekommen, aber darauf wollte ich gern verzichten, wenn nur wieder alles mit mir wie dereinst wäre!

So weit war also scheinbar alles in schönster Ordnung, es blieb nur die eine Frage, wie ich die Vereinigung mit diesem anderen Teil meines Ichs bewerkstelligen sollte. Und darauf wusste ich mir keine Antwort.

Ich saß also wieder auf meiner Bettstatt und schaute ratlos vor mich hin. Wie von einem leisen Wind geführt, schwebte die Dunstgestalt durch den Raum, kam mir bald so nahe, dass ich sie hätte berühren können, entfernte sich und kam wieder näher.

Stunde um Stunde hörte ich draußen den Nachtwächter ausrufen und sein eintöniges Lied singen, sah die magische Kerze niederbrennen und verlöschen, sah das Dunkel der Nacht dem ersten Tagesdämmern weichen, ohne dass ich mir klar geworden wäre, was jetzt zu beginnen sei.

Eine übermächtige Müdigkeit ließ mich den Mund gar oft zu gewaltigem Gähnen aufreißen. Ganz zufällig geschah das auch einmal, als gerade die Nebelfigur nahe an mir vorüberzog. Wie von einem starken Luftzug gepackt, schwebte sie sogleich auf mein Gesicht zu, die blauen, durchsichtigen Arme schoben sich zwischen meine Lippen, ließen mich am Gaumen ein wohliges Kitzeln spüren, das bis in den Kopf hinauf und abwärts bis zum Herzen ging. Ich hütete mich wohl, den Mund zu schließen, denn mir war ohne weiteres klar, dass ich ganz ahnungslos das einzig richtige Mittel zur Wiedereinverleibung der verlorenen Teile meiner Substanz gefunden hatte.

Inzwischen war mit jener Dunstgestalt eine sonderbare Veränderung vorgegangen: Sie zog sich gewaltig in die Länge und wurde gleichzeitig ganz schmal, sodass ihr Kopf einer Wurst glich, Leib und Beine aber sich in schlangenartigen Windungen dehnten, das Ganze aber kroch, langsam zwar, doch ohne Aufenthalt, zu meinem Mund herein. Die Kiefer schmerzten mich schon wie im Krampf, aber ich hielt aus, bis das letzte Stück des blauen Nebels in mich eingegangen war.

Nun ging ein sonderbares, doch keineswegs unangenehmes Rumoren in meinem Körper los, das sich schwer beschreiben lässt. Zugleich schwand wie mit einem Schlag alle Müdigkeit, ich spürte eine unbändige Lebenslust, eine Kraft und Fröhlichkeit in mir wie noch nie.

Und fast im gleichen Augenblick begann es sich auch draußen zu rühren. Der Hahn krähte auf dem Hof, man hörte die Mägde in der Küche und auf den Gängen herumwirtschaften, vernahm, wie der Knecht das knarrende Haustor aufschloss.

Ich riss das Fenster auf und blickte auf die noch menschenleere Kotzengasse hinaus und zum Kohlmarkt hinüber, wo bereits die Marktweiber ihre Stände in Ordnung brachten. Die frische Luft, der Anblick der altvertrauten, lang entbehrten Umgebung, das alles war ein köstlicher Genuss. Eine tiefe Dankbarkeit gegen meinen Schöpfer durchströmte mich, der mein so verzweifelt trauriges Geschick schließlich doch zum Guten gewendet, und ich faltete andächtig die Hände zu dem innigsten Morgengebet, das je über meine Lippen gekommen war.

Doch in diese andächtigen Empfindungen mischte sich bald

ein sehr irdisches Gefühl, ich verspürte einen Bärenhunger, den ein warmes Düftlein, das von den unten liegenden Küchenfenstern aufstieg, gewaltig reizte. Zu gleicher Zeit hörte ich die Stimme meiner Mutter, wie sie dem Dienstvolk ihre Weisungen gab und eindringlich mahnte, mit der lieben Gottesgabe, die sie ihnen wohl gerade aus der Speisekammer ausfolgte, achtsam umzugehen.

Da war kein Halten mehr. Ich stürzte vom offenen Fenster weg der Tür zu, polterte wie ein Wildfang die Stiegen hinunter und fiel der lieben alten Frau geradewegs in die Arme.

## 3

»Warum denn heute so stürmisch?«, wehrte die Mutter meine Liebkosungen lachend ab. »Ist mir schon gar lange nicht widerfahren, dass mir mein Sohn um den Hals fällt! Muss mir den heutigen Tag wahrhaftig im Kalender anstreichen, denn« – ihre Rede verlor den fröhlichen Klang, den ich so gut an ihr kannte, und machte einem ungewohnten Ton traurigen Vorwurfs Platz –, »denn der Herr Appellationsrat kümmert sich gar selten um sein altes Mütterlein und wenn ihr einmal bange wird, sodass sie gern ein Küsslein bekäme, so muss sie sich selbst darum melden und wird es ihr nur widerwillig gegeben!«

Mir stieg das heiße Blut zu Kopf und die Augen wurden feucht. Mit stammelnden Worten wollte ich erklären:

»Mutter, liebste, beste Mutter, ich war … ich bin ja …«

»Lass nur, mein Junge, lass nur«, suchte sie mich zu beruhigen, »ich weiß, die jungen Leute haben tausenderlei andere Dinge im Kopf. Dein Verhalten hat mich ja oft gekränkt, das will ich nicht leugnen, aber ich habe stets im Gebet Trost und Stütze gefunden und eine innere Stimme sagte mir: Warte es nur geduldig ab, er wird schon wieder anders werden, wird genauso wie vordem sein! Und siehst du, ich habe mich nicht getäuscht! Nun hab ich meinen alten Hans wieder und so wird er bleiben, nicht wahr?«

»Ja, so wird er bleiben, Mutter!«, sagte ich und küsste sie unter Tränen. Rührung war nicht nach ihrem Geschmack. So verschwand sie denn eilig mit der Versicherung, dass gleich die

Morgensuppe aufgetragen würde, und ließ mich allein ins Esszimmer treten.

Ich musterte neugierig den altvertrauten Raum, sah, dass alles noch auf seinem alten Platz stand, und fühlte darüber ein wohliges Behagen. Nur eine Veränderung war da, zwischen den Fenstern hing ein Bild, das ich nicht kannte. Es stellte einen geistlichen Herrn in der Tracht der Prager Domherren dar. In seinem linken Arm lag ein Kreuz, in dessen Betrachtung er versunken schien.

»Was ist das für ein Bild?«, fragte ich meine Mutter, als sie mir die dampfende, duftende Suppe brachte.

»Welches Bild? Das dort?«, gab sie erstaunt zur Antwort. »Ja, Hans, was soll ich mir nur von dir denken, was ist denn heute mit dir los? Du bist doch nicht in aller Morgenfrüh schon trunken oder unterstehst dich gar mit heiligen Sachen frevent-lich Scherz zu treiben! Das Bild hängt doch schon fast ein halbes Jahr da und du weißt genauso wie ich, welchen frommen Gottesmann es darstellt! Und nun wagst du es, ihn zu verleugnen, den großen Wundertäter Johannes von Nepomuk! Hast du nicht selbst die Nachricht gebracht, dass sein Geburtsort von der Pest verschont wurde, was man sich nur durch seine himmlische Fürsprache erklären kann? Hast du nicht selbst erzählt, wie schon der selige Domdechant Peschina in Rom seine Heiligsprechung betrieben hat und wie das Verfahren nur darum ins Stocken geraten ist, weil auch der gute Herr Dechant der Pest erlag? Und nun fragst du mich, was das für ein Bild ist! Du hast mir heute viel Freude gemacht, weil du so lieb und herzlich zu mir warst, und nun bereitest du mir gleich darauf so schweren Kummer! Hans, Hans, wie soll ich mir das deuten?«

Ja wahrlich, wie sollte sich das die Arme deuten! Es war so einfach und doch so schwer es ihr zu erklären! Ich brauchte ihr ja nur mein Leben seit jenem Tag zu schildern, wo ich in aller Frühe das Haus verlassen hatte, um bei einigen Dürrkräutlern Einkäufe zu besorgen. Ich brauchte nur zu erzählen, wie ich stattdessen in den Spiegel hineingegangen und was mir dann alles widerfahren war. Aber hatte ich auch nur die geringste Aussicht, mit einem solchen Bericht Glauben zu finden? Meine Mutter hatte doch während der ganzen Zeit meinen

Doppelgänger im Hause ein und aus gehen gesehen und zweifelte nicht im Entferntesten daran, dass ich das selbst gewesen sei! Das war so natürlich, was sie von mir zu wissen meinte, und nun sollte ich von ihr verlangen, das für einen Sinnestrug und stattdessen eine Geschichte für wahr zu halten, in der ein märchenhaftes Erlebnis das andere jagte! Nein, es hatte keinen Zweck, das auch nur zu versuchen! Und so blieb nur der andere Weg übrig: reumütig den Fehler eingestehen und ihn mit einer holprigen Ausrede zu decken trachten. Das tat ich denn auch und erreichte volle Verzeihung, was bei der Gutmütigkeit meines Mütterchens nicht allzu schwer war.

»An dir ist heute alles sonderbar«, sagte sie rasch versöhnt, »sogar deine Kleider! Was hast du denn für ein Gewand an? Ich kenne doch jedes Stück, das du in Truhe und Kasten hast, aber das da ist mir noch nie zu Gesicht gekommen! Und diese plumpen Bauernschuhe! Der Fasching ist ja vorbei und seit Seiner Majestät eiliger Abreise vor fast genau einem Jahr hat es keine maskeradische Bauernhochzeit auf der Prager Burg gegeben! Wo willst du also in dieser Tracht hin? Muss das übrigens damals ein herrliches Fest gewesen sein! War auch eine zierliche oberösterreichische Bäuerin in himmelblauem Kleid und einer Goldhaube auf ihrem blonden Haar dort, die soll dem Junker Hans Adam besonders gefallen haben!

Woher ich das alles weiß? Ja, ich bekomme eben jetzt zuweilen gar vornehmen Besuch und das schöne Fräulein Braut hat mich anscheinend schon recht ins Herz geschlossen, denn sie erzählt mir mancherlei, was mir der Herr Sohn nicht anvertraut!

Doch da halte ich dich mit meiner Plauderei auf und vergesse ganz, dass sie dich gewiss schon erwartet! Du pflegst ihr ja jeden Morgen auf dem Weg zum Appellationsgericht deine Aufwartung zu machen und in diesem Kleid kannst du doch weder in dein Amt noch zu deiner Braut gehen, also flink, zieh dich um! Ich schicke dir gleich den neuen Anzug aus veilchenblauem Tuch hinauf, den gestern der Schneider gebracht hat! Und du solltest dich auch endlich einmal entschließen, die schöne Lockenperücke aufzusetzen, die du dir bestellt, aber kaum probiert hast! Die Ausrede, dass sie dir Hitze im Kopf mache, lasse ich nicht gelten, die anderen Herren auf der

Gelehrtenbank des hohen Appellationsgerichtes tragen alle schön gelocktes künstliches Haar, es sieht so würdig und ansehnlich aus! Jetzt aber eile dich, mach dich schön und zeige dich noch deiner alten Mutter, damit sie nachsieht, ob du hübsch ordentlich ausschaust, wenn du zu deiner Marianne gehst!«

Meine Marianne! Wie wundersam klang mir der Name, doppelt köstlich, wenn ihn meine Mutter aussprach! Mir war, als hätte ich mich in früheren Jahren doch nicht genug um sie gekümmert, als hätte ich immer nur an meinen Vater gedacht. Erst jetzt, da ich ihn nicht mehr besaß, wandte sich mein Herz ganz der Mutter zu. Wie sie sich um mich sorgte, wie sie sich über mein Glück freute! Mein Doppelgänger hatte kein Auge dafür, konnte es nicht haben, aber ich wollte jetzt tausendfach alles nachholen und ihr all ihre Liebe vergelten!

Und nun mahnte mich die Liebe, zu meiner Braut zu eilen! Zu meiner Braut! Wie das klang, was das alles heißen wollte! In längstens einer Stunde sollte ich sie wieder sehen, frisch und gesund, sie und ich desgleichen! Nur rasch hineinstürzen in dieses Meer von Seligkeit und keinen Augenblick es verzögern!

So sprang ich denn auf und eilte zur Tür, um mich gleich umzukleiden, doch da hielt mich ein Jubelruf meiner Mutter auf der Schwelle zurück.

»Ein Wunder!!«, schrie sie aufgeregt und hob die Hände verzückt gegen den Himmel. »Ein Wunder! Mein Sohn ist geheilt, er schleppt den Fuß nicht mehr nach! Nun ist auch dieses letzte böse Andenken an die überstandene Pestilenz von ihm genommen! Wer kann dieses Mirakel vollbracht haben? Doch niemand anderer als unser großer Wundertäter, als der selige, der heilige Johannes von Nepomuk! Er hat dir deinen frevlerischen Scherz in seiner himmlischen Milde mit einer unerhörten Wohltat vergolten. Auf die Knie, mein Kind, auf die Knie vor dem Bild des heiligen Mannes! Lege ihm deine Reue zu Füßen, gelobe ihm Dank und Verehrung für dein ganzes Leben!«

Die freudige Erregung ob meiner angeblichen Genesung und über das geschehene Wunder verbreitete sich rasch im ganzen Haus und in der Nachbarschaft.

Ein Tisch wurde vor das Bild gerückt, ein blütenweißes Tuch

darüber gebreitet, silberne und zinnerne Leuchter, Vasen mit schönen Blumen darauf gestellt, die Kerzen alle entzündet. Dazu schien die helle Sonne ins Zimmer, sodass alles zusammen ein herrliches Bild ergab. Um den improvisierten Altar kniete das ganze Hausgesinde, ein ständiges Kommen und Gehen war in der Stube von Neugierigen und Frommen. Jeder wollte das Bild sehen, jeder sich überzeugen, dass ich den Fuß beim Gehen nicht nachzog. Ich enteilte dem rasch mit der Begründung, dass ich mich meiner Braut zeigen müsse, kleidete mich flink um und war schon auf dem Weg nach der Kleinseite.

## 4

Die Sehnsucht beflügelte meine Schritte, als ich das Haus verließ, aber ich hatte noch nicht die Brücke erreicht, da wurde mein Gang langsamer. Das machte die Fülle bedenklicher Ideen, die mir aufstiegen. Wie sollte ich der Geliebten entgegentreten? Sollte ich die Rolle meines Doppelgängers weiterspielen, sollte ich als der Herr Appellationsrat erscheinen, der erst gestern ihre Hand gedrückt und ihr wohl mit zierlichen Worten seine unwandelbare Zuneigung erklärt hatte? Das wollte mir nicht passen, kam mir gar unaufrichtig und heuchlerisch vor. Auch war es, selbst wenn man sich über solche Bedenken hinwegsetzen würde, keineswegs leicht. Es war doch unvermeidlich, dass die bevorstehende Unterhaltung an Gespräche von gestern und vorgestern anknüpfen müsste, von denen ich keine Ahnung hatte! Aber auch wenn ich mich über diese Schwierigkeit mit einiger Geistesgegenwart und Vorsicht hinwegbringen würde, so gab es da noch andere Rätsel, die nicht so leicht zu lösen waren. Ich wusste doch auch nicht im Entferntesten, wie herzlich und intim sich das Verhältnis zwischen den beiden gestaltet hatte! Heiße Eifersucht kochte in mir auf und ich musste mir mit allem Nachdruck klarmachen, dass jedes gute und liebe Wort, das meine Liebste dem anderen zugewendet, doch einzig und allein mir zugedacht gewesen war, sodass ich also mit meiner Eifersucht mich selbst bedachte. Aber die Tatsache blieb bestehen, dass ich von dem

Grad der Innigkeit dieser Beziehungen keine Ahnung hatte und dass mich das in schwerste Verlegenheit bringen musste. Würde ich stürmischer sein, als sie gewohnt war, so müsste sie das erschrecken, wenn ich mich aber zurückhaltender geben würde, dann könnte sie sich das nicht anders als ein Erlahmen meiner Liebe deuten. Jedes Wort, jede Bewegung, ja schon gleich die Begrüßung brachte die Gefahr verhängnisvoller Missverständnisse. Wie sollte ich mich davor bewahren, wie mich aus dieser schwierigen Lage retten?

Ich sah keinen Ausweg und so wendeten sich meine Gedanken der anderen Möglichkeit zu: sich nicht mit fremden Federn schmücken, sich als der geben, der ich war, getreu berichten, was mit mir vorgegangen war. Das schien schwer, sehr schwer. Es standen dagegen die gleichen Einwände, die ich schon meiner Mutter gegenüber als unüberwindliche Hemmungen empfunden hatte. Die gleichen? Doch nicht ganz! War es denn wirklich so gewiss, dass Pharaildis mit allem Recht gehabt hatte? War wirklich jene Marianne aus dem Spiegelland, jene Marianne, die ich im tiefsten Elend gesehen, die mir als Gattin angetraut worden war, eine andere als die, der ich binnen kurzem entgegentreten würde? Vieles ließ darauf schließen, dass dem tatsächlich so war, aber mein Herz wollte es nicht glauben. Das alles, was ich seit jenem Gang in den Spiegel erlebt hatte, das ließ sich nicht wegwischen, es war und blieb in mir lebendig, es war ein Teil des Werdens und Wachsens meiner Liebe, auf den ich nicht verzichten konnte.

Und eben darum musste ich ihr die Wahrheit mitteilen. Aber wie würde sie das aufnehmen? Darüber konnte man nicht einmal eine Vermutung anstellen. Nur so viel konnte ich mir sagen: Es würde sich eben zeigen, ob mein Herz nicht doch Recht hatte, sie also die Gleiche war, die mir aus dem Spiegelland gefolgt war, um hier meine Gattin zu werden, oder es musste zutage kommen, dass ich einer Täuschung erlegen war, wie Pharaildis und in merkwürdiger Übereinstimmung mit ihr auch Cardano behaupteten. Dann aber hatte ich zwei Mariannen geliebt und war der angetraute Gatte der anderen! Ein gewaltiger Schrecken erfasste mich bei diesem Gedanken.

Und wieder musste ich mir dabei die Frage stellen: Wie wird sie das aufnehmen? Wird sie so leicht darüber hinwegkommen, dass ich eine andere liebend in den Armen gehalten? Freilich sprach zu meinen Gunsten dasselbe, womit ich vor mir selbst auch sie für entschuldigt halten musste bei dem Gedanken, dass ihre Beziehungen zu meinem Doppelgänger inniger gewesen sein könnten, als mir zusagte. So weit stand also das Spiel gleich; was mich aber noch mehr belastete, das war die Trauung, die mich mit der anderen verbunden hatte. Ein kleiner Trost war ja wohl, dass diese Eheschließung wahrscheinlich vom streng katholischen Standpunkt als ungültig angesehen werden könnte, da die Priesterqualität des guten Bruders Paulus kaum ganz einwandfrei war. – Unwillkürlich erinnerte ich mich dabei der Überraschung, die ich damals in Krummau empfunden hatte, als die Geliebte bei der Vorbereitung der Hochzeit an jenem Mangel so gar keinen Anstand genommen hatte, was bei der Angehörigen eines streng katholischen Hauses wie die Lodrons sehr verwundern musste – ein neuerlicher Beweis dafür, dass sie es doch nicht selbst gewesen war, sondern jemand anderes!

In sehr niedergedrückter Stimmung setzte ich meinen Weg fort. Jetzt war ich auf der Karlsbrücke. Wie lange hatte ich dieses vertraute Bild nicht gesehen! Den breiten Fluss unter mir, die wuchtigen Statuen auf der Brüstung und drüben die Kleinseite mit ihren wundervollen Türmen! Die grünenden Hänge des Laurentiusberges, den stolzen Hradschin mit der weit hingestreckten Burg, dem hohen Dom! Wann war das nur, dass ich das alles zum letzten Mal sah? Damals, als der Pestkranke hier vor mir zusammenstürzte? Nein, viel später noch, im Tannenhochwald des Meisters Eckehard!

Die gleiche Erinnerung, als ich ein Weilchen später die Kleinseitner Brückengasse durchschritt. Eine feine Kutsche fuhr an mir vorüber: Ich hätte schwören mögen, dass es die gleiche sei, deren schattenhaften Umriss ich durch die Wacholderbüsche des Tiergartens gleiten gesehen hatte!

Die Erinnerung an die magischen Bilder dessen, was ich jetzt in Wirklichkeit schaute, gaben meinem armen Kopf den Rest. Es wogte und wallte darin ganz entsetzlich. Wie in einem schweren Rausch ging ich vorwärts und war überrascht, ja fast erschreckt, als ich mich vor dem Haus sah, das Marianne schon vor Jahresfrist bewohnt hatte und das ihr auch jetzt als Herberge diente. Nur war es diesmal nicht die Gräfin Khevenhüller, sondern ein altes Jüngferlein aus dem Hause Malowetz, das sie chaperonierte. Das war mir lieb und auch wieder nicht. Die Khevenhüllerin war mir niemals sonderlich grün gewesen, auch hatte sie so einen unangenehmen stechenden Blick, der einem bis in die Eingeweide ging. Aber ich kannte sie doch wenigstens, während dieses Fräulein von Malowetz mir vollkommen fremd war. Das war, wie die Dinge standen, ein höchst unerfreulicher Umstand, denn ich musste damit rechnen, dass ein unbedachtes Wort, eine unvorsichtige Geste, die dem geneigten Ohr, dem liebenden Blick Mariannes vielleicht entgehen würden, von dem scharfen Ohr, den gestielten Augen einer alten Jungfer kaum unbemerkt bleiben möchten.

Ehe meine Hand noch den Klopfer berührt hatte, öffnete sich das Tor. Mit stummer Verbeugung empfing mich ein Türsteher, geleitete mich bis zum Antritt einer freitragenden Treppe und verschwand mit einem abermaligen Kompliment in seiner Klause.

Ich setzte meinen Fuß auf die unterste Stufe und legte die Hand auf den Engelskopf, in den das Schnitzwerk der Geländerbrüstung auslief, aber ich konnte mich nicht entschließen auch nur einen Schritt nach oben zu machen. Prüfend ließ ich den Blick über die Dinge um mich schweifen, als müsste ich unter ihnen etwas ausfindig machen, das meine Unruhe stillen könnte.

Das Licht des Stiegenhauses war nicht sonderlich gut verteilt, unten war es recht düster, was durch die dunkle Holztäfelung, durch das bräunliche Schwarz von Stufen und Geländer noch gesteigert wurde.

So stand ich denn in einer Art von Dämmerung, aus der die Treppe in ungebrochenem Lauf in den ersten Stock führte. Dort aber war alles Licht und Helle. Wände und Wölbung schlohweiß getüncht, durch breite Fenster flutete Sonnenschein herein und ließ die Figuren eines großen Gemäldes, das gerade dem Aufgang gegenüber hing, in farbenfroher Lebendigkeit erscheinen. Dort oben mochte ein köstlich heiteres Land voll himmlischer Glückseligkeit liegen, ich aber stand im erdendüsteren Dunkel. Wie die Jakobsleiter der Bibel dünkte mich die Stiege und es schien mir frevelhaft sie zu betreten.

Da ging oben eine Tür, ein Rauschen von Frauenkleidern klang zu mir nieder und leichte Schritte auf steinernen Fliesen. Meine Augen weiteten sich, sie wussten, dass sie große Freude schauen würden. Das Herz tat einen ganz wilden Schlag, dann stand es still.

Auf der Höhe der Treppe erschien Marianne, das Haar vom Sonnenschein golden durchleuchtet, das liebe Antlitz von seinem Licht durchglutet, ein beseligendes Lächeln um die Lippen. Ihr blaues Samtkleid schimmerte und strahlte wie der Himmel selbst und hob sich seltsam von dem großen Gemälde hinter ihr ab, dessen mythische Gestalten in frohem Farbentaumel lebendig geworden schienen.

Sie verhielt den Schritt auf der obersten Stufe und streckte mir stumm die Arme entgegen.

Da war mit einem Mal der Bann in mir gebrochen, ich flog die Stiegen hinauf und stürzte ihr zu Füßen. Sie nahm meinen Kopf in beide Hände, sah mir lange in die Augen und sagte dann:

»Nun bist du doch wiedergekommen!«

Was war das für ein Wort? Sie wusste also doch, dass der, der gestern und vorgestern und all die Tage in meiner Gestalt zu ihr gekommen war, nicht ich selbst war? Dann war wohl gar die ganze Geschichte mit der Sylphe in ihrer Gestalt ein albernes Märchen? Ich wollte fragen, wollte erklären, aber sie ließ mich nicht dazu kommen. Ihre weiche Hand strich durch mein Haar, als sie sagte:

»Ich weiß, du hast mir viel zu sagen! Aber lass das jetzt, später einmal wollen wir von der Vergangenheit reden, jetzt verlangt mich nach der Gegenwart! Ich habe dich wieder und ich bin dein!«

Wie doch all meine Sorgen und Grübeleien von vordem vor diesen Worten in nichts verschwanden! Wie gleichgültig war es auf einmal, ob sie wirklich die Marianne aus dem Spiegelland war, ob ich ihr alles erzählte oder alles verschwieg, es gab nur eines auf der Welt, was Wichtigkeit hatte: Sie war mein und ich gehörte ihr mit allen Fasern meines Herzens.

Ich kniete noch immer vor ihr, ich küsste immer wieder ihre Hände. Als ich mich endlich erhob, da wusste ich eines: Jetzt waren die beiden Leben, das eine, das ich wirklich gelebt, und das, welches mein Doppelgänger an meiner statt geführt, zu einem zusammengeflossen und so würde es bis an mein Ende bleiben. Es war wirklich nicht gut, von dem zu reden, was das eine von dem andern schied. Vielleicht später einmal …

Da ich dem Ende meines Berichtes nahe bin, darf ich wohl auch etwas aus der zeitlichen Reihenfolge herausgehen und vorgreifend bemerken, dass dieses »später einmal« niemals Wirklichkeit geworden ist. Ich muss auch bekennen, dass mich anfangs eine unüberwindliche Scheu daran hinderte, selbst davon zu beginnen, und dass ich es als eine besondere Wohltat empfand, wenn Marianne mich niemals auch nur mit einer Andeutung dazu aufforderte.

Später freilich war das anders. Als schon ein Büblein in der Wiege lag und mein Glück damit so greifbar und wirklich geworden war, dass ich nicht mehr heimlich bangte, es könnte mir wieder entschwinden, da hätte ich gern davon gesprochen. An traulichen Winterabenden beim prasselnden Herdfeuer von jener wirren Zeit zu erzählen, das schien mir ein köstlicher Genuss, den ich mir gern vergönnt hätte. Sooft ich aber davon begann, jedes Mal schnitt mir meine Frau die Rede mit einem Scherz ab und begann von etwas anderem zu sprechen, ja, als ich mich einmal besonders beharrlich zeigte, da meinte sie kurzerhand, ich möchte ihr nicht mit solchen Flunkereien und Märchen kommen. Ich war darüber nicht wenig gekränkt, aber meine sonst so feinfühlige Gattin schien das nicht zu bemerken.

## 5

Um nun wieder chronologisch weiterzuberichten, so möchte ich zunächst meinen Besuch bei Freund Redlich erwähnen, den ich gleich am folgenden Tage machte.

Ich fand ihn sehr niedergedrückt, die Pest hatte in seinem Haus schwer gewütet, vier seiner Kinder waren ihr zum Opfer gefallen. Er konnte nicht Worte genug finden, um mir die Schönheit und Klugheit und den schrecklichen Tod seiner Lieben zu schildern. Da war zuerst die Marie-Kathrin, sein liebster Augentrost, gestorben, dann der Daniel-Leopold, erst dritthalb Wochen alt, und bald darauf am gleichen Tag die Annebarbe und der Johann-Wenzele. Lauter engelsüße herzige Kinder! Doch so hart Gottes Hand auf ihm gelastet, sie hatte ihm doch die Frau, zwei Knaben und das kleinste Mägdlein verschont, dafür sprach er dem Himmel alltäglich heißen Dank. War es ja in manch anderem Haus viel schlechter ergangen, war mehr als ein Elternpaar, dem nicht ein einziges Kind am Leben geblieben war, von den Familien zu schweigen, die von der Pestilenz ganz ausgerottet waren. Er selbst war ja nahe genug daran gewesen, hatte schon den Kopf wie einen Kürbis geschwollen gehabt und, wenn nicht das Leben, so wenigstens das rechte Auge durch die giftige Infektion um ein Haar verloren. Und seine liebe Frau, die Kathrin-Anne, hatte in zwei schrecklichen Bubonen schon den Karbunkelbrand, war aber durch Gottes Güte doch noch errettet worden.

War es also doch noch gnädig abgegangen: bei der unheimlichen Himmelskonstellation, wo der feurige Mars den ganzen Sommer regieret und der frostige Saturn den Winter beherrschte, hätte es noch viel ärger ausfallen können. Auch hatte die medizinische Wissenschaft ihr Bestes getan, man sei gegen eine solche Seuche heute doch nicht mehr so hilflos wie unsere armen Voreltern. Heute kenne man so vortreffliche Mittel wie das Skorpionöl, das der berühmte Mathioli entdeckt hat, verstehe auch spagyrisch kalziniertes Hirschhorn und ein feines Arkanum, das man aus Giftkrotten kocht, anzuwenden, damit habe man vielen geholfen. Sind aber trotzdem viele Leute gestorben, allein aus der Klerisei einhundertfünfzig in den drei Prager Städten, darunter Männer wie Spanberger, der Domdechant Peschina, Jetter, Chitrecius. Ist auch den Medici nicht besser ergangen, selbst der Doktor Bossius und der Daniel Globicz von Buczina haben daran glauben müssen; dem Apotheker bei der goldenen Kron ist es auch nicht anders ergangen, obschon er für sich ein ganz besonderes Medicamentum gewusst hat: Nahm er sich doch zur Zeit der ärgsten Epidemie ein junges Weib zur Gattin und wollte so seinen alten Leib erfrischen und widerstandsfähig machen.

Das erzählte mir Rochus Redlich alles im traurigsten Tonfall eines Mannes, der selbst unendlich Schweres erfahren hat, aber doch mit der Aufmerksamkeit, die man einem alten Freund schuldig ist, der allzu lange abwesend war, um in den Lauf der Dinge eingeweiht zu sein. Was sollte das heißen? War ich auch für ihn, genau wie für Marianne, wiedergekommen? Hatte er meinen Doppelgänger als das erkannt, was er war? Ich versuchte es mit vorsichtigen Fragen, erkundigte mich wie von ungefähr, wann wir denn zum letzten Mal beisammen gewesen wären. Aber er antwortete darauf nicht recht, ließ mich deutlich die Unzufriedenheit merken, dass ich ihn unterbrochen habe. Ich konnte aus seinen recht geistesabwesend vorgebrachten Worten nur so viel entnehmen, dass sich mein Stellvertreter blutwenig um ihn gekümmert hatte.

Nun probierte ich es anders, bedankte mich für seine freundlichen Zeilen, die, wenn auch kurz und reichlich rätselhaft, mir doch eine Nachricht aus der Heimat in das mährische Adamitendorf gebracht hatten. Aber ich bekam nur ein gedankenloses »Ja, ja!« zur Antwort.

Da fragte ich ihn geradeheraus, ob er denn so gar keine Veränderung an mir wahrnehme. Nun wachte er doch etwas aus seinem Zustand auf und meinte:

»Ja so! Du hinkst nicht mehr! Das überrascht mich wohl und auch wieder nicht, die Menschen sehen einander zuweilen so merkwürdig gleich, dass man sich gar nicht mit ihnen auskennt! Sie unterscheiden sich freilich immer durch eine Kleinigkeit und wer schärfer zusieht, der hat die Abweichung leicht weg und kennt sich damit aus. Aber ich war in der letzten Zeit vom eigenen Unglück so sehr in Anspruch genommen, dass ich mich nicht viel umgeschaut habe. So konnte es wohl passiert sein, dass ich da etwas übersehen habe.«

Er machte eine Handbewegung, als wollte er damit meine immer währenden Unterbrechungen seines Berichtes endgültig beiseite schieben.

»Wo war ich denn stehen geblieben?«, fuhr er dann fort. »Ja richtig, vom Kronenapotheker habe ich erzählt. Wie man sich leicht denken kann, hat die Pestilenz auch unter den Barbieren stark gewütet, und das war sehr schlimm, denn wer sollte die vielen Pflaster schmieren und auf Bubonen und Karbunkeln kleben, wenn diese Leute wegstarben? Da war der Laurentz bei Sankt Thomas, der Waimer im Kränhaus, sind beide von der Seuche ausgelöscht worden, desgleichen der Wenzel

Rab, du weißt doch, der exponierte Altstädter Barbier! Dagegen hat es der Klement Winkler, der im jüdischen Lazarett war, ganz gut überstanden, obgleich vom Judenvolk an die sechstausend von der Pest hingerichtet wurden, darunter an die sechshundert schwangere Frauen. Und an Christenmenschen sollen in den drei Prager Städten mehr denn vierundzwanzigtausend der Kontagion erlegen sein. Ja, es war eine schreckliche Zeit ...«

Seine Rede klang in ein dumpfes Murmeln aus, er faltete die Hände und schien zu beten. Dann machte er das Kreuzeszeichen, richtete sich auf und sagte nun mit klarer, ruhiger Stimme:

»Der Herr ist gnädig und voll Erbarmen! Er wird nicht immerdar zürnen und nicht ewiglich drohen. Es wird eine bessere, eine schöne Zeit kommen und neue Geschlechter werden frohen Mutes durch die Gassen dieser Stadt wandern. Auf grünender Maienflur werden sie tanzen und keine Ahnung haben, dass unter ihren Füßen in längst vergessenen Pestgruben die Gebeine vieler Tausende modern. Doch auf dass sie nicht übermütig werden und des großen Gottes spotten, auf dass nicht ein neues, vielleicht noch grässlicheres Strafgericht über unsere Kinder und Kindeskinder hereinbreche, will ich ein Büchlein schreiben, ›Spiegel des pragerischen Elends‹ soll es heißen und wie in einem Spiegel soll all das Fürchterliche darin zu schauen sein, was wir hier durchgemacht haben.

Zunächst will ich das hochmütige Prag schildern, wie es in Maskeraden und Komödien, in Feuerwerk und Jagden, in Unzucht und Trunkenheit geschwelgt hat, dann von den Vorzeichen am Himmel erzählen, sodann aber von den grausamen Ruten der Pestilenz berichten, mit der diese arme Stadt geschlagen wurde.

Und damit in künftigen Epidemien jedermann gleich die richtigen Heilmittel wisse, sollen auch alle *Alexipharmaca* darin angeführt sein, die *animalia, vegetabilia* und *mineralia*, so wir Medici in diesen Tagen alle zur Anwendung brachten. Will auch das büßende Prag schildern und die allgemeine Zuflucht zu Gott und seinen Heiligen. Das Beste an dem Ganzen soll aber das Schlusskapitel werden, das ›Himmel- und Höllenstreit‹ heißen wird. Alle unsere heiligen Landespatrone will ich darin redend darstellen, wie sie sich mit inniger Fürbitte an den zürnenden Gott wenden und dann mit seiner Erlaubnis die Verteidigung der Stadt gegen die anstürmenden Höllenscharen übernehmen. Am Reichstor steht Sankt Veit, am Marientor der heilige Wenzel, die beiden Brückentore werden Kosmas und Damian verteidigen, Adalbertus, Norbertus und Prokopius werden die Tore der alten und der neuen Stadt schützen, Sankt Sigismund oben am Wischehrad stehen. Und vor solchen Kämpfen muss die verdammte Höllenrotte wieder in ihren Abgrund weichen und den Drachenatem der Pest wieder mit sich nehmen. Darob herrscht Jubel unter den himmlischen Heerscharen, auf Erden aber triumphiert die Kirche Christi und feiert den Sieg mit tausendfachen Messeopfern und prunkvollen Prozessionen.

Nicht wahr, das habe ich mir gar fein und poetisch ausgedacht? Ich will nicht unbescheiden sein, aber dieses Werk wird mich mit einem Mal unter die größten Dichter unserer Zeit rücken, noch nach Jahrhunderten wird man den Namen Paul Rochus Redlich nennen und den Mann preisen, der vielleicht nur ein mäßiger Medicus, jedenfalls aber ein großer Poeta war. Denn ich will das Ganze in artige Verse bringen, auch die medizinischen Recepta, weiß nicht, ob das schon jemand vor mir getan hat. Nach dem guten ehrlichen Brauch, so die Singschulen befolgen, habe ich mir einen Meister gewählt; wenn ich ihn auch nie gesehen und gesprochen, er auch schon an die sechs Jahre verstorben ist, so hat er mich doch den Kastellquell finden gelehrt. Auch er war ein Medicus, hat drüben im Schlesischen praktiziert und dabei gar liebliche Verse geschrieben. Er hieß Johannes Scheffler, doch nennen ihn die meisten seiner himmlischen Sprache wegen den Angelus Silesius. Ich habe das gleiche Versmaß und die gleiche Strophe gewählt, in der er seinen unsterblichen ›Cherubinischen Wandersmann‹ geschrieben. Doch ich will dir statt langer Erklärungen lieber ein Pröbchen aus meinem Werk vorlesen!«

Er holte mit einiger Feierlichkeit ein Bündel Papier aus einer Lade, blätterte darin eine Weile und sagte dann:

»Ich will dich nicht mit der schrecklichen Darstellung der überstandenen Trübsale in schmerzliche Erregung versetzen und werde dir darum meine Schilderung des frohlockenden, von der Pest befreiten Prag zum Besten geben. Höre also zu!«

Er räusperte sich umständlich und begann:

»Wohlan! Frohlock, mein Prag, Gott hat die Pest gewendet,
Schau, wie die Sonne blinkt, das G'witter ist geendet!
Schau an den Regenbog'n in wunderschönen Farben,
Gott, der gewaltig Gott sich unser tät erbarmen!
Mein Prag, dein Plag ist hin, dafür hast Gott zu danken,
Der durch den Winterfrost macht, dass wir nicht mehr kranken.
Gott sei in Ewigkeit gedankt viel tausendmal,
Dass er sich mein erbarmt, errett von aller Qual!
Mein Herz wie Ätna brennt vor lauter Liebesglut,
Vor Freud die Augen beid vergießen Nili Flut.
Der Tod zerbricht sein Pfeil, sich zum Kupido g'sellt,
Alles vermehren will die halb entleibte Welt.
Schaut, wie die Barberlein mit ihren Milchsäcklein prangen,
Die Katherlein schwingen die Röcklein mit Verlangen.
Wachs und vermehre dich, mein Prag, mein Böhmerland,
Von oben segne dich der göttliche Beistand!
Gott, der aus Steinen kann Söhn Abrahae erwecken,
Das desolierte Reich mit Volk wolle bedecken!
Schaut, wie sich Reich und Arm, wie Jung und Alt sich paaren,
Sie wollen bringen ein, was durch die Pest verloren.
Von Herzen wünsch ich Prag, dass man's folgende Jahr
So viel der Wiegen trag' als dies Jahr Totenbahr!«

Er ließ sein Manuskript sinken und sah mich erwartungsvoll an. Die Verslein dünkten mir so übel nicht, vor allem aber sagte mir die Stimmung zu, aus der sie geschrieben waren und die ich dem Mann, der noch vor einer Weile, wie gebrochen von all dem Leid, im klagenden Ton von der überstandenen Not berichtet hatte, nie und nimmer zugetraut hätte. Das war ein lautes Bekenntnis zu neuem Leben, zu neuer Freude und mir aus der Seele gesprochen.

Ich drückte dem Freund warm die Hand und sparte nicht mit Worten der Anerkennung, die ihm merklich wohl taten. Er wurde darüber ganz der Alte, besann sich der schönen Abende in unserem Weingarten, wobei er freilich wieder dem Andenken meines gütigen Vaters noch eine Träne schenkte. Darüber verlor ich meine Fassung, doch nun war er stärker im frohen Willen, rief als Zeugen des jungen Lebens seine Kinder herein und stellte sie mir vor: seinen Ältesten, den Paul Josef, das winzige Dorothechen, das der zweite Junge, der Franzltoni, an der Hand führte.

Als er mich ein Stündchen später hinausgeleitete, mir die Hand zum Abschied gedrückt hatte und schon daran war, wieder ins Haus zurückzutreten, da rief er mich nochmals an und sagte:

»Also hat die Schlange doch die Schlange verschlungen? Das ist recht! *Gratulator*!« Ehe ich antworten konnte, hatte er schon die Tür hinter sich geschlossen.

## 6

Nach dem abenteuerlichen Leben voll wunderlicher Ereignisse fiel es mir nicht ganz leicht ein geruhiges Dasein zu führen. Auch war ich mir nicht immer so ganz dessen sicher, dass jene nun wirklich ganz vorüber sein könnten. Anfangs meinte ich jeden Augenblick, dass hinter einer Ecke mein Doppelgänger hervortreten und mir wieder alles streitig machen würde. Doch als nichts dergleichen geschah, da wurde ich allmählich ruhiger. Die wundervolle Lockenperücke, in der mich meine Mutter so gern sah, wurde zum Wahrzeichen eines neuen, würdevollen Lebens, in dem es keine Hexen und Teufel, keine Sylphen und Fackeljungfrauen, keine zweiköpfigen Prinzen gab.

Der Tag war reichlich ausgefüllt mit Arbeit aller Art. Nicht dass mich die Akten des Appellationsgerichtes allzu sehr in Anspruch genommen hätten, aber es gab auch sonst genug zu tun. Allein die Verwaltung des großen Vermögens, das mir von meinem Vater zugefallen war, erforderte reichlich Zeit. Und dazwischen waren stets allerlei Besuche zu machen.

Zuweilen ging ich wohl auch auf den Weinberg hinaus. Das gehörte zur ordentlichen Wirtschaftsführung, denn auch dort musste nachgesehen werden, ob alles in Ordnung gehe, es war mir aber vielmehr ein Fest stillen Gedenkens, das ich dem teuren Andenken meines seligen Vaters weihte. Dort fühlte ich mich ihm viel näher, als wenn ich an seinem Grab stand. Einsam und allein saß ich dann in der *Sala terrena* und blickte hinaus ins frühlingsgrüne Moldautal. Der Winzerbursche hatte das hohe Kurfürstenglas vor mich gestellt, aus dem früher stets mein Vater trank und das nun mir, als dem neuen Hausvater, gebührte. Ich ließ es mir bis zum Rand füllen und hob es nun grüßend in der Richtung, wo der Friedhof von Sankt Paul mit dem Grab meines Vaters liegen mochte. Und unwillkürlich kam mir dabei über die Lippen:

»Macht! Macht! Löwenmacht!«

Es dauerte einige Tage, ehe ich meinen Bruder Matthias zu Gesicht bekam. Er wohnte als Alumne im erzbischöflichen Seminar und durfte nur selten die Seinen besuchen. In der Zeit, da ich ihn nicht gesehen hatte, war er mächtig in die Höhe geschossen. Seine klugen Augen sahen mich nach der ersten Begrüßung prüfend an, als ob er von etwas an mir überrascht wäre. Möglich, dass es ein Zufall war, jedenfalls sagte er nichts.

Sein Interesse galt vor allem dem Wunder, mit dem unser Haus begnadet worden war. Nach dem anfänglichen Schweigen begann er sich lebhaft nach allen Einzelheiten zu erkundigen und erzählte seinerseits, dass die Kunde davon bis zum Fürsterzbischof selbst gedrungen sei. Auch redete er mir zu, aus diesem Anlass eine fromme Stiftung zu machen und auch sonst etwas zu unternehmen, das den Ruhm des seligen Wundertäters von Nepomuk weiterverbreiten und damit seine Heiligsprechung beschleunigen könnte.

Er schien recht ungehalten, als ich etwas ausweichend antwortete und meinte, dass ich mir das noch überlegen müsse.

Seinem anderen Vorschlag, dem einer Gedenkmesse für das Seelenheil unseres an der Pest verstorbenen Bruders Maximilian, stimmte ich dagegen umso rascher zu, als in mir dabei die Erinnerung an sein schauerliches Erscheinen in der letzten Silvesternacht mahnend auftauchte. Diese meine Bereitwilligkeit stimmte Matthias etwas freundlicher, doch mahnte er mich zum Abschied nochmals eindringlich, auch in der anderen Angelegenheit bald zu einer günstigen Entscheidung zu gelangen.

Mein erster Gang in die Amtsstuben des Appellationsgerichts war begreiflicherweise keine leichte Sache. Aber es ging alles viel einfacher, als ich gedacht hatte, und ich meinte schon, dass ich ganz unbemerkt in die Fußstapfen meines Doppelgängers eingetreten wäre, als mich eines Tages der Herr Präsident der Appellationen, Graf Kinsky von Chinitz und Tettau, unerwartet zu sich beschied. Der würdige alte Herr war sehr liebenswürdig, beglückwünschte mich zunächst zu meinem letzten Referat, das ein juristisches Meisterwerk sei, was ihn umso angenehmer überrascht hätte, als – jetzt könne er es ja ruhig sagen – die anfänglichen Elaborate recht konfus gewesen seien und sich so gelesen hätten, wie wenn sie ein vollkommener Laie auf dem Gebiet der Jurisprudentia geschrieben hätte. Das Merkwürdigste aber sei, dass dieses neue, dieses ausgezeichnete Referat eine ganz andere Handschrift zeige als die früheren. Und damit legte er einen von mir erst am Vortag ausgearbeiteten Erledigungsentwurf auf den Tisch und daneben einen anderen Akt, der nach dem Datum etwa einen Monat alt sein mochte und am Schluss mit meinem Namen signiert war. Auf den ersten Blick musste jedermann die Verschiedenheit der Handschrift auffallen.

Ich war sehr verlegen und wusste keine Antwort. Als ich aber in dem scharf auf mich gerichteten Blick des Präsidenten einen Verdacht zu lesen glaubte, der zwar sehr hässlich, aber himmelweit von der Wahrheit entfernt war, da hatte ich mich rasch gefasst, bat um ein Schreibzeug und Papier, trat zu einem Schreibtisch und begann vor seinen Augen einiges aus dem Urteil niederzuschreiben. Dieses Schriftstück überreichte ich dann dem Präsidenten mit den Worten:

»Der wohl nicht zu übersehende Unterschied in der Schrift, zugleich mit der Verbesserung in der juristischen Qualität meines Konzepts, haben Ihre Exzellenz allem Anschein nach zu der für mich wenig schmeichelhaften Annahme verleitet, dass ich mich mit fremden Federn schmücke und mir meine Referate heimlich von jemand anderem ausarbeiten lasse, der sich auf die Rechtswissenschaften besser versteht als ich. Darum richte ich an Ihre Exzellenz die untertänigste Bitte um Vergleichung dieser in Ihrer Gegenwart geschriebenen Zeilen mit den beiden Manuskripten dort am Tisch und um gütige Feststellung, welcher der beiden Handschriften sie gleichen!«

Das tat der Herr Präsident auch sogleich, konnte sich über das Ergebnis nicht genug wundern und versicherte mir, dass es ihm nicht im Entferntesten eingefallen sei mir eine solche unhonorige Handlungsweise zu unterstellen. Er stehe eben vor einem Rätsel und habe nach einer Erklärung gesucht, sie aber nicht gefunden. Wenn ich nicht genau so vor ihm dastünde, wie er mich nun fast alltäglich hier aus und ein gehen sehe, würde er auf Grund dieser stupenden Verschiedenheit darauf schwören, einen ganz anderen Menschen vor sich zu haben.

Ich hätte gern meinem Vorgesetzten, dessen Wohlwollen mir sehr wichtig war, aus diesem Zwiespalt herausgeholfen, aber es war einfach nicht möglich. Wenn ich ihm berichtet hätte, wie die Dinge in Wahrheit lagen, so hätte er mich gewiss für närrisch gehalten. Selbst wenn es mir aber gelungen wäre ihn von der Richtigkeit meiner Erzählungen zu überzeugen, so hätte ich damit weder ihm noch mir etwas Gutes getan. Denn dann hätte sich aus der Tatsache meiner mangelnden Identität mit demjenigen, der zwar unter meinem Namen, aber doch für seine Person zum Appellationsrat ernannt worden war, ein juristischer Kasus von so unerhörter Schwierigkeit entwickelt, dass seine endgültige Entscheidung wohl keiner von uns beiden erlebt hätte.

So begnügte ich mich denn mit einer Notlüge und sagte, dass ich mir seit kurzem einen anderen Duktus meiner Schrift anzugewöhnen beflissen sei, weil mir der frühere zu schwer leserlich dünkte, eine Erläuterung, welche der Präsident wohl oder übel annehmen musste.

Mein Brautstand bescherte mir zunächst nicht so glückliche Stunden, als der selige Augenblick des Wiedersehens erwarten ließ. Das kam daher, dass die Aussichten auf eine baldige Vermählung, wie wir sie beide so sehnlichst wünschten, keineswegs günstig waren. Marianne erzählte mir gleich am ersten Tag, dass ihr Vater offenbar seine Zusage bereue; wahrscheinlich hatte sie ihm Graf Harant bei einem fröhlichen Mahl und nach mancher gemeinsam geleerten Kanne abgerungen und habe er dann später deshalb von der Verwandtschaft bittere Vorwürfe hören müssen. Er werde sie mit Rücksicht auf seinen alten Freund und Kriegskameraden kaum ausdrücklich zurücknehmen, aber Zeit zu gewinnen suchen, die Tochter nach Hause zurückrufen und ein Wiedersehen zu verhindern wissen. Der Krieg in Ungarn, der ihn dauernd dort festhielt, die vielfachen Gerüchte von einem riesigen Heer, das der Großsultan rüste, um damit bis gegen Wien, ja vielleicht noch weiter vorzustoßen, konnten leicht als Grund dienen, dass es ihm bei solchen Zeitläufen nicht möglich sei, seiner Tochter die Hochzeit selbst zu rüsten. War aber die Trauung auf diese Art in ungewisse Entfernung gerückt, dann genügte die Berufung auf gute Sitten und Anstand, um Mariannes Heimkehr anzuordnen, die doch nicht so lange in der Nähe des Bräutigams gelassen werde könne, ohne üble Nachrede zu riskieren.

Das verbitterte uns manche Stunde und schien auch den schönen Frühlingsabend verderben zu wollen, auf den wir uns beide so sehr gefreut hatten. Damit hatte es folgende Bewandtnis: Die immer wachsende Zahl der Bewunderer und Verehrer des frommen Gottesmannes Johannes von Nepomuk hatte beschlossen den ersten Jahrestag seines Martertodes nach der glücklichen Befreiung von der Pest auf besonders feierliche Weise zu begehen. Am Vorabend dieses Festes wollte man mit blumen- und lichtergeschmückten Booten von beiden Ufern aus der Karlsbrücke zufahren und die Stelle umkreisen, wo ihn die Schergen in den Fluss gestürzt hatten, und dann zu dem Ort rudern, wo man den entseelten Leib an den Strand gezogen hatte. Der Blumenschmuck der Schifflein sollte ein Zeichen der gläubigen Liebe, die Lichtlein aber eine Erinnerung an sein erstes Wunder sein: Nach alter Überlieferung hatte man bald nach seiner Ermordung unzählige, wunderbar helle Lichter auf der Moldau zu dem Platz schwimmen sehen, wo man dann am Morgen seinen Leichnam fand. Die Fülle der Maienblumen also und der leuchtende Schein von zahllosen Fackeln und Kerzen sollten den der Heiligkeit würdigen Mann, den verschwiegenen Helfer in Tausenden Schmerzen grüßen, aber darüber hinaus sollte eine klingende Musik über die nächtlichen Wasserfluten hinüberschallen.

Wer immer in Prag Namen und Stand hatte und verlässlich

katholisch war, galt als aufgefordert, sich an der schönen Feier zu beteiligen. Da musste eine Familie wie die meine, die nicht nur in der Stadt in hohem Ansehen stand, sondern auch durch die Wunderkraft des Gefeierten in den Vordergrund der allgemeinen Aufmerksamkeit gerückt war, sich besonders auszeichnen. Und wirklich hatte meine gute Mutter für die Ausstattung eines Bootes gesorgt, wie sie kaum schöner sein konnte. Die schönsten Gartenblumen mussten herhalten, um üppige Girlanden herumzuschlingen, Laternen mit farbig verkleideten Lichtern gaben traumhaften Schein und vom Bug sprühten mächtige Fackeln über die dunklen Wellen. Zwei Knechte in venezianischer Tracht bedienten die Ruder.

Mit diesem Schiff fuhr ich am späten Dämmerschein vom Altstädter Ufer zur Insel Kampa hinüber, wo ich am Fuße der Rolandssäule meine Braut erwarten sollte. Die Überfahrt in der lauen Nacht war gar angenehm. Es war lieblich anzuschauen, wie von allen Seiten aus der wachsenden Finsternis schwimmende Lichtlein auftauchten, wie auf der Brücke Fackeln und Laternen durcheinander wogten.

Meinen trüben Sinn konnte der Anblick freilich wenig aufheitern, nur irrte mir der Gedanke durch den Kopf, dass es ein Brauch der Prager Maiden ohne Unterschied von Stand und Geburt geworden war, dem wundertätigen Mann auf das Brückengelände an die Stelle seines Sturzes Rosmarinsträußlein hinzustellen, wovon sie sich Hilfe bei ihren Liebeswünschen versprachen. Ach, wenn er auch uns helfen würde, dann möchte ich ihm nicht nur einen Strauß Rosmarin spenden, nein, dann würde ich gern den Wunsch meines Bruders Matthias erfüllen und etwas unternehmen, das den Ruhm des frommen Wundertäters mehren könnte.

Am verabredeten Platz angelangt, musste ich nicht lange warten. Begleitet von zwei Fackelträgern, kam die Liebste in Gesellschaft des alten Fräuleins von Malowetz an die Uferstelle. Die Damen hatten noch nicht im Boot Platz genommen, als noch jemand am Strand erschien und die Mitfahrt begehrte: mein väterlicher Freund Graf Harant. Er hatte persönlich die Wache auf der Brücke inspiziert – bei solch einem Menschenandrang wie heute schien ihm das vonnöten und nun wollte er auch an dem Fest auf der Moldau teilnehmen. Nicht weit von dem meinen stand für ihn ein Schiff bereit, mit einigen Soldaten besetzt, während ihn sein Adjutant am Ufer erwartete. Doch als der Graf uns erblickte, da winkte er ihm ab und lud sich bei uns zu Gast.

Vom anderen Ufer klang schon ein feierliches Singen herüber, in einem vorüberfahrenden Nachen tönten die Zimbeln und Geigen, ja man hörte auch fröhliches Lachen, das niemand als dem frommen Anlass der Feier widersprechend empfand. Denn der heilig fromme Mann, den wir ehren wollten, soll die Menschen immer gerne glücklich gesehen haben.

Etwas Derartiges sagte auch der Graf, als er im Boot Platz nahm, und fügte gleich die Bemerkung an, dass darum die frohen Mienen eines Brautpaares heute der schönste Festschmuck seien. Aber gerade in diesem Punkt könne er mit uns nicht recht zufrieden sein. Ob es denn einen Streit gegeben oder ob uns sonst etwas über die Leber gelaufen sei?

Wir suchten nicht lange nach Ausreden, sondern erzählten ihm offen, was uns bedrückte. Da ließ der Graf zunächst einen ellenlangen Fluch über die nächtlichen Wasser gleiten, der zwar schlecht zu dem frommen Fest passte, im Übrigen aber ein Zeugnis dafür war, dass wir uns an den richtigen Mann gewendet hatten. Wenn der alte Graf Lodron zur Stelle gewesen wäre, so hätte er ihn gewiss gleich vor seine Klinge gefordert. So aber schwor er nur Stein und Bein, dass diese Geschichte in Ordnung kommen müsse, und das so rasch als möglich. Er als der Brautwerber sei da mit seiner Ehre engagiert, er habe ein Recht darauf, dass die Zusage, die ihm gegeben wurde, auch genau eingehalten werde. Und damit da weiter keine Ausflüchte möglich seien, werde er gleich morgen einen reitenden Boten zur Armee nach Ungarn senden und sich vom Herrn Brautvater die besondere Gunst ausbitten, dass er in seiner Vertretung die Hochzeit gleich hier in Prag ausrüsten dürfe. Eine Ablehnung dieser Bitte könne er unter keinen Umständen annehmen, müsste dies als Kündigung der alten Freundschaft und somit als schwere Beleidigung ansehen.

Graf Harant hielt Wort. Der Bote ritt zwar nicht am nächsten, doch immerhin am dritten Tag fort, brachte aber in unglaublich kurzer Zeit die Antwort. Sie klang nicht sehr entzückt, aber immerhin zusagend und so dauerte es nicht lange, da schritten wir beide zum Traualtar.

So hatte denn der gepriesene Wundertäter Johannes von Nepomuk an mir noch ein Mirakel getan und ich habe ihm dafür auch eine schöne Kapelle bauen lassen, in der mein Bruder Matthias später seine erste Messe lesen durfte.

In jenen Tagen waren der Hochzeiten so viele, dass die Gäste kaum Zeit fanden, den vielen Einladungen zu folgen. Bei der unsrigen versammelte sich aber doch eine stattliche Runde. Von den Verwandten der Braut war zwar auch nicht einer erschienen – sie nahmen den weiten Weg als Entschuldigung –, dafür waren die Kollegen vom Appellationsgericht da, so mancher Freund aus der Studienzeit, so viele, die meinen Vater gekannt und geliebt und die Zuneigung auf den Sohn übertragen hatten. Natürlich fehlte Graf Harant nicht, er war es auch, der den Trinkspruch auf das Brautpaar ausbrachte, mit dem ich nun diese meine Erinnerungen schließen will:

»Lustig allegro, ein glücklich Leben
Wolle Gott den jungen Eheleut' geben,
Und allen zum Trost, und allen zur Freud
Blühe ihr Stamm in Ewigkeit!«

# Nachwort

Die Stadt Prag ist in der phantastischen Literatur zweifellos ein Ort besonderer Faszination, die noch in Sylvie Germains Novelle *Die weinende Frau in den Straßen von Prag* (1994) spürbar wird. Sie ist ein Ort magischer Verzauberung, hat einen »unheimlichen, dämonenhaften Zauber« (Gustav Meyrink), ist ein Brennpunkt phantastischen Geschehens an der Schnittstelle von deutschen, tschechischen und jüdischen Traditionen, welche die Legendenbildung fördern. Prag ist die Stadt des dem Esoterischen zugewandten Kaisers Rudolf II. und des Hohen Rabbi Loew, dem die Schaffung eines mystischen Wesens aus Lehm, des Golem, zugeschrieben wird.

In der Blütezeit der deutschsprachigen phantastischen Literatur von 1900–1930 machte die Atmosphäre der Stadt einen Hauptreiz zahlreicher Romane aus. Sie bringt in dem um die Jahrhundertwende assanierten Judenghetto der Stadt Gustav Meyrinks *Golem* (1915) als Geist des Ghettos hervor; ins Apokalyptische gesteigert, erscheint sie in dem Roman *Walpurgisnacht* (1917) desselben Autors, während *Der Engel vom westlichen Fenster*, Meyrinks reifes Spätwerk, einen esoterisch-alchemistischen Blick auf das historische Prag wirft. In Paul Leppins »Prager Gespensterroman« tritt Anfang des 20. Jahrhunderts sein Held Severin seinen todesschwangeren »Gang in die Finsternis« an (*Severins Gang in die Finsternis*, 1914). Einen glänzenden Schlusspunkt setzt Leo Perutz in seinem Novellenroman *Nachts unter der steinernen Brücke* (1953), dieser verführerisch schönen Beschwörung des Prags der jüdisch-magischen und deutschen Tradition an der Wende vom 16. zum 17. Jahrhundert, in dem das Wirken verborgener Schicksalsfäden unter der sichtbaren Oberfläche der Dinge zur plastischen Anschauung eines verborgenen, bedeutungsvollen Seins wurde.

Der deutsche Prager Dichterkreis, unter dem sich bemerkenswert viele Autoren des Phantastischen befinden, ist inzwischen allgemein berühmt geworden. Gustav Meyrink war seinerzeit ein Bestsellerautor und das Interesse an ihm ist nie ganz erloschen, über den Kreis der Literaturliebhaber hinaus gilt er in esoterischen Zirkeln auch als Weiser und Initiierter, als Künder okkulter Wahrheiten. Leo Perutz hat, nachdem es lange schien, als zähle er zu den Vergessenen und Verschollenen, eine glanzvolle Renaissance erlebt und ist zu einem festen Bestandteil der deutschen Literatur geworden.

Für einen allerdings ist die Wiederentdeckung erst zu leisten, für einen der letzten Ausläufer der Prager deutschen phantastischen Literatur: Rudolf Slawitschek (1880–1945), dessen »phantastischer Roman aus der Barockzeit« *Hans Adam Löwenmacht* (1939) gänzlich unverdient in Vergessenheit geraten ist. Das Buch erschien erst zu einer Zeit, da in Deutschland die phantastische Literatur durch den Machtantritt des Nationalsozialismus völlig zum Erliegen gekommen war – die politisch-ideologischen Phantasten mit ihrem weltanschaulichen Monopolanspruch duldeten offensichtlich keine literarische Konkurrenz. Der in einer Randlage des Deutschen Reiches erschienene Roman war sogar verhältnismäßig erfolgreich. Während die meisten phantastischen Romane nicht über eine meist geringe erste Auflage hinauskamen, die noch dazu häufig in den Papiermühlen landete, erlebte *Hans Adam Löwenmacht* immerhin drei Auflagen. Der Erstauflage, 1939 bei M. Rohrer in Brünn, folgten noch zwei weitere, die dritte, 1942, umfasste immerhin das 4.–12. Tsd., was in Kriegszeiten als beachtlich gelten muss.

Rudolf Slawitschek wurde 1880 geboren, mit den »Sonntagsglocken eines Dezembermorgens« ist er in die Welt getreten, am Tage von Sankt Nikolaus, »des Schutzheiligen der Prager Kleinseite«, jenes Prager Stadtteils unterhalb der Burg, der in *Hans Adam Löwenmacht* so lebendig zum Leben erwacht; den plastischen Beschreibungen ist Slawitscheks Liebe für die romantischen und geheimnisvollen Plätze und Gassen der Kleinseite anzumerken. Slawitscheks Vater stammte aus einer Jägerfamilie, die in Persenbeug an der Donau beheimatet war, seine Mutter gehörte einem ungarischen Adelsgeschlecht an, das aber den deutschen Namen Koller trug. Ein Urgroßvater mütterlicherseits soll Oberkellermeister der Heiligen Stephanskrone gewesen sein, wovon er seine Vorliebe und sein Verständnis für einen guten Wein ableitete. Von der Mutter, die es hervorragend verstand, Geschichten zu spinnen, stammte sein Erzähltalent; von der väterlichen Seite kam die Liebe zum Wald, obwohl er in der Stadt geboren wurde und aufwuchs.

Auf väterlichen Wunsch wurde Rudolf Slawitschek Jurist. Neben seiner Beamtenlaufbahn schrieb er eine Reihe von staatsrechtlichen Werken: *Unsere Selbstverwaltung, ihr Wesen, Recht und Ziel* (1915), *Die Grundlagen der neuen Zeit* (1917), *Der Werdegang der österreichischen Verfassung* (1918, 1920) und *Die staatlichen Einrichtungen der tschecho-slowakischen Republik* (1922). Und er schrieb Belletristik: Romane wie *Der blaue Herrgott* (1927) und das stark autobiographisch gefärbte *Liebe zwischen Traum und Tod* (1942) sowie Märchenbücher von großem Charme wie *Anastasius Katzenschlucker, der große Zauberer* (1928), *Von Zwergen und Zauberern, Prinzessinnen, Hexen und klugen Tieren* (1935) oder *Schwammerlkönig und andere Märchen* (1943).

*Hans Adam Löwenmacht* ist das Hauptwerk des Autors und sein einziger phantastischer Roman, da der Entwurf zu einem anderen, den er gegen Kriegsende in einem Safe der böhmischen Sparkasse eingeschlossen hatte, verloren gegangen ist. Dr. Grete Bittner, die Tochter des Autors, erinnert sich: »Es handelte sich um eine Gestalt, einmal Mann, einmal Frau, sprunghaft in der Zeit, sprunghaft im Ort. Die Handlung spielt im alten Keltenland der Druiden, im Rokoko von Paris und Wien, läuft zu den Sternen, zur Sternenfrau Andromeda, hastet einmal in die Zukunft, zieht sich dann wieder in eine verflossene Zeit zurück. Ich weiß nicht mehr, wo sie landet.«

Wie *Liebe zwischen Traum und Tod* weist auch die Gestalt des Helden Hans Adam Löwenmacht autobiographische Züge auf und vor allem die Problematik des Romans ist durch eigenes Erleben bestimmt, so phantastisch sie anmutet: die Suche des Helden nach Ganzwerdung. 1915 oder 1916 verlor Rudolf Slawitschek bei einem Verkehrsunfall sein linkes Bein, welche Behinderung später auch dazu führte, dass er vorzeitig in den Ruhestand versetzt wurde. Im Roman verliert Hans Adam

Löwenmacht beim Austritt aus dem magischen Spiegel im historischen Faust-Haus in Prag, bei der Rückkehr aus der Anderswelt, ein Bein und muss sich fortan als Invalide durchschlagen. Viele Ereignisse und Situationen im Roman werden auf tragisch-komische Weise durch diese Behinderung bestimmt. Der zweiköpfige »Prinz von Leandrien« entsteht, indem sich Löwenmacht mit dem ebenfalls einbeinigen Rittmeister zusammenbindet. Die Handlung des Romans ist in mehrfacher Hinsicht eine Suche nach Überwindung der Behinderung, nach Vervollständigung und Ergänzung in körperlicher wie geistiger Hinsicht.

Dieser Gedanke spiegelt sich im Doppelgängermotiv, das zunächst als Aufspaltung des Individuums in zwei Teile durch den Zauberspiegel auftritt: den Löwenmacht, der die phantastischen Abenteuer des Buches erlebt, und seinen dunklen Doppelgänger, den Dr. Hieronymo Cardano, der seine Rolle in Prag übernimmt: vor Gericht und bei der geliebten Frau, der Komtesse Lodron. Die Suche ist erfolgreich und endet in der Wiedervereinigung mit dem eigenen Körper – und der verlorenen Geliebten, die notwendig ist, um den Helden ganz und gar gesunden zu lassen.

Wie Löwenmacht selbst, wird auch sein geistiges Komplement, die Komtesse Lodron, aufgespalten und vielfach gebrochen. Sie erscheint ihm in der Spiegelwelt, später wird erklärt, sie sei eine Sylphe, die sich in ihn verliebt habe; nach dem Verlassen des Spiegels findet er sie als Dame ohne Unterleib wieder und heiratet sie. Sie tritt dem Helden aber auch als die zunächst böse Zauberin Pharaildis entgegen, die sich als Salige entpuppt, als Fackeljungfrau, die sich den schwarzen Künsten zugewandt hat. Alle diese Gestalten scheinen nur Spiegelungen der Komtesse Lodron zu sein, verschiedene Ausprägungen ihrer Person, prismatisch gebrochen durch den Spiegel und doch zusammenhängend, in einer geheimnisvollen Einheit verbunden: Die Komtesse Lodron scheint zu wissen, was Hans Adam Löwenmacht erlebt hat, obwohl sie nicht darüber spricht.

Der Roman beginnt in bester phantastischer Manier mit einer bis ins Detail exakt beschriebenen historischen Örtlichkeit, der Prager Kleinseite, und ist mit Personen bevölkert, die historisch sind. Der Primator der Stadt Prag Matthias Macht von Löwenmacht hat ebenso gelebt wie der Pestarzt Rochus von Redlich mit seinen Rezepturen, Pater Matthias Schuffenhauer mit seinen Gedichten; historisch sind auch die Lodrons und Slawatas und Harants. Nur der Held ist eine Erfindung. Authentisch ist auch das Zeitkolorit von Magie, Räuberunwesen, religiösen Sekten und der Pestbedrohung. Wie Paul Bussons *Die Wiedergeburt des Melchior Dronte* (1921) entwirft *Hans Adam Löwenmacht* das ganze soziale Panorama seiner Zeit, der Held durchwandelt alle Stationen des Lebens von hoch bis niedrig und in diesen reichen Gobelin sind all die Sagen, verschrobenen Vorstellungen, Phantasmen, Skurrilitäten eingewirkt, die den Roman so verschwenderisch auszeichnen. Er liest sich wie ein Kompendium, eine Anthologie aller möglichen Motive aus Sage und phantastischer Literatur: der getreue Eckehard, das Vogelpaterle, die Räuberschar, die Wilde Jagd, Teufelsspuk und Hexenwerk, schwarze Magie und Teufelsbeschwörung, Verwandlungen in Tiere und Pflanzen, abgetrennte Organe, die selbständig agieren, Doppelgänger, Aufspaltung in verschiedene Persönlichkeiten, Alraunen, Sylphen und Elementargeister, die Anderswelt hinter dem Spiegel. Die Durchschreitung eines Spiegels als Pforte zur Anderswelt ist ein beliebtes phantastisches Motiv, der Doppelgänger eines der Grundthemen der phantastischen Literatur überhaupt. Der sinistre Arzt Hieronymo Cardano ist der Rivale und Doppelgänger Hans Adam Löwenmachts, der in seine Rolle schlüpft und seine bürgerliche Existenz ausfüllt, während Hans Adam Löwenmacht seine phantastischen Abenteuer erlebt, deren wahre Natur unbestimmt bleibt.

Diese phantastische Ambivalenz hält der Roman mit nie erlahmender, überquellender Phantasie bis zum Ende durch. Der historischen Alltagswelt steht eine phantastische Anderswelt gegenüber, wobei offen bleibt, auf welcher Realitätsebene sich der Großteil des Geschehens abspielt. Dass die Handlung großteils in der Anderswelt spielt, wird vor allem durch eine Stelle gestützt, in der dem Helden der Gedanke durch den Kopf geht: »Ich war noch immer nicht aus dem Spiegel heraus, diese magische Glaswand hatte sich, während ich jenseits von ihr war, in zwei geteilt und nur die eine hatte ich auf der Flucht mit Verlust meines Fußes durchschreiten können, die andere hing wie eine wandernde Mauer vor mir, wohin ich mich auch wenden mochte, war eine zauberische Hülle, die mich umgab und nicht freilassen wollte.«

Im Gefolge von französischen Theoretikern wie Roger Caillois wird das Phantastische gern als Konflikt zweier Wirklichkeitsebenen gesehen, einer natürlichen und einer übernatürlichen. Nach Tzvetan Todorov entsteht Phantastik dort, wo der Leser unschlüssig ist, welcher Ebene das Geschehen angehört und solange diese Unschlüssigkeit anhält. Auch Slawitschek spielt, auf erfinderisch-originelle Art, nicht nur mit einer Unzahl phantastischer Motive und Themen, sondern auch mit der grundlegenden Ambivalenz der Gattung: Alltagswelt und Anderswelt sind in *Hans Adam Löwenmacht* kunstvoller verzahnt als in den meisten phantastischen Romanen vor ihm.

*Hans Adam Löwenmacht* ist aber keine blutleere Illustration von Theorien, die zum Zeitpunkt seiner Abfassung ja noch gar nicht formuliert waren, sondern vor allem ein richtiger *Schmöker*, ein phantastisches Lesevergnügen sondergleichen, eine Frucht überbordenden Fabulierens und kraftvollen Erzählens, das unter anderem auch jenes Plus an tieferer Bedeutung hat und die Kriterien erfüllt, die exzellente phantastische Romane auszeichnen.

Franz Rottensteiner

# Inhalt

Die Deutsche Bibliothek – CIP-Einheitsaufnahme

**Slawitschek, Rudolf:**
Hans Adam Löwenmacht : Roman / Rudolf Slawitschek. [Hrsg. und mit einem Nachw vers. von Franz Rottensteiner]. – Stuttgart ; Wien Bern : Weitbrecht, 1997
ISBN 3-522-71995-6


Umschlaggestaltung von Image Eye-Luetke, Wien
Bildbearbeitung: Alexander Schlögl
Reproduktion des Umschlags von
Offsetrepro Künstle, Tübingen
Satz von KCS GmbH, Buchholz/Hamburg
Druck und Bindung von Friedrich Pustet, Regensburg

Printed in Germany
5 4 3 2 1